La maison
de l'Orchidée

Lucinda Riley

La maison
de l'Orchidée

Traduit de l'anglais
par Jocelyne Barsse

ÉDITIONS FRANCE LOISIRS

Publié en Grande-Bretagne sous le titre : *Hothouse Flower*.

À mon père, Donald, qui a été
une grande source d'inspiration pour moi.

Édition du Club France Loisirs,
avec l'autorisation de City Éditions.

Éditions France Loisirs,
123, boulevard de Grenelle, Paris
www.franceloisirs.com

© City Édition 2012, pour la traduction française.
© Lucinda Riley 2011.
ISBN : 978-2-298-06876-4

Royaume de Siam.
Il y a bien longtemps.

On dit, dans la province de Siam, qu'un homme qui tombe amoureux d'une femme – profondément, passionnément, irrévocablement – est capable de tout pour la garder, la combler, pour paraître plus valeureux que tous les autres hommes à ses yeux.

Un jour, un prince de Siam tomba amoureux d'une femme dont la beauté était sans égale. Il la courtisa et parvint à gagner son cœur. Pourtant, quelques nuits seulement avant leur mariage, une fête pour la nation entière, le prince était anxieux et nerveux.

Il savait qu'il devait prouver son amour à sa future femme par un acte d'un tel héroïsme et d'une telle portée qu'il la lierait à lui pour l'éternité.

Il devait trouver quelque chose d'aussi rare et d'aussi beau qu'elle.

Après avoir beaucoup réfléchi, il appela les trois serviteurs en qui il avait le plus confiance et leur dit ce qu'il attendait d'eux.

— J'ai entendu l'histoire de l'orchidée noire qui pousse dans notre royaume, tout en haut des montagnes dans le nord. Je veux que vous la trouviez pour moi et que vous la rapportiez dans mon palais pour que je puisse l'offrir à ma princesse le jour de notre mariage. Le premier qui me rapportera l'orchidée aura pour récompense un trésor qui fera de lui un homme riche. Les deux d'entre vous qui échoueront ne vivront pas assez longtemps pour assister à mon mariage.

Le cœur des trois hommes s'inclinant devant leur prince était rempli d'effroi, car ils savaient que la mort les attendait. L'orchidée noire était une fleur mythique.

Tout comme les dragons dorés incrustés de pierres précieuses ornant la proue des barges royales qui transporteraient le prince jusqu'au temple, où il épouserait la nouvelle princesse, elle appartenait aux nombreuses légendes qui émaillaient l'histoire du royaume.

Ce soir-là, les trois hommes rentrèrent chez eux, auprès de leur famille, et firent leurs adieux. Pourtant, l'un d'eux, allongé dans les bras de sa femme en pleurs, fut plus rusé que les autres et sans doute encore plus déterminé à survivre à cette épreuve.

Le lendemain matin, il avait ourdi un plan. Il se rendit au marché flottant où on vendait des épices, de la soie… et des fleurs.

Une fois là-bas, il acheta avec quelques pièces de monnaie une orchidée de toute beauté, dont les lourds pétales rose sombre et magenta avaient un aspect velouteux. Puis il marcha avec sa fleur le long des *klongs* étroits de Bangkok et finit par trouver le scribe assis au milieu de ses parchemins dans son atelier sombre et humide à l'arrière de sa boutique.

Le scribe travaillait autrefois pour le palais, et

c'est ainsi que le serviteur avait fait sa connaissance, mais son travail avait été jugé trop médiocre à l'époque.

— *Sawadee krup*, scribe.

Le serviteur posa l'orchidée sur le bureau.

— J'ai un travail pour toi et, si tu m'aides, je ferai de toi un homme riche.

Le scribe, qui vivotait depuis qu'il avait quitté le palais, regarda le serviteur avec intérêt.

— Et en quoi puis-je t'être utile ?

Le serviteur montra la fleur.

— J'aimerais que tu utilises ton savoir-faire avec l'encre pour teindre les pétales de cette orchidée en noir.

Le scribe fronça les sourcils en regardant le serviteur, puis la plante.

— Oui, c'est possible, mais quand de nouvelles pousses fleuriront, elles ne seront pas noires et tu seras démasqué.

— Lorsque de nouveaux boutons apparaîtront, nous serons loin, tous les deux, et nous vivrons comme le prince que je sers actuellement, répondit le serviteur.

Le scribe hocha doucement la tête tout en réfléchissant.

— Reviens me voir à la tombée de la nuit et tu auras ton orchidée noire.

Le serviteur rentra chez lui et dit à sa femme de préparer leurs bagages en rassemblant le peu de biens qu'ils possédaient. Il lui promit qu'elle pourrait bientôt acheter tout ce dont elle aurait envie et qu'il lui construirait un magnifique palais loin, très loin d'ici. Ce soir-là, il retourna dans la boutique du scribe et resta bouche bée lorsqu'il vit l'orchidée noire sur son bureau. Il étudia les pétales et constata que le scribe avait réalisé un excellent travail.

— C'est sec, commenta le scribe, et l'encre ne partira pas même au contact de doigts un peu trop curieux. J'ai testé par moi-même. Tu peux essayer si tu veux.

Le serviteur toucha les pétales et constata que ses doigts ne portaient aucune trace d'encre.

— Mais je ne peux pas dire combien de temps ça va durer. La plante va humecter l'encre petit à petit, et bien sûr elle doit être à tout prix protégée de la pluie.

— Cela fera parfaitement l'affaire, dit le serviteur en hochant la tête et en prenant la plante. Je me rends de ce pas au palais. Je t'attendrai au bord du fleuve à minuit et je te donnerai ta part.

Le soir de ses noces, après avoir partagé ce jour de joie avec son royaume, le prince se retira dans ses appartements privés avec la princesse. La princesse se tenait sur la terrasse dehors et regardait le fleuve Chao Phraya qui scintillait encore des reflets des feux d'artifice tirés pour célébrer leur mariage. Le prince s'approcha d'elle.

— J'ai quelque chose pour toi, mon amour. Quelque chose qui symbolise ta perfection et ta singularité.

Il lui tendit alors l'orchidée noire, plantée dans un pot en or incrusté de pierres précieuses.

La princesse regarda la fleur, avec ses pétales noirs comme la nuit, qui ployaient sous le poids de la couleur intense que son espèce avait produite.

Elle semblait lasse, flétrie et presque malveillante dans sa noirceur si peu naturelle.

Pourtant, la princesse était parfaitement consciente de la valeur du trésor qu'elle avait entre les mains… Elle savait ce que cette plante signifiait et ce que le prince avait fait pour elle.

— Mon prince, c'est merveilleux. Où l'as-tu trouvée ? demanda-t-elle.

— Je l'ai cherchée dans tout le royaume. Et je suis certain qu'il n'y en a pas d'autre tout comme je suis certain qu'il n'y a pas d'autre femme comme toi.

Il la regarda, et ses yeux exprimèrent tout l'amour qu'il ressentait pour elle.

Elle vit son amour et caressa doucement son visage, espérant qu'il savait qu'elle l'aimait tout autant et que ce sentiment ne s'éteindrait jamais.

— Merci, c'est magnifique.

Il prit sa main toujours posée sur sa joue, puis, tandis qu'il embrassait ses doigts, il fut submergé par le désir de la posséder complètement. C'était sa nuit de noces, et il avait attendu longtemps. Il prit l'orchidée, la posa sur la terrasse, puis serra la princesse dans ses bras et l'embrassa.

— Entre, ma princesse, murmura-t-il à son oreille.

Elle laissa l'orchidée noire sur la terrasse et le suivit dans leur chambre à coucher.

Juste avant l'aube, la princesse se leva de leur lit et se rendit sur la terrasse pour saluer le premier matin de leur vie commune. En voyant les flaques peu profondes, elle comprit qu'il avait plu dans la nuit. Le jour se levait peu à peu, mais le soleil était encore partiellement caché derrière les arbres sur l'autre rive du fleuve.

Sur la terrasse, il y avait une orchidée rose et magenta dans le pot en or massif que le prince lui avait donné.

Elle sourit en touchant ses pétales, nettoyés et revigorés par la pluie. La plante était beaucoup plus belle que l'orchidée noire qu'il lui avait donnée la veille. Une légère touche de gris teintait la flaque d'eau qui l'entourait.

La princesse comprit alors et prit la plante dans ses mains, respirant son odeur intense tout en réfléchissant à la conduite à tenir : fallait-il dire la vérité au risque de blesser l'homme qu'elle aimait ou lui mentir pour le protéger ?

Quelques minutes plus tard, elle retourna dans la chambre à coucher et se blottit dans les bras de son prince.

— Mon prince, murmura-t-elle lorsqu'il se réveilla. Mon orchidée noire a été volée cette nuit.

Il se redressa brusquement, horrifié, prêt à appeler ses gardes. Elle le calma avec un sourire.

— Non, mon chéri. Je crois qu'elle nous a été donnée uniquement pour la nuit où nous nous sommes unis pour la première fois, où notre amour s'est épanoui et où nous sommes devenus une partie intégrante de la nature. Nous ne pouvons pas garder une plante aussi magique uniquement pour nous. De plus, elle finirait par se faner, puis par mourir, et je ne pourrais pas le supporter.

Elle prit sa main et déposa un baiser dessus.

— Continuons à croire en son pouvoir, car nous

savons que sa beauté nous a comblés la première nuit de notre vie commune.

Le prince réfléchit quelques instants. Puis, parce qu'il aimait la princesse de tout son cœur et parce qu'il était tellement heureux de la savoir entièrement à lui, il ne convoqua pas ses gardes.

Le temps passant, leur amour continua à s'épanouir, et bientôt ils donnèrent naissance à un enfant conçu la nuit même de leurs noces. Et, comme de nombreux autres suivirent, le prince crut jusqu'à la fin de ses jours que la mythique orchidée noire leur avait offert sa magie, mais n'était pas destinée à leur appartenir.

Le lendemain des noces du prince et de la princesse, un pauvre pêcheur était assis sur la rive du fleuve Chao Phraya, à une centaine de mètres en aval du palais royal. Aucun poisson n'avait mordu à sa ligne au cours des deux dernières heures. Il se demanda si les feux d'artifice de la veille au soir n'avaient pas fait fuir les poissons au fond du fleuve. Il n'aurait rien à vendre et ne pourrait pas nourrir sa grande famille.

Lorsque le soleil se leva au-dessus de la cime des arbres sur la rive opposée et darda de ses rayons l'eau du fleuve, il vit quelque chose scintiller au milieu des algues vertes qui flottaient. Laissant sa ligne, il pataugea dans l'eau pour aller récupérer l'objet. Il s'en empara avant qu'il ne fût entraîné plus loin par le courant et le rapporta jusqu'à la berge.

Une fois qu'il eut enlevé les algues qui le recouvraient, il n'en crut pas ses yeux !

Le pot était en or massif, incrusté de diamants, d'émeraudes et de rubis.

Oubliant sa canne à pêche, il fourra le pot dans son panier et se rendit à la Bourse aux pierres précieuses de la ville. Son cœur bondit de joie à l'idée que sa famille ne souffrirait plus jamais de la faim.

PREMIÈRE PARTIE

HIVER

1

Norfolk, Angleterre

Je fais le même rêve toutes les nuits. C'est comme si ma vie était jetée en l'air, se décomposait en mille morceaux, retombant sur le sol... en désordre. Tout est là, mais dans le mauvais sens, et la vue est fragmentée. On dit que les rêves sont importants et qu'ils nous apprennent beaucoup de choses, surtout celles que nous refoulons. Je ne refoule rien. Si seulement je pouvais. Je vais dormir pour oublier. Pour trouver un peu de paix, parce que je passe la journée à me souvenir.

Je ne suis pas folle. Même si, depuis quelque temps, je réfléchis beaucoup à ce que recouvre le concept même de folie. La terre est peuplée de milliards d'êtres humains, dont chacun possède un génome unique et une perception du monde qui lui est propre. Chaque vue est différente.

J'en suis arrivée à la conclusion que ce que les êtres humains partagent réellement, c'est la chair et les os, la matière physique dont ils sont faits. On m'a souvent dit que chacun avait une façon différente d'aborder la perte d'un être cher. Certaines personnes pleurent pendant des mois, des années même. Elles portent du noir pour montrer qu'elles sont en deuil. D'autres ne semblent pas affectées, en surface du moins. Elles enfouissent leur chagrin. Elles continuent à vivre comme avant. Comme si rien ne leur était arrivé.

Je ne sais même pas quelle a été vraiment ma réaction. Je n'ai pas pleuré pendant des mois. En fait, je n'ai pratiquement pas pleuré. Mais je n'ai pas oublié non plus. Je n'oublierai jamais.

J'entends quelqu'un en bas. Je dois me lever et faire comme si j'étais prête à affronter ma journée.

Alicia Howard gara sa Land Rover le long du trottoir. Elle coupa le moteur et grimpa la petite côte qui menait au cottage. Comme elle savait que la porte d'entrée n'était jamais verrouillée, elle l'ouvrit et entra dans la maison.

Elle pénétra dans le salon encore plongé dans l'obscurité et frissonna. Elle se dirigea vers les fenêtres et ouvrit les rideaux. Après avoir redressé les coussins sur le canapé, elle ramassa trois tasses de café vides et les emporta dans la cuisine.

Elle s'approcha du frigo et l'ouvrit. Une bouteille de lait esseulée et à moitié vide trônait sur une étagère à l'intérieur de la porte. Un yaourt périmé, un peu de beurre et une tomate vieillissante ornaient les clayettes. Elle ferma le frigo et inspecta la huche à pain. Elle ne fut guère surprise de constater qu'elle était vide. Alicia s'assit et soupira. Elle pensa à sa cuisine chaleureuse et bien approvisionnée, à l'odeur réconfortante d'un plat qui cuisait dans le grand fourneau en fonte pour le souper, au bruit des enfants qui jouaient et à leurs rires aigus et attendrissants... Le *cœur* de sa maison et de sa vie.

Le contraste avec cette petite pièce sombre était saisissant. En fait, c'était une métaphore de la vie actuelle de sa sœur cadette : la vie de Julia et son cœur étaient brisés.

Le bruit de pas dans l'escalier en bois, dont les marches grinçaient, informa Alicia que sa sœur n'allait pas tarder à la rejoindre. Elle la vit apparaître sur le seuil de la porte de la cuisine et, comme toujours, elle fut frappée par sa beauté. Alicia était blonde et avait la peau claire, Julia avait le teint mat et une beauté exotique. Son épaisse crinière de cheveux acajou encadrait son visage aux traits fins, et le poids qu'elle avait perdu récemment soulignait ses yeux ambre en forme d'amande et ses pommettes hautes.

Julia portait des vêtements inappropriés pour le mois de janvier, mais c'était l'une des rares tenues qu'elle possédait : une tunique rouge avec des broderies en soie colorée et un pantalon ample en coton noir qui cachait la maigreur de ses jambes. Alicia vit la chair de poule sur les bras nus de Julia. Elle se leva et attira sa sœur réticente vers elle pour la serrer affectueusement dans ses bras.

— Ma chérie, dit-elle, on dirait que tu es frigorifiée. Tu devrais aller t'acheter des vêtements chauds ou, si tu veux, je peux te prêter quelques pulls ?

— Ne t'en fais pas pour moi, répondit Julia en haussant les épaules. Tu veux un café ?

— Il n'y a plus beaucoup de lait, je viens de regarder dans le frigo.

— Ça ne fait rien, je le boirai noir.

Julia s'approcha de l'évier, remplit la bouilloire et l'alluma.

— Alors, comment vas-tu ? demanda Alicia.

— Bien, répondit Julia en prenant deux grandes tasses à café sur l'étagère.

Alicia fit la grimace. « Bien », c'était la réponse que Julia lui servait toujours. Elle l'utilisait pour éluder les questions trop gênantes.

— Tu as vu quelqu'un cette semaine ?

— Non, pas vraiment, répondit Julia.

— Tu es sûre que tu ne veux pas revenir passer quelque temps chez nous ? Je n'aime pas te savoir seule ici.

— Merci, mais je t'ai déjà dit que j'allais bien, répondit Julia d'un ton distant.

Alicia laissa échapper un soupir de frustration.

— Julia, tu n'as pas du tout l'air d'aller bien. Tu as encore perdu du poids. Est-ce que tu manges au moins ?

— Bien sûr que je mange. Tu veux un café, oui ou non ?

— Non, merci.

— Très bien.

Julia reposa brusquement la bouteille de lait dans le frigo. Lorsqu'elle se retourna, ses yeux lançaient des éclairs.

— Écoute, je sais que tu fais tout ça parce que tu t'inquiètes vraiment pour moi. Mais, Alicia, je ne suis pas un de tes enfants et je n'ai pas besoin d'une baby-sitter. J'aime être seule.

— En tout cas, dit Alicia d'un ton jovial en

essayant de contenir sa colère, tu ferais bien d'aller chercher ton manteau. Je t'emmène quelque part.

— En fait, j'ai déjà quelque chose de prévu aujourd'hui.

— Eh bien, tu ferais mieux d'annuler. J'ai besoin de ton aide.

— Pour quoi faire ?

— C'est l'anniversaire de papa la semaine prochaine, au cas où tu aurais oublié, et je veux lui acheter un cadeau.

— Depuis quand as-tu besoin de mon aide pour ça, Alicia ?

— C'est son soixante-cinquième anniversaire ; c'est également le jour de son départ à la retraite.

— Je sais, c'est mon père aussi.

Alicia fit tout son possible pour garder son sang-froid.

— Il y a une vente aux enchères aujourd'hui, à midi, à Wharton Park. Je me suis dit que nous pourrions y aller toutes les deux pour chercher un cadeau à papa.

Elle vit une lueur d'intérêt dans les yeux de Julia.

— Wharton Park est en vente ?

— Oui, tu ne savais pas ?

Les épaules de Julia s'affaissèrent.

— Non, je ne savais pas. Mais pourquoi ?

— Je suppose que c'est l'histoire habituelle : les droits de succession. J'ai entendu que le propriétaire actuel allait le vendre à un type de la ville avec plus d'argent que de bon sens. Aucune famille aujourd'hui ne peut se permettre d'entretenir un endroit comme celui-ci. Et le défunt Lord Crawford a laissé la maison se délabrer. Apparemment, il faudrait une véritable fortune pour la restaurer.

— Comme c'est triste, murmura Julia.

— Je sais, concéda Alicia, ravie de voir que Julia se sentait concernée. Ça représente une grande partie de notre enfance, en particulier la tienne. C'est pourquoi j'ai pensé que nous pourrions aller voir si nous trouvions quelque chose, une sorte de souvenir pour papa. Il ne restera sans doute plus que la camelote ; les objets de valeur seront certainement vendus aux enchères chez Sotheby's, mais on ne sait jamais.

Étonnamment, sans qu'Alicia eût besoin d'insister davantage, Julia hocha la tête.

— D'accord, je vais chercher mon manteau.

Cinq minutes plus tard, Alicia prenait la route étroite qui traversait le joli village côtier de Blakeney. Elle tourna ensuite à gauche, vers l'est, et elles entamèrent le trajet d'un quart d'heure pour gagner Wharton Park.

— Wharton Park…, marmonna Julia entre ses dents.

C'était le souvenir d'enfance le plus vivant dans sa mémoire : ses visites à son grand-père Bill dans sa serre. Elle sentait encore l'odeur enivrante des fleurs exotiques qu'il faisait pousser, elle se rappelait la patience de son grand-père quand il lui parlait des différentes espèces et de l'endroit du monde d'où elles venaient. Son père et le père de son père avant lui avaient tous travaillé comme jardiniers pour la famille Crawford à qui appartenait Wharton Park, un vaste domaine comprenant cinq cents hectares de terre arable. Ses grands-parents vivaient dans un cottage confortable dans un coin agréable et animé de la propriété, entourés des nombreux membres du personnel qui cultivaient la terre, s'occupaient de la maison ou servaient la famille Crawford. La mère de Julia et Alicia était née et avait grandi dans le cottage. Elsie, sa grand-mère, était une mamie parfaite, même si elle était légèrement excentrique. Elle ouvrait grand les bras pour accueillir et réconforter ses petites-filles, et il y avait toujours un plat délicieux en train de cuire pour le souper.

Quand Julia repensait aux moments qu'elle avait passés à Wharton Park, elle revoyait le ciel bleu et les couleurs riches des fleurs qui s'épanouissaient sous le soleil d'été.

Et Wharton Park était autrefois célèbre pour sa collection d'orchidées. Ces fleurs, petites et fragiles, poussaient à l'origine dans des climats tropicaux, et pourtant, elles étaient bien là, fleurissant dans l'hémisphère Nord aux températures fraîches au milieu des plaines du Norfolk.

Enfant, Julia attendait avec impatience ses visites estivales à Wharton Park. Le calme et la chaleur qui régnaient dans les serres, blotties dans un coin du jardin potager, à l'abri des vents cruels qui soufflaient depuis la mer du Nord en hiver, restaient dans sa mémoire toute l'année. Cette atmosphère particulière, associée au confort domestique du cottage de ses grands-parents, avait fait de cet endroit un véritable havre de paix pour elle. À

Wharton Park, rien ne changeait. Ici, on vivait au rythme de la nature.

Elle se souvenait encore du vieux poste de radio en Bakélite qui passait de la musique classique, dans un coin de la serre, de l'aube au crépuscule.

— Les fleurs aiment la musique, lui disait son grand-père Bill tout en s'occupant de ses précieuses plantes. Julia s'asseyait sur une chaise dans un coin près de la radio et le regardait en écoutant la musique. Elle apprenait à jouer du piano et s'était découvert un don pour cet instrument. Il y avait un vieux piano droit dans le petit salon du cottage. On lui demandait souvent d'en jouer après le dîner. Ses grands-parents regardaient leur petite-fille d'un air admiratif tandis que ses doigts délicats effleuraient les touches.

— Tu as un don, Julia, lui avait dit un jour son grand-père Bill, les yeux humides mais un sourire aux lèvres. Ne le gâche pas.

Le jour où elle avait eu onze ans, papy Bill lui avait offert une orchidée rien que pour elle.

— Je l'ai fait pousser spécialement pour toi, Julia. C'est une *Aerides odoratum*, ce qui signifie « enfant de l'air ».

Julia avait examiné les délicats pétales ivoire et roses de la fleur plantée dans un pot. Ses pétales avaient un aspect velouté sous ses doigts.

— D'où vient-elle, papy Bill ? avait-elle demandé.

— D'Orient, des jungles de Chiangmai, dans le nord de la Thaïlande.

— Et quel genre de musique apprécie-t-elle, à ton avis ?

— Elle semble avoir un faible pour Mozart, avait

24

répondu son grand-père en riant. Mais si elle commence à faner, tu pourrais peut-être essayer Chopin !

Julia avait pris soin de son orchidée tout en cultivant son talent pour le piano. Assise dans le salon de sa maison victorienne, à la périphérie de Norwich, elle avait joué pour elle, et la plante avait refleuri plusieurs fois.

Julia rêvait alors de l'endroit d'où venait l'orchidée. Elle n'était plus dans le salon d'une villa de banlieue, mais dans les grandes jungles d'Extrême-Orient... Elle imaginait le son des geckos et le parfum enivrant des orchidées poussant dans le sol et s'accrochant aux arbres.

Elle savait qu'un jour, elle se rendrait là-bas pour les voir de ses propres yeux. Mais, pour l'heure, c'étaient les descriptions pittoresques de son grand-père quand il parlait de l'Extrême-Orient qui influençaient son imagination et sa façon de jouer.

Son grand-père était mort alors qu'elle avait tout juste quatorze ans. Julia se souvenait parfaitement du sentiment de vide qui l'avait envahie. Son grand-père et ses serres lui avaient procuré un véritable sentiment de sécurité durant son enfance déjà difficile. Papy Bill l'avait toujours écoutée d'une oreille attentive. Sa sagesse, sa gentillesse l'avaient profondément influencée, et il avait sans doute été plus un père pour elle que le sien ne l'avait été.

À l'âge de dix-huit ans, elle avait obtenu une bourse pour aller étudier au Royal College of Music de Londres. Mamie Elsie était partie habiter à Southwold avec sa sœur, et Julia n'avait plus jamais mis les pieds à Wharton Park.

Et voilà qu'elle y retournait aujourd'hui, à l'âge de trente et un ans. Tandis qu'Alicia parlait de ses quatre enfants et de leurs différentes activités, Julia sentit l'impatience qui la gagnait comme chaque fois qu'elle parcourait autrefois cette route dans la voiture de ses parents. Elle regardait par la vitre arrière, guettant la maison de gardien à l'entrée de Wharton Park lorsqu'ils franchissaient le virage familier sur la route.

— C'est là qu'il faut tourner, dit Julia à Alicia qui avait failli continuer tout droit.

— Mon Dieu, oui, tu as raison. Ça fait tellement longtemps que je ne suis pas venue que j'avais oublié.

Lorsqu'elles s'engagèrent dans l'allée, Alicia observa sa sœur à la dérobée. Elle vit comme une lueur d'espoir dans les yeux de Julia.

— Tu as toujours aimé cet endroit, n'est-ce pas ? dit-elle doucement.

— Oui, pas toi ?

— Pour être tout à fait honnête, je m'ennuyais quand nous y passions plusieurs jours. J'étais impatiente de retourner en ville pour voir tous mes amis.

— Tu as toujours été une fille de la ville, dit Julia.

— Oui, et regarde où j'en suis maintenant : j'ai trente-quatre ans, j'habite dans une ferme au milieu de nulle part, j'ai plein d'enfants, trois chats, deux chiens et un grand fourneau de cuisine en fonte. Que sont devenues les lumières de la grande ville ? répondit Alicia avec un sourire ironique.

— Tu es tombée amoureuse et tu as fondé une famille.

— Oui, et c'est toi qui as connu les lumières de la ville, les projecteurs, ajouta Alicia sans méchanceté.

— Oui, autrefois…

La voix de Julia se perdit dans un murmure.

— Voilà la maison. Elle n'a pas changé.

Alicia regarda le manoir devant elle.

— En fait, elle me paraît beaucoup mieux aujourd'hui. Je devais avoir oublié à quel point elle était belle.

— Je n'ai jamais oublié, murmura Julia.

Toutes deux perdues dans leurs pensées, elles suivirent la file de voitures qui remontaient doucement l'allée. La demeure avait été construite dans un style géorgien classique pour le neveu du Premier ministre de Grande-Bretagne, mais il était mort avant qu'elle ne soit terminée. Bâtie presque uniquement avec des pierres d'Aislaby, la maison avait pris une teinte jaune pâle avec le temps… Elle datait de près de trois cents ans.

Ses sept fenêtres en saillie et son escalier à double révolution, permettant de rejoindre l'étage noble, qui formait une terrasse surélevée donnant sur le parc à l'arrière, conféraient à l'ensemble une petite touche française. Avec ses tourelles d'angle surmontées d'un dôme, son vaste portique supporté par quatre immenses colonnes ioniques, et la statue quelque peu en ruine de Britannia perchée hardiment au sommet, elle avait une apparence majestueuse, mais plutôt excentrique.

La demeure n'était pas suffisamment grande, son architecture n'était pas assez parfaite pour être considérée comme un château. Les dernières générations de Crawford avaient procédé à des ajouts quelque peu hasardeux qui avaient compromis sa pureté d'origine. Pourtant, c'était précisément pour cette raison qu'elle n'était pas aussi austère, ni aussi intimidante que les autres grandes maisons de cette période.

— C'est là que nous tournions, à gauche, montra Julia en se souvenant du chemin qu'elle prenait en contournant le lac pour rejoindre le cottage de ses grands-parents situé aux limites de la propriété.

— Une fois que la vente sera terminée, tu pourras aller jusqu'au vieux cottage et jeter un coup d'œil, si tu veux, proposa Alicia.

Julia haussa les épaules.

— On verra.

Des hommes en veste jaune guidaient les voitures vers les places libres.

— La vente du domaine a dû s'ébruiter, commenta Alicia tout en garant sa voiture à l'emplacement qui lui avait été indiqué. Elle coupa le moteur, puis se tourna vers sa sœur et posa sa main sur son genou.

— Tu es prête ? demanda-t-elle.

Julia se sentait un peu étourdie par tous les souvenirs qui remontaient à la surface. Lorsqu'elle sortit de la voiture et qu'elle se dirigea vers la maison, même les odeurs lui parurent familières : l'herbe humide, fraîchement coupée, et le parfum subtil du jasmin qu'elle reconnaissait à présent. Les fleurs poussaient dans les bordures qui encadraient la pelouse à l'avant de la maison. Elles suivirent les gens qui montaient l'escalier et franchirent l'entrée principale de la maison.

2

J'ai onze ans. Je me trouve dans une pièce immense, qui est en fait un hall d'entrée, mais qui ressemble pour moi à une cathédrale. Le plafond est très haut, et, en le regardant, je constate qu'il est orné de nuages peints et de petits anges grassouillets et nus. Je suis fascinée et j'étudie le décor avec une telle attention que je ne remarque pas la personne qui m'observe du haut de l'escalier.

— Je peux vous aider, jeune fille ?

Surprise, je manque de faire tomber le précieux pot que je tiens dans mes mains. Il est pourtant la raison même de ma présence ici. Mon grand-père m'a envoyée spécialement le remettre à Lady Crawford. Je ne suis pas très contente parce que j'ai peur d'elle. Lorsque je la vois de loin, elle me paraît vieille, maigre et en colère. Mais papy Bill a insisté.

— Elle est très triste, Julia. L'orchidée lui mettra peut-être un peu de baume au cœur. Alors, sois gentille et va vite.

La personne qui se tient dans l'escalier n'est certainement pas Lady Crawford. C'est un jeune homme, qui a peut-être quatre ou cinq ans de plus que moi. Il a des cheveux bruns, épais et bouclés, qu'il porte beaucoup trop longs pour un garçon, à mon goût. Il est très grand, mais terriblement maigre. Ses bras ressemblent à des bâtons qui sortent des manches retroussées de sa chemise.

— Oui, je cherche Lady Crawford. J'ai apporté cette orchidée pour elle, dis-je en bégayant.

Il descend le reste des marches d'un pas nonchalant et se plante devant moi, les mains tendues.

— Je peux la lui donner, si vous voulez.

— Mon grand-père m'a demandé de la lui remettre en mains propres, dis-je nerveusement.

— Malheureusement, elle est en train de faire une sieste. Elle ne va pas très bien, vous savez.

— Je ne savais pas.

Je veux lui demander qui il est, mais je n'ose pas. Il doit lire dans mes pensées, car il dit :

— Lady Crawford est une de mes parentes, alors, je pense que vous pouvez me faire confiance, n'est-ce pas ?

— Oui, tenez.

Je lui tends l'orchidée, secrètement soulagée de ne pas avoir à la remettre moi-même.

— Pouvez-vous dire à Lady Crawford qu'il s'agit d'un nouvel...

J'essaie de me souvenir du mot.

— ... hybride et qu'il vient de fleurir ?

— Je le lui dirai.

Je reste immobile, ne sachant que faire. Lui aussi.

Il finit par me demander comment je m'appelle.

— Julia Forrester. Je suis la petite-fille de M. Stafford.

Il hausse les sourcils.

— Mais bien sûr. Je suis Christopher Crawford, Kit pour les intimes.

Il tend sa main libre et je lui tends la mienne à mon tour.

— Ravi de vous rencontrer, Julia. J'ai entendu dire que vous jouiez plutôt bien du piano.

Je rougis.

— Pas vraiment, non, dis-je.

— Inutile de faire la modeste, me réprimande-t-il. J'ai entendu Cook et votre grand-mère parler de vous ce matin. Suivez-moi.

Il me tient toujours la main, et soudain il m'entraîne à travers le hall d'entrée et une série de grandes pièces remplies du genre de meubles qui font ressembler la demeure à une maison de poupée grandeur nature. Je ne peux m'empêcher de me demander où ils regardent la télévision le soir. Nous entrons finalement dans une pièce baignée d'une lumière dorée, qui s'infiltre par les trois immenses fenêtres donnant sur la terrasse et le jardin. De grands canapés sont disposés autour d'une immense cheminée en marbre, et, dans le coin opposé, devant l'une des fenêtres, il y a un piano à queue. Kit Crawford m'entraîne jusque vers l'instrument, tire une chaise et me fait asseoir dessus.

— Venez. J'aimerais vous entendre jouer.

Il soulève le couvercle qui protège le clavier, et des grains de poussière s'élèvent par milliers dans les airs, scintillant dans le soleil de l'après-midi.

— Vous…, vous êtes sûr que je peux ?

— Ma tante dort à l'autre bout de la maison. Elle ne risque pas d'entendre. Allez ! dit-il en me regardant plein d'espoir.

Timidement, je place mes mains au-dessus des touches. Elles ne ressemblent pas du tout aux touches des autres pianos sur lesquels j'ai joué. Je ne le sais pas à l'époque, mais elles sont en ivoire, et je suis assise devant un piano Bernstein, vieux de cent cinquante ans. Je joue une note en appuyant légèrement, et pourtant son écho résonne à travers les cordes, amplifiant le son.

Il se tient à côté de moi et attend les bras croisés. Je

commence à jouer Clair de lune, *un morceau que je viens d'apprendre. C'est mon morceau préféré du moment, et j'ai passé des heures à m'exercer.*

Tandis que les notes s'échappent sous mes doigts, j'oublie Kit. Je suis transportée par le son magnifique produit par cet instrument merveilleux. Je m'échappe, comme d'habitude, vers un endroit loin, très loin d'ici. Le soleil brille à travers mes doigts et réchauffe mon visage. Je n'ai peut-être jamais aussi bien joué, et je suis moi-même surprise lorsque mes doigts appuient sur les touches une dernière fois et que le morceau se termine.

J'entends des applaudissements quelque part derrière moi et je me retrouve dans l'immense pièce avec Kit qui me regarde avec admiration.

— *Waouh ! dit-il. C'était brillant !*

— *Merci.*

— *Vous êtes si jeune. Vos doigts sont si petits ! Comment peuvent-ils se déplacer aussi vite au-dessus des touches ?*

— *Je ne sais pas…*

— *Vous savez, le mari de tante Crawford, Harry, Lord Crawford, était apparemment un pianiste accompli.*

— *Oh non…, je ne savais pas.*

— *Eh bien, si, et c'était son piano. Quand il est mort, j'étais encore un bébé ; alors, je ne l'ai jamais entendu jouer. Vous pouvez interpréter autre chose ?*

Cette fois, il a l'air franchement enthousiaste.

— *Je…, je crois vraiment que je ferais mieux de rentrer.*

— *Un dernier, s'il vous plaît !*

— *D'accord, dis-je.*

Et je commence à interpréter Rhapsodie sur un thème *de Paganini. De nouveau, je me laisse entraîner au loin par la musique, et j'ai déjà joué la moitié du morceau lorsque j'entends soudain une voix crier.*

— ARRÊTEZ ! Arrêtez tout de suite.

J'obéis et je regarde vers l'entrée du salon. Une femme grande et mince, aux cheveux gris, se tient sur le seuil. Elle a l'air furieuse. Mon cœur se met à battre très vite.

Kit va vers elle.

— Désolé, tante Crawford, c'est moi qui ai dit à Julia de jouer. Tu dormais, je n'ai pas pu te demander la permission. Nous t'avons réveillée ?

Deux yeux froids le fixent.

— Non, vous ne m'avez pas réveillée. Mais, Kit, ça n'a rien à voir. Tu sais sûrement que j'ai interdit à quiconque de jouer sur ce piano ?

— Je suis vraiment désolé, tante Crawford. Je n'ai pas réalisé. Julia est tellement merveilleuse. Elle n'a que onze ans, mais elle joue déjà comme une pianiste professionnelle.

— Ça suffit ! *aboie sa tante.*

Kit baisse la tête et me fait signe de le suivre.

— Désolé, *dit-il tandis que je sors furtivement derrière lui.*

Lorsque je passe devant Lady Crawford, elle m'arrête.

— Vous êtes la petite-fille des Stafford ? *me demande-t-elle tandis que ses yeux bleus, froids et perçants me fixent.*

— Oui, Lady Crawford.

Je vois ses yeux s'adoucir très légèrement, et on dirait

presque qu'elle va se mettre à pleurer. Elle hoche la tête et semble chercher ses mots.

— J'ai… été désolée d'apprendre… pour votre mère.

Kit l'interrompt, sentant la tension dans la pièce.

— Julia t'a apporté une orchidée. C'est une nouvelle espèce qui vient de la serre de son grand-père, n'est-ce pas, Julia ? dit-il pour m'encourager.

— Oui, dis-je en faisant tout mon possible pour ne pas pleurer. J'espère qu'elle vous plaît.

Elle hoche la tête.

— Mais certainement. Dites à votre grand-père que je le remercie.

Alicia faisait patiemment la queue pour obtenir un catalogue des ventes.

— Tu es déjà entrée dans cette maison quand tu étais enfant ? demanda-t-elle.

— Oui, répondit Julia, une fois.

Alicia montra le plafond.

— Plutôt vulgaires, ces chérubins, tu ne trouves pas ?

— Ils m'ont toujours plu au contraire, répondit Julia.

— Drôle de vieille demeure, poursuivit Alicia en prenant le catalogue et en suivant la foule à travers le hall d'entrée, puis le long d'un couloir jusqu'à une grande pièce lambrissée de chêne où tous les articles en vente étaient exposés.

Elle tendit le catalogue à Julia.

— C'est triste que la propriété soit vendue. C'était la demeure de la famille Crawford depuis plus de trois cents ans. La fin d'une époque en quelque sorte. On fait un tour ? dit Alicia en prenant le coude de Julia et en la guidant vers un vase grec élégant mais fêlé, qui, d'après les traces de mousse révélatrices sur le pourtour intérieur, avait fait office de pot pour les fleurs d'été.

— Et si on le prenait pour papa ?

Julia haussa les épaules.

— Peut-être. C'est comme tu veux.

Sentant que l'intérêt de Julia était en train de s'évanouir, mais que sa propre irritation augmentait, Alicia proposa :

— Et si nous nous séparions. Comme ça, nous pourrions aller plus vite ? Tu commences de ce côté, et moi je vais par là. Nous n'avons qu'à nous retrouver dans dix minutes près de la porte.

Julia hocha la tête et regarda Alicia se diriger vers l'autre extrémité de la pièce.

Peu habituée à la foule depuis ces derniers mois, elle eut le sentiment désagréable d'étouffer. Elle se fraya un chemin vers l'autre bout de la salle, un peu moins fréquenté.

Dans un coin, une femme se tenait derrière une table à tréteaux. Julia s'approcha parce qu'elle n'avait pas d'autre endroit où aller.

— Ces articles ne sont pas inclus dans la vente aux enchères, dit la femme. C'est du bric-à-brac, vraiment. Vous pouvez les acheter tout de suite ; le prix est indiqué sur chacun d'eux.

Julia prit un livre d'Enid Blyton avec des oreilles de chien. Elle l'ouvrit et vit qu'il datait de l'année 1926.

« *Pour Hugo, de la part de mamie, bien affectueusement.* »

Il y avait également un exemplaire de 1932 de *L'Album de Wilfred* et un du *Jardin de Marigold* de Kate Greenaway.

Ces livres avaient quelque chose de poignant. Pendant plus de quatre-vingts ans, plusieurs générations d'enfants Crawford les avaient lus dans la chambre d'enfants, quelque part au-dessus d'elle. Julia décida de les acheter pour elle, de les préserver pour les enfants perdus de Wharton Park.

Il y avait une boîte en carton cabossée à l'autre bout de la table. Elle renfermait un grand nombre de dessins. Julia les regarda sans enthousiasme. La plupart étaient des lithographies à l'encre de Chine représentant l'incendie de Londres, de vieux bateaux et d'affreuses demeures. Parmi elles se trouvait une enveloppe marron usée. Elle la sortit de la boîte.

En l'ouvrant, elle découvrit une série d'aquarelles, chacune représentant une espèce différente d'orchidée.

Le vélin crème sur lequel elles étaient peintes était parsemé de taches brunes, et elle supposa que ces aquarelles avaient été réalisées par un amateur enthousiaste plutôt que par un professionnel. Elle se dit néanmoins qu'une fois encadrées, elles pourraient produire le plus bel effet. Sur chacune d'elles figurait le nom latin de l'orchidée, écrit au crayon en bas de la tige.

— À combien sont ces aquarelles ? demanda-t-elle.

La femme prit l'enveloppe.

— Je ne sais pas. Le prix ne semble pas être indiqué dessus.

— Et si je vous donnais vingt livres pour le tout, soit cinq pour chacune ? proposa Julia.

La femme étudia les aquarelles défraîchies. Elle haussa les épaules.

— Je pense que nous pourrions dire dix livres pour le lot.

— Merci.

Julia sortit l'argent de son porte-monnaie, paya, puis retraversa la pièce pour retrouver Alicia qui l'attendait déjà.

Les yeux d'Alicia se posèrent sur l'enveloppe et les livres sous le bras de Julia.

— Tu as trouvé quelque chose ? demanda-t-elle.

— Oui.

— Fais voir !

— Je te montrerai quand on sera à la maison.

— Très bien, approuva Alicia. Je vais placer une enchère pour le vase que nous avons vu tout à l'heure. C'est le lot numéro six. J'espère que nous n'aurons pas à attendre trop longtemps. La vente va commencer d'une minute à l'autre.

Julia hocha la tête.

— Je vais me promener un peu en t'attendant. J'ai besoin de prendre l'air.

— Parfait.

Alicia fouilla dans son sac à main et tendit ses clés de voiture à Julia.

— Juste au cas où je serais retardée. Sinon, on se retrouve devant la porte d'entrée dans une demi-heure. Il faudra peut-être que tu m'aides à porter mon trophée dans l'escalier.

— Merci, dit Julia en prenant les clés. À tout à l'heure.

Elle sortit de la pièce, traversa le corridor et se retrouva dans l'entrée, qui était maintenant déserte. Elle leva les yeux vers les chérubins au plafond. Elle regarda ensuite la porte conduisant au salon qui abritait le piano à queue sur lequel elle avait joué une fois. Elle était ouverte.

Sur un coup de tête, elle se dirigea vers elle, hésita quelques secondes, puis la franchit. La grande pièce baignait dans la faible lumière du mois de janvier. Les meubles inutilisés étaient exactement comme dans son souvenir. Elle la traversa pour pénétrer dans d'autres pièces jusqu'à ce qu'elle arrive enfin à la porte du salon.

Le soleil ne brillait pas aujourd'hui à travers les grandes fenêtres. Il faisait un froid glacial dans la pièce. Elle passa devant la cheminée et les canapés qui dégageaient une odeur désagréable de moisissure, puis se dirigea vers le piano à queue.

Ce n'est qu'à cet instant qu'elle remarqua la grande silhouette qui regardait par la fenêtre en face du piano et lui tournait le dos. Elle était en partie cachée par le rideau damassé, dont le tissu extérieur était si fragile à présent qu'il évoquait l'image d'une peau très fine tendue sur des entrailles.

Elle resta figée sur place, ayant immédiatement reconnu l'homme qui se tenait devant la fenêtre. Il ne bougea pas. Il était parfaitement immobile, comme une statue. À l'évidence, il ne l'avait pas entendue approcher.

Comprenant qu'elle risquait de troubler un moment de contemplation privé, Julia se retourna et tenta de quitter la pièce le plus silencieusement possible.

Elle avait atteint la porte lorsqu'elle l'entendit demander.

— Je peux vous aider ?

Elle fit volte-face.

— Je suis désolée. Je n'aurais pas dû venir jusqu'ici.

— En effet.

Il la fixa, puis il plissa le front.

— Je vous connais ?

Près de dix mètres les séparaient, mais Julia se souvenait parfaitement des cheveux bruns épais et bouclés, du corps mince – qui s'était étoffé et avait grandi d'au moins trente centimètres depuis la dernière fois qu'elle l'avait vu – et de sa bouche tordue.

— Oui. Je… Nous nous sommes rencontrés il y a très longtemps, balbutia Julia. Je m'excuse. Je vais y aller.

— Tiens, tiens, tiens.

Sa bouche se fendit d'un sourire lorsqu'il la reconnut enfin.

— C'est la petite Julia, la petite-fille du jardinier, une pianiste aujourd'hui mondialement connue. C'est ça, n'est-ce pas ?

— Oui, je suis bien Julia, dit-elle en hochant la tête. Même si je ne suis pas certaine d'être mondialement connue…

Kit haussa les sourcils.

— Ne soyez pas modeste, Julia. J'ai certains de vos disques. Vous êtes célèbre ! Une… star ! Que faites-vous donc là ? Vous devez passer la majeure partie de votre vie dans des suites d'hôtels cinq étoiles du monde entier.

Julia réalisa qu'il n'avait pas entendu ce qui lui était arrivé.

— Je… rends visite à mon père, mentit-elle.

— Eh bien, nous sommes très honorés, dit Kit en mimant une révérence. Vous êtes mon titre de gloire. Je raconte à tout le monde que j'ai été l'un des premiers à vous entendre interpréter *Clair de lune*. C'est plutôt amusant que nous nous retrouvions dans cette même pièce au moment où la maison est sur le point d'être vendue.

— Oui, j'en suis vraiment désolée, répondit-elle avec raideur.

— Ne le soyez pas. C'est ce qui peut lui arriver de mieux. Tante Crawford l'a laissée se délabrer lorsqu'elle vivait ici, et mon père n'avait ni l'argent ni l'envie de la faire restaurer. Pour être honnête, je suis heureux d'avoir trouvé quelqu'un qui soit prêt à la racheter.

— Le domaine de Wharton Park vous appartient alors ? demanda-t-elle.

— Oui, malheureusement pour moi. Ma tante Crawford et mon père étant morts récemment, c'est à moi qu'il revient. Le problème, c'est que j'ai hérité d'une montagne de dettes. Désolé d'être aussi négatif, dit-il en haussant les épaules.

— Je suis sûre que vous devez quand même être un peu triste.

Ils étaient toujours à dix mètres l'un de l'autre. Kit plongea les mains dans les poches de son pantalon et s'approcha d'elle.

— Pour être tout à fait franc, d'un point de vue

strictement personnel, non. Je ne venais que pour les vacances quand j'étais enfant et je n'y suis pas vraiment attaché. De plus, ce n'est pas franchement mon truc de jouer au châtelain. Cependant, il m'a été très difficile d'avoir à prendre la décision de vendre trois cents ans d'histoire familiale, et cela m'a valu quelques nuits d'insomnie. Mais je n'ai pas vraiment le choix. La propriété est criblée de dettes, et je dois la vendre pour rembourser les créditeurs.

— Vous vendez l'ensemble ? demanda-t-elle.

Kit passa la main dans ses cheveux indisciplinés et soupira.

— Je suis parvenu à négocier les vieilles écuries disposées autour de la cour carrée, où certains des travailleurs vivaient, plus quelques maigres hectares. Il y a un chemin séparé qui mène à la route et que je pourrai rendre praticable. Ainsi, je n'aurai pas à utiliser l'accès principal pour entrer et sortir. Ma nouvelle maison est un cottage plutôt miteux qui n'a pas de chauffage central et qui souffre d'un grave problème d'humidité, dit-il en souriant. Mais c'est mieux que rien, et je suis en train de le rénover. Je pense que ça sera bien une fois que j'aurai terminé.

— C'est là que mes grands-parents vivaient et que ma mère est née, dit Julia. Je n'ai jamais trouvé que les cottages de la cour carrée étaient miteux ou humides, mais c'était sans doute le cas.

— Bien sûr, dit Kit en rougissant. Mon Dieu, vous devez me trouver arrogant ! Désolé d'en avoir parlé avec condescendance. En fait, si je me suis battu pour conserver ces bâtiments, c'est parce que je trouve que c'est un très bel endroit. Vraiment,

41

insista-t-il. Je me réjouis d'aller vivre là-bas. Et j'espère qu'une fois que j'aurai fini de rénover le reste des écuries et des cottages autour de moi, je pourrai les louer pour en tirer un revenu.

— Vous n'avez pas d'autre endroit où vivre ?

— Tout comme vous, j'ai passé beaucoup de temps à l'étranger. Et je n'ai jamais vraiment eu l'occasion de me fixer, de m'acheter une maison...

Kit s'interrompit et évita le regard de Julia pour se concentrer sur la vue que lui offrait la fenêtre.

— ... et cet endroit ne me rappelle pas franchement de bons souvenirs. J'ai passé des étés plutôt ennuyeux ici pendant mon enfance.

— J'adorais Wharton Park quand j'étais petite.

— Eh bien, c'est une vieille maison avec un certain cachet, et le cadre est magnifique, reconnut Kit avec réticence.

Julia l'observa. Elle constata que son teint mat ne parvenait pas à cacher ses traits tirés. Il avait l'air épuisé. Ne sachant plus quoi dire, elle répondit :

— J'espère que vous serez heureux dans votre nouvelle maison. Je ferais mieux d'y aller.

— Je suppose que je dois venir aussi et me cacher au fond de la salle des ventes.

Ils traversèrent côte à côte les pièces sombres et se dirigèrent vers l'entrée.

— Alors, poursuivit Kit d'un ton amical. Où vivez-vous aujourd'hui ? Dans un appartement de grand standing surplombant Central Park, à n'en pas douter.

— Pas du tout. Je suis à Blakeney dans un petit cottage humide que j'ai acheté il y a des années alors que tout le monde me disait d'investir un peu d'argent dans la pierre. Je l'ai loué pendant huit ans à des vacanciers.

— Vous avez certainement une autre maison ailleurs ? dit Kit en fronçant les sourcils. Les célébrités ne posent pas sur les couvertures des magazines dans des cottages humides du Norfolk.

— Je ne suis pas du genre à poser pour les magazines, répliqua-t-elle sur la défensive. Et c'est... une longue histoire, ajouta-t-elle en réalisant qu'ils approchaient de l'entrée. Une question lui brûlait les lèvres, et elle voulait absolument la lui poser avant qu'ils ne se séparent.

— Les serres sont toujours là ?

— Je ne sais pas, dit Kit en haussant les épaules. Pour être honnête, je ne suis pas encore allé dans le potager. Il y avait beaucoup à faire ailleurs.

Lorsqu'ils arrivèrent dans le hall d'entrée, Julia vit sa sœur qui se tenait près de la porte avec son vase et qui semblait plutôt impatiente.

— Te voilà, Kit ! dit une femme imposante avec des cheveux bruns et des yeux marron foncé comme ceux de Kit. Où étais-tu ? Le commissaire-priseur veut te parler de toute urgence. Il s'agit d'un vase. Il pense qu'il pourrait dater de la dynastie Ming et dit que tu devrais le retirer de la vente pour le faire évaluer par Sotheby's.

Julia vit dans les yeux de Kit qu'il était légèrement agacé.

— Julia, je vous présente Bella Harper, ma sœur.

Les yeux de Bella se posèrent sur Julia, et elle la regarda de la tête aux pieds, sans grand intérêt néanmoins.

— Salut, dit-elle distraitement en passant son

bras sous celui de Kit. Il faut que tu parles immédiatement avec le commissaire-priseur, dit-elle en l'entraînant à travers le hall.

Il se retourna et adressa un sourire furtif à Julia.

— J'ai été ravi de vous revoir, dit-il avant de s'éloigner.

Julia le suivit de loin pour rejoindre Alicia qui regardait les deux silhouettes.

— Depuis quand tu la connais ? demanda Alicia avec curiosité.

— Qui ? demanda Julia tout en prenant l'autre extrémité du vase qu'elles transportèrent jusqu'à la voiture.

— L'épouvantable Bella Harper, bien sûr. Je t'ai vue lui parler il y a tout juste une minute.

— Je ne la connais pas. Je ne connais que son frère, Kit.

Elles avaient atteint la voiture, et Alicia ouvrit le coffre pour ranger le vase à l'intérieur.

— Tu veux dire Lord Christopher Crawford, l'héritier de tout ça ?

— Oui, c'est sans doute ainsi qu'il doit s'appeler à présent. Mais je l'ai rencontré il y a des années dans cette maison et je l'ai recroisé aujourd'hui.

— Tu es une petite cachottière, Julia. Tu ne m'as jamais dit que tu l'avais rencontré quand nous étions enfants, dit Alicia en fronçant les sourcils.

Elle prit un vieil imperméable pour protéger le vase et le cala sur le côté.

— Espérons qu'il arrivera entier à la maison, dit Alicia en refermant la malle.

Elles montèrent toutes deux dans la voiture, et Alicia mit le moteur en route.

— Ça te dirait d'aller boire un verre au pub et de prendre un sandwich, proposa Alicia. Tu pourrais ainsi me raconter comment tu as rencontré le délicieux lord Kit. J'espère qu'il est plus agréable que sa sœur. Je l'ai rencontrée une ou deux fois dans des dîners, et elle me traite comme si j'étais encore la petite-fille du jardinier. Heureusement que c'est l'héritier mâle le plus proche qui hérite du titre. Si Bella avait été un homme, rien ne l'aurait arrêtée.

— Non... Je ne pense pas que Kit soit comme elle, dit Julia doucement.

Elle se tourna vers sa sœur.

— Merci pour la proposition, mais, si ça ne te fait rien, j'aimerais rentrer chez moi.

Alicia vit que sa sœur était épuisée.

— D'accord, répondit-elle. Mais nous nous arrêtons au magasin sur le chemin du retour, et je vais t'acheter quelques provisions.

Julia acquiesça, trop faible pour protester.

Alicia insista pour que Julia reste assise sur le canapé pendant qu'elle allumait un feu et rangeait les provisions qu'elle avait achetées au Spar du coin. Pour une fois, Julia fut presque heureuse qu'on s'affaire ainsi autour d'elle. Cette sortie, sa première depuis des semaines, l'avait épuisée. Et le fait d'être retournée à Wharton Park, d'avoir revu Kit Crawford, l'avait perturbée.

Alicia revint de la cuisine avec un plateau qu'elle posa devant Julia.

— Je t'ai fait de la soupe. S'il te plaît, bois-la.

Elle prit l'enveloppe marron que Julia avait posée sur la table basse.

— Je peux ? demanda-t-elle.

— Bien sûr.

Alicia sortit les aquarelles de l'enveloppe, les posa sur la table et les examina.

— Elles sont jolies, dit-elle, et c'est le parfait cadeau pour papa. Tu vas les encadrer ?

— Si j'arrive à le faire à temps, oui.

— Tu viens chez nous pour son repas d'anniversaire, dimanche prochain, n'est-ce pas ? dit Alicia.

Julia hocha la tête à contrecœur tout en prenant sa cuillère à soupe.

— Je sais que ça va être dur pour toi, ma chérie. Ces grandes réunions de famille ne sont pas vraiment pour toi en ce moment, mais je peux te dire que tout le monde se réjouit de te voir. Et papa serait anéanti si tu ne venais pas.

— Je viendrai. Bien sûr que je viendrai.

— Parfait.

Alicia regarda sa montre.

— Je crois qu'il vaut mieux que je retourne dans la maison de fous, dit-elle en levant les yeux au ciel. Puis elle s'approcha de Julia et posa la main sur son épaule.

— Je peux faire autre chose pour toi ?

— Non, merci.

— D'accord.

Alicia déposa un baiser sur la tête de Julia.

— Écoute, donne de tes nouvelles et laisse ton portable allumé. Je me fais du souci pour toi.

— Il n'y a pratiquement pas de signal ici, dit Julia. Mais je laisserai mon portable allumé.

Elle regarda Alicia se diriger vers la porte.

— Et merci. Merci de m'avoir ramenée à Wharton Park.

— Tout le plaisir a été pour moi, vraiment. Tu n'as qu'à appeler et je viendrai immédiatement. Prends soin de toi, Julia.

La porte se referma sur Alicia.

Julia se sentait endormie et léthargique. Laissant le bol de soupe à moitié vide sur la table, elle monta l'escalier avec lassitude et s'assit sur son lit, les mains jointes sur ses genoux.

Je ne veux pas aller mieux. Je veux souffrir comme ils ont souffert. Où qu'ils soient à présent, au moins sont-ils ensemble, alors que je suis ici toute seule. Je veux savoir pourquoi je ne suis pas partie avec eux, parce que maintenant je ne suis ni là ni ailleurs. Je ne peux pas vivre et je ne peux pas mourir. Tout le monde veut que je choisisse la vie, mais, si je le fais, je dois les laisser s'en aller. Et je ne peux pas le faire. Pas encore…

3

À une heure moins deux, le dimanche suivant, Alicia réunit sa famille dans le salon.

— Lissy, prends un peu de vin, ma chérie, dit Max, son mari, en lui tendant un verre et en déposant un baiser sur sa joue.

— Rose, tu veux bien enlever cet iPod ! dit Alicia

d'un ton hargneux à sa fille de treize ans qui était affalée sur le canapé et affichait un air morose. Et essayez de bien vous tenir, tous autant que vous êtes.

Alicia s'assit sur le garde-feu et but une grande gorgée de vin.

Kate, sa jolie blonde de huit ans, se glissa vers elle.

— Maman, comment tu trouves ma tenue ? demanda-t-elle.

Alicia regarda pour la première fois de la journée l'accoutrement de sa fille : elle portait un haut rose vif, une jupe à pois jaunes et des collants turquoise. Kate n'était vraiment pas présentable, mais c'était trop tard. Alicia vit la voiture de son père remonter l'allée.

— Papy est arrivé ! cria James, son fils de six ans, tout excité.

— Allons le chercher ! hurla Fred, son fils de quatre ans, tout en se dirigeant vers la porte d'entrée.

Alicia regarda les autres enfants le suivre et ne put s'empêcher de sourire en les voyant si enthousiastes. Les enfants ouvrirent la porte d'entrée et se dispersèrent autour de la voiture. Quelques secondes plus tard, George Forrester fut entraîné dans le salon par ses petits-enfants. À soixante-cinq ans, c'était encore un bel homme : mince, avec des cheveux épais qui commençaient tout juste à grisonner au niveau des tempes. Il avait un air assuré et confiant grâce à son expérience de conférencier qui lui avait donné l'habitude de parler devant un public.

George était un botaniste très réputé. Il était professeur de botanique à l'Université d'East Anglia et donnait souvent des conférences à la Société royale d'horticulture et à Kew. Lorsqu'il ne transmettait pas ses connaissances, il partait à la recherche de nouvelles espèces végétales dans le monde entier et aimait à dire que c'était là qu'il était le plus heureux.

George avait toujours raconté à ses filles que, lorsqu'il était entré dans les serres de Wharton Park, il s'était attendu à être subjugué par la célèbre collection d'orchidées de leur grand-père, mais qu'il était en fait tombé immédiatement amoureux de la jeune beauté – sa future femme et la mère de ses deux filles – qui était dans les serres avec elles. Ils s'étaient mariés quelques mois plus tard.

George s'avança vers Alicia.

— Bonjour, ma chérie. Tu es superbe, comme toujours. Comment vas-tu ?

— Très bien, merci. Joyeux anniversaire, papa, dit-elle tout en le serrant dans ses bras. Tu veux boire quelque chose ? Nous avons du champagne au frigo.

— Pourquoi pas ?

Il plissa les yeux, et sa bouche se fendit d'un sourire.

— C'est vraiment bizarre, quand on y pense, de célébrer le fait que je m'approche encore un peu plus de la tombe.

— Oh ! papa ! Ne dis pas de bêtises, le réprimanda Alicia. Toutes mes amies sont amoureuses de toi.

— Eh bien, ça fait toujours plaisir de l'apprendre,

mais ça ne change rien aux faits. Aujourd'hui, dit-il en se tournant vers ses petits-enfants, je suis un retraité.

— C'est quoi, un retraité ? demanda Fred.

James, qui avait deux ans de plus et qui était donc plus instruit, donna un coup de coude dans les côtes de son petit frère.

— C'est un vieux, idiot !

— Je vais chercher le champagne, dit Max en faisant un clin d'œil à Alicia.

— Alors, dit George en s'asseyant devant la cheminée à côté de sa fille et en étendant ses longues jambes devant lui, comment ça va ?

— C'est mouvementé, comme d'habitude, répondit Alicia en soupirant. Et toi ?

— Pareil, admit George. En fait, je suis plutôt content. La semaine dernière, un de mes collègues américains m'a appelé. Il enseigne à Yale et est en train d'organiser un voyage de recherches aux îles Galápagos en mai ; il veut que je me joigne à eux. C'est l'un des rares endroits où je ne suis jamais allé et où je voulais absolument me rendre – *L'Origine des espèces* de Darwin, etc., etc. Je serai parti pendant au moins trois mois, car on m'a demandé de faire quelques conférences pendant que je serai aux États-Unis.

— Tu n'as pas l'intention de ralentir maintenant que tu es à la retraite ? demanda Alicia en souriant.

Fred s'approcha de George en sautillant sur une jambe.

— On t'a acheté un chouette cadeau, papy. C'est un…

— La ferme, Fred. C'est une surprise, dit Rose, l'adolescente dédaigneuse, depuis le canapé.

Max revint avec le champagne débouché et remplit trois verres.

— À la vôtre !

George porta son verre de champagne à ses lèvres.

— Aux soixante-cinq prochaines années.

Après en avoir bu une gorgée, il demanda.

— Julia vient ?

— Oui, elle a dit qu'elle viendrait. Elle a sans doute pris un peu de retard.

— Comment va-t-elle ? demanda-t-il.

— Pas bien, dit Alicia en secouant la tête. Je l'ai emmenée à Wharton Park, le week-end dernier. C'est d'ailleurs là que nous avons acheté ton cadeau d'anniversaire. Il y avait une vente aux enchères. Elle semblait… aller un tout petit peu mieux, mais ça ne veut rien dire.

— C'est vraiment terrible, dit George en soupirant. Je me sens tellement impuissant.

— Comme nous tous, papa.

— D'abord, elle a perdu sa mère à onze ans, et maintenant…

George haussa les épaules.

— Ça paraît tellement injuste.

— C'est affreux, répondit Alicia. C'est vraiment difficile parce qu'on ne sait ni quoi faire ni quoi dire. Julia a déjà été tellement ébranlée par la mort de maman. Elle a perdu trois êtres chers, sans doute les personnes à qui elle tenait le plus au monde.

— A-t-elle manifesté l'intention de retourner dans le sud de la France ? demanda George. Elle se sentirait sans doute mieux dans sa maison, plutôt que dans ce cottage déprimant.

— Non. Peut-être qu'elle ne se sent pas prête à affronter tous ses souvenirs là-bas. Je sais que j'aurais beaucoup de mal à rester ici si cette maison était soudain vide, dit Alicia en se mordant les lèvres.

— Papy ? Tu as une chérie ?

C'était Kate qui venait de poser cette question en montant sur les genoux de son grand-père. Elle parvint ainsi à égayer un peu l'atmosphère.

— Non, ma puce, répondit George en riant. De toute ma vie, je n'ai eu d'yeux que pour ta grand-mère.

— Eh bien, je pourrais être ta chérie si tu voulais, proposa généreusement Kate. Tu dois te sentir bien seul dans cette grande maison à Norwich.

Alicia tressaillit. Kate avait l'habitude infaillible de dire tout haut ce que les autres pensaient tout bas.

— Je ne suis pas tout seul, ma chérie, dit George en ébouriffant les cheveux de sa petite-fille avec tendresse. J'ai Seed, mon chien, et toutes mes plantes pour me tenir compagnie.

Il la serra contre lui.

— Mais je te promets que, si un jour j'ai besoin d'une chérie, je t'appellerai.

Alicia vit la voiture de Julia remonter doucement l'allée.

— Elle arrive, papa. Je vais aller l'accueillir, voir comment elle va.

— D'accord, dit George, sentant l'inquiétude d'Alicia.

Alicia se dirigea vers la porte d'entrée et l'ouvrit. En attendant que Julia descende de sa voiture, elle pensa au fait que son père n'avait jamais fait comme la plupart des hommes dans son cas et cherché une remplaçante à sa mère qui était pourtant morte plus de vingt ans auparavant. Alicia se souvint des divorcées aux yeux avides, qui entouraient son père encore jeune et séduisant alors ; pourtant, il n'avait jamais manifesté le moindre intérêt à leur égard.

Peut-être qu'à bien y réfléchir, il avait eu quelques aventures, mais uniquement pour assouvir un désir physique. Elle doutait qu'il ait tenté de chercher une relation plus profonde, car il croyait et acceptait que personne ne pourrait remplacer son âme sœur, sa complice qui partageait sa passion pour la botanique, sa mère, Jasmine.

Peut-être la passion de son père pour le règne végétal l'avait-elle aidé à combler le manque ?

Mais alors, pourquoi n'était-ce pas vrai aussi pour Julia ?

Enveloppée dans un cardigan deux fois trop grand pour elle, elle sortit de la voiture et avança vers sa sœur.

— Salut, ma chérie. Papa est déjà arrivé.

— Je sais. Je suis désolée d'être en retard. J'ai perdu la notion du temps, répondit-elle sur la défensive.

— Ça ne fait rien, entre.

Alicia montra le cadeau rectangulaire sous le bras droit de Julia.

— Tu as pu les faire encadrer ?

— Oui.

— Julia !

Max s'avança vers elle lorsqu'elle entra dans la pièce.

— Je suis ravi de te revoir, dit-il en souriant et en passant le bras autour des épaules terriblement maigres de sa belle-sœur. Je peux te débarrasser de tes affaires ? proposa-t-il.

— Merci… Salut, papa, bon anniversaire !

Elle se pencha pour l'embrasser.

— Chérie, merci beaucoup d'être venue.

George prit la main de Julia et la serra dans la sienne.

— Bon, maintenant que tout le monde est là, tu pourrais peut-être ouvrir tes cadeaux, suggéra Alicia.

— Je peux les ouvrir pour papy ? demanda une voix sous la table basse.

— Je pense que papy s'en sortira très bien tout seul, dit Max à son plus jeune fils tout en soulevant le vase et en le tendant à George. C'est de la part de tous les Howard. On dirait une sacrée chope à bière, dit-il en riant et en montrant les larges anses de chaque côté du vase.

George commença à enlever le papier cadeau, aidé par une petite paire de mains qui étaient apparues, comme par magie, au-dessus de la table basse.

— C'est un très gros pot, papy, annonça Fred lorsque le vase fut dégagé du papier. Il te plaît ?

George sourit.

— C'est magnifique. Merci, Alicia, et merci, les enfants.

Il leva les yeux vers sa fille.

— Tu l'as trouvé à Wharton Park, c'est ça ?

— Oui, répondit Alicia en regardant Julia. Tu donnes ton cadeau à papa, toi aussi ?

— Bien sûr.

Julia montra le paquet sur la table basse.

— Vas-y, ouvre !

Julia ne put s'empêcher de regarder son père avec impatience pendant qu'il ouvrait son cadeau. Les encadreurs chez qui elle avait apporté les aquarelles avaient fait un excellent travail. Ils les avaient entourées d'une bordure couleur fauve et avaient conseillé à Julia de choisir un cadre en bois noir tout simple.

— Tiens, tiens, tiens…

La voix de George se perdit dans un murmure tandis qu'il examinait chacune d'elles. Il reprit enfin la parole.

— Et elles venaient de Wharton Park aussi ?

— Oui.

Il resta silencieux, tentant de comprendre quelque chose qui le laissait perplexe. Toute la famille le regardait. Ce fut Alicia qui rompit le silence.

— Elles ne te plaisent pas ?

George leva les yeux vers Julia et non vers Alicia.

— Julia…, je les aime parce que, tu vois…

Il sourit et essuya discrètement une larme.

— Je suis certain qu'elles ont été peintes par ta mère.

Pendant le repas, ils continuèrent à s'interroger sur la raison pour laquelle les aquarelles de Jasmine avaient atterri dans la vente aux enchères de Wharton Park. Les idées fusaient autour de la table.

— Tu es absolument sûr qu'elles ont été réalisées par maman ? demanda Alicia.

— J'en suis convaincu, dit George tout en plantant sa fourchette dans le rosbif parfaitement cuit qu'Alicia avait préparé. La première fois que j'ai vu ta mère, elle était assise dans un coin de la serre de ton grand-père avec son carnet de croquis et sa boîte d'aquarelles. Plus tard, lorsque nous voyagions ensemble et que nous trouvions des espèces intéressantes, je prenais des notes, et elle peignait les fleurs. Je pourrais reconnaître ses œuvres au milieu de milliers d'autres. Quand je rentrerai à la maison, je les examinerai de nouveau et je les comparerai avec d'autres aquarelles réalisées par ta mère. Mais, Julia, tu n'aurais pas pu me faire plus plaisir, dit-il en souriant chaleureusement à sa fille à l'autre bout de la table.

Après avoir bu le café dans le salon, Julia se leva.

— J'y vais, papa.

George leva les yeux.

— Déjà ?

Julia hocha la tête.

— Oui.

George prit sa main.

— Viens me voir, un de ces jours. J'aimerais te voir et discuter avec toi.

— D'accord, acquiesça Julia, mais ils savaient tous deux qu'elle ne le ferait pas.

— Et merci encore pour ces aquarelles, ma chérie. Elles signifient vraiment beaucoup pour moi, ajouta-t-il.

— Je pense que nous pouvons vraiment remercier le hasard parce que je n'en avais aucune idée, fit remarquer Julia. Au revoir, les enfants, à bientôt, dit-elle en leur faisant un signe de la main.

— Au revoir, tatie Julia, répondirent-ils en chœur.

Alicia la retint par la main juste au moment où elle s'apprêtait à sortir.

— On boit un café ensemble la semaine prochaine ? proposa-t-elle.

— Je t'appellerai. Et merci beaucoup pour le repas.

Julia embrassa sa sœur sur la joue.

— Au revoir.

Alicia ferma la porte derrière elle et soupira. Deux bras entourèrent sa taille par-derrière et la serrèrent affectueusement.

— Je sais, Lissy. Elle va mal encore, soupira Max.

— Oui. Mais elle ne fait rien pour aller mieux. Ce n'est pas en restant dans ce misérable cottage toute la journée qu'elle va se remettre. Ça fait plus de sept mois maintenant.

— Tu ne peux pas la forcer. Elle a au moins prononcé quelques mots aujourd'hui. En tout cas, papy reste pour le goûter, et je me charge de la vaisselle. Va te reposer un peu et discuter avec ton père.

Alicia retourna dans le salon et s'assit, heureuse de voir son père faire un puzzle avec ses deux fils. Rose était retournée furtivement dans sa chambre, et on entendait Kate aider Max dans la cuisine. Elle fixa le feu et pensa aux orchidées peintes et à Julia.

Lorsque leur mère était morte, encore très jeune, d'un cancer des ovaires, Alicia, l'aînée des deux, qui déjà à quatorze ans avait un véritable instinct maternel, avait fait de son mieux pour « materner » sa jeune sœur. George était souvent absent, occupé à donner des conférences ou à collecter de nouveaux spécimens. Alicia avait le sentiment qu'il passait le moins de temps possible à la maison. Elle comprit que c'était sa façon de faire face au décès de sa femme et elle ne se plaignit jamais de son absence.

Après la mort de Jasmine, Julia s'était repliée sur elle-même. Alicia avait vu à quel point elle souffrait. Pourtant, malgré tous ses efforts pour l'aider et la consoler, Alicia sentit dès le départ que sa sœur n'appréciait pas cette attitude protectrice. Et, pendant la difficile période de l'adolescence, elle avait refusé de s'ouvrir à Alicia, de lui parler de l'école, de ses amies ou des garçons. Elle avait construit un mur autour de ses pensées et avait passé tout son temps libre à améliorer sa technique au piano.

Alicia avait fini par considérer la « rangée de dents », comme elle appelait le piano droit dans le bureau, comme son rival, un rival qui lui volait l'affection de sa sœur. Et la responsabilité qu'elle ressentait vis-à-vis de Julia, le devoir qu'elle s'était fait de s'occuper d'elle (c'était la dernière chose que sa mère lui avait demandée) avaient fini par faire passer au second plan ses propres besoins et désirs.

À dix-huit ans, Alicia avait obtenu une place à l'Université de Durham pour étudier la psychologie, mais Julia allait encore à l'école. Même s'il y avait une gouvernante qui s'occupait des tâches ménagères et qui passait la nuit avec elles quand George était absent, l'aînée n'avait pas eu le cœur de laisser sa petite sœur toute seule. Elle était allée à l'Université de Norwich à la place et, par la suite, l'année où Julia avait été acceptée au Royal College of Music et était partie s'installer à Londres, elle avait rencontré Max.

Son enfance hors norme, souvent solitaire, avait poussé Alicia à rêver d'un mari, d'une grande famille et d'une maison confortable pour tous les loger. Contrairement à sa sœur, qui avait la bougeotte comme son père, Alicia ne rêvait que de sécurité et d'amour. Max la demanda en mariage, et elle l'épousa six mois plus tard. Un an plus tard, elle était enceinte de Rose et, depuis, elle s'était attachée à donner à ses enfants tout ce qu'elle n'avait jamais eu durant sa jeunesse.

Si son horizon avait été limité par son passé, Alicia l'assumait. Ce qu'elle avait plus de mal à accepter, c'était l'antipathie continuelle de sa sœur cadette. Quand la carrière de Julia avait décollé et qu'elle était devenue célèbre dans le monde de la musique classique, Alicia avait rarement eu de ses nouvelles. Sept mois auparavant, Julia avait de nouveau eu besoin d'elle, et Alicia avait immédiate-ment été là pour l'emmener chez elle dans le Norfolk et pour essayer de la consoler. Pourtant, elle sentait toujours la même distance et la même tension sous-jacente entre elles.

Tout comme vingt ans auparavant, Alicia ne savait pas comment atteindre sa sœur.

— Maman, je fais des petits gâteaux pour le goûter. Où est le plateau pour les poser ?

Alicia leva la tête et vit Kate sur le seuil du salon.

Elle revint à la réalité et se leva.

— J'arrive, ma chérie, j'arrive.

4

Lorsque Julia se réveilla le lendemain, elle resta allongée et attendit les sombres pensées qui assaillaient son esprit tous les matins, un sentiment de désespoir consumant insidieusement les premières secondes positives de la journée, lorsqu'elle était encore trop endormie pour se souvenir.

Elles ne vinrent pas. Ainsi, plutôt que de rouler sur le côté et de plaquer les mains contre ses oreilles, comme pour refouler en vain ces pensées négatives, elle décida de se lever. Elle se dirigea vers la fenêtre de la chambre et ouvrit les rideaux.

Le cottage, une maison basique avec deux pièces au rez-de-chaussée et deux pièces à l'étage, était très apprécié des touristes en raison de la vue magnifique qu'il offrait. Perché sur un monticule herbeux, à quelques secondes de marche de la rue principale de Blakeney, il avait l'avantage de se trouver dans le village tout en offrant une impression de calme et d'espace du fait de sa position surélevée.

Ce jour-là, le soleil brillait, et ses rayons de janvier baignaient le monticule herbeux recouvert de givre d'une lumière vive. Le port de Blakeney s'étendait au-dessous, et derrière il y avait la mer. Julia ouvrit le loquet de la petite fenêtre, tira les deux battants et respira l'air frais.

Elle se dit que par une telle journée il était possible de croire au retour du printemps. Elle ferma la fenêtre, frissonnant soudain dans son t-shirt, enfila son gilet en laine et descendit au rez-de-chaussée pour faire un thé.

À midi, Julia avait compris que quelque chose avait bel et bien changé. Elle avait beau essayer de penser à ce qu'elle avait fait dans ce cottage au cours des derniers mois, elle était incapable de se le rappeler. Le temps ne voulait pas passer. Elle était agitée, elle s'ennuyait même. Elle chercha en vain dans son esprit le chemin qui lui permettrait de retrouver cette torpeur réconfortante, mais il refusa obstinément de se montrer.

Comme elle avait le sentiment d'étouffer, Julia décida de sortir de la maison. Elle enfila une veste, mit une écharpe, chaussa des bottes de caoutchouc, ouvrit la porte et traversa l'étendue d'herbe pour rejoindre la mer.

Le port était désert. Les petits bateaux à terre pendant l'hiver semblaient quelque peu impatients, eux aussi : les mâts grinçaient, les haubans clique-taient comme pour rappeler à leur propriétaire qu'il serait bientôt temps de les remettre à la mer. Julia laissa le port derrière elle et continua à marcher le long de la langue de terre à l'extrémité de laquelle les phoques se prélassaient sur le sable au grand bonheur des touristes qui faisaient des promenades en bateau pour les voir.

Le vent frais lui pinçait le visage, et elle remonta le col de sa veste pour se protéger. Elle continua à marcher, savourant sa complète solitude tandis que l'eau entourait désormais la bande de terre de plus en plus mince, comme si elle s'apprêtait à quitter ce monde.

Elle s'arrêta, puis se tourna et s'approcha du bord

de l'eau qui clapotait au-dessous d'elle, à quelques centimètres de ses pieds. L'eau était profonde ici, suffisamment profonde et froide pour qu'elle puisse s'y noyer, en particulier avec les courants forts qui l'entraîneraient rapidement au large. Elle regarda autour d'elle, s'assurant qu'elle était vraiment seule.

Si elle se jetait dans l'eau, il n'y aurait personne pour l'en empêcher. Et la souffrance s'arrêterait. Au pire, elle s'endormirait pour toujours. Au mieux, elle les reverrait.

Julia balança un pied hésitant au-dessus de l'eau.

Elle pouvait le faire maintenant.

Maintenant...

Qu'est-ce qui l'en empêchait ?

Elle regarda l'eau grise, tentant de se persuader qu'elle devait faire le dernier plongeon pour être soulagée à jamais, mais...

Elle en fut incapable.

Elle leva les yeux vers le soleil blanc, hivernal et impuissant, puis elle jeta la tête en arrière et poussa un énorme cri.

— *POOOUURQUOI ?!!!!*

Elle se laissa tomber à genoux sur la glace en train de fondre. Et elle hurla, tapa les poings sur le sol dans sa fureur, sa douleur et sa colère.

— *Pourquoi eux ?! Pourquoi eux ?!* répéta-t-elle plusieurs fois jusqu'à ce qu'elle fût contrainte de s'arrêter, épuisée. Elle se mit alors à sangloter.

Elle était allongée bras et jambes écartés, ses larmes se mêlaient à l'humidité de l'herbe, et elle pleura de toutes ses forces pour ne pas l'avoir fait pendant sept mois. Finalement, elle n'eut plus de larmes à verser et se contenta de rester allongée, immobile, silencieuse et vide. Au bout d'un moment, elle se redressa, se mit à genoux comme si elle priait et leur parla :

— Je dois… vivre ! Je dois vivre sans vous, d'une façon ou d'une autre…, gémit-elle.

Elle ouvrit les mains, les paumes tournées vers le ciel.

— Aidez-moi, aidez-moi, s'il vous plaît, aidez-moi…

Elle retomba à genoux, prit sa tête entre ses mains et la posa sur ses genoux.

Julia n'entendait que le clapotis de l'eau qui l'entourait. Elle se concentra sur ce bruit et constata qu'il la calmait. Elle sentit la faible chaleur du soleil sur son dos et fut envahie par un sentiment de paix soudain et inattendu.

Elle ignorait combien de temps elle était restée au sol avant de se lever. Trempée jusqu'aux os par l'herbe en train de dégeler, les jambes en coton, les doigts engourdis par le froid, elle avança en titubant le long de la bande de terre et prit la direction de sa maison.

Lorsqu'elle arriva vers son cottage, elle tremblait de fatigue à cause de la longue marche et de toutes les émotions contenues si longtemps qu'elle avait enfin libérées. Elle était en train d'appuyer sur la poignée de la porte d'entrée lorsqu'elle entendit quelqu'un appeler son nom.

— Julia !

Elle regarda en bas de la côte et vit Kit Crawford monter à grands pas vers elle depuis la grande route.

— Bonjour, dit-il en la rejoignant. J'étais passé

vous voir, mais vous n'étiez pas chez vous. J'ai glissé un mot dans la boîte aux lettres.

— Oh ! dit-elle, un peu désorientée.

Elle ne se sentait pas vraiment d'humeur à parler avec les vivants.

Kit la fixait.

— Vous êtes trempée ! Qu'est-ce que vous avez fait ?

Il leva les yeux vers le ciel en quête d'une réponse.

— Il n'a pas plu, n'est-ce pas ?

— Non.

Julia ouvrit la porte d'entrée et marcha avec ses bottes sur la feuille de papier pliée que Kit avait glissée par la fente. Elle se pencha pour la ramasser.

— J'ai laissé mon numéro de portable, dit-il en montrant le mot. Mais comme finalement je vous ai trouvée, nous pourrions peut-être discuter un peu ?

Julia savait qu'elle n'avait pas du tout l'air enthousiaste et elle commençait à claquer des dents.

— Je pense qu'il faut que je prenne immédiatement un bain chaud, dit-elle en espérant que cela suffirait pour le faire partir.

Kit, qui n'était pas du genre à se décourager, la suivit à l'intérieur.

— Oui, vos doigts si précieux sont pratiquement bleus. Nous ne pouvons pas nous permettre de laisser notre pianiste anglaise la plus connue avoir des engelures.

Il ferma la porte derrière lui, puis se mit à frissonner involontairement.

— Mince alors, il fait froid ici aussi. Écoutez, pourquoi ne montez-vous pas à l'étage pour prendre votre bain pendant que j'allume le feu et que je fais un peu de café ?

Julia se retourna et le fixa.

— Ça risque de durer un peu.

— Je ne suis pas pressé, répondit Kit aimablement. Allez-y vite.

Julia s'allongea dans la baignoire et prit le temps de se réchauffer les pieds et la tête, s'interrogeant sur l'arrivée impromptue de Kit. Elle n'était pas habituée à trouver des visiteurs inattendus à sa porte et elle n'était pas certaine de s'en réjouir.

Pourtant…, face à elle-même ce matin dans le froid, elle avait compris qu'elle ne pouvait plus rester là où elle avait passé les sept derniers mois, et qu'elle devait *avancer*, comme tout le monde lui conseillait de le faire.

Elle aurait pu choisir de mourir.

Elle avait choisi de *vivre*.

Après avoir mis un jean et enfilé son vieux cardigan en laine, elle descendit l'escalier. Kit était assis sur le canapé, un petit paquet sur ses genoux. Le feu crépitait joyeusement dans l'âtre. Jamais elle n'était parvenue à en faire un aussi beau malgré tous ses efforts.

— Comment m'avez-vous trouvée ? demanda-t-elle tout en se réchauffant devant le feu.

— Par ma sœur Bella, bien sûr. Elle connaît tout le monde ou plutôt elle se fait un devoir de connaître tout le monde et, si quelqu'un ne compte pas parmi ses connaissances, elle connaît quand même quelqu'un qui le connaît. Dans le cas présent, c'était votre sœur Alicia. J'ai essayé de vous appeler, mais votre portable semble être constamment éteint.

Julia pensa aux dix-sept messages qu'elle n'avait pas écoutés la dernière fois qu'elle l'avait allumé. Elle eut un peu honte.

— Oui, le signal est vraiment faible ici.

— Pas de problème. Premièrement, je voulais m'excuser pour l'autre jour.

— Pourquoi ?

Kit fixa ses mains.

— J'ignorais ce qui vous était arrivé. Comme je vous l'ai dit, j'ai passé beaucoup de temps à l'étranger. Ça ne fait que quelques mois que je suis en Angleterre.

— Qui vous l'a dit ?

— Bella, bien sûr. Apparemment, c'était dans tous les journaux ici. C'est donc de là qu'elle tient ses informations. Je parie qu'elles étaient en grande partie inexactes, comme c'est souvent le cas.

— Je..., je ne sais pas, dit Julia en soupirant. Je n'ai pas lu les journaux, vous vous en doutez.

— Bien sûr.

Kit semblait mal à l'aise.

— Je suis désolé, Julia. Ça a dû être... Ça doit être terrible pour vous.

— Oui.

Julia s'empressa de changer de sujet pour dissiper le malaise entre eux.

— Alors, pourquoi vouliez-vous me voir ?

Le visage de Kit s'illumina.

— J'ai trouvé quelque chose qui pourrait vous intéresser, vous et votre famille.

— Vraiment ?

— Oui. Je vous ai dit, je crois, que je rénovais les cottages dans la cour ?

Julia hocha la tête.

— Eh bien, il se trouve que ma nouvelle maison est celle de vos grands-parents. Les plombiers étaient en train d'enlever les lattes du plancher quand ils ont trouvé ceci.

Kit montra le paquet sur ses genoux.

— Qu'est-ce que c'est ?

Julia regarda Kit défaire le paquet avec soin. Un petit livre relié en cuir apparut. Il le brandit vers elle.

— C'est un journal intime, qui commence en 1941. Je l'ai feuilleté rapidement et c'est le récit de la vie d'un prisonnier de guerre dans le camp de Changi.

Julia fronça les sourcils.

— C'est à Singapour, n'est-ce pas ?

— Oui, répondit Kit. De nombreux soldats britanniques qui combattaient en Malaisie occidentale à l'époque ont atterri là-bas et y ont passé quelque temps selon le bon vouloir des Japonais. Vous savez si votre grand-père a été prisonnier de guerre ?

— Papy Bill parlait beaucoup de l'Orient, mais, la plupart du temps, c'était pour évoquer les magnifiques plantes qui poussent là-bas, dit Julia en souriant. Il n'a jamais mentionné Changi.

— Je ne pense pas qu'il en aurait parlé à une enfant, mais il est possible que ce journal soit le sien étant donné ce que vous venez de dire. Et je ne vois pas à qui il pourrait appartenir d'autre puisque votre grand-père a passé pratiquement toute sa vie dans le cottage.

— Je peux voir ?

Julia tendit la main, et Kit lui donna le journal. Elle ouvrit la première page et constata que le cuir avait protégé le papier fin et empêché qu'il ne se détériore trop. Les mots, tracés par une main très habile à l'encre noire, étaient encore lisibles. L'écriture était très élégante.

— Vous reconnaissez l'écriture de votre grand-père ?

— Pour être honnête, je ne me souviens pas d'avoir vu un jour quelque chose écrit de sa main. C'était ma mère qui écrivait tout ce qu'il voulait consigner sur les différents types d'orchidées qu'il faisait pousser dans les serres, dit Julia. Mon père pourrait peut-être reconnaître son écriture. Ou ma grand-mère, bien sûr. Elle a près de quatre-vingt-dix ans, mais elle est encore en pleine forme d'après ce que j'ai entendu. La question est de savoir si c'est bien le sien, réfléchit Julia. Mais pourquoi l'aurait-il caché ?

— J'ai lu quelques documents sur ce qu'ont enduré les prisonniers de guerre entre les mains des Japonais, et c'était plutôt affreux. Votre grand-père l'a peut-être caché pour ne pas affoler votre grand-mère. J'aimerais bien vous l'emprunter une fois que votre famille l'aura lu. C'est toujours fascinant de lire le récit d'un épisode historique par ceux qui l'ont vécu au plus près.

— Oui, sans doute, dit Julia qui se sentait un peu coupable d'en savoir si peu sur le passé de son grand-père Bill.

Kit se leva.

— Et… je voulais vous demander une faveur.

Il s'approcha de la petite étagère qui se dressait d'un côté de la cheminée et en sortit un livre.

— Je crois que celui-ci est à moi.

Il tenait le livre d'Enid Blyton, que Julia avait acheté à Wharton Park.

— Ça ne peut pas être le vôtre. Il est daté de 1926.

— Oui, c'est incroyable les miracles que peut accomplir la chirurgie esthétique de nos jours, plaisanta Kit. Mais, sérieusement, c'est en fait celui de mon grand-père. Alors, qu'est-ce que vous diriez si vous me l'échangiez contre le journal intime ? Ça vous paraît convenable ?

— Bien sûr.

— Merci. Écoutez, Julia...

Kit semblait soudain mal à l'aise.

— Je meurs de faim et je me demandais si nous pouvions aller chercher...

Il fut interrompu par la sonnerie de son mobile.

— Excusez-moi. Il vaut mieux que je réponde.

Il porta le téléphone à son oreille.

— Allo ? Salut, Annie...

Il écouta, puis secoua la tête.

— Je ne t'entends pas. Le signal est très faible ici. Quoi ? Inutile de s'obstiner, je n'entends rien. Je pars tout de suite et je te retrouve sur place. Merci, salut.

— Désolé, Julia, il faut que j'y aille.

Kit se leva et se dirigea vers la porte, puis se retourna vers elle.

— Tenez-moi au courant si vous en apprenez plus sur ce journal.

— Bien sûr, et merci d'avoir pris le temps de l'apporter.

— Pas de souci. Au fait, j'ai regardé pour les serres : elles sont toujours là. Mais Dieu sait dans quel état ! Si c'est comme le potager... Venez les voir bientôt, si vous voulez, avant que le nouveau propriétaire ne s'installe. Au revoir, Julia.

Il lui adressa un sourire las et ferma la porte.

5

En fin d'après-midi, Julia se retrouva dans le plus improbable des endroits : le supermarché d'Holt, la ville voisine. Après le départ de Kit, elle avait erré comme une âme en peine dans le cottage.

Elle avait d'abord essayé de se reposer, puis elle avait finalement décidé qu'elle avait faim. Et elle n'avait pas juste un petit creux. Non, elle mourait littéralement de faim, pour la première fois depuis des semaines. Assise dans le parking, elle entreprit de manger deux sandwichs, puis dévora à belles dents deux friands à la saucisse et une barre chocolatée. Elle supposa que son appétit avait été attisé par l'air frais et sa longue marche du matin.

Avant, elle avait toujours eu une attitude très saine vis-à-vis de la nourriture. Un bon métabolisme et un emploi du temps chargé lui permettaient de manger ce qu'elle aimait sans jamais prendre de poids. Elle n'avait pas de balance, mais à la façon dont elle perdait son jean à la taille, elle savait qu'il lui faudrait manger encore beaucoup de sandwichs pour reprendre les kilos qu'elle avait perdus.

Après avoir jeté le papier d'emballage des sandwichs sur le siège passager, Julia prit le chemin du retour. Pourtant, lorsqu'elle atteignit le carrefour à la périphérie de la ville, elle s'arrêta.

À présent qu'elle semblait avoir égaré son emploi du temps des sept derniers mois, ne sachant plus ce qu'elle avait bien pu faire dans ce petit cottage sombre et froid, la perspective d'y retourner ne lui souriait guère. Elle tourna à droite et prit la direction de la ferme confortable d'Alicia.

— Julia, quelle bonne surprise !

Le visage d'Alicia s'illumina lorsque Julia apparut sur le seuil de la cuisine.

— Regardez qui est là, les enfants : tatie Julia !

— Je me suis dit que j'allais passer... vous dire bonjour.

Julia se sentit soudain mal à l'aise. Alicia se tenait devant la cuisinière et servait à manger aux enfants qui étaient assis à la table de la cuisine et se chamaillaient.

— Et tu as bien fait, je suis contente de te voir. Tu en veux ? C'est du ragoût de haricots.

Alicia trempa les doigts dans un des bols et goûta.

— C'est meilleur que ça en a l'air.

— Non, merci, j'ai déjà mangé.

Alicia haussa les sourcils tandis qu'elle apportait les bols sur la table.

— Vraiment ?

— Oui !

Julia réprima un sentiment d'irritation familier.

— Je *viens* de manger, en fait. Mais j'aimerais bien une tasse de thé.

— Mets de l'eau sur le feu et fais-en deux.

Alicia s'assit à côté de Fred qui se lamentait et lui donna à manger à la cuillère.

— Maman, les haricots, c'est dégoûtant !

— Fred, plus vite tu manges, plus vite ça sera fini.

Alicia le laissa et s'approcha de la cuisinière où se tenait Julia.

— Tu as un peu de couleur sur les joues. En fait, ça fait longtemps que tu n'as pas eu aussi bonne mine.

— Merci.

Julia s'appliqua à verser l'eau bouillante dans la théière. Elle sentait les yeux d'Alicia posés sur elle.

— J'ai fait une longue promenade ce matin. Ça m'a fait du bien, reconnut-elle.

— On dirait, en effet. James, veux-tu arrêter de lancer des haricots sur Fred ! Je vais te les faire ramasser et manger jusqu'au dernier.

Julia tendit à Alicia sa tasse de thé.

— Et... j'ai eu de la visite aujourd'hui.

— Oh ! tu veux dire Kit Crawford ?

— Oui.

— Je voulais te prévenir que Bella Harper avait appelé pour avoir ton numéro. En fait, elle a été plutôt bavarde.

Alicia s'approcha de la table pour débarrasser les bols et donna à chacun des enfants un yaourt.

— Je suppose qu'elle a découvert qui tu étais

vraiment. Je suis montée dans son estime parce que j'ai une sœur célèbre.

Alicia haussa les sourcils.

— Mais assez parlé de cette stupide femme. Que voulait Kit ?

— Il a trouvé quelque chose dans l'ancien cottage de Bill et Elsie, et il voulait me le donner.

Julia but une gorgée de thé.

— Vraiment ? Quoi ?

— Un journal intime, qui a sans doute été écrit par papy Bill. C'est le récit de ses années de prisonnier de guerre dans le camp de Changi, à Singapour. Je t'en dirai plus quand je l'aurai lu.

— Comme c'est fascinant ! Quel âge avait papy Bill quand il l'a écrit ?

— Eh bien, comme c'était en 1941, il devait avoir une vingtaine d'années. Tu savais qu'il avait été prisonnier là-bas ? demanda Julia.

Alicia secoua la tête.

— Non, mais ça ne veut pas dire qu'il ne l'a pas été. C'est à mamie Elsie qu'il faut demander. Elle saura sûrement.

— Tu l'as vue ces derniers temps ?

Alicia prit un air coupable.

— Non. Je ne trouve jamais le temps d'aller lui rendre visite. Avec les enfants… J'aurais dû faire plus d'efforts.

— Elle vit toujours à Southwold ? demanda Julia.

— Sa sœur est morte il y a un an environ ; elle vit toute seule maintenant. Tu te souviens comme elle tenait toujours à nous coiffer ? Des chignons, des nattes, des queues de cheval, des bouclettes…, dit Alicia en riant. Et cette drôle de collection de perruques qu'elle gardait dans la pièce du fond. Elle passait des heures à les coiffer comme un enfant qui joue à la poupée. Elle a toujours rêvé d'être coiffeuse.

— Oui, et elle détestait mes cheveux parce qu'ils étaient trop lourds pour boucler, même quand elle me mettait des bigoudis pendant la nuit.

Julia sourit tendrement en y repensant.

— Je vais aller la voir. J'aimerais, en tout cas.

Alicia se dirigea vers le buffet et ouvrit l'un des tiroirs. Elle sortit un carnet d'adresses et le feuilleta.

— Voici le numéro de téléphone d'Elsie et son adresse. Vas-y, Julia, insista-t-elle. Entre toi qui vis en France et moi qui suis débordée avec les enfants, nous n'avons pas vraiment été des petites-filles modèles.

— Non, en effet, acquiesça Julia. Et quand je la verrai, je déciderai si je dois lui donner ou non le journal. Comme a dit Kit, papy Bill l'a peut-être caché parce que son contenu était trop pénible.

— Tu as raison.

Alicia se dirigea vers la table pour la débarrasser.

— Allez vous laver les mains et le visage, vous autres. Ensuite, vous pourrez regarder la télé pendant une demi-heure avant que Rose ne rentre à la maison. Et après, au bain ! Allez, ouste !

Les trois enfants ne se le firent pas dire deux fois. Ils sortirent en courant de la pièce, et Julia aida Alicia à remplir le lave-vaisselle.

— Vous avez bien discuté, Kit et toi ?

— Oui. J'ai échangé avec lui le livre d'Enid Blyton que j'avais acheté à la vente aux enchères contre le journal intime, dit Julia en souriant. Il a vécu à l'étranger pendant des années. Il ignorait ce qui... m'est arrivé. Jusqu'à ce que sa sœur le lui apprenne, bien entendu.

— C'est peut-être une bonne chose, dit Alicia. Il est très... séduisant. Tu ne trouves pas ?

— Je ne « trouve » pas, non. En tout cas, je dois y aller.

Alicia comprit, en voyant le visage de Julia changer d'expression, qu'elle était allée trop loin et elle se maudit de ne pas avoir fait plus attention.

— Je vais noter le numéro de téléphone d'Elsie.

Elle l'inscrivit sur un bout de papier à lettres.

— Voilà, dit-elle en le tendant à Julia. Tiens-moi au courant, d'accord ?

— Oui. Merci pour le thé.

Julia se dirigeait déjà vers la porte.

— Salut.

Julia monta dans la voiture, claqua la portière beaucoup plus fort qu'elle ne l'aurait dû et partit à vive allure.

Elle grinça des dents tant elle était frustrée par la fâcheuse habitude qu'avait sa sœur de la blesser. Elle savait qu'Alicia essayait seulement de l'aider, de s'occuper d'elle, comme elle l'avait fait quand elles étaient plus jeunes. Mais son attitude protectrice donnait à Julia l'impression qu'elle la traitait avec condescendance. Du coup, Julia se sentait toujours petite à côté d'elle.

Alicia était et avait toujours été compétente et douée pour la « vie ». « L'enfant chérie », comme son père l'avait toujours appelée. Elle était capable de gérer plusieurs activités à la fois, et le tout sans jamais se départir de la sérénité qui la caractérisait et sans que jamais une mèche rebelle ne dépasse de sa tête blonde et brillante.

Julia avait grandi dans son ombre, se débattant sans cesse avec les contraintes de la vie quotidienne. Elle était solitaire, ne se souciait pas de son apparence et réussissait de justesse ses examens à l'école en raison des nombreuses heures qu'elle passait à jouer du piano.

Elle avait toujours su qu'elle ne pouvait pas rivaliser avec la perfection d'Alicia. En outre, Alicia était plus proche de son père, tandis que Julia était comme les deux doigts de la main avec sa mère.

Tout le monde parlait de la ressemblance entre Julia et sa mère : elles se ressemblaient physiquement, mais elles avaient aussi toutes deux une nature d'artiste.

Son enfance avait pris fin le jour où sa mère était morte.

Lorsque Julia arriva chez elle, elle jeta avec colère des bûches dans l'âtre pour tenter de raviver le feu. Elle était encore perturbée. Le problème, c'était qu'Alicia était vraiment une personne bienveillante. Julia ne pouvait pas la blâmer. C'est pourquoi elle se sentait encore plus coupable et pas à la hauteur. Elle savait qu'Alicia s'était donné du mal pour prendre la place de sa mère quand elle était plus jeune.

Et Julia s'était montrée très difficile avec elle. Mais personne ne pourrait remplacer sa mère…, jamais. Elle aurait aimé qu'Alicia arrête d'essayer et comprenne qu'elle avait besoin d'une sœur avec qui partager sa peine plutôt que d'une maman de substitution, si bien intentionnée fût-elle, qui ne pourrait jamais remplacer ce qu'elle avait perdu.

Et à présent, le sort avait voulu qu'elle ait de nouveau besoin de l'aide d'Alicia. Fidèle à elle-même, Alicia avait été là pour elle immédiatement, sans jamais reprocher à Julia de ne pas avoir pris la peine de se manifester régulièrement depuis qu'elle avait fui le nid familial à l'âge de dix-huit ans et qu'elle s'était ensuite installée en France.

Pourtant, maintenant qu'elle était revenue en Angleterre, c'était comme si l'histoire se répétait. Julia soupira tristement. Sa vie était en ruine, à côté de celle, parfaite, d'Alicia. Comme si cela ne suffisait pas, sa sœur avait toujours cette attitude protectrice étouffante. Pourtant, ce qui l'irritait encore plus, c'était qu'Alicia avait la fâcheuse manie d'exprimer tout haut les pensées qu'elle-même tentait de refouler.

Elle s'assit sur le canapé, le journal intime dans les mains, déterminée à penser à autre chose. Elle l'ouvrit à la première page, mais fut incapable de se concentrer sur les mots. Elle se contenta alors de regarder le feu dans l'âtre.

« Il est très séduisant, tu ne trouves pas ? »

Julia soupira. Le commentaire d'Alicia et sa réaction exagérée l'obligeaient à se poser des questions.

Oui, ce matin, près du port, elle avait accepté qu'elle devait continuer à vivre, qu'elle n'avait vraiment pas le choix. Pourtant, de là à envisager, même vaguement, que son retour à la vie normale déboucherait un jour sur une rencontre avec un *homme*, il y avait un pas énorme qu'elle n'était pas prête à franchir. Le monde presque obscur dans lequel elle avait vécu les derniers mois excluait toute perspective d'avenir.

Comment aurait-il pu en être autrement, puisque tout ce qui représentait l'avenir était parti ?

Julia se leva et alla d'un pas traînant dans la cuisine. Elle ouvrit le frigo, désormais plein à craquer, et en sortit un plat de pâtes prêt à réchauffer. Elle se demanda, avec une pointe de méchanceté, si elle ne devrait pas prendre une photo du Frigidaire pour qu'Alicia cesse de l'ennuyer avec ses remarques continuelles.

Tandis qu'elle apportait son dîner au salon, elle identifia la source de sa colère envers sa sœur. Elle se sentait... coupable. Coupable, parce que, lorsque Kit était venu la voir, elle avait bien malgré elle apprécié sa compagnie. Et, oui, elle trouvait qu'il était séduisant.

Après le souper, Julia prit le journal intime, mais se sentit trop distraite pour attaquer sa lecture. La journée avait été longue et riche en émotions. Elle monta l'escalier pour aller se coucher.

Pour la première fois depuis que son univers avait volé en éclats sept mois auparavant, Julia dormit sans faire de cauchemars.

Le lendemain matin, elle se réveilla et se retrouva dans la cuisine à huit heures. Une tasse de thé, avec du lait cette fois, et un bol de muesli renforcèrent sa détermination à affronter de nouveau la vie.

Elle sortit son téléphone portable du tiroir, l'alluma et monta à l'étage dans la salle de bains, la seule pièce du cottage où le signal était suffisant. Elle avait à présent dix-neuf messages vocaux dont certains remontaient à deux mois. Les plus récents étaient d'Alicia, de son père, de Kit. Il y avait aussi de nombreux messages d'Olav, son agent.

Sa gouvernante en France l'avait aussi contactée, lui demandant de la rappeler immédiatement. Il y avait un problème dans la maison, mais Agnès parlait si vite en français que Julia ne parvint pas à comprendre où était la fuite. Elle s'assit sur le bord de la baignoire et fit une liste des autres personnes qui avaient cherché à la joindre. Sa main tremblait tant elle avait peur de parler à ceux qui lui rappelleraient son passé.

Aujourd'hui, elle se chargerait de contacter sa gouvernante et son agent. Tous les autres pouvaient attendre.

Elle retourna au rez-de-chaussée, se jeta sur le canapé et ferma les yeux. Elle se força à imaginer la terrasse couverte de vignes de sa magnifique maison, perchée sur la colline du vieux village de Ramatuelle, avec les eaux bleues profondes de la Méditerranée qui scintillaient au-dessous.

Elle soupira, consciente que les souvenirs qu'elle avait évités avec une telle détermination ne pourraient plus être refoulés plus longtemps si elle voulait recommencer à vivre. De plus, elle devait peut-être commencer à penser à ces précieux instants, à les chérir plutôt qu'à leur résister.

Le soleil commence à décliner dans le ciel qu'il pare de couleurs rouges et dorées chatoyantes. L'eau bleue au-dessous semble s'embraser. J'écoute le Concerto pour piano n° 3 *de Rachmaninov, qui atteint son apothéose au moment où le soleil plonge gracieusement dans l'eau.*

C'est le moment de la journée que je préfère, lorsque la nature elle-même semble s'immobiliser pour regarder le spectacle orchestré par le roi du jour, la force qu'il mobilise pour grandir et s'épanouir, puis pour terminer son voyage avant la nuit.

Nous sommes trop rarement ensemble ici à mon goût, ce qui rend cet instant encore plus précieux. Le soleil a disparu, je ferme les yeux et j'écoute Xavier jouer. J'ai interprété ce concerto des centaines de fois, et je suis frappée par les subtiles différences, les nuances qui rendent son interprétation unique. Elle est plus puissante, plus masculine, et c'est naturellement ce qu'elle devrait être.

J'ai « quartier libre » et je n'ai aucun engagement avant le milieu de la semaine prochaine, mais Xavier doit partir demain pour un concert à Paris, alors, c'est notre dernière nuit ensemble. Une fois qu'il aura terminé de jouer, il viendra sur la terrasse avec un verre de rosé venant de la cave locale. Nous resterons assis dehors, parlant de tout et de rien, et nous abandonnant avec délices à la tranquillité de notre rare solitude.

Le cœur de notre vie, l'énergie qui nous lie tous les deux, se trouve à l'intérieur de la maison. Après avoir baigné notre fils, Gabriel, et l'avoir couché pour la nuit, je me suis agenouillée doucement à côté de son petit lit et j'ai regardé son visage se détendre tandis qu'il s'endormait.

— Bonne nuit, mon petit ange, ai-je murmuré avant de sortir sur la pointe des pieds et de fermer doucement la porte derrière moi.

Je suis heureuse de pouvoir passer encore une semaine auprès de lui. Certaines mères ont le plaisir de voir leurs enfants vingt-quatre heures sur vingt-quatre, de profiter de chaque sourire, de chaque nouvelle étape sur le chemin de l'apprentissage qui les mènera à l'âge adulte. Je les envie, car je n'ai pas ce luxe.

Tandis que je regarde le ciel qui s'assombrit, je me repose la question qui me taraude depuis le jour de sa naissance et je me demande si j'aurais dû mettre ma carrière entre parenthèses pour le regarder grandir. Je ne peux pas aller plus loin dans mes pensées, car voici Xavier avec le verre de rosé promis et un bol d'olives fraîches.

— Bravo, dis-je tandis qu'il dépose un baiser sur ma tête.

Je lève la main pour caresser son visage.

— Merci, ma petite, répond-il.

Nous parlons français ensemble ; nous avons jugé que sa mauvaise utilisation des verbes anglais était pire que mon horrible accent.

De plus, c'est la langue de l'amour.

Il s'assoit sur un fauteuil à côté de moi et pose ses longues jambes sur la table. Ses cheveux, comme toujours lorsqu'il joue du piano, se hérissent, ce qui lui donne l'apparence d'un bambin géant. Je tends le bras pour les aplatir. Il prend ma main et l'embrasse.

— Quel dommage que je doive partir demain ! L'année prochaine, nous pourrons peut-être nous arranger pour ne prendre aucun engagement pendant l'été et pour être ensemble ici.

— Oh oui, j'aimerais tellement ! dis-je en regardant du coin de l'œil la lune qui se dévoile. Elle prend la place du soleil et devient la reine de la nuit.

La peau déjà pâle de Xavier le semble encore plus au clair de lune. Je ne me lasserai jamais de le regarder. Il est tellement extraordinaire. Si je suis une créature de la journée – du soleil – avec ma peau mate et mes yeux sombres, Xavier est une créature de la nuit – de la lune.

Ses traits aquilins marqués, hérités de sa mère, n'entrent en aucun cas dans les critères de la beauté classique. Son nez, pour commencer, est trop long, ses yeux, d'un bleu glacial, sont trop rapprochés. Il a le front haut et ridé, ses cheveux noirs épais sont secs. Seules ses lèvres sont parfaites sur ce visage, charnues comme celles d'une femme, deux coussinets roses et rebondis, qui s'ouvrent quand il sourit pour découvrir une rangée de dents blanches larges et puissantes.

Son corps est disproportionné : ses jambes sont si longues qu'elles pourraient servir d'échasses, mais son torse est court, si bien que ses longs bras et ses doigts élégants et talentueux semblent avoir été greffés sur le mauvais corps. Il me dépasse d'au moins trente centimètres. Il n'y a pas une once de graisse sur lui, et je suis sûre qu'il restera ainsi jusqu'à la fin de ses jours. L'énergie nerveuse, qui ne le quitte jamais, même pendant son sommeil, quand il se tourne et se retourne à côté de moi, gigote et remue, crie tout fort le nom d'un ennemi imaginaire, empêchera qu'il ne prenne de l'embonpoint en dépit de tous les efforts fournis par ses hormones.

Et j'ai aimé chaque centimètre de son corps et de son âme depuis le jour où je lai entendu interpréter la Sonate pour piano en si bémol majeur *de Franz Schubert au Concours international Tchaïkovski, à Saint-Pétersbourg.*

J'ai remporté le premier prix.

Il a remporté le deuxième.

Je regarde son visage adoré, si familier à mes yeux, mais toujours aussi fascinant, parce qu'il y a encore tellement de détails, de profondeurs à explorer. Je suis beaucoup moins complexe que lui. Je sais jouer du piano, plutôt brillamment, c'est ce qu'on me dit. Juste parce que j'ai ce don-là. De la même manière, je peux quitter la scène et redevenir un être humain tout à fait normal. Xavier, quant à lui, emporte sa musique partout et pense toujours à la façon dont il peut améliorer son interprétation du prochain morceau.

Je crois sincèrement que, si on transformait un jour tous les pianos du monde en bois de chauffage, il se jetterait dans le feu de joie.

Nous avons ri du fait que c'est moi, et non pas lui, qui suis devenue célèbre. Mais nous savons tous deux que je suis beaucoup plus mignonne dans ma robe que lui, que je suis plus photogénique quand je joue. Je suis une « fille » et c'est plus vendeur…

Mais je sais que c'est lui le génie, qu'il peut interpréter les Études *de Chopin et ajouter une touche de magie, une étincelle pour se les approprier. Je sais aussi qu'un jour le monde entier reconnaîtra son talent. Et je serai heureuse de prendre la deuxième place.*

Je sais que ma façon de jouer a gagné en puissance grâce à lui.

Et je l'adore.

Il est mon piano. Mon feu de joie. Et s'il n'était plus là, je me jetterais volontiers dans ce feu.

6

Julia avait le visage baigné de larmes. Elle savait que d'autres larmes suivraient au fur et à mesure qu'elle se souviendrait.

— Xavier.

Elle avait prononcé son nom à haute voix pour la première fois.

— Xavier, Xavier…

Elle répéta son prénom encore et encore, consciente que, lorsqu'elle parlerait à sa gouvernante et à son agent, ils le prononceraient sûrement aussi, et elle voulait s'entraîner à contrôler ses émotions lorsqu'elle l'entendrait.

Elle monta à l'étage pour prendre une douche, s'habilla, puis s'assit sur le bord de la baignoire une fois encore. Elle s'arma de courage pour composer les numéros qui la replongeraient dans la vie.

Agnès, sa gouvernante, ne répondit pas, et Julia fut soulagée d'avoir encore un sursis. Elle laissa un message et lui demanda de la rappeler.

Elle décida d'appeler Olav, son agent. Elle regarda son portable : il était dix heures et demie. Olav pouvait être n'importe où dans le monde. Il avait des bureaux à New York, Londres et Paris.

Tout en composant son numéro, elle espéra tomber là encore sur sa boîte vocale, mais il était rare qu'il ne décroche pas quand elle l'appelait, même si c'était le milieu de la nuit pour lui.

Elle entendit la tonalité, puis deux sonneries et retint son souffle. Il répondit à la troisième.

— Julia, ma chérie. Comme c'est merveilleux de t'entendre. Enfin ! ajouta-t-il d'un ton plein de sous-entendus.

— Où es-tu ? demanda-t-elle.

— À New York. Un de mes clients jouait avec l'Orchestre symphonique de New York au Carnegie ce soir. Mon Dieu, que ça manquait d'inspiration ! Mais parlons plutôt de toi, ma chérie. J'ai une centaine de mails sans réponse sur mon bureau. On demande ta présence aux endroits habituels : Milan, Paris, Londres, etc. Je leur ai dit que tu prenais un congé sabbatique, mais Julia, ma chérie, ils ne vont pas demander éternellement.

— Je sais, Olav, répondit-elle, confuse.

— Ces types prévoient des dates dix-huit mois, voire deux ans à l'avance. Si nous n'acceptons pas bientôt une réservation, tu ne pourras pas remonter sur scène avant trois ans. Tu as déjà réfléchi au moment où tu seras prête à me donner une réponse positive ?

Même si Julia était reconnaissante à Olav de ne pas avoir choisi le mode de la compassion et d'être entré directement dans le vif du sujet en parlant de ce qu'il aimait le plus, le business, elle ne savait pas pour autant quoi lui répondre.

— Non, pour être honnête, je n'y ai pas vraiment réfléchi.

— Tu as une adresse e-mail là-bas, ma chérie ? Je peux t'envoyer les demandes, tu peux les lire et voir si certaines te tentent.

— Non. Mon ordinateur portable est encore chez moi en France.

Il y eut un silence à l'autre bout du fil.

— Tu es toujours dans le Norfolk ? demanda-t-il.

— Oui.

— D'accord, bébé, dans ce cas, j'ai une meilleure idée. Je serai à Londres la semaine prochaine. Nous pourrions nous retrouver pour le déjeuner au Claridge's, et je te donnerai les mails avec tous les renseignements.

Julia entendit Olav tourner des pages. Finalement, il demanda :

— Que penserais-tu de jeudi prochain ? Je pourrais aussi te passer la liasse de chèques qui sont arrivés ici au cours des sept derniers mois. Comme je te l'ai dit dans mon message, c'est une somme substantielle. Je ne les ai pas déposés à la banque comme je le fais d'habitude. Je ne savais pas ce que tu avais fait avec ton compte joint.

— Non, dit Julia, la gorge serrée. Jeudi prochain, c'est bon pour moi.

— Super, je suis impatient de te revoir, ma chérie. Bon, comme il est quatre heures et demie du matin ici et que je pars pour Tokyo demain, je ferais mieux de dormir un peu. Rendez-vous à midi au bar à côté du restaurant. À jeudi, bébé.

Il raccrocha.

Julia poussa un soupir de soulagement. Elle avait au moins repris contact. Elle savait qu'elle pourrait toujours annuler son rendez-vous de jeudi prochain, mais son regain d'optimisme, si fragile fût-il, ne lui avait pas permis de refuser de but en blanc. De plus, elle devait être réaliste. Elle vivait grâce à l'argent sur son compte anglais, les loyers de son cottage qu'elle avait déposés au cours des huit dernières années.

La dernière fois qu'elle avait vérifié, plus d'un mois auparavant, il ne restait plus que quelques centaines de livres sterling dessus. Elle n'avait pas pu se résoudre à appeler la banque en France, où Xavier et elle avaient leurs comptes et sur lesquels la majeure partie de ses gains était versée. Elle aurait des formulaires à remplir pour mettre les comptes à son nom uniquement. Et jusqu'à présent, elle n'avait pas été prête à accepter le fait que Xavier était parti.

Elle savait qu'elle devait retourner en France pour reprendre sa vie en main. Mais c'était une chose de passer un coup de fil et c'en était une autre de se confronter physiquement aux souvenirs.

Ne voulant pas compromettre les progrès qu'elle avait faits le matin (une étape à la fois), Julia décida d'aller se promener. Elle était en train d'enfiler sa veste, lorsqu'elle entendit quelqu'un frapper à la porte.

— Salut, ma chérie, c'est moi, papa.

Surprise, Julia ouvrit la porte.

— Désolé de faire irruption comme ça, dit George en entrant. Alicia a dit que tu étais chez toi la plupart du temps. Je peux revenir à un autre moment si ça t'arrange.

Julia se dit que son père ne paraissait pas du tout à sa place dans la pièce minuscule ; un peu comme Gulliver chez les Lilliputiens.

— Non, ça va, dit-elle en enlevant sa veste pendant qu'il s'asseyait. Tu veux un café ?

— Non, merci, je viens d'en boire un. Je suis allé dans les marais à Salthouse pour bouturer une plante inhabituelle que l'un de mes étudiants a trouvée là-bas.

George observa sa fille.

— Je ne vais pas te demander comment tu vas, je sais d'expérience que c'est énervant. Mais je dirais que tu as meilleure mine. Tu n'as pas les traits aussi tirés que ces derniers temps. Alicia n'arrête pas de me dire qu'elle est inquiète, qu'elle a peur que tu ne manges pas. C'est vrai ?

Julia sourit.

— Papa, tu peux aller regarder dans mon frigo si tu veux. Je suis allée faire des courses pas plus tard qu'hier.

— Parfait. Tu sais, je… comprends. J'ai traversé une épreuve similaire même si je n'ai pas connu la douleur de perdre un de mes enfants en même temps que ta mère. Et Gabriel était tellement adorable. Ça doit être insupportable pour toi, ma chérie.

— Ça l'a été, oui, dit Julia d'une voix étranglée.

— Tout ce que je peux dire, sans vouloir paraître condescendant, c'est que les choses finissent par s'améliorer, mais il faut du temps – non pas pour se « remettre » parce qu'on ne s'en remet jamais complètement, mais pour…

George chercha le mot approprié.

— … s'adapter.

Julia le regarda en silence, consciente qu'il allait en dire plus.

— Et il arrive un moment où on se rend compte que le plus dur est passé, poursuivit-il. On se réveille un matin, et le monde n'est plus aussi sombre, si tu vois ce que je veux dire.

— Oui, dit Julia. Je pense… Eh bien, quelque chose s'est passé hier, et aujourd'hui – ce matin, en tout cas…

Elle avait du mal à exprimer ce qu'elle ressentait.

— Tu as raison : le monde n'est plus aussi sombre qu'avant.

Ils restèrent silencieux quelques instants, heureux de se comprendre. Finalement, Julia reprit la parole.

— Tu es venu me voir pour une raison particulière ?

— Oui, en fait, il y a bien une raison particulière à ma visite, répondit George. Il est près de midi. Qu'est-ce que tu dirais de sortir de ce cottage paumé, de traverser la rue et d'aller au White Horse pour prendre un verre de vin et manger du poisson pêché de ce matin ?

Julia fit un effort pour ne pas recourir à son vieux réflexe et décliner l'invitation.

— C'est une bonne idée, papa.

Dix minutes plus tard, ils étaient installés à une table, dans un coin agréable près du feu. George commanda deux assiettes de *fish and chips* et rapporta deux verres de vin du bar.

— Chouette pub, commenta-t-il. Un vrai pub local, en particulier l'hiver quand il n'est pas envahi par les touristes.

Soudain, il tendit la main par-dessus la table et serra le bras de Julia.

— Julia, je suis fier de toi. Je sais à présent que tu vas t'en sortir. Continue, ma chérie. Tu auras des bons jours et des mauvais jours, tu dois en être consciente, mais continue à avancer.

— J'essaierai, papa, j'essaierai, répondit-elle, sentant une boule se former dans sa gorge.

— En tout cas, dit George en s'éclaircissant la voix, je voulais te parler de ces aquarelles d'orchidées que tu m'as données. Je les ai comparées avec d'autres aquarelles que ta mère a réalisées et il n'y a aucun doute possible : c'est bien elle qui les a peintes. Probablement quand elle était beaucoup plus jeune.

— Je suis tellement contente de les avoir trouvées, papa, dit Julia. C'est qu'il devait en être ainsi.

— Oui, mais il y a autre chose d'intéressant à propos de ces aquarelles, du moins de l'une d'entre elles.

Georges but une gorgée de vin.

— Je sais qu'enfant, ta mère passait des heures dans les serres avec ton grand-père, comme tu l'as fait après elle. Pour s'occuper, elle peignait des fleurs. J'ai identifié trois des orchidées, qui sont cultivées en Angleterre et que ton grand-père aurait pu faire pousser. Les trois sont du genre *Cattleya*. William Cattley, un homme qu'on pourrait appeler le père des orchidées britanniques, a été le premier horticulteur à cultiver avec succès des orchidées épiphytes au début du XIXe siècle, et la plupart des orchidées que nous voyons ici en descendent. Pourtant, la quatrième orchidée que ta mère a peinte, eh bien, c'est une tout autre histoire.

— Vraiment ? dit Julia tandis que l'on apportait leurs assiettes.

— Oui. Si son dessin est précis, et j'en suis sûr puisque j'ai travaillé avec ta mère pendant quinze

90

ans, l'orchidée qu'elle a représentée est un *Dendrobium nigum.*

George planta sa fourchette dans la pâte à frire qui recouvrait son poisson.

— Alors, soit ta mère a copié l'image dans un livre, ce qui est naturellement possible et sans doute le scénario le plus probable, ou, ajouta-t-il entre deux bouchées, l'orchidée poussait dans la serre de ton grand-père à l'époque.

Julia commença à manger, elle aussi.

— Et, si elle poussait dans la serre de papy…

— Eh bien, le dernier spécimen de *Dendrobium nigum* est parti aux enchères à près de cinquante mille livres. C'est une fleur incroyable. On n'en a trouvé que quelques-unes autour des collines de Chiangmai, en Thaïlande. C'est la fleur la plus proche de l'orchidée noire de la légende, même si sa teinte originale est un rouge magenta sombre. Les botanistes ne sont jamais parvenus à la mettre en culture en dehors de son habitat, ce qui la rend très précieuse. Je serais vraiment surpris d'apprendre que cette plante est bel et bien arrivée jusqu'aux serres de Wharton Park dans les années cinquante.

— Papy Bill n'a-t-il pas demandé à maman de taper toutes ses notes ? Je croyais que tu en avais hérité après sa mort ? demanda Julia. Il y a certainement des informations sur cette plante ?

— C'est ce que j'ai pensé aussi, reconnut George. J'ai passé une grande partie de mon temps depuis dimanche à les consulter, mais je n'ai trouvé aucune mention de cette plante jusqu'à présent.

Il posa son couteau et sa fourchette à côté de son assiette vide.

— Ton grand-père cultivait plus de deux cents espèces différentes d'orchidées dans ses serres. Je n'ai pas encore trouvé celle-ci, mais je vais continuer à chercher.

— Je change de sujet, mais est-ce qu'Alicia t'a parlé du journal intime que Kit Crawford a trouvé sous le plancher dans leur ancien cottage ?

— Oui, elle en a parlé brièvement. Apparemment, c'est le récit de la vie d'un prisonnier de guerre dans le camp de Changi. Ne me demande pas si Bill était à Changi pendant la guerre, je n'en ai aucune idée, dit George. La seule personne qui doit le savoir, c'est Elsie, ta grand-mère. Elle m'a envoyé une carte de vœux et elle est toujours en pleine forme à quatre-vingt-sept ans. Pourquoi n'irais-tu pas lui rendre visite ?

— J'ai l'intention de le faire, papa. Alicia m'a donné son numéro, et je vais l'appeler.

— Très bien. Sinon, quoi de neuf ? Tu devrais peut-être te demander si tu veux rester encore longtemps dans ton cottage déprimant ?

— Je sais, dit Julia. Mais ça ne fait qu'un ou deux jours que j'ai réalisé à quel point il était déprimant.

— Et il n'y a pas de place pour un piano…, ajouta doucement George.

— Je ne veux pas de piano, dit Julia avec véhémence. Mais si je reste encore un peu ici, je demanderai à Agnès de m'expédier quelques-unes de mes affaires.

— Voilà comment il faut faire, ma chérie.

George tapa sur la table.

— Il faut que j'y aille. Je dois répondre à un tas

d'e-mails et préparer une conférence pour demain matin.

Julia l'attendit à l'entrée du pub pendant qu'il réglait l'addition, puis ils traversèrent la route et remontèrent la côte jusqu'au cottage dans un silence complice.

— Chérie, j'ai vraiment été heureux de te voir ! Un plaisir inattendu de constater que tu vas mieux.

George serra Julia dans ses bras.

— Prends soin de toi et donne-moi de tes nouvelles.

— Promis.

Son père hocha la tête, puis se dirigea tranquillement vers sa voiture.

7

Le lendemain matin, Julia appela Elsie. La vieille femme fut ravie de l'entendre, et Julia se sentit encore un peu plus coupable de ne pas avoir fait l'effort de lui téléphoner plus souvent. Elles convinrent que Julia irait à Southwold le samedi suivant à l'heure du thé. Ensuite, Julia s'habilla, enfila son manteau et partit pour les serres de Wharton Park, heureuse d'avoir un endroit où aller plutôt que d'affronter une longue journée de solitude au cottage.

Elle prit pour un signal positif et encourageant le fait que le silence de sa maison lui paraissait beaucoup plus pesant qu'auparavant. Pourtant, si elle ne voulait pas sombrer dans l'ennui en passant des journées à ne rien faire, cela signifiait également qu'il était temps de faire des plans pour l'avenir.

Elle tourna à droite pour se diriger vers l'entrée de Wharton Park, admirant les hêtres pourpres qui bordaient l'allée. Et le vieux chêne, sous lequel, d'après la légende, Anne Boleyn aurait une fois embrassé Henri VIII.

Cinq cents mètres plus loin, elle tourna de nouveau à droite et emprunta la route cahoteuse qui la mènerait jusqu'à la cour carrée. Le potager se trouvait juste derrière, et les serres avaient été construites à son extrémité. Julia éprouva une certaine impatience en s'approchant, un sentiment familier de son enfance, et elle réalisa à quel point il était important pour elle que les serres soient encore là.

Elle gara sa voiture dans la cour carrée et sortit dans l'air froid. Elle se souvenait qu'une activité intense régnait ici autrefois. En plus des cottages où logeaient les travailleurs du domaine, il y avait les écuries. Les chevaux entraient et sortaient en faisant claquer leurs sabots, et les tracteurs transportant des balles de foin évitaient de justesse les enfants qui jouaient au foot au centre de la cour.

C'était un monde à part au sein d'un autre monde…

Qui était à présent silencieux et désert.

Julia s'éloigna de la voiture et emprunta le chemin envahi par les herbes qui menait au potager. Le portillon bleu était toujours là, mais il était à présent

94

couvert de lierre. Julia dut pousser de toutes ses forces pour l'ouvrir. Elle entra dans le potager.

Les rangs de carottes, de pois, de choux et de panais soigneusement cultivés n'étaient plus là. À leur place, il y avait un enchevêtrement de mauvaises herbes, d'orties où apparaissait çà et là la tête mélancolique d'un chou trop ouvert. Julia se dirigea vers le petit verger qui se trouvait au bout du potager et qui cachait les serres de sa vue. Les nombreux pommiers, poiriers, pruniers, dont certains étaient très vieux, n'avaient pas disparu. Leurs branches tordues étaient complètement dépourvues de feuilles, et Julia sentit sous ses pieds les fruits tombés en automne qui n'avaient pas été ramassés et qui se transformaient en paillis.

Elle passa entre les arbres et aperçut le toit des serres au-dessus des buissons qui avaient proliféré autour d'elles. Elle marcha sur le chemin presque entièrement recouvert de mauvaises herbes qui conduisait jusqu'à la première porte.

La porte n'était plus là, ou plutôt elle gisait à ses pieds, un tas de bois pourri et de verre cassé. Elle l'enjamba avec prudence et entra dans la serre. Elle était vide. Il ne restait plus que les vieilles tables à tréteaux qui se dressaient contre ses parois et la rangée de crochets en fer qui pendaient des armatures au-dessus de sa tête. Le sol en béton était recouvert de mousse, et des mauvaises herbes poussaient sous la charpente et à l'intérieur. Julia marcha doucement jusqu'au bout de la serre. Et dans le coin où elle l'avait toujours vue, elle retrouva la chaise sur laquelle elle avait l'habitude de s'asseoir. Dessous, il y avait la vieille radio en Bakélite de papy Bill, dont les composants en métal étaient très rouillés.

Elle s'agenouilla et la prit. La radio était irréparable, mais elle l'emporterait néanmoins. Elle la serra contre sa poitrine comme un bébé, puis tripota les boutons dans une vaine tentative de la ressusciter.

— *Les orchidées aiment la musique, Julia. Ça remplace peut-être les bruits de la nature qu'elles entendent dans leur environnement naturel, me dit papy Bill tout en me montrant comment arroser les délicats pétales avec un pistolet pulvérisateur. Elles aiment aussi la chaleur et la moiteur pour imiter l'humidité à laquelle elles étaient habituées.*

Tout le monde trouve que l'atmosphère est suffocante dans les serres, avec le soleil qui tape sur les vitres, ce qui, ajouté à l'absence de brise naturelle, fait monter la température bien au-dessus de celle des journées humides de l'Angleterre.

Pour ma part, j'adore cette chaleur, car je déteste superposer les couches de vêtements pour me réchauffer. C'est comme si c'était mon habitat naturel, et papy Bill ne semble pas la remarquer non plus.

De plus, cela permet au merveilleux parfum des fleurs de se répandre dans l'air.

— *C'est un* Dendrobium victoria-regina, *qu'on appelle parfois* Dendrobium bleu, *même si, comme tu peux le voir, la fleur est couleur lilas, dit mon grand-père en riant. On n'a pas encore découvert d'orchidée bleue. Celle-ci pousse sur les arbres en Asie du Sud-Est. Tu imagines ? De véritables jardins dans les airs…*

Et papy Bill affiche alors une expression que je lui

connais bien, ce fameux air comme je l'appelle, et, bien que je lui demande de m'en dire plus, il ne le fait jamais.

— Les orchidées aiment se reposer en hiver – je pense vraiment qu'elles hibernent –, et il ne faut pas les nourrir alors. On se contente de pulvériser un peu d'eau dessus pour éviter qu'elles ne flétrissent.

— Comment as-tu appris ce qu'elles aiment, papy ? lui ai-je demandé une fois. Tu es allé dans une école des orchidées ?

Il a secoué la tête et s'est mis à rire.

— Non, Julia. J'ai beaucoup appris d'un de mes amis qui vivait en Extrême-Orient et qui a grandi entouré de ces plantes. Et le reste, je l'ai tout simplement acquis en tâtonnant, en les observant avec attention pour voir comment elles réagissaient à ce que je faisais. Aujourd'hui, je sais ce que je reçois, car le nom des fleurs est toujours indiqué sur l'emballage, mais, quand j'étais jeune, je recevais des caisses de l'autre bout du monde, et nous ne savions jamais quelle espèce nous faisions pousser avant la première floraison.

Il soupira.

— C'était vraiment passionnant à l'époque, même s'il y avait plus de pertes que de plantes qui arrivaient jusqu'à la floraison.

Je sais que papy Bill est connu dans le monde des amateurs d'orchidées pour être parvenu à faire pousser des hybrides. Les siens sont peu courants, et des horticulteurs célèbres viennent voir ses dernières créations. Il est très modeste et n'aime pas en parler. Il dit que son travail, c'est de faire pousser des fleurs et non pas de se vanter des fleurs qu'il fait pousser. Mamie Elsie n'est pas de cet avis, et je l'entends dire parfois que *papy Bill a fait entrer beaucoup d'argent à Wharton Park, avec tous les touristes qui viennent voir les serres et acheter les plantes en vente, et qu'il devrait avoir une plus grosse part du gâteau.*

Je ne l'écoute pas quand elle parle ainsi. Je veux que rien ne vienne déranger la tranquillité de mon havre de paix. Quand je suis loin d'ici et que je suis triste, j'y retourne en pensées, et ça me réconforte.

Julia revint à la dure réalité : ce qui avait été ne serait plus jamais. Elle réalisa qu'elle frissonnait et qu'elle ne voulait pas rester plus longtemps. Elle tourna les talons, sortit rapidement de la serre et traversa à bon pas le potager pour aller rejoindre sa voiture.

Alors qu'elle s'apprêtait à monter, elle vit Kit émerger d'une des écuries. Il lui fit signe et s'approcha.

— Bonjour, Julia. Je suppose que vous êtes allée voir la triste fin de ce qui faisait autrefois la gloire de Wharton Park ? demanda-t-il.

— Je n'aurais jamais dû, soupira Julia. Je suis vraiment déprimée. Les serres sont complètement vides ; il ne reste rien.

Elle secoua la tête d'un air désespéré.

— Vous ne savez pas où sont passées toutes les orchidées, n'est-ce pas ?

— Non. J'aimerais bien le savoir justement. Mon père était un propriétaire trop absent pendant bien trop longtemps. Et tante Crawford semblait, pour une raison que j'ignore, avoir une véritable aversion pour ces plantes. Vous vous souvenez du jour où vous lui aviez apporté une orchidée ? Eh bien, quand vous êtes partie, elle me l'a tout de suite rendue et m'a dit de l'emporter hors de sa vue, dit Kit en haussant les sourcils. Ne me demandez pas pourquoi. Je n'en ai pas la moindre idée. Vous serez sans doute ravie d'apprendre que je l'ai gardée dans ma chambre et que je l'ai emportée à la maison quand je suis rentré chez moi. Elle a refleuri pendant des années.

— Comme c'est étrange, dit Julia d'un air pensif, étrange et triste à la fois.

— Absolument. Et Dieu seul sait ce qui a disparu de la propriété en même temps que ces orchidées. J'ai hâte d'avoir vendu cet endroit. Le plus tôt sera le mieux. Au fait, dit Kit en s'égayant, vous voulez venir voir l'ancien cottage de vos grands-parents ? J'y vais justement.

— Pourquoi pas ?

Ils se dirigèrent vers le cottage blotti au milieu de son petit jardin juste derrière la cour. Julia entendait déjà les coups de marteau et les bruits de chantier à l'intérieur de ses murs.

— J'espère que vous ne penserez pas que le cottage a été gâché lui aussi, mais il n'était vraiment plus adapté au confort de la vie moderne. Et, puisque j'ai encore quelques ouvriers à mon service, je me suis dit que je pourrais tout autant leur faire faire quelque chose d'utile.

— Que vont-ils devenir une fois que le nouveau propriétaire aura pris possession des lieux.

— Ils vont être rembauchés pour la plupart et probablement beaucoup plus contents de travailler pour un employeur pragmatique que ceux qu'ils ont connus depuis vingt ans. On entre ? Je vous préviens, c'est très différent.

En avançant, Julia s'attendait à voir une entrée sombre et étroite et un escalier bien raide devant elle. Au lieu de cela, elle eut la surprise de se retrouver dans un espace vaste et vide.

— Je suis allergique aux bas plafonds, dit-il pour s'excuser en indiquant sa taille. Je mesure un mètre quatre-vingt-douze après tout. Alors, je les ai enlevés.

Les plafonds n'étaient pas les seuls éléments que Kit avait enlevés. Toute la disposition de l'intérieur, qui abritait autrefois la cuisine, les chambres et la salle de bains, avait disparu. Julia leva les yeux vers ce qui était autrefois les plafonds de la chambre et elle vit tout en haut quatre lucarnes qui venaient d'être percées. La grande cheminée à l'ancienne, devant laquelle elle avait l'habitude de se réchauffer quand elle était petite, était la seule survivante.

— C'est vrai... que ça a changé, parvint-elle à dire.

— Il faut encore aménager l'étage. J'ai utilisé l'espace du loft pour élever les plafonds ; le rez-de-chaussée est donc plus haut. Et je vais transformer le vieil appentis à côté en cuisine et en salle de bains. Je sais que c'est radical, mais je pense que ça me conviendra quand ça sera terminé.

— Vous l'avez incontestablement transposé dans l'ère moderne, murmura Julia. On a de la peine à croire qu'il s'agit du même cottage.

Il la regarda.

— Vous êtes peinée, n'est-ce pas ?

— Bien sûr que non.

Mais ils savaient tous deux qu'elle l'était.

— Écoutez, Julia, pourquoi ne viendriez-vous pas jusqu'à la maison avec moi pour prendre un sandwich. Je crois que je vous dois bien ça maintenant que j'ai profané votre héritage.

— Ce n'est pas du tout mon héritage, dit-elle. Mais oui, je...

— Coucou, mon chéri, je suis en retard.

Une belle femme aux cheveux auburn apparut derrière eux. Elle embrassa Kit chaleureusement sur la joue et sourit à Julia.

— Julia, c'est Annie. Elle m'aide à aménager le cottage et dessine les plans pour transformer le reste de l'ensemble en maisons à louer pendant qu'elle attend que son propre projet arrive à terme. Kit montra le ventre rond d'Annie et passa le bras autour de ses épaules.

— Ça ne devrait plus être très long ? dit-il d'un ton affectueux.

— Non, plus que quatre semaines, Dieu merci.

Annie regarda Julia avec ses yeux verts pétillants. Elle parlait avec un léger accent américain.

— Je serai contente quand le bébé pointera le bout de son nez. Vous avez des enfants ? demanda-t-elle.

Les yeux de Julia se remplirent involontairement de larmes. Elle resta silencieuse, incapable de parler. Comment pouvait-elle répondre ?

— Julia est une pianiste très célèbre.

Kit était venu à sa rescousse, car il avait immédiatement saisi ce qui se passait dans la tête de Julia.

— Nous nous sommes rencontrés à Wharton Park il y a des années et j'ai été l'un de ses premiers fans. N'est-ce pas, Julia ? dit-il en la regardant avec compassion.

Ce répit avait donné à Julia un peu de temps pour se ressaisir. Elle parvint à hocher la tête et s'éclaircit la voix.

— Oui. Je dois rentrer. Ravie de vous avoir rencontrée, Annie, et... bonne chance.

— Vous aussi, Julia.

— Oui. Au revoir, Kit. À bientôt.

Elle tourna les talons et courut presque jusqu'à sa voiture avant qu'il ne puisse l'arrêter.

8

Le samedi suivant, les prévisionnistes annonçaient de la neige. Julia décida d'ignorer les alertes météo – elle voulait passer une journée hors du cottage – et partit après le déjeuner pour Southwold où habitait sa grand-mère.

Elle mit la radio pour rompre le silence et reconnut immédiatement les notes obsédantes de l'adagio sostenuto du *Concerto pour piano n° 2* de Rachmaninov. Elle tourna immédiatement le bouton pour éteindre. Il y avait certaines choses qui, même après son sursaut des derniers jours, restaient insupportables. La question innocente d'Annie lui avait brisé le cœur. Elle avait pleuré pendant deux heures chez elle. Et c'est précisément à cause de cette réaction qu'elle s'était cachée pendant des mois. Être seule était une meilleure alternative que d'affronter un monde rempli de visions, d'odeurs et de gens, qui, sans le vouloir, risquaient de dire ou de faire quelque chose qui lui rappellerait la tragédie qu'elle venait de vivre.

Elle avait su qu'elle ne pourrait pas faire face à de telles situations, que des commentaires comme celui d'Annie la veille l'anéantiraient. Pourtant, il lui fallait affronter la douleur, c'était une étape nécessaire à franchir sur le chemin de la guérison. Ses émotions mettraient du temps à s'apaiser, et elle apprendrait progressivement à se confronter au monde visuel et sensoriel. Et aux souvenirs qu'il ravivait. C'était un processus de longue haleine. Elle ne pourrait pas se réadapter du jour au lendemain.

Tandis que Julia s'approchait de la périphérie de Southwold, elle se rassura en se disant que le simple fait d'être ici, à quatre-vingt-quinze kilomètres de son cottage, prouvait qu'elle avait fait d'énormes progrès en l'espace de quelques jours. Et Julia savait qu'elle ne risquait pas de souffrir en allant voir sa grand-mère. Elle serait transportée à une époque, bien loin des dernières années de sa vie, où chaque souvenir était réconfortant. Elle serait en « lieu sûr » et elle se réjouissait vraiment de revoir Elsie.

Julia regarda la feuille sur laquelle elle avait inscrit les directions à suivre. Elle poursuivit sa route, puis tourna dans une impasse bordée d'arbres avant de s'engager dans l'allée qui menait au petit pavillon impeccable de sa grand-mère.

Elle prit son sac qui contenait le journal intime de Changi et se dirigea vers la porte d'entrée pour sonner. Après avoir appuyé sur la sonnette, elle entendit un son métallique et électronique et, quelques secondes plus tard, sa grand-mère ouvrait la porte et les bras pour l'accueillir.

— Julia.

Julia se retrouva contre sa poitrine généreuse qui sentait le parfum Blue Grass et le talc.

— Laisse-moi te regarder.

Elsie prit Julia par les épaules, puis recula et joignit les mains en s'exclamant de plaisir

— Ça, par exemple ! Tu es une vraie beauté maintenant ! s'exclama-t-elle. Tu ressembles tellement à ta mère à l'époque où elle avait ton âge. Allez, entre, ma chérie, entre.

Julia suivit Elsie à l'intérieur. La maison était minuscule, mais l'intérieur était d'une propreté impeccable.

Elsie la conduisit dans un petit salon où un canapé et deux fauteuils recouverts de Dralon rose entouraient une cheminée à gaz.

— Bon, enlève ton manteau, assieds-toi et réchauffe-toi près du feu pendant que je nous prépare une bonne boisson chaude. Café ou thé ?

— J'aimerais bien une tasse de thé, s'il te plaît, mamie, répondit Julia.

— D'accord. Et je t'ai fait les scones que tu adorais quand tu étais petite.

Elsie l'examina.

— On dirait que tu as bien besoin de profiter de la cuisine de ta grand-mère.

Julia sourit.

— Tu as raison.

Elsie alla dans la cuisine à côté et mit la bouilloire

en route. Julia se cala dans son fauteuil et profita de la sensation de confort et de sécurité que sa grand-mère avait toujours su lui procurer.

— Alors, dit Elsie en revenant avec un plateau qu'elle posa sur la table basse, comment va ma célèbre petite-fille ?

— Ça va, mamie. Et je suis vraiment contente de te voir. Je suis désolée de ne pas t'avoir rendu visite plus tôt. Je ne suis pas beaucoup sortie ces derniers temps.

— Tu as traversé une terrible épreuve, ma chérie, et je savais que tu viendrais quand tu serais prête.

Elsie tapota la main de Julia avec compassion.

— Bon, je vais mettre plein de sucre dans ton thé. On dirait ton grand-père quand il est rentré de la guerre : il n'avait plus que la peau sur les os. Tiens.

Elle tendit une tasse à Julia et entreprit de beurrer généreusement les scones en ajoutant de la confiture dessus.

— C'est ma confiture à la prune de Damas. Tu te souviens comme tu aimais ça ? J'ai réussi à faire pousser un prunier de Damas dans mon minuscule carré d'herbe qu'ils appellent un jardin par ici.

Elsie montra la petite pelouse par la fenêtre.

— Il se porte à merveille.

Julia regarda les yeux pétillants d'Elsie. Ses appréhensions concernant la vieillesse de sa grand-mère ne s'étaient nullement vérifiées : elle semblait en pleine forme. Quand quelqu'un était, aux yeux d'un enfant, vieux dès le départ, le poids du temps qui passait était peut-être beaucoup moins visible. Julia prit une bouchée du scone et savoura le goût familier.

Elsie la regarda d'un air approbateur.

— Je n'ai pas perdu la main, n'est-ce pas ? Je parie que tu n'as jamais mangé d'aussi bons scones même dans les meilleures cuisines françaises.

Julia se mit à rire.

— Non, mamie, tu n'as pas perdu la main.

Elle vit qu'Elsie fronçait les sourcils tout en examinant quelque chose sur le haut de sa tête.

— Je sais que tu n'as pas mangé ces derniers temps, mademoiselle. Tes cheveux ont perdu tout leur éclat.

Elsie tendit la main et prit une mèche de cheveux en frottant les pointes entre ses doigts.

— Complètement secs. Tu as besoin d'une bonne coupe d'entretien et d'un après-shampoing par-dessus. Et, bien sûr, il faut que tu manges sainement, dit-elle en riant. C'est ce que je dis toujours à mes clientes. Ce que vous mettez dans votre bouche finit sur votre tête.

Julia regarda Elsie avec surprise.

— Tes clientes ? Tu es coiffeuse maintenant ?

— Oui, confirma Elsie en jubilant. Le jeudi matin uniquement, et c'est à la maison de retraite. On ne peut pas dire qu'il leur reste grand-chose sur le caillou. Mais j'adore ça. J'exerce enfin le métier dont j'ai toujours rêvé !

— Tu as encore toutes tes perruques ? demanda Julia.

— Non, je n'en ai plus besoin maintenant que j'ai de vrais cheveux à ma disposition, dit Elsie en la regardant du coin de l'œil. Tu devais me trouver bizarre. Je passais des heures à les tripoter, mais c'était mieux que rien. Et c'était vraiment ma passion. J'étais plutôt douée pour ça. Madame me demandait de la coiffer, et je coiffais même ses invités qui logeaient à Wharton Park. Ah ! la vie nous réserve parfois bien des surprises !

— Oui, mamie. Et comment vas-tu sinon ?

— Comme tu vois, dit Elsie en regardant son tour de taille plutôt enveloppé. Je profite encore de ma bonne cuisine. C'est un peu plus dur mainte-nant parce que je suis toute seule. Ta grand-tante est morte au début de l'année dernière, alors, il n'y a plus que moi ici.

— J'ai été désolée de l'apprendre, mamie.

Julia finit son scone et en prit un autre dans l'as-siette.

— Eh bien, au moins elle n'a pas souffert. Elle est allée se coucher un soir et ne s'est pas réveillée le lendemain matin. C'est comme ça que j'aimerais partir moi aussi quand le moment sera venu.

Elsie était optimiste comme le sont souvent les vieilles personnes face à la mort.

— Elle m'a laissé le petit pavillon puisqu'elle n'avait pas d'enfants. Ces bâtiments modernes sont bien mieux que ces cottages humides, exigus et sombres dans lesquels j'ai vécu. Il y fait toujours chaud, j'ai de l'eau chaude pour me faire couler un bain quand l'envie me prend et des toilettes avec une chasse qui fonctionne.

— C'est très confortable en effet, dit gentiment Julia. Alors, tu ne te sens pas trop seule ?

— Mon Dieu, non ! Je suis débordée ! Entre la coiffure, tous les clubs de loisirs dont je fais partie et les amis à qui je rends visite, je ne vois pas le temps passer. On était tellement isolés à Wharton Park, Julia. Il fallait se contenter des autres travailleurs sur le domaine pour se choisir des amis. Ici, j'ai une ville entière, pleine de retraités !

— Je suis contente de voir que tu es heureuse, mamie, dit Julia. La vie à Wharton Park n'a pas du tout l'air de te manquer.

Le visage d'Elsie s'assombrit.

— Ce n'est pas tout à fait vrai, ma chérie, car ton grand-père me manque terriblement. Mais je ne suis pas du tout nostalgique de la vie que je menais là-bas. N'oublie pas que je n'avais que quatorze ans quand je suis entrée au service des Crawford. Debout à cinq heures du matin, couchée vers minuit si par chance ils n'avaient pas un dîner ou des invités qui restaient pour la nuit. J'ai travaillé ainsi pendant plus de cinquante ans.

Elle secoua la tête.

— Non, Julia, j'ai vraiment été contente de partir à la retraite, ne te méprends pas. En tout cas, assez parlé de moi. Maintenant, tu sais que je vais bien et que je suis heureuse. Comment vont ton père et ta sœur ?

— Toujours les mêmes ! Papa travaille encore beaucoup trop dur et il s'apprête à partir à l'autre bout du monde pour un projet de recherche. Alicia doit s'occuper de sa grande famille, alors, elle n'a pas beaucoup de temps non plus.

— C'est sûr ! Elle m'envoie des photos de temps à autre. Elle me dit toujours de leur rendre visite, mais je ne veux pas les déranger. En plus, je ne conduis pas et je n'aime pas les trains. Peut-être qu'un jour, quand ils auront le temps, ils viendront me rendre visite, comme toi aujourd'hui.

— Je te promets que j'essaierai de venir te voir plus souvent, désormais. En particulier maintenant que je suis de retour ici, ajouta Julia.

— Tu restes ici ? Pour toujours ?

— Je ne sais pas, dit Julia en soupirant. J'ai des décisions à prendre, mais jusqu'à présent je n'ai pas voulu le faire.

— Non, ma chérie.

Elsie la regarda avec compassion.

— Et c'est bien normal. Alors, tu m'as dit que tu avais une question à me poser ?

— Oui, je ne sais pas si tu as entendu que le domaine de Wharton Park allait être vendu ?

Le visage d'Elsie resta impassible.

— Oui, j'ai entendu, répondit-elle.

— Kit Crawford, l'héritier, garde la cour carrée et va s'installer dans votre vieux cottage.

Elsie rejeta la tête en arrière et rit. Un son riche et profond qui résonna à travers son corps et le fit trembler. Puis elle s'essuya les yeux.

— Monsieur Kit, ou devrais-je dire maître Kit va s'installer dans notre vieux cottage de jardinier ?

Elle secoua la tête.

— Oh ! Julia, tu me fais rire.

— C'est vrai, insista Julia. Il a dû vendre parce que la propriété est criblée de dettes et qu'une somme d'argent considérable devrait être investie pour la restaurer. De plus, c'était un joli cottage, ajouta-t-elle sur la défensive.

— Sans doute, mais ça me fait vraiment rire de penser qu'aujourd'hui Lord Crawford va emménager dans notre maison toute simple. Ah oui, ça me fait rire !

Elsie prit un mouchoir dans sa manche et se moucha.

— Désolée, ma chérie, dit-elle. Continue avec ton histoire, vas-y.

— Eh bien, il se trouve que, quand les plombiers ont voulu installer de nouveaux tuyaux, ils ont dû enlever le plancher, dit Julia en fouillant dans son sac dont elle sortit le journal intime. Et ils ont trouvé ça.

Elsie le regarda, et Julia vit immédiatement qu'elle l'avait reconnu.

— C'est un journal intime, dit inutilement Julia.

— Oui, se contenta de murmurer Elsie.

— Ça parle de la vie d'un prisonnier dans le camp de Changi pendant la guerre.

— Je sais de quoi il s'agit, Julia.

Des larmes apparurent dans les yeux d'Elsie.

— Oh ! mamie ! Je suis vraiment désolée. Je ne voulais pas te blesser. Tu n'es pas obligée de le lire. Je voulais juste que tu me confirmes qu'il a bien été écrit par papy Bill. Il était là-bas, n'est-ce pas ? Il était en Extrême-Orient pendant la guerre ? J'ai repensé à ce qu'il me racontait parfois quand je l'accompagnais dans les serres et je me suis dit qu'il avait probablement été en Asie du Sud-Est. Même s'il ne m'a jamais dit où et quand, s'empressa-t-elle d'ajouter en voyant Elsie blêmir.

Elsie finit par hocher la tête.

— Oui, il était là-bas, dit-elle doucement.

— À Changi ?

Elsie opina.

— Alors, c'est son journal intime ?

Elsie marqua une pause, puis demanda.

— Tu l'as lu, Julia ?

Elle secoua la tête.

— Non, j'avais l'intention de le faire, mais…

Elle soupira.

— À vrai dire, je me suis dit que c'était certainement douloureux et j'ai pensé, un peu égoïstement, que j'avais déjà suffisamment souffert.

— Je comprends.

Elsie se leva avec effort et se dirigea lentement vers la fenêtre où des flocons de neige recouvraient l'herbe de son petit carré de jardin. Le ciel s'assombrissait déjà, même s'il était tout juste quatre heures passées. Le dos tourné, Elsie dit :

— Le mauvais temps arrive. Tu vas dormir ici ?

— Je…

Jusqu'à cet instant, Julia n'avait pas prévu de rester. Elle regarda la neige, pensa au trajet de retour, au cottage déprimant et au malaise évident de sa grand-mère. Elle hocha la tête.

— Oui, je vais passer la nuit ici.

Elsie se retourna.

— Très bien. Maintenant, Julia je vais aller nous préparer un petit repas. J'arrive mieux à réfléchir quand je travaille. Et j'ai justement besoin de réfléchir, ajouta-t-elle tout bas. Pourquoi ne regarderais-tu pas un peu la télévision pendant ce temps ?

Elle montra la télécommande avant de quitter la pièce.

Trois quarts d'heure plus tard, alors que Julia venait de regarder un concours de jeunes talents à la télévision, qu'elle se sentit presque coupable d'avoir apprécié, Elsie revint dans le salon avec un plateau.

— Il est bientôt six heures et je m'offre toujours un verre de Noilly Prat le samedi.

Elle montra son verre.

— J'ai du vin rouge qu'un ami a apporté. Je ne sais pas ce qu'il vaut, mais tu veux en boire un verre ?

— Pourquoi pas ? dit Julia, heureuse de constater que les joues d'Elsie avaient repris un peu de couleur.

— Le hachis Parmentier est au four et il ne nous restera plus qu'à mettre les pieds sous la table tout à l'heure, dit-elle en passant un verre à Julia et en prenant une gorgée de son apéritif.

— J'ai réfléchi aussi pendant que je cuisinais et je me sens un peu plus calme maintenant.

— Je suis vraiment désolée, mamie, je ne voulais pas te blesser. J'aurais dû réaliser que c'était douloureux pour toi.

Julia but un peu de vin.

— J'ai passé trop de temps à penser à moi ces dernières semaines, et il faut que je réapprenne à considérer les sentiments des autres.

Elsie tendit le bras et tapota la main de Julia.

— Bien sûr que tu as pensé à toi. Tu as vécu une terrible épreuve, ma chérie, et bientôt tu iras mieux. Tu ne m'as pas blessée, vraiment pas ! C'était juste un choc – elle montra le journal intime – de voir ça, c'est tout. Je pensais que Bill l'avait jeté au feu. Je lui avais dit de le faire. Je l'avais prévenu qu'un jour

quelqu'un finirait par le trouver et que ça n'amène-
rait rien de bon…

Elle regarda au loin.

Julia attendit patiemment que sa grand-mère
reprenne la parole.

— Eh bien…

Elsie se reprit :

— Je suppose que tu te demandes quel est le
problème et à quoi je pense. Ce journal a été trouvé
et t'a été donné. Je pourrais te mentir et, crois-moi,
j'y ai pensé, mais je ne crois pas que ce soit la bonne
solution. Plus maintenant, en tout cas.

— Mamie, s'il te plaît, dis-moi. Si c'est un secret,
tu sais que je saurai le garder. Je ne répétais jamais
les secrets quand j'étais petite.

Elsie sourit, puis caressa la joue de Julia.

— Je sais, ma chérie, et je sais que tu ne diras
rien. Le problème, c'est que ce n'est pas aussi simple
que ça. C'est un secret, tu vois, un secret de famille,
qui, s'il était ébruité, toucherait plusieurs personnes.

Julia était encore plus intriguée.

— Il n'y a plus grand monde à toucher, dit-elle.
Juste papa, Alicia et moi.

— Eh bien, dit Elsie d'un air pensif, ces secrets
affectent parfois plusieurs familles. En tout cas, dit-
elle, le mieux, c'est de commencer l'histoire au
début et de voir où elle nous entraîne, n'est-ce pas ?

Julia hocha la tête.

— Mamie, fais comme tu le penses. Je suis
heureuse de t'écouter.

Elsie hocha la tête.

— Je te préviens, je vais sans doute mettre un
peu de temps à me souvenir, mais je pense que cette

histoire commence avec moi, alors que j'apprenais à être femme de chambre dans la Grande Maison en 1939. Oh ! dit Elsie en joignant les mains, tu n'aurais pas reconnu Wharton Park. L'endroit était très animé à l'époque, surtout quand tous les membres de la famille Crawford étaient réunis ou qu'ils accueillaient leurs amis. Ils recevaient presque tous les week-ends pendant la saison de chasse. Un week-end, ils reçurent la visite d'amis de Londres, et je fus chargée de m'occuper de leur fille de dix-huit ans, une certaine Olivia Drew-Norris. C'était la première « lady » dont je devais m'occuper.

Les yeux d'Elsie se mirent à pétiller à l'évocation de ce souvenir.

— Oh ! Julia, je n'oublierai jamais le moment où je suis entrée dans cette chambre magnolia et où je l'ai vue pour la première fois...

9

Wharton Park
Janvier 1939

Olivia Drew-Norris s'approcha de la fenêtre de la grande chambre où elle venait juste d'être introduite et regarda dehors. Elle poussa un profond soupir devant la vue qui s'offrait à elle.

C'était comme si, depuis qu'elle était arrivée en

Angleterre deux mois auparavant, quelqu'un avait décidé d'effacer les couleurs vives et chaudes de sa palette visuelle et de les remplacer par une version plus floue, plus terne peinte en marron et en gris. La désolation du paysage, avec le brouillard qui tombait déjà sur les champs à tout juste trois heures passées, la fit frissonner et la déprima.

Elle s'éloigna de la fenêtre.

Olivia savait que ses parents étaient tous les deux heureux d'être de retour en Angleterre. Ils pouvaient accepter cette île horrible et humide parce qu'ils avaient dans leur mémoire le souvenir de leur *patrie*. Pour Olivia, c'était différent. Elle n'avait jamais quitté l'Inde depuis sa naissance. Et, à présent qu'elle était arrivée ici, elle ne comprenait pas comment tout ce qu'elle avait entendu sur l'Angleterre – au club ou pendant le dîner dans la maison de ses parents à Pune –, toute la nostalgie qu'elle avait perçue chez ceux qui en parlaient, pouvait se rapporter à ce pays morne. Pour elle, cette île n'avait absolument rien pour elle. Tout le monde se plaignait de la chaleur en Inde, mais au moins n'était-on pas contraint là-bas de se mettre au lit avec six couches de sous-vêtements, puis de grelotter dans des draps qui sentaient l'humidité, et d'attendre que le sang recommence à circuler dans ses orteils. Olivia avait le rhume depuis qu'elle était descendue du bateau.

Comme les odeurs et les sons du pays de sa naissance lui manquaient : les grenades mûres, l'encens, l'huile que son *ayah* appliquait sur ses longs cheveux noirs, les douces chansons qu'entonnaient les domestiques dans la maison, les rires des enfants dans les rues poussiéreuses de la ville, les cris des forains du marché qui vantaient leurs marchandises... C'était une image colorée et bruyante qui n'avait rien à voir avec ce pays morne et silencieux.

Après toute l'agitation, tout le battage du retour « à la maison », Olivia ne s'était jamais sentie aussi abattue, aussi malheureuse de sa vie. Le pire, c'était qu'elle aurait pu rester en Inde lorsque ses parents étaient retournés en Angleterre. Si elle avait répondu aux avances de ce colonel rougeaud et l'avait laissé la courtiser, elle serait encore à Pune à l'heure qu'il était. Mais il était vraiment vieux, il avait au moins quarante-cinq ans, et elle n'en avait que dix-huit.

De plus, elle avait survécu aux nuits étouffantes, lorsqu'il faisait tellement chaud qu'il était impossible de dormir, en lisant d'innombrables romans de Jane Austen et des sœurs Brontë. Ils lui avaient fait croire qu'un jour elle trouverait le grand amour.

Dans quelque temps, elle allait faire la Saison à Londres, au cours de laquelle elle ferait la connaissance de jeunes hommes convenables. Et elle espérait bien qu'elle trouverait son M. Darcy.

C'était sa seule lueur d'espoir dans ce monde austère. Et pourtant, pensa brutalement Olivia, c'était fort peu probable. Les jeunes hommes britanniques qu'elle avait rencontrés jusqu'à présent ne lui avaient pas franchement donné confiance en l'avenir. Leur teint terreux, leur immaturité, leur manque d'intérêt apparent pour tout ce qui ne concernait pas la chasse au faisan ne lui avaient guère donné envie de mieux les connaître. Peut-être était-ce parce qu'elle avait passé la majeure partie de sa vie entourée d'adultes, il y avait en effet très peu de jeunes gens dans le milieu qu'elle fréquentait à Pune. Elle avait surtout grandi avec les amis de ses parents, qu'elle voyait dans les dîners et les fêtes ou lorsqu'elle montait à cheval et jouait au tennis. Son éducation avait été inhabituelle aussi, même si Olivia le voyait plutôt comme une chance. Ses parents avaient employé les services de M. Christian, diplômé de Cambridge, qui avait quitté l'armée à la suite d'une blessure pendant la Première Guerre mondiale, mais qui avait décidé de s'installer à Pune. M. Christian s'était spécialisé en philosophie au Trinity College et il avait trouvé chez Olivia un esprit jeune et désireux d'apprendre. Il en avait profité pour lui inculquer des connaissances qu'elle n'aurait jamais pu acquérir dans un pensionnat de jeunes filles en Angleterre. Il lui avait également appris à jouer aux échecs à un niveau presque professionnel *et* à tricher au bridge.

Cependant, au cours des dernières semaines, Olivia avait réalisé que la qualité de sa culture ne lui serait d'aucune aide en Angleterre. Sa garde-robe, qui paraissait moderne en Inde, était complètement démodée ici. Elle avait insisté pour que la couturière de sa mère remonte les ourlets de ses robes et qu'elles tombent plus près du genou que de la cheville, comme elle avait vu les jeunes filles le faire à Londres. Et lorsqu'elle était allée faire du shopping chez Derry & Toms avec sa mère, elle s'était acheté en secret un rouge à lèvres rouge vif.

Si Olivia avait fait raccourcir ses jupes et si elle s'était acheté du maquillage, ce n'était pas parce qu'elle était vaniteuse, mais plutôt parce qu'elle ne voulait pas se distinguer encore plus des autres.

Et voilà qu'ils avaient atterri dans une autre

maison glaciale pour le week-end. Papa était apparemment allé à l'école avec Lord Christopher Crawford, leur hôte pour le week-end. Comme d'habitude, papa passerait la journée à chasser et mama, ou « maman » comme elle apprenait à l'appeler désormais, resterait au salon et boirait du thé en compagnie de son hôtesse avec qui elle échangerait quelques propos polis. Olivia serait assise à côté d'elles et ne se sentirait pas du tout à sa place.

On frappa doucement à la porte.

— Entrez, dit-elle.

Un joli visage, couvert de taches de rousseur, avec deux yeux marron pétillants, apparut dans l'embrasure de la porte. La jeune fille était vêtue d'une tenue de femme de chambre démodée et trop grande pour elle.

— Excusez-moi, mademoiselle, je m'appelle Elsie et je suis là pour vous aider pendant votre séjour ici. Je peux défaire votre valise pour vous ?

— Bien sûr.

Elsie franchit le seuil et hésita avant de pénétrer plus loin dans la pièce.

— Excusez-moi, mademoiselle. Il fait sombre ici. Je peux mettre un peu de lumière ? Je vous vois à peine, dit-elle en riant timidement.

— Oui, faites, répondit Olivia.

La jeune fille se précipita vers la lampe à côté du lit et l'alluma.

— Voilà, dit-elle. C'est mieux maintenant, n'est-ce pas ?

— Oui.

Olivia se leva du lit et se tourna vers la jeune fille.

— La nuit tombe si tôt ici.

Elle sentit les yeux de la jeune fille posés sur elle, si bien qu'elle finit par demander :

— Quelque chose ne va pas ?

La femme de chambre sursauta.

— Désolée, mademoiselle. J'étais juste en train de penser que vous étiez magnifique. Je n'ai jamais vu une jeune fille aussi belle. Vous ressemblez à une de ces actrices qu'on voit dans les films.

Olivia était un peu décontenancée.

— Merci, dit-elle. C'est très gentil à vous de dire ça, mais je suis sûre que ce n'est pas le cas.

— Mais si, confirma Elsie. Et, mademoiselle, vous devez me pardonner si je ne fais pas les choses tout à fait comme il faut, vous êtes la première lady dont je dois m'occuper, dit Elsie en soulevant la valise d'Olivia.

Elle la posa sur le lit et l'ouvrit.

— Pouvez-vous me dire ce que vous souhaitez porter pour le thé de l'après-midi ? Je pourrai ainsi sortir vos vêtements. Ensuite, j'emporterai votre robe pour le dîner au rez-de-chaussée pour la repasser et la rafraîchir.

Elsie regarda Olivia d'un air interrogateur.

Olivia lui montra la nouvelle robe rose avec le col Peter Pan et les gros boutons blancs devant.

— Celle-ci est pour maintenant, et celle en brocart bleu, pour ce soir.

— Vous avez raison, mademoiselle, dit Elsie en hochant la tête.

Elle déplia les robes avec précaution et les posa sur le lit.

— Je suis certaine que ce bleu vous ira parfaitement au teint. Dois-je pendre le reste de vos vêtements dans l'armoire ?

— Vous êtes très gentille, merci, Elsie.

Olivia s'assit, quelque peu mal à l'aise, sur le fauteuil recouvert de tapisserie à l'extrémité du lit, pendant qu'Elsie s'affairait dans la pièce. Elle n'avait guère prêté attention au personnel de la maison en Inde. Elle avait juste accepté leur position de domestiques. Pourtant, elle était troublée par cette jeune fille, qui devait avoir le même âge qu'elle, et qui était anglaise.

Son père s'était beaucoup plaint, lorsqu'ils avaient réintégré leur vieille maison dans le Surrey, de la difficulté à trouver du personnel. Il y avait beaucoup moins de jeunes filles prêtes à entrer au service d'une famille, disait-il. Elles préféraient travailler comme secrétaires dans des bureaux ou dans les grands magasins qui ouvraient leurs portes partout dans le pays.

— Les filles ne veulent plus servir, avait-il marmonné.

Et encore… Au cours de toutes leurs visites dans les propriétés à la campagne des amis de ses parents, Olivia avait constaté que l'émancipation des femmes était bien plus en avance dans les grandes villes.

— Très bien, mademoiselle. Je vais descendre repasser votre robe du soir et je reviendrai après le thé pour vous faire couler un bain et allumer le feu. Que puis-je faire d'autre pour vous ?

— Rien, Elsie, dit Olivia en souriant. Et au fait, appelez-moi Olivia, s'il vous plaît.

— Merci, mademoiselle. Je veux dire mademoiselle Olivia.

Elsie se précipita vers la porte et la referma derrière elle.

Ce soir-là, avant le dîner, Elsie montra qu'elle était plutôt douée pour la coiffure.

— Me permettriez-vous de remonter vos cheveux, mademoiselle ? demanda-t-elle en brossant les épaisses mèches ondulées d'Olivia. Je pense que ça vous irait bien, que vous serez aussi élégante que Greta Garbo. Je me suis entraînée sur ma sœur, alors, je sais comment on fait.

Olivia s'assit sur une chaise devant le miroir et hocha la tête.

— Très bien, Elsie. Je vous fais confiance.

Après tout, pensa-t-elle, elle pourrait toujours défaire sa coiffure si elle ne lui convenait pas.

— J'adore coiffer les cheveux, j'aurais aimé en faire mon métier, mais le salon le plus proche se trouve à vingt-cinq kilomètres, et je n'ai aucun moyen de transport. Il n'y a qu'un omnibus par jour qui part devant la maison de gardien à onze heures. Ce n'est pas bien pour moi, maintenant, confia Elsie tout en coiffant de ses mains expertes les cheveux d'Olivia.

Elle lui fit quelques bouclettes, puis releva ses mèches en un chignon élaboré.

— Vous ne voudriez pas vous installer en ville ? demanda Olivia.

Elsie parut horrifiée.

— Quoi ? Et laisser ma mère avec tous mes frères et sœurs ? Elle a besoin de mon aide et de l'argent que je rapporte… Voilà.

Elsie recula pour admirer son œuvre.

— Qu'est-ce que vous en pensez ?

— Merci, Elsie, dit Olivia en souriant. Vous m'avez très bien coiffée, vraiment !

— Ne me remerciez pas, mademoiselle Olivia. Ce fut un privilège. Je peux vous aider à mettre votre corset maintenant ?

— Vous êtes un ange, Elsie, dit Olivia timidement. À vrai dire, je n'ai aucune idée de ce qu'il faut faire avec ça. Je n'en ai jamais porté de ma vie et je vais être horrible dedans.

Elsie prit le corset sur le lit et l'étudia.

— C'est le nouveau corset taille de guêpe, dit-elle d'un ton admiratif. Je l'ai vu dans *Woman's Weekly*. Il vous fait une silhouette parfaite, c'est du moins ce qu'ils disent. Bon, je crois savoir comment il faut le mettre. On va le faire ensemble, mademoiselle Olivia, ne vous inquiétez pas, dit-elle pour la réconforter.

Une fois qu'elle eut enfilé son corset, Olivia fut convaincue qu'il n'y aurait pas de place pour une olive, encore moins pour un dîner de quatre plats dans son ventre comprimé. Elsie passa la nouvelle robe en brocart bleu nuit sur sa tête et l'attacha dans le dos.

Olivia lissa la jupe qui tombait au-dessous de sa taille pincée et regarda son reflet dans le miroir.

Les cheveux, le corset et la robe l'avaient littéralement transformée. Ce n'était plus une jeune fille qui se regardait dans le miroir, mais une femme.

— Oh ! mademoiselle Olivia, vous êtes magnifique. Cette couleur est assortie à vos yeux. Vous allez faire tourner les têtes, ce soir, c'est sûr. J'espère que vous serez assise à côté de M. Harry, le fils de Lord Crawford. Nous sommes toutes amoureuses de lui, reconnut Elsie. Il est si beau.

— Avec la chance que j'ai, ça m'étonnerait. Je

vais certainement me retrouver à côté du vieux major avec le gros ventre que j'ai rencontré en bas pendant le thé, dit Olivia en souriant et en haussant les sourcils.

Les deux jeunes filles échangèrent un regard qui en disait long et partagèrent un instant de complicité, oubliant les barrières sociales qui les séparaient.

— Eh bien, j'espère que vous vous trompez, mademoiselle Olivia. Amusez-vous bien.

Olivia se retourna une fois à la porte.

— Merci, Elsie. Vous avez été adorable. Je vous ferai un compte rendu plus tard, dit-elle en faisant un clin d'œil, puis elle quitta la pièce.

Olivia n'était pas la seule personne dans la maison à redouter le dîner ce soir-là. L'honorable Harry Crawford avait déjà décidé que, lorsqu'il hériterait de Wharton Park après la mort de son père, il n'y aurait plus de parties de chasse. L'idée de tuer une créature vivante sans défense le rendait malade.

Après s'être débattu avec ses boutons de manchette – son domestique avait été envoyé auprès du vieux major pour l'aider à s'habiller –, Harry serra son nœud papillon devant le miroir. Et il se demanda combien d'autres êtres humains avaient le sentiment comme lui d'être nés dans la mauvaise vie. Sa vie à lui se résumait en un mot : « devoir ». Et s'ils étaient sûrement nombreux à l'envier parmi le personnel qui le servait ou les hommes de son futur régiment, Harry aurait bien aimé quant à lui échanger sa vie contre la leur.

Il savait que personne ne s'intéressait vraiment à ce qu'il ressentait. Sa vie avait déjà été tracée pour lui avant même qu'il ne fût conçu. Il n'était que le simple maillon d'une chaîne et il savait qu'il ne pouvait rien changer.

Au moins, les deux années d'enfer passées à Sandhurst étaient-elles terminées. Il avait deux semaines de permission avant de rejoindre le 5ᵉ bataillon royal Norfolk, l'ancien régiment de son père, pour sa première affectation en tant qu'officier. Ayant atteint le rang le plus élevé, Lord Christopher Crawford travaillait désormais à Whitehall pour le gouvernement.

Le bruit courait que la guerre était imminente… Cette perspective donnait des sueurs froides à Harry. Chamberlain faisait tout son possible, et tous espéraient une solution pacifique, mais comme son père était au courant de ce qui se passait réellement, Harry savait que les rumeurs de la rue n'étaient pas fiables et que la paix était de plus en plus menacée. Son père avait dit que la guerre éclaterait avant la fin de l'année, et Harry le croyait.

Harry n'était pas un lâche. Il n'hésiterait pas à donner sa vie pour son pays. Cependant, il ne partageait nullement l'enthousiasme de ses collègues officiers, qui se réjouissaient à l'idée de donner une dérouillée aux Boches, un euphémisme maladroit pour décrire la mort et la destruction à grande échelle. Il gardait cependant ses positions pacifistes pour lui, conscient qu'elles ne passeraient pas du tout dans la cantine des officiers. Souvent, alors qu'il était allongé dans son lit étroit la nuit et qu'il ne parvenait pas à trouver le sommeil, il se demandait comment il réagirait s'il se trouvait face à un

Boche pointant son arme sur lui. Serait-il capable alors d'appuyer sur la détente pour sauver sa peau ?

Il savait qu'il était loin d'être le seul à avoir ce genre de pensées. Le problème, c'était que les autres n'avaient pas comme lui un père général très influent et haut placé, ni deux cent cinquante ans d'héroïsme familial derrière eux.

Harry avait très vite compris qu'il n'avait pas hérité des gènes de son père. Il ressemblait à sa mère, Adrienne, par sa personnalité douce et artistique, mais aussi par sa façon d'être sujet à des accès dépressifs lorsque tout semblait noir autour de lui et qu'il ne trouvait soudain plus aucun sens à la vie. Sa mère appelait ces épisodes son *petit mal*[1] et se retirait dans sa chambre, où elle restait au lit jusqu'à ce qu'elle se sente mieux. En sa qualité d'officier dans l'armée, Harry ne pouvait s'offrir un tel luxe. Son père n'avait jamais abordé avec lui son manque d'intérêt pour la carrière et son absence de prouesses dans ce domaine. En fait, leurs conversations se limitaient à un bonjour enjoué le matin ou à un « Il fait beau aujourd'hui » ou encore à un « Demande à Sable de me servir un whisky, tu veux bien, mon gars ? ».

Son père aurait pu être n'importe quel commandant à qui il avait eu affaire à Sandhurst. Sa mère savait, naturellement, ce qu'Harry pensait de sa vie et de son avenir, mais il comprenait de son côté qu'elle ne pouvait pas l'aider. C'est pourquoi ils n'abordaient jamais le sujet.

_____

1. Les mots en italique sont en français dans le texte. (NDT)

Pourtant, elle était au moins parvenue à lui donner quelque chose qui lui apportait beaucoup de réconfort, et il lui en était très reconnaissant : lorsqu'Harry avait six ans, Adrienne avait, contre la volonté de son père, engagé un professeur de piano pour lui apprendre les bases de l'instrument. Et c'était là, alors qu'il était assis avec les doigts sur les touches d'ivoire, qu'Harry avait trouvé un sens à sa vie. Il était devenu depuis un excellent pianiste en partie parce que, aussi bien à l'école qu'à la maison, il était possible de se cacher dans la salle de musique ou au salon et de s'occuper à l'abri du regard des autres.

Son professeur de musique à Eton, qui avait aussitôt reconnu son talent, avait suggéré qu'il passe une audition au Royal College of Music. Son père avait refusé. Son fils irait à Sandhurst. Le piano, c'était pour les dilettantes, et la carrière de pianiste n'était pas envisageable pour le futur Lord Crawford.

Et il n'en avait plus jamais été question.

Harry avait continué à répéter le plus souvent possible, même si à Sandhurst il avait dû se contenter d'animer le mess des officiers en jouant des morceaux modernes de Coward ou de Cole Porter, et que Chopin n'était pas au programme.

Lorsqu'il était en proie à des accès de mélancolie, Harry espérait parfois qu'il pourrait se réincarner et vivre dans un monde où il pourrait utiliser son talent et vivre de sa passion. Peut-être serait-il plus près de son objectif s'il cassait sa pipe pendant la guerre à venir ?

10

Lorsqu'Olivia entra dans le salon, elle eut l'impression que son arrivée ne passait pas inaperçue, qu'on la regardait même d'un air approbateur. C'était un sentiment nouveau et somme toute pas désagréable. Lord Crawford fut le premier à l'aborder.

— Olivia, n'est-ce pas ? Ça, par exemple ! Le soleil indien a fait éclore un bouton et l'a transformé en superbe fleur. Vous boirez bien un petit verre ?

— Merci beaucoup, répondit-elle en prenant un gin sur le plateau que lui présentait le majordome.

— Je suis ravi que vous soyez ma voisine de table ce soir, ma chère, commenta Lord Crawford en faisant un signe de tête discret au majordome.

Celui-ci lui répondit de la même manière. Si Olivia n'était pas à l'origine placée à côté de lui pour le dîner, elle l'était désormais.

— Alors, que pensez-vous de l'Angleterre ? demanda-t-il.

— C'est très intéressant de voir enfin un pays dont j'ai si souvent entendu parler, mentit doucement Olivia.

— Je suis enchanté, ma chère, que vous ayez pris le temps de venir nous rendre visite dans notre coin tranquille du Norfolk. Votre père m'a dit que vous alliez faire la Saison ?

— Oui, répondit Olivia en hochant la tête.

— Bravo ! dit Christopher en riant. C'était l'une

des meilleures périodes de ma vie. Maintenant, laissez-moi vous présenter ma femme. Elle était indisposée cet après-midi, mais elle semble avoir repris des forces ce soir.

Il la guida vers une femme mince et élégante.

— Adrienne, je te présente Olivia Drew-Norris, qui, j'en suis certain, va briser le cœur de nombreux garçons pendant la Saison. Tout comme toi, il y a des années.

Adrienne, Lady Crawford, se tourna vers Olivia. Elle tendit sa main blanche délicate, et leurs doigts se touchèrent dans une parodie de la poignée de main masculine.

— *Enchantée*, dit Adrienne en lui souriant d'un air approbateur. Vous êtes vraiment une briseuse de cœurs.

— C'est très gentil à vous de dire ça, Lady Crawford.

Olivia commençait à se sentir comme une génisse de concours qu'on faisait parader en attendant la note des juges. Elle espérait que ce n'était pas un avant-goût de la Saison à venir.

— S'il vous plaît, appelez-moi Adrienne. Je suis sûre que nous allons être de grandes amies, *n'est-ce pas* ?

Lord Crawford regarda sa femme avec tendresse.

— Bravo, bravo ! Je laisse Olivia entre tes mains, ma chère. Tu pourras peut-être lui donner quelques conseils.

Il partit à grands pas accueillir deux nouveaux arrivants.

Olivia profita de l'instant pour admirer la beauté d'Adrienne. Même si elle devait bien avoir quarante ans, Adrienne avait le corps d'une jeune fille très mince. Et un superbe visage aux traits ciselés avec des pommettes saillantes sous une peau ivoire sans la moindre imperfection.

Sa féminité poussée à l'extrême rappelait plus à Olivia la beauté d'une maharani élégante que celle des aristocrates anglaises, dont le corps était armé pour endurer la rigueur des hivers britanniques et doté de larges hanches pour engendrer la progéniture qui permettrait de perpétuer la dynastie familiale.

Adrienne était si élégante, si fragile, qu'Olivia pensa qu'elle aurait été plus à sa place dans un salon parisien que dans une maison de campagne anglaise exposée à tous les vents. Et en effet, sa mère lui avait dit qu'Adrienne était française. À en juger par la façon dont elle portait cette robe de cocktail noire toute simple, ornée uniquement d'un rang de perles ivoire, elle avait le chic naturel de son pays d'origine.

— Ainsi, Olivia, vous êtes de retour dans cet affreux pays, avec son temps épouvantable et son manque de soleil, *n'est-ce pas* ?

Adrienne parla d'un ton neutre, et Olivia fut un peu décontenancée par sa franchise.

— Je trouve effectivement qu'il faut beaucoup de temps pour s'habituer au changement, répondit-elle le plus diplomatiquement possible.

La petite main d'Adrienne se posa sur les siennes.

— *Ma chérie*, j'ai grandi moi aussi dans un endroit où le soleil brillait et où il faisait chaud. Lorsque j'ai quitté notre château dans le sud de la France pour venir ici en Angleterre, j'ai cru que je ne m'y ferais jamais. Vous êtes comme moi. Je vois dans vos yeux à quel point l'Inde vous manque.

— En effet, murmura Olivia.

— Eh bien, je peux juste vous promettre que ça ira mieux avec le temps, dit Adrienne en haussant élégamment les épaules. À présent, je dois vous présenter mon fils, Harry. Il a votre âge et vous tiendra compagnie pendant que je jouerai les hôtesses *parfaites. Pardon, chérie,* je vais aller le chercher.

Tandis qu'elle regardait Adrienne traverser la pièce avec élégance, Olivia se sentit quelque peu désarmée par la compréhension et la compassion dont avait fait preuve Lady Crawford. Elle était habituée, en de telles occasions, à n'échanger que de menus propos avec ses hôtes, à ne jamais chercher à creuser sous la surface pour en apprendre plus sur leur personnalité. La société britannique désapprouvait l'expression de pensées intimes et profondes ou, pire encore, d'émotions. Elle avait au moins appris cela dans le club à Pune. Sa conversation avec Adrienne, même si elle avait été de courte durée, l'avait réconfortée. Et elle se laissa aller à sourire discrètement.

Harry avait été chargé par sa mère d'aller tenir compagnie à la jeune fille « indienne ». Il traversa donc la pièce pour aller la rejoindre et faire son devoir. Alors qu'il n'était plus qu'à quelques pas d'elle, il vit ses lèvres s'ouvrir pour afficher un grand sourire.

Sa beauté froide et blonde s'anima soudain, et sa peau crémeuse parut alors éclatante. Harry, qui n'était d'ordinaire pas particulièrement sensible aux charmes féminins, réalisa qu'elle était certainement ce que la plupart de ses collègues officiers appelaient un « canon ». Il s'approcha d'elle. Elle le vit et dit.

— Vous devez être Harry, envoyé par votre mère pour me faire la conversation.

Il y avait dans ses yeux turquoise une lueur d'amusement.

— Oui. Mais je vous assure que c'est un plaisir.

Il regarda son verre vide.

— Puis-je aller vous chercher un autre verre, mademoiselle Drew-Norris ?

— Ça serait parfait, merci.

Harry appela le majordome et, alors qu'elle posait son verre vide sur le plateau et en prenait un plein, Olivia dit :

— Je dois vous paraître bien effrontée. Mais ce n'est pas mon intention. En fait, je suis simplement désolée pour vous, car vous devez parler à d'innombrables personnes que vous n'avez jamais rencontrées auparavant.

Olivia fut surprise par son audace et la mit sur le compte du gin particulièrement fort. Elle regarda Harry, le « bel Harry », comme avait dit Elsie, et elle décida que la femme de chambre avait raison. Harry avait hérité des plus belles qualités physiques de chacun de ses parents ; il avait la grande taille de son père, mais la fine charpente et les yeux marron lumineux de sa mère.

— Je vous assure, mademoiselle Drew-Norris, que ce n'est pas une corvée de venir vous parler. Au moins avez-vous moins de soixante-dix ans, ce qui aide toujours. Et ce qui est plutôt inhabituel dans nos contrées, pour être tout à fait franc.

Olivia rit en constatant qu'Harry adoptait le même ton désinvolte qu'elle.

— *Touché*, même si, avec votre smoking, on pourrait facilement vous prendre pour votre père.

Harry haussa les épaules avec bonhomie.

— Eh bien, mademoiselle Drew-Norris, je crois que vous vous moquez de moi. Ne réalisez-vous donc pas que la guerre arrive dans nos contrées et que nous devons tous faire des sacrifices ? Pour moi, il s'agit de porter le costume de mon père, même s'il est deux fois trop grand pour moi.

Le visage d'Olivia s'assombrit.

— Vous pensez vraiment qu'il va y avoir la guerre ?

— Sans l'ombre d'un doute.

— Je suis d'accord, mais papa refuse de l'admettre.

— Je suis certain qu'après avoir passé une journée à chasser avec mon père, il a changé d'avis, dit Harry en haussant les sourcils.

— Je doute vraiment qu'il soit possible de calmer *Herr* Hitler, dit Olivia en soupirant. Il a l'intention de dominer le monde, et son mouvement de jeunesse semble aussi passionné que lui.

Harry la dévisagea avec surprise.

— Si je puis me permettre, mademoiselle Drew-Norris, vous semblez parfaitement informée. C'est plutôt inhabituel chez une jeune fille.

— Vous trouvez inconvenant que les femmes discutent de politique ? demanda-t-elle.

— Pas du tout. En fait, je trouve cela extrêmement rafraîchissant. La plupart des filles ne s'y intéressent pas.

— Eh bien, j'ai eu la chance de suivre en Inde des cours particuliers auprès d'un homme qui croyait que les femmes avaient tout autant que les hommes le droit d'être instruites.

Le regard d'Olivia se perdit dans le vague, une ombre de tristesse passa dans ses yeux.

— Il m'a expliqué le monde et m'a fait comprendre la place que je pouvais occuper en son sein.

— Dites donc, mais que faisait ce type à Pune ? J'aurais aimé avoir le même genre d'inspiration à Eton. J'étais impatient de finir et de quitter ce fichu établissement.

Harry alluma une cigarette, fasciné.

— Et vous allez continuer à faire des études ?

Olivia secoua la tête d'un air contrit.

— Je n'ose même pas imaginer ce que papa et maman diraient si je suggérais une telle chose. Ils seraient horrifiés. « Quoi ? Une *femme savante* dans la famille ? » Non, on va me marier ; encore faut-il naturellement que quelqu'un veuille de moi.

Harry la regarda avec une sincère admiration.

— Mademoiselle Drew-Norris, je peux vous assurer que vous n'aurez aucun problème.

Elle leva les yeux vers lui.

— Même si ce n'est pas ce que je veux ?

Harry soupira en écrasant sa cigarette dans un cendrier.

— J'ai l'impression que la plupart d'entre nous n'ont pas ce qu'ils veulent. Mais ne soyez pas trop abattue. Je pense qu'il va y avoir des changements, en particulier pour les femmes. Et la guerre qui s'annonce va obligatoirement modifier le *statu quo*, c'est sans doute le seul avantage de la situation.

— Espérons que vous avez raison, dit Olivia. Et qu'en est-il de vous ? demanda-t-elle, se souvenant soudain de la règle d'or qu'on lui avait inculquée dès le berceau : il ne fallait jamais être le centre de la conversation, en particulier avec un gentleman.

— Moi ? dit Harry en haussant les épaules. Je suis un simple soldat, en permission pour le moment, mais pas pour longtemps, je le crains. Nous venons de recevoir l'ordre de doubler les effectifs dans mon nouveau bataillon et nous allons recruter dans l'armée territoriale.

— Je n'arrive pas à comprendre comment la vie ici peut continuer comme si de rien n'était, dit Olivia en montrant les autres personnes qui s'esclaffaient bruyamment.

— Eh bien, c'est l'esprit britannique, commenta Harry. Le monde pourrait s'écrouler que la vie continuerait dans des maisons telles que celle-ci. Et, d'une certaine façon, je remercie Dieu qu'il en soit ainsi.

— Mesdames et messieurs, le dîner est servi.

— Eh bien, mademoiselle Drew-Norris, ce fut un plaisir. Au fait, faites attention au plomb dans le faisan. Le cuisinier n'est pas très regardant.

Il lui fit un clin d'œil.

— Nous nous reverrons peut-être avant votre départ.

Olivia passa le dîner à répondre poliment aux affreuses blagues de Lord Crawford et à se comporter comme la jeune dame qu'on lui avait appris à être. Elle risqua de temps à autre un regard en direction d'Harry et vit qu'il faisait son devoir lui aussi en parlant avec la femme du major. Plus tard, lorsque les hommes se retirèrent dans la bibliothèque, et les femmes, dans le salon pour prendre le café, Olivia feignit d'être fatiguée et prit congé.

Adrienne apparut juste au moment où elle s'apprêtait à monter l'escalier.

— Vous êtes malade, *ma chérie* ? demanda-t-elle avec inquiétude.

Olivia secoua la tête.

— Non, j'ai juste un peu mal à la tête, c'est tout.

Adrienne la prit par les épaules et sourit.

— C'est ce temps froid typiquement anglais qui a glacé vos os tropicaux. Je vais demander à Elsie de rallumer le feu et de vous apporter du chocolat chaud. Nous vous verrons demain. Vous pourrez peut-être vous promener dans le jardin avec moi. Je pourrai vous montrer quelque chose qui vous rappellera votre maison.

Olivia hocha la tête, appréciant la sollicitude sincère d'Adrienne.

— Merci.

— *Je vous en prie*. Vous avez bien discuté avec mon fils Harry ? demanda-t-elle.

— Oui, j'ai beaucoup apprécié notre conversation.

Olivia se sentit rougir et espéra qu'Adrienne n'avait pas remarqué.

Adrienne hocha la tête d'un air approbateur.

— Je le savais. *Bonne nuit, ma chérie.*

Olivia gravit les marches. Elle se sentait lasse soudain. Elle avait réellement mal à la tête, sans doute parce qu'elle n'était pas encore habituée à l'alcool, mais, plus important encore, elle voulait être seule pour revivre la conversation qu'elle avait eue avec Harry.

Elle mit sa chemise de nuit en deux temps trois mouvements, un art qu'elle avait acquis depuis qu'elle était arrivée dans le climat froid anglais. Alors qu'elle se glissait sous ses couvertures, on frappa à la porte.

— Entrez.

Le visage souriant d'Elsie apparut dans l'embrasure. Elle tenait un plateau avec une tasse de cacao dessus.

— Ce n'est que moi, mademoiselle Olivia.

Elle traversa la pièce et posa le plateau sur la table de nuit à côté d'Olivia.

— Réalisé d'après la recette spéciale de ma mère, dit-elle en souriant. Avec une goutte de cognac contre le froid.

— Merci, Elsie.

Olivia prit la tasse chaude entre ses mains tout en regardant Elsie qui attisait le feu.

— Vous avez passé une bonne soirée, mademoiselle Olivia ?

— Oh oui, Elsie ! répondit-elle en souriant.

Elsie se détourna du feu et surprit son sourire. Ses yeux se mirent à pétiller.

— Et vous avez rencontré notre jeune maître Harry ?

— Oui.

— Et qu'avez-vous donc pensé de lui ? questionna-t-elle.

Olivia connaissait une autre règle d'or : ne jamais cancaner avec des domestiques, en particulier quand ils ne faisaient pas partie du personnel de sa maison, mais la tentation de parler d'Harry était trop forte.

— J'ai trouvé que c'était un homme… vraiment… hors du commun.

— Et aussi beau que je vous l'avais dit ?

Comme Olivia ne répondait pas, Elsie baissa les yeux.

— Désolée, mademoiselle. J'oublie toutes les bonnes manières. Je ne dois pas poser de questions personnelles.

— Elsie, je vous assure que vous vous débrouillez très bien, la rassura Olivia. Et après-demain, nous ne nous reverrons certainement jamais. Et…

Elle prit une profonde inspiration.

— Si vous voulez tout savoir, j'ai trouvé qu'Harry était… adorable !

Elsie joignit les mains.

— Oh ! mademoiselle Olivia. Je le savais ! Je savais que vous vous plairiez.

Olivia but une gorgée de son chocolat chaud.

— Elsie, c'est le meilleur chocolat chaud que j'aie jamais bu.

— Merci, mademoiselle, répondit Elsie en se dirigeant vers la porte. Je viendrai ouvrir vos rideaux demain matin. Dormez bien.

Lorsqu'Elsie eut quitté la pièce, Olivia se cala contre ses oreillers bien moelleux et sirota son cacao. Puis, elle ferma les yeux et se mit à revivre sa conversation avec Harry, du début à la fin.

11

Le lendemain matin, Olivia prit le petit déjeuner seule dans la salle de séjour. Les hommes étaient partis à la chasse de bonne heure, et sa mère aussi bien qu'Adrienne déjeunaient dans leur chambre.

Ensuite, faute d'avoir trouvé mieux à faire, elle se rendit dans la bibliothèque pour choisir un livre. Les livres étant une denrée rare et précieuse à Pune, Olivia fut saisie par le nombre d'ouvrages qui remplissaient les étagères recouvrant toute la hauteur des murs.

Elle sortit *La Promenade au phare* de Virginia Wolf et s'installa près du feu dans un fauteuil en cuir confortable.

Le son de la musique, lointain mais audible, attira son attention. Quelqu'un jouait du piano et en se concentrant. Olivia reconnut *La Grande Polonaise* de Chopin. Elle se leva et quitta la bibliothèque, suivant la musique, laissant son ouïe la guider vers le seuil du salon.

Elle resta où elle était et écouta la superbe interprétation de l'un de ses morceaux préférés, fermant les yeux alors que les notes s'échappaient du piano à l'autre bout de la pièce. Lorsque les dernières notes retentirent, elle ouvrit les yeux et jeta un coup d'œil furtif par-dessus un grand vase chinois rempli de fleurs qui avait caché jusque-là le pianiste.

Olivia ouvrit la bouche lorsqu'elle constata avec surprise qu'il s'agissait d'Harry. Elle se sentit un peu comme une intruse, mais ne put s'empêcher de le regarder, les mains sur les genoux, fixer la fenêtre et le parc qui s'étendait derrière. Puis, il laissa échapper un soupir, se leva et la vit.

— Mon Dieu, mademoiselle Drew-Norris, je n'avais pas réalisé que j'avais un public.

Il s'approcha d'elle, gêné, les mains dans les poches.

— J'étais dans la bibliothèque, j'ai entendu la musique et...

Elle haussa les épaules.

— ... je l'ai suivie.

— Vous aimez la musique classique ?

— Oh oui ! En particulier, lorsqu'elle est aussi bien jouée. Vous êtes incroyablement doué, dit Olivia en rougissant légèrement. Où avez-vous appris ?

— Ma mère m'a fait donner des cours quand j'étais enfant, puis j'ai continué à l'école... Mais, comme pour vous avec l'université, les touches en ivoire ne peuvent pas faire partie de mon avenir. C'est bien dommage, ajouta-t-il d'un ton morose.

— Pourtant, elles devraient, dit Olivia avec force. Je ne suis pas une experte, mais vous jouez aussi bien à mon oreille que les pianistes sur les disques que j'écoutais en Inde.

— C'est très gentil à vous de dire cela.

Il se détourna, puis regarda par la fenêtre et demanda :

— Voudriez-vous vous promener un peu avec moi ? Le soleil semble avoir réussi à percer les nuages aujourd'hui.

— Je devais aller me promener avec votre mère, mais je ne l'ai pas encore vue ce matin.

— Non, et je doute que vous la voyiez. Elle est certainement au lit avec une migraine. Elle en a souvent, en particulier après des soirées comme celle d'hier. Et si vous alliez chercher un manteau ? Que diriez-vous si nous nous retrouvions sur la terrasse dans cinq minutes ?

Olivia se précipita à l'étage pour aller chercher l'unique manteau qu'elle avait emporté, beaucoup plus approprié pour la ville que pour se promener à la campagne.

Harry l'attendait en fumant une cigarette, appuyé sur la balustrade qui menait au jardin. Elle vint se mettre timidement à côté de lui. Il montra l'un des arbres.

— Vous voyez là-dessous ? Il y a un signe de vie : des perce-neige.

Il montra l'escalier.

— On y va ?

Ils descendirent les grandes marches et se dirigèrent vers le jardin.

— Que pensez-vous de notre Versailles miniature ?

Harry montra le jardin à la française superbement aménagé qui s'étendait autour d'eux. Des haies parfaitement taillées entouraient les bordures, et au centre se dressait une fontaine élégante surmontée d'une statue représentant un jeune garçon.

— Maman voulait recréer l'ambiance de son pays d'origine. Elle a fait un travail extraordinaire. Vous devriez voir ce jardin en plein été lorsque toutes les fleurs sont ouvertes. C'est une véritable débauche de couleurs.

— J'imagine, dit Olivia tandis qu'ils s'approchaient de la fontaine.

— Vous avez manqué le mimosa de quelques jours, dit Harry en montrant les petits arbres protégés sous la terrasse. Ils fleurissent entre le mois de janvier et le mois de mars, et les fleurs dégagent une odeur divine. Notre jardinier doutait qu'on puisse les faire pousser ici. C'est une plante qui aime le climat tempéré du sud de la France, mais maman a fini par gagner, et nos mimosas se portent à merveille.

— Elle a les pouces verts à l'évidence. Et l'aménagement du jardin est tout simplement parfait.

Olivia tourna sur elle-même pour l'admirer dans sa totalité, puis elle suivit Harry sur l'un des nombreux sentiers qui partaient de la fontaine.

— Votre mère m'a dit qu'elle avait quelque chose dans son jardin qui pourrait me rappeler l'Inde, dit Olivia, rompant le silence qui lui avait paru plutôt long.

— Oh ! elle voulait certainement parler de la serre. Notre jardinier, Jack, qui était plus habitué à cultiver des navets que des plantes exotiques, a passé ces dernières années à tenter de faire pousser des bulbes que maman se fait envoyer des jardins de Kew. Nous pouvons aller y faire un tour si vous le souhaitez.

— Et comment ! s'exclama Olivia avec enthousiasme.

— Il faut un peu marcher, mais nous avancerons d'un bon pas. Le soleil a peut-être percé la couche nuageuse, mais il fait plutôt frisquet. Vous rentrez chez vous ce soir avec votre mère et votre père ? demanda-t-il.

— Non, pas directement. Nous partons pour Londres pour parler de la Saison avec ma grand-mère. Elle a très envie de s'impliquer et, comme maman est restée très longtemps loin de l'Angleterre, elle pourra nous donner quelques conseils sur le protocole.

— Ce n'est peut-être pas aussi terrible que vous le pensez, mademoiselle Drew-Norris…

— Olivia, s'il vous plaît, insista-t-elle.

— Olivia, rectifia Harry. Je suis allé à quelques bals il y a un ou deux ans, et ils peuvent être très amusants.

— J'espère, mais je dois avouer que je n'ai pas très envie d'aller à Londres. L'atmosphère est affreusement tendue là-bas, tout le monde s'attend à ce que quelque chose d'affreux se produise.

Elle leva les yeux vers lui, guettant sa réaction, et elle le vit hocher la tête.

— Et vous avez sans doute entendu parler du chômage et des troubles dans la rue ?

— Bien sûr, confirma Harry. C'est une période très perturbante. Pour être honnête, je serai soulagé quand nous saurons enfin où nous allons.

— Eh bien, on ne sait jamais. Je pourrai peut-être échapper à la Saison, dit Olivia en riant. Elle ne pourra pas avoir lieu si la guerre éclate, n'est-ce pas ?

— Horreur ! dit aimablement Harry en allumant une cigarette et en lui en proposant une qu'elle refusa. Même une guerre ne pourrait pas arrêter la Saison !

Ils sourirent tous deux d'un air complice.

— Eh bien, si la guerre éclate, je ne vais sûrement pas rester les bras croisés à ne rien faire, répondit-elle avec force. Je vais m'engager pour quelque chose. Je ne sais pas encore quoi, mais papa et maman ne peuvent pas m'empêcher d'aider à sauver mon pays, n'est-ce pas ?

— C'est exactement ce qu'il faut faire, Olivia ! Entrez là.

Harry ouvrit un portillon en bois peint en bleu. Il menait dans le potager. Ils marchèrent au milieu de rangées de choux, de carottes, de pommes de terre et de navets parfaitement alignés, et se dirigèrent vers la serre blottie dans un coin du jardin, protégée par un grand mur de briques rouges. Harry ouvrit la porte de la serre, et ils entrèrent tous deux à l'intérieur.

L'odeur âcre des fleurs mêlée à la chaleur renvoya Olivia dans le pays où elle avait grandi. Elle inhala leur parfum évocateur et embrassa du regard la débauche de couleurs devant ses yeux.

— Oh ! Harry, dit-elle avec ravissement tandis qu'elle marchait le long des rangées de plantes.

Elle se tourna vers lui.

— C'est tout simplement divin !

Harry vit qu'elle avait les yeux embués de larmes. Elle se pencha en avant pour toucher une plante jaune délicate, la prit entre ses mains et la sentit.

— C'est un frangipanier. Ils poussaient au-dessous de la fenêtre de ma chambre à Pune. Toutes les nuits, je sentais leur parfum quand j'étais allongée dans mon lit.

Elle enfouit son nez dans les fleurs.

— Je ne savais pas qu'on pouvait les faire pousser ici.

Harry fut touché par sa réaction et réalisa le choc que cela avait dû être pour elle de se retrouver en Angleterre après avoir passé des années à vivre au milieu de plantes comme celles-ci, en abondance dans leur milieu naturel.

— Eh bien, vous devez absolument l'emporter, n'est-ce pas, Jack ? dit Harry en se retournant vers le jardinier d'âge moyen, au visage buriné et ridé par des années de travail en plein air.

— Bien sûr qu'elle doit l'emporter, monsieur Harry, répondit-il en souriant. J'en ai encore plein. J'ai réussi à comprendre le fonctionnement des frangipaniers, ouais. Bon travail, marmonna-t-il. Vous pouvez rester là et regarder les plantes autant qu'il vous plaira, mademoiselle. C'est un plaisir d'avoir quelqu'un ici qui les apprécie.

Olivia se promena le long des rangées de plantes, approchant son nez des fleurs et caressant leurs pétales velouteux.

— Vous avez vraiment bien travaillé, Jack, fit-elle remarquer. Ces fleurs ne se réjouissent certainement pas plus que moi du climat anglais.

— Eh bien, je les cultive depuis quinze ans et je ne suis peut-être pas un botaniste qualifié, mais je sais à présent ce qu'elles aiment et ce qu'elles n'aiment pas. Et mon fils, Bill, ici, dit Jack en montrant le grand et beau jeune homme qui arrosait des pots un peu plus bas, a une vraie passion pour elles, n'est-ce pas, Bill ?

Le jeune homme se retourna et hocha la tête.

— Ça me convient beaucoup mieux que les

choux, dit-il en souriant. Le mieux, c'est quand nous recevons de nouveaux bulbes et que nous n'avons aucune idée de ce qui va pousser.

— Il est prêt à prendre la relève, monsieur Harry. Il est fait pour ça, confirma Jack. Tant qu'il n'est pas mobilisé ! Le bruit court qu'ils sont déjà en train de recruter dans l'armée territoriale, dit Jack en regardant Harry. C'est vrai, monsieur Harry ? demanda-t-il, une lueur d'inquiétude dans les yeux.

— Je ne saurais vous dire, Jack, répondit Harry avec diplomatie. Je pense que nous sommes tous dans l'incertitude pour le moment.

Jack se tourna vers Olivia.

— Au moins, la serre ne sera pas abandonnée : je serai là si la guerre éclate, mademoiselle. Les Boches ont réduit ma jambe en miettes, la dernière fois, alors, ils ne me voudront plus.

— Bon, Jack, Bill...

Harry leur fit un signe de tête.

— Vous faites vraiment un excellent travail ici ! Bravo !

— Dites à madame de ma part qu'elle doit passer quand elle aura le temps. L'un des nouveaux bulbes qu'elle m'a donnés vient de fleurir, et j'aimerais qu'elle le voie.

Jack souleva sa casquette.

— Bonne journée à vous, monsieur Harry, et à vous aussi, mademoiselle. Profitez bien de votre frangipanier.

— Merci beaucoup, dit Olivia. C'est vraiment gentil de votre part de me l'avoir donné.

— De rien, dit Jack pendant qu'Harry l'accompagnait vers la sortie.

— Vous êtes vraiment adorable de m'avoir emmenée là-bas, Harry, s'enthousiasma Olivia. Je me sens toute revigorée.

— Ce fut un plaisir, vraiment, fit aimablement remarquer Harry. C'est un endroit particulier, n'est-ce pas ?

Ils traversèrent le potager pour rejoindre la maison en silence. Harry alluma une autre cigarette, en tira quelques bouffées, puis l'écrasa sous son pied. Il soupira.

— J'étais en train de penser que, si la guerre éclate, toutes les familles qui vivent sur la propriété seront affectées. Prenez Bill, par exemple. Il courtise Elsie, une de nos domestiques à la maison.

Olivia sourit.

— J'ai fait la connaissance d'Elsie. C'est une jeune fille intelligente, et elle s'est trouvé un beau gars.

— Il ne sera plus aussi beau quand les Boches lui auront tiré une balle dans la figure, marmonna Harry tandis qu'ils montaient les marches vers la terrasse.

Il se tourna vers Olivia.

— Désolé d'être aussi pessimiste, mais je me demande ce qui va arriver à la propriété si tous nos jeunes travailleurs sont mobilisés.

— Les femmes devront prendre la relève, dit Olivia en souriant.

Harry sourit franchement et lui fit une petite révérence.

— Eh bien, nous sommes arrivés, madame Pankhurst. Ce fut un véritable plaisir de vous faire visiter notre humble jardin. Et maintenant, je ferais mieux d'aller chercher les fusils avant qu'on ne remarque mon absence.

— Pourquoi n'êtes-vous pas parti aux aurores avec les autres hommes ? demanda-t-elle.

— J'ai dit que j'avais des choses à faire, mais à vrai dire n'importe quelle excuse ferait l'affaire. Ce n'est pas vraiment ma tasse de thé.

Il tendit la main.

— Je ne vous reverrai peut-être pas avant votre départ. Prenez soin de vous, et bonne route jusqu'à Londres. J'ai vraiment été ravi de faire votre connaissance.

Elle lui serra la main et sourit à son tour.

— Moi aussi, Harry.

Harry hocha la tête, fourra les mains dans ses poches et disparut à l'intérieur de la maison.

12

Il avait été convenu avec Lady Vare, la grand-mère d'Olivia, et ses parents qu'Olivia devrait s'installer à Londres pour la durée de la Saison. Leur maison dans le Surrey n'était pas un endroit approprié pour une débutante, car elle se trouvait beaucoup trop loin du faste de la scène londonienne. Ainsi, deux semaines après avoir quitté Wharton Park, Olivia arriva avec ses valises chez sa grand-mère à Cheyne Walk.

La maison était d'un autre temps : elle était bourrée à craquer de meubles victoriens, ornée de rideaux en lourd brocart, et ses murs étaient recouverts de papier peint à motifs de William Morris. Olivia trouva l'atmosphère oppressante et fut ravie d'être envoyée au quatrième étage dans une petite suite où il y avait au moins un peu de lumière. Le matin, elle ouvrait les rideaux, puis la fenêtre, et regardait la Tamise pour lutter contre sa claustrophobie.

La première chose à faire pour devenir une débutante était d'aller s'inscrire au palais Saint James. Les jeunes filles ne pouvaient être présentées à la cour que si elles étaient parrainées par une dame qui avait été présentée elle-même. Comme la mère d'Olivia avait elle aussi été une débutante, elle aurait pu facilement parrainer sa fille.

Pourtant, Lady Vare ne voulut rien entendre. Au bout du compte, la mère d'Olivia céda devant la détermination de sa propre mère et retourna dans sa maison du Surrey, laissant l'organisation de la Saison d'Olivia aux mains de Lady Vare.

Entre les interminables essayages de robes, Olivia était pratiquement livrée à elle-même. Ce qui lui laissait beaucoup trop de temps pour penser à Harry Crawford et à son séjour à Wharton Park. Les deux jours qu'elle avait passés là-bas ressemblaient presque à des mirages dans sa mémoire. Elle revivait ses conversations avec lui en savourant le fait qu'il l'avait traitée comme son égale.

Voilà qui contrastait fortement avec la vie qu'elle menait actuellement à Londres, où elle avait l'impression de n'être guère plus qu'une poupée qu'on habillait et déshabillait. Elle savait néanmoins qu'une fois que la Saison aurait commencé, son emploi du temps serait beaucoup plus chargé, car elle participerait à d'innombrables bals, déjeuners et dîners tardifs éreintants, qui auraient tous pour but de la lancer dans la société et de lui faire trouver un compagnon approprié.

L'injustice d'une telle opulence – toutes ces festivités et réjouissances – face à une population qui souffrait du chômage et de la pauvreté n'échappait pas à Olivia. Tandis que le chauffeur de sa grand-mère la conduisait au volant de sa vieille Bentley partout où elle devait se rendre dans Londres, Olivia regardait par la vitre les pauvres gens qui vivaient dans la rue, se réchauffant les mains devant des feux misérables. Elle regardait les hommes qui manifestaient devant le Parlement avec leurs bannières demandant au gouvernement de les aider à nourrir leurs enfants qui mouraient de faim.

Elle se sentait isolée par ses privilèges et en dehors du *Zeitgeist*. Elle était prisonnière de l'Ancien Monde alors qu'elle voulait appartenir au nouveau. Parfois, elle se promenait le long des berges et donnait des pièces aux hommes et femmes sans domicile qui tremblaient sous les ponts, et elle se sentait embarrassée et mal à l'aise dans ses vêtements chauds et luxueux.

Un après-midi, alors qu'elle revenait tout juste de chez Lenare, où le célèbre photographe l'avait photographiée dans sa robe de présentation blanche traditionnelle, Olivia entendit un léger coup frappé à la porte. C'était la femme de chambre de sa grand-mère.

— Madame aimerait que vous preniez le thé avec elle dans le petit salon au rez-de-chaussée.

Lorsqu'Olivia entra dans la pièce, Lady Vare était assise droite comme un I dans un fauteuil en cuir à haut dossier à côté du feu.

— Assieds-toi, s'il te plaît, Olivia. Comme le soir de ta présentation approche, je voulais te parler des personnes que tu risques de rencontrer pendant la Saison. Autrefois, nous n'étions pas obligés de nous méfier de qui que ce soit.

Lady Vare plissa le nez en signe de dégoût.

— Mais malheureusement les critères ont changé et il y a certains… *éléments* dont la compagnie n'est pas convenable pour des jeunes filles comme toi. Les étrangers, pour commencer, mais il n'y a pas que ça. J'ai parlé récemment à une autre maman dont la fille va être présentée, et j'ai appris qu'il y avait certaines personnes de *mœurs légères*. Olivia, dit-elle en agitant le doigt dans sa direction d'un air sévère, il faut que tu les évites à tout prix.

— Mais, grand-mère, comment vais-je les reconnaître ? dit Olivia en ouvrant de grands yeux pour paraître innocente.

— Elles portent du rouge à lèvres et fument des cigarettes.

Olivia tenta de réprimer son envie de rire. À en juger par l'expression sur son visage, Lady Vare aurait tout aussi bien pu dire que ces filles cachaient des couteaux dans leur pochette de soirée.

— Je resterai sur mes gardes, grand-mère, je te le promets et j'espère que tu seras fière de moi.

Lady Vare hocha gracieusement la tête.

— J'en suis certaine, Olivia. Et maintenant, si tu veux bien m'excuser, j'ai à faire.

Ce soir-là, Olivia alla se coucher en espérant que les trois prochains mois passeraient vite, pour qu'elle puisse enfin prendre sa vie en mains.

La soirée de présentation se déroula sans heurts et fut en fait beaucoup plus amusante qu'Olivia ne l'avait imaginé. Alors qu'elle descendait le Mall en direction du palais de Buckingham, elle vit des centaines d'admirateurs amassés autour des portes du palais. La foule lui envoya des baisers, demanda au chauffeur d'allumer l'intérieur de la voiture pour qu'ils puissent regarder la robe d'Olivia et l'applaudir. Elle fut surprise de constater que les gens ne semblaient pas du tout la rejeter ni envier sa situation privilégiée.

Sa voiture suivit la longue file de véhicules qui entraient dans la cour intérieure du palais de Buckingham. Tout en montant le grand escalier et en passant devant les serviteurs du palais avec leurs perruques poudrées, elle prit bien garde de ne pas salir sa robe ni ses gants de chevreau.

C'était là son principal souci. Même si elle considérait que cette soirée de présentation n'était pas un moment particulièrement important de sa vie, elle ne put s'empêcher d'avoir l'estomac noué tandis qu'elle attendait dans l'antichambre d'être présentée au roi et à la reine.

— C'est tordant, je n'y crois pas ! dit une superbe jeune femme aux cheveux de jais qui se tenait derrière elle.

151

Elle était très mince et portait un rouge à lèvres que la grand-mère d'Olivia aurait qualifié de tout à fait inapproprié.

— Quel est ton numéro ?

— J'ai le numéro seize.

— Je suis juste après toi. N'est-ce pas affreusement ennuyeux ? dit le numéro dix-sept d'une voix traînante, affichant une expression de circonstance. C'est complètement dépassé.

Olivia voulait lui montrer qu'elle était d'accord avec elle, mais, comme elle devait entrer dans la salle du Trône dans les deux minutes, elle ignora la jeune fille et tenta de se concentrer sur ce qu'elle devait faire.

Ensuite, tout le monde fut beaucoup plus détendu. La présentation d'Olivia s'était passée sans encombre. Elle n'avait pas trébuché, n'était pas tombée aux pieds du roi et de la reine, et n'avait pas fait de faux pas ni en allant vers le trône ni en repartant.

Les filles discutaient tout en attaquant le festin fourni par Lyons. Elles semblaient toutes se connaître, et Olivia se tenait à l'écart, se sentant mal à l'aise et pas du tout à sa place.

— Courage, c'est bientôt fini, murmura une voix derrière elle. Nous nous sommes vues tout à l'heure. Je m'appelle Venetia Burroughs, et toi ?

C'était le numéro dix-sept.

— Olivia Drew-Norris.

— Bon sang, je meurs d'envie de fumer une cigarette. À ton avis, à quelle heure on va pouvoir partir ? demanda Venetia en rejetant ses longs cheveux noirs en arrière.

Contrairement à Olivia et à la plupart des autres filles, elle ne portait pas une coiffure bouffante.

— Je n'en ai aucune idée. Je pourrais regarder ma montre, mais c'est toute une histoire pour enlever ces gants de chevreau, répondit Olivia.

Venetia haussa les sourcils.

— Mon Dieu, oui.

Elle regarda autour d'elle dans la pièce et montra les filles.

— On ressemble toutes aux femmes de Dracula, tu ne trouves pas ?

Olivia se mit à rire. Elle savait que Venetia devait être une de ces filles aux mœurs légères dont sa grand-mère lui avait parlé. Et elle était intriguée.

— Oh ! et puis, mince ! Je vais en fumer une !

Venetia sortit une cigarette de sa pochette de soirée et l'alluma.

— Ouf, ça va mieux, dit-elle en exhalant avec ostentation.

Olivia regarda nerveusement autour d'elle et remarqua que les filles tournaient la tête en direction de la fumée.

Venetia haussa les épaules.

— Qu'est-ce qu'ils vont faire ? M'arrêter et me jeter dans la Tour ? Le roi fume comme un pompier. Tu en veux une ? demanda-t-elle en tendant la boîte à Olivia.

— Non, merci.

— Tu n'approuves pas ? Tu ne fumes pas ? Bon, poursuivit Venetia d'une voix traînante, je ne t'ai vue à aucun des thés dansants ou des déjeuners de pré-saison. D'où viens-tu ?

— D'Inde, dit Olivia.

— Vraiment ? Comme c'est... exotique.

Elle regarda Olivia de la tête aux pieds.

— Tu es vraiment mignonne, tu sais. Tu devrais te trouver un beau type, si c'est ce que tu veux. Je dirais que tu fais partie des cinq plus belles filles de la Saison.

— Je ne peux pas vraiment dire que c'est ce que je veux, dit Olivia avec assurance.

Venetia la regarda avec respect cette fois.

— Vraiment ? Alors, qu'est-ce que tu fais ici ?

— La même chose que toi, je pense, répliqua Olivia. Je fais ce que nos mères ont fait avant nous et je perpétue la tradition.

— Exactement ! Exactement ! dit Venetia en hochant la tête d'un air approbateur. Mais j'ai l'intention de bien plus m'amuser que ma mère à cette occasion. Et, tout comme toi, je ne tiens pas à me marier à tout prix. Alors, puisqu'il faut y passer, autant s'amuser le plus possible. Tu ne trouves pas ?

À cet instant, une superbe fille aux cheveux noirs avec des yeux étincelants et une robe qui sentait la haute couture parisienne, plutôt que les couturières anglaises à qui la plupart des filles avaient fait appel, vint les rejoindre.

— Chérie.

La fille enroula ses bras autour de Venetia.

— S'il te plaît, j'en meurs d'envie, sois gentille et laisse-moi tirer une taffe.

— Vas-y, Kick. Pourquoi tu ne la finirais pas pour moi ?

Olivia regarda la belle Américaine qui souriait.

— Merci. Écoute, tu viens au Ritz ? On est un

petit groupe à y aller. On part dans vingt minutes. Papa a dit qu'il descendrait plus tard, aussi.

— Peut-être, Kick, dit Venetia d'un ton désinvolte. Je vais voir ce qu'il y a d'autre.

— D'accord, mon chou, on se revoit bientôt alors.

Kick haussa les sourcils et jeta un coup d'œil à Olivia.

— Qui est-ce ? demanda-t-elle, paraissant plus royale que le roi et la reine à qui elle venait d'être présentée.

— Olivia Drew-Norris, répondit Venetia, et je pense qu'elle pourrait bien être des nôtres, ajouta-t-elle d'un air conspirateur.

— Youpi !

L'expression typiquement anglaise qu'elle venait d'utiliser semblait très étrange dans la bouche d'une Américaine.

— À bientôt, Olivia, dit-elle avant de s'éloigner rapidement.

Les yeux de Venetia suivirent Kick qui traversait la pièce.

— Tu sais qui c'est, n'est-ce pas ? demanda Venetia à Olivia.

— Oui, j'ai vu sa photo dans les journaux. C'est Kathleen Kennedy.

— Et la reine non couronnée de la Saison, ma chérie. Tout le monde l'aime.

— Je comprends pourquoi, soupira Olivia. Elle est incroyablement belle.

— *Et* moderne avec ça. C'est comme une bouffée d'oxygène et, si elle t'apprécie, dit Venetia en serrant le bras d'Olivia, elle fera tout pour que tu t'amuses bien pendant cette Saison. Viens, il faut que je te présente Mams. C'est comme ça que j'appelle ma mère. Aucun intérêt que je t'explique pourquoi, mais je pense qu'elle va te plaire. Tu vas au bal de Tip Chandler, demain, au Savoy ?

— Oui, confirma Olivia.

— On devrait bien s'amuser, enfin. Il y a Geraldo qui joue avec son merveilleux orchestre. Nous ferons des projets.

Venetia fit un clin d'œil tandis qu'une autre fille lui faisait signe à l'autre bout de la pièce.

— Je dois filer, ma belle, il faut que je fasse mon tour. À demain.

Lorsqu'Olivia rentra à la maison ce soir-là, elle sentit pour la première fois un frisson d'impatience en perspective de la Saison à venir.

13

Elsie se réveilla, ravie de voir le soleil de mai briller à travers les rideaux fins en coton. L'hiver avait été si rude, avec les nuages venant de la mer qui refusaient de bouger jusqu'à la tombée de la nuit, et le froid glacial. Elsie avait un peu le cafard ces derniers temps, depuis qu'elle retravaillait comme simple domestique. Il n'y avait pas eu de fêtes à Wharton Park et donc aucune dame à servir. Son salaire de femme de chambre de 1,16 livre sterling était redescendu à une livre, ce qui faisait une livre de beurre en moins pour sa famille chaque semaine.

La maison était calme parce que monsieur passait la plupart de son temps à Londres pour participer à des réunions sur la guerre imminente. Et Madame avait connu un hiver particulièrement difficile. Elle avait souffert d'une série de maux, dont la grippe, et toute la maisonnée avait craint pour sa vie. Madame avait toujours été une fleur délicate et, quand elle n'allait pas bien, plus rien ne tournait rond dans la maison.

Elsie sauta du lit, sa sortie peu discrète arrachant un gémissement de mécontentement à sa jeune sœur qui dormait avec elle. Elle ouvrit les rideaux, ce qui provoqua un nouveau grognement de sa sœur qui se tourna sur le côté et mit un oreiller sur sa tête.

Elsie observa le soleil et vit qu'il devait être tout juste cinq heures passées. Il lui restait une heure avant de commencer le travail, et elle voulait préparer ses plus beaux vêtements pour plus tard. Elle avait une demi-journée de congé et, cet après-midi, Bill l'emmenait au Regal à Cromer. Ils allaient voir *Au revoir Mr Chips* avec Robert Donat, et elle devait le retrouver à treize heures trente dans la cour où Bill avait dit qu'il avait une surprise pour elle.

Elsie ne put s'empêcher de se demander s'il s'agissait d'une bague. Elle venait d'avoir dix-huit ans, et ils se fréquentaient depuis plus d'un an. Il était temps, pensa-t-elle. D'autant plus que Bill venait de rejoindre l'armée territoriale et se rendait à la salle d'entraînement à Dereham deux soirs par semaine pour s'entraîner avec des balais et des bêches en guise d'armes. Et s'il était mobilisé et envoyé à l'étranger pour combattre ? Elsie avait perdu deux oncles à la bataille de la Somme et elle savait ce que la guerre pouvait signifier.

S'il n'en tenait qu'à elle, elle l'épouserait dès que possible. Comme ça, ils ne se disputeraient plus quand Bill voulait aller trop loin pendant qu'ils s'embrassaient ou se faisaient des câlins dans les bois. Ce n'était tout simplement pas son genre ! Bill savait qu'il devait attendre jusqu'à leur nuit de noces.

Elle avait déjà reluqué le cottage de jardinier confortable dont Bill hériterait de ses parents dans quelques années. Il était un peu à l'écart de la cour et possédait son propre jardin. Il était deux fois plus grand que celui dans lequel sa famille habitait, où ils s'entassaient à huit.

Elle savait que sa mère serait contente d'être débarrassée d'elle, tant qu'elle continuerait à aider financièrement sa famille, mais Bill gagnait deux fois plus qu'elle. Et madame semblait avoir un faible pour lui, car Bill avait le don de faire pousser toutes les fleurs magnifiques qu'elle voulait. Quand elle se rendait dans la serre et que Bill lui montrait la toute dernière espèce qu'il avait cultivée, madame glissait une ou deux pièces dans sa main.

Au fil des années, les shillings s'étaient accumulés, et elle savait que Bill commençait à avoir un sacré pécule caché sous les lattes du plancher de sa chambre. Quand ils se marieraient, ils pourraient peut-être se payer une vraie fête avec un déjeuner dans la grande salle du village. Elle voulait que ça soit le plus beau mariage que la cour ait connu.

Elle réalisa qu'elle perdait un temps précieux à rêvasser. Elle ouvrit le tiroir, puis elle sortit son chapeau, sa jupe et son chemisier sur la table. Elle avait fait la jupe elle-même à partir d'une nappe bleu marine. Mme Combe, la gouvernante, l'avait jetée. Elsie l'avait coupée en suivant les nouveaux canons de la mode : la jupe descendait jusqu'aux genoux avec la taille bien ajustée et tombait en plis sur les hanches. Elsie était vraiment contente de son œuvre et espérait qu'elle encouragerait Bill à faire ce qu'il fallait.

Elle enfila son uniforme, dévala l'escalier et salua sa mère qui remuait du porridge dans une casserole devant la cuisinière.

— Tu en veux ? demanda sa mère.

Elsie secoua la tête.

— Je serai de retour pour midi, mais n'oublie pas que je serai partie tout l'après-midi.

Avant que sa mère n'ait le temps de lui demander de l'aider avec les petits ou de lui faire une course pendant qu'elle serait à Cromer, Elsie ouvrit la porte.

— Salut, m'man ! dit-elle gaiement en lui faisant un signe, puis elle ferma la porte derrière elle.

Tandis qu'elle traversait le potager, Elsie regarda vers la serre pour voir si Bill était déjà arrivé. Elle adorait le regarder quand il ne savait pas qu'elle était là. Elle le vit à travers la vitre, penché au-dessus d'une plante, son visage affichant une expression de concentration totale. Elle n'en revenait pas de la chance qu'elle avait d'avoir trouvé quelqu'un d'aussi beau et intelligent que lui.

Sa famille accusait parfois Elsie d'avoir des idées de grandeur, mais ce n'était pas du tout le cas. Bill et elle étaient tous les deux jeunes, en bonne santé, et ils travaillaient dur. Elle voulait tout simplement qu'ils tirent le meilleur parti de toutes les occasions qui s'offraient à eux. Elle savait aussi qu'ils pouvaient s'estimer heureux d'avoir un toit au-dessus de leur tête et un travail pour la vie. Elle avait vu dans les actualités au Pathé que beaucoup de pauvres gens mouraient de faim dans les rues des villes. Et une fois qu'ils seraient mariés et que leurs petits viendraient à naître, Elsie savait qu'elle apprécierait la sécurité que lui garantissait Wharton Park.

De plus, elle vénérait Madame, tout comme le reste du personnel. Elsie savait que son employeuse était différente de la plupart des grandes dames qui dirigeaient leurs propriétés. Madame Crawford ne jouait pas sur la peur pour régner sur son domaine contrairement à certaines familles où travaillaient des femmes de chambre de sa connaissance. Non, elle savait se faire respecter grâce à sa gentillesse et sa compréhension. Il était fort rare qu'un membre du personnel de maison la déçoive ou ne soit pas à la hauteur de ses attentes. Elle donnait ses instructions de sa voix douce et gentille, si bien que chacun avait l'impression de lui rendre un service. Et si, en de rares occasions, quelque chose n'était pas tout à fait comme elle le voulait, un haussement de sourcils ou une petite moue de mécontentement sur les lèvres de Madame suffisait à plonger le « coupable » dans une déprime de plusieurs jours. Madame semblait sincèrement se préoccuper de son personnel. Elsie se souvint d'un épisode en particulier. Elle était encore enfant et était assise à la table de la grande cuisine pendant que sa mère aidait à faire de la pâtisserie à l'occasion de la garden-party annuelle de Wharton Park. Elle se débattait avec ses devoirs d'écriture, et Madame était entrée dans la cuisine, avait regardé avec attention les rangées de scones et de biscuits, puis, en voyant Elsie assise à la table, elle s'était dirigée vers elle.

— C'est Elsie, *n'est-ce pas* ?

Elsie ne comprenait pas les drôles de mots que madame utilisait parfois, mais elle hocha la tête.

— Oui, Madame.

— Qu'est-ce que tu fais ?

Elle avait regardé les mots écrits maladroitement dans le cahier d'Elsie.

— Je copie, Madame, à partir de ce modèle, mais je ne comprends pas certains mots, avait dit Elsie en toute honnêteté.

— Ah ! la langue anglaise ! C'est tellement compliqué. Laisse-moi voir…

Elle s'assit à côté d'Elsie et passa les vingt minutes suivantes à l'aider.

On disait chez les domestiques que Madame aurait aimé avoir plus d'enfants, mais son vœu ne fut pas exaucé. La naissance d'Harry avait mis sa santé à rude épreuve, et il n'y avait pas eu d'autres bébés. Elsie savait qu'elle mourrait si Bill et elle ne parvenaient pas à avoir une ribambelle d'enfants. Les grandes familles, c'était la vie, non ?

Wharton Park se dressait devant elle, ses

nombreuses fenêtres scintillaient dans le soleil du matin. Elsie aimait cette maison, sa solidité et le sentiment de sécurité que procuraient ses murs robustes. D'autres choses changeraient, elle le savait, mais la grande maison était là depuis près de trois siècles et n'aurait certainement pas bougé dans trois siècles.

Après avoir contourné le côté de la maison pour passer par l'entrée des domestiques, Elsie enleva ses bottes, enfila ses pantoufles, puis entra dans la cuisine.

— Vous êtes en avance pour une fois, commenta Mme Combe qui était assise à la table et étudiait la liste des menus. L'eau bout dans la bouilloire. Prenez une tasse de thé, puis asseyez-vous. Ensuite, vous irez dans la salle à manger pour polir l'argenterie. Madame veut vous voir à dix heures. C'est sans doute à propos du grand bal qu'ils organisent pour Mlle Penelope, la nièce de Madame, le mois prochain.

Elsie retrouva soudain tout son enthousiasme.

— Un bal ? demanda-t-elle. Je n'en ai pas entendu parler.

— Et pourquoi en auriez-vous entendu parler, mademoiselle ? répliqua Mme Combe. Madame doit-elle vous demander la permission avant de faire des projets ?

Elsie savait que la gouvernante la taquinait. Elle travaillait dur, et Mme Combe avait peu de raisons de se plaindre. De plus, elle faisait presque partie de sa famille, car c'était une petite cousine de la mère d'Elsie.

— Ça sera une grande fête, madame Combe ?

162

Combien de personnes seront présentes ? demanda Elsie avec enthousiasme.

— Ce sont les débuts dans le monde de Mlle Pénélope, alors, je suis certaine que Madame va remuer ciel et terre puisqu'elle n'a pas de fille à présenter. J'en saurai plus dans le courant de la semaine, mais, croyez-moi, jeune demoiselle, le mois de juin sera un mois très chargé à Wharton Park. Et pour ma part, j'en suis ravie.

Mme Combe laissa échapper un soupir de contentement.

— La maison aurait bien besoin d'une fête et d'un peu de gaieté.

— Vous voulez dire que les autres débutantes vont venir de Londres pour assister au bal ici ? demanda Elsie.

Mme Combe hocha la tête.

— Elles logeront dans des maisons du comté, mais cette demeure sera aussi pleine à craquer.

Elsie joignit les mains, et ses yeux se mirent à pétiller.

— Oh ! madame Combe, vous vous rendez compte ? Toutes ces jolies filles ici dans la maison ! Je les ai vues lors de la soirée de présentation au palais aux actualités filmées du Pathé quand Bill m'a emmenée à Cromer le mois dernier.

— Ne vous emballez pas, jeune demoiselle. Vous avez du travail et, comme vous n'avez pas fait cette tasse de thé, je suppose que vous n'en vouliez pas. Alors, montez vite à l'étage, allez dans la salle à manger pour polir les cuillères d'argent et veillez à être bien propre avant d'aller retrouver Madame à la bibliothèque à dix heures pile.

— Oui, madame Combe, répondit docilement Elsie.

À dix heures précises, Elsie se présenta comme prévu devant la porte de la bibliothèque. Elle frappa, et une voix dit :

— Entrez.

Ce que fit Elsie.

— Asseyez-vous, Elsie, s'il vous plaît, dit Adrienne en montrant le fauteuil en face d'elle.

Elle sourit.

— J'ai entendu dire par Mme Combe que vous étiez douée pour coiffer les cheveux.

Elsie rougit.

— Oh non, Madame ! Pas vraiment. J'aime les coupes modernes, je m'amuse juste à les copier.

— *C'est parfait !* dit Adrienne en joignant les mains. Vous avez sans doute entendu parler du bal que nous allons organiser pour ma nièce le mois prochain ?

— Oui, Madame, dit Elsie en hochant la tête.

— Il y aura beaucoup de jeunes dames ici, des filles sophistiquées qui seront habituées à avoir ce qu'il y a de mieux à Londres où tout se trouve devant leur porte, y compris les coiffeuses. Certaines vont venir avec leur propre femme de chambre, d'autres, non. Seriez-vous prête à proposer vos services comme coiffeuse ce soir-là ?

— Oh ! Madame !

Elsie était bouleversée.

— Comme vous l'avez dit. Elles sont habituées à ce qu'il y a de mieux. Je suis juste une amatrice. Mais je ferai de mon mieux.

— *Voilà !* Alors, c'est réglé. Je dirai que nous avons une jeune fille parmi notre personnel qui pourra aider les débutantes à se coiffer avant le bal.

— Oh oui, Madame ! Merci. Je ferai tout pour ne pas vous décevoir.

— Je sais, Elsie, dit Adrienne en riant.

Elle se leva doucement et s'approcha de la fenêtre. Puis elle laissa échapper un long soupir.

— Je veux que ce bal soit vraiment un événement spécial.

Elle se retourna vers Elsie.

— Ce sera peut-être le dernier qui aura lieu dans cette maison avant longtemps si la guerre éclate.

Elle fit un signe de tête à Elsie.

— Vous pouvez disposer.

— Merci, Madame.

Adrienne la regarda quitter la pièce. Elsie était une bonne fille et Adrienne l'aimait beaucoup. Et elle était heureuse qu'elle fréquente Bill, le fils du jardinier. Elle se demanda aussi s'ils avaient, l'un comme l'autre, à l'aube de leur vie d'adulte, une idée de la gravité des événements qui se préparaient. Christopher disait que la guerre était imminente. Le pouvoir d'Hitler grandissait de jour en jour, et ses soutiens étaient de plus en plus nombreux. Ce n'était plus qu'une question de temps et, après...

Adrienne avait perdu un frère pendant la Grande Guerre. Elle avait eu la chance de garder son mari. Maintenant, elle savait qu'elle risquait de perdre son fils. Elle ne pouvait pas supporter cette pensée. Elle avait appris à ses dépens que le rang et les privilèges n'avaient aucun poids sur le champ de bataille quand le destin frappait l'un plutôt qu'un autre. Son fils et le fils du jardinier, Bill, seraient bientôt envoyés au combat. Et seul Dieu choisirait ensuite.

Elle ne pouvait rien faire.

Chez les Britanniques, on ne montrait pas d'émotions. Adrienne avait fait tout son possible pour perfectionner cette technique, mais avait malheureusement échoué. Elle était française et avait appris qu'il valait mieux exprimer ses sentiments plutôt que de les garder à l'intérieur de soi.

Pourtant, en des moments comme celui-ci, il était peut-être plus facile de se distancer de ce qu'on ressentait vraiment. Et elle souhaitait à tout prix protéger son fils. Elle savait qu'Harry n'était pas fait pour être un soldat et était contraint de mener une vie qui ne correspondait ni à sa personnalité ni à ses capacités. Et il risquait d'en mourir.

Adrienne se ressaisit, car elle savait qu'elle devait chasser ces pensées déprimantes de son esprit avant qu'elles ne la consument. Harry ne devait pas voir sa peur. Elle devait concentrer toute son énergie pour faire du bal en l'honneur de sa nièce l'événement de la Saison. Elle décida d'aller se promener dans le parc et de marcher jusqu'à la serre pour discuter avec Jack et Bill des fleurs dont ils auraient besoin pour les nombreuses compositions florales qu'elle avait prévues.

14

De retour à Londres, Olivia regarda l'invitation au bal de Penelope Crawford avec beaucoup moins d'enthousiasme que si elle l'avait reçue quelques semaines auparavant. Au début, elle pensait sans cesse à Harry Crawford, mais, depuis quelque temps, alors que la Saison battait son plein, Olivia s'était laissé entraîner dans le tourbillon du circuit social, du « cirque », comme Venetia et les autres amis de sa bande l'appelaient judicieusement.

L'invitation à la main, elle traversa la salle à manger pour aller rejoindre sa grand-mère et prendre le petit déjeuner avec elle. Elle ne se sentait pas très fraîche et avait comme un voile devant les yeux. Lady Vare buvait comme à son habitude une tasse de café après avoir fini de manger. Elle portait son turban *cache-misère* et lisait le *Telegraph*. Elle assista à l'arrivée d'Olivia avec un mécontentement évident.

— Olivia, je sais que tu as un emploi du temps chargé, mais il est inacceptable que tu arrives en retard aux repas. Quand j'étais débutante comme toi, tout manque de ponctualité était immédiatement sanctionné. Et si j'avais été à ta place aujourd'hui, j'aurais dû mourir de faim jusqu'au repas de midi.

— Désolée, grand-mère, dit Olivia tandis que la domestique posait une assiette avec des œufs et du bacon desséchés devant elle. Je suis allée au bal

167

Henderson hier soir. Puis nous sommes allés au Quaglino's pour dîner.

Olivia regarda la nourriture devant elle et regretta d'avoir bu ce dernier vermouth gin. De petits marteaux semblaient enfoncer des clous dans ses tempes, et elle préféra détourner le regard du bacon figé et froid.

— Il était trois heures du matin quand je t'ai entendue rentrer, dit Lady Vare d'un ton sévère. J'espère, Olivia, que tu n'as pas oublié ce que je t'ai dit au début de la Saison et que tu n'as pas été tentée de te joindre aux mauvaises personnes.

— Oh non, mamie ! mentit Olivia. Je suis sûre que tu apprécierais les personnes avec qui j'étais hier soir. John Cavendish, marquis de Hartington, était présent, avec son jeune frère Andrew.

Olivia savait que sa grand-mère serait impressionnée, car John Cavendish était l'héritier du domaine de Devonshire, qui incluait Chatsworth House. Elle se garda bien d'ajouter qu'ils avaient été tellement bruyants que le maître d'hôtel leur avait demandé de partir et qu'ils étaient sortis du restaurant en riant comme de vilains écoliers, puis qu'ils avaient continué la fête dans la maison de quelqu'un à Mayfair.

— Et y a-t-il un jeune homme qui s'est montré intéressé jusqu'à présent ? demanda Lady Vare.

À vrai dire, il y avait eu une succession de ce que sa grand-mère aurait appelé de bons partis, tous désireux de danser avec Olivia, de l'inviter à dîner à leur fête, de lui demander de l'accompagner dans l'une des boîtes de nuit où tout le monde se rendait après le bal. Pourtant, comme sa grand-mère l'avait reconnu elle-même, les choses avaient changé depuis son époque. Olivia comptait parmi ses nouveaux amis de nombreux hommes, mais elle les considérait justement comme des amis et non comme des maris potentiels. Avec le spectre de la guerre qui planait sur l'Europe, beaucoup avaient conscience que, si elle venait véritablement à éclater, la vie qu'ils avaient menée jusqu'à présent serait perdue à tout jamais. Ainsi, avant d'être expédiés vers une mort possible, ils voulaient vivre chaque jour comme si c'était le dernier.

Ce n'était pas cependant une réponse à donner à sa grand-mère.

— Oui, il y a un ou deux jeunes hommes qui semblent être… intéressés, dit Olivia tout en repoussant l'assiette qu'elle n'avait pas touchée.

La domestique débarrassa et lui donna une tasse de café dont elle avait grand besoin.

— Et puis-je demander de qui il s'agit ?

— Oh ! répondit Olivia d'un ton joyeux. Angus MacGeorge. Il possède la moitié de l'Écosse et est très amusant, mais aussi Richard Ingatestone, dont le père a un poste très important dans la marine et…

— Bon, l'interrompit Lady Vare, il serait peut-être opportun que tu invites un de ces jeunes hommes à boire le thé ici, Olivia, de sorte que je puisse faire leur connaissance.

— Je le leur demanderai, grand-mère, mais tout le monde a un emploi du temps très chargé, et les gens sont pris des semaines à l'avance.

Elle brandit son invitation et dit :

— Il y a un bal le mois prochain à Wharton Park

pour Penelope Crawford. Ils m'ont proposé une chambre pour la nuit dans la maison.

— À mon époque, je trouvais ces bals à la campagne terriblement ennuyeux. Tu es certaine que ça en vaut la peine, Olivia ? Penelope Crawford ne fait qu'emprunter la maison de son oncle pour l'occasion, fit remarquer Lady Vare. Sa famille n'a pas un sou. Charles, son père, a été tué dans une tranchée pendant la Grande Guerre. Je doute qu'il y ait beaucoup de monde.

Olivia sirota son café.

— Il se trouve que je suis allée à Wharton Park avec papa et maman juste après Noël. Et la maison m'a plutôt plu. Alors, puis-je accepter ?

— Tant qu'il n'y a pas un événement plus important en ville à cette date et si tu me montres la liste des invités, alors, oui, tu pourras y aller.

Lady Vare se leva, décrocha sa canne du bord de la table, puis demanda :

— Tu seras là pour le déjeuner ?

— Non, j'ai un rendez-vous au Berkeley et je dois ensuite aller récupérer la robe que j'ai déchirée la semaine dernière. La couturière espère l'avoir raccommodée d'ici à cet après-midi, et j'aimerais la porter ce soir.

Sa grand-mère hocha la tête, apaisée.

— Alors, je te verrai demain matin au petit déjeuner, dit-elle en quittant la pièce. Et à l'heure, cette fois, s'il te plaît.

— Oui, grand-mère, bien sûr, dit Olivia.

Soulagée, elle prit sa tête entre ses mains et massa ses tempes pour tenter de juguler sa migraine.

Au départ, elle avait pensé que ce serait un

désavantage pour elle de ne pas avoir sa mère à ses côtés pendant sa Saison. Pourtant, le fait que sa grand-mère soit trop vieille et trop fatiguée pour l'accompagner avait été une véritable aubaine finalement. Cela signifiait qu'elle était entièrement libre de faire ce qu'elle voulait et avec qui elle voulait. Même si les personnes qu'elle fréquentait auraient été jugées peu recommandables par sa grand-mère, Oliva s'amusait follement avec elles.

Venetia avait pris Olivia sous son aile. Elles étaient devenues de grandes amies, et Venetia l'avait présentée aux éléments les plus intéressants de la Saison. Ces jeunes personnes, qui avaient la réputation d'être de mœurs légères, étaient en fait cultivées, intelligentes et avaient une véritable conscience politique.

La plupart d'entre elles, comme elle, faisaient la Saison parce qu'elles n'avaient pas le choix. Mais, plutôt que de passer leurs déjeuners et leurs dîners à parler de la couleur de leurs robes pour le bal du soir, les filles discutaient de ce qu'elles voulaient faire de leur vie. Et elles n'envisageaient pas de se marier immédiatement ni de fonder une famille. Elles voulaient aller à l'université ou elles tenaient à jouer un rôle actif dans la société si la guerre venait à éclater.

L'endroit qu'Olivia préférait par-dessus tout à Londres, c'était la maison de Venetia à Chester Square. Elle était toujours remplie de gens inhabituels, qui faisaient partie de l'intelligentsia bohème, tout comme les parents de Venetia.

Ferdinand Burroughs, le père de Venetia, était un peintre avant-gardiste célèbre, dont la mère de

Venetia, Christina, une lady par la naissance, issue d'une des plus grandes familles du pays, était tombée amoureuse. Elle l'avait épousé, à la suite de quoi elle était tombée en disgrâce auprès de sa famille. Christina Burroughs était tout ce qu'Olivia aurait aimé que sa mère fût : elle avait des cheveux de jais qui tombaient jusqu'à sa taille – même si Olivia était pratiquement certaine qu'ils étaient teints –, elle avait les yeux très maquillés et fumait des cigarettes avec un fume-cigarette de jade.

Venetia avait raconté à Olivia comment, lorsque sa mère avait dit à sa famille qu'elle allait épouser le jeune artiste sans ressources, ses parents avaient refusé de l'admettre. Elle avait dû s'enfuir à Londres pour être avec Ferdinand, et ils avaient vécu pratiquement sans argent pendant des années, jusqu'à ce que les tableaux de Ferdinand commencent à se vendre.

La maison de Chester Square avait été laissée à Christina par une grand-tante, le seul membre de sa famille qui semblait avoir un peu de compassion pour sa situation critique. Ainsi, le jeune couple avait au moins eu un toit au-dessus de sa tête.

Mais, l'argent lui ayant manqué pour aménager l'intérieur, les rideaux se désagrégeaient, le mobilier avait été acheté à moindre prix dans des boutiques proposant des articles d'occasion et, comme il n'y avait pas de personnel, l'endroit aurait eu besoin d'un bon nettoyage avec un bac rempli de désinfectant.

— Papa est très riche maintenant, tu sais. Ses tableaux se vendent très cher et ils pourraient se permettre d'acheter tout ce qu'ils veulent, lui avait dit Venetia. Mais ils aiment la maison telle qu'elle est. Et moi aussi, avait-elle ajouté un peu sur la défensive.

Si Venetia faisait la Saison, c'était tout spécialement pour contrarier la famille de sa mère, atterrée par le fait que la fille d'un vulgaire peintre puisse être présentée à la cour.

— Mais puisque j'ai été présentée moi-même, ils ne peuvent rien faire pour m'en empêcher, chérie, avait dit Christina en sirotant un martini alors que les filles s'apprêtaient à aller au bal. Letty, ma sœur, est horrifiée. Bien sûr, sa fille, l'horrible Deborah, fait aussi son entrée dans le monde, cette saison. Je n'oublierai jamais le visage de Letty lorsqu'elle m'a vue au bal des débutantes. J'ai cru qu'elle allait défaillir tant elle était scandalisée, dit Christina en riant.

Elle ébouriffa tendrement les cheveux de Venetia.

— Et bien sûr, le comble pour elle, c'est que ma fille est superbe, alors que la sienne est boutonneuse, grosse et complètement stupide.

Olivia se disait souvent que Venetia était plus une mère pour Christina que Christina ne l'était pour elle. L'univers complètement excentrique dans lequel elle vivait l'avait sans doute contrainte à développer une certaine sagesse et un esprit pratique qui la faisaient paraître particulièrement mûre pour son âge. Elle alliait bizarrement l'esprit bohème et le bon sens. Olivia l'adorait.

De temps en temps, au détour d'une conversation, Venetia lâchait le nom de sommités telles que Virginia Woolf, qui – accompagnée de Vita Sackville, son amant – venait souvent prendre le

173

thé quand Venetia était petite. Olivia était fascinée par le côté glamour du groupe de Bloomsbury et par les liens des Burroughs avec ses membres.

Même si le groupe s'était pratiquement dispersé à présent, les idées radicales n'avaient pas disparu du foyer, et Venetia se passionnait pour le droit des femmes et la lutte pour l'égalité des sexes. Elle avait déjà décidé qu'elle ne prendrait pas le nom de son époux si elle venait à se marier.

Pour Olivia, la Saison avait englobé jusqu'à maintenant le meilleur des deux mondes : elle s'amusait terriblement, certes, mais avec un groupe d'amis qui avaient la même sensibilité qu'elle. La fréquentation de ces personnes l'avait beaucoup stimulée et lui avait encore un peu plus ouvert l'esprit, elle qui était d'un naturel déjà curieux. Bizarrement, elle redoutait la fin de la Saison, car elle devrait prendre certaines décisions pour son avenir.

Elle ne pouvait tout simplement pas imaginer retourner dans la maison de ses parents dans le Surrey et attendre qu'un mari comme il faut vienne la choisir comme un livre qu'on prend sur une étagère. Elle commencerait à recevoir un petit revenu à l'âge de vingt et un ans, mais, en attendant, elle dépendait encore financièrement de ses parents pour les deux ans et demi qui restaient.

À moins qu'elle ne trouve un travail…

Olivia se leva de table et regagna sa chambre à l'étage. Elle devait s'habiller, car elle allait chez Venetia pour le déjeuner.

Ferdinand Burroughs, le père de Venetia, était rentré la veille d'un voyage en Allemagne, où il voulait faire des esquisses préparatoires sur le pouvoir grandissant du IIIe Reich pour une série de tableaux qu'il souhaitait réaliser. Olivia, qui n'avait entendu parler de Ferdinand que par sa fille qui l'adorait, était impatiente de rencontrer l'homme en chair et en os. Et peut-être d'entendre son récit de la menace représentée par les nazis. Après avoir fixé son chapeau avec une épingle et enfilé ses gants, elle prit son sac à main et partit pour Chester Square.

Lorsque Venetia lui ouvrit, Olivia remarqua à quel point son visage était pâle. Son front soudain parcouru de rides trahissait son inquiétude.

— Qu'est-ce qui se passe ? demanda Olivia en suivant Venetia jusqu'à la cuisine, qui était la pièce où la famille recevait en été, car elle donnait sur le charmant jardin clos à l'arrière de la maison.

— Tu veux un gin ? demanda Venetia.

Olivia regarda sa montre ; il n'était que onze heures et demie. Elle secoua la tête.

— Non, pas pour moi, merci, ma chérie. Pas après ce que j'ai bu hier en tout cas.

— Je n'en bois pas d'habitude, mais papa est rentré hier soir et il est complètement bouleversé.

Venetia se servit une bonne dose de gin et en but une longue gorgée.

— Il a surtout parlé avec maman, mais, d'après ce que j'ai entendu, toutes les horribles choses qui se passent en Allemagne ne sont pas relayées par la presse ici, pas correctement du moins. Et c'est brutal, vraiment brutal !

Les yeux de Venetia se remplirent de larmes.

— Papa a vu de jeunes nazis incendier une synagogue dans la périphérie de Munich. Oh !

Olivia, on dirait qu'Hitler veut faire disparaître tous les Juifs !

— Ce n'est pas possible, je n'arrive pas à le croire.

Olivia s'approcha de Venetia et passa ses bras autour de son cou.

— Et pourtant, c'est vrai.

Venetia sanglota sur son épaule.

— Ma mère est en haut avec lui. Il est complète-ment anéanti. Et il a pris des risques insensés ! Il était en danger, et nous ne l'avons même pas réalisé.

— Eh bien, au moins, il est à la maison à présent, en sécurité !

— Dieu merci ! dit Venetia en séchant ses larmes. Il dit qu'il ne pourra jamais peindre ce qu'il a vu. C'était si violent ! Il y avait une telle haine ! Tu savais que les Juifs n'ont pas le droit de faire l'amour avec des Aryens et encore moins de les épouser. Que des milliers de synagogues ont été réduites en cendres au cours des dix-huit derniers mois ? Ils n'ont pas le droit de posséder des radios, et leurs enfants ne peuvent pas fréquenter les mêmes écoles que les Aryens.

Olivia l'écouta en silence, choquée. Puis elle dit :

— Pourquoi le monde ne sait-il rien de tout ça ?

Venetia secoua la tête.

— Je n'en ai aucune idée, et papa non plus. Il dit qu'il va alerter ses amis politiques influents.

Elle saisit le bras d'Olivia.

— Oh ! ma chérie, je sais que nous faisons tout pour oublier. Mais c'est bien réel et ça va arriver. Et, le plus effrayant, c'est que personne ne sait où ça va s'arrêter.

15

Harry Crawford se réveilla, heureux et reconnaissant d'être à la maison. Au moins savait-il ce qu'il allait faire dans les prochaines semaines, contrairement à nombre de ses collègues officiers qui n'avaient aucune idée du sort qui les attendait. Il avait été chargé de superviser l'entraînement d'un groupe de nouvelles recrues locales du 5e régiment royal de Norfolk. Cela signifiait que, durant quelques semaines au moins, il pourrait profiter de l'été dans sa maison et dans son lit. Ses collègues officiers l'avaient taquiné pour ce qu'ils considéraient comme un sacré coup de veine. En effet, certains d'entre eux avaient été envoyés dans des endroits bien moins engageants, et beaucoup lui avaient demandé si son père n'avait pas tiré les bonnes ficelles en haut lieu, mais Harry en doutait. Avec l'Allemagne qui menaçait d'envahir à tout moment la Tchécoslovaquie, il était peu probable que Christopher Crawford se souciât du petit confort de son fils.

Harry souleva la fenêtre à guillotine, se pencha et, profitant d'un rare moment de tranquillité, respira l'air frais et la douce odeur du jasmin que sa mère avait planté le long de la terrasse. Il aurait préféré que le bal de sa cousine Penelope ne tombe pas le premier jour de son arrivée à la maison (il lui faudrait fournir sa part d'efforts et escorter des filles au visage chevalin sur la piste de danse), mais il était agréable de voir cette vieille maison revenir à la vie. Et il savait à quel point l'événement était important pour sa mère.

Quand Harry arriva au rez-de-chaussée, il constata qu'une activité débordante régnait dans la maison. On avait engagé du personnel supplémentaire au village pour aider aux préparatifs. On transportait des meubles, on apportait des chaises et des tables supplémentaires pour accueillir cent cinquante convives à dîner. Après le repas, les invités seraient dirigés vers le salon ou la terrasse, s'il faisait suffisamment chaud, pendant qu'on enlèverait les tables et les chaises de la salle de bal et que l'orchestre s'installerait.

Harry se fraya un chemin au milieu du chaos et se dirigea vers la salle de bal. Il était ravi que les prières de sa mère aient été entendues : le temps anglais d'ordinaire si imprévisible semblait être au beau fixe pour la journée. Jack et son fils Bill apparurent sur la terrasse, poussant des brouettes chargées de fleurs colorées.

— Vous avez besoin d'aide, les gars ? demanda Harry.

— Merci, monsieur Harry, mais ça va aller. J'sais que vous n'êtes rentré qu'hier, ménagez-vous, Monsieur, dit Jack en ôtant sa casquette.

Harry l'ignora et commença à décharger les fleurs sur la terrasse.

— Bill, j'ai entendu que vous étiez engagé dans le 5e régiment royal de Norfolk ?

— Oui, monsieur Harry.

— Eh bien, je pense que nous allons bientôt beaucoup mieux nous connaître. J'ai été chargé de vous former. Je vous verrai à la salle d'entraînement de Dereham, lundi. Je serai heureux de voir un visage familier parmi toutes ces nouvelles recrues, et vous pourrez peut-être me présenter vos collègues.

Bill lui adressa un grand sourire.

— Et nous serons tous ravis de vous avoir comme instructeur, Monsieur.

Jack fit demi-tour avec sa brouette.

— Bill, va dire à Madame que les fleurs sont là et que je vais chercher le reste. Elle voudra sans doute les disposer à son goût. Vous savez à quel point Madame tient à ses fleurs, dit Jack en faisant un clin d'œil à Harry. Merci, pour votre aide, Monsieur, je vous reverrai certainement tout à l'heure.

Olivia et Venetia avaient quitté Londres à dix heures ce matin-là. Venetia avait emprunté la Ford de ses parents. Elle avait dit à Olivia qu'elle savait parfaitement conduire, bien que ce ne fût absolument pas le cas. Olivia avait passé les cinq dernières heures à craindre pour sa vie tandis que Venetia virait soudain à droite, calait, passait la mauvaise vitesse… Plusieurs fois, elle manqua d'entrer en collision avec des véhicules arrivant dans l'autre sens.

Olivia n'était pas plus douée pour lire une carte que Venetia ne l'était pour conduire. Elles avaient souvent tourné au mauvais endroit, ce qui avait contraint Venetia à se lancer dans des manœuvres toutes plus dangereuses les unes que les autres. Et, au lieu du trajet de quatre heures et demie qu'elles avaient imaginé, elles roulèrent pendant plus de six heures. Elles se trouvaient encore à au moins une heure de Wharton Park et n'arriveraient jamais à temps pour le thé de l'après-midi.

Au moins, la campagne était devenue beaucoup plus belle, et Olivia était pratiquement certaine qu'elles étaient sur la bonne route.

— Tu es sûre qu'on ne va pas plonger d'une falaise dans la mer du Nord ? demanda Venetia. Je n'en reviens pas du temps qu'il nous a fallu pour arriver jusqu'ici et je suis littéralement affamée. Papa dit toujours qu'il est allergique au grand air. Je doute qu'il ait quitté la ville depuis le jour de sa naissance. Je pense que je vais marcher sur ses traces, ajouta-t-elle avec humeur.

Olivia haussa les sourcils et ignora son commentaire. Venetia était sans doute en train de passer ses nerfs, mais Olivia savait qu'une fois qu'elle verrait Wharton Park, son amie ne serait pas déçue.

Une heure et demie plus tard, elles s'engagèrent dans la longue allée qui menait à Wharton Park. Le soleil avait décliné dans le ciel et baignait le parc d'une douce lumière.

Venetia continuait à se plaindre de son ventre vide, de son dos raide et de ses pieds douloureux à force de changer les vitesses. Olivia baissa la vitre et respira l'air doux de la soirée.

— Voilà la maison, dit-elle lorsque la demeure apparut devant leurs yeux.

— Tu ne trouves pas qu'elle est magnifique ? ajouta-t-elle d'un ton rêveur.

Venetia, qui n'avait plus le cœur à faire des plaisanteries, mais qui voulait jouer les esprits obtus, dit :

— L'ampoule électrique est-elle arrivée jusqu'ici ?

— Ne sois pas facétieuse, Venetia. Bien sûr que oui ! De plus, c'est le 21 juin, le plus long jour de l'année. Alors, nous n'aurions pas vraiment besoin de lumière même s'il n'y en avait pas, répondit Olivia. En tout cas, dit-elle tandis que Venetia s'arrêtait un peu trop brusquement devant la maison, si tu veux passer tout le week-end à ronchonner, vas-y. Je trouve cet endroit merveilleux. Et je suis toute disposée à en profiter, même si toi tu ne l'es pas.

À cet instant, la porte d'entrée s'ouvrit, et un jeune homme qu'elle reconnaissait vaguement dévala les marches pour venir les accueillir.

— Bonsoir, mademoiselle Drew-Norris, dit le jeune homme tandis qu'elle descendait de la voiture et défroissait sa robe. Ravi de vous revoir à Wharton Park.

Olivia reconnut Bill, le fils du jardinier, qu'elle avait rencontré brièvement dans la serre en janvier.

— Comment vont les fleurs ? demanda-t-elle en souriant. Mon frangipanier est très joli sur le rebord de ma fenêtre à Londres.

— Elles vont bien, mademoiselle Drew-Norris. C'est gentil de demander.

— Je suis impatiente de voir les jardins, dit Olivia. Harry m'a dit qu'ils étaient magnifiques en plein été.

— C'est bien vrai et vous avez choisi le meilleur moment pour les voir : tout est encore frais et en boutons. À la mi-juillet, les fleurs commenceront à paraître fatiguées et desséchées. Mademoiselle Drew-Norris, y a-t-il quelque chose à décharger de votre véhicule ? Je porterai vos bagages à l'intérieur et puis, si vous voulez bien me donner les clés de votre voiture, j'irai la garer pour vous.

— C'est ma voiture en fait, dit Venetia en se

faufilant jusqu'à eux et en agitant les clés devant Bill.

Elle lui adressa son plus beau sourire.

— Vous en prendrez soin, n'est-ce pas ?

— Bien sûr, dit Bill en ouvrant la malle dont il sortit deux petites valises.

Alors qu'il montait les marches et emportait les deux valises dans la maison, Venetia dit :

— Voilà ce que j'appelle un beau « paysage » ! Il est divin ! Qui est-ce ?

— Allons, un peu de tenue ! la réprimanda Olivia qui ne put s'empêcher de sourire. C'est le fils du jardinier. Tu as trop lu *L'Amant de Lady Chatterley*. Allez, viens maintenant, j'ai très envie d'une tasse de thé.

À sept heures du soir, Adrienne se tenait sur la terrasse, un verre de champagne à la main. La soirée était aussi parfaite qu'elle l'avait espéré. En de tels instants, Wharton Park pouvait presque rivaliser avec la beauté de la maison de son enfance en Provence.

La douceur des soirées dans la campagne anglaise, lorsque la terre et le ciel semblaient se confondre, lorsque l'odeur de l'herbe fraîchement coupée se mêlait au parfum des roses, avait un charme incontestable.

Dans la maison, tout était prêt. La salle de bal derrière elle était superbe, les quinze tables recouvertes de nappes blanches, impeccables. Y trônaient des verres en cristal anciens et un vase contenant des fleurs coupées venant de la serre.

Adrienne aimait ces instants. Tout était fini, mais

rien n'avait encore commencé, et on était plein d'optimisme, on espérait que l'événement serait à la hauteur de ses attentes.

— Maman, tu es ravissante.

Harry se tenait derrière elle, tout aussi ravissant dans sa tenue élégante.

— *Merci, mon chéri.* Je profite juste de ces quelques secondes pour savourer cette soirée parfaite.

Harry alluma une cigarette et regarda le magnifique jardin.

— C'est si paisible, si tranquille… Le calme avant la tempête, dit-il en souriant.

Adrienne se tourna vers lui et posa sa main sur son épaule.

— Je t'ai à peine vu depuis ton retour à la maison. Comment vas-tu, mon chéri ?

Harry hocha la tête.

— Je vais bien, maman.

— Tu es content ? demanda-t-elle, bien qu'elle connût déjà la réponse.

— J'accepte le fait que je ne suis qu'un rouage de la machine et que je ne contrôle pas l'univers. Qui vivra verra, dit-il en soupirant, et on ne peut que s'en accommoder.

— Mon pauvre Harry. Si seulement le monde pouvait être différent ! *Mon Dieu !*

Adrienne couvrit sa bouche de sa main.

— Je deviens sentimentale et je dois m'arrêter immédiatement. J'ai de la chance de t'avoir ici, et nous allons profiter du temps que nous avons ensemble.

— Ne crains rien !

Il lui sourit tout en pensant à quel point il l'aimait.

— Tu sais que ton cousin Hugo ne pourra pas venir ce soir. Il s'entraîne lui aussi avec son bataillon dans le pays de Galles. Alors, ce sera toi, Harry, plutôt que ton père, qui devras accorder ta première danse à la pauvre Penelope. Je suis montée la voir dans sa robe, il y a quelques minutes.

Adrienne haussa les épaules avec élégance.

— Même s'il est impossible de faire des miracles, grâce à la robe que je lui ai choisie et à la coiffure que lui a faite Elsie, elle est au moins présentable.

— Tu as dû vraiment bien travailler, maman, répondit Harry en pensant à sa cousine courtaude et quelconque.

— Elle s'épanouira peut-être sur le tard.

Adrienne prit la main de son fils et la serra dans la sienne.

— Je dois aller chercher ton père, *chéri*. La dernière fois que je l'ai vu, il était à l'étage et cherchait la chemise qui lui siérait le mieux pour ce soir. Il est tellement heureux d'avoir toutes les jeunes débutantes dans sa maison. Il n'en revient toujours pas.

Adrienne haussa les sourcils.

— Nous le laisserons faire son petit jeu, *n'est-ce pas* ?

Harry la regarda traverser la terrasse. Elle était rayonnante ce soir, dans sa robe en soie couleur safran qui mettait en valeur sa silhouette parfaite et menue. Ses cheveux noirs étaient remontés en chignon, et de grosses boucles d'oreilles en diamant faisaient ressortir son long cou. Harry repensa à leur conversation et se demanda comme souvent si ce n'était pas un obstacle pour lui d'avoir une mère aussi belle.

Il était difficile d'imaginer une fille qui serait à sa hauteur. Il se demandait parfois si cela pouvait expliquer son manque d'intérêt pour les femmes. Le sentiment magique, que d'autres hommes associaient à l'amour ou que certains de ses collègues officiers décrivaient à un niveau plus physique, lui était encore inconnu.

Olivia Drew-Norris, la fille qui revenait tout juste d'Inde et qu'il avait rencontrée quelques mois auparavant, était sans doute celle qui s'approchait le plus de l'idée qu'il se faisait d'une femme séduisante. Il savait qu'elle était là ce soir et peut-être ferait-il un effort pour danser avec elle.

Il entendit des pneus qui crissaient sur le gravier devant la maison, indiquant que les premiers convives étaient arrivés. Son moment de contemplation terminé, Harry retourna à l'intérieur de la maison pour faire son devoir.

16

— Eh bien, Olivia ! Tu es vraiment superbe ce soir !

Venetia venait d'entrer dans la chambre d'Olivia pour voir si elle était prête à descendre.

— Tu es rayonnante ! C'est une nouvelle robe ?
Le rose te va parfaitement au teint. Et j'adore les
boutons de roses dans tes cheveux ! Qui t'a fait
cette coiffure ?

— Elsie, la femme de chambre. Elle est adorable.
Et en plus, elle est très douée pour la coiffure. Tu
aimerais qu'elle te coiffe ?

Venetia rejeta ses cheveux noirs en arrière et
secoua la tête.

— Non, merci, ma chérie. Le look « jolie princesse », ce n'est vraiment pas pour moi. Que penses-
tu de *ma* robe ? demanda-t-elle.

Toujours dans l'intention de se moquer des
conventions, Venetia portait une robe fourreau
dorée, particulièrement moulante, qui soulignait sa
poitrine généreuse. L'effet était saisissant, mais
plutôt choquant dans une maison de campagne
anglaise.

— Époustouflante, dit Olivia. C'est tellement…
toi.

— Je l'ai trouvée dans la garde-robe de maman.
Et je vais la porter jusqu'à la fin de la Saison.

Venetia rit.

— Tu me connais, ma chérie : je m'entrave
toujours dans le tulle et le tissu quand je danse, et
après j'écrase les orteils de mon pauvre cavalier.

Elle montra la porte.

— On y va ?

— Et comment ! répondit Olivia en souriant.

Les deux jeunes filles partirent bras dessus bras
dessous et traversèrent dans un silence complice
le grand palier, puis elles empruntèrent l'escalier

principal qui menait directement au hall d'entrée, où régnait déjà un certain brouhaha.

Venetia regarda la foule au-dessous d'elle.

— Mince alors ! Il ne devait vraiment rien avoir d'intéressant ce soir à Londres ! Tout le monde est là.

Adrienne les aperçut et se faufila jusqu'à elles.

— Olivia, *ma chérie*, vous êtes splendide ! Vous êtes incontestablement *la belle de la soirée* !

— Merci, Adrienne.

Elle rougit, un peu embarrassée. Comme Venetia se tenait à ses côtés, Olivia s'empressa de la présenter.

— Voici mon amie, Venetia Burroughs.

Adrienne regarda la robe fourreau dorée et les cheveux détachés de Venetia. Elle lui adressa un grand sourire.

— Vous êtes une vraie beauté, vous aussi. J'admire les gens qui cherchent à choquer, et c'est ce que vous cherchez à faire, *n'est-ce pas* ?

Elle embrassa Venetia sur les deux joues.

— *Bienvenue, chérie,* et profitez bien de la soirée.

— Mince alors ! murmura Venetia alors qu'elles se dirigeaient vers la terrasse où tout le monde se rassemblait pour profiter de l'air doux du soir. Elle m'a plutôt bien cernée ! Comme elle dirait si bien, elle est *formidable* !

— Elle a le don infaillible de savoir immédiatement à qui elle a affaire, dit Olivia en prenant deux flûtes de champagne sur un plateau. Personnellement, je trouve qu'elle est très gentille et très belle.

— C'est sûr ! approuva Venetia tandis qu'un jeune homme en gilet rouge passait ses bras autour

187

de sa taille. Teddy, tu as renoncé au bar du Ritz pour venir ici ? Je suis vraiment surprise !

— Ma chère Venetia, répondit le jeune homme tout en baladant ses mains sur le corps de son amie, j'aimerais te dire que tu es absolument ravissante dans cette robe. Salut, Olivia, ajouta-t-il. Tu es superbe, toi aussi.

— Merci, dit Olivia en hochant la tête tandis que Teddy se retournait pour parler à Venetia et en profitait pour jeter des coups d'œil furtifs dans son décolleté.

Olivia traversa la terrasse et s'arrêta devant la balustrade qui donnait sur le parc. Comme Harry le lui avait dit, les jardins étaient magnifiques en plein été.

— Mademoiselle Drew-Norris ! Olivia. C'est bien vous, n'est-ce pas ?

Une voix familière derrière elle la fit se retourner.

— Vous êtes resplendissante.

— Bonsoir, Harry.

Olivia sentit le sang affluer vers son visage. Même si elle était convaincue que l'image mentale d'Harry qu'elle avait créée au cours des derniers mois était très précise, elle ne put s'empêcher de constater qu'il était encore plus beau en chair et en os.

— Alors, comment se passe la Saison ?

— En fait, c'est bien plus amusant que je ne l'aurais pensé. Et je me suis fait des copains extra-ordinaires.

— Merveilleux ! Vous vous êtes bien habituée à l'Angleterre maintenant ? demanda-t-il. Vous semblez beaucoup plus heureuse que la dernière fois que je vous ai vue.

— Oui, répondit-elle. Je me sens bien ici maintenant. Et par des nuits comme celle-ci, il serait difficile de nier les charmes de ce pays.

— Je suis d'accord avec vous ! Vous avez une idée de ce que vous allez faire une fois que la Saison sera terminée ?

— Non. Pas encore. Mais n'y pensons pas ce soir. Je veux profiter de mon retour à Wharton Park et de cette merveilleuse soirée. Et vous, Harry ? Comment allez-vous ?

— Je vais passer tout l'été à la maison et j'ai l'intention d'en profiter.

Il lui sourit.

— Ça me fait plaisir de vous revoir, Olivia, vraiment !

— Olivia, ma chérie, comment vas-tu ?

Un homme qu'Harry ne connaissait pas apparut à leurs côtés. Harry en profita pour partir.

— Si vous voulez bien m'excuser, Olivia. Je dois faire mon devoir et me mêler aux invités. Je constate que certaines demoiselles, dont ma cousine, sont en train de faire tapisserie.

Harry montra une fille grassouillette qui était toute seule, un peu plus loin sur la terrasse.

Il partit d'un pas tranquille pour empêcher Penelope de prendre racine, mais, alors qu'il s'apprêtait à la rejoindre, une silhouette familière lui tapa sur l'épaule.

— Harry ! Mon pote ! Comment vas-tu ?

— Sebastian !

Harry serra la main de son vieil ami avec chaleur.

— Un bail que je ne t'ai pas vu ! C'était quand la

dernière fois ! Le 4 juin à Eton, il y a un ou deux ans, n'est-ce pas ?

— C'est ça !

Sebastian enleva ses lunettes rondes à verres épais et les essuya.

— J'étais pratiquement sûr que tu serais là ce soir. Alors, quoi de neuf ? Sandhurst était aussi horrible que tu l'imaginais ?

— Pire ! dit Harry en plaisantant et en profitant du fait que Sebastian était l'un des rares types de sa connaissance à qui il pouvait faire ce commentaire.

Ils s'étaient rencontrés à Eton, et le jeune Sebastian, studieux, asthmatique et myope, n'avait pas quitté d'une semelle le musicien d'une timidité maladive qu'était Harry à l'époque. Ils avaient tous les deux eu leur part de brimades et, bien qu'ils n'aient pas eu grand-chose en commun, leur position d'exclus les avait rapprochés.

— C'est fini, Dieu merci. Maintenant, je n'ai plus qu'à attendre que la guerre éclate et qu'une balle vienne me bousiller la jambe, ajouta Harry d'un air sombre.

— Eh bien, ce sort me sera au moins épargné, dit Sebastian en remettant ses lunettes. Aucun être sensé ne me confierait un flingue ! Je ne verrais même pas la cible !

— Je ne voudrais pas de toi dans mon bataillon, mon vieux, mais, pour être honnête, je ne suis même pas certain que je voudrais de moi ! dit Harry en souriant et en prenant deux flûtes de champagne sur un plateau.

Il en tendit une à Sebastian.

— Alors, qu'est-ce que tu fais en ce moment ?

— Je travaille pour mon paternel dans sa société d'import-export. J'ai fait mes classes dans le bureau de Londres et je m'apprête à partir pour Bangkok. Je vais diriger le siège de la société. Papa est impatient de rentrer à la maison après avoir passé vingt ans là-bas comme expatrié. Même s'il va arriver dans un contexte plein d'incertitudes.

— C'est sûr, marmonna Harry.

— Je n'aurai pour ainsi dire aucun contact avec la guerre. À part si elle arrive jusque là-bas. Il me faudra alors mettre certains de nos bateaux à la disposition de l'armée pour le transport des troupes et du matériel en Extrême-Orient. Je suis plutôt impatient, à vrai dire. On dit que les filles sont superbes là-bas.

— Je crois que tu pars à point nommé, fit remarquer Harry, un peu envieux. L'Europe va être mise à feu et à sang, mais je ne pense pas que le conflit s'étende jusque là où tu vas.

— Non, mais on ne sait jamais, répondit Sebastian. Je me sens un peu coupable de ne pas pouvoir participer à l'effort de guerre de mon pays, mais c'est peut-être une petite compensation pour avoir hérité d'une aussi mauvaise vue et de bronches fragiles.

Harry toucha son épaule, car il venait de remarquer que Penelope était toujours seule.

— Je dois y aller, mon vieux. Envoie-moi un mot pour me communiquer ta nouvelle adresse.

— Ça sera fait. J'ai été ravi de te revoir, Harry, dit affectueusement Sebastian. Essaie de rester en vie si le pire devait arriver. Je te garderai quelques filles de là-bas en réserve !

Pendant le dîner, Olivia profita de la bonne humeur de ses compagnons de table, dont elle avait fait, pour la plupart, la connaissance à Londres. À sa droite, il y avait Angus, le riche propriétaire écossais qui semblait avoir un faible pour elle. À sa gauche, il y avait Archie, vicomte Manners. On racontait à Londres qu'Archie était de la jaquette. Olivia n'avait pas assez d'expérience pour en juger.

Après le dîner, ils furent conduits à l'extérieur pendant qu'on enlevait les tables dans la salle. Olivia était sur la terrasse avec Archie et fumait, ce qui était fort rare, une cigarette Abdullah avec lui. Archie regarda le parc qui baignait dans une semi-obscurité et soupira.

— Cette beauté est presque insoutenable, mais elle n'est qu'éphémère.

L'orchestre se mit à jouer, et les convives retournèrent dans la salle de bal.

— J'espère que tu ne m'en voudras pas trop si je ne t'invite pas à danser. J'ai deux pieds gauches et je ne voudrais pas te blesser, Olivia, avoua Archie. Je t'en prie, n'hésite pas à te chercher un autre cavalier.

— Je suis très contente d'être là sur la terrasse, crois-moi.

— Eh bien, ça ne devrait pas être le cas trop longtemps. Je vois un dandy qui s'approche déjà de nous.

En effet, Harry traversait la terrasse et se dirigeait vers eux. Il s'arrêta tout près d'eux, soudain mal à l'aise.

— Je ne vous dérange pas, au moins ?

— Pas du tout, dit Olivia avec un peu trop

d'empressement. Venez que je vous présente Archie. Archie, c'est Harry Crawford, le fils de la maison.

Les deux hommes se dévisagèrent pendant quelques secondes, puis Harry tendit la main.

— Archie, je suis ravi de faire votre connaissance.

— Le plaisir est partagé, Harry.

Archie sourit soudain pour la première fois de la soirée. Olivia finit par rompre le silence qui commençait à s'installer.

— Archie et moi avons passé un excellent moment pendant le dîner. Nous avons parlé des grands poètes romantiques. Et, bien sûr, Archie est un poète, lui aussi.

— Vous écrivez des poèmes ? demanda Harry.

— Oui. Pour moi, bien entendu. Je ne voudrais surtout pas imposer de tels écrits à d'autres pauvres bougres. C'est plutôt mélancolique, j'en ai bien peur.

— C'est tout à fait dans mes cordes, dit Harry en souriant. Je suis un fan de Rupert Brooke.

Le visage d'Archie s'illumina.

— Quelle coïncidence ! Moi aussi. J'ai ennuyé Olivia avec lui pendant tout le dîner.

Archie ferma les yeux et se mit à réciter.

— *« Si je meurs, ne retenez de moi... »*

Harry récita la suite.

— *« Qu'il est un coin de champ étranger/Qui à jamais sera l'Angleterre. »*

Ils se sourirent, heureux de partager la même passion.

— Un jour, j'irai à Skyros pour voir sa tombe, dit Archie.

— J'ai eu la chance de visiter le Old Vicarage, à

Grantchester. C'est merveilleux de voir la maison où Brooke a passé son enfance, répondit Harry.

En les écoutant parler avec enthousiasme, Olivia se sentit presque de trop. Heureusement, Venetia vint la rejoindre. Olivia vit immédiatement qu'elle n'était pas très fraîche.

— Salut, ma chérie, dit-elle en regardant Harry de la tête aux pieds. Qui est-ce ?

Harry étant toujours en grande conversation avec Archie, Olivia put murmurer :

— C'est Harry, le type dont je t'ai parlé.

Venetia hocha la tête d'un air approbateur.

— Il est… très séduisant ! Et si tu ne le veux pas, j'en ferai mon affaire. Harry, dit-elle en interrompant la conversation des deux hommes. Je m'appelle Venetia Burroughs et je suis la meilleure amie d'Olivia. Je sais déjà tout de vous.

Elle leva la tête et l'embrassa sur les deux joues.

— J'ai l'impression de déjà vous connaître.

Olivia était affreusement embarrassée. Harry parut quelque peu décontenancé par les salutations exubérantes de Venetia, mais il retrouva vite ses bonnes manières.

— Venetia, je suis ravi de faire votre connaissance.

— Moi aussi. J'espère que vous m'accorderez une danse, plus tard. D'ailleurs, en parlant de danser, je propose que nous rentrions. Il commence à faire frisquet ici.

— Bonne idée.

Harry sourit tendrement à Olivia.

— J'étais justement venu vous demander si vous vouliez bien m'accorder une danse ?

Il tendit le bras à Olivia qui le prit en rougissant de plaisir.

Il regarda Archie.

— J'espère que nous aurons l'occasion de parler une autre fois.

— Peut-être avant mon départ.

— J'espère, répondit Harry.

Puis, tout en tenant le bras d'Olivia, il se retourna et entra dans la salle de bal. Tandis qu'elle dansait avec Harry, qui ne cessait de l'inviter, elle repensa à Londres et aux nombreuses fois où elle avait rêvé d'être dans ses bras. Et voilà qu'elle était avec lui, à Wharton Park, l'endroit qui lui plaisait le plus en Angleterre, par une merveilleuse nuit d'été. Plus tard, Harry la conduisit dehors pour respirer un peu l'air frais.

— Eh bien, dit-il en allumant une cigarette, je pense que nous pouvons dire que la soirée a été un véritable succès, n'est-ce pas ?

Olivia regarda les étoiles dans le ciel clair.

— Oui, c'était parfait, murmura-t-elle, ravie.

— Et cela faisait bien longtemps que je n'avais pas vu maman aussi heureuse, ajouta Harry. Écoutez, l'orchestre est en train d'interpréter ma chanson préférée de Cole Porter, *Begin the Beguine*.

Harry se mit à la fredonner doucement.

— Une dernière danse, mademoiselle Drew-Norris ? demanda-t-il en passant le bras autour de sa taille.

— Si vous insistez, capitaine Crawford.

Ils dansèrent ensemble en suivant le rythme de la musique. Olivia posa la tête sur la poitrine d'Harry et savoura l'instant.

— Olivia, j'ai adoré danser avec vous ce soir. Merci, dit Harry.

Puis il se pencha et l'embrassa sur la bouche.

Adrienne, qui était sortie sur la terrasse pour regarder le ciel, les vit et se laissa aller à sourire. Un secret sourire de plaisir.

17

Olivia repartit pour Londres le lendemain, enveloppée d'un voile de bonheur. Elle comprenait enfin ce qu'il y avait de si magique dans l'amour. Elle s'était confiée à Venetia pendant le trajet du retour. Venetia avait ricané lorsqu'Olivia lui avait avoué qu'Harry était « le bon ».

— Vraiment, ma chérie ! Comment peux-tu le savoir ? C'est le premier garçon que tu as embrassé. Tu es complètement folle !

Olivia secoua la tête d'un air de défi.

— Non, pas du tout. Je sais ce que je ressens, et parfois ça se passe tout simplement de cette façon. Regarde ta mère et ton père : ils avaient dix-huit et dix-neuf ans lorsqu'ils se sont rencontrés et qu'ils sont tombés amoureux.

— Très juste, mais c'était il y a longtemps. Les temps ont changé depuis. Et, de plus, Olivia, tu m'as toujours dit que tu ne voulais pas te marier avant

d'être beaucoup plus vieille. Tu ne l'as même pas
« fait » encore, ajouta Venetia. Comment peux-tu
savoir sans l'avoir fait ?

Olivia savait que Venetia, elle, l'avait « fait ». Et
pas qu'avec un type. Elle ne semblait pas avoir
hésité une seconde. C'était un point sur lequel elles
avaient des vues divergentes. Venetia affirmait que
son corps lui appartenait et qu'elle pouvait en
disposer comme elle l'entendait sans se sentir
coupable pour autant.

Olivia n'avait pas la même disposition d'esprit.
Peut-être était-ce en raison de son éducation ou de
sa nature, mais elle tenait à rester vierge jusqu'au
jour où elle épouserait l'homme qu'elle aimait.

— Ça n'a pas d'importance pour moi, répondit
Olivia sans grande conviction. C'est secondaire.

— Bon sang, Olivia. Je pensais qu'au cours des
derniers mois, j'avais réussi à t'inculquer quelques
bases du féminisme. Et voilà que tu imagines déjà
ton mariage. Et n'essaie pas de me contredire, dit
Venetia en agitant le doigt tandis que la voiture se
déportait dangereusement vers le milieu de la route,
parce que je sais parfaitement que tu t'y vois déjà.

Après deux semaines d'euphorie, durant lesquelles
Olivia participa, un peu de loin, aux derniers bals et
événements qui annonçaient la fin de la Saison,
avant que tout le monde ne déserte Londres comme
un essaim de mouches pour se diriger vers les cieux
plus cléments et plus chauds de la Côte d'Azur,
Olivia n'avait toujours pas de nouvelles d'Harry.

À l'euphorie succédèrent donc l'incertitude et la
souffrance. Olivia sombra dans une légère déprime

quand elle fut contrainte de reconnaître que Venetia avait peut-être raison et que, pour Harry, le baiser qu'ils avaient échangé n'était sans doute rien de plus qu'une conclusion agréable à la soirée qu'ils venaient de passer.

Elle avait été invitée, tout comme Venetia, à passer un mois dans une villa à Saint-Raphaël, qui appartenait aux parents d'Angus, le propriétaire terrien écossais. Elle savait qu'Angus l'adorait, et il ne lui avait pas caché ses intentions. En acceptant de séjourner quelques semaines dans la maison de sa famille, elle lui indiquerait en quelque sorte qu'il pouvait nourrir certains espoirs.

— Eh bien, moi j'y vais, que tu viennes ou non, avait déclaré Venetia. L'ambiance est épouvantable ici. Papa s'enferme dans son atelier, et maman fait la tête parce que papa refuse d'inviter qui que ce soit chez nous. Et ça, c'était avant que je ne sorte par la porte de derrière et que je ne tombe sur l'affreux abri antiaérien qui gâche notre magnifique jardin.

Elles se dirigeaient toutes les deux vers le Ritz après avoir assisté au bal de Kick Kennedy à Dudley House, à Park Lane.

— C'est injuste, n'est-ce pas, Venetia ? insista Olivia. Angus est adorable, mais je ne veux pas qu'il pense que je partage ses sentiments.

— Ma chérie, en amour comme à la guerre, tout est permis, dit Venetia en la regardant. De plus, les jolies filles sont nées pour briser quelques cœurs. Il paraît que la villa d'Angus est magnifique. Et qu'est-ce que tu vas faire si tu ne viens pas ? ajouta-t-elle. Tu vas passer l'été à te morfondre pour un beau gosse et à attendre que les Allemands lâchent leurs bombes ?

Elles tournèrent à l'angle de la rue pour passer par une entrée latérale du Ritz.

— Pour l'amour du ciel, ressaisis-toi et amuse-toi pendant que tu le peux encore.

Tandis que Venetia gravissait les marches, Olivia regarda sur sa gauche et vit une silhouette familière émerger de l'ombre et descendre rapidement la rue en lui tournant le dos. Elle posa la main sur l'épaule de Venetia, son cœur battant soudain la chamade.

— Je crois que je l'ai vu.

— Tu as vu qui ?

— Harry, bien sûr.

Venetia s'arrêta en haut de l'escalier et poussa un gros soupir.

— Olivia, ma chérie, je commence à croire que tu es toquée. Que pourrait bien faire Harry à Londres ?

— Je suis certaine que c'était lui, dit Olivia d'un ton déterminé.

Venetia lui saisit le bras.

— À l'évidence, tu as bu trop de martini au bal de Kick. Maintenant, grouille-toi, ma chérie. Tu deviens vraiment ennuyeuse.

Trois jours d'agonie plus tard, Olivia se réveilla d'une nuit agitée et réalisa que Venetia avait certainement raison à propos d'Harry. Aujourd'hui, elle accepterait l'invitation d'Angus, partirait en France et soignerait son cœur brisé. Au moins pourrait-elle profiter du climat plus chaud là-bas et s'éloigner un peu de Londres.

Elle préférait cette alternative à un retour forcé

chez ses parents. Elle appellerait Angus et lui dirait qu'elle viendrait dans sa maison à Saint-Raphaël.

Juste au moment où elle s'apprêtait à rendre visite à Venetia pour organiser son voyage en France, le téléphone sonna.

— Ici le téléphoniste. Vous avez un appel de Cromer 6521. Dois-je vous mettre en relation ?

— Oui, merci. Bonjour, Olivia Drew-Norris à l'appareil.

— Olivia ! C'est à vous que je voulais parler. C'est Adrienne Crawford de Wharton Park.

— Adrienne, quel plaisir de vous entendre ! Tout va bien ?

— Bien sûr, tout va très bien. Mis à part le fait que je suis un peu seule, et je me demandais si vous étiez libre en août. Si tel était le cas, vous pourriez venir passer quelques semaines avec moi. Nous pourrions nous promener dans les jardins et profiter du merveilleux été que nous avons. Je sais qu'Harry aimerait vous voir. Il travaille si dur, le pauvre, et prépare son bataillon improvisé pour le « grand jour ».

Olivia s'assit brusquement sur le fauteuil à côté du téléphone.

— Je...

Elle savait qu'elle devait prendre une décision rapide. À vrai dire, il était inutile de réfléchir davantage.

— J'aimerais beaucoup venir vous voir, Adrienne. C'est très gentil à vous de me le proposer.

— *C'est parfait !* Alors, c'est réglé ! Quand pourrez-vous venir ?

— J'ai prévu de rendre visite à mes parents dans

le Surrey, mais je pourrai être chez vous au début de la semaine prochaine. Cela vous conviendrait-il ?

— Parfaitement, répondit Adrienne. J'enverrai notre chauffeur vous chercher dans le Surrey si vous le désirez. Le train est si pénible.

— Merci.

— Eh bien, je me réjouis de vous revoir la semaine prochaine, Olivia. Et c'est très gentil à vous d'accepter de me tenir compagnie.

— Pas du tout. Wharton Park est l'endroit que je préfère, répondit sincèrement Olivia. Au revoir.

— *À bientôt, chérie.*

Olivia reposa le combiné et posa les mains sur ses joues pour les rafraîchir. Elle sentit l'adrénaline irriguer ses veines et accélérer les battements de son cœur.

Un mois entier à Wharton Park… avec Harry.

Elle ferma la porte d'entrée derrière elle et se rendit chez Venetia en sautillant.

Venetia ne fut pas aussi enthousiaste qu'Olivia ne l'avait espéré. Elle mit sa réaction sur le compte de l'égoïsme de son amie qui ne devait guère se réjouir d'entreprendre seule le voyage vers la France.

— Tu dis que c'est sa mère qui t'a téléphoné ? dit Venetia en faisant la moue. Tu penses que c'est un « fils à sa maman » ? Ça me paraît plutôt louche, si tu veux mon avis.

Olivia ne se laissa pas abattre.

— N'est-ce pas à la maîtresse de maison de m'inviter ? Et, de plus, j'adore Adrienne et j'adore Wharton Park, ajouta-t-elle en jubilant.

— Tu es folle ! Renoncer à la Côte d'Azur pour

un mausolée plein de courants d'air au milieu de nulle part, dit Venetia en soupirant. Mais je penserai à toi quand je ferai des plongeons dans la Méditerranée et que je boirai des cocktails au soleil.

Et je ne serai pas jalouse du tout, pensa gaiement Olivia.

Le lendemain, Olivia fit ses bagages, remercia sa grand-mère et partit chez ses parents dans le Surrey.

Elle passa deux jours difficiles et pesants. Ses parents étaient fidèles à eux-mêmes, mais Olivia avait de son côté beaucoup changé en l'espace de quelques mois. C'était comme si elle s'était inexorablement éloignée d'eux. Leurs conversations étaient entrecoupées de longs silences autour de la table. Olivia avait beau parler de sujets qui les intéressaient tous, ils semblaient être en désaccord avec toutes ses opinions.

La veille de son départ pour Wharton Park, elle s'assit avec sa mère dans le salon et but un café en sa compagnie après le dîner.

— Dois-je présumer qu'il y a une certaine affection entre Harry Crawford et toi ? demanda sa mère en se concentrant sur son tricot.

— C'est un garçon vraiment adorable. Mais il est occupé à entraîner son bataillon. Je ne pense pas le voir beaucoup pendant mon séjour.

— Tu n'as pas répondu à ma question, Olivia, dit sa mère en levant les yeux de son ouvrage.

Olivia parla avec prudence.

— Nous nous entendons très bien, maman.

Sa mère sourit.

— Lorsque j'ai fait sa connaissance en janvier, il

m'a paru très bien. Je veux juste te dire que ton père et moi serions d'accord !

— Maman !

Olivia rougit en entendant les propos assurés de sa mère et ce qu'ils sous-entendaient. Elle rougit par gêne sans doute, mais aussi parce qu'elle venait d'entendre ses souhaits formulés par quelqu'un d'autre.

— C'est un peu tôt pour parler de tout cela.

— Pourtant, je vois que tu ne te contentes pas de bien l'aimer. Chaque fois que tu prononces son nom, ton visage s'illumine.

Olivia finit par capituler.

— Oui, tu as sans doute raison.

— Mon Dieu ! Songe à l'argent que nous aurions pu économiser sur ta Saison, si nous avions réalisé que l'homme qu'il te fallait était sous notre nez au mois de janvier ! Mme Crawford nous a gentiment invités, ton père et moi, à venir passer un week-end à Wharton Park. Je lui ai dit que nous viendrions à la fin du mois d'août. Peut-être auras-tu de bonnes nouvelles d'ici là. Le monde est si incertain, Olivia, dit sa mère en soupirant. Profite du bonheur pendant que tu le peux, n'est-ce pas, ma chérie ?

Ce soir-là, Olivia monta se coucher, un peu décontenancée par la franchise de sa mère. Peut-être l'imminence de la guerre poussait-elle chacun à dire ce qu'il ressentait ?

Le lendemain matin, Olivia se réveilla à six heures. À huit heures, elle était habillée, elle avait fait ses bagages et elle était prête à partir. Fredericks, le chauffeur des Crawford, arriva à neuf heures pile.

Sa mère attendait avec elle sur le pas de la porte.

— Écris-moi, ma chérie, pour me dire comment tu vas.

Elle embrassa sa fille sur les deux joues.

— Et profite de ton séjour.

— Oui, maman.

Olivia passa les bras autour des épaules de sa mère et la serra spontanément contre elle.

— Prenez bien soin de vous, papa et toi.

Adrienne accueillit Olivia devant la porte de Wharton Park.

— Ma chérie, vous devez être épuisée ! Entrez. Sable va se charger de vos bagages et vous montrer votre chambre. C'est celle dans laquelle vous avez dormi lors de vos dernières visites. Reposez-vous avant le dîner. Vous avez le temps. Christopher est à Londres, et Harry n'arrive pas avant vingt-deux heures ou parfois plus tard.

Une fois que Sable l'eut accompagnée dans sa chambre, Olivia se souvint qu'elle avait trouvé la pièce froide et horrible la première fois. Elle ne pouvait que s'en étonner à présent. Les rayons du soleil, qui commençait à décliner dans le ciel, éclairaient d'une lumière douce le papier peint à fleurs. Olivia s'allongea sur le lit en pensant à quel point elle aimait cet endroit maintenant. Épuisée par la tension et les préparatifs du voyage, elle s'endormit rapidement.

Un petit coup frappé à la porte la réveilla. Elsie passa la tête dans l'entrebâillement.

— Bonjour, mademoiselle Olivia. Quel plaisir de vous revoir ici ! C'est moi qui vais m'occuper de vous pendant votre séjour. Madame m'a dit de venir vous réveiller, car il est sept heures passées. Vous devriez vous lever, sinon vous ne parviendrez pas à vous endormir ce soir. Je peux entrer ?

— Bien sûr !

Olivia sourit, heureuse de voir le visage familier et radieux d'Elsie.

— Je ne pensais pas avoir dormi si longtemps !

— Je vous ai fait couler un bain, mademoiselle Olivia. Alors, vous pouvez y aller pendant que je défais vos bagages. Le dîner est à huit heures, et Madame dit que c'est décontracté. Puis-je choisir une jolie tenue pour vous ?

— Oui, bien sûr. Merci, Elsie.

Olivia repoussa ses couvertures et se leva.

— Avez-vous fixé la date de votre mariage avec Bill ?

— Oui, dans un peu plus de quatre semaines, je serai Mme William Stafford, dit-elle fièrement. Vous serez peut-être encore là, mademoiselle Olivia. J'aimerais que vous veniez à l'église et que vous nous voyiez échanger nos consentements. Madame a eu la gentillesse de me donner un rouleau de dentelle, et ma tante est en train de faire ma robe. Je suis tellement impatiente, Mademoiselle !

Le bonheur d'Elsie était contagieux, et Olivia ne put s'empêcher d'être un peu envieuse.

À huit heures moins cinq, Olivia descendit au rez-de-chaussée et trouva Sable qui l'attendait dans le hall d'entrée.

— Madame est dehors sur la terrasse, mademoiselle Drew-Norris. Suivez-moi.

Elle emboîta le pas à Sable et, lorsqu'elle sortit, elle vit qu'une petite table avait été dressée dans un coin de la terrasse. De grandes bougies protégées du vent par des globes en verre éclairaient la table d'une lumière douce tandis que la nuit tombait lentement sur le parc.

— Olivia, venez vous asseoir, je vous prie, dit Adrienne en montrant l'autre chaise. J'espère qu'il fait assez chaud pour vous dehors. Je vous ai apporté un châle au cas où vous auriez froid, mais j'aime manger sur la terrasse quand je peux. En France, nous prenions pratiquement tous nos repas dehors entre les mois de mai et septembre. J'ai un peu de rosé que nous produisons dans le vignoble de notre château en Provence. Je me fais expédier douze caisses chaque année. Vous aimeriez goûter un verre ?

Olivia s'assit.

— Oui, merci.

Adrienne fit signe à Sable de servir le vin.

— Nous mangerons dans un quart d'heure, Sable, *merci*.

— Très bien, Madame.

Le majordome hocha la tête et disparut à l'intérieur de la maison.

— *Santé !*

Adrienne trinqua avec Olivia, puis elles burent toutes deux une gorgée.

Olivia apprécia la saveur du rosé. Le vin blanc était trop acide à son goût, et le vin rouge, trop lourd ; le rosé semblait être un parfait compromis.

— C'est bon, *non* ? demanda Adrienne.

— Très bon, en effet.

— Ma famille avait l'habitude de le boire en pichet, tout droit sorti de la cave. Eh bien, voilà encore une chose qui me manque terriblement, dit Adrienne en soupirant.

— Vous êtes heureuse en Angleterre, n'est-ce pas ? demanda Olivia.

— Oui, bien sûr. Mais, cette année, je suis un peu triste. En août, nous passons toujours un mois dans notre château en Provence. Cet été pourtant, entre Christopher qui est très occupé à Whitehall et Harry qui forme ses recrues, je n'ai pas eu le cœur de partir sans eux. Christopher pense que la guerre est imminente.

— À Londres, il est impossible d'ignorer les préparatifs. Le jour où je suis partie, j'ai vu qu'ils étaient en train d'installer des sirènes d'alerte aérienne le long des berges.

— Certainement.

Adrienne tenta d'orienter la conversation vers des sujets plus agréables.

— Racontez-moi votre Saison. A-t-elle été à la hauteur de vos attentes ?

— En fait, c'était beaucoup mieux que je ne l'imaginais. J'ai rencontré des personnes formidables qui n'étaient pas du tout aussi ennuyeuses que je le craignais.

— Vous pensez certainement à votre amie Venetia Burroughs ? Elle est extraordinaire, comme vous. Parlez-moi des bals auxquels vous avez assisté, demanda Adrienne pendant que Sable s'approchait d'elles avec un grand chariot chargé de plateaux en argent. Étaient-ils aussi beaux que dans mon souvenir ?

Autour d'une soupe de cresson frais et d'une salade composée de légumes frais et croquants du potager, Olivia régala Adrienne de toutes les anecdotes intéressantes qui lui venaient à l'esprit.

— Voilà, dit Adrienne en tapant dans ses mains. Ça ressemble beaucoup à ce que j'ai connu à l'époque où j'ai fait mes débuts dans le monde. Je suis certaine que beaucoup de jeunes hommes ont été sensibles à vos charmes. Et vous, avez-vous été séduite par l'un d'entre eux.

— Euh…, non. Du moins, aucun d'eux ne m'a paru vraiment spécial.

— Eh bien, je suis sûre que vous ne tarderez pas à trouver l'âme sœur.

Adrienne avait deviné son embarras.

— Olivia, j'aimerais que vous vous sentiez ici chez vous. Vous pouvez demander à Fredericks, notre chauffeur, de vous conduire où vous voulez et quand vous le souhaitez. Et nous pourrons peut-être aller à la plage ensemble. Il y en a beaucoup dans le coin ; vous verrez ainsi que le Norfolk est un très beau comté. De plus, Harry sera là les week-ends pour vous tenir compagnie. Il est si fatigué, le pauvre garçon, mais il était très heureux quand je lui ai dit que vous veniez. Cela lui fera du bien d'avoir quelqu'un de son âge avec qui parler. Bon, je pense qu'il est temps d'aller se coucher, non ? dit Adrienne en se levant.

Elle s'approcha d'Olivia et l'embrassa sur les deux joues.

— *Bonne nuit, ma chérie*, dormez bien.

— Vous aussi, Adrienne.

Olivia se leva aussi.

— J'ai passé une très bonne soirée.

Les deux femmes entrèrent dans la maison et traversèrent la série de pièces qui conduisaient au hall d'entrée.

— Elsie vous apportera le petit déjeuner dans votre chambre, demain matin, à une heure qui vous convient. Et nous nous retrouverons à treize heures pour le déjeuner ; après quoi, je vous emmènerai dans les jardins et je vous montrerai la serre. Vous pouvez prendre tous les ouvrages que vous souhaitez lire dans la bibliothèque. Il y a un pavillon d'été caché derrière la tonnelle de roses, dans le coin gauche du jardin clos. Je vais souvent lire là-bas.

— Merci, Adrienne. Vous êtes très gentille, répondit Olivia tandis qu'elles montaient ensemble l'escalier.

— Et vous êtes encore plus gentille d'avoir accepté mon invitation. À bientôt, Olivia. Dormez bien.

18

Les jours suivants, Olivia passa ses matinées à lire dans le pavillon d'été. Ensuite, elle déjeunait avec Adrienne, puis allait se promener en sa compagnie avant de faire une sieste. C'était une routine agréable et apaisante. Le soir, elles dînaient ensemble sur la terrasse et parlaient d'art, de littérature et de la France, car Adrienne se passionnait pour la culture de son pays d'origine.

Olivia réalisa que la beauté de son environnement et le rythme lent de la vie à Wharton Park plongeaient son esprit dans une certaine torpeur.

Le spectre de la guerre et ce qu'elle allait faire de sa vie si le conflit finissait bel et bien par éclater se dissolvaient dans son esprit aussi facilement que les toiles d'araignées tendues entre les nombreuses roses du jardin se désintégraient entre ses doigts.

Un après-midi, Adrienne la conduisit sur la côte. Olivia fut éblouie par la beauté d'Holkham Beach qui s'étendait devant elle tel un immense tablier doré. Elles pique-niquèrent dans les dunes, puis Adrienne s'assoupit après le déjeuner, son chapeau de paille posé sur son visage pour protéger sa peau ivoire des rayons du soleil.

Olivia descendit jusqu'au rivage pour plonger ses orteils dans l'eau salée et fraîche. Un peu hésitante au départ, elle constata que l'eau n'était pas aussi froide qu'elle l'avait craint et, avec le vent qui soufflait dans ses cheveux, le soleil qui brillait sur cette plage magnifique et déserte autour d'elle, elle se dit qu'elle pourrait sans doute vivre dans cette région d'Angleterre.

Lorsqu'elles arrivèrent à Wharton Park, Olivia traversa le hall d'entrée pour filer dans sa chambre et enlever sa robe humide et froissée. Pourtant, une silhouette familière, ô combien imaginée, descendait l'escalier et s'approchait d'elle.

— Olivia, quelle joie de vous revoir !

Il l'embrassa chaleureusement sur les deux joues, et elle regretta immédiatement d'être ébouriffée et aussi peu présentable. Harry, encore vêtu de son uniforme d'officier, était tout simplement d'une beauté renversante.

— Bonjour, Harry, comment allez-vous ?

Il leva les yeux au ciel.

— Oh ! pas trop mal ! Vous avez une mine ravissante, aujourd'hui.

Olivia rougit.

— Vraiment ? Votre mère et moi revenons tout juste de la plage, et j'ai bien peur de ne pas être très présentable.

— Eh bien, je vous trouve superbe. J'adore profiter de l'air marin pour me remettre les idées en place. Que diriez-vous si nous y allions ensemble demain, si vous avez envie d'y retourner, naturellement. J'ai un week-end de permission et j'ai bien l'intention d'en profiter.

Harry semblait d'humeur légère, euphorique presque, et Olivia ne l'avait jamais vu ainsi.

— Avec plaisir. Et maintenant, si vous voulez bien m'excuser, je dois absolument quitter cette robe mouillée.

— Bien sûr. Je vous verrai au dîner, Olivia.

— Oui, dit-elle en trébuchant dans les marches. À plus tard.

Ce soir-là, Olivia demanda à Elsie de la coiffer en remontant une partie de ses cheveux à l'avant et en laissant le reste de ses boucles dorées retomber sur ses épaules. Elle mit sa robe bleue préférée, puis regarda son reflet dans le miroir.

— Vous êtes magnifique, dit Elsie d'un ton admiratif. M. Harry dîne avec vous ce soir, n'est-ce pas ?

— Je pense.

Olivia était trop nerveuse pour se laisser aller à des confidences.

Elle descendit l'escalier, puis sortit sur la terrasse et vit qu'Adrienne et Harry étaient déjà là.

— Harry était justement en train de me dire que vous aviez prévu d'aller ensemble à la plage demain, dit Adrienne en souriant d'un air approbateur. Olivia, *chérie*, l'air frais vous fait le plus grand bien. Vous êtes ravissante ce soir.

Elle tendit à Olivia un verre de rosé qu'elle avait pris sur un plateau argenté posé sur la table.

— Demain, Christopher sera à la maison lui aussi. Ainsi, dimanche à midi, nous recevrons certains de nos voisins à déjeuner, de sorte que vous puissiez faire leur connaissance. Et si nous nous asseyions ?

La soirée se passa agréablement. Harry fut attentif à Olivia et lui posa des questions sur la Saison et Londres. Adrienne se retira de bonne heure, feignant la fatigue, et ils se retrouvèrent en tête-à-tête sur la terrasse. Olivia fit de son mieux pour garder son calme et réprimer un frisson d'impatience.

— Je suis heureux que vous soyez là, Olivia. C'est merveilleux pour ma mère d'avoir quelqu'un pour lui tenir compagnie à Wharton Park cette année, puisqu'elle ne peut pas être en France avec sa famille. De plus, mon père est souvent absent en ce moment. Et elle vous adore ! fit-il remarquer.

— Moi aussi, je l'adore, confirma Olivia.

Marché
RESTAURANT

181 Bay Street Toronto ON M5J2T3
Ph 6473506999, Fax 6473507999
www.marche-int.com
GST #821919495 RT0001

302 Hostess

Chk 9134   272956029   Gst 0
               Aug08'12 09:37AM

In House
1 Coffee Reg   1.79
  12 %
  12% Gratuity   0.21
XXXXXXXXXXXXX9372
  VISA   2.10

Subtotal   1.79
Gratuity   0.21
HST   0.10
Payment   2.10
-------------226 Check Closed-------------
-----------Aug08'12 09:55AM-----------

Thank You
See You Again!

— Cet endroit du monde a-t-il fini par vous séduire ? demanda Harry en lui souriant.

Ils repensèrent tous deux à leur première conversation.

— Oh oui ! J'adore ce lieu. Votre mère m'a appris à en apprécier la beauté.

— Elle peut être très persuasive, dit Harry en haussant les sourcils. Mais je suis heureux que vous vous plaisiez ici. C'est un lieu très particulier.

— Et ce doit être un soulagement pour vous de pouvoir passer cette période à la maison.

— En effet, confirma Harry en hochant la tête. Ça rend la situation beaucoup plus supportable. D'ailleurs, dit-il en écrasant sa cigarette, il est temps que j'aille me coucher. Je suis claqué. Vous aussi ?

Il lui tendit la main, elle la prit et se leva. Il la laissa retomber dès qu'ils pénétrèrent dans la maison. Quand ils furent arrivés à l'étage, il embrassa Olivia poliment sur les deux joues et dit :

— Bonne nuit. Dormez bien.

Puis il partit d'un pas tranquille en direction de sa chambre.

Olivia se mit au lit, quelque peu perplexe. Pourquoi Harry n'avait-il pas essayé de l'embrasser de nouveau ? Elle se rassura en se disant que ce n'était que le début de ses vacances ici et le premier jour de permission d'Harry depuis des semaines. Elle devait tout simplement lui laisser un peu de temps.

Le lendemain matin, Harry semblait d'excellente humeur lorsqu'il l'emmena vers la côte.

— Je ne vais pas vous ennuyer de nouveau avec Holkham. J'ai pensé que nous pourrions aller jusqu'à Cromer. Nous pourrions déjeuner là-bas et nous promener en bord de mer, proposa-t-il.

Olivia, qui se voyait déjà allongée sur les dunes dans les bras d'Harry, revint brusquement à la réalité. Elle fit de son mieux pour empêcher sa déception de gâcher ces précieuses heures en sa compagnie.

Ils passèrent une journée agréable quoique fort différente de celle qu'Olivia avait imaginée. Pendant le déjeuner dans le restaurant d'un hôtel, Harry lui raconta des anecdotes concernant les recrues inexpérimentées de son bataillon, dont certaines venaient du domaine de Wharton Park.

— Je suis très impressionné par Bill Stafford, l'amoureux d'Elsie, dit-il en allumant une cigarette. Il a sans aucun doute l'étoffe d'un officier. Il a cet air de calme autorité qui pousse les autres hommes à l'écouter. Il fera un bien meilleur soldat que moi.

— Je suis certaine que ce n'est pas vrai, Harry.

— J'ai bien peur que si, ma chère.

Il soupira puis écrasa sa cigarette dans le cendrier d'un air morose.

— Et si nous prenions le chemin du retour ?

Ce soir-là, le dîner fut servi dans la salle de séjour en l'honneur du retour de Lord Crawford qui arrivait tout juste de Londres. Adrienne était rayonnante, heureuse d'avoir ses deux hommes auprès d'elle, et sa bonne humeur était contagieuse. Après le repas, Olivia fit la quatrième au bridge.

Christopher et elle gagnèrent grâce à M. Christian et à ses conseils avisés.

À la fin de la soirée, Harry la raccompagna en haut de l'escalier, et elle frétillait d'impatience lorsque vint le moment de se dire au revoir. Pourtant, il se contenta une fois encore de l'embrasser chastement sur les deux joues avant de regagner sa chambre.

Le lendemain, ils étaient vingt à déjeuner. Les convives étaient des voisins et des amis de Lord et Lady Crawford. Olivia passa un moment agréable, car elle était habituée à la compagnie de personnes beaucoup plus âgées qu'elle, mais elle eut l'étrange impression que les Crawford l'avaient présentée à leurs proches comme s'ils cherchaient leur assentiment. Elle espérait avoir été à la hauteur de leurs attentes. Harry s'était comporté comme il l'avait fait ces derniers jours : il était attentif mais distant.

Cette nuit-là dans son lit, Olivia décida, stoïquement mais non sans tristesse, qu'il était temps pour elle de songer à un avenir… sans Harry.

Tandis que l'été touchait à sa fin et que le mois de septembre approchait, les champs furent labourés, et l'odeur du chaume qui brûlait se répandit dans tout le domaine. Olivia, d'humeur somnolente, lisait avec avidité, faisait de grandes promenades dans le parc et rendait souvent visite à Jack dans la serre. Elle n'avait pas revu Harry depuis le grand déjeuner organisé par ses parents – il avait passé le week-end à Londres – et, finalement, son comportement ambigu l'encouragea à se concentrer sur ce qu'elle allait faire une fois qu'elle aurait quitté Wharton

Park. Elle serait partie plus tôt, mais Elsie, avec qui elle était devenue très amie, l'avait suppliée de rester pour son mariage, et Olivia avait accepté.

Trois jours avant le mariage d'Elsie, Christopher rentra de Londres de manière tout à fait inattendue. Adrienne et lui restèrent enfermés dans son bureau pendant une grande partie de l'après-midi. Olivia était en train de lire dans la bibliothèque quand Adrienne s'approcha d'elle, pâle comme un linge.

— Oh ! mon Dieu, dit Adrienne en posant les mains sur son visage, la guerre est imminente. Christopher m'a dit que, d'après les services de renseignements britanniques, la Kriegsmarine avait ordonné à tous les navires de commerce battant pavillon allemand de regagner immédiatement les ports allemands en prévision de l'invasion de la Pologne. Ils ne vont pas respecter le pacte de non-agression germano-soviétique.

Elle se laissa tomber dans un fauteuil et prit sa tête entre ses mains.

— C'est la guerre, Olivia, c'est la guerre.

Olivia se leva immédiatement et s'approcha d'elle pour la réconforter.

— Hitler ne peut pas faire ça ! Il doit connaître les conséquences d'une telle invasion !

— Il connaît les conséquences et c'est exactement ce qu'il veut, ce qu'il a toujours voulu. Christopher pense que l'invasion de la Pologne par les Allemands est pour demain. Et ensuite, bien sûr, la Grande-Bretagne devra déclarer la guerre.

Adrienne saisit la main d'Olivia.

— Nous ne devons rien dire de tout ça à Elsie

pour le moment. Laissons-la profiter encore quelques heures de ses préparatifs. Vous ne devez rien dire à personne tant que ce n'est pas officiel, vous comprenez ?

— Bien sûr, Adrienne. Je ne dirai rien, je vous promets.

— J'espère juste qu'ils pourront profiter du jour de leur mariage comme n'importe quel autre couple. Ils doivent penser qu'ils ont un avenir, même si ce n'est pas le cas.

Adrienne avait les yeux embués de larmes. Elle sortit un mouchoir en dentelle qu'elle passa sur ses yeux.

— *Mon Dieu !* Ça suffit ! Je dois me ressaisir. Je m'excuse, *ma petite*. Ce n'est pas toujours une bonne chose d'en savoir trop. Christopher doit retourner à Londres immédiatement. Mais il tenait à me faire part lui-même de la nouvelle.

Ce soir-là, Adrienne attendit le retour d'Harry avant d'aller se coucher. Lorsqu'il arriva, elle l'emmena dans la bibliothèque et remplit deux verres d'armagnac.

— Maman, je suis au courant, dit Harry en lisant la détresse sur son beau visage. Essaie de ne pas paniquer, s'il te plaît. Rien n'est encore certain, et nous ignorons tous ce qui va réellement se passer et les implications que cela pourrait avoir. Ce n'est pas vraiment un choc. Pour nous, qui sommes au courant des faits en tout cas. Les dés sont jetés depuis qu'Hitler a envahi la Tchécoslovaquie. Nous nous préparons depuis des mois, et je pense que mes gars seront contents une fois qu'ils sauront où ils vont et qu'ils pourront mettre en pratique ce qu'ils ont appris.

Adrienne porta la main à son front.

— Je n'arrive pas à croire que je vais encore une fois connaître la guerre. La dernière a emporté tellement d'êtres aimés, et maintenant...

Elle le regarda.

— ... mon pauvre Harry...

Elle haussa les épaules en signe d'impuissance, et il s'approcha d'elle pour la consoler.

— *Maman*, s'il te plaît, ne te mets pas dans tous tes états, l'implora-t-il tandis qu'elle sanglotait dans ses bras.

Ce fut l'un des rares instants de sa vie où il aurait préféré avoir une mère anglaise de naissance, dotée du célèbre flegme britannique. Il était extrêmement peiné de la voir si malheureuse.

— Mais qu'est-ce que je vais faire ici, Harry ? Lorsque tu seras parti à la guerre, que ton père sera à Londres et que la plupart des jeunes hommes du domaine seront mobilisés ? Comment vais-je gérer Wharton Park seule ?

— Tu as Olivia avec toi, suggéra Harry.

— *Pouf !*

Adrienne fit de grands gestes avec ses mains délicates.

— Elle ne restera pas là une fois que la guerre aura commencé. Elle n'a aucune raison de rester.

Ses sentiments exacerbés la poussèrent à dire la vérité.

— Je vous ai observés, tous les deux, Harry. Et j'ai vu à quel point elle t'aimait, mais toi... Je n'ai pas l'impression que tu aies les mêmes sentiments pour elle. Et, oui, je reconnais que je l'ai invitée ici parce que j'ai vu qu'il y avait une certaine attirance entre vous deux. Mais, à présent, je me rends compte que je me suis trompée. Et puisqu'elle n'est là que pour toi, elle partira, et je resterai seule.

Harry était interloqué, stupéfié par ce qu'elle était en train de lui dire.

— Tu penses qu'Olivia est amoureuse de moi ? demanda-t-il, surpris.

Sa réaction mit Adrienne en colère.

— Bien sûr ! C'est évident, tu ne vois donc pas ? Et c'est une fille tellement adorable, tellement intelligente, si différente des autres femmes anglaises. Oui, j'avais des projets pour vous…, parce que, bien sûr, tu es le seul héritier et… Oh !

Elle posa les mains sur ses joues brûlantes.

— Je ne devrais pas le dire, mais si tu ne survivais pas à la guerre, il n'y aurait pas d'héritier pour Wharton Park. Le domaine serait alors légué au neveu de ton père, Hugo, et notre lignée familiale s'éteindrait après trois cents ans.

— Mon Dieu !

Harry lâcha les épaules de sa mère et se mit à arpenter la bibliothèque en serrant dans ses mains son verre d'armagnac.

— Tu as tout à fait raison. Si je ne reviens pas, alors…

Il ne termina pas sa phrase.

— Harry, je m'excuse, vraiment. Je ne suis pas dans mon état normal ce soir. S'il te plaît, pardonne-moi et oublie ce que je t'ai dit.

Il se retourna pour lui faire face.

— Ce que tu dis est entièrement vrai. Et Olivia

est une fille adorable, je l'aime beaucoup. Et tu l'apprécies, toi aussi. Ce serait une compagnie agréable pour toi si...

— Non, Harry ! Ne m'écoute pas ! s'exclama Adrienne d'un ton angoissé. Je me suis fait des idées, je pensais...

— Tu as probablement raison, dit Harry en hochant la tête. Mais je suis un homme et je suis trop indélicat pour voir ce qui te paraît évident.

— Peut-être, mais souviens-toi que l'amour ne se commande pas. S'il n'existe pas, alors, on ne peut pas le fabriquer.

Adrienne le regarda un instant, puis se leva.

— J'ai très mal à la tête ; je dois aller me coucher.

— Bien sûr, *maman*. La journée a été difficile pour nous tous.

Adrienne se dirigea vers la porte, puis s'arrêta et se retourna pour regarder Harry.

— Dis-toi bien que je ne veux pas te forcer à aller contre ton cœur. Ce n'est pas dans le tempérament des Français, ni dans le mien. Bonne nuit, mon chéri. Espérons que demain sera une journée plus gaie.

Une fois qu'elle fut partie, Harry se servit un autre verre d'armagnac et s'assit dans le confortable fauteuil en cuir pour réfléchir.

19

Le lendemain matin, le 1ᵉʳ septembre 1939, on annonça à la radio que les troupes d'Hitler avaient envahi la Pologne. Deux jours plus tard, la veille du mariage d'Elsie et de Bill, Chamberlain s'adressa à la nation pour confirmer l'état de guerre entre la Grande-Bretagne et l'Allemagne.

Le domaine tout entier baignait dans une ambiance particulière et semblait attendre le désastre imminent. Pourtant, on sentait aussi un certain soulagement après ces semaines d'incertitude.

Désormais, tout le monde était fixé : la guerre avait enfin été déclarée. Le lendemain, tandis qu'Olivia préparait ses bagages, quelqu'un frappa à la porte de sa chambre.

— Entrez, dit-elle.

Harry se tenait sur le pas de la porte.

— Désolé de vous déranger, Olivia, mais vous avez été invitée au mariage d'Elsie, n'est-ce pas ?

— Oui, confirma-t-elle froidement.

L'annonce de la guerre et le comportement ambigu d'Harry avaient fait taire chez elle toute pensée romantique. Elle voulait simplement reprendre sa vie en main.

— Cela vous dérangerait-il que je vous accompagne ? J'ai bien besoin d'un peu de distraction. J'aime beaucoup Elsie, et Bill en particulier, et une telle fête me fera le plus grand bien.

Olivia le regarda avec surprise. Comme elle ne pouvait pas vraiment refuser, elle dit :

— Bien sûr, comme il vous plaira. La célébration est à deux heures.

— Eh bien, dans ce cas, nous pourrions nous retrouver à une heure et demie et nous promener dans le parc pour nous rendre à l'église.

Il fixa la valise sur le lit derrière elle.

— Vous faites vos bagages ?

Olivia hocha la tête.

— Oui, je rentre demain chez mes parents, dans le Surrey. Puis, de là, j'irai à Londres pour m'engager. Je vais rejoindre les Wrens[1] si elles veulent bien de moi.

— C'est merveilleux, Olivia. Mais vous allez beaucoup nous manquer.

— J'en doute, dit Olivia, d'un ton peu aimable, mais ne se souciant guère de l'être.

— Je vous assure que nous serons *tous* tristes de vous voir partir. À une heure et demie, alors ?

— Oui, dit-elle en hochant la tête et en retournant à ses bagages.

Vraiment, le comportement d'Harry était des plus déconcertants.

Olivia et Harry étaient assis au fond de l'église. Ils regardèrent Elsie, resplendissante de bonheur et toute fière dans sa jolie robe en dentelle, descendre la nef vers l'autel pour rejoindre son futur mari. Toute l'assemblée eut les larmes aux yeux lorsqu'ils

---

1. Les Wrens étaient les auxiliaires féminines de la marine royale britannique. (NDT)

échangèrent leurs consentements ; chaque personne présente savait que leur vie de couple serait de courte durée. C'était un moment qui donnait à réfléchir et, quand Olivia regarda Harry, elle vit qu'il était ému lui aussi.

Pendant la réception, Olivia observa avec une certaine admiration Harry qui était assis à une table à tréteaux dans la salle des fêtes du village, entouré de ceux qui travaillaient pour lui. Il discutait et plaisantait avec eux comme s'il était l'un des leurs. Et c'était touchant de voir à quel point ils respectaient et aimaient le jeune homme qui serait un jour leur maître. Elle venait de découvrir un aspect de sa personnalité qu'elle méconnaissait, et son cœur s'adoucit quelque peu.

Après le repas de noces, il y eut les discours, et Jack, le père de Bill, demanda si M. Harry voulait bien porter un toast au jeune couple. Des applaudissements retentirent dans toute la salle quand Harry se fraya un chemin vers l'estrade.

— Mesdames et messieurs, j'ai l'honneur de connaître Bill et Elsie depuis toujours, commença-t-il. Qui aurait pu deviner que ces deux gamins coquins, que je surprenais autrefois en train de chaparder des pommes dans le verger, se marieraient un jour ? Et ils ne m'ont jamais offert la moindre pomme !

Il y eut des éclats de rire dans l'assemblée.

— En raison des circonstances particulières auxquelles nous sommes actuellement confrontés, j'ai été amené à mieux connaître Bill ces dernières semaines. J'aimerais dire à sa femme qu'il a fait beaucoup de progrès dans le maniement du balai, dit Harry en souriant à Elsie. Et je peux affirmer que, lorsque le balai sera remplacé par un vrai pistolet, c'est derrière lui que j'irais me cacher si j'avais le choix. Elsie, vous avez choisi un homme bon et courageux. Traitez-le bien et profitez de lui pendant que vous pouvez.

Les yeux d'Elsie se remplirent de larmes, et elle serra la main de son jeune mari.

— C'est ce que je vais faire, monsieur Harry. Je vous le promets.

Harry leva son verre.

— À Bill et Elsie.

— À Bill et Elsie ! répétèrent en chœur les invités pendant qu'Harry descendait de l'estrade sous les applaudissements.

Jack tapa dans ses mains pour demander le silence.

— Et permettez-moi de porter un toast à M. Harry, que nous serons fiers et heureux d'avoir pour maître un jour, et à Mlle Olivia, qui a été si gentille avec notre Elsie. Merci à vous deux d'être venus. Et peut-être devrions-nous tous demander si la date de votre mariage est déjà fixée ? ajouta Jack avec un sourire malicieux.

Le discours de Jack fut accueilli par d'autres applaudissements tandis qu'Harry arrivait aux côtés d'Olivia.

— Mesdames et messieurs, que le bal commence, annonça Bill.

Harry s'assit à côté d'Olivia. Il la regarda les yeux pétillants.

— On dirait qu'ils vous aiment bien.

— Et on dirait qu'ils vous aiment bien aussi,

Harry. Vous avez été merveilleux là-haut, dit Olivia avec générosité tout en essayant de détendre l'atmosphère après la remarque appuyée de Jack.

Il lui tendit la main.

— M'accorderez-vous cette danse ? demanda-t-il.

Elle sourit.

— Pourquoi pas ?

Une heure plus tard, Harry et Olivia sortirent de la salle étouffante pour respirer l'air de la nuit qui se rafraîchissait rapidement.

Tout le monde avait invité Olivia à danser. Elle avait valsé avec Jack, Bill et même Sable, le majordome.

Harry lui prit la main lorsqu'ils partirent en direction de la maison. Le cœur d'Olivia se mit à battre plus vite, mais elle décida de savourer l'instant sans se faire d'idées.

— Vous savez, vous êtes très bonne avec les domestiques, Olivia. C'est une qualité que vous avez en commun avec ma mère.

— Merci, dit Olivia en regardant autour d'elle et en essayant de s'imprégner une dernière fois de la beauté de la propriété. Je suis triste de partir, reconnut-elle. J'ai appris à aimer cet endroit.

Le soleil se couchait lorsqu'ils traversèrent des champs de blé venant d'être moissonnés et qu'ils entrèrent dans le parc.

— Vous savez, Olivia, dit calmement Harry, parfois un homme ne voit pas ce qui est pourtant juste sous ses yeux.

Olivia le regarda avec surprise.

— Qu'est-ce que vous entendez par là ?

— Eh bien, ce matin, quand je vous ai vue faire vos bagages, j'ai soudain réalisé à quel point j'étais heureux de vous avoir ici. Et à quel point vous alliez me manquer une fois que vous serez partie.

Olivia haussa les sourcils avec dédain.

— Merci, Harry, mais nous nous sommes à peine vus.

— Peut-être, mais je savais que vous étiez là.

Olivia ne répondit pas. Elle ne savait que dire. Ils arrivèrent dans les jardins à la française et se dirigèrent vers la fontaine. Soudain, Harry se tourna vers elle et la prit dans ses bras. Il l'embrassa sur la bouche, avec passion cette fois.

Olivia était stupéfaite. Elle ne s'y attendait pas du tout, mais elle ne put s'empêcher d'apprécier le contact des lèvres d'Harry sur les siennes.

Lorsqu'il s'arrêta de l'embrasser, il la prit par les épaules et la regarda droit dans les yeux.

— Olivia, je ne veux pas que vous partiez. Je veux que vous restiez avec moi à Wharton Park.

— Je... Harry... Je ne peux pas, balbutia-t-elle.

— Pourquoi ? demanda-t-il.

— Que pourrais-je faire ici ? Je dois retourner à Londres et m'engager.

— Ma chère Olivia, il y aura aussi un effort de guerre dans le Norfolk, vous savez, dit-il en riant.

— Harry, il ne s'agit pas de cela. Je...

— Épousez-moi.

Elle le regarda comme s'il était devenu complètement fou. Elle fut incapable de lui répondre.

Harry mit un genou à terre et prit ses mains dans les siennes.

— Olivia, j'ignore quels sont vos sentiments pour

moi, mais si vous vouliez bien de moi, je serais très heureux que vous passiez le reste de votre vie ici, à Wharton Park.

Olivia parvint enfin à prononcer quelques mots.

— Je suis désolée, Harry, je suis juste un peu surprise. Je ne pensais pas… que… vous aviez de tels sentiments pour moi. Pourquoi soudain maintenant ?

— Peut-être n'avais-je pas réalisé la nature de mes sentiments ? C'est en parlant avec ma mère hier soir et en vous voyant faire vos bagages ce matin que j'ai compris. Ma chérie, dites oui, s'il vous plaît ! Je promets de prendre soin de vous ! Et, entre nous deux, nous pourrons peut-être préserver Wharton Park et le transmettre à la prochaine génération.

Elle le regarda, elle observa son beau visage, dont elle avait bien cru qu'il lui échapperait à tout jamais, et tout l'amour qu'elle avait ressenti et qu'elle avait tout fait pour réprimer se raviva soudain.

— S'il vous plaît, dites oui avant que les cailloux ne s'enfoncent dans mon genou, dit-il en souriant comme un petit garçon. Ma chérie, s'il vous plaît ? répéta-t-il.

Olivia interrogea sa conscience, mais elle comprit qu'il était inutile de chercher des raisons de refuser. Elle l'aimait. Aucune raison ne faisait le poids à côté.

— Oui, Harry, dit-elle. Je veux bien vous épouser.

Il se leva, la prit dans ses bras et l'attira vers lui. Puis, il l'embrassa de nouveau.

— Oh ! ma chérie, je suis tellement heureux.

Venez, entrons, et allons chercher ma mère. Je suis impatient de lui annoncer la nouvelle.

Ce ne fut que plus tard dans la soirée, une fois couchée, épuisée par l'incroyable retournement de situation et les coupes de champagne qu'elle avait bues en compagnie d'Adrienne et d'Harry, qu'Olivia réalisa qu'Harry ne lui avait pas dit une seule fois qu'il l'aimait.

20

La date du mariage de l'honorable Harry Crawford et de Mlle Olivia Drew-Norris avait été fixée à début décembre. Harry était chargé avec son bataillon de protéger les plages vulnérables de la côte du Norfolk. Ils construisaient des tours de guet, installaient des barricades de fil de fer barbelé et posaient des mines. Cette tâche les occuperait au moins jusqu'au mois de janvier ; après quoi, le bataillon serait fixé sur sa prochaine destination. D'autres bataillons ayant déjà été mobilisés à l'étranger, Harry et tout le monde à Wharton Park, dont beaucoup avaient des parents dans le 5e bataillon royal de Norfolk, remerciaient leur bonne étoile pour le sursis qui leur avait été accordé.

Adrienne avait suggéré à Olivia d'attendre son mariage pour s'engager chez les Wrens.

— Vous aurez tout le temps après, *ma chérie*, mais pas maintenant. Vous allez vous marier et vous êtes la future Lady Crawford. Vous devez profiter des préparatifs avec moi.

Les noces imminentes avaient permis à Adrienne de se concentrer sur l'organisation de la cérémonie, ce qui l'avait empêchée de céder à ses accès de mélancolie. Elle était déterminée à célébrer l'événement le mieux possible, même si les nouvelles de l'étranger n'étaient pas bonnes.

De son côté, Olivia avait un peu le sentiment de revenir en arrière, au début de la Saison ; sa vie semblait se résumer à une suite incessante d'essayages chez des couturiers. Finalement, au terme d'un voyage à Londres avec Adrienne, elle revint avec une robe de haute couture réalisée par Norman Hartnell en personne. Il fallait encore établir la liste des invités pour les fiançailles et le mariage, puis envoyer les invitations. Un mariage dans la haute société s'organisait normalement un an à l'avance, mais Olivia et Adrienne se débrouillaient plutôt bien malgré le temps qui manquait.

Quant aux parents d'Olivia, ils étaient naturellement aux anges. Ils étaient venus passer le week-end à Wharton Park pour célébrer la nouvelle. Son père et Christopher avaient tous deux fait un discours après le dîner pour signifier leur accord et exprimer leur joie au jeune couple.

Olivia était un peu désolée pour sa mère, qui, une fois de plus, était privée de l'organisation d'un événement d'une telle importance pour sa fille. Elle l'avait pris avec sa bonne grâce habituelle et avait fait remarquer à Olivia que Lord et Lady Crawford finançaient la totalité du mariage, ce qui était une très bonne chose, car la pension de l'armée que touchait son père n'aurait même pas suffi à payer la robe de mariée, sans parler du reste.

La veille au soir du mariage, un dîner fut organisé à la maison pour les amis et les parents proches des deux familles. Venetia était arrivée avec un groupe d'amis de Londres. Elle était assise sur le lit tandis que la future mariée se maquillait devant sa coiffeuse.

— Je ne peux pas m'empêcher d'être un peu fâchée que tu m'aies laissée tomber, Olivia. Je pensais que nous avions passé un pacte de « non-mariage », et voilà que tu passes la bague au doigt quelques mois plus tard. Tu es vraiment sûre qu'Harry est l'homme de ta vie ?

— Je l'adore et j'adore Wharton Park, dit Olivia résolument.

— Tu réalises que tu vas être enchaînée à cette maison jusqu'à la fin de ta vie ? Et qu'il te faudra donner un héritier et au moins un autre fils de rechange ?

— J'aime les enfants, protesta Olivia. Je veux en avoir.

— Et tu es absolument certaine qu'Harry t'aime ?

— Bien sûr qu'il m'aime, répondit Olivia d'un ton brusque.

Venetia venait de toucher un point sensible.

— Pourquoi diable voudrait-il m'épouser s'il ne m'aimait pas ?

Après le dîner, Olivia, épuisée, se dirigea vers sa chambre. Elle sursauta lorsqu'une paire de mains la prit par la taille.

— Bonsoir, ma chérie, comment vas-tu ? demanda Harry, le nez posé sur sa nuque.

Olivia sentit une odeur d'alcool dans son haleine.

— Je suis un peu nerveuse, reconnut-elle. Et toi ?

— Je pense que je serai content quand tout sera terminé et que nous pourrons être tout simplement M. et Mme Crawford. Pas toi ?

— Oui.

Il l'embrassa sur le front.

— Profite de ta dernière nuit de liberté, ma chérie. Je te verrai à l'église demain.

Quelques minutes plus tard, tandis qu'elle se mettait au lit, Olivia fut bien obligée d'admettre qu'elle avait le trac. Elle avait l'estomac noué. Ce n'était pas tant la cérémonie du mariage qu'elle redoutait, mais plutôt cet instant, demain soir, quand Harry et elle entreraient dans la grande suite qui donnait sur le parc et que la porte se refermerait derrière eux.

Elle savait naturellement à quoi s'attendre. Venetia s'était fait un plaisir de lui expliquer les aspects physiques de la première nuit. Pourtant, elle avait beau essayer, elle n'arrivait pas à imaginer ce niveau d'intimité avec Harry. Elle ne savait pas s'il était aussi innocent qu'elle en la matière. Elle espérait en fait qu'il était plus expérimenté, de sorte qu'au moins l'un d'eux sache quoi faire. Elle se réconforta en pensant que c'était un rite de passage, auquel aucune femme mariée n'avait échappé. Et, tout en s'endormant, Olivia se dit que c'était aussi le seul moyen pour concevoir un bébé.

*
**

L'aube se leva, lumineuse et claire. Elsie arriva à huit heures dans la chambre d'Olivia avec un plateau pour le petit déjeuner. Elle était tout excitée.

— Vous avez le temps, Mademoiselle, j'ai la situation bien en mains. Regardez, dit-elle, montrant un morceau de papier, je nous ai fait un emploi du temps pour la matinée. Ainsi, nous saurons toutes deux ce que nous avons à faire.

Olivia fut rassurée par la présence calme d'Elsie.

— Vous êtes merveilleuse, vraiment. Merci, dit-elle en posant le plateau sur ses genoux.

— Oh ! je suis impatiente de vous voir dans cette robe ! dit Elsie en montrant la superbe création en satin posée sur un mannequin dans un coin de la chambre d'Olivia. Madame a dit qu'elle viendrait vous voir après le petit déjeuner. Ensuite, je vous ferai couler un bain et nous nous occuperons de vos cheveux.

À neuf heures, on frappa à la porte d'Olivia.

— Entrez.

Adrienne entra, tenant dans ses mains une grande boîte en cuir. Elle s'approcha pour embrasser Olivia sur les deux joues.

— *Chérie*, c'est vraiment le plus beau jour de ma vie. Voir mon fils épouser une femme que j'aime comme ma propre fille… Que pourrait souhaiter de plus une mère ? Venez et laissez-moi vous montrer ce que j'ai pour vous.

Adrienne se dirigea vers la chaise, s'assit et tapota la place à côté d'elle pour inviter Olivia à la rejoindre. Elle ouvrit la boîte, et un magnifique collier en diamant apparut avec une paire de boucles d'oreilles assorties.

— C'est pour vous, Olivia. Vous pourrez les porter aujourd'hui. Depuis deux cents ans, toutes les femmes qui ont épousé un Crawford ont porté ces bijoux le jour de leur mariage. Vous les garderez et vous les donnerez à la femme de votre fils, le moment venu.

— Ils sont magnifiques ! Merci, Adrienne.

— Ne me remerciez pas, *chérie*, dit-elle en se levant. Je ne souhaite qu'une chose : que nous restions aussi bonnes amies que nous le sommes déjà. À présent, je dois aller superviser les derniers préparatifs. Je suis impatiente de vous accueillir officiellement dans notre famille.

À onze heures et demie, Olivia était habillée et prête. Elsie la regarda avec émerveillement.

— Oh ! mademoiselle Olivia, vous êtes si belle que je pourrais vous épouser sur-le-champ, dit-elle en riant.

Elle tendit à Olivia les longs gants en satin blanc.

— Merci, je suis si nerveuse.

Olivia ouvrit les bras.

— Oh ! venez me serrer bien fort. Je crois que j'ai besoin d'un peu de réconfort.

— Bien sûr, Mademoiselle.

Elsie passa les bras autour des épaules de sa maîtresse avec toutes les précautions du monde pour ne pas abîmer sa robe.

— Merci de vous être si bien occupée de moi pendant ces dernières semaines, dit Olivia. J'ai demandé à Adrienne si nous pouvions laisser les choses ainsi à l'avenir.

— Vous voulez dire que je vais être votre femme

de chambre pour toujours ? demanda Elsie en ouvrant de grands yeux.

— Oui. Qui pourrait faire mieux que vous ? Si cela vous convient naturellement. Vous toucherez aussi quelques shillings en plus.

— Oh ! Mademoiselle ! Je serais ravie. Merci beaucoup, dit Elsie d'une voix étranglée. Maintenant, vous feriez mieux de descendre. Ils vous attendent.

— Oui.

Olivia prit quelques secondes pour se calmer.

— Souhaitez-moi bonne chance, Elsie.

Elsie regarda Olivia se diriger vers la porte.

— Bonne chance, Mademoiselle, murmura-t-elle lorsqu'Olivia quitta la pièce.

Quand Olivia repensait au jour de son mariage, elle ne parvenait pas à se souvenir des détails de la cérémonie. Elle revoyait Harry, resplendissant dans son uniforme militaire, qui l'attendait devant l'église. Et la haie d'honneur formée par son bataillon lorsqu'ils étaient sortis de l'église, désormais mari et femme. De la réception, qui eut lieu dans la salle de bal, Olivia ne gardait en souvenir qu'une multitude de visages parmi lesquels elle reconnaissait ses amis de Londres. Mais il y en avait beaucoup qu'elle n'avait jamais vus auparavant. Elle ne se rappelait pas ce qu'elle avait mangé (probablement très peu, vu son corset), ni ce qui avait été dit dans les discours.

Elle se souvenait de sa première danse avec Harry, au son des applaudissements de l'assemblée. Elle savait aussi qu'elle avait dansé avec Lord Crawford, son père, Angus et Archie.

À dix heures, les invités se rassemblèrent dans le hall pour faire signe au jeune couple qui allait se retirer dans sa suite. Comme Harry devait rejoindre immédiatement son bataillon, il n'était pas question de partir en voyage de noces. Harry prit le bras d'Olivia et l'embrassa sur la joue lorsqu'elle lança son bouquet du haut de l'escalier. Tout le monde applaudit quand la nièce d'Adrienne, âgée de cinq ans, l'attrapa.

— Ça va, ma chérie ? demanda Harry qui la conduisit le long du corridor dans la direction opposée de son ancienne chambre.

— Oui, je pense, répondit-elle nerveusement.

Il ouvrit la porte de leurs nouveaux appartements, et ils entrèrent dans la suite.

Il ferma la porte derrière eux et se jeta sur le grand lit où les draps étaient déjà tirés.

— Eh bien, je ne sais pas ce qu'il en est pour toi, dit-il en croisant les mains derrière la nuque, mais je n'ai aucune envie de revivre ça. Je suis complètement claqué !

Olivia était épuisée, elle aussi, mais n'osait pas venir le rejoindre sur le lit. Elle finit par se laisser tomber sur un fauteuil près du feu qui venait d'être allumé.

Il la regardait depuis son poste d'observation surélevé.

— Tu veux qu'Elsie vienne t'aider à enlever tout ça ? Je ne pense pas être un expert en la matière.

— Tu pourrais peut-être apprendre, suggéra-t-elle timidement, perturbée par la façon terre à terre qu'il avait d'aborder un tel moment.

Il sauta du lit et s'approcha d'elle.

— Lève-toi, je vais regarder, dit-il.

Elle s'exécuta et lui tourna le dos pour qu'il puisse regarder les boutons de perles fines qu'Elsie avait mis vingt minutes à fermer le matin même.

Il secoua la tête.

— Ça me dépasse, j'en ai bien peur. Écoute, ma chérie, je vais aller chercher Elsie et je reviendrai quand elle aura fini. Il lui sourit, puis quitta promptement la pièce.

Olivia ne savait plus si elle devait rire ou pleurer devant une telle insensibilité. Quelques minutes plus tard, Elsie apparut à la porte.

— M. Harry m'a dit que vous aviez besoin de mon aide, et je ne suis pas surprise. Ces boutons sont un véritable cauchemar, même pour les doigts les plus habiles.

Elsie se mit à déboutonner la robe.

— Ça va, Madame ? demanda-t-elle. Vous êtes bien silencieuse ?

— Je… Oh ! Elsie…

À sa grande consternation, des larmes se mirent à couler sur ses joues.

— Madame, ne pleurez pas maintenant, s'il vous plaît. Vous êtes fatiguée, c'est tout, et émue. J'ai pleuré, moi aussi, le soir de mes noces.

Elsie prit un mouchoir dans sa poche et le tendit à Olivia.

— N'abîmez pas votre beau visage avec des larmes. Je vais faire vite, et ensuite vous pourrez retrouver votre mari et vous serrer contre lui.

— Merci, Elsie. Vous avez sans doute raison, admit Olivia en se mouchant. C'est moi qui suis bête.

— Toutes les femmes sont nerveuses, le soir de leurs noces, dit Elsie en défaisant le dernier bouton. Mais M. Harry va prendre soin de vous, je le sais, ajouta-t-elle tout en tendant à Olivia sa chemise de nuit. Allez, enfilez ça maintenant. Quant à moi, je m'en vais pendre votre robe dans votre ancienne chambre. En descendant, je dirai à M. Harry que vous êtes prête. D'accord, Madame ?

— Oui, dit Olivia en hochant la tête. Merci, Elsie.

Elsie prit la robe de mariée, la passa par-dessus son bras et se dirigea vers la porte. Elle l'ouvrit, puis sembla se raviser, se retourna et sourit timidement :

— Et je vous promets que ce n'est pas aussi terrible que ça. À demain, madame Olivia, bonne nuit.

Un peu calmée, Olivia s'assit dans le fauteuil en attendant le retour d'Harry. Dix minutes plus tard, elle décida, après avoir bâillé plusieurs fois, de s'allonger sur le lit, se demandant où il avait bien pu aller. L'attente lui parut insoutenable, mais elle ne pouvait pas vraiment sortir de la chambre et partir à sa recherche. Il allait sans doute arriver d'une minute à l'autre.

Une demi-heure plus tard, il n'était toujours pas réapparu. La fatigue de la journée finit par avoir raison d'elle : Olivia ferma les yeux et s'endormit.

Au milieu de la nuit, elle entendit une porte s'ouvrir et sentit le matelas s'enfoncer quand Harry s'allongea à côté d'elle. Elle attendit, dans un suspense insoutenable, qu'il se penche vers elle et la touche. Il n'en fit rien. Quelques minutes plus tard, elle l'entendit ronfler doucement.

Olivia se réveilla tôt le lendemain matin, un sentiment d'effroi logé dans le creux de son ventre. Elle savait au plus profond d'elle-même que la nuit ne s'était pas passée comme elle aurait dû.

Harry était toujours endormi à côté d'elle. Elle se leva du lit, traversa le tapis sur la pointe des pieds et entra dans la pièce à côté. Leurs appartements privés étaient composés d'une chambre, d'un salon, d'une salle de bains et d'un dressing pour chacun. Le sien contenait une armoire, celui d'Harry, un lit étroit.

Olivia savait que, dans la haute société, il était normal que l'homme et la femme fassent chambre à part, même si ses parents n'avaient jamais eu ce luxe à Pune, car leur maison était trop petite. Elle regarda le lit, puis s'assit dessus, se demandant tristement si Harry n'aurait pas préféré passer la nuit ici.

Elle s'habilla rapidement, mal à l'aise à l'idée qu'Harry puisse faire irruption dans la pièce et la voir à moitié nue. Lorsqu'elle retourna dans la chambre, elle vit qu'Harry était encore presque endormi. Elle rôda près de la porte, ne sachant que faire. Si elle descendait, on se demanderait pourquoi elle se levait si tôt après sa nuit de noces. Mais si elle restait..., elle se trouverait dans une situation embarrassante avec Harry.

Elle n'eut finalement pas à prendre de décision, car Harry se retourna et la vit devant la porte.

Il lui sourit en se frottant les yeux.

— Bonjour, ma chérie. Tu as bien dormi ?

Elle haussa les épaules en silence. Le désespoir se lisait sur son visage.

Il ouvrit les bras.

— Viens que je te serre contre moi.

Olivia ne bougea pas.

— Viens, ma chérie, s'il te plaît. Je ne vais pas te mordre, tu sais.

Elle s'approcha de lui d'un pas hésitant et s'assit sur le bord du lit.

— Je suppose que tu te demandes où je suis allé la nuit dernière.

— Oui.

— Eh bien, j'ai été intercepté sur le chemin du retour par des collègues qui m'ont demandé de me joindre à eux pour boire un cognac. Je savais que tu étais épuisée, alors, je me suis dit que j'allais te laisser dormir.

Il prit sa main et la serra dans la sienne.

— Ma chérie, tu es contrariée, n'est-ce pas ?

— Bien sûr que je le suis, Harry. C'était notre nuit de noces, de grâce ! cria-t-elle, incapable de réprimer sa frustration.

— Bien sûr, je suis désolé.

Il se redressa et lui caressa le dos.

— Tu sais, nous avons toute la vie devant nous pour apprendre à mieux nous connaître. Il est inutile de se précipiter, tu ne trouves pas ?

— Peut-être, dit-elle sans conviction. Je…, je veux juste que personne ne sache.

— Eh bien, je te jure que je ne dirai pas un mot. Prenons notre temps.

Olivia survécut tant bien que mal à la journée en

se tenant occupée, en éludant les questions de Venetia et d'Adrienne et en tentant de paraître aussi heureuse et comblée qu'une jeune mariée.

Ce soir-là, lorsque tous les invités furent partis et qu'Olivia se fut retirée dans leurs appartements, Harry entra dans la chambre. Il s'assit sur le lit et prit sa main.

— Chérie, je pense qu'il est préférable que je dorme à côté ce soir. Je dois me lever aux aurores demain et je ne veux pas te réveiller.

Il se pencha vers elle et l'embrassa sur la joue.

— Bonne nuit, dors bien.

Puis il se leva et quitta la pièce.

Olivia resta éveillée jusqu'aux premières heures du jour, l'estomac noué, consciente que quelque chose ne tournait vraiment pas rond.

21

Durant les deux semaines qui précédèrent Noël, Harry ne chercha pas à approcher Olivia dans la chambre. En fait, c'est à peine si Olivia vit son nouveau mari. Il rentrait à la maison, parfois après minuit, tentait de dormir quelques heures dans son petit lit et se levait le lendemain matin à six heures. Le week-end, il travaillait aussi.

Olivia savait qu'elle ne pouvait pas vraiment se plaindre quand la guerre s'intensifiait et faisait de plus en plus de victimes. Un sous-marin allemand avait déjà coulé un cuirassé britannique, le *HMS Royal Oak*, et de jeunes hommes partaient toutes les semaines du domaine pour s'entraîner à plein temps avec leurs bataillons.

Il ne lui restait plus qu'à espérer qu'ils pourraient passer un peu de temps ensemble quand Harry aurait ses deux jours de permission à Noël. Au moins auraient-ils peut-être enfin l'occasion de parler de leur relation et de ses problèmes criants.

Heureusement, elle avait fort à faire sur le domaine, car la main-d'œuvre masculine était de plus en plus rare. Comme Bill ne pouvait plus aider Jack, Olivia passait beaucoup de temps à entretenir le jardin potager et à arroser les fleurs dans la serre. Le travail en plein air, dans le froid glacial, engourdissait son cerveau et l'empêchait de broyer du noir.

Pourtant, elle avait parfois du mal à faire comme si tout allait bien. Elle n'avait personne vers qui se tourner pour demander conseil, même si elle avait grand besoin de se confier.

Adrienne, sentant la détresse de sa belle-fille et la mettant sur le compte de l'absence de son mari dès les premières semaines de leur mariage, suggéra à Olivia d'inviter ses amis de Londres juste avant Noël.

Même Harry parut se réjouir de cette fête à venir.

— C'est une excellente idée, ma chérie. Je suis sûre que tu vas inviter Venetia ; voilà une fille capable d'illuminer de sa présence n'importe quelle fête. Et… qu'en est-il de ton copain poète, Archie ? Et d'Angus, ton copain écossais ?

Les amis d'Olivia arrivèrent comme prévu avec

en réserve d'horribles histoires sur la situation à Londres et les mesures de rationnement imminentes. Venetia se pointa dans son élégant uniforme des Wrens et dit à Olivia qu'elle suivait un entraînement dans le plus grand secret et qu'elle ne pouvait vraiment pas en parler.

Après le dîner, elles s'installèrent toutes deux devant la cheminée à la bibliothèque pour profiter de leurs retrouvailles et discuter de tout ce qu'elles avaient fait depuis qu'elles ne s'étaient pas vues. C'était devenu un rituel. Venetia regarda Olivia d'un œil critique.

— Chérie, pour quelqu'un qui vit à la campagne, tu as l'air vraiment fatiguée. Tu n'es pas déjà en cloque au moins ? demanda-t-elle en riant.

En entendant ces mots, prononcés sans mauvaises intentions, Olivia ne put refouler ses larmes plus longtemps.

— Mince alors ! Je suis désolée ! J'ai dit ce qu'il ne fallait pas, c'est ça ?

— Non... Oui... Oh ! Venetia, c'est tellement horrible que je ne peux même pas en parler !

Venetia s'approcha d'Olivia et passa son bras autour de ses épaules.

— Je suis sûre que ça ne peut pas être si grave que ça. Tu n'es pas malade au moins, ma chérie ?

— Non, je ne suis pas malade... Je...

Olivia ne savait pas par où commencer.

— Le fait est..., Venetia..., que je suis toujours... vierge !

Venetia la regarda, stupéfaite.

— Comment est-ce possible ? Raconte-moi, s'il te

242

plaît. Je pourrai peut-être t'aider, dit-elle pour l'apaiser.

D'une voix hésitante, entrecoupée par les larmes, Olivia lui raconta toute l'histoire.

— Je dois dire que je ne comprends vraiment rien, dit Venetia. D'après mon expérience, la plupart des hommes passent leur vie à tenter d'obtenir ce qu'Harry a à sa disposition tous les soirs dans sa chambre.

— Je sais, dit Olivia. La question est de savoir pourquoi.

— Tu le lui as demandé ?

— Non. Je n'arrête pas de me dire que je dois le faire, mais… je ne peux pas me résoudre à aborder le sujet.

— Il faut absolument que tu le fasses, ma chérie, parce que ce n'est pas normal, insista Venetia. De plus, tu es tellement adorable. Il est difficile d'imaginer qu'un homme puisse te résister.

Olivia esquissa un pâle sourire.

— Merci, Venetia, mais vraiment je ne sais plus quoi faire. Ma belle-mère n'arrête pas de faire des allusions sur le prochain héritier de Wharton Park, et, bien sûr, je sais qu'il ne risque pas de voir le jour si ça continue. Je ne suis peut-être tout simplement pas son genre, dit Olivia en soupirant.

— Allons, ne sois pas ridicule ! Tu plais à tous les hommes. Tu dois te dire que le problème vient très certainement d'Harry et pas de toi.

Venetia se mit à arpenter la bibliothèque tout en réfléchissant. Elle finit par s'arrêter et se tourna vers Olivia.

— Il est peut-être juste extrêmement timide. Je

crois que tu vas devoir littéralement lui sauter dessus.

— Mon Dieu, non ! Je ne pourrais jamais.

Venetia bâilla.

— Eh bien, ma chérie, si rien ne marche, tu peux te consoler en te disant qu'il ne sera sans doute pas là pour très longtemps. Ils mobilisent à tour de bras, et il y a de grandes chances pour qu'Harry soit envoyé en France dans les prochaines semaines. Et ensuite, bien sûr, tu pourras prendre un amant, ajouta-t-elle en souriant. Tu es une femme mariée, après tout, et c'est *de rigueur*. Maintenant, ma chère Olivia, je dois aller dormir un peu. J'ai eu une nuit particulièrement agitée à Londres avec mon nouvel *amour* et je suis claquée. Nous discuterons demain matin. Mais ça n'a rien à voir avec toi, tu peux me croire. Bonne nuit, ma chérie, fais de beaux rêves.

Après avoir retourné dans sa tête ce que son amie lui avait dit, Olivia en conclut qu'elle avait peut-être raison et qu'Harry était sans doute d'une timidité maladive. Elle décida qu'elle n'avait pas d'autre choix que de « sauter » sur son mari.

Ce soir-là, vêtue de son plus beau peignoir et avant que son courage ne l'abandonne, Olivia traversa le salon pour rejoindre la chambre d'Harry. Pourtant, en ouvrant la porte, elle découvrit que son lit était vide. Elle regarda l'heure sur le réveil à côté de son lit et constata qu'il était plus de minuit. Se demandant où il avait bien pu aller depuis qu'ils avaient quitté la table, elle sortit de la pièce pour rejoindre le palier et descendit l'escalier sur la pointe des pieds.

Les lumières étaient éteintes, et Sable avait tout

fermé pour la nuit, ce qui indiquait normalement que tout le monde s'était retiré dans ses appartements. Tandis qu'elle marchait dans le hall d'entrée, elle vit un trait de lumière sous la porte de la bibliothèque et s'arrêta.

Elle s'approcha à pas de loup, tourna doucement la poignée et ouvrit.

Olivia resta figée, le souffle coupé, paralysée par l'horreur. Harry se tenait près de la cheminée et lui tournait le dos. Elle vit qu'Archie avait les yeux fermés pendant qu'il... embrassait son mari. À l'évidence, il n'avait pas remarqué la présence d'Olivia. Elle resta encore quelques secondes et vit Archie serrer Harry contre lui tout en collant ses lèvres sur celles de son mari.

Sentant la bile remonter dans sa gorge, elle eut un haut-le-cœur, puis s'enfuit dans le corridor et se précipita dans les toilettes les plus proches où elle vomit ses entrailles.

Après une nuit presque sans sommeil, Olivia se réveilla, complètement anéantie. C'était la veille de Noël. La décoration du traditionnel sapin en compagnie d'Adrienne fut une distraction bienvenue. L'arbre avait été coupé sur les terres de Wharton Park et placé dans le hall d'entrée. Des chants de Noël, qui passaient à la radio, offraient un fond musical agréable, et tout le monde, à part Olivia, semblait baigner dans la joie de Noël. Elle puisa au plus profond d'elle-même pour trouver la force de continuer, mordant ses lèvres de temps à autre pour s'empêcher de pleurer. Venetia, Archie et Angus furent prêts à repartir pour Londres à l'heure du déjeuner. Olivia se cacha dans sa chambre, ne supportant pas l'idée de voir Archie et d'avoir à se montrer polie avec lui. Venetia vint la trouver.

— Chérie, je me fais un sang d'encre pour toi. Tu as vraiment une mine de déterrée aujourd'hui. Si tu as besoin de moi, tu sais où me trouver, dit-elle en embrassant Olivia.

— Merci, répondit Olivia, la gorge serrée.

Elle ne put se résoudre à raconter à Venetia ce qu'elle avait vu la nuit précédente.

Elle parvint tant bien que mal à supporter la journée et la traditionnelle ouverture des cadeaux qui eut lieu après le dîner. Dès qu'elle le put, elle se retira dans sa chambre et se mit au lit, plus malheureuse que jamais. Elle se recroquevilla sous les couvertures pour se protéger du froid qui, ce soir-là, semblait ronger ses os.

Une heure plus tard, Harry entra dans la chambre.

— Chérie, tu es réveillée ?

Comme elle ne répondait pas, il fit le tour du lit pour venir à ses côtés. Elle sentit son visage se pencher vers le sien.

Elle se redressa subitement et cria.

— NON ! Ne me touche pas !

Harry recula, abasourdi par sa réaction.

— Que se passe-t-il ? demanda-t-il.

Elle sauta du lit pour s'éloigner de lui.

— Je sais que je ne peux rien faire contre le fait que j'ai été assez stupide pour t'épouser ! Mais je t'en supplie, promets-moi que tu n'essaieras plus jamais de me toucher. Tu… me *répugnes* !

Harry se retourna et la suivit tandis qu'elle

s'approchait de la cheminée, tremblante de froid et de colère.

— Chérie, s'il te plaît, calme-toi. De quoi parles-tu ?

Elle le regarda droit dans les yeux, d'un air de dégoût.

— Je t'ai vu avec *lui* ! cria-t-elle. Hier soir dans la bibliothèque.

Harry détourna les yeux, et son regard se perdit dans le vague. Puis, il hocha la tête.

— Je vois.

— Pendant toutes ces semaines, je me suis demandé pourquoi tu ne voulais pas de ta femme, pourquoi tu ne me touchais jamais comme n'importe quel mari l'aurait fait à ta place. J'étais complètement désespérée, je croyais que c'était moi, que je ne faisais pas ce qu'il fallait. Et, bien sûr, dit Olivia en laissant échapper un rire amer, tu ne risquais pas de vouloir de moi ! Je ne suis pas du bon sexe !

Elle le regarda sans compassion alors qu'il se laissait tomber dans un fauteuil près de la cheminée et prenait sa tête entre ses mains.

— Olivia, je suis vraiment désolé. Tu n'aurais pas dû voir ce que tu as vu hier soir.

— Et tu n'aurais pas dû *faire* ce que j'ai vu hier soir ! Comment as-tu osé, Harry ? Dans cette maison ! N'importe qui aurait pu entrer et te surprendre... comme moi je l'ai fait !

— Je te jure que ça ne s'était jamais produit avant et que ça ne se reproduira plus jamais. Je... Nous... étions ivres... Nous nous sommes laissés emporter...

— S'il te plaît, épargne-moi tes excuses, Harry,

247

dit Olivia en se tordant les mains de désespoir. Es-tu vraiment en train de me dire que tu n'as pas pu résister aux bras d'un autre HOMME ?

Elle tenta de se contrôler, sentant qu'elle risquait de devenir hystérique.

— Chérie…

— Ne m'appelle pas « chérie » ! Je ne suis pas ta « chérie », c'est lui !

Puis elle se mit à sangloter, incapable de se retenir plus longtemps. Elle se dirigea vers le lit et se laissa tomber à son extrémité.

— Harry, comment as-tu pu être aussi cruel ? Comment as-tu pu m'épouser en sachant que tu étais ainsi ?

— Je ne le suis pas… Je ne sais pas… Olivia, tu ne comprends pas peut-être, mais à l'école…

— Je me fiche de ce qui s'est passé à l'école ! dit-elle en le regardant avec dégoût. Tu es marié à présent, tu as une femme ! Comment as-tu pu me laisser t'épouser, gâcher ma vie en sachant que tu étais attiré par les hommes et que tu ne pourrais jamais vraiment m'aimer ? Je sais que tu es timide, Harry, mais je ne pensais pas que tu étais cruel.

— S'il te plaît, je te jure, Olivia, que j'ai des sentiments pour toi. Et, après cette nuit, je sais que… ce que tu as vu… n'est vraiment pas pour moi.

— Oh ! comme c'est pratique pour toi de dire ça, maintenant que tu as été démasqué, répliqua-t-elle. Est-ce que tu réalises que tu pourrais être exclu de l'armée pour ça ! Et tes parents, tes pauvres parents.

Elle secoua la tête.

— Ta mère n'arrête pas de me demander quand je vais donner naissance à un héritier. Harry, dit-elle en oubliant toute réserve, comment puis-je supporter ça ?

— Chérie, s'il te plaît, ne pleure pas.

Il voulut s'approcher d'elle, mais elle tendit les bras devant elle pour l'en empêcher.

— Je t'ai dit de ne pas me toucher !

Harry retourna vers son fauteuil et se laissa choir dedans. Ils restèrent silencieux quelques secondes.

— Tu sais, finit par dire Harry, ce n'est pas complètement inhabituel pour les hommes de... se chercher, de se demander qui ils sont, Olivia. Et je te jure, ma chérie, qu'après cette nuit, je sais qui je suis à présent. Et, si tu me laissais faire, je ferai tout pour que notre mariage marche. Je comprends que ce qui s'est passé hier soir n'était pas bien du tout, mais, honnêtement, je l'ai fait avec les meilleures intentions du monde, si tu me laissais t'expliquer comment...

— S'il te plaît, dit-elle en frémissant. Épargne-moi les détails. Pardonne-moi de ne pas vouloir entrer dans ton petit monde sordide.

Elle laissa échapper un long soupir.

— Je pense que, quand nous nous serons calmés tous les deux, nous devrons discuter de ce que nous devons faire. Il faut que je décide si je peux vivre avec ça.

Elle leva les yeux vers lui.

— Si je ne peux pas, Harry, est-ce que tu accepteras de divorcer ?

Harry parut horrifié.

— Il n'y a jamais eu de divorce dans notre famille.

— Il n'y a peut-être jamais eu d'homosexuel dans ta famille !

Elle parla sans ménagement, vit Harry tressaillir et s'en réjouit.

— S'il te plaît, arrête de dire ça, Olivia ! la supplia-t-il. Je ne suis pas ainsi, vraiment ! Oui, j'ai pensé pendant un temps que c'était une possibilité, c'est pourquoi il fallait que je m'en assure. Mais vraiment, ma chérie, crois-moi, ce n'est pas le cas. J'ai les idées beaucoup plus claires désormais, j'ai compris tant de choses aujourd'hui. Et c'est pour cette raison que je suis venu vers toi, ce soir. Je voulais enfin consommer notre mariage.

— Voilà qui est très noble de ta part, Harry.

Olivia se sentit soudain épuisée.

— Mais j'ai bien peur de ne pas te croire. Je ne pense pas que tu m'aimes et j'aurais préféré ne jamais tomber amoureuse de toi. Maintenant, s'il te plaît, une longue journée nous attend encore demain et je dois essayer de dormir un peu.

Elle leva les yeux vers lui.

— Et je veux que tu me promettes une chose.

— Tout ce que tu veux, Olivia chérie. Vraiment.

— Je veux que tu me promettes de ne plus t'approcher de moi ou de me toucher tant que je n'ai pas décidé de ce que j'allais faire.

— Bien sûr, répondit-il tristement. Je comprends.

22

Les semaines suivantes, Olivia n'eut pas à craindre qu'Harry ne cherche à la toucher. Il n'était pratiquement jamais à la maison. Il travaillait vingt-quatre heures sur vingt-quatre avec ses hommes pour assurer la défense côtière du nord du comté de Norfolk. Le rationnement de la nourriture avait commencé, et le ministre de l'Agriculture s'était rendu à Wharton Park et avait demandé que les champs en jachère soient utilisés pour de nouvelles cultures de céréales et de légumes.

Olivia était allée au bureau local pour s'engager chez les Wrens. Pourtant, lorsqu'elle apprit qu'elle vivait à Wharton Park, la femme du bureau lui suggéra de rencontrer la directrice locale de la WLA (Women's Land Army) pour voir si cela lui conviendrait mieux.

— Des jeunes filles de tout le pays vont être envoyées dans des domaines du comté, y compris le vôtre. Étant donné vos références, il se pourrait bien que vous soyez exactement la femme qu'il faut à la WLA.

Olivia rencontra donc la dame en question qui fut ravie à l'idée d'avoir trouvé quelqu'un de l'âge des filles et qui vivait déjà sur un domaine. Olivia fut engagée en tant que coordinatrice et fut chargée de visiter les fermes du coin pour décider du nombre de filles à envoyer et des endroits où elles devraient travailler.

Entre sa nouvelle fonction et les différentes

tâches qu'elle devait effectuer à la maison pour aider Adrienne à tenir le domaine avec un personnel qui se réduisait de jour en jour, Olivia était très occupée. Comme elle n'avait pas un moment à elle, elle parvint plus facilement à enfouir sa douleur au plus profond d'elle-même et à soigner son cœur brisé. Ce n'était pas le moment de penser à soi, ni à l'avenir. Elle trouvait un certain réconfort dans la situation, dont l'ironie ne lui échappait pas, et elle arrivait à prendre chaque jour comme il venait. De plus, elle connaissait enfin la « raison » du comportement d'Harry, et cela l'aidait énormément.

Harry avait fait tout ce qu'il avait pu, pendant le peu de temps qu'il avait, pour la convaincre de son amour. Il recopiait, de sa belle écriture, ses poèmes romantiques préférés et les glissait sous la porte de sa chambre, lui faisait livrer tous les jours des fleurs de la serre, si bien que leurs appartements baignaient en permanence dans leur parfum délicat. Il commanda même des livres qu'elle aimait particulièrement et les fit envoyer de Londres.

C'était exactement le genre de comportement qu'elle attendait de lui pendant qu'il la courtisait. Mais à présent…, tout cela ne signifiait plus rien pour elle.

Son cœur restait de marbre.

Les auxiliaires féminines affectées à Wharton Park arrivèrent en car au début du mois de mars. La représentante de la WLA avait prévenu Olivia que la plupart des filles venaient de villes industrielles et n'avaient aucune idée de la tâche qui les attendait. Elle avait réquisitionné trois cottages dans la cour pour les loger. Les cottages étaient inoccupés depuis plusieurs années et avaient besoin d'être restaurés.

Il y faisait sombre et humide, mais Olivia avait entrepris, avec l'aide d'Elsie et d'autres, de les nettoyer, de les faire briller et de les rendre habitables.

Le soir où les filles arrivèrent, elles entrèrent en file indienne dans la cuisine, intimidées par la taille de la maison. Olivia mangea avec elles et apprit d'où elles venaient. Elle les entendit aussi se plaindre des horribles uniformes qu'elles avaient à porter.

— Vous devriez essayer ces chemises Aertex, madame Crawford, dit une fille avec un fort accent de Birmingham. Elles grattent comme pas deux.

— Et elles sont trop grandes pour nous, fit remarquer une autre fille. Je pense que les culottes ont été faites pour les hommes, pas pour les femmes. On va avoir une de ces allures, demain matin, les filles !

Tout le monde rit, et Olivia fut ravie de constater qu'elles avaient l'air de bien s'entendre. La représentante de la WLA lui avait parlé des problèmes de ces filles, qui ne se connaissaient pas du tout et qui étaient cantonnées ensemble, ce qui se traduisait parfois par de sacrés crêpages de chignon.

Après le dîner, Olivia se leva et tapa dans ses mains pour demander le silence.

— Maintenant, les filles, j'aimerais avant tout vous souhaiter la bienvenue à Wharton Park. C'est un domaine magnifique dans une belle région de notre pays, et vous devriez toutes vous estimer heureuses d'avoir atterri ici. M. Combe va vous expliquer les tâches que vous aurez à accomplir sur les terres, mais je voulais vous parler de tout ce qui concernera votre vie quotidienne pendant que vous serez ici. Du pain, du lait et des œufs vous seront apportés dans vos cottages au moment du petit déjeuner. La journée de travail commence à huit heures et vous devrez vous rassembler dans la cour où M. Combe et son personnel vous attribueront différentes tâches pour chaque jour. Il y aura une pause d'un quart d'heure le matin, puis, à midi, un sandwich vous sera apporté à l'endroit où vous travaillez. Vous reprendrez le travail à treize heures et vous arrêterez à dix-sept heures. Le dîner sera servi à dix-huit heures dans cette cuisine. Nous aimerions qu'entre dix-sept et dix-huit heures, vous vous laviez et vous changiez pour ne pas arriver ici dans vos uniformes boueux, dit Olivia en souriant.

— J'vais porter ma robe de bal et mon diadème pour prendre mon thé ici, m'dame, n'ayez pas peur, dit une fille au son des rires de ses camarades.

— Vous aurez un jour de congé par semaine à tour de rôle, poursuivit Olivia. Il y a un bus pour Cromer qui part devant l'allée à onze heures pile, si vous souhaitez aller en ville pour faire des provisions. Il revient à quatre heures et demie. Il y a une copie de tous ces détails dans chacun des cottages. Beaucoup d'entre vous n'ont sans doute pas l'habitude de vivre à la campagne, ajouta-t-elle. Il n'y a pas de cinéma ni les lumières de la ville devant votre porte. Je suggère que vous organisiez entre vous les distractions de la soirée : quiz, jeux de société, etc.

Voyant le peu d'enthousiasme que suscitait sa proposition, Olivia s'empressa de poursuivre :
— Nous avons également décidé d'organiser un concours de tricot à Wharton Park. Ma belle-mère,

Lady Crawford, rassemble des chaussettes, des chapeaux et des écharpes pour les envoyer du Norfolk à nos hommes à l'étranger. Si vous ne savez pas tricoter, on vous apprendra. Et la fille qui aura tricoté le plus d'articles en un mois recevra une paire de...

Elle ouvrit un sac en papier qui se trouvait sur la table et en sortit le contenu :

— ... ça.

Les filles poussèrent des « oh ! » et des « ah ! » en voyant la paire de bas en Nylon qu'Olivia brandissait. Elle fut soulagée de constater que sa technique de la carotte et du bâton avait fonctionné.

Lorsqu'Olivia quitta la cuisine, Adrienne, qui avait été indisposée toute la semaine et qui avait à peine quitté sa chambre, se tenait dans le hall d'entrée.

— Voulez-vous bien prendre un verre avec moi dans la bibliothèque, Olivia ? demanda-t-elle. J'ai besoin d'un petit remontant.

— Bien sûr, accepta Olivia, même si elle était fatiguée après sa longue journée et que c'était bien la dernière chose qu'elle aurait aimé faire.

Comme Sable avait été chargé provisoirement de conduire un tracteur, Adrienne était contrainte de remplir elle-même les verres.

— Un gin ? demanda-t-elle à Olivia.

— Ça serait merveilleux, répondit Olivia en s'affalant dans un fauteuil.

— Comment s'est passé votre premier repas avec les filles ? Comment sont-elles ? demanda nerveusement Adrienne en tendant son verre à Olivia et en s'asseyant en face d'elle.

255

— Elles ont l'air sympathiques, mais je suppose qu'on ne peut pas vraiment en juger pour le moment. Elles n'ont pas un brin d'expérience, mais elles apprendront, dit Olivia. Nécessité fait loi…

— Oui, approuva Adrienne. Et quelles que soient les épreuves que nous devrons traverser, ce n'est rien à côté de ce que nos garçons vont subir. Et ça ne devrait plus être long, Olivia, dit-elle en soupirant. Au moins, avez-vous eu, Harry et vous, plus de temps que la plupart.

— En effet, répondit mécaniquement Olivia.

Adrienne fixa sa belle-fille.

— *Chérie*, je ne voudrais pas me mêler de ce qui ne me regarde pas, mais tout va bien entre Harry et vous ?

— Oui, dit Olivia en hochant la tête.

Elle fut parcourue d'un frisson nerveux en constatant une fois encore à quel point Adrienne était perspicace.

— Nous profitons du temps que nous avons ensemble.

Adrienne regarda Olivia, scrutant son visage.

— Oui, c'est peut-être parce que vous vous voyez si peu, comme vous dites. Mais j'ai eu l'impression, en vous voyant tous les deux, qu'il y avait une certaine… distance entre vous.

— Je suis certaine que vous avez raison, Adrienne, dit Olivia en allant dans le sens de sa belle-mère. Nous n'avons pu passer plus de quelques heures ensemble, durant les dernières semaines.

— Eh bien, peut-être que, si Harry a une permission, vous pourrez partir tous les deux. Après tout, vous n'avez pas eu de lune de miel.

Olivia eut presque la nausée à l'idée d'être cloîtrée quelque part, seule avec Harry.

— Adrienne, je pense que nous réalisons tous les
deux que nous devons donner la priorité à l'effort
de guerre. Nous avons toute la vie devant nous.

— C'est noble de votre part à tous les deux,
Olivia…

Adrienne frissonna.

— Prions pour que vous ayez raison.

L'Allemagne envahit le Danemark et la Norvège
en avril, et la campagne britannique commença
simultanément. Pourtant, malgré la guerre en toile
de fond et la perspective d'une invasion imminente
des côtes britanniques, Olivia appréciait sa nouvelle
vie. Sa mission au sein de la WLA la tenait très
occupée. Elle était devenue une véritable experte en
matière « d'accueil » des filles qui arrivaient dans le
comté et elle trouvait toujours une solution aux
différents problèmes qui pouvaient surgir.

Les filles qui travaillaient sur le domaine de
Wharton Park formaient un groupe très sympa-
thique dans l'ensemble. Lorsqu'Olivia leur apportait
leurs sandwichs au moment de la pause déjeuner,
elle s'asseyait avec elles dans les champs et écoutait
avec plaisir leur badinage. Quand elle n'était pas
avec les filles, qu'elle ne s'occupait pas d'un tracteur
cassé, ou qu'elle ne ramenait pas un porc fugitif
dans son enclos, elle était à la maison avec Adrienne.

La salle de bal avait été transformée en centre de
collecte pour les centaines de cagoules, d'écharpes
et de chaussettes que les femmes du Norfolk trico-
taient pour leurs soldats. Bizarrement, avec les filles

qui allaient et venaient et les femmes qui préparaient des cartons de lainages dans la salle de bal,
Wharton Park était beaucoup plus animé qu'avant
la guerre.

Olivia avait fini par réaliser qu'Adrienne était
extrêmement fragile. Elle prétextait un mal de tête
dès qu'un problème, le plus anodin fût-il, surgissait
et s'empressait alors de se retirer dans sa chambre
où elle restait cloîtrée parfois pendant plusieurs
jours.

Olivia n'osait même pas imaginer ce qu'il serait
advenu de Wharton Park si elle n'avait pas été là.
De plus en plus, le personnel de la maison se tournait vers elle pour lui demander des instructions.

Lorsque le printemps succéda à l'hiver, la drôle
de guerre arriva à son terme, et un conflit d'une
tout autre nature commença le jour où l'Allemagne
envahit la France. Les Allemands poursuivirent leur
politique d'expansion et de domination de l'Europe
en marchant sur les Pays-Bas, puis sur la Belgique.

Harry s'installa avec le reste de son bataillon dans
le pensionnat d'Holt. En raison de la menace très
réelle d'une invasion du sol britannique, alors que
les troupes allemandes s'approchaient de plus en
plus de la Manche, les bataillons chargés de sécu-
riser les côtes du Norfolk étaient en alerte.

La bataille de Dunkerque commença à la fin du
mois de mai. Olivia passait ses soirées à côté du
poste de radio dans les cottages des filles qui
travaillaient au champ et écoutait les informations.
Deux des filles, Bridge et Mary, avaient un fiancé
engagé dans la bataille.

Deux jours plus tard, on annonça que Dunkerque avait été évacué et que les troupes britanniques se repliaient. Tous les bavardages et les plaisanteries cessèrent immédiatement, tandis que les filles attendaient en retenant leur souffle le dénouement de l'opération.

Lorsque Winston Churchill, leur nouveau Premier ministre, s'adressa à la nation ce soir-là et informa ses concitoyens que les trois cent trente-huit mille hommes avaient été sauvés des plages et des ports de Dunkerque, il y eut des applaudissements et des larmes, même si tout le monde réalisa qu'il s'agissait là d'une cuisante défaite.

— S'il vous plaît, faites que Charlie soit parmi eux ! s'écria Mary par-dessus l'épaule d'Olivia. Je donnerais n'importe quoi pour qu'il soit sain et sauf.

Olivia décida de fêter l'événement pour redonner du courage aux filles et elle parvint à se procurer deux pichets de cidre pour qu'elles puissent trinquer à la santé des soldats. Elsie, seule depuis que Bill était parti avec son bataillon, s'était rapidement liée d'amitié avec Mary et accompagnait souvent les filles à Cromer pour leur servir de guide officieuse.

Olivia vit qu'Elsie était assise, seule et silencieuse, dans un coin. Elle s'approcha d'elle.

— Elsie, vous avez l'air bien sombre. Tout va bien ?

— Pour être honnête, non, madame Olivia. J'écoute les nouvelles et je pense que bientôt ce seront mon Bill et votre Harry. Je ne sais vraiment pas comment je vais faire pour survivre sans lui quand il sera parti.

Elsie essuya une larme au coin de son œil.

Olivia la serra dans ses bras.

— Essayez de ne pas trop vous inquiéter, Elsie, la réconforta-t-elle tout en se sentant coupable de ne pas ressentir la même chose à l'idée du départ de son mari. Harry affirme que Bill est le meilleur soldat de son bataillon, et mon petit doigt me dit qu'il est sur le point d'être promu sergent... Mais, ajouta Olivia en portant le doigt à sa bouche, ne dites à personne que je vous en ai parlé.

Le visage d'Elsie s'illumina.

— Oh ! vraiment, madame Olivia ? Si c'était le cas, ce serait une immense fierté pour moi, annonça-t-elle gaiement.

23

Un matin de la mi-juin, tandis qu'Olivia savourait la beauté des jardins de Wharton Park en fleurs et encore couverts de rosée, elle entendit à la radio que la France avait capitulé face à l'Allemagne.

Hitler était à Paris et visitait son dernier trophée. Olivia se demanda quand la bataille d'Angleterre, comme l'avait nommée M. Churchill à la radio, allait commencer.

En arrivant au potager où elle allait récupérer les légumes et les fruits nécessaires à la préparation du repas servi aux travailleurs du domaine, elle pensa à quel point il était difficile d'imaginer arriver sur le sol britannique les destructions à grande échelle et les nombreuses victimes, dont elle avait vu des images aux actualités filmées deux soirs auparavant avec les filles.

Quand elle entra dans la cuisine avec ses deux gros paniers chargés de produits frais, elle y trouva Harry, assis à table en train de boire une tasse de thé. Il avait les traits tirés et semblait épuisé.

— Bonjour, ma chérie, dit-il en lui souriant avec lassitude. Devine quoi : on m'a donné un jour de permission.

— Ah bon !

Olivia continua à décharger son panier de légumes. L'arrivée d'Harry ne l'enthousiasmait pas le moins du monde. C'était même plutôt le contraire.

— Je suis certaine que tu veux aller te coucher et dormir.

— En fait, je me suis dit que nous pourrions en profiter pour sortir un peu tous les deux. Qu'est-ce que tu dirais d'un pique-nique à la plage ?

Mme Jenks, la cuisinière, qui avait les mains dans l'évier, sourit et dit :

— Oui, monsieur Harry, sortez donc votre femme. Elle a dirigé cette maison toute seule au cours des dernières semaines. C'est du moins ce que j'ai constaté. Elle a besoin d'une pause tout autant que vous.

Elle regarda Olivia d'un air admiratif.

— Vous avez trouvé une vraie perle. Elle est tout simplement merveilleuse. Et nous sommes tous de cet avis, ajouta-t-elle pour qu'il n'y ait aucun doute possible.

Olivia se mit à rougir en entendant ces compliments et elle chercha désespérément une excuse pour rester à la maison.

— Mais il faut que j'apporte les sandwichs aux filles et...

— Chut ! Laissez-moi faire, madame Crawford ! Et profitez de votre journée avec votre mari.

Réalisant qu'elle n'avait pas d'autre choix, Olivia capitula.

— Je vais vite me changer.

— Je te retrouve devant la voiture dans dix minutes, ma chérie, dit Harry.

— Mon Dieu, je suis vraiment heureux de pouvoir m'échapper quelques heures, murmura Harry tandis qu'ils s'éloignaient de la maison. C'est une belle journée, et nous avons un pique-nique préparé par Mme Jenks dans la malle. Je me suis dit que nous pourrions aller à Holkham. Je pense que c'est la seule plage qui n'a pas été défigurée par le fil de fer barbelé et les ballons de barrage.

Il la regarda d'un air interrogateur.

Olivia hocha la tête sans prononcer le moindre mot.

Ils se garèrent quelques minutes à pied de la plage et se dirigèrent vers les dunes. Harry portait le panier de pique-nique. La plage était complètement déserte, il n'y avait pas âme qui vive. Harry se jeta au sol et s'étendit de tout son long sur le sable. Puis il roula sur lui-même et ferma les yeux pour se protéger de la lumière aveuglante du soleil.

— Quel plaisir ! dit-il. C'est ça la vie ! Ici, on peut presque imaginer que la guerre n'est qu'un cauchemar. Un mauvais rêve que j'aurais fait cette nuit.

Olivia s'assit sur le sable, à quelques centimètres de lui. Elle ne répondit pas. Elle regarda la mer, priant pour que la journée passe le plus vite possible. Lorsqu'elle se retourna, elle vit qu'il la regardait.

— Nous pourrions marcher jusqu'au bord de l'eau, proposa-t-il.

— Comme tu voudras.

Ils se levèrent et se dirigèrent vers la mer.

— Je voulais juste te dire, Olivia, que tu as fait un merveilleux travail à la maison. Je ne sais pas ce qui serait arrivé si maman était restée seule ici. Elle a une santé si fragile, et un rien la contrarie. Je sais que c'est toi qui fournis la plus grosse part de travail.

— Ça me plaît, admit-elle. J'ai vraiment été contente d'être occupée.

— Tu es faites pour ça, à l'évidence, et tout le monde t'adore à Wharton Park.

Il lui sourit avec tendresse.

— Tout comme moi.

— Oh ! Harry, ce n'est vraiment plus la peine de faire semblant, dit Olivia, soudain irritée.

Ils marchèrent en silence. Juste avant qu'ils n'atteignent le rivage, Harry s'arrêta et se retourna vers elle.

— Olivia… J'ai… souvent repensé au jour où nous nous sommes vus pour la première fois. Je me souviens de m'être dit que tu étais la fille la plus intelligente que j'aie jamais rencontrée. Tu n'étais ni stupide ni vaniteuse, comme la plupart des femmes que j'avais fréquentées auparavant, mais une fille dotée d'une réelle intégrité. Je pense que tu m'avais apprécié à l'époque, toi aussi.

— Bien sûr, Harry, reconnut calmement Olivia.

— Tu te souviens comme nous nous étions taquinés, comme nous avions ri ensemble.

— Oui.

— Et peut-être aurais-je dû te dire tout de suite que tu étais la plus jolie fille que j'avais vue dans ma vie.

Olivia secoua la tête dans un geste de frustration.

— Harry, arrête, s'il te plaît ! Je sais ce que tu essaies de faire, mais c'est tout simplement trop tard !

— Chérie, s'il te plaît. Au vu de la situation, il est peu probable que j'aie encore une fois l'occasion de m'expliquer ! Je t'en supplie, Olivia, l'implora Harry. Je dois au moins te raconter ce qui m'est arrivé. Pouvons-nous nous asseoir ?

Olivia lut le désespoir dans ses yeux et finit par s'adoucir.

— Eh bien, je ne vois pas vraiment ce que cela peut changer maintenant, mais si c'est ce que tu souhaites, je te promets de t'écouter.

Ils s'assirent tous les deux sur le sable.

— Je vais commencer par le début. J'accepte le fait que ça ne changera peut-être rien, mais tu mérites au moins de savoir.

— S'il te plaît, Harry, dis simplement ce que tu as à dire.

— Très bien. Et je te jure que je n'attends aucune compassion de ta part. C'est juste une explication honnête. Bon…

Harry tentait visiblement de se concentrer.

— J'ai essayé de t'expliquer l'autre soir que, quand des garçons sont ensemble au pensionnat, qui est un endroit particulièrement horrible pour passer son adolescence, il leur arrive parfois de tomber amoureux d'un de leurs camarades, par solitude ou désespoir.

Olivia ne put s'empêcher de frémir en l'écoutant.

Harry poursuivit :

— J'étais vraiment désespéré, et ma mère me manquait terriblement. Il y avait un garçon dans ma classe avec qui je m'entendais bien, et nous sommes devenus très proches. J'ajouterai qu'il ne s'est rien passé d'un point de vue purement physique. Mais c'était la relation la plus intime que j'aie connue avec une personne de mon âge. Il avait de l'affection pour moi, Olivia, j'avais de l'importance à ses yeux. Et, pour être tout à fait honnête, je me suis demandé à l'époque si je n'étais pas un peu amoureux de lui. Ce qui m'a poussé à m'interroger, pendant toute mon adolescence, sur mon orientation sexuelle. En clair, je me suis demandé si je n'étais pas homosexuel.

Il la regarda pour guetter sa réaction. Olivia baissa les yeux. Elle n'avait aucune réponse à donner. Harry poursuivit :

— Ce sentiment a été naturellement exacerbé à Sandhurst. Comme tu le sais, je n'ai pas vraiment l'étoffe d'un soldat et j'ai commencé à croire que mon manque d'enthousiasme à l'idée de me battre, d'être agressif, associé à mon goût pour le piano, me différenciait des autres hommes. Quand je t'ai rencontrée, j'ai été un peu troublé, dit Harry. Je n'avais jamais eu de relations amicales avec des femmes, sans parler de relations intimes. Pour être vraiment honnête, elles me terrorisaient. Je ne comprenais pas ce qu'elles voulaient et je ne savais pas comment leur plaire. Puis…, ajouta Harry en soupirant, j'ai fait la connaissance d'Archie, au bal de Penelope. Et nous avions tellement de points communs : notre sensibilité, notre goût pour l'art… et, bien sûr, j'ai tout de suite compris qu'il était homosexuel. Il était très encourageant et je suis allé une ou deux fois à Londres pour le voir.

— Je savais bien que je t'avais vu une fois à Londres, intervint Olivia. Alors que j'allais au Ritz pour finir la soirée, je t'ai vu descendre les marches d'un club un peu plus bas dans la rue.

Harry hocha la tête.

— Oui, c'était bien moi. Archie m'avait présenté certains de ses… amis. Il avait supposé dès le départ que j'étais « l'un d'eux ». Il a tout fait pour m'en persuader.

Harry baissa la tête.

— Lorsqu'il est venu à notre mariage, il a tenté de me dissuader de t'épouser et m'a dit que c'était une terrible erreur. Pour être franc, Olivia, j'étais très perturbé ce jour-là. Je ne savais vraiment pas quoi penser. Archie m'avait rempli la tête d'histoires horribles et m'avait dit que je serais incapable de consommer notre mariage pendant notre nuit de noces.

Il regarda Olivia dans les yeux.

— J'avais si peur, qu'il a eu raison au bout du compte. Mon Dieu, Olivia ! Je suis vraiment désolé pour ce qui est arrivé cette nuit-là, crois-moi. J'étais tout simplement terrifié, mort de peur.

Malgré sa volonté de ne pas croire un mot de ce qu'Harry disait, Olivia ne put s'empêcher de constater, en regardant ses yeux tristes et hagards, qu'il semblait vraiment sincère. S'il ne disait pas la vérité, alors, c'était vraiment un excellent comédien.

— Cette nuit-là, poursuivit Harry, déterminé à finir son histoire, quand je t'ai laissée dans la chambre avec Elsie, je suis allé dans la bibliothèque pour me servir un cognac et me donner du courage. Archie est venu me rejoindre et m'a dit de but en blanc qu'il m'aimait. Je lui ai demandé de me laisser tranquille. J'étais très en colère et complètement désorienté, soupira Harry. Pendant que tu m'attendais dans la chambre en te demandant où j'avais bien pu passer, j'étais en train de me promener dans le parc avec une bouteille de cognac pour seule compagnie. Et je te jure, ma chérie, que c'est la vérité.

— Je vois.

Incapable de le regarder, Olivia s'amusa à faire passer du sable entre ses doigts.

— Comme tu le sais, trois semaines plus tard, à Noël, Archie est réapparu. J'étais toujours aussi désorienté, je ne voyais aucun moyen de sortir de cette situation. Je voyais ta grâce, ta gentillesse, ta beauté ; mais tu étais blessée et tu ne comprenais pas pourquoi je t'avais fait ça.

— Alors, tu savais que ce que tu avais fait n'était pas bien ? intervint Olivia. Ou du moins ce que tu n'avais pas fait ?

— Bien sûr, ma chérie ! Mais je ne savais pas comment réparer mon erreur. Et le soir où tu m'as surpris dans la bibliothèque avec Archie, je venais de lui dire que je ne voulais plus jamais le revoir, que j'étais désormais convaincu que je t'aimais et que je voulais être un vrai mari pour toi. Il était très en colère, m'a empoigné et m'a embrassé.

— D'après ce que j'ai vu, tu ne te débattais pas vraiment pour te dégager de son étreinte, rectifia Olivia.

— Si tu étais restée quelques secondes de plus, tu m'aurais vu me débattre. Il m'étouffait littéralement.

Harry avait les larmes aux yeux.

— J'ai détesté ça. Ce n'était pas du tout naturel pour moi. Et, tu me croiras si tu veux, mais je suis un *homme* !

Olivia le regarda. Il était assis à côté d'elle et semblait vraiment désespéré. Elle préféra se taire en attendant de savoir ce qu'elle voulait dire.

Harry se ressaisit. Il prit la main d'Olivia, la serra et se tourna pour la regarder dans les yeux.

— Et je voulais te dire, ma chérie, qu'au cours des derniers mois, non seulement mon admiration et mon respect pour toi n'ont cessé de croître, mais aussi mon amour. Et comme je sais désormais qui je suis et qu'Archie n'est plus là pour tenter de me convaincre du contraire, mon désir est réapparu. Olivia, je comprends que tu puisses me trouver repoussant, mais je dois te dire que j'ai envie de toi, désormais. Tout comme n'importe quel homme normal désirerait sa superbe femme.

Il tendit son autre main pour caresser doucement sa joue. Elle ne broncha pas.

— Et tu es si belle, dit-il doucement. Je suis tellement désolé.

— Oh ! Harry, je…

Elle laissa échapper un profond soupir, trahissant son trouble, tandis qu'il continuait à caresser sa joue. Le contact de sa main la réconfortait et lui faisait du bien, ce qui la perturba davantage.

— Ça m'a presque anéantie, murmura-t-elle.

Harry s'approcha d'elle et passa son bras autour de ses épaules.

— Je sais, ma chérie. Je réalise à quel point je t'ai blessée et je sais que je ne pourrai peut-être jamais réparer mon erreur. Mais, Olivia, si tu peux me pardonner, si tu trouves au fond de ton cœur la force de me donner une dernière chance, j'aimerais vraiment essayer, la supplia-t-il. Je te jure que je ne te décevrai plus.

Olivia ne put retenir ses larmes plus longtemps et elle appuya sa tête contre la poitrine d'Harry. Il passa ses bras autour d'elle et la serra fort.

— Olivia, tu es forte, courageuse et magnifique. Que peut demander de plus un homme à sa femme ? Je suis conscient de la chance que j'ai et je ferais n'importe quoi pour ne pas te perdre.

— Harry, je t'aimais tellement. Mais comment puis-je croire à présent que tu m'aimes réellement ? Que tu ne dis pas tout ça pour sauver ta peau ? Comment puis-je te faire confiance ?

— Parce que tu as déjà vu à quel point il m'est difficile de cacher la vérité, dit-il en caressant ses cheveux.

Elle parvint à en rire.

— Tu as raison. C'était évident que quelque

chose ne tournait vraiment pas rond, même avant notre mariage.

— Qu'est-ce que je te disais ! Je laisse voir mes sentiments et il en sera toujours ainsi. Olivia, je ne sais pas combien de temps il me reste avant d'être envoyé à l'étranger. Au mieux, un ou deux mois, au pire quelques jours. Je ne voulais pas te forcer à me pardonner, mais je ne voulais pas non plus te laisser ainsi. Je ne pouvais pas supporter de penser que j'avais ruiné ta vie, que, même si je ne revenais pas, tu aurais du mal à faire confiance à un autre homme à cause de ce que je t'avais fait.

Olivia s'imprégna de ses paroles et elle comprit leur sens profond.

— Ainsi, même si tu me dis maintenant ou dans les prochains jours que tu ne pourras jamais me pardonner, j'aurai au moins le sentiment, quand je devrai partir, que j'ai bien fait de te parler. Et, malgré ce que tu as pu penser ou ce que tu penses encore, je t'aime, ma chérie. Vraiment.

Ce fut alors au tour d'Harry de pleurer, et Olivia posa sa tête sur ses genoux. Elle le laissa pleurer et l'écouta exprimer ce qu'il ressentait à l'idée d'être envoyé bientôt à l'étranger pour combattre.

— Même si je dois motiver mes hommes en leur parlant de la camaraderie qui nous unira et des blagues que nous ferons ensemble, quand nous partirons nous battre, je sais ce qu'est la guerre en réalité. Ce n'est pas la mort en elle-même qui me terrorise, c'est la peur de savoir qu'elle peut survenir à n'importe quel moment. Au mieux, on meurt sur le coup ; au pire, on agonise pendant des jours avant de trépasser. Quoi qu'il en soit, le résultat est le même, et on n'est plus qu'un nom parmi d'autres sur un monument aux morts. J'ai peur, Olivia. Et je suis vraiment fatigué d'être courageux pour tous les autres.

Lorsque les larmes d'Harry cessèrent de couler, Olivia proposa qu'ils retournent vers les dunes et qu'ils mangent le pique-nique qu'ils avaient emporté. Mme Jenks avait ajouté une bouteille de vin issue des vignobles d'Adrienne. Harry l'ouvrit et tendit un verre à Olivia.

— S'il te plaît, ne bois pas à ma santé. Je donnerais en ce moment n'importe quoi pour avoir une mauvaise vue, les pieds plats ou de l'asthme, dit-il en souriant. Je ne suis peut-être qu'un lâche, après tout.

— Bien sûr que non, Harry. Tu ne fais que dire tout haut ce que tous les hommes dans ta position pensent sans jamais l'exprimer.

— Je t'aime, Olivia.

Les mots sortirent tout naturellement de sa bouche.

— La question est de savoir si tu me crois...

Elle mit un long moment à répondre, scrutant les yeux de son mari pour voir s'il était sincère. Et elle fut surprise de voir qu'il l'était.

— Oui, Harry, je te crois, finit-elle par dire.

24

Southwold

Je regarde les flocons danser dans les airs comme des anges potelés tombant des cieux de l'autre côté de la fenêtre. La neige déclenche les éclairages de sécurité et, de temps à autre, les lumières s'allument, illuminant les flocons blancs et épais et offrant une toile de fond surréaliste à l'histoire qu'Elsie vient de me raconter.

Même si l'histoire ne semble avoir aucun lien avec moi, pour le moment, et que je n'en comprenne pas encore la signification, elle m'a réconfortée. En écoutant Elsie, j'ai compris que d'autres avant moi, dont ma grand-mère, avaient eu peur de perdre les leurs et que la vie dans les murs de Wharton Park avait été compliquée pour eux. Je vois que je ne suis pas la seule à avoir souffert.

Il y a peut-être une différence : je n'ai pas été préparée, je n'ai pas eu l'occasion de réparer mes torts, de faire la paix avec moi-même, de leur dire à quel point je les aimais et de leur dire au revoir... quelque part sur une plage balayée par les vents.

Il n'y a eu aucun avertissement, aucune préparation. Et, contrairement aux femmes qui ont vu leur mari partir à la guerre et qui ont trouvé un certain réconfort auprès de celles qui partageaient leur sort, j'ai le sentiment que je ne peux me tourner vers personne.

Je me suis sentie seule.

Le monde a continué à tourner autour de moi comme

si rien n'avait changé. Deux vies, subitement inter-
rompues, sans jour du Souvenir en leur honneur. Juste
une épouse et une mère qui les pleurent.

Et pourtant..., je n'ai pas connu les rigueurs de la
guerre, et mes hommes n'ont pas été tenaillés chaque
instant, comme le pauvre Harry Crawford et mon
pauvre papy Bill, par la peur d'une mort possible. Et si
mes chers garçons ont souffert à la fin, je prie pour que
cette souffrance n'ait pas duré longtemps.

Quelqu'un m'a dit un jour que la mort est aussi
naturelle que la naissance, qu'elle fait partie du cycle
infini de la joie et de la douleur humaine. Aucun
d'entre nous n'y échappera, et notre incapacité à
accepter notre propre mort et celle de ceux que nous
aimons fait partie de notre condition d'êtres humains.

Peu importe la mort qui frappe nos proches, leur
disparition est inacceptable pour ceux qui restent.

Julia sortit de sa torpeur et chassa ses pensées
mélancoliques.

— Alors, qu'est-ce qui s'est passé ensuite,
mamie ?

— Eh bien, quand Olivia est rentrée de la plage
d'Holkham, elle avait changé du tout au tout. Elle
se remit à rire, à sourire… C'est comme si le soleil
était réapparu après des journées de grisaille, se
souvint Elsie. Ils respiraient tous les deux le
bonheur. Lorsqu'il était à la maison, Harry ne
dormait plus dans son lit étroit. Et je les voyais
souvent se promener dans le parc, main dans la
main. Ils ressemblaient à n'importe quel autre
couple d'amoureux. Bien sûr, ça n'a pas duré longtemps pour eux, mais ils ont au moins eu quelques

semaines ensemble. Et quand Harry est parti avec Bill, Olivia attendait un enfant.

Julia haussa les sourcils.

— Elle était enceinte. Alors, il n'était pas homosexuel ?

Elsie soupira et secoua tristement la tête.

— Non, il ne l'était pas, je peux te l'assurer, étant donné ce qui s'est passé par la suite. D'une certaine façon, il aurait été préférable pour Olivia qu'il soit homosexuel, car elle aurait peut-être moins souffert si leur histoire s'était arrêtée là.

— Qu'est-ce que tu veux dire, mamie ? demanda Julia, un peu déroutée. Leur histoire a certainement connu un dénouement heureux ?

— Oh ! Julia, dit Elsie en la regardant avec tendresse. Tu es bien placée pour savoir que la vie nous réserve parfois de terribles épreuves. Nous pouvons espérer connaître des instants de bonheur et apprendre à les savourer pendant qu'il en est encore temps. Au moins, Harry et Olivia ont été heureux ensemble, même si cela a été de courte durée.

Elsie bâilla.

— Excuse-moi, je suis fatiguée à force de parler. Il faut que j'aille me coucher.

— Bien sûr. Tu veux que je te prépare quelque chose à boire ? proposa Julia tandis qu'Elsie se levait avec quelque difficulté du canapé et qu'elle arrêtait l'appareil de chauffage à gaz.

— Oui, c'est gentil à toi. Il y a du cacao dans le placard.

Elsie montra la cuisine, puis elle descendit le petit couloir et entra dans sa chambre.

— Je te l'apporte tout de suite, dit Julia en la suivant hors du salon.

Elle prépara le chocolat chaud et l'apporta dans la chambre à coucher, où Elsie s'était déjà mise au lit, resplendissante sous son couvre-lit en satin rose.

— Merci, ma chérie, dit Elsie tandis que Julia posait la tasse sur la table de nuit. Ce n'est pas tous les jours qu'on m'apporte une boisson chaude au lit avant que je me couche.

Julia se pencha pour embrasser le front d'Elsie.

— Bonne nuit, mamie, et merci de m'avoir raconté cette histoire.

— Eh bien, c'est triste à dire, mais ce n'est que le début. Nous pourrons en reparler demain. Le lit est fait pour toi dans la chambre d'à côté. Dors bien, ma chérie, et ne te fais pas piquer par les punaises de lit.

Julia quitta la chambre d'Elsie et entra dans celle d'à côté. Elle se déshabilla et se mit sous la couette à imprimés floraux. Elle laissa les rideaux ouverts pour regarder les flocons qui continuaient à tomber. Elle aimait ce spectacle, elle aimait le silence et le calme qui en résultaient.

Xavier avait grandi à Moscou, et la neige, pour lui, c'était un peu comme la pluie dans le Norfolk : banal et presque irritant. Il l'avait emmenée une fois là-bas… Julia changea de position et s'obligea à penser à autre chose.

Elle n'était pas encore prête à laisser ses souvenirs remonter à la surface.

*
**

Julia se réveilla en sentant l'odeur du bacon qui grésillait dans la poêle. Elle prit son téléphone portable sur le chevet et y jeta un coup d'œil.

Il était presque dix heures. Elle reposa sa tête sur l'oreiller en laissant échapper un soupir. Elle était étonnée d'avoir dormi si longtemps. *Et* d'avoir dormi toute la nuit sans se réveiller une seule fois.

On frappa à la porte.

— Entre.

Elsie passa la tête dans l'entrebâillement.

— Bonjour. Il y a un bon petit déjeuner qui t'attend. Il sera prêt dans dix minutes. Viens manger dès que tu auras pris une douche et que tu te seras habillée.

Julia se prépara. Elle se sentait encore très fatiguée, bizarrement. Elle entra dans la cuisine, s'installa à table et attaqua son petit déjeuner. Un petit déjeuner qu'elle n'aurait même pas touché il y a quelques semaines encore. Pourtant, cinq minutes plus tard, son assiette était vide, et Elsie lui resservait une portion de bacon.

— Tu as toujours aimé les bons petits déjeuners, ma chérie, n'est-ce pas ? dit-elle en souriant.

— Ça devait être le bon air de Wharton Park. Je me souviens que je passais mon temps à manger quand j'étais là-bas, reconnut Julia.

— Il me semble que tu devrais justement t'y remettre, dit Elsie en montrant les bras maigres de Julia.

— Tu sais, mamie, je me sens déjà beaucoup mieux, tu peux me croire.

Julia regarda dehors et constata que la neige avait déjà commencé à fondre.

— Je crois que je devrais peut-être y aller pendant que le temps le permet, suggéra-t-elle.

— Oui.

Elsie était en train de faire la vaisselle.

— Tu es trop fatiguée pour continuer ton histoire ?

Les mains dans l'eau savonneuse s'immobilisèrent quelques secondes pendant qu'Elsie réfléchissait.

— Oui, je dois reconnaître que ça m'a épuisée. Tu pourrais peut-être venir une autre fois pour que je te raconte la suite ?

— Bien sûr. J'aurais juste une question à te poser, mamie : qu'est-il arrivé au bébé qu'Olivia attendait une fois qu'Harry est parti pour la guerre ?

Les mains dans l'eau savonneuse s'immobilisèrent de nouveau.

— Elle a fait une fausse couche au cinquième mois de grossesse. Elle commençait tout juste à sentir le bébé bouger dans son ventre. Ça lui a vraiment brisé le cœur. Je lui disais toujours de ne pas se surmener. Adrienne s'est complètement effondrée une fois qu'Harry est parti, et Olivia était pratiquement toute seule pour faire tourner le domaine. Je sais que certaines femmes peuvent continuer à ramasser des navets pratiquement jusqu'au moment où le bébé atterrit entre leurs jambes, mais Olivia, malgré sa volonté de paraître forte, n'en était pas moins une dame de la haute société. Ce bébé était tout pour elle, vraiment. C'était l'héritier dont ils avaient besoin pour continuer à transmettre Wharton Park de génération en génération.

— Mais quand Harry est rentré de la guerre, Olivia devait avoir dans les vingt-cinq ans, ce qui lui laissait largement le temps d'avoir un autre bébé ?

Elsie se détourna de l'évier pour regarder sa petite-fille. Elle secoua la tête.

— Désolée, ma chérie, ces questions trouveront une réponse la prochaine fois.

— Bien sûr, dit Julia, se sentant soudain coupable d'avoir voulu en savoir plus.

— J'aimerais garder le journal intime si je peux. Je ne l'ai jamais lu, murmura Elsie.

— Il est à toi plus qu'à n'importe qui d'autre. Tu dois le garder.

— Ce n'est pas tout à fait vrai…

Sa voix se perdit dans un murmure. Et Julia vit qu'elle tentait de se ressaisir.

— Gardons tout cela pour la prochaine fois, d'accord ? Allez, ma fille, tu ferais mieux de prendre la route. Je vais aller chercher ton manteau.

Elsie, debout sur le pas de la porte, regarda Julia descendre l'allée en marche arrière. Elle lui fit de grands signes tandis que la voiture s'engageait sur la route et prenait de la vitesse avant de disparaître. Elsie ferma la porte et alla dans le salon. Le journal intime était sur la table. Elle le prit entre ses deux mains et leva les yeux vers le ciel comme pour prier.

— Oh ! Bill, murmura-t-elle. J'aimerais que tu sois là pour me dire ce que je dois faire. Je ne sais pas ce que je dois lui raconter, vraiment pas.

Elle se laissa tomber dans son fauteuil, le journal sur les genoux. Puis elle ouvrit la première page et se mit à lire.

Sur le chemin du retour, Julia commença à se sentir franchement mal. Alors qu'elle s'approchait de chez elle, elle ressentit des douleurs dans tout le corps et avait très mal à la tête. Dès qu'elle eut garé sa voiture et qu'elle fut arrivée tant bien que mal jusqu'à la porte, elle entra dans la maison et se laissa choir sur le canapé.

Elle sentit bien qu'il faisait un froid de canard dans son cottage et elle se dit qu'elle devrait allumer le chauffage par accumulation et préparer un bon feu. Pourtant, elle n'avait pas assez d'énergie.

Elle parvint tout juste à rassembler ses forces pour monter l'escalier. Pensant qu'une petite sieste lui ferait sans doute du bien, elle trouva du paracétamol dans l'armoire de la salle de bains. Elle fit descendre les comprimés avec un verre d'eau qui traînait sur sa table de nuit, puis elle se coucha.

Cette nuit-là, Julia eut des hallucinations durant son sommeil agité et perturbé par une forte fièvre. Lorsqu'elle se réveilla, elle ne savait plus vraiment où elle était : en France, à Moscou, à Wharton Park dans les serres avec son papy Bill ?...

Les maigres forces qui lui restaient lui permirent tout juste d'aller en titubant jusqu'à la salle de bains et d'avaler un peu d'eau afin d'apaiser sa soif. L'effort l'avait rendue si faible qu'elle dut ramper sur le sol pour rejoindre son lit.

Quelque part dans son esprit, elle se dit qu'elle devrait appeler Alicia ou son père et leur demander de venir l'aider, mais dans ses rêves le téléphone était toujours hors de sa portée. Ou, si elle parvenait à le prendre, il lui tombait des mains pour plonger dans un ravin profond. Et Xavier était là, c'était sûrement lui ! Oui...

— Julia, Julia ! Réveillez-vous !

Elle sentit une main la secouer doucement et ouvrit les yeux. Sa vision était floue, et le visage devant elle semblait flotter devant ses yeux, mais elle était sûre de reconnaître cette voix.

— Julia, qu'est-ce qui ne va pas ? S'il vous plaît, dites-moi quelque chose ! dit la voix d'un ton insistant.

Julia tenta de se concentrer et vit un homme penché au-dessus d'elle. Après un effort immense, elle parvint à articuler le mot « Kit ».

— Dieu merci ! dit-il, soulagé. Au moins, vous me reconnaissez. Julia, avez-vous pris quelque chose ? Dites-moi ce que c'est, c'est très important que vous me le disiez.

Julia ferma les yeux, sentant qu'elle risquait de défaillir de nouveau, et parvint à secouer la tête.

— Non... Rien pris... Me sens mal..., vraiment mal... Chaud.

Une main froide se posa sur son front.

— Mon Dieu, vous êtes brûlante. Depuis quand êtes-vous dans cet état ?

— Hier soir, balbutia Julia. Je me suis sentie mal tout à coup.

— Vous avez mal ?

— Partout... C'est horrible... J'ai la tête qui tourne...

— Bon.

Kit sortit son téléphone de sa poche.

— Je suis pratiquement sûr que c'est la grippe,

mais je vais appeler le docteur pour qu'il confirme le diagnostic.

— Ne vous inquiétez pas..., ça va aller... Je..., commença Julia, puis elle s'arrêta.

Elle se sentait trop faible pour protester davantage.

Une demi-heure plus tard, un médecin plutôt âgé avait fini d'ausculter Julia.

— Eh bien, ma chère, comme Lord Crawford l'a suggéré, vous avez attrapé une mauvaise grippe. Je vais descendre et aller le rassurer, dit le docteur en rangeant le thermomètre dans sa sacoche.

— Il avait l'air plutôt inquiet quand il m'a ouvert la porte.

Kit faisait les cent pas dans le salon comme une mère soucieuse.

— Rien de trop grave, monsieur Crawford. Comme vous le pensiez, il s'agit bien d'une grippe, mais la jeune femme a beaucoup de fièvre. Y a-t-il quelqu'un qui peut venir s'occuper d'elle ? Elle ne peut vraiment pas rester toute seule tant que la fièvre n'a pas baissé.

— Elle a une sœur. Je vais la contacter. Je suppose que c'est le traitement habituel : du paracétamol toutes les quatre heures et, si la fièvre ne baisse toujours pas, recourir aux bonnes vieilles méthodes, appliquer un gant de toilette humide et tiède sur son front ? dit Kit. Et la faire boire le plus possible ?

— Exactement, dit le docteur en le dévisageant. Vous avez une formation médicale, monsieur Crawford ?

— Oui, si on peut dire, reconnut-il. Merci d'être venu si rapidement.

— C'est toujours un plaisir, monsieur Crawford. J'aimais beaucoup la défunte Lady Crawford. C'est triste qu'elle ne soit plus parmi nous, mais c'était peut-être préférable pour elle. Sa vie n'était guère agréable vers la fin.

— Non, en effet, admit Kit, mal à l'aise en pensant qu'il n'avait même pas pris la peine de rentrer pour assister à son enterrement.

— Bon, eh bien, je la laisse en de bonnes mains. Bonne journée à vous, monsieur Crawford.

Lorsque Julia se réveilla pour de bon, elle n'avait aucune idée du temps qui s'était écoulé. Tout ce qu'elle savait, c'est qu'elle se sentait un peu mieux, qu'elle y voyait clair à présent et que ses courbatures s'étaient atténuées. Comme elle avait besoin d'aller aux toilettes, elle repoussa ses couvertures d'une main tremblante et posa les pieds sur le sol. Elle se mit debout et parvint à marcher jusqu'à la porte avant de s'effondrer sur la moquette.

Elle entendit des bruits de pas dans l'escalier et un coup frappé à la porte.

— Julia ? Ça va ?

La porte s'ouvrit et heurta la rotule de Julia qui tenta de bouger la jambe pour que Kit puisse entrer.

— Qu'est-ce que vous faites par terre ? demanda-t-il en posant immédiatement la main sur le front de Julia.

— J'essayais d'aller à la salle de bains, murmura-t-elle, embarrassée.

— Mmm. Bon, au moins, vous n'avez plus l'air d'avoir de la fièvre. Venez, je vais vous aider à vous lever.

Julia n'eut pas d'autre choix que de laisser Kit la mettre debout et la tenir comme une invalide pour l'aider à marcher jusqu'à la salle de bains. Il ouvrit la porte et, comme il s'apprêtait à l'accompagner à l'intérieur, elle dit :

— C'est bon, ça va aller.

— J'attends ici. Comme ça, je pourrai vous aider quand vous sortirez. Et ne fermez pas la porte à clé au cas où vous perdriez connaissance. Sinon, je ne pourrai pas venir vous chercher.

— Oui, merci, marmonna Julia tout en fermant la porte de la salle de bains derrière elle.

Lorsqu'elle réapparut, Kit, qui s'était replié dans la chambre pour ne pas la déranger, vint immédiatement à ses côtés et l'aida à retourner dans son lit.

Une fois qu'elle fut installée sous les couvertures, il s'assit au bord du lit et la regarda, scrutant son visage.

— Dr Crawford en déduit que sa patiente a traversé le plus difficile.

Il sourit, prit un verre sur la table de nuit et l'approcha des lèvres de Julia.

— Buvez ça, s'il vous plaît, madame Forrester. C'est plein de glucose. Comme ça, vous retrouverez des forces.

Julia eut presque un haut-le-cœur en goûtant la boisson trop sucrée.

— Beurk, marmonna-t-elle. C'est dégoûtant.

— C'est meilleur que le Lucozade. C'est ce que le docteur m'a dit en tout cas.

Julia reposa la tête sur son oreiller avec gratitude.

— Quel jour sommes-nous ?

— Jeudi, je crois, puisqu'hier c'était mercredi.

283

Julia laissa échapper un petit cri.

— Vous voulez dire que ça fait trois jours que je suis couchée ?

— Oui, madame Forrester. Vous avez divagué et vous vous êtes débattue dans tous les sens comme une démente. Une nuit, vous avez fait tellement de bruit que j'ai failli vous faire interner.

Julia rougit.

— Mon Dieu, Kit. Je suis vraiment désolée. Vous n'êtes pas resté là pendant tout ce temps ?

— Non, pas tout le temps, répondit-il galamment. Alicia ne pouvait pas rester à cause de ses enfants. J'aurais pu vous mettre dans le petit hôpital du coin avec tous les grabataires, mais j'ai pensé que ça serait vraiment trop cruel.

— Oh ! Kit, gémit Julia. Vous avez joué les infirmières alors que vous aviez tellement de choses à faire !

— En fait, c'était une super excuse pour quitter Wharton Park quelques jours. De plus, j'ai terminé mon premier cycle de médecine à Édimbourg avant d'abandonner. Vous serez rassurée de savoir que vous n'étiez pas entre les mains d'un total amateur.

— Merci...

Julia n'arrivait plus à garder les yeux ouverts. Elle les ferma et s'endormit.

Kit lui sourit, repoussa une mèche de cheveux qui tombait sur son front, sortit sur la pointe des pieds et ferma doucement la porte derrière lui.

25

Le soir, Julia parvint à s'asseoir dans son lit et à boire un peu de soupe dans le bol que Kit lui présentait.

— C'est bon, non ? fit-il remarquer pendant qu'il la faisait manger. C'est Alicia qui l'a apportée tout à l'heure pendant que vous dormiez. Elle a dit qu'elle repasserait vous voir ce soir quand Max sera rentré. Il gardera les enfants le temps qu'elle sera auprès de vous. Elle était très inquiète pour vous. Nous l'étions tous.

— Eh bien, vous pouvez rentrer chez vous à présent, vraiment, répondit Julia d'un ton coupable. Je me sens beaucoup mieux.

— Quoi ? Et passer à côté de la première conversation sensée que je peux avoir après quatre jours de propos inintelligibles ? Non, dit-il en secouant la tête. J'ai bien peur que vous m'ayez sur le dos jusqu'à ce que vous soyez complètement rétablie.

Quelqu'un frappa à la porte d'entrée.

— C'est sans doute Alicia, dit Kit. Vous êtes prête à la recevoir ? demanda-t-il.

— Oui ! Je vous ai dit que je me sentais mieux.

— Parfait.

Kit se dirigea vers la porte qu'il atteignit en deux grandes enjambées.

— On dirait que nous sommes passés à la phase « ronchon » de votre maladie, dit-il en haussant les sourcils. Je vais chercher votre sœur.

Alicia apparut à la porte de la chambre, quelques

285

secondes plus tard, les traits de son beau visage crispés par l'inquiétude.

— Julia, Dieu merci, tu vas mieux. Nous nous sommes tous fait beaucoup de souci pour toi.

Elle s'approcha du lit, se pencha et serra sa sœur dans ses bras.

— Comment te sens-tu ?

— Mieux, répondit Julia en hochant la tête. Vraiment mieux.

Alicia s'assit sur le bord du lit et prit la main de Julia dans la sienne.

— Je suis tellement contente. Tu as été très malade, ma pauvre. Et je suppose que ton système immunitaire s'est affaibli à la suite de… ce qui s'est passé.

— Probablement, admit Julia qui n'avait pas envie de gaspiller une précieuse énergie en se disputant avec sa sœur. Merci pour la soupe. C'est très gentil à toi de m'en avoir apporté.

Alicia haussa les sourcils.

— Mon Dieu, c'est rien. C'est surtout Kit qu'il faut remercier. Il a été extraordinaire. Quand il a compris que je ne pourrais pas venir à cause des enfants, il a proposé de rester ici avec toi. Je n'ai vraiment pas fait grand-chose à côté de lui.

— Je suis vraiment désolée de vous avoir causé autant de problèmes, dit Julia en soupirant. On dirait que c'est ce qui me caractérise en ce moment.

— Allez, Julia, ne dis pas de bêtises, s'il te plaît, la réprimanda Alicia. Personne ne fait exprès de tomber malade. Nous t'aimons tous et nous voulons nous occuper de toi. Et quand tu iras mieux, j'espère que tu pourras me raconter ce que mamie a dit à propos du journal intime.

Julia hocha la tête. Elle avait l'impression que cela faisait une éternité qu'elle était allée à Southwold et qu'Elsie lui avait fait revivre le Wharton Park qu'elle avait connu en 1939.

— Bien sûr que je vais te raconter. C'était vraiment fascinant.

— Je suis impatiente d'écouter toute l'histoire. Qu'est-ce que je peux t'apporter demain ? Qu'est-ce que tu aurais envie de manger ? demanda Alicia.

— Pas grand-chose, répondit Julia en secouant la tête. J'arrive tout juste à avaler un peu de ta soupe. Peut-être que je pourrai manger un peu de pain dans quelque temps.

— Je te ferai du pain frais, dit Alicia. Kit a besoin de manger, lui aussi. Je passerai vous déposer tout ça demain.

Elle se pencha et embrassa Julia.

— Je suis contente de voir que tu vas mieux, ma chérie. Continue comme ça.

— J'essaierai, dit Julia en faisant un petit signe à Alicia qui quittait la pièce.

Alicia descendit au rez-de-chaussée et trouva Kit en train de faire un feu.

— Elle va beaucoup mieux, on dirait. Dieu merci ! Mais c'est surtout grâce à vous. C'est vraiment chic de votre part, Kit, ajouta-t-elle avec gratitude.

— Pas de problème. Que diriez-vous d'un petit verre de vin avant de partir ? Une conversation cohérente me ferait le plus grand bien, dit-il en souriant.

Alicia regarda l'heure sur sa montre.

— Allons-y pour un verre. Je devrais rentrer, mais je suis sûre que Max s'en sortira jusqu'à mon retour.

— Super, dit Kit en se levant tandis que le feu commençait à prendre. Je vais chercher deux verres.

Alicia s'assit dans le fauteuil à côté de la cheminée. Kit rapporta une bouteille de vin qu'il ouvrit, puis il lui tendit un verre.

— À la vôtre, dit-il en levant son verre. Et à la guérison de Julia.

— Absolument ! Pauvre Julia, elle n'a pas été épargnée, ces derniers temps, c'est le moins que l'on puisse dire.

— Oui, c'est ce que j'ai cru comprendre. Puis-je vous demander ce qui s'est passé exactement ?

Alicia but une gorgée de vin.

— Le mari de Julia et son fils ont été tués dans un accident de voiture dans le sud de la France, l'été dernier. Le pire, ajouta-t-elle en frémissant, c'est que la voiture a quitté la route, a explosé sur le flanc de la colline et a déclenché un incendie. Leurs restes n'ont pas pu être formellement identifiés. Ce qui signifie qu'elle n'a pas pu faire son travail de deuil. Pas de corps, pas de funérailles.

— Mon Dieu, murmura Kit. La pauvre Julia. Quel âge avait son fils ?

— Presque trois ans. Il s'appelait Gabriel. Et c'était…

Les mots restèrent coincés dans la gorge d'Alicia dont les yeux se remplirent de larmes.

— … un ange.

Elle but une autre gorgée de vin.

— Perdre son mari, c'est affreux, mais perdre un enfant en même temps... Je me demande comment Julia a fait pour faire face... En fait, elle n'est pas vraiment sortie d'affaire, mais... personne n'a su comment la soulager. Elle s'est enfermée dans son chagrin. Je me suis sentie... tellement inutile. Je ne sais ni que dire ni que faire, et, quand j'essaie d'entreprendre quelque chose, ça me paraît après coup complètement inadéquat. Désolée.

Alicia sécha rapidement ses larmes.

— Ce n'est pas moi qui devrais pleurer. C'est la tragédie de Julia. Je l'aime tellement et pourtant je ne sais pas comment l'aider ou la réconforter.

— À vrai dire, vous ne pouvez rien faire, dit Kit en remplissant le verre d'Alicia. Tout le monde autour d'elle veut faire quelque chose, mais, en fait, nous sommes impuissants. L'aide que vous lui proposez, parce que vous l'aimez, la fait encore plus culpabiliser de ne pas pouvoir réagir, ce qui lui met encore un peu plus de pression pour se « remettre ». Ce qui lui est bien sûr impossible et c'est pourquoi elle se replie encore plus sur elle-même.

Le regard de Kit se perdit dans les flammes, et il soupira.

— Croyez-moi, Alicia. Il faut naturellement que vous soyez là pour elle, mais la seule à pouvoir aider Julia, c'est Julia elle-même.

— On dirait que vous êtes passé par là.

— En effet, reconnut Kit sans s'étendre davantage. Et il faut que vous lui laissiez un peu de temps. Personnellement, d'après le peu que j'ai vu, je dirais qu'elle va s'en sortir. Julia est une rescapée, Alicia.

Elle va surmonter cette épreuve, je sais qu'elle va y arriver.

— Le problème, c'est que Julia vénérait Xavier, son mari, dit Alicia en soupirant. Je n'ai jamais vu une femme adorer à ce point un homme. En fait, je le trouvais pour ma part suffisant et arrogant, confia-t-elle. C'était un pianiste, lui aussi, mais vraiment capricieux, et Julia se pliait volontiers à ses exigences. Pourtant, il était loin d'être aussi talentueux qu'elle. Mais les goûts et les couleurs ne se discutent pas.

— Non, et il semblait rendre Julia heureuse.

— En effet, admit Alicia. Et j'étais heureuse qu'elle ait pu finalement s'ouvrir à quelqu'un et tomber amoureuse. J'ai toujours eu peur qu'elle n'y parvienne pas après la mort de notre mère. Julia a changé alors. Elle a beaucoup changé, Kit. Elle s'est repliée sur elle-même. Elle s'est éloignée de moi, de papa, de tout, à part de son piano adoré. Cette fois, elle rejette même son piano.

— Vous lui avez demandé pourquoi ?

— Je crois savoir, répondit Alicia d'un air sombre. Elle avait donné un récital à Paris, ce soir-là. Elle venait de jouer le *Concerto n° 2* de Rachmaninov lorsqu'elle a reçu l'appel lui annonçant leur mort.

Alicia haussa les épaules.

— Je suppose que le piano est désormais associé à sa douleur.

— Et à la culpabilité, bien sûr, ajouta Kit. Elle pense probablement qu'elle aurait dû être avec eux quand ils sont morts.

— Je suis sûre que vous avez raison. Julia détestait laisser Gabriel quand elle avait un concert. Elle était comme beaucoup de ces mères qui ont une activité professionnelle : déchirée entre son enfant et sa carrière.

— Pourquoi est-elle retournée dans le Norfolk après ? demanda Kit.

— J'ai pris un vol pour Paris, le lendemain. Quand je suis arrivée, je ne savais pas quoi faire. Je ne pouvais pas la laisser seule en France, mais je ne pouvais pas non plus rester avec elle à cause des enfants. Julia étant encore trop choquée pour prendre une décision rationnelle, je l'ai ramenée chez moi. Elle a ensuite insisté pour venir s'installer ici, bien que je l'aie suppliée de rester avec nous.

— Elle avait besoin de solitude. Je le comprends. Les gens ne réagissent pas tous de la même façon face à la tragédie. Et aucune façon n'est mauvaise, ajouta Kit. J'ai perdu quelqu'un… une fois, et ma vie ensuite n'était pas vraiment belle à voir. Que disait John Lennon déjà ?

Kit regarda le plafond pour trouver de l'inspiration.

— Ah oui… « *La vie passe pendant qu'on est occupé à autre chose.* » Je n'ai jamais entendu quelque chose d'aussi vrai. Aucun d'entre nous ne contrôle réellement sa vie, même s'il nous faut du temps pour nous en rendre compte, et c'est alors souvent dans la douleur. Mais, plus tôt on le réalise, plus vite on pourra essayer de profiter de chaque jour comme il vient et tirer le meilleur parti de la vie.

— Vous parlez comme un sage, dit Alicia d'un ton admiratif. Personnellement, je suis terrifiée à l'idée que les choses puissent m'échapper. D'ailleurs, je ferais mieux d'y aller avant que la situation n'échappe totalement à Max, dit-elle en se levant.

— Les enfants se transforment en véritables sauvages quand ils sont seuls avec lui.

Kit se leva aussi.

— Je vous remercie de m'avoir raconté ce qui est arrivé à ma patiente. Je ferai de mon mieux pour l'aider à guérir physiquement, mais le reste dépend d'elle.

— Je sais, dit Alicia en se dirigeant vers la porte. Merci, Kit, pour votre aide.

— Tout le plaisir a été pour moi, croyez-moi.

Une heure plus tard, Julia, après s'être lavée dans la salle de bains et avoir constaté qu'elle était un peu moins faible, s'attaqua avec précaution à la descente de l'escalier.

Kit était assis dans le fauteuil près de la cheminée et lisait un livre devant une belle flambée. Il avait fermé les rideaux pour protéger la pièce de la fraîcheur du soir, et le salon semblait beaucoup plus accueillant et douillet que d'habitude.

— Coucou, dit-elle pour éviter de le faire sursauter.

Il se retourna et se leva immédiatement.

— Julia, que faites-vous là ? Vous devriez être dans votre lit ! Vous allez attraper la mort.

Il voulut l'aider à remonter les marches, mais elle secoua la tête.

— Comment pourrais-je attraper la mort ? Il fait une chaleur incroyable ici. De plus, je m'ennuie en haut. J'avais besoin d'un changement de décor.

Elle se sentait dans la peau d'un enfant désobéissant, tandis qu'elle attendait que Kit lui donne la permission de rester.

— D'accord, mais pas longtemps.

Il passa la main sous son coude et la conduisit vers le canapé.

— Bon, vous vous allongez ici et je vais vite vous chercher des couvertures en haut.

— Vraiment, Kit, il fait chaud ici. Et j'en ai assez de bouillir sous la couette, dit-elle en soupirant.

Elle se cala contre les coussins qu'il avait posés pour qu'elle puisse appuyer sa tête.

— Vous avez un petit creux ou soif peut-être ? demanda-t-il. Je peux vous apporter quelque chose ?

— Non, vraiment, asseyez-vous, s'il vous plaît. Je vais bien et je n'ai besoin de rien, répéta-t-elle.

— Vous êtes en train de me demander de vous ficher la paix, c'est ça ? dit Kit en se rasseyant dans le fauteuil à côté de la cheminée. Désolé.

— Oh ! Kit, s'il vous plaît, ne vous excusez pas. Vous avez été merveilleux et je vous suis très reconnaissante. Je me sens juste coupable, c'est tout. Et je suis désolée, si j'ai été « ronchon ». Ce n'était pas mon intention ! ajouta-t-elle en souriant.

— J'accepte vos excuses. Personnellement, je préfère vous entendre ronchonner que divaguer, donc, tout va très bien pour moi.

— Comme vous pouvez le constater, je vais mieux. Plus rien ne vous empêche de partir demain, docteur Crawford.

— Oui, je n'ai plus vraiment le choix d'ailleurs. Les papiers commencent à s'entasser à Wharton Park, si je puis dire. Mais puisque vous avez retrouvé vos esprits, racontez-moi donc ce que votre grand-mère avait à dire à propos du journal de Changi.

— Oui…

Julia repensa au récit de sa grand-mère. Sa visite chez elle ne remontait qu'à quelques jours, mais ça lui semblait une éternité déjà.

— Je ne sais pas ce que vous savez sur les Crawford de Wharton Park...

— J'en sais un peu plus depuis quelque temps. Et n'oubliez pas que mon arrière-grand-père, Charles, était le frère cadet de Lord Christopher Crawford. Alors, il a lui aussi grandi à Wharton Park. Malheureusement, il a été tué dans une tranchée en 1918, laissant sa femme, Leonora, avec deux jeunes bébés, dont l'un était mon grand-père, Hugo.

— C'était sans doute avant l'époque d'Elsie, mais c'est vraiment fascinant. J'ai certes beaucoup entendu parler de Lord Christopher...

— Mon homonyme, ajouta Kit. Désolé, je vais essayer de ne plus vous interrompre. Allez-y, je vous en prie.

Il se cala dans son fauteuil pour l'écouter. Julia se mit à raconter et tenta de faire revivre le plus précisément possible le monde qu'Elsie lui avait si bien décrit. Kit resta silencieux jusqu'à ce que Julia ait atteint la fin de son récit.

— Quelle histoire ! murmura-t-il. Bien sûr, Penelope, la jeune fille pour qui Adrienne avait organisé le bal à Wharton Park, était ma grand-tante, la sœur de mon grand-père, Hugo, qui est mort lui aussi pendant la Seconde Guerre mondiale. Sa femme, Christiana, a donné naissance à mon père Charles en 1934. Il est devenu l'héritier de Wharton Park à la mort d'Harry Crawford, juste avant ma naissance. J'ignore pour quelle raison, nous ne nous sommes pas installés dans la maison, mais je crois que mon père détestait cet endroit et qu'il n'avait certainement pas les moyens de le restaurer. De plus, ma tante Crawford était toujours en vie, et c'était elle la vraie châtelaine. Merci de m'avoir raconté tout ça, Julia. C'est intéressant de reconstituer l'histoire familiale.

— En effet, et à vrai dire, d'après ce qu'Elsie m'a raconté jusqu'à présent, cette histoire concerne plus les Crawford, donc vous, que ma famille.

— Eh bien, je suis sûr qu'il doit y avoir un lien quelque part, dit Kit. Même si je ne le vois pas bien pour le moment. Peut-être est-ce parce qu'Harry et Bill ont été dans le même bataillon pendant la guerre ? Oui, dit-il en hochant la tête. Je parie que c'est ça. Il y a sans doute un vilain secret concernant les Crawford caché dans le journal intime de Bill.

— Peut-être, dit Julia. Mais je préfère ne pas avancer d'hypothèses tant que je n'ai pas entendu toute l'histoire. Quand je pense que ma grand-mère était au service de votre famille et que mon grand-père travaillait encore pour elle quand j'étais petite… Ça me paraît incroyable avec le recul. Vous vous rendez compte de ce qui a changé en l'espace de deux générations !

— Vous voulez dire que la petite-fille d'un simple jardinier peut atteindre un degré de gloire et de richesse dont Elsie n'aurait même pas osé rêver ? la taquina Kit.

— En quelque sorte, oui, dit Julia en rougissant de nouveau. Ce qui m'a surtout frappée, en fait, c'est que Wharton Park semble appartenir à une époque complètement différente, même si l'histoire qu'Elsie m'a racontée ne remonte qu'à soixante-dix ans.

— C'est certainement ce que je ressentais quand je venais ici l'été. Et, bien sûr, Olivia, avec qui je n'avais aucun lien de parenté en réalité, mais que nous avons toujours appelée notre « tante », n'a jamais quitté la maison. Elle y est restée jusqu'à sa mort, et je suis sûr que sa présence a maintenu Wharton Park dans un cocon, une réminiscence du vieux monde.

— Mon Dieu ! s'exclama Julia. Je viens de réaliser...

— Quoi ?

— Que cette vieille femme effrayante avec ses yeux bleus glacials qui m'avait ordonné d'arrêter de jouer du piano la première fois que je vous ai vu était Olivia Crawford.

— Oui, confirma Kit en haussant les sourcils. Et elle n'était vraiment pas marrante, la pauvre. Dieu sait ce qui a bien pu lui arriver, mais c'était sûrement horrible pour que la jeune fille adorable que vous décrivez ait pu se transformer en vieille bique.

— Vous ne mâchez pas vos mots, Kit, dit Julia en riant. Avouez que ça doit être affreux de découvrir son mari en train d'embrasser un autre homme, compatit Julia.

— Mais, d'après ce que vous avez dit, Harry et Olivia sont parvenus à régler leurs problèmes avant qu'il ne parte pour la guerre.

— Oui, il semble qu'ils se soient réconciliés.

Kit vit Julia bâiller.

— Bon, il est temps que vous alliez au lit, jeune

femme. Je ne veux pas que vous vous fatiguiez. Venez, je vais vous aider à monter l'escalier.

Il se leva et s'approcha d'elle. Julia fut heureuse de pouvoir s'appuyer sur son bras. Tandis qu'il l'aidait à s'allonger sous les draps, elle lui sourit.

— Dommage que vous n'ayez pas poursuivi votre carrière médicale. Vous êtes vraiment doué pour prendre soin de vos patients.

— La vie avait sans doute d'autres projets pour moi.

Il haussa les épaules et tendit à Julia son paracétamol et un verre d'eau.

— Buvez.

— Pourquoi êtes-vous resté si longtemps à l'étranger ? demanda-t-elle soudain en lui redonnant le verre vide.

— C'est une longue histoire, se contenta de répondre Kit. Il est temps de dormir maintenant.

— D'accord.

Julia se blottit sous les couvertures et le regarda se diriger vers la porte. Il s'arrêta juste devant et resta quelques secondes immobiles.

— Je comprends, vous savez.

— Vous comprenez quoi ?

— Un peu de votre douleur. Bonne nuit, Julia.

— Bonne nuit, Kit.

26

Le lendemain, Julia prit un bain et s'habilla. Allongée sur son lit, épuisée par l'effort qu'elle avait dû fournir pour enfiler son jean et son pull, elle regarda par la fenêtre et réalisa que le printemps était arrivé pendant qu'elle était malade. Elle entendit les oiseaux chanter dehors et sentit une petite fraîcheur indiquant que la nature revenait à la vie.

Elle vit là une métaphore de sa propre existence, car, même si elle était affaiblie physiquement, il ne faisait aucun doute qu'elle se sentait beaucoup plus forte mentalement. Ce n'était pas parce qu'elle ne pensait plus à eux chaque seconde de la journée qu'elle les aimait moins ou qu'ils lui manquaient moins pour autant. Mais, tout comme l'apparition du printemps, c'était la façon qu'avait la nature de l'aider à guérir et à revivre.

Elle entendit Kit monter l'escalier et fermer la porte de la salle de bains derrière lui. Il dormait sur l'un des lits superposés étroits destinés aux enfants et non à des adultes de plus d'un mètre quatre-vingts. Elle sourit en pensant à sa gentillesse. C'était un bon Samaritain qui l'avait aidée dans l'adversité. Et elle réalisa à quel point elle avait apprécié qu'on s'occupe d'elle.

Même si Julia ne doutait pas une seconde que Xavier l'avait aimée, c'était *elle* qui s'occupait de lui et de tout dans leur relation. Il était beaucoup trop absorbé par sa musique pour penser aux besoins domestiques et concrets de Julia. Et, comme l'enfant adorable qu'il était, il avait constamment besoin qu'elle le rassure et qu'elle le complimente.

Julia tenta de chasser le sentiment de culpabilité qui lui imposait de voir son mari comme elle l'avait vu au cours des huit derniers mois : comme un homme parfait.

Elle entendit qu'on frappait doucement à la porte de sa chambre.

— Entrez, dit-elle.

La tête de Kit, avec sa masse de cheveux bouclés, apparut. Il sourit lorsqu'il vit qu'elle était habillée.

— Je pense qu'il est inutile de vous demander si vous allez mieux. Ce serait vraiment redondant.

— Et je suis sûre que vous serez soulagé, s'empressa de répondre Julia.

Elle montra la fenêtre.

— J'étais en train de me dire que j'aimerais bien aller me promener pour respirer un peu l'air frais. Ça fait presque une semaine que je suis cloîtrée dans cette maison... Oh mon Dieu ! dit-elle, venant de réaliser quelque chose. C'est vendredi, aujourd'hui ?

La dernière fois que j'ai regardé, oui.

— Oh non ! s'écria-t-elle en se laissant retomber sur ses oreillers. J'étais censée retrouver mon agent au Claridge's pour déjeuner avec lui, hier. Personne ne fait faux bond à Olav Stein. Il faut que je l'appelle immédiatement pour lui expliquer.

— Non, ce n'est pas la peine, il est déjà au courant, répondit calmement Kit.

Julia le regarda, perplexe.

— Comment ? demanda-t-elle.

— Avec la permission de votre sœur, j'ai écouté votre boîte vocale. Cet Olav vous a laissé un message mercredi pour s'assurer que vous viendriez bien au rendez-vous. Je l'ai rappelé et je lui ai dit que vous étiez à l'article de la mort. Il s'est montré très compréhensif. Il vous souhaite un prompt rétablissement et vous demande de le rappeler dès que vous aurez rejoint le monde des vivants. Oh ! et il y avait d'autres messages aussi.

— Vous me raconterez plus tard.

Julia n'était pas certaine de pouvoir supporter d'autres nouvelles du monde extérieur.

— Mais merci, Kit, je vous sais vraiment gré de ce que vous avez fait.

— Je dois vous avouer que j'étais très gêné d'écouter des messages qui vous étaient destinés, mais, vu les circonstances, je n'avais pas vraiment le choix.

Il haussa les épaules.

— Bon, je vais aller préparer un petit déjeuner pour nous deux, puis je propose que nous fassions une promenade jusqu'au port pour que vous profitiez de l'air frais et que vous puissiez tester votre pied marin. Je vous retrouve en bas dans quelques minutes.

Après un petit déjeuner composé de porridge agrémenté de crème fraîche et de sucre roux, Kit et Julia marchèrent doucement jusqu'au port, puis se dirigèrent vers la langue de terre qui s'étendait derrière. Julia se souvint sombrement de la dernière fois qu'elle était venue marcher ici et du désespoir qu'elle avait ressenti. À présent, grâce à la compagnie de Kit et du temps ensoleillé et printanier, le monde semblait beaucoup plus gai.

— Je vais bientôt devoir partir, dit Kit en soupirant. Il faut entre autres que je voie le notaire. Il y a un problème pour la vente de Wharton Park. L'acheteur essaie d'obtenir encore un meilleur prix que celui que je lui ai déjà proposé.

— Mon Dieu, je suis désolée, dit Julia. J'espère que vous trouverez une solution.

— J'en suis certain. Bizarre, n'est-ce pas ? La vie nous réserve parfois bien des surprises. Je n'aurais jamais cru que je devrais m'occuper un jour de la vente de Wharton Park, dit-il tandis qu'ils rebroussaient chemin.

— Vous deviez bien savoir que vous en hériteriez un jour, non ?

— Oui, mais ça me paraissait vraiment loin et c'est une responsabilité que je préférais oublier. D'autant plus que le domaine me revient par défaut, puisque les Crawford de Wharton Park n'ont pas réussi à donner un héritier à leur propriété.

— J'ai vraiment le sentiment que vous êtes impatient de vous en débarrasser.

— Non, c'est faux. Je…

Le téléphone portable de Kit sonna dans sa poche.

— Excusez-moi, Julia. Allo ? Oh ! salut, Annie. Tout va bien ?

Julia, ne voulant pas être indiscrète, avança plus vite pendant que Kit parlait. Il la rattrapa devant la porte de son cottage.

— Désolé. Je crois que je vais devoir y aller, dit-il tandis qu'elle ouvrait la porte.

Ils entrèrent.

— Vous êtes sûre que ça va aller, ici, toute seule.

— Bien sûr. Je suis restée sept mois toute seule ici, et il ne m'est rien arrivé. Tout va bien, vraiment.

— Je peux aller vous chercher quelque chose à manger ? demanda-t-il.

— Je me sens capable de marcher jusqu'à la cuisine et d'aller me chercher un sandwich, dit-elle pour le taquiner. Maintenant, filez.

— D'accord. Vous avez mon numéro de portable, mon numéro de fixe, et Alicia a dit qu'elle passerait plus tard pour voir comment vous allez.

— Très bien, dit Julia en levant les yeux au ciel et en se laissant tomber sur le canapé.

— Alicia essaie juste de vous aider. Elle vous aime.

— Je sais, dit Julia, consciente que Kit avait raison de la réprimander. Elle me donne juste l'impression que je suis complètement inutile. Elle est tellement organisée.

— C'est sa façon d'appréhender la vie. Nous en avons tous une, vous savez, même vous, dit Kit en lui souriant.

Puis il déposa un baiser sur sa tête.

— Donnez-moi de vos nouvelles, d'accord ? Dites-moi comment vous allez.

— Oui, dit-elle, se sentant soudain vulnérable et au bord des larmes.

Elle se leva, puis, ne sachant que faire, elle haussa les épaules et dit :

— Merci, merci pour tout.

— De rien. À bientôt, dit-il en ouvrant la porte.

Julia hocha la tête.

— Oui. À bientôt.

Elle regarda la porte se refermer derrière lui.

Après le départ de Kit, Julia monta dans sa chambre pour faire une sieste, mais elle eut du mal à se calmer. Elle essaya de lire un livre qui traînait sur sa table de nuit depuis une éternité, mais elle fut incapable de se concentrer sur l'histoire. Elle dut finir par s'endormir, car, quand elle se réveilla, il était presque six heures.

Elle avait faim et, comme Kit n'était pas là pour lui préparer à dîner, elle descendit pour le faire elle-même. La journée de printemps avait disparu comme un souvenir, et la soirée était plutôt fraîche. Elle fit un feu en suivant scrupuleusement la technique de Kit, mais il refusa de s'allumer avec le même entrain.

Après un repas composé de pain de mie et de fromage, Julia dut bien reconnaître qu'elle s'ennuyait et que la soirée lui paraissait interminable. Elle décida d'acheter un téléviseur. Elle devait absolument compenser le silence pesant qui était tombé sur le cottage depuis que Kit était parti.

Plus tard, elle parvint à se traîner jusqu'à son lit. Quand elle entendit la cloche de l'église sonner les douze coups de minuit, Julia reconnut qu'il lui manquait.

Le lendemain matin, Julia s'assit sur le banc devant son cottage et profita de l'air chaud et printanier tout en réfléchissant à son avenir. Ce fut une véritable révélation pour elle de se rendre compte qu'elle envisageait à présent le futur. Elle ne savait pas en revanche ce qu'il lui réservait.

Elle n'avait qu'une certitude : elle ne voulait plus

rester dans ce cottage. Depuis le départ de Kit, chaque heure qui passait lui semblait interminable. Elle savait qu'elle avait trop de temps pour penser. Et, même si elle l'admettait à contrecœur, elle était certainement émotionnellement vulnérable. Elle était certaine que, si Kit lui manquait aujourd'hui, c'est parce qu'il s'était montré gentil avec elle pendant qu'elle était malade.

Au moins, les sentiments provoqués par son départ lui avaient-ils donné l'élan dont elle avait besoin pour prendre enfin des décisions. Frustrée par son manque d'inspiration, elle frappa la paume de sa main contre le banc en bois. Deux canards qui se trouvaient à proximité ébouriffèrent leurs plumes et tournèrent casaque, outrés.

— Ça suffit, marmonna-t-elle.

Elle prendrait des dispositions pour rentrer en France dès que possible. Des souvenirs difficiles l'y attendaient, mais au moins, c'était sa maison. Et c'était loin d'ici.

Son téléphone portable sonna, et elle décrocha, ravie d'avoir un peu de distraction.

— Allo ? dit-elle.

— Bonjour, Julia. C'est Kit.

— Bonjour, répondit-elle, sentant le sang affluer vers ses joues.

— J'appelais juste pour savoir comment se portait ma patiente.

— Mieux, vraiment mieux, merci.

— Très bien. Alors, vous pensez que vous pourrez vous traîner jusqu'à Wharton Park pour dîner avec moi ce soir ?

— Oui, je pense, répondit Julia en souriant.

— Vers huit heures ?

— D'accord. Vous voulez que j'apporte quelque chose ?

— Juste vous, ça sera parfait.

Julia se sentit rougir un peu plus.

— À tout à l'heure.

— Je suis impatient. Au revoir, Julia.

— Au revoir.

Julia reposa son portable et regarda dans le vide, horrifiée de se sentir soudain si heureuse. Il était sûrement impossible qu'elle puisse... s'intéresser à un autre homme ? Seulement quelques mois après la mort de son mari.

Bien sûr que ça l'était.

Julia se leva dans l'espoir qu'un peu de mouvement ferait disparaître ces pensées de son esprit, tout comme le fourmillement le long de sa colonne vertébrale quand elle avait entendu sa voix, et calmerait son impatience à l'idée de le revoir le soir même...

Peine perdue. Elle entra d'un pas nonchalant, se sentant coupable et perturbée, mais ressentant malgré elle une émotion qu'elle reconnut vaguement et qui ressemblait à s'y méprendre à de l'espoir.

Après le déjeuner, elle se rendit à Holt et s'acheta un chemisier en soie, un jean, deux pulls doux en cachemire et une paire de bottes. Elle porterait le chemisier et le jean ce soir, pensa-t-elle tandis qu'elle descendait la rue principale pour ranger ses sacs dans la voiture, puis elle se maudit d'avoir pensé à sa tenue.

Ce n'était quand même pas un rendez-vous

galant... De plus, le jean et le haut léger qu'elle portait lorsqu'Alicia l'avait ramenée en Angleterre, plus les quelques habits qu'elle lui avait empruntés depuis, ne constituaient pas une garde-robe bien garnie.

Juste au moment où elle arrivait sur le parking, elle entendit quelqu'un appeler son nom. Elle se retourna et vit Alicia qui lui faisait signe.

— Salut, Julia.

Alicia la rattrapa et sourit.

— Tu viens de m'éviter un trajet pour rien. J'allais justement passer te voir.

Elle regarda ses sacs.

— Tu es allée faire du shopping ?

— Oui, reconnut Julia.

— Tu te sens mieux alors.

— Oui, beaucoup mieux, merci.

— Très bien, dit Alicia en hochant la tête. Très bien, répéta-t-elle. En fait, Julia, puisque tu vas mieux, je me demandais si tu voulais venir dîner avec nous ce soir. Nous avons invité quelques amis. Ce serait peut-être bien pour toi de rencontrer des gens du coin, dit-elle pour l'encourager.

— Je ne peux pas, mais merci pour l'invitation.

Alicia regarda sa sœur d'un air suspicieux.

— Tu ne peux pas ou tu ne veux pas ?

— Je ne peux pas.

Julia n'avait pas vraiment envie d'en dire davantage.

— Pourquoi ? insista Alicia.

Julia laissa échapper un soupir de frustration.

— Parce que j'ai déjà accepté une autre invitation, voilà pourquoi.

— Vraiment ?

Alicia ne put cacher sa surprise. D'après ce qu'elle savait, Julia ne connaissait personne et n'était jamais sortie depuis qu'elle était arrivée ici.

— Chez qui ?

— Franchement, Alicia ! s'énerva Julia, incapable de contenir plus longtemps son irritation. Kit m'a invitée à dîner à Wharton Park, ça te va ?

— D'accord, d'accord, désolée. Je…

Elle sourit et montra le sac.

— Tu as l'intention de porter quelque chose de nouveau ?

— Probablement.

Julia se mit à prier pour que ses joues ne rougissent pas.

— Écoute, Alicia. Il faut vraiment que j'y aille. J'aimerais m'acheter une télé avant que le magasin ne ferme à cinq heures. Je t'appellerai.

— Promis ? demanda Alicia à Julia qui avait déjà tourné le dos et se dirigeait à toute vitesse vers sa voiture.

— Oui, salut.

— Passe une bonne soirée ! cria-t-elle avant que Julia ne disparaisse.

Alicia ne put s'empêcher de sourire en repensant à la révélation que lui avait faite sa sœur, puis elle alla au pressing pour récupérer les chemises de Max.

27

Julia arrêta sa voiture devant les marches en pierre croulantes qui menaient à l'entrée principale de Wharton Park. La maison était plongée dans l'obscurité, et la magnifique porte d'entrée en chêne était fermée, ce qui donnait à la demeure une allure un peu sinistre. Elle réalisa qu'elle n'avait pas demandé à Kit quelle entrée elle devait utiliser. À l'évidence, ça n'était pas celle-ci. Julia sortit de sa voiture, une bouteille de vin à la main, elle verrouilla les portières, puis fit le tour de la maison pour rejoindre l'entrée des domestiques qui lui était plus familière.

Tout en marchant, elle sentit l'adrénaline irriguer ses veines. Elle n'arrivait pas à comprendre pourquoi elle se sentait soudain si nerveuse. Ce n'était qu'un dîner décontracté avec un ami, après tout. Un homme dont elle ne savait presque rien, qui aurait tout aussi bien pu être marié et père. Kit ne lui avait jamais rien dit à ce propos, et elle n'avait pas demandé.

Julia arriva devant la porte des domestiques et constata avec soulagement qu'il semblait y avoir de la lumière derrière. Elle prit une profonde inspiration et frappa.

Quelques secondes plus tard, Kit apparut et déverrouilla la porte.

— Bonsoir, Julia, dit-il en l'embrassant sur les deux joues. Entrez.

— Merci.

Julia le suivit dans l'arrière-cuisine, puis dans la cuisine.

— J'ai apporté du vin.

Elle montra la bouteille qu'elle posa sur la table en pin à laquelle elle s'était assise une fois quand elle était petite.

— Merci, dit Kit en la fixant. Ah ! vous avez meilleure mine ! Et la couleur que vous portez vous va très bien, dit-il d'un ton admiratif en montrant son chemisier. On dirait que les soins du Dr Crawford ont fait des miracles. Vous voulez du blanc ou du rouge ? demanda-t-il en s'approchant de la porte de l'office.

— Peu importe, répondit Julia qui aurait aimé que sa langue se délie un peu et que le reste de son corps se détende.

Elle regarda Kit qui se dirigeait vers le frigo. Il était vêtu d'un jean qui mettait en valeur ses longues jambes et d'une chemise rose fraîchement repassée.

— Nous commencerons avec du blanc alors.

Il prit une bouteille rangée dans la porte du Frigidaire et revint dans la cuisine pour l'ouvrir.

— Nous allons nous laisser surprendre, car je n'ai aucune idée du goût qu'il peut avoir. La cave est pleine de vins français dont quelques-uns datent de plusieurs décennies. Certains ont mieux vieilli que d'autres, naturellement. Ce sera sans doute du nectar ou du vinaigre.

Il déboucha la bouteille et sentit le vin.

— Ni l'un ni l'autre en fait, mais tout à fait buvable, en tout cas.

— Vous devriez peut-être faire venir un expert pour qu'il regarde. Il y a sûrement quelques bouteilles de valeur dans cette cave. Xavier, mon… mari, a un jour acheté une bouteille pour deux mille euros à une vente aux enchères.

— Et le goût était-il à la hauteur du prix quand vous l'avez bue ? demanda Kit en lui tendant un verre.

— Le vin était bon, mais pas exceptionnel. J'ai toujours dit qu'il devait être ivre quand il a acheté cette bouteille, dit Julia en souriant.

— Tout ça est exagéré, à mon avis, dit Kit en buvant une gorgée de vin pour tester. C'est un peu comme le caviar et les truffes. Traitez-moi de béotien si vous voulez, mais je ne vois pas ce que ces œufs de poisson ou ce champignon ont de si extraordinaire. Mais il est vrai que je mange pour vivre et non l'inverse. Ou peut-être suis-je tout simplement jaloux de l'argent qu'il faut pour s'offrir de telles lubies. Dans la hiérarchie de mes besoins, elles figurent tout en bas de l'échelle. Mais à la vôtre, Julia. Bienvenue à Wharton Park !

— Merci de m'avoir invitée, répondit Julia avec raideur tout en buvant une gorgée de vin et en espérant qu'elle lui permettrait de se décrisper un peu. Comment s'est passé votre rendez-vous avec le notaire ?

— En fait, c'est pour ça que je vous ai demandé de venir ce soir. J'ai besoin d'un avis extérieur sur la situation. Et à qui demander sinon à quelqu'un qui a toujours aimé cet endroit ? Il se dirigea vers la vieille cuisinière noire.

— Pendant que je prépare la sauce pour les pâtes, je vais vous raconter tous mes problèmes.

— Allez-y, dit Julia. Ça me changera d'écouter les problèmes de quelqu'un d'autre.

— La vente de Wharton Park est tombée à l'eau.

— Oh ! Kit ! Non ! Pourquoi ?

— C'est une histoire typique de notre époque, répondit-il d'un ton neutre. Nous étions censés signer hier, mais, au moment de passer aux choses sérieuses, le notaire de l'acheteur a annoncé qu'il voulait que le prix soit réduit d'un million, car les prix de l'immobilier ont baissé depuis que le compromis a été signé. Apparemment, M. Hedge Fund s'est un peu brûlé les ailes sur le marché et n'a plus les moyens de payer.

— Vous le croyez ? hasarda Julia en se demandant pourquoi elle n'avait pas remarqué plus tôt à quel point Kit avait de beaux yeux.

— Qui sait ? Pour le moment, je ne peux pas déterminer si c'est un méchant ou juste un salaud intrigant. À moins qu'il ne soit les deux à la fois, marmonna Kit tout en enfonçant les pâtes dans l'eau bouillante avec une fourchette. Il sait parfaitement, en tout cas, que dans cette conjoncture, je vais avoir du mal à trouver un autre acheteur. Il a toutes les cartes en main, donc.

— Je vois. Quel salaud ! compatit Julia en essayant de se concentrer sur ce qu'il disait. Et pouvez-vous vous permettre de vendre à un prix inférieur ?

— Pas avec les dettes qu'a accumulées le domaine ni avec les droits de succession sur le peu qui reste. Mais, pour couronner le tout, M. Hedge Fund a également exigé que je rajoute la cour carrée et les bâtiments autour par-dessus le marché. Il a décidé

311

qu'il ne voulait pas de voisins aussi près, et, pour être franc, reconnut Kit, ça m'a vraiment énervé.

— J'imagine, dit Julia. Surtout qu'il a attendu la dernière minute pour mettre en avant toutes ses exigences.

— Eh bien, dit Kit en haussant les sourcils, c'est ainsi que les riches s'enrichissent, n'est-ce pas ? Je m'étais progressivement fait à l'idée de vendre le domaine, car j'avais justement réussi à préserver la cour et j'avais prévu de m'installer dans l'un des cottages. Et il faut bien reconnaître que je commence à m'attacher sérieusement à cet endroit. Ce qui m'a surpris, car il ne me plaisait pas particulièrement quand j'étais enfant et je n'y ai pas de très bons souvenirs. Pourtant, plus je passe de temps ici, plus il m'est difficile d'envisager de le vendre.

— Alors, qu'allez-vous faire ?

Kit versa les pâtes dans une passoire, puis les répartit dans deux assiettes à soupe et ajouta la sauce.

— Eh bien, c'est la grande question ! Le dîner est servi.

Il remplit de nouveau leurs verres et s'assit à table en face d'elle.

— Merci, Kit. Ça sent très bon.

— Tant mieux. J'aime bien cuisiner ou du moins tester de nouvelles recettes. Mangez avant que ça ne refroidisse.

— J'ai bien peur de ne pas être une experte en matière de cuisine, admit-elle en prenant une bouchée.

— C'est surtout une question de pratique, et je suppose que vous n'avez pas vraiment eu l'occasion de vous y mettre étant donné votre style de vie. De plus, ce serait vraiment désastreux si vous vous tranchiez un doigt en épluchant les légumes ! dit Kit, les yeux pétillants. Il manquerait alors quelques notes aux *Études* de M. Chopin.

— Qu'allez-vous faire de Wharton Park ?

— Honnêtement, je n'en sais rien, reconnut Kit. Que feriez-vous ?

— Oh ! Kit, dit Julia en secouant la tête. Ce n'est pas à moi qu'il faut demander. Vous savez à quel point j'aime Wharton Park. Et je sais aussi que mon aversion pour ceux qui ne respectent pas leurs engagements finirait par l'emporter. Je lui dirais certainement d'aller se faire voir, dit-elle en souriant. Mais c'est parce que je suis comme ça, c'est tout. Et en plus, je parle sans connaître exactement la situation financière. Qu'allez-vous faire, si vous ne vendez pas à M. Hedge Fund ? Pouvez-vous garder le domaine jusqu'à ce qu'un autre acheteur se présente ?

— Eh bien, hier soir, j'ai étudié les comptes et, ce matin, j'ai rendu visite au comptable du domaine. Entre les revenus de la ferme et les loyers des locataires des cottages, les comptes sont légèrement déficitaires. Mais c'est parce que le moindre bénéfice sert à payer les intérêts de la dette, dit Kit en se versant un peu de vin. Le comptable a indiqué qu'on pourrait certainement redresser les comptes en faisant un peu plus attention aux détails. On pourrait par exemple consolider les dettes en un seul prêt avec un taux d'intérêt moins élevé pour dégager des fonds et les réinvestir dans l'achat d'équipements modernes. Il faudrait également trouver un bon régisseur qui sait ce qu'il fait.

— Tout cela m'a l'air très positif, dit Julia.

— Oui, mais il ne restera plus un sou pour la rénovation de la maison en elle-même, dit Kit en soupirant. L'expert qui est venu, quand j'ai envisagé pour la première fois de vendre, a estimé qu'il faudrait investir un ou deux millions pour empêcher la bâtisse de tomber en ruine sous mes yeux. Sans parler de l'aménagement intérieur, telle une nouvelle cuisine ou une baignoire digne de ce nom qu'on puisse utiliser sans craindre d'en ressortir plus sale encore. Il y a seize salles de bains dans la maison et, bien sûr, je suis loin d'avoir tout cet argent.

— Alors, serait-il possible de tenir quelques mois jusqu'à ce qu'un nouvel acheteur se présente ? reprit Julia.

Kit hocha la tête.

— Oui, si je me charge moi-même de gérer le domaine, ce qui m'obligerait à mettre en suspens mes autres projets. Le problème, c'est que, plus je vais passer de temps ici, moins je vais vouloir me séparer de la propriété. Et, bien sûr, on ne peut pas dire que vous m'ayez aidé dans ce sens, ajouta-t-il.

Julia le regarda, surprise.

— Merci ! Qu'est-ce que vous entendez par là ?

— Wharton Park a acquis une signification et une valeur que le domaine n'avait pas avant que vous ne me racontiez l'histoire de ma famille. Et je dois ajouter que la propriété fait un peu partie de notre histoire commune. S'il n'y avait pas eu

Wharton Park, je ne vous aurais jamais rencontrée, il y a toutes ces années.

L'expression de Kit avait changé. Il la fixa et, soudain, Julia se sentit gênée.

— Eh bien, dit-elle d'un ton un peu trop brusque. Vous allez devoir prendre une décision difficile.

Kit hocha la tête.

— En effet. Et j'ai peu de temps pour la prendre. Pour être honnête, si je vous ai demandé de venir, ce n'était pas uniquement pour savoir comment vous alliez, c'était aussi pour le bien de ma santé mentale. Ça m'a manqué de ne plus vous voir manger votre soupe à grand bruit et de ne plus avoir à éponger votre front brûlant.

— Dieu seul sait pourquoi, dit Julia, tentant de nier à tout prix le changement d'atmosphère. On ne peut pas dire que j'avais de la conversation étant donné que j'étais catatonique la plupart du temps.

Kit posa sa fourchette dans son assiette vide et la regarda d'un air pensif.

— Oui, mais votre catatonie avait une certaine éloquence, finalement. Je préfère supporter le silence de quelqu'un dont j'apprécie la compagnie que le bavardage incessant de quelqu'un qui me tape sur les nerfs.

Kit marqua une pause durant laquelle Julia finit ses pâtes, posa sa fourchette et se mit à fixer son assiette.

— En tout cas, reprit Kit, j'ai été ravi de refaire votre connaissance. Je n'ai jamais oublié ce jour où je vous ai entendue jouer pour la première fois... Vous envisagez de rester dans le Norfolk ?

— Je n'en sais vraiment rien, Kit, répondit-elle

honnêtement. J'ai l'impression que ça ne fait que deux semaines que j'ai recommencé à envisager un avenir.

— Je comprends, dit-il en hochant la tête. Je comprends vraiment. J'ai vécu quelque chose de similaire, il y a longtemps. Ça bouleverse votre vie, ça vous change irrévocablement. Par la suite, j'ai eu beaucoup de mal à envisager une relation à long terme avec qui que ce soit. Je suis devenu un véritable cauchemar depuis. Du moins, c'était encore le cas il y a un ou deux ans.

Il lui sourit.

— Vous voyez, je suis honnête avec vous.

— Oui, marmonna Julia, ne sachant quoi répondre.

— Cela dit, j'espère que je suis un homme meilleur à présent. Et puis, c'est peut-être aussi parce que je n'avais pas rencontré la bonne personne depuis.

Il marqua une pause et la regarda.

— On ne rencontre pas tous les jours son âme sœur, dans la vie.

— Non.

Julia sentit les larmes lui monter aux yeux. Elle regarda sa montre.

— Écoutez, Kit, il faut absolument que je rentre à la maison. Je suis… fatiguée.

— Bien sûr. Je veux bien vous croire.

Kit tendit le bras par-dessus la table et posa sa main sur celle de Julia.

— Nous pourrions peut-être remettre cette discussion à une autre fois, quand vous irez mieux. J'aimerais vous revoir, Julia.

— Oui.

Julia retira brusquement sa main, se leva et se dirigea vers la porte.

Kit la suivit.

— Que diriez-vous de lundi soir ?

— Je ne sais pas.

Julia voulait juste partir. Elle ne parvenait pas à identifier la véritable cause des émotions intenses qui l'envahissaient soudain.

Kit posa la main sur le loquet avant qu'elle ne puisse s'enfuir, l'empêchant de sortir. Puis il se pencha pour l'embrasser. Ses lèvres touchèrent les siennes et elle eut presque l'impression de recevoir une décharge. Elle recula la tête, mais il la serra contre lui dans ses bras.

— Julia, s'il te plaît. Je peux te dire tu, n'est-ce pas ? Je suis désolé si j'ai dit ce qu'il ne fallait pas, si c'est trop tôt.

Il soupira.

— Tu m'as manqué, c'est tout. On peut y aller tout doucement. Je te promets. Je comprends vraiment.

— Je...

Julia se dégagea de son étreinte, troublée par le maelström d'émotions contradictoires que sa soirée avec Kit avait provoquées.

— Bonne nuit, Kit.

— Je t'appelle dans un ou deux jours. Lundi, nous pourrons peut-être nous...

Mais elle avait déjà ouvert la porte et elle sortit en toute hâte de la maison pour aller se réfugier au plus vite dans sa voiture.

28

Les deux jours suivants, Julia traîna dans son cottage, incapable de se détendre devant sa télévision à écran plat flambant neuve qui venait d'être livrée et avait été installée dans un coin de son salon. Elle sortit faire de longues promenades dans les marais pour tenter de comprendre pourquoi elle était si perturbée.

C'était si déroutant ! Kit était déroutant. D'abord, il la met en garde et lui dit qu'il est un véritable cauchemar, puis il veut la revoir et l'embrasse. Mais d'ailleurs, qu'est-ce que ça pouvait bien lui faire ? Elle était veuve depuis quelques mois seulement et pleurait encore la disparition de son mari ; il y a deux semaines encore, elle était recluse dans son cottage, incapable d'affronter le monde extérieur. Et voilà que, tout à coup, elle était allongée dans son lit, se remémorant le baiser de Kit et imaginant…, eh bien, une suite possible.

Elle n'arrivait tout simplement pas à expliquer l'effet que Kit lui faisait.

Le pire, c'est qu'elle ne pouvait s'empêcher de vérifier s'il y avait des messages sur son téléphone portable. Toutes les vingt minutes, elle remontait la rue principale pour les consulter, car le signal était trop faible dans son cottage, même dans la salle de bains.

Pendant quatre jours de suite, elle n'eut pas le moindre message…

Après une semaine sans nouvelles de lui, Julia se

réveilla au terme d'une nuit presque sans sommeil et comprit qu'il lui faudrait oublier Kit et passer à autre chose. Il lui avait promis de l'appeler, il ne l'avait pas fait ; ce n'était donc pas un homme à qui on pouvait faire confiance. Elle avait la preuve irréfutable qu'on ne pouvait pas compter sur lui.

Tandis qu'elle prenait une douche, son portable, posé sur le bord de la baignoire, se mit à sonner. Elle le saisit, encore toute dégoulinante d'eau.

— Allo ?

— C'est moi Alicia. Comment vas-tu ?

Julia ne put s'empêcher d'être déçue.

— Bien, merci. Et toi ? demanda-t-elle tout en coinçant son portable sous son menton pour pouvoir se sécher avec une serviette.

— Oui, bien. Désolée de ne pas t'avoir appelée plus tôt. J'ai eu une semaine très chargée. Comment s'est passé ton dîner avec Kit ?

— Bien, oui, bien ! aboya Julia.

— Bon... Tu l'as revu depuis ?

— Non.

— D'accord, répondit Alicia. Il n'y a pas d'idylle entre vous alors ?

— Mon Dieu, non. Eh ! Nous sommes juste amis, c'est tout.

— Très bien ! Je suis bien contente.

— Ah bon ? Pourquoi ? Je pensais que tu l'aimais bien !

Julia était indignée malgré elle.

— Oui, je l'aime bien. Du moins, je l'aimais bien, mais... ce n'est rien vraiment. Je pense juste...

— Tu penses quoi ? Allez, Alicia, qu'essaies-tu de me dire ?

319

— Calme-toi, Julia. De plus, ça n'a vraiment pas d'importance si tu n'as pas entamé une relation avec lui. Je voulais juste t'avertir que le monde de Lord Crawford n'est peut-être pas aussi honnête que je le pensais. En tout cas, écoute, ça ne me regarde pas.

— En effet, dit Julia d'un ton brusque avant de changer de sujet. Comment vont les enfants ?

— Ils sont d'humeur à se chamailler, dit Alicia en soupirant. Max et moi, on se demandait si tu voudrais venir manger demain à midi avec nous. C'est dimanche et…

— Merci, Alicia, mais non. Je…

Julia chercha désespérément une excuse.

— … marche.

— Tu marches ?

— Oui.

Julia se dirigea vers sa chambre, parfaitement consciente que la communication allait être interrompue.

— Je t'appelle bientôt, salut.

Elle jeta son téléphone sur son lit dans un geste de frustration, détestant Alicia et Kit qui avaient décidément le chic pour la blesser ; mais elle s'en voulait encore plus de réagir ainsi sans comprendre exactement pourquoi.

Ne sachant plus quoi faire, Julia se rendit à Holt pour tenter de faire passer une heure ou deux. Elle acheta de la nourriture dont elle n'avait pas spécialement envie et une bougie parfumée qu'elle oublierait certainement d'allumer.

Elle remonta sans enthousiasme la rue principale, jusqu'à la petite boutique où elle avait acheté ses vêtements une semaine auparavant et regarda les habits sur les portants. Rien ne lui plaisait, et le magasin ne faisait que lui rappeler l'impatience qu'elle avait ressentie la dernière fois qu'elle était venue ici. Elle aperçut un petit garçon qui devait avoir le même âge que Gabriel et qui lui rappelait un peu son fils avec sa tête bouclée et ses grands yeux bleus, mais il n'était pas aussi beau, non, il ne pouvait pas être aussi beau. Il courait dans la boutique pendant que sa mère payait ses achats.

Julia partit, sentant les larmes lui picoter les yeux, et redescendit la rue pour rejoindre sa voiture. C'est alors qu'elle les vit : lui, sortant de sa voiture et faisant le tour du véhicule pour aller ouvrir la portière côté passager, et elle, rayonnante et lui souriant tandis qu'il ouvrait la porte arrière et extirpait avec précaution un minuscule nouveau-né de son siège-auto.

Il embrassa tendrement le bébé sur la tête, puis le tendit à sa mère avant d'ouvrir le coffre et d'en sortir la poussette. Une fois que le bébé fut installé dans la poussette, ils avancèrent tous trois en direction de Julia, lui, passant le bras d'un air protecteur autour des épaules de la mère.

Julia se baissa instinctivement derrière la voiture la plus proche avant qu'ils ne passent suffisamment près d'elle pour qu'elle entende l'accent américain nasillard d'Annie et le rire de Kit.

— Mon Dieu.

Julia prit une profonde inspiration, puis, dès qu'ils eurent disparu, elle se précipita vers sa voiture et monta à l'intérieur.

— Mon Dieu ! Comment a-t-il osé ? cria-t-elle en

tapant du poing contre le volant aussi fort que son cœur battait dans sa poitrine.

Elle mit le moteur en route et sortit en trombe du parking.

Cette nuit-là, elle but une bouteille de vin entière et, à chaque verre qu'elle vidait, son indignation augmentait. Kit s'était joué d'elle, c'était aussi simple que ça.

Tous ses « Je comprends ce que tu ressens » n'étaient que de la poudre aux yeux, une façade derrière laquelle se cachait un homme au cœur de pierre. Tout en vidant les dernières gouttes de la bouteille, Julia se dit qu'il devait sans doute trouver un malin plaisir à jouer les hommes compréhensifs. Ce n'était qu'un don Juan comme les autres, même s'il descendait d'une famille noble.

— Pauvre bébé, pauvre Annie, murmura-t-elle en montant l'escalier d'un pas chancelant et en se laissant tomber, tout habillée, sur son lit.

Et pourtant, il avait été si gentil quand elle était malade, il avait si bien pris soin d'elle…

Une larme coula sur son visage. Elle n'arrivait même plus à être en colère.

Il lui manquait.

— Oh non, gémit-elle.

L'alcool la rendait honnête, et elle ne pouvait plus faire semblant de ne pas voir la vérité : Dieu seul savait comment, elle était tombée amoureuse de Kit Crawford.

Le lundi matin, Julia était de retour à Holt, mais cette fois à l'agence de voyages, où elle réserva un

322

vol pour la France. Elle avait passé son dimanche, seule, avec une gueule de bois carabinée. Lasse d'avoir regardé la télévision tout l'après-midi, elle s'était fait à dîner et en avait profité pour se passer un bon savon. Elle ne pouvait pas laisser cette histoire avec Kit miner les progrès qu'elle avait faits ces dernières semaines et compromettre son retour à la vie. Elle devait au contraire se servir de cette expérience, réaliser à quel point elle était vulnérable sur le plan affectif et veiller à ne s'engager avec personne tant qu'elle ne serait pas « guérie » et prête.

Une fois munie des horaires de son vol, Julia rentra chez elle et se sentit beaucoup plus optimiste. Elle partait mercredi, ce qui lui laissait deux jours pour dire au revoir à sa famille, faire ses bagages et se préparer.

Tandis qu'elle arrivait dans le village de Blakeney, son téléphone portable sonna. Quelques instants plus tard, il sonna de nouveau. En regardant l'écran, elle réalisa qu'elle avait un message vocal. C'était sans doute Alicia qui voulait prendre de ses nouvelles, pensa-t-elle, tout en entrant dans le supermarché Spar pour prendre une bouteille de lait. Elle plaqua le téléphone contre son oreille.

— Salut, Julia, c'est Kit. Je suis désolé de ne pas avoir téléphoné plus tôt. Je viens de passer une semaine vraiment trépidante. Ce n'était pas vraiment prévu... Par ailleurs, je me demandais si tu voulais venir manger avec moi demain à midi. J'espère que tu vas mieux. Rappelle-moi, s'il te plaît. Salut.

— AHHH !

Julia fit sursauter un retraité en train de prendre une plaquette de beurre au rayon frais à côté d'elle.

— Désolée, dit-elle.

Elle porta le lait jusqu'à la caisse, paya et sortit précipitamment du magasin. En tournant au coin de la rue pour se garer à proximité de son cottage, Julia jeta la tête en arrière et rit tout fort.

— Ha ! ha ! Alors, comme ça tu as passé une semaine trépidante, Kit ? Ha ! ha ! C'est pas étonnant puisque ton amie, ou peut-être même ta femme – qui sait – a donné naissance à ton bébé. Ha ! ha !

Presque soulagée que Kit fût bel et bien comme elle l'avait imaginé – peut-être pire encore –, Julia continua à rire comme une hystérique tout en ouvrant la porte de sa maison. Stimulée par une poussée d'adrénaline, elle se mit à faire ses bagages, jetant les quelques habits et objets qu'elle voulait emporter en France.

Un quart d'heure plus tard, elle avait fini. Elle s'affala sur le canapé, épuisée, secouant de temps à autre la tête quand elle repensait au message de Kit.

Dire qu'elle en était arrivée à le comparer avec Xavier, son pauvre mari décédé, qui avait peut-être ses défauts, mais qui l'avait toujours adorée.

— Mon Dieu, marmonna-t-elle.

Puis elle se leva et sortit de la maison. Elle avait l'intention de passer chez Alicia pour lui dire au revoir.

— Tu vas me manquer, ma chérie, dit Alicia. Mais je suis contente que tu aies la force de retourner là-bas. Je sais que ça sera difficile pendant les premières semaines. Si tu veux parler, tu sais que je serai toujours là pour toi, ajouta-t-elle d'un ton plein de sous-entendus.

— Je te promets que j'essaierai de rester en contact, dit Julia. Je sais que je n'ai pas été très douée pour ça jusqu'à présent. J'étais toujours très occupée, entre les voyages, les concerts, Xavier et Gabriel...

La voix de Julia se perdit dans un murmure, mais elle persévéra, car elle savait qu'elle devrait être capable de parler d'eux ouvertement si elle voulait survivre dans un endroit où tout le monde les avait connus et aimés.

— Je pense que, ce que je redoute le plus, c'est de rentrer dans la maison en sachant qu'ils ne sont pas là.

Julia se mordit les lèvres pour refouler ses larmes.

— Mais comme tu le dis : avec le temps, ça ira mieux. Il faut juste que je trouve le courage d'affronter la douleur.

— Tu le trouveras, Julia, je le sais, dit Alicia en s'asseyant à côté d'elle et en prenant sa main. Je voulais juste te dire à quel point je t'admirais.

Julia haussa les sourcils.

— Tu m'admires ? Ça m'étonnerait, Alicia ! Je vis toujours dans le chaos, et toi tu es si équilibrée et tu me tires toujours d'affaire.

— C'est simplement parce que nous avons des personnalités différentes. Et laisse-moi te dire que je n'aurais certainement pas survécu à l'épreuve que tu viens de traverser. Oui, je suis très organisée, je peux tenir une maison, m'occuper de ma famille, certes. Mais si j'étais à ta place, je serais complètement anéantie.

— Vraiment ?

— Mais oui, bien sûr, dit Alicia en hochant vivement la tête. Si le moindre grain de sable venait gripper le mécanisme, je suis sûre que je ne pourrais pas faire face. Ça me fait peur quand j'y pense.

Il était rare de voir Alicia vulnérable, et Julia regretta son ressentiment.

— Tu as été merveilleuse, toi aussi, Alicia. Merci pour tout.

Si tu as envie de venir en France, tu sais que tu es toujours la bienvenue.

— J'aimerais bien, mais je ne vois pas vraiment comment ça serait possible, dit Alicia en montrant sa cuisine immaculée. « Quoi ? Maman s'en va ? » Leur petit monde s'écroulerait.

— En tout cas, tu sais que tu peux venir.

— Merci. Alors, tes bagages sont prêts ?

— Ouais. Il m'a fallu dix minutes tout au plus. Papa est toujours dans le Norfolk ? Je devrais passer lui dire au revoir.

— Il était à Londres et préparait son voyage aux Galápagos la dernière fois que je lui ai parlé, mais tu peux l'appeler, conseilla Alicia. Qu'en est-il d'Elsie et de la fin de l'histoire ?

— En fait, j'ai pensé que c'est à toi qu'elle pourrait la raconter. Pourquoi tu n'irais pas la voir, un jour ? Ça lui ferait plaisir.

Julia n'avait aucune envie d'en entendre davantage sur la famille Crawford.

— J'irai, oui. Tu vas passer dire au revoir à Kit ?

Les yeux de Julia se mirent à lancer des éclairs.

— Non, je crois qu'il est plutôt occupé en ce moment, tu ne penses pas ?

— Je… ne sais pas, répondit Alicia d'un ton peu assuré. Eh bien, bon voyage, petite sœur, ajouta-t-elle, et Julia la laissa la prendre dans ses bras. Et donne de tes nouvelles, s'il te plaît.

— Oui, et merci pour tout, vraiment.

— Tu sais que je serai toujours là pour toi, Julia.

— Oui, au revoir, Alicia. Fais des bisous de ma part aux enfants.

Sur le chemin du retour, elle écouta la moitié d'un nouveau message de Kit qui lui demandait si elle avait bien eu son dernier message. Elle poussa une nouvelle exclamation, le supprima et éteignit son téléphone.

Le lendemain, Julia, assise sous un pâle soleil dans le jardin du pub, appela Elsie et son père pour leur dire qu'elle avait décidé de rentrer chez elle. Elsie, qui se remettait tout juste d'une grippe un peu moins sévère que celle de Julia, pouvait à peine parler, et George était déjà en pensées aux Galápagos.

— Tu rentres, ma chérie ? Au cottage ? Bien, bien. Je suis content de t'entendre.

— Non, papa, je rentre en France, expliqua Julia patiemment, habituée à la distraction de son père lorsqu'il préparait un voyage.

— Oh ! Je vois ! Tu as raison ! Il faut se remettre dans le bain un jour ou l'autre. Et au piano, aussi.

— Chaque chose en son temps, papa, tempéra Julia.

— Oui, bien sûr. Eh bien, je pars ce week-end.

Dés que tu auras une connexion Internet, je t'enverrai des mails comme d'habitude. Même si je n'ai aucune idée de l'état des infrastructures là-bas.

— Fais attention à toi, papa. Au revoir.

— Au revoir, ma chérie.

Lorsque Julia eut raccroché, elle vit qu'elle avait reçu un SMS de Kit. Elle le supprima sans l'avoir lu, et finit son verre de vin et son sandwich en pensant à sa journée du lendemain et à la prochaine étape difficile de son voyage. Maintenant que son départ était imminent, elle avait peur. Tout en retournant vers son cottage, Julia se demanda si elle était prête à partir.

Même si le côté mère poule d'Alicia l'agaçait, il lui avait procuré cette fois un certain sentiment de sécurité.

De retour en France, elle serait seule avec ses souvenirs.

Mais avait-elle vraiment le choix ? Il n'y avait rien pour elle ici, rien.

29

À vingt heures, ce soir-là, la voiture de location qu'elle avait utilisée au cours des derniers mois avait été récupérée par le loueur. Le cottage était propre et rangé, et le taxi qui l'emmènerait à l'aéroport, réservé pour sept heures et demie le lendemain matin. Son sac de voyage attendait devant la porte ; elle était prête à partir. Elle regarda le salon et apprécia soudain ces quatre murs qui avaient vu sa détresse et lui avaient servi de refuge, certes rudimentaire mais stoïque, au moment où elle en avait le plus besoin. Elle se leva, s'approcha de la porte d'entrée et l'ouvrit. Elle respira l'air frais et pur de la mer du Nord et regarda une dernière fois les bateaux qui tanguaient dans le port, au-dessous.

— Bonsoir, Julia.

Une voix retentit dans l'obscurité, et le cœur de Julia se mit à battre la chamade.

— C'est moi, Kit, dit la voix tandis qu'une silhouette apparaissait dans la faible lumière qui venait de la maison.

Julia resta clouée sur place. Elle commanda à son corps de reculer de trois pas, de fermer, de verrouiller la porte et de se cacher derrière le canapé jusqu'à ce que Kit soit parti. Mais il ne réagit pas à ses injonctions et resta figé.

— Écoute, je sais que tu pars demain.

— Et comment ? aboya-t-elle, soulagée de constater que sa voix lui obéissait au moins.

— J'ai appelé ta sœur. Comme je n'arrivais pas à te joindre, j'étais inquiet.

— Ah !

C'était plus fort que Julia.

— Julia…

Kit fit deux pas en avant, et Julia tendit instinctivement les bras pour lui barrer le passage.

— Écoute, je crois vraiment qu'il y a eu un

malentendu. Est-ce que je peux entrer pour m'expliquer ?

— Je ne pense pas que ça soit nécessaire, vraiment. Je ne comprends que trop bien le malentendu. Maintenant, si tu veux bien m'excuser, je pars tôt demain matin et j'aimerais aller me coucher. Bonne nuit.

Julia recula de deux pas à l'intérieur pour fermer la porte.

— S'il te plaît, Julia.

Kit tendit la main pour garder la porte ouverte.

— Laisse-moi t'expliquer, au moins pour que nous ne nous quittions pas en mauvais termes. Ça serait vraiment insupportable pour moi.

Julia soupira, haussa les épaules et finit par céder.

— Si tu insistes. Cinq minutes alors.

Elle se retourna et s'approcha du canapé pour s'asseoir.

Kit la suivit et resta près de la cheminée.

— Si je ne t'ai pas appelée la semaine dernière, c'est parce qu'Annie a eu son bébé.

— Oui, je sais. Félicitations, dit Julia en s'efforçant de sourire.

— Merci. Je les lui transmettrai la prochaine fois que je l'aurai au téléphone.

Julia haussa les sourcils d'un air de dégoût.

— S'il te plaît, Kit. N'essaie pas de me raconter n'importe quoi. Je vous ai vus tous les trois à Holt. Vous aviez l'air très intimes. Tout va bien, tout va très bien.

— Oui, tout va bien, Julia, du moins maintenant. Écoute, dit Kit en se grattant la tête, tu veux entendre la vérité ou tu préfères t'en tenir à la version que tout le nord du Norfolk a concoctée pour moi pendant les dernières semaines. Vraiment, c'est comme tu veux.

— Bien sûr.

Julia haussa les épaules comme si ça lui était égal.

— Vas-y.

— Que ça t'intéresse ou non, j'ai le sentiment que je te dois la vérité, dit Kit en soupirant. Alors, en bref, Annie est une vieille amie, et je tiens beaucoup à elle. Il y a douze ans, elle m'a beaucoup aidé alors que je traversais une période très difficile. Elle a ensuite déménagé aux États-Unis, et je lui ai souvent rendu visite. Puis, l'année dernière, elle m'a annoncé qu'elle avait enfin trouvé l'amour de sa vie. Elle n'avait jamais paru aussi heureuse. Le seul problème, comme elle me l'a expliqué, c'est que son type avait peur de s'engager. Elle était persuadée qu'il l'aimait, mais il ne pouvait pas franchir le pas et se mettre en couple avec elle... sans parler de l'épouser. Puis, bingo ! Annie se retrouve enceinte. Elle a trente-quatre ans. Elle porte l'enfant de l'homme qu'elle aime et elle n'a nullement l'intention d'interrompre sa grossesse.

— Non, je ne l'aurais pas fait, non plus, reconnut Julia.

— Bien sûr, Jed, l'homme qui a une peur bleue de s'engager, se met à flipper et rompt. Annie a le cœur brisé et décide qu'il vaut mieux pour elle s'éloigner de ses souvenirs et se concentrer sur sa grossesse. Elle m'a donc appelé et m'a demandé si elle pouvait venir et rester avec moi jusqu'à la naissance du bébé. C'était juste à l'époque où j'emménageais à Wharton Park, et on ne peut pas dire que je manquais d'espace là-bas. Pour être honnête, j'étais même content de profiter de sa compagnie, expliqua Kit. Et puis, la semaine dernière, Annie a accouché deux semaines avant terme, et je me suis retrouvé dans la peau du conjoint qui soutient sa partenaire.

— C'était très gentil de ta part, dit Julia à contrecœur.

— C'était la moindre des choses en fait, car Annie a toujours été là pour moi quand j'avais besoin d'elle, répéta Kit. Même si j'avais vraiment l'impression d'être un imposteur. Une des infirmières a même dit que le bébé me ressemblait, dit-il en riant. Après la naissance de Charlie, j'ai envoyé un mail à Jed aux États-Unis pour lui annoncer qu'il avait un magnifique fils. Et je lui ai envoyé une photo que j'avais prise juste après la naissance.

— Annie était au courant ? l'interrompit Julia.

— Non. Mais je savais qu'elle voulait que Jed sache. Et j'ai parié sur le fait qu'à la vue de cette minuscule progéniture, si parfaite, même le cœur le plus insensible ne pourrait pas rester indifférent. Et *voilà* ! Je ne m'étais pas trompé, dit Kit en souriant. Il y a deux jours, le vrai papa s'est pointé à Wharton Park, est immédiatement tombé amoureux de son fils et a décidé d'enlever la mère et l'enfant pour les emmener aux États-Unis, où ils vivront heureux…

— Waouh ! murmura Julia. Quelle histoire !

— Avec un dénouement heureux pour une fois. Pour le moment, en tout cas, ajouta Kit d'un ton cynique.

— Mais peut-on vraiment changer sa nature ? murmura Julia. Je ne sais pas si j'aurais pu pardonner à mon partenaire s'il m'avait abandonnée comme ça. Comment Annie peut-elle encore lui faire confiance ?

— Il le faut bien. Elle l'aime, Julia. Un bébé est certainement ce qu'il y a de mieux pour transformer le cœur d'un homme. Ajoutons à cela une bague avec un gros diamant et un mariage dès qu'Annie sera remise de son accouchement, sans parler d'une liste de rendez-vous avec des agents immobiliers de Greenwich, et nous avons un nouveau départ sous les meilleurs auspices. Elle a été courageuse. Ce qu'elle a fait, c'est un acte de foi. J'espère juste qu'elle sera heureuse. Mon Dieu, Annie le mérite. Elle a vécu l'enfer au cours des derniers mois. J'ai fait de mon mieux, mais je n'étais qu'un pâle remplaçant.

— Elle a eu de la chance de t'avoir, Kit, reconnut Julia.

— Même si je t'ai fait souffrir inutilement et si je t'ai laissée tomber, il fallait que je sois là pour elle, Julia, vraiment.

— Oui.

Julia regarda le feu qui brûlait dans la cheminée. Puis elle leva les yeux vers lui.

— Kit, pourquoi ne m'as-tu pas dit où tu étais ? Je pensais que nous étions au moins amis ?

— Julia, Julia, dit Kit en secouant la tête d'un air désespéré. Tu ne vois pas pourquoi je ne l'ai pas fait ?

— Non, désolée.

— D'accord. Tu veux vraiment que je mette les points sur les i ? Je me souviens très bien de la douleur sur ton visage quand tu as rencontré Annie, il y a quelques semaines. Quand je t'ai vue souffrir et que j'ai compris que c'était parce que tu avais perdu récemment ton jeune fils, je me suis dit qu'il fallait absolument que je t'épargne le compte rendu détaillé de l'accouchement d'une femme ou la vue d'un nouveau-né si tu venais me voir à Wharton Park. J'essayais juste de te protéger de tout ça, Julia, c'est tout. Je ne voulais pas te blesser alors que tu faisais de tels progrès.

— Oh.

Julia sentit les larmes lui monter aux yeux et ne parvint pas à les retenir.

Kit se leva et vint s'asseoir sur le canapé à côté d'elle. Il prit une de ses mains et la serra dans la sienne.

— Je reconnais que j'ai été naïf et que, malgré mes bonnes intentions, j'ai fait un énorme gâchis. J'ai sous-estimé cette petite communauté, la vitesse à laquelle les rumeurs se propagent et le fait que chacun semble s'intéresser à mes « faits et gestes » comme l'a dit ma femme de ménage l'autre jour. J'ai l'habitude d'être invisible, tu vois. Je ne me suis jamais établi vraiment longtemps quelque part, j'ai toujours été un visiteur pour ainsi dire. Il va me falloir un peu de temps pour m'y habituer. La moitié du comté me regarde avec étonnement et se demande où sont passés ma « femme » et mon « bébé ».

— J'imagine, reconnut Julia. Vous sembliez vraiment « ensemble » quand je vous ai vus à Holt. J'ai bien peur d'avoir supposé la même chose.

— Ta sœur aussi. Elle m'a parlé comme si elle sentait une odeur nauséabonde autour d'elle. En tout cas, je reconnais que c'était entièrement de ma faute. J'aurais peut-être dû t'en parler, mais, crois-moi, si je ne t'ai rien dit, c'était vraiment dans les meilleures intentions. Je suis désolé, Julia, vraiment. Avec le recul, je comprends que je m'y suis mal pris. Tu as dû me prendre pour un gros salaud : un jour, je t'embrasse et je veux te revoir très vite, et le lendemain, je me pavane avec un bébé dans Holt.

— C'est à peu près ça, reconnut Julia.

Elle sentait qu'elle était sur le point de céder, qu'elle avait de nouveau envie de lui faire confiance, de le croire. Si son histoire était vraie, cela faisait de lui quelqu'un de vraiment bien à tous points de vue. Quelqu'un qui ne correspondait pas du tout à l'image négative qu'elle avait eue de lui ces derniers jours. C'était un grand pas à franchir.

— Tu as eu une liaison avec Annie dans le passé ? demanda-t-elle calmement.

— Pas du tout, affirma Kit. Nous sommes très amis. Je sais que l'amitié entre un homme et une femme est plutôt rare, mais nous avons réussi à construire cette relation sans la moindre ambiguïté sexuelle. Annie est comme une sœur pour moi, ou comme la sœur que j'aurais aimé avoir si je n'avais pas eu Bella ! Non, je n'étais pas du tout le genre d'Annie. Elle a toujours aimé les armoires à glace avec plein de muscles et le torse bombé.

Kit regarda son torse fin et sourit.

— On ne peut pas dire que je corresponde à ses critères. Et elle n'était pas mon genre non plus. Beaucoup trop gonflée pour moi. Je l'ai vue engloutir des hommes et les recracher. Jusqu'à ce que, bien sûr, elle rencontre l'homme de sa vie. Maintenant, c'est un ange.

— Où est-ce que tu l'as rencontrée ?

— À l'université. Nous étions colocataires quand j'étais à la faculté de médecine à Édimbourg. Jusqu'à ce que j'abandonne mes études, bien sûr.

— Pourquoi as-tu abandonné ?

Kit soupira.

— Écoute, c'est quelque chose dont je ne parle pas souvent. Tu veux vraiment le savoir ? Ce n'est pas une histoire très réjouissante.

— Oui, dit-elle en hochant la tête.

Elle savait intuitivement que c'était ce qui lui permettrait de comprendre vraiment Kit et qui il était.

— Mais seulement si tu as envie de la raconter.

— D'accord. Il te reste du vin dans la maison ? J'aurais bien besoin d'un petit verre.

— Il y a une bouteille à moitié vide dans le frigo. Mais je l'ai ouverte il y a deux jours.

— Nécessité fait loi. Je vais ranimer ce pauvre feu pendant que tu vas chercher le vin et les verres.

Julia marcha à pas feutrés jusqu'à la cuisine. Elle était complètement abasourdie. Elle avait dû trouver la force de renoncer à Kit et la voilà qui essayait à présent de croire une histoire qui semblait très plausible. Et, quand il avait tenu sa main, un frisson avait parcouru son corps comme la fois où il l'avait embrassée. Très troublant !

— Tiens. Il est sûrement dégoûtant maintenant, dit-elle en versant le reste de la bouteille dans deux verres.

Elle en tendit un à Kit.

— Vas-y, je t'écoute.

— C'est vraiment dégoûtant, dit Kit en buvant une gorgée, mais ça ne fait rien. Si tu veux bien, je

336

vais tout te raconter d'une traite, en me concentrant sur l'essentiel. Ça sera peut-être plus facile comme ça.

Il soupira.

— Comme je te l'ai dit, j'habitais dans une maison avec Annie et quelques autres étudiants quand j'étais à l'université. Annie faisait des études d'architecture. La meilleure amie d'Annie, Milla, est venue de Londres un jour pour passer le week-end avec elle. J'avais vingt-deux ans à l'époque et, dès que j'ai vu Milla, je suis tombé amoureux d'elle. C'était l'être le plus beau, le plus charismatique, le plus vif que j'aie jamais rencontré. Dès qu'elle entrait dans une pièce, elle l'illuminait de sa présence. Elle allait à l'école d'art dramatique et voulait devenir actrice.

Kit secoua la tête.

— Je sais qu'elle aurait eu beaucoup de succès si...

— Si quoi ? demanda Julia.

— Je vais y venir. En tout cas, même si Annie avait tout fait pour me dissuader en me disant que Milla était un papillon volage avec une multitude de problèmes, j'ai foncé tête baissée. Et Milla semblait bien m'aimer aussi, même si nous étions très différents. Alors, nous sommes sortis ensemble. Pendant quelques mois, j'ai passé plus de temps sur les autoroutes entre Édimbourg et Londres qu'à l'université. Elle était comme une drogue. Je ne pouvais pas me passer d'elle.

— Le premier amour, murmura Julia en pensant à Xavier et au moment où elle l'avait rencontré.

— Oui, tout à fait. Bien sûr, j'étais tombé amoureux de la femme la plus complexe et la plus difficile qui soit. Mais je sais à présent que c'était aussi ce qui m'attirait chez elle. C'était comme si j'avais été sur les montagnes russes : je ne savais jamais vraiment où j'en étais avec elle, jamais si elle était vraiment à moi. Elle me disait qu'elle m'adorait, qu'elle m'aimait plus que tout au monde, puis je n'avais plus de ses nouvelles pendant une semaine ou plus. Inutile de dire que mes études ont commencé à sérieusement en pâtir et que j'étais même en sursis dans ma promotion, mais ça m'était égal.

Kit laissa échapper un rire étranglé.

— J'étais vraiment un cas désespéré, Julia.

— Alors, qu'est-ce qui s'est passé ensuite ?

— J'ai continué tant bien que mal mes allées et venues entre Londres et Édimbourg et, au bout d'un moment, j'ai fini par me rendre compte moi aussi que Milla se comportait bizarrement. Elle avait toujours beaucoup d'énergie et pouvait parfois passer des nuits à danser et à faire la fête. Puis cette énergie a commencé à prendre des allures de démence. Je passais des week-ends entiers avec elle, durant lesquels elle ne semblait pas dormir du tout. Elle fréquentait de drôles de gens et commençait à perdre du poids. Puis, un week-end, je l'ai surprise dans la salle de bains en train de se piquer. Elle prenait de l'héroïne.

— Oh ! mon Dieu, marmonna Julia. Elle l'a reconnu ?

— Elle n'avait pas vraiment le choix puisqu'elle avait été prise sur le fait. Je savais que Milla consommait parfois de la cocaïne, mais là, c'était quelque

338

chose de beaucoup plus sérieux. Elle m'a juré qu'elle pourrait s'en sortir, mais elle a dit qu'elle avait besoin de moi pour l'aider.

— Et tu as accepté ?

— Comme l'agneau qui se laisse mener à l'abattoir. J'ai laissé tomber mes cours et je me suis précipité à Londres pour la sauver.

— Oh ! Kit ! Après tout ce travail. Tu devais être sur le point d'avoir ton diplôme.

— Oui, dit Kit en soupirant. Je t'ai dit que j'étais un cas désespéré.

— Alors, tu as sauvé Milla ?

— Non. Si j'avais su à l'époque que la seule personne à pouvoir sauver un toxicomane est le toxicomane lui-même ! Oui, Milla a essayé, je sais qu'elle a essayé. Elle s'arrêtait pendant une ou deux semaines ou peut-être un mois, puis elle recommençait. Et je suis naturellement devenu « l'ennemi », le monstre qui confisquait son argent, qui ne la laissait pas descendre dans la rue toute seule, qui écoutait ses appels au cas où elle aurait essayé de joindre son dealer. Elle me détestait. Oui, elle me détestait.

Kit passa la main dans ses cheveux ébouriffés.

— Ça a duré plusieurs mois. Un jour, je suis revenu du supermarché, et elle n'était plus là. La police l'a ramassée le lendemain dans un caniveau. Elle était inconsciente. Elle avait fait une overdose. L'hôpital l'a ensuite envoyée dans un centre de désintoxication, et elle a promis de faire une cure. Elle avait très peur que je la quitte. J'ai juré que je ne la laisserais pas si elle restait là-bas et acceptait l'aide dont elle avait besoin. Je lui ai dit aussi que, si

339

un jour elle retouchait à la drogue, je la quitterais pour de bon.

— Tu n'avais pas le choix, Kit. C'est ce que tu avais de mieux à faire et pour toi et pour Milla.

— C'est ce que les professionnels m'ont dit, oui, admit Kit. Et quand elle est sortie du centre de désintoxication, nous avons encore eu de bons moments. C'étaient les derniers. Nous avons passé trois mois magnifiques. J'avais l'impression d'avoir retrouvé ma Milla. Elle parlait même de retourner à l'école d'art dramatique et j'envisageais de reprendre mes études de médecine à Londres.

Kit haussa les épaules.

— Nous recommencions à mener une vie normale, et c'était justement ce qu'il y avait de si merveilleux.

— Mais ça n'a pas duré ?

— Non, dit Kit en secouant la tête, l'air mélancolique. J'étais alors capable de reconnaître les signes : l'humeur instable, les cernes violets sous les yeux, la perte de poids… J'avais peut-être abandonné mes études, mais, à cette époque, j'étais devenu un spécialiste de Milla et de l'addiction. Milla a refusé de l'admettre, mais je savais qu'elle avait recommencé à prendre de l'héroïne. Alors, j'ai mis ma menace à exécution en espérant que ça la ferait réagir. Mon Dieu, Julia, c'était atroce. Elle s'est mise à hurler, m'a supplié de rester, m'a dit qu'elle se tuerait si je la quittais…

Kit prit sa tête entre ses mains.

— C'était l'une des pires décisions que j'aie eu à prendre. Je l'aimais tellement, mais je savais que rien ne changerait si je ne la quittais pas et je sentais qu'elle allait m'entraîner avec elle dans sa chute.

Julia posa la main sur son épaule pour le réconforter.

— Kit, je n'arrive même pas à imaginer..., murmura-t-elle. Ça a marché ?

— Non, bien sûr, non.

Il laissa échapper un rire bref et désespéré.

— Je suis parti une semaine et je devais vraiment me faire violence pour ne pas aller la voir vingt fois par jour. Puis, n'y tenant plus, je suis retourné là-bas et, quand je suis arrivé, l'appartement était désert. J'ai alerté la police, bien entendu. Finalement, deux semaines plus tard, ils l'ont trouvée dans le squat d'un dealer bien connu de leurs services. Elle était morte.

— Je suis vraiment désolée, Kit, murmura Julia, trouvant ses mots aussi inutiles que toutes les phrases de réconfort qu'elle avait entendues après la disparition de son mari et de son fils.

— Oui, voilà.

Il leva la tête.

— Elle avait dit qu'elle se tuerait si je la quittais et, au fond, c'est ce qu'elle a fait. L'autopsie a révélé qu'elle était morte d'une overdose foudroyante, mais il y avait pire. Elle a révélé aussi qu'elle avait été violée à plusieurs reprises avant sa mort. Elle s'était sans doute prostituée pour se payer ses doses. J'avais déjà vu des bleus à de drôles d'endroits sur son corps, mais j'avais essayé de les ignorer. J'ai dû finir par accepter qu'elle avait certainement couché avec d'autres hommes pour de l'argent même lorsqu'elle était avec moi.

Kit marqua une pause et regarda le feu. Julia vit dans ses yeux qu'il revivait la douleur de l'avoir perdue.

— Je... Kit, je ne sais pas quoi dire, murmura-t-elle.

— Comme tu le sais si bien, Julia, c'est souvent préférable de ne rien dire, car il n'y a rien à dire. Après ça, eh bien, j'ai perdu la foi. Je me suis senti tellement coupable de l'avoir laissée, tellement en colère qu'elle ait gâché sa vie et surtout j'étais amer parce qu'elle avait préféré choisir l'héroïne et la mort plutôt que moi. J'ai tout simplement perdu la foi dans la nature humaine. Les phrases toutes faites que j'avais entendues, comme « L'amour sera toujours le plus fort » ou « Il faut faire le bien », ne s'appliquaient pas du tout à mon histoire. Il n'y avait pas de « dénouement heureux », juste le corps mort et brisé d'une jeune femme et un homme, encore vivant, certes, mais qui n'était plus qu'une épave.

Kit sourit avec amertume.

— Tu as dû finir par accepter que la vie échappe parfois à notre contrôle, c'est ça ? Que, peu importe ce qu'on fait, les efforts qu'on fournit, l'amour qu'on donne, le résultat ne dépend parfois pas de nous. C'est en tout cas ce que j'ai appris au cours des derniers mois, dit doucement Julia.

— Oui, c'est à peu près ça. Et il m'a fallu des années pour voir la vie sous un autre angle, pour comprendre que parfois notre engagement peut faire la différence et qu'il ne faut pas perdre confiance en la nature humaine. Bien sûr, à long terme, les tragédies comme celles que nous avons

342

traversées tous les deux nous rendent plus sages, nous permettent d'accepter plus facilement les faiblesses humaines. Mais j'ai mis très longtemps à saisir tout ça. Je pense que j'ai fait une sorte de dépression après.

— Et c'est là qu'Annie est entrée en jeu ?

— Oui, elle a été extraordinaire. Quand elle a appris la nouvelle, elle s'est précipitée à Londres et m'a ramené à Édimbourg, où elle a vraiment pris soin de moi. Elle n'a cessé de me répéter que Milla avait toujours été fragile mentalement, que j'avais fait tout mon possible pour elle, que je l'avais aimée, que je m'étais occupé d'elle et que je ne devais pas me sentir responsable de ce qui lui était arrivé. Bien sûr, je l'ai ignorée et j'ai préféré m'autodétruire et m'isoler volontairement du reste du monde. Et laisse-moi te dire, Julia, que je ne t'arrive pas à la cheville, dit-il en la regardant droit dans les yeux. Pendant des années, je n'ai fait que m'apitoyer sur moi-même. J'étais tellement en colère !

— Je ne vois pas en quoi tu t'es apitoyé sur toi-même, Kit. Tu as vécu l'enfer. Alors, comment as-tu surmonté cette colère ?

— J'ai eu une sorte de révélation, il y a quelques années. Au cours de mes voyages, j'ai accepté une mission de trois mois pour enseigner l'anglais dans un camp d'orphelins birmans à la frontière thaïlandaise, expliqua Kit. Même si j'avais déjà vu pas mal de choses horribles auparavant, leur situation désespérée m'a vraiment touché. La plupart des enfants portaient simplement les vêtements dans lesquels ils avaient dormi. Leurs parents étaient partis, ils avaient été tués en Birmanie ou s'étaient

343

réfugiés dans la campagne thaïlandaise dans l'espoir de trouver un travail. Ces enfants avaient atterri dans une sorte de no man's land. Ils n'étaient pas en sécurité, le gouvernement thaïlandais refusait de les laisser entrer, mais ils risquaient la mort s'ils retournaient chez eux. Ils n'avaient littéralement aucun avenir. Et pourtant...

Pour la première fois, des larmes brillèrent dans les yeux de Kit.

— ... ils étaient tellement reconnaissants quand on leur donnait quelque chose. Un jour, je leur ai apporté un nouveau ballon, et c'était comme si je leur avais offert des places pour assister à la Coupe du monde. Chacun d'eux avait des rêves pour l'avenir, même s'ils n'avaient aucune perspective. La vie les avait peut-être abandonnés, mais eux n'avaient pas renoncé à la vie.

Kit s'essuya les yeux d'un mouvement brusque.

— C'est un cliché, je sais, mais en voyant ces enfants, qui avaient déjà tant souffert – une souffrance que je ne pouvais même pas imaginer –, arriver tous les matins avec un grand sourire, impatients de commencer leur journée, j'ai reçu la claque dont j'avais besoin. J'ai soudain réalisé que j'étais une grosse merde, pardonne-moi ma grossièreté, qui avait gâché dix ans de sa vie à s'apitoyer sur elle-même. Si ces enfants pouvaient envisager un avenir *et,* plus important encore, croyaient encore à la bonté de l'être humain, alors, je devais moi aussi en être capable étant donné tous les avantages que j'avais eus à la naissance.

Ils restèrent quelques instants silencieux, chacun

plongé dans ses pensées. Julia s'éclaircit la voix et prit la parole :

— Quand j'étais petite, ma mère m'a parlé du « Glad Game », dans un livre appelé *Pollyanna*. Ce jeu consiste à trouver en chaque chose une raison de se réjouir. Il faut penser à ce que l'on a plutôt qu'à ce que l'on n'a pas. Ça paraît un peu simpliste, je sais, mais c'est vrai.

— Oui. C'est exactement l'attitude qu'avaient ces enfants birmans.

Kit se mit à sourire.

— Dis donc, on forme une sacrée paire, tous les deux. Même si toi...

Kit chercha le terme exact...

— Tu as été très digne. Oui, confirma-t-il, tu as été vraiment digne. Et je suis désolé si mes actions récentes t'ont fait perdre encore un peu plus confiance en la nature humaine. Je te jure que je ne suis pas comme tu as pu le croire ces derniers jours. Crois-moi, j'essayais juste de te protéger.

— C'est bon, Kit, je te crois vraiment, dit Julia, surprise de le constater.

— Tu vois, c'est la différence entre toi et moi. Autrefois, je n'aurais même pas pris la peine d'écouter une explication. Je cherchais toujours une excuse pour repousser les gens. Je suis différent, maintenant. Je te le promets. Surtout avec toi, Julia.

— Ne sois pas si dur envers toi-même. Tu as été là pour Annie quand elle avait besoin de toi.

— Je pense que je m'améliore... Du moins...

Kit s'interrompit et la regarda.

— C'est la première fois que je me précipite chez

une femme pour expliquer mes actes avant qu'elle ne parte au soleil sur la côte française.

— J'apprécie ta démarche, Kit.

— Tu pars vraiment, Julia ? Je ne veux pas, je ne veux vraiment pas que tu partes, dit-il soudain.

Il y eut un silence au cours duquel Julia digéra ce que Kit venait de dire. Elle sentit la chaleur lui monter au visage et fut soudain mal à l'aise.

— S'il te plaît, Kit, arrête, murmura-t-elle. Je ne peux pas…

— La méfiance s'est installée entre nous, c'est ça ? À cause d'Annie et du bébé ?

— Désolée, marmonna Julia.

— Mon Dieu, dit Kit en se levant.

Il se mit à arpenter la petite pièce.

— C'est la première fois depuis Milla que je ressens quelque chose pour une femme, et voilà que j'ai tout gâché. Désolé, je recommence à m'apitoyer sur moi-même. Mais écoute, Julia, il faut que je te dise quelque chose.

Il continua à arpenter la pièce, plus vite à présent, laissant les mots s'échapper librement de sa bouche.

— Je pense que je suis amoureux de toi. Je m'en suis rendu compte quand je me suis occupé de toi alors que tu étais malade, parce que ça ne m'a absolument pas coûté de le faire, au contraire. J'aimais sentir que tu avais besoin de moi, après avoir passé les dernières années à fuir toutes les femmes que je croisais. C'était surprenant !

Kit lui sourit, un sourire si franc et si joyeux, que Julia eut envie de suivre son instinct et de se jeter dans ses bras. Mais elle s'abstint. Ils n'étaient plus des adolescents qui vivaient leur première idylle. Ils

346

avaient déjà vécu le tiers de leur vie, qui les avait marqués de manière irréversible.

Elle ouvrit la bouche pour parler, mais Kit fut le premier à reprendre la parole.

— Bien sûr, c'est Annie qui s'en est rendu compte la première, qui a reconnu les premiers signes, qui a souri en m'entendant parler de toi toutes les deux minutes.

Kit avait recommencé à faire les cent pas.

— Elle s'est éclipsée le soir où tu es venue manger à Wharton Park. Ce qui, après coup, a dû renforcer tes soupçons, j'en suis sûr. Elle m'a poussé à te parler de mes sentiments. Je lui ai dit que tu n'étais pas prête, elle a dit que tu pourrais faire face.

— Je ne suis pas prête, Kit.

Les mots étaient sortis de la bouche de Julia avant qu'elle n'ait le temps de les arrêter.

— C'est trop tôt. Il n'y a pas si longtemps qu'ils sont... Je pensais que j'étais...

Julia se mordit les lèvres.

— Mais je ne lui suis pas.

Kit parut presque rétrécir devant elle.

— Très bien, finit-il par dire. Très bien.

Il s'éclaircit la voix.

— C'est bien fait pour moi ! Et ce n'est pas de l'apitoiement cette fois, c'est un fait. Merde ! Bon, je vais te laisser tranquille.

— Je suis désolée. Je... ne... peux pas.

— Non. Je comprends. Vraiment.

Kit plongea les mains dans ses poches, se dirigea vers la porte, puis revint sur ses pas, prit une profonde inspiration et dit :

— J'aimerais juste te dire que, si tu sens un jour

que tu es prête à me redonner une chance, je te promets que je serai là pour toi. Je suis quelqu'un sur qui on peut compter, ou du moins je l'étais. Je ne te blesserai jamais, pas intentionnellement en tout cas.

— Merci, Kit.

— Et le plus bizarre dans l'histoire, dit Kit en s'arrêtant à la porte, c'est que, toi, tu as toujours été là.

Julia ne put pas le regarder, elle avait les yeux baignés de larmes.

— Tu sais où je suis, dit Kit. Prends soin de toi, tu me promets. Au revoir, ma chérie.

La porte se referma derrière lui.

30

Le lendemain matin, épuisée par une nuit d'insomnie, Julia descendit l'escalier pour attendre son taxi. Le visage blême, une tasse de café dans les mains, elle regarda la cheminée, où le feu s'était éteint, laissant un tas de cendres encore tièdes. Elle avait l'esprit engourdi et se sentait incapable de digérer ce que Kit lui avait dit la veille. Il s'était vraiment livré, confié à elle...

Julia s'obligea à penser à autre chose. Une fois qu'elle serait arrivée en France, elle pourrait peut-être analyser la nature des sentiments qu'il avait fait naître chez elle, mais pas maintenant.

Elle ne pouvait tout simplement pas se permettre d'aimer à nouveau.

En entendant des pas s'approcher de la porte, Julia se leva, se dirigea vers l'entrée et prit son sac de voyage, s'attendant à voir le chauffeur de taxi sur le seuil. En fait, c'était le facteur.

— Je suis contente de vous voir avant de partir, dit-elle en reposant son bagage. Je retourne en France. J'ai fait le nécessaire pour que mon courrier soit réexpédié là-bas ; ce ne sont la plupart du temps que des factures…

Elle ne termina pas sa phrase. Elle n'avait pas la force de faire la conversation.

— Très bien, madame Forrester. Je rapporterai toutes les lettres qui vous sont adressées au centre de tri et je veillerai à ce qu'elles vous soient envoyées en France, dit-il en lui tendant une lettre, qui ressemblait fort à une facture, et une enveloppe crème en papier vélin.

Julia ne reconnut pas l'écriture.

— Merci, dit-elle avec un pâle sourire.

— *Bon voyage*, madame Forrester.

Julia ferma la porte et s'assit sur le canapé pour ouvrir l'enveloppe.

Aéroport d'Heathrow
Lundi 16 mars

Chère Julia,

Je vous écris ces quelques mots en toute hâte.
Je m'appelle Annie. Nous nous sommes rencontrées il y a quelques semaines. Kit m'a raconté la tragédie

349

qui vous a frappée. Kit a lui aussi traversé des épreuves. Il comprend et il fera tout ce qu'il peut pour vous redonner goût à la vie, car, pour la première fois depuis des années, il est tombé amoureux. Et une fois qu'il est amoureux (et croyez-moi, c'est rare), il se donne corps et âme à la personne qu'il aime. Vous n'aurez pas à douter de lui une seconde, je vous l'assure.

Je m'envole désormais vers une nouvelle aventure, et c'est en grande partie grâce à Kit. Il a été merveilleux, il a été là pour moi quand je me suis retrouvée seule. C'est vraiment quelqu'un de bien. Avant de partir, je voulais faire quelque chose pour lui, pour lui montrer ma gratitude. Comme vous le savez si bien, la vie est courte. Aujourd'hui, nous avons tendance à trop réfléchir, à tout analyser. Oubliez les pensées qui vous retiennent, écoutez votre cœur : c'est ce que j'ai fait et je n'ai jamais été aussi heureuse qu'en cet instant !

Seul l'amour est capable de guérir la douleur. J'ai le sentiment que vous avez tous les deux besoin de ça.

Tout le monde mérite d'avoir une deuxième chance.

Amicalement,

Annie

Julia entendit frapper à la porte. Elle se leva pour aller ouvrir.

— Bonjour, dit-elle, un peu hébétée, au chauffeur de taxi. J'arrive dans une seconde.

— D'accord, madame. Je suis en haut de la côte à gauche. Il va falloir marcher un peu. C'est dur de se garer par ici.

— Merci.

Julia vérifia une dernière fois que le courant était bien coupé avant de prendre son sac de voyage et de verrouiller la porte d'entrée du cottage. Elle remonta la colline en traînant les pieds pour retrouver le taxi qui l'emmènerait loin du Norfolk... et de Kit.

— Voilà, madame ! Laissez-moi prendre vos bagages.

Le chauffeur de taxi tint la portière ouverte pendant que Julia s'installait, puis il rangea le sac dans la malle.

— Prête ?

— Oui.

— Si tout va bien, nous arriverons à l'aéroport dans deux heures.

Le chauffeur de taxi descendit la colline par la route étroite qui menait au port. Julia regardait par la vitre et vit pour la dernière fois les bateaux qui tanguaient dans le port. L'endroit était désert, hormis une silhouette assise sur un banc, les yeux tournés vers la mer.

— Stop ! Excusez-moi, vous pouvez vous arrêter une seconde ? Je... Attendez ici.

Julia ouvrit la portière et se dirigea vers la silhouette. En s'approchant, elle constata qu'elle ne s'était pas trompée. Elle s'arrêta à quelques pas du banc, consciente qu'il ne l'avait pas vue.

— Kit ? Qu'est-ce que tu fais ici ?

Surpris, il se retourna et la dévisagea.

— Oh ! je croyais que tu étais partie. Je viens de monter jusque chez toi et il n'y avait personne.

— J'ai dû remonter la côte pour rejoindre le taxi. On a dû se louper de quelques secondes, expliqua-t-elle.

— Oui, dit Kit. Alors, tu t'en vas ?

— Oui.

— D'accord. Je voulais juste venir te dire au revoir, dit-il en haussant les épaules. Et puis m'excuser encore une fois pour mon comportement irraisonné.

Julia se jucha sur le banc à côté de lui.

— Kit, je comprends, vraiment.

— Vraiment ?

— Oui.

Kit fixa ses doigts.

— Bon. En fait, Julia, je n'étais pas vraiment venu pour te dire au revoir.

— Non ?

— Non.

Il leva les yeux vers elle et lui adressa un pâle sourire.

— En fait, j'avais l'intention de me jeter à tes pieds et de te supplier de rester.

— Oh.

— Oui, j'avais préparé un discours. J'allais t'implorer de me donner une seconde chance. J'allais te dire que je t'aime et que je comprends que tu as besoin de temps. Que je ferais n'importe quoi pour que ça marche entre nous parce que je sais d'expérience que l'on ne tombe amoureux qu'une ou deux fois dans sa vie. Ça me fait mal de devoir renoncer. C'est égoïste, je sais. Alors, j'ai décidé à l'aube que je n'abandonnerais pas sans m'être battu. Et me voilà. J'étais juste en train de me dire qu'une fois de plus je n'avais pas eu de chance et que je t'avais loupée. Mais en fait, non.

— Non, on dirait que tu as bel et bien une

seconde chance, murmura-t-elle, presque imperceptiblement.

— Oui, bon sang ! Tu as raison.

Kit se mit à genoux et prit ses mains dans la sienne.

— Julia, s'il te plaît, ne retourne pas en France. Je veux que tu restes ici, avec moi. Je t'aime, vraiment. Et je suis… désespéré !

Il rit tristement.

— Donne-moi une seconde chance, s'il te plaît, et je ne te décevrai plus jamais, je te le promets.

— Mon Dieu, Kit, je…

Elle le regarda et essaya de penser rationnellement. Puis, se souvenant de ce qu'avait écrit Annie à propos de la tendance qu'ont les gens à trop analyser, elle interrogea son cœur.

— D'accord, dit-elle.

— D'accord ?

— Oui, d'accord.

— Tu veux dire que tu vas rester ?

— Oui, pour le moment, en tout cas. Peut-être que nous devrions essayer. Qu'est-ce que nous avons à perdre ?

— Oh mon Dieu ! Tu es sérieuse ?

— Plus que jamais.

— Je me lève alors. J'ai trop mal aux genoux.

En se relevant, Kit attira Julia contre lui.

— Je te promets, mon amour, que je veillerai sur toi aussi longtemps que tu voudras bien de moi.

— Et je veillerai sur toi, moi aussi.

— Vraiment ?

Il souleva son menton pour voir ses yeux.

— Ça serait nouveau.

Il sourit et déposa un baiser sur son nez.

— Tu crois vraiment que nous pourrions veiller l'un sur l'autre ?

— Oui, surtout que nous sommes apparemment atteints des mêmes... maux.

— Deux cas désespérés ensemble, c'est ça ?

— À peu près, murmura-t-elle tandis qu'il couvrait son visage de baisers.

Elle se dégagea de son étreinte et regarda le chauffeur de taxi, qui les observait le dos appuyé sur sa voiture et les bras croisés.

— Je ferais mieux d'aller récupérer mon sac et de dire à Bob qu'il peut rentrer chez lui.

— Oui, et ensuite, ma chère Julia, je t'emmène à la maison.

— La maison ? demanda Julia, confuse.

— À Wharton Park, bien sûr. C'est là qu'est ta place.

DEUXIÈME PARTIE

ÉTÉ

31

Wharton Park

Parfois, quand je me réveille avec les premiers rayons du soleil qui s'infiltrent par les fenêtres sans volets de Wharton Park, j'ai du mal à croire que j'arrive à ressentir ce calme et ce bonheur que je ne pensais plus jamais connaître.

Et pourtant, me voilà en train de savourer, tel un chat, la chaleur du soleil sur mon visage. Je me retourne pour regarder le visage de Kit sur l'oreiller à côté de moi. Ses cheveux, que je lui ai demandé de faire couper pour que je puisse voir ses yeux, ont défié les ciseaux du coiffeur, et une boucle tombe sur l'une de ses paupières fermées. Un de ses bras gît nonchalamment au-dessus de sa tête, dans un total abandon, ce qui trahit une confiance absolue dans son environnement.

J'aime le regarder dormir le matin et j'en ai souvent l'occasion, car je me réveille la plupart du temps la première. C'est un moment secret, pour moi toute seule, durant lequel je peux me défaire de ma peur et tout simplement profiter de lui. Il ignore tout de ces instants, c'est une victime innocente du sommeil, et il ne réalise pas que je suis en train d'étudier chaque détail de son visage et que je les enregistre dans ma mémoire.

J'ai appris récemment à quel point ces détails sont importants. Je ne peux plus me représenter le visage de mon mari : je ne vois plus qu'un contour, une forme dans laquelle les détails les plus subtils sont flous et vagues.

Une fois que j'ai terminé mon inspection, je me rallonge et je regarde la pièce dans laquelle tant de générations de Crawford ont dormi. Je doute qu'elle ait vraiment changé depuis le soir des noces d'Olivia Crawford, il y a soixante-dix ans. Le papier peint chinois autrefois si beau n'a plus cette couleur jaune crémeuse et chaleureuse. Il a blanchi, s'est terni. Les papillons et les fleurs qui l'ornent ne sont plus que l'ombre d'eux-mêmes.

La grosse coiffeuse en acajou, avec son miroir à trois faces, est appuyée contre le mur. Elle est tellement atroce que personne n'en a voulu lors de la vente aux enchères ; alors, je l'ai remise à la place qu'elle occupait. J'imagine parfois Olivia assise devant en train de se maquiller comme les filles le faisaient à l'époque pendant qu'Elsie coiffait patiemment ses cheveux.

Je sors doucement du lit pour ne pas déranger Kit et je sens la moquette usée sous mes pieds, même si, dans les coins de la chambre, on peut voir l'épaisseur d'origine.

Je vais jusqu'à la salle de bains avec son sol recouvert de lino défraîchi et craquelé, sa baignoire et ses traces de tartre vert derrière le robinet terni.

Pendant que je m'habille, je ne peux m'empêcher de sourire, tout simplement parce que je suis à Wharton Park. Incommode, délabrée, irritante à cause de son

358

imprévisibilité, la maison me fait penser à un bambin délaissé par sa mère, mais si attachant qu'on ne peut que succomber à son charme.

Tandis que je traverse la chambre sur la pointe des pieds pour descendre et que je mets la bouilloire en route, je me dis que j'aime vraiment être ici avec Kit. J'ai comme le sentiment d'être enfin à ma place.

Julia était assise sur la terrasse de Wharton Park, profitant de l'air chaud du matin et de la beauté du jardin qui s'étendait devant elle. Le mois de juin avait toujours été son mois préféré. C'était le moment où les fleurs se révélaient dans toute leur beauté, heure après heure, où elles s'épanouissaient pleinement dans leur vie si courte et si parfaite. Les arbres qui bordaient le parc semblaient presque ployer sous les feuilles – des nuances de vert à l'infini – et se détachaient sur le ciel bleu et clair de l'été anglais. Elle prit son café et se dirigea vers les marches croulantes qui menaient au jardin – la création d'Adrienne Crawford – et sentit l'odeur presque écœurante des jasmins plantés le long de la terrasse. Comme le reste du jardin, ils avaient été négligés pendant des années. Seules les pelouses étaient tondues, de temps à autre, par le seul jardinier du domaine qui avait beaucoup trop d'hectares à gérer pour se soucier de tailler des arbustes ou de soigner des parterres de fleurs. Les roses, dans leur massif qui entourait la fontaine, formaient désormais une masse informe, envahie par les mauvaises herbes. Pourtant, elles ne semblaient pas vraiment perturbées par cette négligence et continuaient à fleurir anarchiquement, offrant au regard des visiteurs leurs fleurs roses d'une grosseur indécente.

Gabriel aimait les fleurs.

Julia sourit tristement en le revoyant faire irruption dans son bureau, serrant dans sa main un bouquet de fleurs disparates à moitié fanées : des orchidées sauvages et de la lavande qu'Agnès et lui avaient trouvées lors d'une promenade dans la campagne environnante.

« *Pour toi, maman* », disait-il en lui tendant fièrement son bouquet. Julia faisait comme si on ne lui avait jamais offert un aussi beau bouquet et s'empressait de le mettre dans un verre rempli d'eau. Les tiges n'avaient pas la même longueur, car il les avait coupées maladroitement.

Elle se dit que Gabriel aurait adoré Wharton Park. Il avait toujours aimé le grand air et la nature, comme sa mère, et parfois elle lui parlait de la magnifique maison en Angleterre où elle allait quand elle était petite. Et elle lui promettait qu'un jour, elle l'y emmènerait.

Julia poussa un long soupir. Ce jour-là n'arriverait jamais.

Elle continua à marcher dans le jardin. Comme elle aurait aimé se mettre au travail et rendre à ce magnifique endroit sa beauté originelle avant qu'il ne soit trop tard.

— Papy Bill doit se retourner dans sa tombe, dit-elle au chérubin toujours perché en haut de la fontaine qui ne coulait plus.

En retournant doucement vers la maison, Julia eut le sentiment d'être passée de l'autre côté du miroir. Elle ressentait toujours cette douleur d'avoir perdu son mari et son adorable petit garçon, mais aussi la culpabilité et la peur parce qu'elle osait être heureuse. Pourtant, l'amour de Kit n'était pas exigeant comme l'avait été celui de Xavier.

— Chérie, avait murmuré Kit alors qu'ils étaient enlacés dans le lit après avoir fait l'amour pour la première fois. Je comprends que c'est encore un peu tôt pour toi et que tu as vraiment pris un risque pour être là avec moi. Je sais que tu as besoin de temps pour te remettre. Alors, si tu as le sentiment que tu as besoin d'espace ou que je t'envahis, je ne serai pas vexé si tu veux battre en retraite.

Trois mois plus tard, Julia n'en avait pas ressenti une seule fois le besoin. De plus, la maison était suffisamment grande pour lui procurer tout l'espace qu'elle pourrait souhaiter. Et, comme Kit avait refusé l'offre de M. Hedge Fund et qu'il passait la plupart de ses journées sur le domaine, elle était souvent seule ici.

Mais pas solitaire pour autant, pensa-t-elle en montant les marches et en passant la porte qui la conduirait jusqu'à la cuisine. Même si elle était rarement entrée dans cette maison et qu'elle n'était jamais montée à l'étage auparavant, toutes les pièces lui semblaient familières et merveilleusement réconfortantes. Peut-être était-ce grâce au récit d'Elsie, qui avait su faire revivre la maison à l'époque où Olivia Crawford était arrivée, mais peut-être était-ce aussi parce que la maison avait si peu changé depuis. Julia aimait l'atmosphère qui y régnait et avait passé des heures à arpenter les couloirs, se familiarisant avec chacun des recoins de la demeure, chaque couvre-lit aux couleurs passées, chaque ornement poussiéreux évoquant l'histoire qu'elle avait entendue.

De plus, c'était l'été, et tout ce qu'il fallait réparer d'urgence ne se remarquait pas autant qu'en hiver : les toits percés, par exemple, le système de chauffage archaïque qui n'alimentait pas suffisamment les radiateurs en fonte et qui ne chauffait pas vraiment l'eau du bain non plus.

Ils n'avaient jamais annoncé officiellement qu'elle était venue s'installer à Wharton Park avec Kit. C'était juste arrivé naturellement, par consentement mutuel. Depuis les événements qui avaient failli compromettre leur relation naissante, tout semblait se passer entre eux avec une facilité stupéfiante. Leur quotidien se déroulait dans une ambiance détendue et agréable : Kit arrivait à la cuisine pour leur apéritif de dix-huit heures. Ils parlaient alors de leur journée tout en s'affairant dans la cuisine pour préparer ensemble le repas du soir. Julia était désireuse d'apprendre et profitait de ses nouveaux talents culinaires. Ensuite, ils allaient se coucher tôt pour faire l'amour. Ils sortaient rarement. Ni l'un ni l'autre ne ressentait le besoin de voir d'autres personnes. Ils préféraient passer du temps ensemble et seuls.

Kit comprenait parfaitement la tristesse de Julia qui venait parfois s'immiscer dans leur bonheur, souvent de façon complètement inattendue. Un souvenir, ravivé par un commentaire indirect, la rendait alors silencieuse et pensive. Il ne se sentait absolument pas menacé par son passé, il l'avait à l'esprit, le respectait, mais ne forçait jamais Julia à en parler si elle ne lui faisait pas comprendre elle-même qu'elle le souhaitait.

Leur relation était complètement différente de celle qu'elle avait eue avec Xavier : pas de grandes déclarations comme son mari aimait en faire, pas de disputes et de comportements versatiles, pas d'insécurité émotionnelle et de changements d'humeur qui rendaient la vie avec Xavier si excitante et épuisante à la fois.

En montant l'escalier pour aller faire le lit, Julia se dit qu'il y avait entre eux une grande stabilité, un bonheur tranquille, exempt de tous les psychodrames qui avaient pu émailler sa relation avec Xavier, qui lui apportait le calme. Et elle savait que c'était justement cette paix qui lui permettait de se rétablir progressivement. Elle espérait que sa présence dans la vie de Kit avait le même effet sur lui.

Elle avait découvert récemment que, plutôt que de gâcher sa vie en s'apitoyant sur lui-même, comme il avait décrit les dix dernières années de son existence, Kit avait travaillé sans relâche pour des associations caritatives dans le monde entier. Il avait utilisé à la fois ses connaissances universitaires et ses compétences médicales pour aider ceux qui en avaient le plus besoin.

— Comme je n'attachais plus vraiment d'importance à ma propre existence, j'ai pu aller dans des endroits où pratiquement personne n'osait s'aventurer, avait dit Kit lorsque Julia avait écouté, avec étonnement et admiration, le récit de ses aventures dans les zones les plus dangereuses de la planète.

Ne te méprends pas, Julia, je ne faisais que fuir en fait.

Quelles qu'aient été les raisons qui l'avaient poussé à s'engager ainsi, ces missions avaient fait de lui un homme beaucoup plus sage et courageux qu'il ne voulait bien l'admettre. Julia, parfois irritée par sa façon de se rabaisser constamment, le lui dit à plusieurs reprises. Et Kit commença alors à s'ouvrir, à parler d'un projet qu'il avait envisagé pour l'avenir : suivre et soigner des enfants traumatisés par des événements qui les dépassaient complètement.

— J'ai vu tellement d'innocents souffrir, dit-il en soupirant un soir. Pour être tout à fait honnête, je pense que je m'occupais de tous les enfants que je rencontrais au cours de mes voyages pour oublier que j'étais incapable de m'engager dans ma vie personnelle. Ils avaient besoin de moi, mais je pouvais toujours partir et m'installer ailleurs. Il n'y avait rien d'altruiste là-dedans.

— Je comprends, Kit, avait répondu Julia, mais je suis sûre qu'ils ont profité de ton aide, même si tu ne restais pas longtemps auprès d'eux.

— Eh bien, j'ai appris que les enfants étaient les piliers de l'espèce humaine. S'ils ne s'en sortent pas, la génération suivante ne s'en sortira pas non plus. Et, avec le recul, dans toute la souffrance que j'ai pu voir, je reconnais que j'ai trouvé quelque chose qui me passionne.

Alors, Julia l'avait encouragé à s'inscrire à un cours approprié afin de valider les acquis de la fac de médecine et acquérir les connaissances qui lui manquaient pour devenir psychologue pour enfants.

— Quand le sort de cette maison sera scellé, je me lancerai peut-être, avait-il dit.

Puis il s'était tourné vers elle.

— Ça fait longtemps qu'une femme ne m'avait pas à ce point houspillé.

— Kit ! Je...

Il avait roulé sur lui-même dans le lit et s'était mis à la chatouiller sans merci. Il l'avait ensuite regardée, l'air de nouveau sérieux.

— Merci, Julia, de t'intéresser suffisamment à moi pour le faire.

— Nous partageons un moment dans le temps, avait annoncé Kit une nuit, tandis qu'ils s'étaient allongés dans le parc et qu'ils regardaient la pleine lune. Comme pour l'univers, il n'y a ni début ni fin. Nous *sommes*, tout simplement.

Julia aimait cette idée. Elle se raccrochait même à elle quand son esprit se tournait vers un autre problème qui l'obsédait depuis quelque temps. Le calme de Wharton Park et l'amour de Kit lui avaient fait faire d'énormes progrès sur le chemin de la guérison. Pourtant, chaque fois qu'elle s'approchait du salon, qu'elle posait ses doigts sur la poignée en laiton terni pour ouvrir la porte et s'approcher du piano à queue, le courage lui manquait.

Deux semaines auparavant, elle avait pris le train pour Londres afin de déjeuner avec Olav, son agent.

— En ce moment, j'ai encore toute une série de salles de concert qui te proposent des dates dont...

Olav avait marqué une pause pour bien ménager son effet.

— ... le Carnegie Hall.

— Vraiment ?

Julia n'avait pu s'empêcher d'être enthousiaste. C'était le seul endroit où elle n'avait encore jamais été invitée à se produire et où elle avait toujours rêvé de jouer.

— Oui, madame, avait dit Olav. Ton histoire a été largement couverte par la presse outre-Atlantique. Les Amerloques adorent les drames. Donc, le gros truc pour eux, c'est que tu fasses ton come-back au Carnegie Hall. Sans vouloir te vexer, ma chérie, ils s'intéressent moins à ton talent qu'au fait que tu pourrais leur rapporter gros avec tous les grands noms des relations publiques qui vont se mettre sur le truc.

— Quand devrait avoir lieu le récital ? demanda Julia.

— Dans dix mois, à la fin du mois d'avril de l'année prochaine. Ce qui te donne largement le temps de reposer les doigts sur les touches et de reprendre confiance. Qu'est-ce que tu en dis, Julia ? C'est une sacrée offre, et je ne peux pas t'assurer que l'occasion se représentera un jour.

Tout en serrant un oreiller contre elle, Julia s'approcha de la fenêtre de la chambre et regarda le jardin au-dessous. Elle avait moins d'une semaine pour faire part de sa décision à Olav. Elle se demanda pour la énième fois si elle serait capable de le faire, de trouver un moyen pour franchir ce vide mental. Julia ferma les yeux et s'imagina en train de jouer. Comme d'habitude, l'adrénaline commença à irriguer ses veines, et elle sentit la sueur perler sur son front et ses tempes.

Jusqu'à présent, elle n'avait jamais abordé le sujet avec Kit. Comment pouvait-elle expliquer que l'instrument qu'elle aimait tant lui faisait si peur maintenant ? Il la trouverait peut-être ridicule, pourrait insister pour qu'elle recommence à jouer, et elle savait qu'elle ne pourrait pas faire face à cette situation.

D'un autre côté, pensa-t-elle en s'éloignant de la fenêtre et en posant l'oreiller avec la délicieuse odeur de Kit sur le lit, il pourrait peut-être l'aider. Elle devait se persuader qu'il la comprendrait : elle était désespérée de toute façon.

Ce soir-là, pendant le dîner, elle mentionna en passant l'offre du Carnegie Hall.

— Waouh ! dit-il. Julia, c'est merveilleux ! Quel honneur ! Tu m'emmèneras, dis ? Comme ça, je pourrai m'asseoir au premier rang, croiser ton regard et te tirer la langue pendant un crescendo particulièrement tendu !

Elle sourit timidement, puis secoua la tête.

— Le problème, c'est que je ne sais pas si j'en suis capable, Kit. C'est peut-être trop et surtout trop tôt. Je ne peux pas vraiment expliquer pourquoi j'ai si peur, pourquoi mon corps réagit ainsi chaque fois que je m'approche d'un piano. Mon Dieu…

L'expression de Kit redevint tout à fait sérieuse, et il prit la main de Julia dans la sienne.

— Je sais, mon amour. Combien de temps as-tu pour y réfléchir ?

— Quelques jours.

— J'aimerais pouvoir t'aider, brandir une baguette magique pour que tu puisses recommencer à jouer, dit Kit en soupirant. Mais je sais que c'est impossible. C'est à toi que revient la décision.

— Oui, dit Julia en hochant doucement la tête. Si ça ne te fait rien, je vais aller me promener dans le parc et je vais essayer de réfléchir.

— Bonne idée, dit Kit.

Il la regarda quitter la cuisine, puis, plongé dans ses pensées, débarrassa la table, fit la vaisselle et l'essuya.

Deux jours plus tard, alors que Kit avait rendez-vous de bonne heure avec le gestionnaire d'exploitation dans le bureau du domaine, il apporta une tasse de thé à Julia et s'assit sur le lit à côté d'elle.

— Il faut que j'y aille, dit-il en se penchant pour l'embrasser.

Il la regarda et ajouta.

— Tu as l'air fatiguée, ma chérie. Ça va ?

— Oui, mentit-elle. Bonne réunion.

— Merci, dit Kit en se levant. Au fait, j'ai un copain à qui j'ai donné l'autorisation de pêcher dans notre torrent. Il a dit qu'il aurait sûrement une ou deux truites pour notre repas de ce soir. Il passera pour nous les laisser dans l'après-midi.

— Je n'ai jamais cuisiné de truite. Qu'est-ce que je dois faire ? demanda timidement Julia.

— Je te montrerai comment les vider plus tard, répondit-il en se dirigeant vers la porte. Oh ! J'allais oublier. Au cas où je ne serais pas revenu, il y a un accordeur de piano qui va venir à onze heures ce matin. Je doute que ce superbe instrument qui prend la poussière dans le salon ait été utilisé depuis que tu as joué dessus. Comme ce piano a une certaine valeur, il vaut mieux en prendre soin. À plus tard, ma chérie.

Il lui envoya un baiser et quitta la pièce.

À onze heures pile, la sonnerie de la porte d'entrée retentit avec son timbre un peu rouillé, et Julia fit entrer l'accordeur de piano dans la maison.

— Merci, madame, dit l'homme d'un ton respectueux. Pouvez-vous me montrer où se trouve le piano ? La dernière fois que je suis venu, c'était il y a près de soixante-cinq ans, lorsque Lady Olivia avait demandé à mon père de l'accorder, juste avant que Lord Harry ne revienne de la guerre.

Julia le regarda, surprise.

— Mon Dieu, ça fait vraiment longtemps. C'est par ici.

Elle le conduisit à travers la série de pièces qui menaient au salon, puis, une fois devant la porte, posa les mains sur la poignée en laiton. Elles se mirent immédiatement à trembler.

— Tenez, madame, laissez-moi faire, proposa-t-il.

— Merci... Elle est un peu... grippée, répondit-elle, embarrassée.

L'accordeur de piano tourna la poignée sans difficulté. Elle n'eut pas d'autre choix que de le suivre dans la pièce. Elle traîna près de la porte et le vit s'approcher du piano, puis soulever la housse de protection.

— Quel magnifique instrument ! commenta-t-il d'un ton admiratif. Mon père disait toujours que c'était le son le plus pur qu'il ait jamais entendu. Et je peux vous assurer qu'il en a entendu un paquet de pianos, gloussa-t-il. Bon, allons voir ça.

Il ouvrit le couvercle, examina les touches qui

jaunissaient et posa les doigts dessus avec amour. Il joua un arpège rapide, soupira et secoua la tête.

— Dieu du ciel ! On a l'air d'être bien malade.

Il se tourna vers Julia.

— Ça va prendre du temps, mais je vais le remettre sur pied, ne vous inquiétez pas, madame.

— Merci, répondit Julia sans enthousiasme.

— Oui.

L'accordeur de piano se pencha pour ouvrir sa boîte à outils.

— Le plus triste dans cette histoire, c'est que, d'après ce que m'a dit mon père, Lord Harry n'a plus jamais rejoué après son retour de la guerre.

— Vraiment ? J'ai entendu dire qu'il jouait merveilleusement bien.

— Ah oui, c'était un grand pianiste. Mais, pour une raison que j'ignore, il ne s'en est plus jamais approché, dit l'accordeur en soupirant et en jouant les premières notes de la *Sonate en si mineur* de Liszt. C'était peut-être à cause de ce qu'il avait vécu pendant la guerre, quelque chose qui lui était arrivé au cours de cette période. Quel dommage qu'il ait gâché son talent, vous ne trouvez pas ?

Julia ne pouvait en supporter davantage.

— Je vous laisse, répondit-elle d'un ton brusque. Et envoyez la facture à Lord Crawford, s'il vous plaît.

Elle tourna les talons et s'enfuit en courant du salon.

Plus tard, elle alla dans le potager et choisit patiemment dans ce qui restait les légumes qu'elle allait cuisiner avec la truite. Elle aurait aimé réaménager le jardin, enlever les mauvaises herbes, faire de nouvelles plantations, mais, comme Kit et elle ne resteraient sans doute que le temps de trouver un autre acheteur, Julia se dit que c'était inutile.

Soudain, elle tendit l'oreille. Elle entendit les notes du *Concerto n° 2* de Rachmaninov, portées par la brise jusqu'au potager.

Elle se laissa tomber à genoux au milieu des mauvaises herbes et plaqua ses mains sur ses oreilles.

— Arrêtez ! Arrêtez !

Elle entendait encore la musique à travers ses doigts, les notes qu'elle ne supportait plus de jouer assaillaient ses sens. Elle renonça à tenter de se boucher les oreilles et, tandis que ses mains retombaient le long de son corps, elle se mit à sangloter.

— Pourquoi a-t-il fallu que vous jouiez ce morceau ? Celui-ci en particulier ?

Elle secoua la tête et essuya son nez qui coulait avec le dos de sa main.

Ce morceau symbolisait à lui tout seul l'ampleur de son chagrin.

Ce soir terrible, pendant qu'elle jouait devant un public conquis, enveloppée dans sa merveilleuse musique, plongée dans son monde, pendant qu'elle savourait les applaudissements et les acclamations, qu'elle acceptait avec joie les bouquets qu'on lui tendait, portée par l'ivresse égoïste que lui procurait son succès, son petit garçon et son mari étaient en train de mourir dans d'atroces souffrances.

Julia n'avait cessé de se demander depuis à quel moment précis du concerto ils avaient rendu leur dernier souffle. Cette question la hantait. Gabriel l'avait-il appelée pendant qu'il endurait de terribles souffrances, qu'il était en proie à une peur

371

indicible ? S'était-il demandé pourquoi sa mère n'était pas là auprès de lui pour l'aider, le réconforter, le protéger ?

Elle l'avait laissé tomber au moment où il avait eu le plus besoin d'elle.

Cette idée était insupportable.

Et Julia savait que le pire, dans tout cela, c'était que le piano – un instrument sans âme, ni cœur – avait volé son amour et son attention. Elle s'effondra sur le sol, désespérée, mais trouva un peu de réconfort en pensant que les maigres carottes et la seule laitue du jardin étaient des descendants spontanés des légumes plantés autrefois par son grand-père adoré.

— Oh ! papy Bill, dit-elle en implorant le ciel. Qu'est-ce que tu m'aurais dit en cet instant si nous avions été assis tous les deux dans la serre comme avant ?

Elle savait qu'il aurait été calme et rationnel comme chaque fois qu'elle venait lui confier un problème qu'elle éprouvait. Il aurait regardé les faits sans se soucier des émotions qui les entouraient.

Elle savait qu'il croyait beaucoup au destin, en Dieu. Quand sa mère était morte, il avait pris Julia dans ses bras après l'enterrement. Elle avait pleuré sur son épaule, inconsolable. Savoir sa mère seule dans le sol dur et froid lui était insupportable.

— Ta maman repose en paix, maintenant. Je sais qu'elle est bien là-haut, lui avait-il dit pour l'apaiser. C'est nous, nous qui sommes restés, qui souffrons de ne plus l'avoir avec nous.

— Pourquoi les docteurs n'ont-ils pas pu la guérir ? demanda-t-elle d'un ton pitoyable.

— C'était son heure, ma chérie. Et si c'était son heure, il n'y avait rien à faire.

— Mais je voulais la sauver...

— Ne te punis pas, Julia, lui avait-il dit pour la consoler. Nous avons tous fait de notre mieux. Nous pensons que nous avons un pouvoir sur notre vie, mais ce n'est pas vrai, tu sais. J'ai vécu suffisamment longtemps pour savoir que c'est un fait, et que nous ne pouvons rien changer.

Julia se redressa et réfléchit à ce que son grand-père lui avait dit ce jour-là. Était-ce vrai aussi pour Gabriel et Xavier ? Leur heure avait-elle sonné ? Aurait-elle pu changer quelque chose si elle avait été avec eux ?

C'était une question à laquelle il était impossible de répondre.

Et quant au fait qu'elle était en train de jouer du piano... Julia essuya son nez qui coulait et sut, en réalité, qu'elle aurait tout aussi bien pu être à la maison, à attendre qu'ils rentrent tous les deux de la plage par la même route dangereuse.

Et était-elle, comme son grand-père l'avait dit il y a si longtemps, en train de se punir, de se priver de la seule chose qui pourrait lui apporter du réconfort et soigner son âme ?

D'autres paroles de son grand-père lui revinrent à l'esprit tandis que l'accordeur jouait les dernières notes :

— Tu as un don. Ne le gâche pas, Julia...

Alors que le silence s'installait de nouveau, Julia réalisa qu'elle avait perdu beaucoup de personnes qu'elle aimait, mais il y avait une chose qui lui appartenait pour toujours, qu'on ne pourrait jamais lui enlever, c'était son talent.

Enfin, lorsque la voiture de l'accordeur partit, Julia se leva et retourna doucement vers la maison. Elle s'arrêta sur la terrasse, et son visage s'illumina soudain, car elle venait d'avoir une révélation qui lui redonnait espoir. Son talent était ce qu'elle avait de plus précieux et resterait avec elle jusqu'à la fin de ses jours. Il ne l'abandonnerait jamais, car il faisait partie intégrante de son être.

Et elle ne devait pas l'abandonner non plus.

Xavier et Gabriel la remercieraient-ils de ne plus jamais avoir touché son piano ? Souhaiteraient-ils que leur mort ait entraîné, avec elle, celle de son talent ?

Non.

Julia comprit clairement, pour la première fois, que son esprit tourmenté par le remords et le chagrin lui avait joué des tours. Elle avait ouvert la porte à ses démons alors qu'elle était si vulnérable. Et ils avaient pris racine.

Elle devait les chasser à présent.

Elle se dirigea d'un pas décidé vers le salon, la tête remplie de tous ceux qui l'avaient aimée et l'aimaient encore, et elle s'assit au piano. Ignorant la réaction de son corps, elle posa ses mains tremblantes sur les touches.

Elle jouerait pour eux tous.

Et pour elle.

Lorsque Kit arriva à la maison une heure plus tard et qu'il entendit les *Études* de Chopin sur le piano du salon, les larmes lui montèrent aux yeux.

Il s'assit brusquement sur l'escalier de l'entrée, à l'endroit où il avait vu Julia pour la première fois. Et il l'écouta avec admiration, plein d'humilité devant un tel talent.

— Je suis vraiment fier de toi, ma chérie, murmura-t-il pour lui-même. Non seulement tu as un talent rare, mais en plus tu es courageuse, magnifique et forte. Et j'espère que je serai digne de toi et que je pourrai te garder auprès de moi pour toujours, dit-il en s'essuyant les yeux avec son avant-bras.

32

Depuis ce jour, le silence qui avait régné pendant si longtemps à Wharton Park fut rompu. La maison vibrait au son de la belle musique. Julia avait chassé ses démons et jouait sur le magnifique piano du salon et, de jour en jour, elle savourait un peu plus son retour vers l'instrument qui faisait tout simplement partie de son âme.

— Merci de m'avoir aidée à recommencer, avait-elle murmuré à Kit le soir où elle avait reposé pour la première fois ses doigts sur les touches du piano.

Allongé dans le lit à côté d'elle, Kit avait répondu :

— Ne me remercie pas, ma chérie. C'est toi qui as réussi à rompre le charme. De plus, le piano avait vraiment besoin d'être accordé.

Mais Julia savait que, sans l'encouragement

discret mais habile de Kit, elle n'aurait pas réussi à franchir le pas toute seule.

— J'ai eu Elsie au téléphone, aujourd'hui, dit Julia au moment du dîner, quelques semaines plus tard. Et elle m'a dit que, maintenant que je vivais à Wharton Park, elle aimerait beaucoup nous rendre visite. Elle a proposé de venir ce week-end. Ça ne te fait rien si elle passe une ou deux nuits ici ?

— Bien sûr que non, s'empressa de répondre Kit. Tu n'as même pas besoin de demander. C'est ta maison à toi aussi. En fait, on m'a proposé de jouer au cricket avec l'équipe du village ce week-end. Comme ça, je ne serai pas dans tes jambes samedi.

Julia vit que Kit était heureux qu'on ait pensé à lui.

— J'aimerais aussi dire à Alicia et sa famille de venir manger dimanche à midi. Ils n'ont pas vu Elsie depuis des années.

— Bonne idée, approuva Kit. Et si Elsie est prête à raconter le reste de son histoire, nous serions dans le cadre idéal pour l'écouter. Depuis que je vis dans cette maison, je suis encore plus impatient de découvrir ce que les membres de ma famille ont fait par le passé, ajouta-t-il.

Après le dîner, ils sortirent sur la terrasse, dans le coin préféré de Julia. La vieille table en métal et ses chaises étaient rouillées, mais prouvaient que quelqu'un avant elle avait aussi décidé que cet endroit protégé était idéal pour profiter de la vue sur le parc.

— Quelle belle soirée ! murmura Kit en savourant l'air chaud de la nuit. J'ai passé la majeure partie de ma vie d'adulte à essayer de trouver de nouveaux horizons. Et voilà qu'alors que je suis assis sur une terrasse qui fait partie de mes racines, je suis en train de me dire qu'il n'y a pas de plus bel endroit au monde. J'ai enfin arrêté de courir. Et je suis heureux. J'aime être ici avec toi. Merci, ma chérie, de m'avoir aidé à m'arrêter, à me poser.

— Kit, comme tu me le dis souvent, c'est toi seul qui as pris cette décision.

Julia prit une gorgée de l'armagnac millésimé que Kit avait trouvé dans un casier poussiéreux dans la cave.

— En fait, je voulais... parler de quelque chose avec toi.

Il fronça les sourcils et la regarda.

— Ça a l'air sérieux.

— Il faut que je retourne en France, dit Julia calmement.

Il y eut un silence pendant que Kit digérait l'information.

— Très bien. Je savais que tu devrais y aller un jour ou l'autre.

— Je n'en ai pas envie, dit-elle en soupirant. Mais j'ai des choses à faire là-bas. Et, si je veux tourner la page et donner à mon passé la place qui lui revient, je dois y retourner.

— Oui, répondit Kit. Tu veux que je vienne avec toi ?

— Non. Je pense que c'est quelque chose que je dois faire toute seule. De plus, je sais que tu vas être très occupé ici avec la moisson qui va commencer.

— En effet, dit Kit en haussant les sourcils. Je n'aurais jamais cru que j'apprendrais un jour à conduire une moissonneuse-batteuse, mais tout le monde doit mettre la main à la pâte, nous manquons de personnel. Combien de temps vas-tu rester là-bas ?

Julia haussa les épaules.

— Je ne sais vraiment pas. Le temps qu'il faudra pour régler tout ce que j'ai à régler et pour prendre des décisions.

— Oui.

Kit resta silencieux quelques instants et regarda l'obscurité, puis il lui prit la main.

— Julia, tu sais que, peu importe le temps que tu resteras là-bas, je serai là et je t'attendrai.

Dans la nuit, Julia s'agrippa à sa main comme à une corde de sécurité.

— Merci.

Plus tard, ils firent l'amour avec encore plus de passion que d'habitude et aussi un certain sentiment d'urgence. Julia s'était endormie depuis longtemps, mais Kit continuait à la regarder, incapable de faire disparaître ce malaise qui s'était logé dans le creux de son estomac depuis le moment où Julia lui avait annoncé qu'elle allait partir.

Julia passa son samedi matin à rafraîchir une des chambres à coucher pour Elsie. Elle réalisa que ce serait la première fois que sa grand-mère viendrait à Wharton Park comme invitée et non comme domestique. Elle voulait tout faire pour qu'elle se sente à l'aise.

Elle se rendit ensuite à Holt pour acheter quelques provisions. C'était une journée chaude et ensoleillée, et la jolie ville était très animée avec les

touristes et les propriétaires de résidences secon-
daires qui affluaient dans la région pendant les mois
d'été.

Tandis qu'elle rangeait ses sacs de provisions
dans la malle, elle décida que, même si elle savait
désormais qu'elle serait prête pour le récital au
Carnegie Hall, elle ne reprendrait plus jamais le
rythme épuisant qu'elle avait suivi autrefois. Si les
derniers mois lui avaient bien appris quelque chose,
c'est qu'il y avait une vraie beauté dans les plaisirs
les plus simples de la vie. Et il ne fallait pas les
négliger.

Elle était terrifiée à l'idée de retourner en France.
Elle ne voulait pas perdre cette tranquillité qu'elle
avait mis si longtemps à trouver. Elle savait aussi
que c'était Kit qui l'avait aidée sur cette voie et
qu'en partant, elle laisserait sa force derrière elle.
Pourtant, c'était une odyssée qu'elle devait entreprendre seule, si elle voulait être totalement libre de
l'aimer comme il le méritait.

À trois heures et demie, cet après-midi-là, Julia
entendit une voiture remonter l'allée. Elle se précipita vers la porte d'entrée et vit le chauffeur aider
sa grand-mère à sortir du véhicule. Elle descendit
les marches à toute vitesse pour aller l'accueillir.

— Julia, ma chérie, viens embrasser ta vieille
grand-mère.

Une fois qu'elles se furent saluées, Elsie recula de
quelques pas pour la regarder.

— Bonté divine ! s'exclama-t-elle. J'ai toujours
dit que l'air de Wharton Park avait un effet magique
sur toi. Regarde-toi. Tu es magnifique !

Julia n'avait pas eu le temps d'enlever son tablier saupoudré de farine.

— Tu exagères, mamie, mais il est vrai que je me sens beaucoup mieux que la dernière fois que je t'ai vue.

Julia paya le chauffeur de taxi, prit la petite valise d'Elsie, puis elle se dirigea avec elle vers les marches qui menaient à l'entrée principale de la maison.

Elsie s'arrêta juste devant les marches et leva les yeux.

— Elle n'a pas changé. C'est bizarre, n'est-ce pas ? Nous avons tous évolué, changé, vieilli, mais ces briques et ce mortier ne semblent pas bouger.

— Si seulement c'était vrai, dit Julia en soupirant tandis qu'elle aidait sa grand-mère à monter doucement les marches. Son apparence n'a peut-être pas changé, mais, malheureusement, elle souffre vraiment de sa vieillesse, et il faudrait la restaurer avant qu'elle ne s'effondre sous nos yeux.

— Elle est un peu comme moi, alors ? dit Elsie en riant. Tu sais que, malgré toutes les années que j'ai passées à Wharton Park, c'est la première fois que j'entre par la porte principale ?

— Je me suis dit ce matin que ça te ferait peut-être drôle de revenir ici. Et si je t'accompagnais jusqu'à ta chambre pour que tu puisses te rafraîchir. Ensuite, nous pourrons prendre une bonne tasse de thé.

Lorsqu'elles arrivèrent en haut de l'escalier, Elsie était hors d'haleine.

— Dieu du ciel ! Mes jambes ne sont plus ce qu'elles étaient, dit-elle en haletant. Dire que je montais et descendais ces marches quarante fois par jour sans même m'en apercevoir.

— Je t'ai installée dans cette chambre, mamie, dit Julia en ouvrant la porte. Elle est mignonne et pas trop grande.

Elsie franchit le seuil et laissa échapper un soupir de plaisir et de surprise.

— Mon Dieu ! Avec toutes les chambres qu'il y a dans la maison, il a fallu que tu choisisses celle où Lady Olivia a dormi la première fois qu'elle est venue à Wharton Park. C'est ici que je l'ai vue pour la première fois. Et, ajouta Elsie en regardant autour d'elle dans la pièce, je ne crois pas qu'elle ait vraiment changé depuis.

Elle s'avança jusqu'au fauteuil rembourré dont le tissu était usé et s'assit, tentant de reprendre son souffle.

— Désolée, Julia, cette grippe m'a vraiment fatiguée, et je n'ai pas retrouvé toutes mes forces depuis.

Julia la regarda, l'air soucieux.

— Tu veux peut-être te reposer un peu ? Tu veux que je t'apporte ta tasse de thé ici ?

— C'est exactement ce que je disais à Lady Olivia, dit Elsie en riant. Je me sens un peu lasse, mais c'est probablement le choc de revoir cet endroit.

— Tu prends ton temps, mamie. Ce n'est pas la peine de se presser. Tu fais une petite sieste et tu descends quand tu es prête. Nous avons tout l'après-midi pour parler. Kit joue au cricket pour l'équipe du village et ne sera pas de retour avant sept heures.

— Le jeune Christopher..., dit Elsie d'un air pensif. Qui aurait cru que tu allais finir avec lui ! Je me souviens quand il venait passer l'été ici. Cook et moi disions toujours qu'il ressemblait à une sucette ; un grand dadais tout mince avec une grosse tête et cette masse de cheveux bouclés !

— Il n'a pas changé, dit Julia en riant. Et il est vraiment impatient de te revoir.

— Moi aussi, dit Elsie en s'approchant du lit et en se hissant sur le matelas. La vie est vraiment bizarre. Nous voilà de nouveau tous réunis dans cette vieille maison. Allez, ma chérie, tu peux redescendre maintenant. Et ce n'est pas la peine de m'apporter une tasse de thé. Je la boirai quand j'aurai fait un petit somme.

— À tout à l'heure, murmura Julia en se penchant pour l'embrasser sur le front.

Les yeux d'Elsie se fermaient déjà.

Une heure et demie plus tard, Elsie arriva dans la cuisine, ragaillardie.

— Ça va mieux, dit-elle. Alors, où est cette tasse de thé que tu m'avais promise ? Je veux tout savoir sur Kit et toi.

Elles s'assirent toutes deux à la table de la cuisine, et Julia raconta à Elsie comment Kit l'avait soignée pendant qu'elle était malade, puis comment elle était venue s'installer ensuite à Wharton Park.

— Julia, je suis vraiment ravie pour toi, ma chérie. Je vois dans tes yeux que tu es heureuse. Après la terrible épreuve que tu as traversée, dit Elsie, les larmes aux yeux, c'est merveilleux que vous ayez tous les deux trouvé le bonheur.

Elle but une gorgée de thé.

— Et, pour être honnête, c'est vraiment ce qui m'a poussée à venir ici aujourd'hui. Le fait que tu sois avec Kit, c'est un peu comme si la boucle était bouclée. Et j'ai décidé que tu devrais connaître toute l'histoire. Et peut-être qu'en la racontant à l'endroit où les protagonistes ont vécu, j'arriverai mieux à me souvenir, dit Elsie en regardant autour d'elle.

Vingt minutes plus tard, Kit entra dans la cuisine, bronzé et en pleine forme dans sa tenue de cricket.

— Elsie, ça me fait vraiment plaisir de vous revoir après toutes ces années.

Kit s'approcha d'elle et l'embrassa chaleureusement.

— Vous n'avez pas pris une ride !

— Flatteur, dit Elsie en riant. Eh bien, laissez-moi vous dire que vous avez sacrément changé, monsieur Kit. Vous vous êtes étoffé et vous vous êtes transformé en beau jeune homme.

— Alors, vous ne pensez plus que je ressemble à une sucette ? dit Kit en la regardant d'un air sévère.

Quand Elsie se mit à rougir, il lui adressa un grand sourire.

— Je vous ai entendus, Cook et vous, parler de moi un jour. Vous ne saviez pas que je m'étais caché dehors. Ça ne m'a pas vexé. J'étais content que vous me nourrissiez tous les deux.

— Eh bien, dit Elsie sur la défensive. Vous avez toujours été beaucoup trop maigre. En fait, ajouta-t-elle, toi aussi, Julia.

— Regardez-nous maintenant, dit Kit en passant son bras autour des épaules de Julia. Un verre de vin, Elsie ? Je vais en prendre un pour fêter une victoire. J'ai réussi deux *overs* et j'ai vraiment été heureux d'être élu « homme du match ».

Elsie croisa le regard de Julia pendant que Kit

ouvrait la bouteille de vin et hocha la tête d'un air approbateur.

— C'est vraiment devenu un bel homme, n'est-ce pas ? Qui l'eût cru ?

Pendant que Kit et Elsie discutaient agréablement des années qu'elle avait passées à Wharton Park, Julia s'affaira dans la cuisine pour préparer le dîner. Elle vit qu'Elsie se sentait parfaitement à l'aise, rassurée par l'amabilité et les taquineries de Kit. Julia posa un ragoût de poulet et des pommes de terre nouvelles sur la table, et s'assit à côté d'eux pour manger.

— Ça, par exemple, Julia ! dit Elsie après avoir goûté. Je n'aurais jamais cru que tu te lancerais dans la cuisine un jour ! En tout cas, c'est vraiment délicieux.

— Julia a beaucoup de talents cachés, Elsie, ajouta Kit en lui faisant un clin d'œil.

Après le dîner, Julia fit du café et proposa qu'ils aillent le boire dans la bibliothèque. Après avoir installé Elsie dans le fauteuil confortable près de la cheminée, Julia rejoignit Kit sur le canapé. Le silence s'installa, tandis qu'ils attendaient tous deux avec impatience qu'Elsie se mette à parler.

— Bon, dit Elsie en prenant une gorgée de café, puis en reposant la tasse sur la table. Comme je l'ai dit tout à l'heure à Julia, j'ai longuement réfléchi et je me suis demandé si je devais vous raconter la suite de l'histoire ou non. Mais dans les circonstances actuelles…

— Quelles circonstances ? demanda Kit.

— Soyez patient, jeune homme, et, à la fin de mon récit, vous comprendrez. Alors, dit Elsie en prenant une profonde inspiration, la dernière fois, Julia, nous nous étions arrêtées au moment où Lord Harry et Lady Olivia s'étaient réconciliés juste avant qu'Harry ne parte pour la guerre.

— Oui, confirma Julia.

— Eh bien, maintenant, je vais vous raconter l'histoire d'Harry et, même si c'est arrivé très, très loin d'ici, je vous promets que ce que je vais vous dire correspond à la stricte vérité bien que la fin ne figure pas dans le journal qu'il a écrit.

— C'est Harry qui a écrit ce journal ? demanda Julia.

— Oui, confirma Elsie. C'était le journal intime d'Harry. Il a toujours eu une superbe écriture. Mon Bill n'aurait jamais pu écrire un journal pareil, dit-elle en riant. C'est tout juste s'il savait écrire son nom, paix à son âme. Maintenant, ma chérie, essaie de ne plus m'interrompre. Ce que je voulais vous dire, c'est que Bill, ton grand-père, était en Malaisie avec lui pendant la guerre. Ensuite, quand Harry est rentré à la maison, Bill et moi avons été entraînés dans son histoire d'une façon que nous n'aurions jamais pu imaginer. Cette partie commence après la fin de la guerre, lorsque ton grand-père et Harry ont été libérés du camp de Changi après trois ans et demi de captivité…

33

Quand Harry reprit connaissance, il eut le sentiment d'avoir dormi longtemps sans être dérangé. Il avait l'habitude de changer constamment de position quand la douleur de son os iliaque, appuyé sur le lit rudimentaire qu'il s'était fabriqué, le réveillait, le forçant à se tourner de l'autre côté pour faire supporter son poids à la hanche opposée. Il ne se souvenait pas non plus de s'être réveillé pour chasser les innombrables moustiques ou frotter la piqûre soudaine d'une fourmi rouge. Et son torse maigre n'était pas recouvert de cette sueur collante qui le gênait d'habitude au réveil. En fait, il avait l'impression qu'il faisait presque frais, mais peut-être imaginait-il cette légère brise qui caressait son visage ?

En bref, il se sentait bien. Une sensation dont il se souvenait à peine.

Il se demanda s'il était en proie à des hallucinations. Pendant ses longues années de captivité, il avait souvent rêvé de Wharton Park et des choses les plus étranges : son père qui lui tendait une boîte de sardines, un plongeon dans l'eau froide et claire de la fontaine au milieu du jardin de sa mère, et Olivia qui lui tendait son fils...

Pourtant, la plupart du temps, il rêvait de nourriture. Les autres gars et lui avaient passé de longues nuits humides à parler des meilleures recettes de leurs mères. C'est ainsi qu'ils avaient pu rester « sains d'esprit », si on pouvait utiliser cette expression pour les détenus du camp de Changi.

Il ne restait pas grand-chose d'eux ni physiquement ni mentalement, et Harry se réveillait tous les matins, tout simplement surpris d'être encore en vie. Parfois, il le regrettait presque.

Il décida de garder les yeux fermés et savoura cette sensation de bien-être tout en se demandant comment son corps avait pu résister à la faim et au genre de contraintes physiques qui mettraient à l'épreuve un homme en pleine santé sous un climat modéré ; alors, que dire de cette chaleur brutale ?

Beaucoup de gars n'avaient pas survécu : plus d'un millier étaient enterrés dans le cimetière de Changi, et il lui était arrivé d'envier leur repos éternel. Pendant ses accès de dengue, qui engendraient des douleurs atroces dans tous les membres, Harry s'était attendu à les rejoindre à tout moment. Mais la chance, si on pouvait qualifier de chance le fait de passer un jour de plus dans ce camp, avait été de son côté. Et, jusque-là, il avait survécu.

Harry comprenait à présent qu'il n'y avait pas de logique dans la mort qui frappait l'un tandis que l'autre était épargné. La plupart des gars avec qui il était arrivé dans le camp étaient physiquement plus forts que lui. Pourtant, il avait vu la malaria et la dysenterie les terrasser comme des poussins juste éclos. Le régime à base de riz et de thé, agrémenté parfois de quelques grammes de son de riz avec des asticots pour les protéines, nécessitait un moteur interne particulièrement résistant. Et Harry, qui n'avait peut-être pas l'étoffe d'un soldat et qui s'était longtemps demandé s'il était un « homme », avait sans doute hérité d'un capital génétique lui donnant les forces nécessaires pour survivre dans un tel endroit.

Comme il était réveillé depuis un moment maintenant – ou qu'il en avait du moins l'impression –, Harry tenta de rassembler ses esprits et de se remémorer les événements des derniers jours. Il se souvenait vaguement d'avoir été transféré à l'hôpital de Changi, où il se revoyait allongé dans un lit avec une forte fièvre. Puis, il se rappela un visage familier qui le regardait : Sebastian Ainsley, son vieil ami d'Eton, qui travaillait désormais pour la compagnie d'import-export de son père en Extrême-Orient. Il pensait aussi avoir été porté sur un brancard et installé à l'arrière d'un camion. Le silence continu, le confort physique et l'odeur de propreté indiquaient que quelque chose avait bel et bien changé. Peut-être avait-il fini par casser sa pipe et était-il arrivé au ciel ? Harry décida d'ouvrir les yeux pour vérifier. L'éclat aveuglant des murs blancs derrière une moustiquaire offrait un contraste saisissant avec les cabanes en bois sombres et crasseuses, et leur odeur fétide de corps humains sales qui flottait dans l'air humide.

C'est alors qu'il vit une femme... *Une femme !* Elle était en blanc, elle aussi, et s'approchait de son lit.

— Alors, capitaine Crawford, on a décidé de se réveiller cette fois ? Il était temps ! Ouvrez grand la bouche, s'il vous plaît.

Harry n'eut pas le temps de répondre. Il sentit le

contact froid d'un thermomètre sous sa langue. La femme prit son maigre poignet dans ses mains douces et vérifia son pouls.

— Beaucoup mieux, dit-elle en hochant la tête d'un air approbateur.

Puis elle ajouta avec un sourire :

— Je suppose que vous n'avez aucune idée de l'endroit où vous êtes ?

Il secoua la tête, le thermomètre l'empêchant de parler.

— Vous êtes à Bangkok dans une clinique privée. Ils n'ont pas voulu de vous à l'hôpital public. Ils n'ont vraiment pas besoin d'un cas de dengue supplémentaire. Alors, votre ami, M. Ainsley, vous a emmené chez nous. Je suis sûre qu'il va bientôt vous rendre visite. Il est passé vous voir tous les jours depuis votre admission ici.

Elle retira le thermomètre de sa bouche. Harry lécha ses lèvres et tenta de déglutir, mais il avait la gorge très sèche.

— Pourrais-je avoir un verre d'eau ? demanda-t-il d'une voix rauque.

— Bien sûr. Nous allons d'abord vous asseoir.

La femme prit Harry sous les aisselles et le souleva. Il tenta de l'aider, mais sentit que l'effort faisait perler la sueur sur son front.

— C'est bien.

La femme, qui était une infirmière – Harry venait de le réaliser –, lui présenta un verre d'eau avec une paille.

— Buvez doucement. Vous n'avez rien dans l'estomac depuis plusieurs jours. Nous avons dû vous nourrir par voie intraveineuse pendant quelque temps. La fièvre ne voulait tout simplement pas baisser, dit l'infirmière en regardant le thermomètre. La bonne nouvelle, c'est que, cette fois-ci, elle a baissé. On a eu peur de vous perdre, mais à l'évidence vous êtes fort et résistant.

Tandis qu'Harry se débattait pour déglutir, presque désespéré que les muscles de sa gorge ne veuillent pas lui obéir, il se dit qu'il ne s'était jamais senti aussi peu fort.

— Vous devriez être fier de vous, jeune homme, dit l'infirmière en souriant. Vous avez survécu. Non seulement à la guerre, mais à cet horrible camp à Singapour dont nous entendons tellement parler. Dès que vous serez remis sur pied, vous pourrez rentrer en Angleterre ! Qu'est-ce que vous dites de ça ?

Harry se laissa retomber sur ses oreillers ; il avait la tête qui tournait. Trop d'informations à digérer d'un seul coup. Maintenant qu'il y repensait, il se souvenait d'avoir entendu que les Japs avaient capitulé et que le camp allait être libéré. Pourtant, les autres gars et lui n'avaient pas osé y croire, car voilà des années qu'ils entendaient des rumeurs jamais vérifiées.

— On a gagné ? C'est vrai ? C'est fini ?

Il n'avait pas la force d'en dire davantage ; il devait se contenter de phrases courtes et saccadées.

— Oui, capitaine Crawford, tout est fini. Vous êtes un homme libre. Maintenant, je suggère que vous vous reposiez pendant une heure, puis je vous apporterai du bouillon de poulet pour le déjeuner.

Du bouillon de poulet… À Changi, c'était la viande que tout le monde rêvait de manger. Dès qu'un gars arrivait à mettre la main sur une poule vivante pour qu'elle ponde des œufs, il ne fallait pas plus de vingt-quatre heures pour qu'elle finisse en ragoût. Harry soupira. Après avoir rêvé pendant des années d'un tel plat, il était triste d'avoir si peu d'appétit.

— Merci, répondit-il d'une voix rauque qui semblait ne pas lui appartenir.

L'infirmière se dirigea vers la porte.

— Je vous revois tout à l'heure.

Harry la regarda partir, puis se rallongea en méditant sur le fait extraordinaire que, si ses jambes le portaient, il pourrait se lever du lit et suivre l'infirmière dans le couloir, puis sortir de l'hôpital. Il pourrait rester dehors aussi longtemps qu'il le souhaitait sans que personne ne vienne le menacer d'un pistolet. Puis, il pourrait marcher dans la rue et siffler, s'il en avait envie, sans que personne ne lui prête attention. Voilà qui défiait la raison.

Cinq minutes plus tard, quelqu'un frappa à la porte de sa chambre. Un crâne chauve familier et des lunettes à verres épais apparurent.

— Harry, mon pote, comme je suis heureux de te voir conscient ! On a tous eu peur que tu ne survives pas à cette dernière épreuve, ce qui aurait vraiment été dommage !

— Pas de chance, Sebastian, dit Harry de sa voix rauque. Comme tu peux le constater, je suis encore bien vivant.

— Et j'en suis vraiment heureux. D'après ce que j'ai vu le jour de ma mission de sauvetage, Changi semblait vraiment être un cauchemar !

— Comment as-tu su que j'étais là-bas ?

— Ta mère m'a écrit et m'a dit que tu avais été emprisonné là-bas. Et quand j'ai entendu que Changi allait être libéré, j'ai pensé que la moindre des choses serait de venir t'accueillir à la sortie et de t'offrir mon aide, puisque je suis installé dans le coin. Bien sûr, je ne m'attendais pas à te trouver dans un tel état. J'ai dû soudoyer quelques Malaisiens pour pouvoir t'emmener jusqu'à la frontière thaïlandaise, où attendaient ma voiture et mon chauffeur.

— C'est vraiment gentil à toi d'être venu.

— Je t'en prie. C'est à ça que servent les vieux copains, non ? dit Sebastian en rougissant. De plus, c'est la première fois que j'ai pu voir ce qui se passait réellement dans le coin. J'ai eu quelques sueurs froides en descendant jusque là-bas. C'était le chaos le plus total à Singapour. J'ai d'abord pensé m'y arrêter, puisque tu étais si malade, mais les hôpitaux étaient pleins à craquer. Il ne me restait plus qu'à espérer que tu tiendrais jusqu'à Bangkok, où je savais qu'on pourrait te soigner comme il faut.

— Merci, dit Harry d'une voix râpeuse et le souffle court.

— Je peux te dire que la Thaïlande n'a pas été épargnée, dit Sebastian. Les Japs ont envahi le pays. Ils avaient préparé une sacrée mise en scène. Ils sont d'abord arrivés avec leurs vêtements civils et se sont fait passer pour des ouvriers pour les nouvelles usines qu'ils construisaient ici. Ils étaient partout, prenaient des photos, jouaient les touristes. Puis, le jour où ils ont décidé de passer véritablement à l'action, leurs femmes et leurs enfants ont été mis en sécurité sur des bateaux près de la côte pendant que les hommes enfilaient leurs uniformes et sortaient de leur maison dans toutes les villes du pays. Les photos avaient à l'évidence été envoyées dans les QG de Tokyo pour planifier stratégiquement où ils devaient placer leurs troupes afin de maintenir le pays sous contrôle.

— Mon Dieu, murmura Harry. Vraiment ?

— Oui, confirma Sebastian. Il faut reconnaître que leur organisation était impeccable. Et, bien sûr, avec l'effet de surprise, personne n'a pu les arrêter. Ils voulaient la Thaïlande pour avoir le champ libre de la Birmanie à la Malaisie. Et les Siamois, ou les Thaïlandais, comme nous devons les appeler maintenant, ont été contraints de déclarer la guerre à la Grande-Bretagne et aux États-Unis.

— Je ne savais pas, répondit Harry avec lassitude.

— Eh bien, ça n'a pas donné grand-chose, mais nous avons dû supporter ces salauds de petits bonshommes jaunes pendant les deux dernières années. C'est eux qui tenaient les manettes. Pour ma part, je suis plutôt content de les voir partir. Ils quittent actuellement Bangkok, la tête baissée ou flottant dans les eaux du fleuve Chao Phraya. Au moins soixante ont été rejetés sur la berge jusqu'à présent, dit Sebastian en gloussant. Bon débarras, c'est tout ce que je peux dire.

Harry hocha la tête avec conviction.

Sebastian approcha une chaise du lit et s'assit à côté de lui.

— Je sais que tu as vécu l'enfer, là-bas, mon vieux. Dès que tu seras rétabli, nous pourrons te faire monter dans un bateau pour l'Angleterre, en première classe, bien sûr, dit-il en souriant. Et tu pourras fouler le sol de l'Angleterre. Ou ce qu'il en reste après les bombardements des Boches.

— Je ne sais même pas vraiment ce qui s'est passé là-bas, parvint à murmurer Harry.

— Tout ce que tu as besoin de savoir, c'est que nous avons gagné et que tes parents ainsi qu'Olivia se portent à merveille et sont impatients de te revoir à la maison.

— Bonne nouvelle, marmonna-t-il tandis que Sebastian se penchait en avant pour l'entendre. Je n'ai reçu que des lettres de ma mère pendant que j'étais à Changi, pas de ma femme.

Sebastian haussa les sourcils.

— Je suis sûr qu'Olivia t'écrivait. Mais les censeurs étaient redoutables.

— A-t-elle… ? Suis-je… ?

Harry soupira.

— Ma mère ne m'a rien dit à propos du bébé. Olivia était enceinte quand je suis parti. Tu as entendu quelque chose à ce propos ?

Il y eut un silence embarrassé durant lequel Sebastian réfléchit à la meilleure façon de lui annoncer la nouvelle.

— Désolé, mon vieux, dit-il d'un ton bourru. Il y a eu un incident apparemment. Une fausse couche. Mais ce n'est pas une raison pour ne pas retourner à la maison et engendrer une progéniture. En plus, tu auras le plaisir d'être là pour les voir grandir.

Harry ferma les yeux quelques secondes pour digérer la nouvelle. L'idée de retourner à Wharton Park lui paraissait tellement étrange, tellement éloignée de ce qu'il avait vécu. Il n'arrivait même pas à l'envisager.

— En tout cas, mon pote, dis-toi que tu reviens vraiment de loin et que ce n'est pas le moment de s'appesantir sur ce qui aurait pu être, dit Sebastian pour le réconforter. Dès que tu seras hors de danger, je te sortirai d'ici. Je pense que tu auras assez vu d'hôpitaux jusqu'à la fin de tes jours. Alors, secoue-toi et rétablis-toi le plus vite possible. Ensuite, je pourrai commencer à te rappeler que la vie peut aussi être belle, en particulier ici à Bangkok.

— Je ferai de mon mieux, Sebastian, je te le promets.

— C'est ça, mon vieux, dit Sebastian en se levant. Je passerai te voir demain vers onze heures. Et j'enverrai un télégramme à Wharton Park pour leur dire que tu es en voie de guérison.

— Merci.

Sebastian se dirigea à grands pas vers la porte, puis lui fit un signe de tête.

— Ça va aller mieux, maintenant. À la revoyure !

Harry lui fit un signe de tête à son tour et lui adressa un pâle sourire avant que la porte ne se referme. Il se rallongea, déçu de ne pas être euphorique à l'idée d'être enfin libre. Il se dit qu'il était sans doute tout simplement fatigué et pas complètement remis de sa maladie. C'était sans doute pour cette raison que sa liberté retrouvée s'apparentait presque à une déception.

Personne à Changi n'essayait d'imaginer la liberté. On ne parlait que de la maison, de la famille, mais aussi de nourriture. Le simple fait de parler de ce qui leur manquait le plus leur permettait de tenir le coup, leur redonnait espoir. Harry avait bien vu un ou deux gars renoncer. Ils avaient été retrouvés pendus au bout de ce que les pauvres bougres avaient pu trouver : des chaussettes, des restes de lacets, des bouts de chemise. L'espace d'une seconde, Harry eut presque la nostalgie de la familiarité de son environnement à Changi : la routine, la souffrance et les objectifs partagés, le sentiment de comprendre les tourments et la situation désespérée de chacun.

Cette expérience le marquerait-il à jamais ? Pourrait-il un jour recommencer à mener une vie normale ?

Harry sentit le sommeil le gagner et espéra qu'il serait d'humeur plus optimiste au réveil.

Une semaine plus tard, les médecins jugèrent qu'Harry s'était suffisamment rétabli pour sortir de l'hôpital. Sebastian vint le chercher dans sa Rolls-Royce, une voiture que son père avait fait venir par bateau jusqu'à Bangkok vingt ans plus tôt.

Lorsqu'ils sortirent de l'hôpital, Harry savoura brièvement la sensation de quitter un endroit. C'était la première fois en trois ans et demi qu'il le faisait consciemment. Le chauffeur thaïlandais de Sebastian lui ouvrit respectueusement la portière, et Harry s'installa sur la banquette arrière. Sebastian s'assit à côté de lui. Ils empruntèrent des rues animées, le chauffeur klaxonnant lorsque des vélos-taxis, des bœufs et deux éléphants bloquèrent la circulation.

Pour la première fois depuis qu'il avait débarqué avec son bataillon du *Duchess of Athol*, le bateau qui

396

avait transporté le 5ᵉ régiment royal de Norfolk jusqu'à Singapour, Harry pouvait profiter de l'atmosphère exotique sans avoir la peur au ventre.

— La meilleure façon de visiter la ville, c'est en bateau, le long des canaux étroits qu'ils appellent *klongs,* poursuivit Sebastian. Les gens vivent dans des maisons construites sur pilotis dans le fleuve. C'est très pittoresque. Avant que tu retournes en Angleterre, nous pourrions peut-être prendre un bateau pour que je te montre. Il y a aussi quelques temples vraiment magnifiques. Ah ! nous y voilà ! Arrêtez-vous devant, s'il vous plaît, Giselle nous attend. Sebastian se tourna vers Harry.

— Harry, mon ami, bienvenue à l'hôtel Oriental.

Harry ne prêta pas vraiment attention à son environnement tandis qu'on le conduisait dans le hall et que Sebastian parlait à la femme appelée Giselle, qui gérait l'hôtel ou en était peut-être même la propriétaire. Il était épuisé et avait trouvé oppressant le trajet en voiture à travers les rues bruyantes. Tandis qu'un porteur thaïlandais, qui ne portait aucun bagage puisque Harry n'avait plus de possessions, le conduisait le long d'un couloir, il se demanda s'il allait souffrir de claustrophobie pour le restant de ses jours.

Il n'oublierait jamais les moments qu'il avait passés dans la caserne Selarang lorsque les Japs avaient déménagé tout le camp parce que les officiers britanniques avaient refusé de faire signer à leurs soldats une déclaration solennelle dans laquelle ils promettaient de ne pas chercher à s'évader. La caserne Selarang avait été construite pour abriter un millier d'hommes, et dix-huit mille prisonniers de Changi étaient arrivés là-bas. Ils avaient dû rester deux jours sous le soleil brûlant pendant des heures. Ils étaient tellement serrés dans l'enceinte qu'ils ne pouvaient même pas lever la main pour se gratter le nez. Et puis, la nuit, ils dormaient entassés les uns sur les autres sur le sol en béton (les sardines avaient plus d'espace dans une boîte de conserve).

Pour éviter une épidémie de dysenterie qui menaçait et les milliers de morts qu'elle aurait entraînés étant donné les conditions épouvantables, le colonel Holmes, commandant des troupes à Changi, avait signé la déclaration sous la contrainte.

Harry faisait des cauchemars récurrents, depuis, et savait que cette expérience l'avait traumatisé à jamais et qu'il avait désormais de gros problèmes avec la foule.

Le porteur ouvrit la porte de sa chambre, et Harry fut ravi de constater qu'elle était délicieusement fraîche, avec des fenêtres protégées par des volets, une moustiquaire tendue au-dessus du lit et un mobilier simple mais confortable. Il donna ses derniers cents au porteur, ferma la porte derrière lui, se dirigea vers le lit et s'allongea dessus, soulagé d'avoir de l'espace et d'être au calme.

Quand Harry se réveilla deux heures plus tard, il crut d'abord que la nuit était tombée, mais, après avoir regardé l'heure sur le réveil près du lit, il constata qu'il n'était même pas seize heures. C'étaient les volets qui avaient enveloppé sa chambre dans l'obscurité. Il se leva pour aller les ouvrir et fut subjugué par la vue. Devant lui s'étendait une vaste pelouse verte sur laquelle étaient éparpillés des fauteuils rembourrés et des parasols. Au-delà, un immense fleuve, d'une largeur de trente mètres environ, avec de petits bateaux en bois qui tanguaient le long de ses berges. La beauté de la vue et l'horizon dégagé lui firent monter les larmes aux yeux.

Le robinet au-dessus du petit lavabo dans un coin de la pièce daigna verser un filet d'eau pour lui, mais c'était du nectar après des années à dépendre de l'eau de pluie pour se laver. Harry passa la chemise et le pantalon que Sebastian lui avait gentiment fournis en attendant qu'il puisse se racheter des vêtements. Il eut un peu de mal à fermer le pantalon à cause de son ventre gonflé par le riz. Tous les gars à Changi avaient de la bedaine et disaient pour plaisanter qu'ils avaient l'air d'être enceintes de six mois. Puis Harry partit à la recherche de la terrasse qui donnait sur le fleuve.

Une fois là-bas, il s'installa dans un fauteuil sous un parasol. Un jeune Thaïlandais arriva immédiatement à ses côtés.

— Puis-je vous servir un thé, monsieur ? demanda-t-il.

Harry faillit rire tout haut. Là où il avait passé les trois dernières années de sa vie, l'idée de se faire servir un thé aurait paru complètement absurde, sans parler du fait d'être assis dans un fauteuil confortable à l'ombre d'un parasol.

— Merci. Ça serait parfait, répondit-il.

Le jeune homme partit lui en chercher un.

Harry se dit qu'il devrait peut-être s'habituer à ce que tout ce qui était normal lui paraisse anormal jusqu'à ce qu'il se fût adapté à sa liberté retrouvée. Et il lui faudrait sans doute accepter que personne, à part ceux qui avaient vécu là-bas avec lui, ne pourrait comprendre un jour ce qu'il avait subi.

— Monsieur, voici votre thé, avec du lait et du sucre, dit le jeune homme en posant le plateau sur la petite table à côté de lui.

Harry se retint de se jeter sur le sucrier et de renverser directement le contenu dans sa bouche. C'était la première fois qu'il voyait du sucre depuis trois ans et demi.

Sebastian le rejoignit une demi-heure plus tard, tandis que le soleil se couchait au-dessus du fleuve. Il commanda deux gin tonics, un pour lui et un pour Harry. Pourtant, après avoir senti le contenu de son verre, Harry préféra s'abstenir. Il n'avait pas touché à l'alcool depuis qu'il avait quitté l'Angleterre. Et, dans son état actuel, quelques gorgées suffiraient à l'assommer complètement.

— Au fait, avant que j'oublie, je crois que c'est à toi.

Sebastian posa un petit carnet avec une couverture en cuir sur la table.

— Lorsqu'ils ont enlevé ce qui restait de tes vêtements à l'hôpital de Bangkok, l'infirmière l'a trouvé dans ton caleçon long.

Sebastian haussa les sourcils.

— Elle me l'a donné pour que je le mette en sécurité.

C'était le journal intime qu'Harry avait tenu assidûment depuis que le bateau sur lequel il avait embarqué avec son bataillon avait quitté les côtes anglaises. Si les Japs l'avaient trouvé à Changi,

Harry aurait pu être abattu. C'est pourquoi il l'avait caché sur lui en cousant une poche de fortune dans ses sous-vêtements. C'est aussi en notant ses pensées et ses sentiments qu'il était parvenu à survivre.

— Merci, Sebastian, c'est très gentil à toi, même si je doute que l'envie me prenne un jour de le feuilleter pour revivre ces événements.

— En effet. Bon, il y a un bateau qui part dans trois semaines et qui te ramènera assez confortablement jusqu'à Felixstowe. Tu ferais bien d'envoyer un télégramme à ta famille pour leur annoncer que tu seras à bord. Je suis sûr qu'ils voudront tous être là pour t'accueillir quand il arrivera, dit Sebastian en souriant.

— C'est merveilleux ! Merci d'avoir tout arrangé, mais ça ne te ferait rien si nous parlions de mes projets d'avenir une autre fois ? C'est ma première soirée de liberté pour ainsi dire, et j'aimerais tout simplement savourer cet instant.

— Bien sûr, bien sûr, mon vieux. Il est en effet inutile de se presser. Je pensais juste que tu aimerais rentrer le plus tôt possible, expliqua Sebastian.

— Nous en discuterons demain, répondit Harry. Maintenant, parle-moi de cette merveilleuse ville.

— Je suis un peu surpris que tu ne t'intéresses pas plus à ce qui s'est passé en Angleterre, fit remarquer Sebastian, pendant le dîner, en s'attaquant à un gros steak australien.

Harry regarda le sien, vit le sang qui dégoulinait sur les côtés et sut qu'il serait incapable de le manger. Un peu embarrassé, il commanda un bol de riz épais.

— Bien sûr que ça m'intéresse, Sebastian, dit Harry. Mais j'ai le sentiment de n'être sorti que depuis quelques heures. Et parler de la guerre est un peu au-dessus de mes forces ce soir.

Sebastian le regarda à travers ses lunettes épaisses et hocha la tête avec compassion.

— C'est trop tôt, mon vieux, je comprends. Demain, je vais faire venir mon tailleur dans ta chambre. Comme ça, il pourra t'équiper avec des vêtements civils. Ils sont très doués avec les aiguilles et le fil ici. Il fera tout ce que tu veux, mon ami.

— C'est très gentil à toi, même si je ne sais pas vraiment ce qui est en vogue en ce moment.

— Je ne pense pas que la mode ait bien changé. Ça m'étonnerait que les gars à la maison portent des jupes comme ils le font ici, dit Sebastian en riant.

— Je suppose que je devrais théoriquement porter mon uniforme jusqu'à ce que je sois démobilisé, dit Harry d'un ton impassible. Mais tout ce qui m'en restait à Changi, c'était un caleçon rapiécé avec de la toile de tente et une chaussette.

— Eh bien, inutile de t'inquiéter pour ça. Les autorités ont beaucoup trop à faire pour se soucier de ce détail. Elles doivent rapatrier des milliers de prisonniers de guerre. Si j'étais toi, je considérerais mon séjour ici comme des vacances. Tu les mérites bien, mon cher. Quand tu auras retrouvé la forme, je pourrai te montrer quelques attractions touristiques, qu'est-ce que tu en penses ? Les filles ici sont – comment dirais-je ? – un peu plus décontractées que les demoiselles chez nous.

Les sourcils de Sebastian apparurent au-dessus de la monture de ses lunettes.

— Tu dois encore être épuisé par ta captivité. C'était… violent ?

— Inimaginable, répondit Harry. Et je fais partie de ceux qui ont eu de la chance. J'étais officier et donc un peu mieux traité que les simples soldats. En plus, je joue du piano, ce qui a plu aux Japs. Ils me faisaient venir dans leurs quartiers et me demandaient de jouer pour eux, dit Harry en soupirant. Je crois que le piano m'a sauvé la vie.

Le visage de Sebastian s'illumina.

— Bien sûr ! J'avais oublié ton talent avec tout ce qui s'est passé. Il faut que j'en parle à Giselle. Elle a la ferme intention d'ouvrir un bar pour tous les expatriés et elle cherche à monter un petit orchestre. Peut-être qu'elle pourra trouver d'autres musiciens dans les prochains jours, et, comme ça, vous pourrez jouer pour nous.

— Peut-être, marmonna Harry sans enthousiasme. Je me demande ce qu'est devenu Bill.

Sebastian haussa les sourcils en l'entendant changer de sujet.

— Qui est Bill ? demanda-t-il.

— C'était mon sergent dans le bataillon. Il vient de Wharton Park et est resté avec moi pendant toute ma captivité. Il m'a sauvé la vie pendant la chute de Singapour et il venait toujours me voir à l'hôpital de Changi quand j'avais des accès de dengue. J'aimerais le savoir sain et sauf chez lui. Je vais envoyer un télégramme à la maison pour demander.

Harry avait de plus en plus de mal à rester éveillé.

— Désolé, Sebastian, mais je suis claqué et je dois aller dormir.

— Bien sûr, dit Sebastian. Va vite dans ta chambre,

mon cher, profite d'une bonne nuit de sommeil, et mon tailleur sera là à dix heures demain matin.

Harry se leva, les jambes flageolantes.

— Je suis vraiment reconnaissant pour tout ce que tu as fait, Sebastian. Dis-moi ce que je te dois pour le mal que tu t'es donné. Je ferai envoyer l'argent d'Angleterre.

— Considère que c'est ma contribution à l'effort de guerre, dit Sebastian en écartant toute considération financière d'un geste de la main. Ne t'en fais pas, je suis ravi d'avoir pu t'aider.

Harry lui souhaita bonne nuit, puis marcha lentement vers sa chambre. Il était heureux à l'idée de pouvoir soulager ses os douloureux dans des draps blancs et propres sous la brise du ventilateur de plafond. Quand il se mit au lit, la seule chose qui le tourmentait encore avant qu'il ne s'endorme, c'était ce qu'avait bien pu devenir son ami Bill.

34

Les jours suivants, Harry eut tout le temps de se reposer et commença à retrouver des forces tandis que son estomac se réhabituait progressivement à une alimentation saine et nourrissante, dont il n'aurait même pas osé rêver à Changi.

La nuit, il était encore torturé par des cauchemars. Il se réveillait baigné de sueur et tentait d'allumer. Souvent, la lumière ne fonctionnait pas, en raison des fréquentes pannes d'électricité à Bangkok. Le cœur battant, il tentait alors d'allumer une bougie et, en voyant sa chambre, il parvenait enfin à croire que c'était bel et bien terminé.

Le matin, il déjeunait sous la véranda, puis prenait un journal qu'il allait lire à l'ombre des grands palmiers dans le jardin. Le fleuve était très animé, et les bateaux en bois avec leur moteur diesel offraient un bruit de fond qui l'apaisait. Caché derrière son journal, il observait les allées et venues des autres clients.

Certains étaient d'anciens prisonniers de guerre qui avaient travaillé à la construction de la « voie ferrée de la mort », mais il n'engagea jamais la conversation avec eux.

Sebastian appelait souvent de son bureau, non loin de l'hôtel, et ils déjeunaient ensemble avant qu'Harry n'aille faire sa sieste. Il ne s'aventurait jamais en dehors de l'hôtel. La sérénité de l'endroit et la gentillesse du personnel thaïlandais, toujours courtois, qui vaquait gracieusement à ses occupations, lui procuraient un sentiment de sécurité. L'hôtel Oriental était son havre de paix.

Sebastian lui demandait tous les jours s'il voulait envoyer un télégramme à Wharton Park pour annoncer à sa famille la date de son retour, mais Harry était réticent. Il ne pouvait pas se résoudre à affronter le long voyage vers l'Angleterre sans parler des responsabilités qu'il devrait assumer dès son arrivée. Ici, grâce au calme qui régnait dans l'hôtel, Harry se rétablissait petit à petit.

Par un après-midi particulièrement chaud, alors

qu'il traversait le hall après le déjeuner, Harry vit Giselle donner des instructions à ses employés thaïlandais qui portaient un vieux piano droit, en équilibre précaire, dans le couloir. Ils allèrent le déposer dans une pièce.

Après sa sieste, Harry descendit d'un pas tranquille et jeta un œil à l'intérieur de la salle. Des ventilateurs en bambou avaient récemment été fixés au plafond, des tables et des chaises avaient été disposées dans la pièce. Dans un coin, il y avait un comptoir en bois pas complètement fini et, dans l'autre, le piano avec une batterie. Harry s'approcha de l'instrument et souleva le couvercle. Il approcha une chaise, s'assit et posa les doigts sur les touches.

Même s'il avait joué à Changi, les Japonais lui avaient bizarrement toujours demandé d'interpréter des mélodies américaines populaires. Ses doigts semblaient rouillés tandis qu'il jouait les premières notes de *La Grande Polonaise* de Chopin. Il persévéra, voulant à tout prix que ses mains se déplacent sur les touches comme jadis. Enfin, elles semblèrent se souvenir, et les notes familières s'envolèrent, exprimant une douleur jusque-là refoulée. Pour la première fois depuis le début de la guerre, Harry fut apaisé par sa musique.

Lorsqu'il eut terminé, il resta assis, la sueur perlant sur son front, épuisé par l'effort et l'émotion. Il entendit des applaudissements derrière lui. Une jeune femme de chambre thaïlandaise se tenait timidement dans l'embrasure de la porte, un balai à la main, une expression d'émerveillement sur le visage.

Harry lui sourit tout en se disant qu'elle était vraiment jolie, même dans son uniforme terne.

— Je suis désolée de vous déranger, Monsieur. J'ai entendu la musique quand je balayais la terrasse et je suis entrée pour écouter.

— Bien sûr.

Harry la regarda, admirant son corps menu presque enfantin, parfaitement proportionné, puis son adorable visage.

— Vous aimez la musique ?

— Beaucoup, dit-elle en hochant la tête. Avant la guerre, je jouais aussi.

— Vous étiez à l'école de musique ?

La jeune fille secoua la tête.

— Non. Je suivais juste des cours une fois par semaine. Mais j'aime beaucoup Chopin, dit-elle avec passion.

— Vous voulez jouer ? proposa Harry en se levant.

— Non, Madame n'aimerait pas. De plus, je suis…

Elle chercha le terme exact et sourit lorsqu'elle l'eut trouvé.

— … amatrice. Je crois que vous êtes professionnel.

— Certainement pas, marmonna Harry. Mais j'adore jouer.

— Vous jouez pour nouveau bar, oui ?

La fille sourit de nouveau, révélant des dents parfaitement blanches sous ses lèvres roses et charnues.

— Peut-être si Giselle me le demande, dit Harry en haussant les épaules. Mais ça ne sera pas Chopin.

Vous êtes femme de chambre ici ? demanda-t-il certes de manière superflue, mais il ne voulait surtout pas mettre un terme à la conversation.

La fille hocha la tête :

— Oui.

— Ce n'est pas tous les jours qu'on rencontre une femme de chambre qui parle bien anglais et qui joue du piano, fit-il remarquer.

La fille haussa les épaules.

— Beaucoup de choses ont changé pendant la guerre.

— Oui, dit Harry en connaissance de cause. En effet. Mais vous êtes instruite, cultivée. Pourquoi travaillez-vous ici ?

Une lueur de tristesse apparut dans ses yeux.

— Mon père était dans le gouvernement libre thaïlandais. Il a été enlevé par l'armée japonaise. Et a disparu il y a un an.

— Je vois.

— Avant, il était rédacteur en chef d'un journal, ici, poursuivit-elle. Nous avions une bonne vie. J'ai été à l'école britannique ici à Bangkok. Mais ma mère, elle a trois jeunes enfants et elle ne peut pas les laisser seuls pour aller gagner de l'argent. Alors, je travaille pour nourrir ma famille.

Elle parlait d'un ton neutre, sans attendre de lui de la compassion, se contentant d'expliquer sa situation.

— Et Mme Giselle ? Elle était journaliste autrefois elle aussi ? rappela Harry.

— Oui, dit la jeune fille. C'était une correspondante de guerre française. Elle m'a aidée en me donnant ce travail parce qu'elle connaissait et respectait mon père.

Harry hocha la tête.

— Je comprends. Une fois que le chaos généré par la guerre sera dissipé, vous pourrez peut-être utiliser vos connaissances.

— Mais vous, Monsieur, vous avez vécu des choses bien pires que moi, répondit-elle. Madame a dit que vous étiez prisonnier à Changi. J'ai entendu que c'était un horrible endroit.

Il y avait une telle compassion dans le regard de la jeune fille qu'Harry en eut les larmes aux yeux. Cette fille comprenait la cruauté de la guerre. Ils restèrent silencieux quelques secondes, se regardèrent, tous deux habités par un sentiment inexplicable.

Elle rompit le silence.

— Je dois y aller.

— Oui.

Comme si elle s'apprêtait à prier, elle joignit les mains et inclina la tête, un geste thaïlandais traditionnel qu'Harry avait appris à reconnaître.

— *Kop khun ka*, Monsieur. J'ai beaucoup apprécié votre musique.

Elle s'apprêta à sortir.

— Je m'appelle Harry, dit-il.

— Haree, répéta-t-elle, et il aima sa façon de prononcer son nom.

— Et comment vous appelez-vous ?

— Je m'appelle Lidia.

— Lidia.

Harry répéta son nom comme elle l'avait fait.

— Au revoir, Harry, à bientôt.

— À bientôt, Lidia.

Après cette rencontre, Harry observa Lidia tous les jours, admirant ses mouvements gracieux tandis qu'elle vaquait à ses occupations. Il s'asseyait à son endroit préféré sur la terrasse, avec le roman *Un gentleman en Asie* de Somerset Maugham, écrit dans cet hôtel des années auparavant.

Au lieu de lire pourtant, il regardait Lidia, fasciné par cette jeune fille pour des raisons qu'il ne pouvait expliquer. Tout était si délicat, si fragile, si délicieusement féminin chez elle. À côté de Lidia, Olivia ressemblait à un cheval de trait, et pourtant elle était très mince.

Il rit à l'idée d'avoir trouvé une Cendrillon en chair et en os. Bien sûr, Lidia ne savait pas que c'était un prince – ou presque. Bon sang ! Elle lui souriait de temps à autre, mais ne l'abordait jamais. Il n'osait pas l'aborder non plus de peur de paraître inconvenant.

Harry ignorait quel âge elle pouvait avoir. Comme il l'avait beaucoup observée, il avait constaté que, sous son uniforme, elle avait les formes et les courbes d'une femme : mais elle aurait pu avoir n'importe quel âge entre quatorze et vingt-quatre ans. Il s'inquiétait, car il avait le sentiment d'être complètement obsédé par cette jeune fille. Il savait à présent quand elle balayait la véranda et la terrasse, et veillait toujours à être là pour la regarder. Plus il la voyait, plus elle devenait belle. Il passait des heures allongé sur son lit dans sa chambre, se demandant comment il pourrait engager de nouveau la conversation avec elle et apprendre à mieux la connaître.

Un matin, alors qu'il passait dans le hall de l'hôtel, il vit Lidia assise derrière le comptoir de la réception. Elle ne portait plus un uniforme de femme de chambre, mais un chemisier et une jupe à la mode occidentale.

Encouragé par son sourire, il s'approcha et dit :

— Bonjour, vous avez eu une promotion ?

— Oui.

Ses immenses yeux ambre pétillèrent de plaisir.

— J'aide Madame avec les papiers et à la réception. Je m'occupe aussi des relations avec les clients.

— Tant mieux, dit Harry qui ressentit le même plaisir que si c'était lui-même qui avait été promu. Je suis heureux que madame ait reconnu vos compétences et qu'elle les utilise à bon escient.

— C'est parce que je parle anglais et thaïlandais, et madame parle français. Nous formons une bonne équipe.

Ses yeux pétillèrent de nouveau.

— J'ai été augmentée aussi. Ma famille est très contente. Et le nouveau bar ouvre demain soir. J'espère que ça ne vous fait rien, mais j'ai dit à Madame que nous avons un client qui joue très bien du piano. Je crois qu'elle va vous en parler, après.

— Bien sûr. Vous serez là ?

— Bien sûr, répéta Lidia. À bientôt, Harry.

Elle lui fit un signe de tête et se pencha de nouveau sur ses papiers.

Pendant qu'il prenait le petit déjeuner sous la véranda, Harry sourit, secrètement ravi de cette conversation inattendue avec Lidia. Puisqu'elle serait là le lendemain soir au bar, il jouerait. Il jouerait pour elle.

Il réalisa qu'il se sentait mieux physiquement ce matin ; cela faisait même des années qu'il ne s'était pas senti aussi bien. De plus, il était habité par une énergie vaguement familière, une énergie qu'il avait connue avant les horreurs de Changi. Harry se dit qu'il s'agissait certainement d'un élan qui le portait vers l'avenir, lui qui pensait ne plus jamais en avoir un.

Il alluma une cigarette et sirota son café. Lorsqu'il avait quitté Wharton Park plus de quatre ans auparavant, il était parti le cœur un peu plus léger, soulagé d'avoir réparé le mal qu'il avait pu faire à Olivia. Il pensait qu'elle avait parfaitement compris ce qui s'était passé entre Archie et lui, et que, durant les quelques semaines qu'ils avaient pu passer ensemble par la suite, ils étaient parvenus à tourner la page.

Le fait qu'elle attendait un enfant au moment de son départ l'avait beaucoup réconforté, mais c'était aussi la preuve physique que leur mariage était « normal ». Il était naturellement triste que la grossesse n'ait pas pu arriver à son terme, mais il savait que cette épreuve avait dû être encore plus difficile pour sa femme.

Durant les innombrables nuits humides et inconfortables qu'Harry avait passées en captivité, il avait eu largement le temps de s'interroger sur la nature de ses sentiments pour Olivia. Certains de ses compagnons ne pouvaient s'empêcher de pleurer en pensant à leurs femmes.

Ils parlaient d'elles sans arrêt, à qui voulait bien les entendre, et gardaient des photos écornées et passées tout près de leur cœur. Ils parlaient de l'amour qu'ils ressentaient pour elles, des relations physiques qu'ils appréciaient tant et qui leur manquaient si cruellement. Harry les écoutait patiemment, se sentant coupable de ne ressentir aucune de ces émotions, exprimées si poétiquement, pour sa femme.

Il avait beaucoup d'affection pour Olivia. Il l'adorait et l'avait toujours adorée. Il respectait son intelligence, sa force et sa beauté, et la façon dont elle avait tenu la maison et le domaine quand Adrienne avait eu besoin de son aide. Elle était une maîtresse parfaite pour la propriété et pourrait remplacer sa mère le moment venu.

Mais…

L'aimait-il ?

Harry but une autre gorgée de café, qui fumait encore dans la chaleur déjà intense du matin. Il alluma une deuxième cigarette. Il se consola en pensant que les gars qui s'épanchaient avaient pu choisir la femme qu'ils avaient épousée. Ce qui n'était pas son cas, en réalité. Il ne faisait aucun doute que, si sa mère n'avait pas suggéré ce mariage et souligné ses avantages, Harry serait parti pour la guerre en étant encore célibataire. L'idée d'épouser Olivia, ou toute autre femme d'ailleurs, ne lui aurait même pas traversé l'esprit.

Pourtant, il savait que sa situation était loin d'être inhabituelle. Les mariages arrangés se pratiquaient depuis des siècles dans le monde entier. Comme toujours, ses sentiments passaient après son héritage. Pour certains, il en était tout simplement ainsi.

Harry écrasa sa cigarette. Peut-être en demandait-il trop ? Peut-être l'aimait-il… Comment pouvait-il prétendre savoir à quoi ressemblait vraiment l'amour

413

entre un homme et une femme ? Il n'avait pas été particulièrement précoce dans ce domaine et s'était même interrogé sur ses préférences sexuelles. Il n'avait pas connu d'autres femmes avant Olivia. Et, une fois qu'ils avaient appris à mieux se connaître, les choses s'étaient plutôt bien passées sur le plan physique.

La bonne nouvelle, c'était que toutes les craintes qu'il avait pu avoir concernant une éventuelle attirance pour les gens de son sexe s'étaient révélées infondées. Les années qu'il avait passées en captivité lui avaient ôté les derniers doutes qu'il aurait pu avoir. Il avait vu d'autres hommes chercher du réconfort dans les bras de leurs compagnons.

Tout le monde avait fermé les yeux sur ces pratiques. Tout ce qui leur permettait de survivre à l'enfer et les maintenait en vie était acceptable alors. Mais pas une fois il n'avait ressenti le besoin de se tourner vers un autre homme, même pendant les moments les plus difficiles.

Harry se dit qu'il était inutile de se voiler la face plus longtemps. Il devait rentrer chez lui et assumer ses responsabilités. Lorsqu'il déjeuna avec Sebastian, il lui annonça qu'il se sentait suffisamment en forme pour entreprendre le voyage de retour vers l'Angleterre.

— Parfait, mon cher. Je sais qu'un bateau va partir au début de la semaine prochaine. Voyons voir si je peux tirer quelques ficelles pour que tu puisses monter à bord. Le plus tôt sera le mieux, n'est-ce pas ?

Incapable de partager l'enthousiasme de Sebastian à l'idée de fouler l'herbe verte anglaise, Harry noya son chagrin dans l'alcool et but beaucoup plus qu'à l'accoutumée. Après le déjeuner, tandis qu'il retournait en chancelant vers sa chambre, il décida qu'il allait profiter du peu de temps qui lui restait à Bangkok. Ainsi, l'alcool lui donnant du courage, il prit une profonde inspiration et se dirigea vers la réception. Lidia leva les yeux et lui sourit.

— Oui, puis-je vous aider ?

— Eh bien…

Harry s'éclaircit la voix.

— Je me disais, Lidia, que je devrais visiter un peu la ville avant de partir pour l'Angleterre. Comme vous vous occupez désormais des relations avec les clients, je me demandais si un tour en bateau sur la rivière avec moi pouvait entrer dans le cadre de vos attributions.

— Je suis désolée, Harry, dit Lidia qui paraissait un peu perturbée. Que veut dire attributions ?

— En fait, j'aimerais savoir, Lidia, si vous pourriez être mon guide pour la journée, expliqua Harry, le cœur battant.

Lidia parut en douter.

— Il faudrait que je demande à Madame.

— Madame est justement derrière vous. Qu'aimeriez-vous lui demander ? dit une voix avec un fort accent, tandis que Giselle sortait de son bureau.

Harry répéta sa demande.

— J'aimerais beaucoup être accompagné par quelqu'un qui connaît la ville et qui parle très bien anglais, ajouta-t-il, un peu gêné de les manipuler, mais bien décidé à arriver à ses fins.

Giselle réfléchit quelques instants, puis dit :

— Eh bien, capitaine Crawford, je pense que nous pourrions trouver un accord, qui nous satisferait tous les deux, *n'est-ce pas* ? Lidia et M. Ainsley m'ont dit tous les deux que vous jouiez très bien du piano. Vous avez peut-être entendu que j'organise demain une soirée pour l'ouverture de mon bar à l'hôtel ? J'ai besoin d'un pianiste. Si vous jouez pour moi, j'autoriserai Lidia à vous emmener faire un tour de bateau sur le fleuve et à vous montrer Bangkok.

Harry tendit la main, enchanté.

— Marché conclu.

— C'est parfait, capitaine Crawford, dit-elle en lui serrant la main. J'ai un saxophoniste et un batteur. Ils seront au bar demain soir à six heures. Peut-être pourriez-vous trouver un moment pour venir répéter avec eux à cette heure-là. De mon côté, je vais prendre des dispositions pour organiser votre visite avec la jeune fille.

— Bien sûr, merci, madame, répondit-il.

Une fois que Giselle eut disparu dans son bureau, Harry se pencha par-dessus le comptoir et plongea son regard dans les magnifiques yeux de Lidia.

— Parfait, c'est réglé. Alors, où allez-vous m'emmener ?

35

L'inauguration du bar, baptisé Bamboo Bar, attira beaucoup d'expatriés, qui, après avoir souffert pendant des années sous l'occupation japonaise, étaient ravis d'avoir quelque chose à fêter. Ils arrivèrent en masse, burent du whisky Maekong, le whisky local, en grande quantité et s'amusèrent.

Harry, qui n'avait eu qu'une heure pour répéter, se félicita d'être aussi doué pour le piano et d'avoir eu l'occasion de jouer du jazz pour les Japonais à Changi. Il faisait équipe avec un batteur hollandais, un ancien prisonnier de guerre lui aussi, et un saxophoniste russe qui avait atterri à Bangkok pour des raisons qu'il ignorait. Ils parvinrent à trouver une liste de morceaux que tous trois connaissaient.

L'ambiance était très animée, enfumée et moite. N'ayant jamais joué avec d'autres musiciens auparavant, Harry apprécia énormément l'esprit de camaraderie entre eux. Les applaudissements enthousiastes qui retentirent lorsqu'il interpréta un solo virtuose lui procurèrent une joie qu'il avait rarement ressentie. Il regarda Lidia, superbe dans un sarong en soie, qui circulait gracieusement entre les gens avec un plateau rempli de verres.

Lorsque les trois musiciens décidèrent, après de nombreux rappels, qu'ils ne joueraient pas un morceau de plus, car ils dégoulinaient de sueur et étaient épuisés, Harry sortit du bar, traversa la terrasse et marcha jusqu'à l'étendue d'herbe qui menait directement au fleuve.

En raison d'une panne d'électricité, la dernière partie de la soirée s'était déroulée à la lumière des bougies, et le fleuve n'était éclairé que par la pleine lune au-dessus de lui.

Harry alluma une cigarette et laissa échapper un profond soupir. Ce soir, pendant ces quelques heures, il s'était senti *à sa place*. Peu importe s'il était un homme un peu perdu parmi d'autres hommes tout aussi perdus, un groupe hétéroclite de gens venus des quatre coins de la planète, réunis par une tragédie sans précédent.

Il n'était pas ce soir-là un capitaine dans l'armée britannique, un pair du royaume britannique avec une grande propriété dont il hériterait à la mort de son père. Non, il n'était rien d'autre qu'un pianiste, et son talent avait distrait son public et lui avait apporté du plaisir.

Il avait aimé cette soirée parce qu'il avait pu être lui-même.

Le lendemain, comme convenu, Lidia le retrouva dans le hall de l'hôtel.

« Madame » avait loué un bateau en bois pour eux, avec le batelier qui allait avec et qui les conduirait partout où Lidia le lui dirait. Quand Harry monta à bord, il sentit ses jambes qui flageolaient beaucoup plus que les derniers jours, sans doute à cause des quatre whiskys qu'il avait descendus la veille et de sa nuit trop courte.

— Capitaine Crawford, je propose que nous remontions le fleuve d'abord et que nous passions devant le Grand Temple, dit Lidia en s'asseyant sur le banc en bois en face de lui. Ensuite, nous irons au marché flottant, O.K. ?

C'était étrange d'entendre cette expression typiquement américaine dans sa bouche orientale.

— O.K., répéta-t-il, trouvant le mot bizarre dans sa bouche aussi. Et, pour l'amour du ciel, appelez-moi Harry.

— O.K., Harry, dit-elle en souriant.

418

Ils partirent du ponton de l'hôtel et s'insérèrent dans la circulation fluviale. Le fleuve Chao Phraya faisait office d'artère principale à travers la ville, et Harry fut surpris qu'il n'y ait pas plus de collisions, tandis que les bateliers évitaient de justesse les bateaux qui arrivaient dans la direction opposée. D'immenses barges noires, parfois en rang de quatre ou cinq, reliées par des cordes et tirées par une embarcation à l'avant, apparaissaient à l'horizon comme des baleines menaçantes. Après avoir cru plusieurs fois qu'ils allaient heurter un autre bateau, Harry constata que ses mains tremblaient.

Lidia remarqua qu'il était tendu.

— Ne vous inquiétez pas, Harry. Notre batelier, Sing-tu, conduit ce bateau depuis trente ans. Il n'a jamais eu d'accident, O.K. ?

Elle se pencha et donna une petite tape sur sa main.

Ce geste délicat ne signifiait rien pour Lidia, il en était sûr, mais pour un homme privé d'affection pendant des années, ce fut un instant précieux.

— Harry, regardez.

Il suivit du regard sa main tendue et vit un édifice qui méritait sans aucun doute son nom de « palais ». Avec ses toits en V inversé, caractéristiques de l'architecture thaïlandaise, parés d'or et recouverts de ce qui ressemblait à d'immenses émeraudes et rubis étincelant au soleil, il semblait tout droit sorti des livres de contes que sa mère lui lisait quand il était petit.

— C'est la demeure de notre roi et de notre reine. Nous avons un nouveau roi maintenant, parce que l'autre a été tué.

Harry ne put s'empêcher de rire en entendant Lidia parler ainsi. Il était certain que son franc-parler venait plus de son manque de vocabulaire en anglais que de sa personnalité, et elle lui parut plus charmante encore.

— Vous voulez entrer et voir le bouddha d'émeraude dans le *wat* ? Il est très beau et très célèbre. Beaucoup de moines s'occupent de lui.

— Pourquoi pas ? dit Harry. Puis-je vous demander ce qu'est un *wat* ? dit-il en riant tandis que le batelier manœuvrait le bateau et passait une corde autour d'un piquet en bois à côté du ponton.

— C'est un temple, expliqua Lidia en sortant du bateau avec souplesse et en aidant Harry à monter sur le ponton.

Les jardins entourant le palais et le Temple du bouddha d'émeraude étaient d'une extraordinaire beauté, avec leurs couleurs éclatantes et l'odeur enivrante du jasmin.

Harry s'arrêta devant une plante aux fleurs roses et blanches délicates.

— Des orchidées, dit-il. Elles poussaient dans les feuillages autour de Changi et j'en vois partout depuis que je suis arrivé à Bangkok.

— Elles poussent comme de la mauvaise herbe, ici, dit Lidia.

— Mon Dieu ! J'aimerais que la mauvaise herbe ressemble à ça chez moi, dit Harry en décidant qu'il en rapporterait à sa mère.

Il gravit les marches qui menaient au temple derrière Lidia et enleva comme elle ses chaussures. L'intérieur était spacieux et plongé dans une semi-obscurité. Des moines, dans leurs robes safran, étaient agenouillés et priaient devant le magnifique bouddha d'émeraude qui était étonnamment petit. Lidia s'agenouilla aussi, les mains jointes, la tête inclinée.

Harry l'imita. Quelques instants plus tard, il leva la tête et resta ainsi plusieurs minutes, savourant la paix et la tranquillité du temple. Pendant sa captivité à Changi, il avait assisté faute de mieux à quelques conférences sur la religion. L'une d'elles portait sur le bouddhisme, et il se souvint d'avoir pensé que sa philosophie se rapprochait plus de sa vision du monde et de ses sentiments que les autres religions.

Enfin, ils sortirent du temple et retournèrent sous le soleil brûlant.

— Vous voulez aller au marché flottant maintenant ? demanda Lidia lorsqu'ils remontèrent dans le bateau. C'est un long trajet en bateau, mais je pense que ça va vous plaire.

— C'est vous qui proposez ; moi, je suis.

— Alors, je propose ça.

Lidia parla au batelier en thaïlandais, et ils partirent à toute vitesse sur le fleuve. Harry s'étendit à l'arrière et regarda Bangkok défiler sous ses yeux. Il faisait très chaud malgré la brise fraîche du fleuve, et il regretta de ne pas avoir pris de chapeau pour se protéger la tête.

Quelques instants plus tard, le batelier s'engagea dans un *klong* étroit et se fraya un chemin au milieu des nombreuses embarcations. Lorsqu'ils arrivèrent au marché flottant, ils s'arrêtèrent, car ils étaient entourés de bateaux en bois remplis de marchandises.

Les vendeurs criaient des prix à leurs clients, qui criaient à leur tour depuis leurs bateaux.

Le décor était vraiment merveilleux : des rouleaux de soie colorée, des épices moulues dans des sacs en toile de jute, l'odeur du poulet qui grillait sur des broches se mélangeant au parfum des fleurs fraîchement coupées, tout cela contribuait à l'atmosphère exotique de l'endroit.

— Vous voulez manger, Harry ? demanda Lidia.

— Oui, bredouilla Harry, bien qu'il se sentît vraiment bizarre.

Il ne savait pas si c'était à cause du soleil, mais il avait la tête qui tournait et avait un peu la nausée. Lidia se leva et dit quelque chose à un batelier qui vendait des brochettes de poulet, et ils se mirent d'accord sur un prix. Harry ferma les yeux, la sueur perlait sur son front, et le bruit dans ses oreilles devenait insupportable. Les cris, les voix aiguës, les odeurs intenses et la chaleur… Mon Dieu, la chaleur ! De l'eau, il lui fallait de l'eau…

— Harry, Harry, réveillez-vous.

Il ouvrit les yeux et vit Lidia qui le regardait. Elle tapotait son front avec un chiffon humide. Ils étaient dans une pièce sombre, et il était étendu sur une paillasse étroite à même le sol.

— Où suis-je ? demanda-t-il. Que… s'est-il passé ?

— Vous vous êtes évanoui dans le bateau, et votre tête a heurté le bois. Ça va ?

Les immenses yeux de Lidia trahissaient son inquiétude.

— Ah bon ! Désolé.

Il se redressa avec difficulté.

— Pourrais-je avoir un verre d'eau ?

Sa gorge desséchée et son besoin désespéré de boire firent remonter à la surface de sombres souvenirs de Changi.

Lidia lui tendit une petite bouteille, et il but avidement.

— Nous vous emmenons à l'hôpital, oui ? proposa Lidia. Vous n'allez pas bien.

— Non, vraiment, ça va aller maintenant que j'ai bu. Je pense que je suis resté un peu trop longtemps exposé au soleil et que je me suis déshydraté, c'est tout.

— Vous êtes sûr ?

Lidia n'avait pas l'air convaincue.

— Vous avez eu la dengue. C'est peut-être une rechute.

— Je suis sûr, Lidia, vraiment.

— Alors, nous retournons à l'hôtel maintenant. Vous pouvez vous lever ? demanda-t-elle.

— Bien sûr.

Harry convainquit ses jambes de le porter et, avec l'aide de Lidia et du batelier, il quitta la petite cabane dans laquelle Lidia l'avait mis à l'abri du soleil et remonta sur le bateau.

Lorsqu'ils partirent, Harry ne put s'empêcher de sourire en pensant à l'ironie de la situation : il s'était évanoui sur le marché flottant alors que pas une fois il n'avait perdu connaissance à Changi même dans les conditions les plus épouvantables.

— Portez ça. Je vais avoir le visage bronzé et laid rien que pour vous, fit remarquer Lidia en enlevant son chapeau chinois et en le posant sur la tête d'Harry. Buvez encore un peu d'eau, dit-elle en lui tendant la bouteille.

— Qu'est-ce que vous entendez par bronzé et laid ? demanda Harry tout en s'allongeant, soulagé par l'ombre que le chapeau lui procurait.

— C'est une marque de distinction en Thaïlande, expliqua Lidia. Si vous avez la peau pâle, vous venez d'une classe respectable. Si vous avez le teint mat, vous êtes une paysanne !

— Je vois, dit Harry en souriant tandis que le batelier se faufilait entre les autres embarcations pour quitter le marché flottant et rejoindre le fleuve Chao Phraya.

Lidia était assise en face de lui et ne le quittait pas du regard. Il ferma les yeux. Il se sentait beaucoup moins faible à présent, mais savait que quelque chose ne tournait pas rond.

Lorsqu'ils arrivèrent au ponton de l'hôtel, Lidia l'aida à sortir du bateau et à remonter jusqu'à la véranda.

— Vous allez dans votre chambre maintenant et vous vous reposez, Harry, lui dit-elle. Je vais dire à Madame que vous êtes malade.

Harry passa l'après-midi à dormir et fut réveillé quelque temps plus tard par un groom qui frappa à la porte pour l'informer que M. Ainsley voulait le voir.

— Faites-le entrer, dit Harry en hochant la tête, maugréant intérieurement contre la douleur trop familière dans ses os.

— Mon cher, j'ai appris par Giselle que tu t'étais trouvé mal dans le marché flottant cet après-midi, dit Sebastian en entrant. Tu es de nouveau mal fichu ?

— J'en ai bien peur, dit Harry. Ce n'était peut-être que la foule, même si je crois de moins en moins à cette hypothèse.

— Zut alors ! dit Sebastian en s'asseyant dans un fauteuil en osier. Je suppose que tu ne pourras pas entreprendre le voyage dans deux jours. J'étais venu te dire que j'ai une place sur le bateau aussi et que j'allais faire le trajet vers l'Angleterre avec toi.

— Je suis désolé, mon ami, mais j'ai bien peur de ne pas être assez en forme pour me joindre à toi.

— Je vais faire venir le docteur dès que possible, dit Sebastian d'un ton morose. C'est quand même vraiment dommage. Je me réjouissais tellement de prendre la mer avec toi. Comme j'ai été coincé ici pendant les quatre dernières années, je me suis dit que j'allais en profiter pour rentrer voir mes parents. Ma mère se fait vieille, tu sais, la pauvre. Bon, dit Sebastian en s'extirpant de son fauteuil, je vais aller chercher le groom et lui dire de faire venir le docteur immédiatement. Tu te sens en mesure de rester seul à Bangkok sans moi ?

— Bien sûr, le rassura Harry.

— C'est bizarre : c'est moi qui retourne à la maison à ta place. Je vais te laisser de l'argent, bien sûr. Je me ferai rembourser en Angleterre. Je passerai voir tes parents et ta femme pour les rassurer et leur dire que tu finiras bien par rentrer. Je ne veux pas qu'ils pensent que tu as déserté.

— Non, marmonna Harry qui se sentait affreusement mal.

— Encore une chose, dit Sebastian en s'arrêtant

425

vers la porte. Ce pays est plutôt séduisant et, plus on y reste, plus il devient attrayant. N'en tombe pas amoureux, mon cher. Sinon, tu risques de ne plus jamais rentrer à la maison.

Le docteur arriva et confirma qu'Harry souffrait d'un nouvel accès de dengue.

— Vous en avez fait trop et trop tôt, mon garçon, dit-il en lui administrant une bonne dose de quinine pour faire baisser sa température. Je vous ai entendu jouer au bar l'autre soir, dit-il en souriant. Et vous étiez vraiment bon, mais c'est à proscrire pour le moment, tout comme l'alcool d'ailleurs. Vous connaissez la chanson : du repos, de l'eau et des liquides sans alcool, de la quinine quand vous en avez besoin. Il ne nous reste plus qu'à espérer que vous échapperez à l'hôpital cette fois.

— Oui, docteur.

— Je vais aussi vous prescrire des vitamines. Je vais envoyer un des garçons en chercher. Et je passerai vous voir demain. Je vais informer Mme Giselle et je suis sûr qu'elle enverra quelqu'un pour veiller sur vous.

— Combien vous dois je, docteur ?

Le médecin se retourna et lui adressa un bref sourire.

— C'est moi qui vous dois quelque chose, mon garçon. Ce sont des soldats courageux comme vous qui ont gagné la guerre pour nous. Bonne journée, capitaine Crawford.

Harry s'endormit, mais d'un sommeil agité et fiévreux entrecoupé de courtes phases d'éveil. À un

moment de la soirée, il entendit qu'on tapait doucement à sa porte.

— Entrez, dit-il.

La porte s'ouvrit, et Lidia apparut, le regard
soucieux.

— Madame m'a dit que vous étiez toujours
malade, que vous aviez de nouveau la dengue. C'est
de ma faute. Je n'aurais jamais dû vous emmener
dans un endroit si chaud et bruyant alors que vous
n'avez pas assez de forces.

— Lidia, c'est moi qui vous ai demandé de m'y
emmener.

Malgré la fièvre et les douleurs dans les os, Harry
ne put s'empêcher de l'admirer. À la faible lueur de
la lampe, ses traits et sa silhouette étaient tout
simplement exquis. Ses yeux fiévreux la trouvaient
parfaite. Et il sentit soudain le désir l'envahir, un
désir inattendu et inapproprié.

— Je peux voir votre front ? demanda-t-elle en
s'approchant de lui.

— *Sentir* mon front ? Bien sûr, dit-il en hochant
la tête, et il apprécia le contact de sa paume froide
sans parler de son parfum divin si près de lui.

— Oui, vous êtes trop chaud, affirma-t-elle.

Puis elle sortit un petit sachet d'herbes de la
poche de sa jupe.

— À la maison, nous utilisons toujours des
remèdes chinois. Celui-ci est pour la fièvre et les os
douloureux. Vous voulez essayer ? Je peux en faire
un thé pour vous.

— Lidia, je suis prêt à tout essayer, dit Harry
avec ferveur. J'en ai vraiment assez d'être malade.

— Alors, je vais vous le donner et vous vous

sentirez mieux demain matin. Je vous promets, dit-elle en souriant. C'est un produit magique.

— J'espère, répondit Harry, qui parvint à sourire.

— Je vais vous le préparer maintenant.

— Merci.

Harry la regarda partir et se rallongea. Tout en fixant le ventilateur de plafond, il se dit que la poisse qui semblait le caractériser pouvait aussi avoir quelques avantages.

Lidia revint dix minutes plus tard, un verre dans les mains.

— Je vous préviens, Harry. C'est très mauvais, dit-elle en l'aidant à se redresser.

— Alors, ça va marcher. C'est du moins ce que ma mère me disait toujours quand j'étais petit et qu'elle me donnait des médicaments dégoûtants, plaisanta Harry.

— Très mauvais, répéta-t-elle en portant le verre à ses lèvres.

Harry eut presque un haut-le-cœur en buvant la première gorgée, mais, en repensant aux asticots vivants qu'il avait mangés à Changi, il se dit qu'il n'allait pas être une lavette et qu'il allait boire le breuvage jusqu'au bout.

— Dites donc ! bafouilla-t-il, vous aviez raison.

Lidia lui donna de l'eau pour faire passer le goût.

— Maintenant, Harry, vous vous reposez. Si vous avez besoin de quelque chose, vous sonnez la petite cloche. Madame m'a demandé de dormir dans la chambre en face de la vôtre ce soir. Je passerai vous voir dans une heure. Vous allez avoir très, très chaud, mais ce ne sont que les herbes qui agissent pour faire disparaître la fièvre, et après, ça sera fini.

428

— J'en suis impatient, dit-il tandis qu'elle se dirigeait vers la porte.

Il se demanda s'il avait eu tort de lui faire
confiance.

— Ne vous inquiétez pas, Harry. Je serai là.

Lidia avait dit vrai : une heure plus tard, Harry
avait le corps en feu. Lidia arriva avec des linges
frais pour son front pendant qu'il s'agitait et se
tournait dans tous les sens avec une fièvre de cheval.
Deux heures plus tard, sa température baissa.
Épuisé, Harry s'endormit.

36

Le lendemain, Harry se réveilla assez tard dans la
matinée, mais il se sentait déjà beaucoup mieux. Il
avait encore mal dans les os, mais l'intensité de la
douleur avait diminué et, lorsque le docteur arriva,
il confirma, lui-même surpris, que la température
de son patient n'était que légèrement supérieure à
la normale.

— Incroyable, dit le docteur. Je pensais que votre
rechute serait terrible, mais on dirait que non. C'est
très bien et continuez comme ça.

Lidia passa la tête dans l'entrebâillement de la
porte après le départ du docteur. Elle avait dans la

main un autre verre contenant des herbes à l'odeur nauséabonde.

— Comment allez-vous, Harry ?

— Mieux, merci.

Il regarda le verre avec méfiance.

— Vous n'êtes pas revenue pour me faire bouillir, n'est-ce pas ?

Lidia rit, découvrant ses dents parfaites.

— Bien sûr que non, répondit-elle, ravie d'utiliser la nouvelle expression qu'elle avait apprise d'Harry. C'est pour avoir de la force, pour fortifier votre corps et pour que la dengue ne revienne plus. Ça va vous donner de l'énergie et de l'appétit. Vous n'aurez plus chaud, je vous le promets.

— Et c'est aussi mauvais que le premier ? demanda Harry en se redressant et se préparant au pire.

— Encore plus mauvais, reconnut-elle. Ça veut dire que c'est encore meilleur pour vous.

Harry but la texture au goût immonde, puis se rallongea, haletant, tentant de réprimer un haut-le-cœur.

— Vous êtes une sorcière ? demanda-t-il. Le docteur n'en revenait pas. Il n'aurait jamais pensé que mon état s'améliorerait aussi vite.

— Peut-être, dit-elle en souriant, mais une gentille alors. Maintenant, je dois partir, car j'ai de nouveaux clients qui vont arriver bientôt. Je reviendrai vous voir plus tard pour m'assurer que vous avez bien repris des forces.

Harry ne put s'empêcher de rire lorsqu'elle quitta la pièce, ravi de voir sa véritable personnalité émerger au fur et à mesure qu'elle prenait confiance avec lui. Et, peu importe ce que contenaient ses breuvages, ils fonctionnaient.

Au moment du souper, il eut faim et commanda des nouilles qu'on apporta dans sa chambre. Tout en s'asseyant dans son lit pour manger, il se dit qu'il aurait volontiers d'autres accès de dengue si Lidia jouait les infirmières avec lui et le sauvait.

Pendant les deux jours suivants, Harry dormit beaucoup trop à son goût et mangea tout ce qu'on lui présentait. Quand il ne dormait pas, il pensait à Lidia. Elle passait le voir de temps à autre, lorsqu'elle avait un moment de libre, et son visage s'illuminait dès qu'elle entrait dans la pièce et qu'elle constatait qu'il allait mieux.

Et elle était de plus en plus belle.

Harry se mit à vivre pour ses visites, rêvait ensuite de l'attirer jusqu'à son lit, d'envelopper son corps minuscule dans ses bras, d'embrasser les arcs parfaits que formaient ses lèvres, de sentir ses petites dents d'un blanc nacré avec sa langue…

Quand il parvenait à penser rationnellement, Harry essayait de se convaincre que, si Lidia lui faisait autant d'effet, c'était parce qu'il avait été privé de compagnie féminine pendant plusieurs années. D'un autre côté, il ne se souvenait pas, dans toute sa vie d'adulte, d'avoir ressenti une seule fois des émotions aussi fortes à la vue d'une femme.

Il la connaissait à peine, ne savait presque rien de sa vie hormis le peu qu'elle lui avait raconté. Pourtant, il avait le sentiment de la connaître malgré tout : elle était gentille, avait le sens de l'humour et était très intelligente. Sa maîtrise de l'anglais et la

431

façon qu'elle avait de se faire comprendre malgré son manque de vocabulaire étaient tout simplement impressionnantes. Habitué à la manière de s'exprimer par énigmes des jeunes Anglaises, qui saisissaient parfaitement toutes les subtilités de leur langue, il trouvait le parler de Lidia très rafraîchissant : elle disait toujours ce qu'elle pensait en peu de mots. Harry n'était pas du genre à fantasmer, à ressentir un désir physique irrésistible éveillé par de simples pensées. Pourtant, dès qu'il imaginait Lidia, dès qu'il se la représentait, il sentait son sexe se durcir. C'était quelque part rassurant de constater que tout fonctionnait encore chez lui après les sévices corporels et psychologiques qu'il avait subis à Changi. Et qu'après toutes ces années de doute, c'était bel et bien une femme qui provoquait une telle réaction physique.

C'était quelque chose qu'il n'avait jamais ressenti pour Olivia.

Sa femme.

Harry repensa à toutes les fois où ses compagnons de captivité à Changi avaient évoqué leur amour et leur désir physique pour leur femme. Était-ce donc ce qu'il ressentait pour Lidia ? De *l'amour* ?

Après avoir passé quatre jours enfermé dans sa chambre, et alors que Lidia n'était pas passée le voir, comme elle le faisait d'habitude, Harry s'aventura hors de sa chambre au coucher du soleil. Il traversa le hall sans se presser et se dirigea vers le Bamboo Bar, ne sachant que faire d'autre. En passant, il jeta un coup d'œil vers la réception.

— Vous allez mieux ? demanda Giselle qui surgit derrière lui.

— Oui, beaucoup mieux, merci. Je me demandais juste où était Lidia.

— Elle a pris un jour de congé, répondit distraitement Giselle. En raison de problèmes familiaux, je pense.

Le cœur d'Harry se mit à battre la chamade.

— Elle va bien au moins ?

— Je ne sais pas, capitaine Crawford. Je suis son employeur, pas sa mère, même si j'aime beaucoup Lidia. Elle n'a pas une vie facile.

Ébranlé, Harry se dirigea vers le Bamboo Bar, qui n'ouvrirait pas avant une heure et qui était désert. Il s'assit au piano, souleva le couvercle et commença à jouer.

Les autres musiciens et le barman ne tardèrent pas à le rejoindre.

— Où étais-tu ? demanda Yogi, le batteur hollandais. Tu nous as manqué. C'est moins marrant de jouer sans toi.

— J'étais malade, répondit Harry.

— Et c'est bon pour ce soir ?

— C'est bon pour ce soir, dit Harry en hochant la tête, pensant que ce serait une distraction bienvenue pour son esprit obsédé par Lidia.

Harry joua jusqu'à minuit tout en buvant des litres d'eau, tandis que la clientèle succombait aux effets du whisky. Deux femmes éméchées lui firent même des avances : elles lui proposèrent de lui montrer les attractions touristiques de Bangkok s'il acceptait de jouer nu pour elles. Harry se dit que c'était une incroyable farce : il avait encore la peau sur les os, un ventre protubérant et une peau déshydratée qui pelait.

Le lendemain matin au réveil, sa première pensée fut pour Lidia, et il se demanda si elle serait de retour. Il se leva et descendit jusqu'à la véranda pour prendre son petit déjeuner sans oublier de jeter un œil à la réception en passant. Elle n'était pas là.

La journée s'écoula tout doucement. Seule la visite du tailleur vint le distraire. Il était venu lui faire essayer ses vêtements et marmonna dans sa barbe qu'il allait devoir reprendre tous ses pantalons à la taille, car Harry avait perdu du ventre.

Harry passa et repassa devant la réception pour voir si Lidia était arrivée. La troisième fois, Giselle vint vers lui en secouant la tête.

— Elle n'est pas là aujourd'hui non plus. Il ne me reste plus qu'à espérer qu'elle ne fera pas comme beaucoup de ses compatriotes qui disparaissent du jour au lendemain.

Harry sentit son estomac se nouer. Il retourna dans sa chambre pour aller faire sa sieste, s'allongea sur son lit et tenta de dormir. Il finit par abandonner et se mit à faire les cent pas dans sa chambre tout en se demandant si Giselle avait l'adresse de Lidia. Si elle n'était toujours pas revenue le lendemain, il devrait peut-être partir à sa recherche.

— Ne sois pas ridicule, dit-il tout fort. Pour l'amour du ciel, tu n'es qu'un client parmi d'autres dans cet hôtel. Tu ne peux quand même pas ratisser les rues de Bangkok à la recherche d'une fille que tu connais à peine !

Pourtant, Harry eut beau se réprimander, il ne faisait que penser à elle. Il passa le reste de la journée à se torturer en imaginant les choses horribles qui auraient pu lui arriver. À trois heures du matin, il était allongé dans son lit, la tête posée sur ses mains croisées derrière la nuque, et il réalisa que c'était plus qu'un simple fantasme.

Il était amoureux d'elle.

Quel ne fut pas son soulagement lorsqu'il entra dans le hall le lendemain matin et qu'il vit Lidia assise derrière le comptoir de la réception ! Il dut se retenir de se précipiter vers elle et de la prendre dans ses bras.

— Lidia, vous êtes de retour ! Tout va bien ?

— Oui, Harry.

Ses yeux semblaient plus sombres que d'habitude, son attitude, moins avenante, mais elle ajouta :

— Tout va bien.

Il la fixa.

— Vous en êtes sûre ?

— Bien sûr.

— Bon, répondit-il. Je suis content.

Et, ne sachant plus quoi dire, il s'éloigna à contrecœur.

Harry arpenta sa chambre, incapable de se calmer. Il se sentait bien avant que Lidia ne disparaisse subitement. Mais l'intensité de la panique qui l'avait envahi pendant son absence l'avait effrayé.

Comment pouvait-il aimer une femme qu'il connaissait à peine ?

Incapable de rester dans sa chambre, il traversa la véranda et descendit en flânant vers le fleuve. Il alluma une cigarette et pensa à Sebastian qui devait avoir déjà parcouru une bonne partie du trajet de retour sur le bateau ; il regretta presque de ne pas avoir été assez en forme pour partir avec lui.

Même s'il était bel et bien tombé amoureux, ses sentiments pour Lidia ne le mèneraient nulle part. Il était capitaine dans l'armée britannique, pair du royaume britannique, héritier d'un vaste domaine…

Et marié.

Harry jeta brutalement dans le fleuve son mégot de cigarette qui se prit dans l'enchevêtrement de brindilles et de mauvaises herbes défilant constamment devant lui. La dengue avait peut-être affecté son cerveau, à moins que ce ne fût son séjour à Changi. Il suffisait qu'une femme approche et lui apporte un peu de réconfort pour qu'il s'éprenne d'elle ! Il remonta en direction de l'hôtel et entra d'un pas déterminé dans le hall. Il réserverait une place sur le prochain bateau à destination de l'Angleterre. Il aperçut Lidia à la réception et tenta vaillamment de l'ignorer. Mais il la vit du coin de l'œil prendre un mouchoir dans son petit cabas et s'essuyer les yeux. Il oublia immédiatement ses résolutions et retourna vers elle. Lorsqu'il atteignit le comptoir, il se pencha et dit doucement.

— Lidia, qu'est-ce qui ne va pas ?

Elle secoua la tête, trop bouleversée pour parler.

— Qu'est-ce qu'il y a ? Qu'est-ce qui s'est passé ?

— S'il vous plaît, Harry, dit-elle d'une voix qui

436

trahissait sa panique. Laissez-moi. Je ne veux pas attirer l'attention. Madame ne serait pas contente de me voir dans cet état.

— Je comprends, je vais m'en aller, mais uniquement si vous me promettez de me retrouver à l'extérieur de l'hôtel pendant votre pause déjeuner. Je serai au bout de la route, devant le petit étal de nourriture au coin.

Elle leva les yeux vers lui.

— Oh ! Harry, Madame…

— Je veillerai à ce que personne ne nous voie. Dites oui et je vous laisse tranquille.

— Si vous partez tout de suite, je vous retrouverai devant l'étal à midi.

— Marché conclu, dit-il en souriant.

Puis il partit, oubliant complètement pourquoi il était venu à l'origine.

Comme convenu, Lidia l'attendait au coin de la rue tout en jetant des regards nerveux autour d'elle.

— Je connais un endroit où nous pourrions aller.

Elle lui fit signe de la suivre et marcha rapidement dans la rue animée. Au bout de quelques minutes, elle tourna dans une ruelle étroite, remplie de charrettes contenant toutes sortes d'aliments à vendre. Elle remonta la moitié du passage, puis montra un banc en bois brut abrité du soleil par un parasol à moitié déchiré.

— Vous voulez manger quelque chose ? demanda-t-elle.

L'odeur des égouts, qui se mêlait à celle de l'huile de friture où cuisait une viande impossible à reconnaître, dans une ruelle où l'atmosphère était déjà suffocante, donna la nausée à Harry.

— Je pense que je vais juste prendre une bière s'il y en a, merci.

— Bien sûr.

Lidia s'adressa en thaïlandais au vendeur, et une bière ainsi qu'un verre d'eau apparurent devant eux.

Harry tenta de se concentrer sur Lidia plutôt que sur l'atmosphère suffocante. Il sentit la sueur perler sur son front, ouvrit sa bière et en but une longue gorgée.

— Alors, Lidia, pouvez-vous me dire pourquoi vous pleuriez ce matin ?

Lidia le regarda, les yeux remplis de tristesse.

— Oh ! Harry, j'ai de graves problèmes à la maison.

— Lidia, après avoir vu beaucoup d'hommes mourir sous mes yeux, je crois vraiment que je peux tout entendre.

— D'accord, Harry, je vais vous raconter, dit Lidia en soupirant. Ma mère, elle va se marier.

— Et c'est une mauvaise chose ?

Lidia eut soudain les larmes aux yeux.

— Oui. Parce que… c'est un général japonais.

— Je vois.

Harry comprenait à présent pourquoi Lidia était si contrariée.

— Ils se sont rencontrés pendant l'occupation ici. Mais elle ne m'en avait pas parlé parce qu'elle savait que je réagirais mal. Maintenant, il retourne au Japon. Et il veut qu'elle parte avec lui – avec nous *tous*.

Harry resta silencieux quelques secondes. Puis, il hocha la tête.

— Vous avez raison. C'est vraiment un gros problème.

— Comment a-t-elle pu faire ça ? murmura Lidia. C'est une traîtresse, dit-elle d'un ton méprisant. Comment peut-elle faire ça alors que mon père est mort en essayant de libérer la Thaïlande des Japonais ?

— Il est mort ?

— Ils l'ont mis en prison, il y a un an quand ils ont découvert qu'il publiait un journal clandestin. Juste avant la fin de la guerre, il y a six mois, nous avons appris qu'ils l'avaient abattu.

Harry posa instinctivement sa main sur celle de Lidia. Elle semblait si minuscule, si fragile entre ses doigts.

— Lidia, je suis vraiment désolé.

Elle essuya d'un geste brusque les larmes qui coulaient sur ses joues.

— Merci. Maintenant, le pire, c'est que je me dis que ma mère n'a jamais aimé mon père. Comment ose-t-elle ?

— Je suis certain qu'elle l'aimait, Lidia, dit Harry en tentant de rester rationnel. Mais il y a beaucoup de raisons qui poussent les gens à agir d'une certaine façon, quand ils pensent qu'ils n'ont pas d'autre choix. Vous avez beaucoup de frères et sœurs, et, d'après ce que vous m'avez dit, peu d'argent. Ce général est-il riche ?

— Oh oui ! Il est très riche. Et il est haut placé. Il a une grande maison au Japon. Ma mère est très belle. Tous les hommes tombent amoureux d'elle, dit Lidia en soupirant. Mais vous avez raison. Elle veut que ses enfants aient une nouvelle vie, une vie meilleure que celle qu'elle peut leur offrir ici maintenant qu'elle est veuve. C'est comme ça qu'elle me l'a expliqué. Elle m'a dit qu'elle ne l'aimait pas, mais qu'elle devait prendre la bonne décision pour l'avenir.

— Et qu'est-ce que vous allez faire ? demanda-t-il en redoutant sa réponse.

— Elle veut que je parte avec elle. Elle dit que le Japon n'est pas un ennemi, que l'occupation a été pacifique et que ce n'était qu'un arrangement politique, dit Lidia en secouant la tête. Mais ils ont tué mon père parce qu'ils craignaient qu'il ne cause des problèmes. Comment pourrais-je aller là-bas ?

— Je ne sais pas, Lidia, je ne sais vraiment pas. Puis-je vous demander quel âge vous avez ?

— J'ai dix-sept ans, j'aurai dix-huit ans dans six semaines.

— Alors, dans quelques semaines, vous serez considérée comme une adulte, capable de prendre ses propres décisions. Êtes-vous vraiment obligée de partir ?

— Harry, si je ne pars pas, je ne reverrai peut-être jamais ma mère et mes frères et sœurs, dit Lidia en tripotant son verre, l'air bouleversé. J'ai perdu mon père. Comment pourrais-je les perdre, eux aussi ?

Harry secoua la tête.

— Vous êtes dans une situation impossible.

Il but une gorgée de bière.

— Mais vous êtes presque une adulte maintenant, pas une enfant. Vous devez penser à votre vie et à ce que vous voulez.

— Mais ma mère, elle dit que je dois aller au Japon. Je ne peux pas lui désobéir.

— Lidia, il n'y a pas que la famille dans la vie.

Ses yeux dorés se mirent à étinceler.

— Harry, vous vous trompez. Ici, en Thaïlande, la famille est *très* importante. On doit obéir à ses parents.

— Même lorsqu'on est adulte ?

Lidia pleurait carrément à présent.

— Oui.

— Je suis vraiment désolé. J'ai l'impression que je ne fais que vous contrarier davantage.

Harry fouilla dans la poche de son pantalon et en sortit un mouchoir qu'il lui tendit.

— Non. Ça fait du bien de parler.

Elle se moucha à grand bruit.

— Madame dit que je ne devrais pas partir, que j'ai une bonne place à l'hôtel et que je vais encore progresser.

Harry remercia intérieurement Giselle pour son intervention opportune.

— N'oubliez pas que cette guerre a changé toutes les règles, pour tout le monde. Les choses ne seront plus jamais comme avant. Vous devez essayer de pardonner à votre mère, elle fait ce qui lui paraît le mieux. Mais ce qu'elle veut pour elle et pour vos frères et sœurs plus jeunes n'est peut-être pas approprié pour vous. Vous avez encore de la famille en Thaïlande ?

— Oui, la famille de mon père. Ils viennent d'une petite île, très loin d'ici.

L'ombre qui ternissait l'éclat des yeux de Lidia

disparut soudain, et son visage s'illumina d'un sourire.

— C'est magnifique là-bas. J'y suis allée souvent quand j'étais petite. On l'appelle aussi l'île Éléphant, et elle flotte sur l'eau comme un joyau.

— Alors, vous ne seriez pas seule dans ce pays ?

— Non.

— Et vous avez les moyens de subvenir à vos besoins en travaillant.

— Oui.

Elle leva les yeux vers lui.

— Vous pensez que je devrais rester ?

— Vous êtes la seule à pouvoir prendre cette décision, Lidia. Mais si vous décidez de rester, rien ne vous empêche de rendre souvent visite à votre mère et à vos frères et sœurs.

— Mais c'est tellement loin, Harry. C'est à des milliers de kilomètres, et il fait froid, dit Lidia en frissonnant. Je déteste le froid.

Harry se demanda ce que ferait Lidia dans le Norfolk en plein milieu de l'hiver.

— C'est simple, dit-il en finissant sa bouteille de bière. Vous devez décider ce que *vous* voulez.

Lidia regarda au loin et laissa échapper un soupir.

— Je veux…

Son visage s'assombrit.

— Je ne veux pas prendre cette décision.

— Non, mais vous devez. Quand votre mère part-elle pour le Japon ?

— Dans dix jours. Le général a pris des places pour ma mère et mes frères et sœurs. Pour moi aussi, ajouta-t-elle en fronçant les sourcils.

— Pourquoi ne laisseriez-vous pas les choses se

décanter un peu ? Je veux dire par là que vous devez d'abord vous remettre un peu de votre choc et prendre le temps de réfléchir.

Lidia lui adressa un pâle sourire.

— Vous avez raison. Merci, Harry. Quelle heure est-il ?

— À vrai dire, ma montre a été cassée par une balle dans mon sac il y a quatre ans, et je n'ai jamais pris le temps de la remplacer, reconnut-il.

Lidia se leva.

— Eh bien, je suis sûre qu'il est temps pour moi de retourner au travail. *Kop khun ka*, Harry.

— Qu'est-ce que ça veut dire ?

— Ça veut dire « merci pour tout ». Vous m'avez aidée, vraiment.

Elle lui sourit, puis partit rapidement en direction de l'hôtel.

Harry revit Lidia dans le hall l'après-midi même. Elle paraissait plus calme lorsqu'elle lui tendit un télégramme. C'était Olivia, qui lui disait que tout allait bien à Wharton Park et qu'ils espéraient tous qu'il serait bientôt suffisamment rétabli pour entreprendre le voyage de retour.

— C'est de votre famille en Angleterre ? demanda Lidia.

— Oui, dit-il en hochant la tête.

— Votre mère ?

— Oui.

Harry retourna dans sa chambre, le télégramme à la main, en se maudissant de lui avoir menti.

Le docteur vint le voir le lendemain matin et estima que son état lui permettait désormais

443

d'envisager son retour en Angleterre. Harry savait qu'il serait préférable de partir le plus tôt possible, de revenir à la réalité et d'arrêter de fantasmer sur une vie et une femme qu'il ne pourrait jamais avoir.

Il envoya un télex au bureau de Sebastian et leur demanda de lui réserver une place sur le prochain bateau à destination de l'Angleterre.

Alors qu'il tentait de s'endormir pour sa sieste, il entendit qu'on frappait doucement à sa porte.

C'était Lidia. Son visage s'illumina en la voyant.

— Excusez-moi de vous déranger, Harry, mais je suis venue vous dire que je m'en vais ce week-end. Et je ne veux pas que vous vous inquiétiez pour moi. C'est *Songkran*, la fête du nouvel an thaïlandais. Dans notre pays, nous l'appelons la « fête de l'Eau ».

— Quand partez-vous ? demanda Harry, soudain nerveux.

Il ne lui restait plus beaucoup de temps.

— Très tôt, demain matin. C'est un long voyage et il va me falloir toute la journée pour arriver là-bas.

— Je peux venir avec vous ?

Elle le regarda, surprise.

— Désolé, Lidia.

Harry était gêné par son comportement effronté.

— Je suis certain que vous n'avez aucune envie de me traîner avec vous. C'est juste que je n'ai presque rien vu de la Thaïlande. S'il vous plaît, oubliez ce que je viens de dire. Ça serait beaucoup trop de dérangement pour vous.

Elle le dévisagea d'un air pensif

— Harry, vous vous sentez seul, loin de votre famille ?

Elle ne lui laissa pas le temps de répondre et s'empressa d'ajouter :

— *Songkran* est vraiment une grande fête pour la famille et pour accueillir des amis au sein de la famille.

Elle lui adressa soudain un sourire plein de détermination.

— Je pense que mes grands-parents seraient très heureux d'accueillir un soldat britannique généreux qui s'est battu contre les Japonais. Oui, dit-elle en hochant la tête. Vous venez avec moi.

— Vraiment ?

Harry était aux anges.

— Oui, dit Lidia en hochant la tête. Comme ça, je vous montrerai la magnifique île où mon père est né. Ça sera ma façon de vous remercier pour m'avoir aidée à prendre ma décision.

— Vous avez décidé ? demanda-t-il.

— Comme vous dites, je suis une adulte. Et je ne peux pas aller au Japon et vivre avec des gens qui ont tué mon père et beaucoup d'autres. Je reste ici. Dans le pays que j'aime.

Ce fut au tour d'Harry de lui adresser un grand sourire.

— Je suis content que vous ayez pris votre décision, Lidia. Et, personnellement, je pense que c'est la bonne.

— Mes frères et sœurs vont me manquer, mais même pour eux je ne peux pas faire ça. Un jour, ajouta-t-elle, quand j'aurai une bonne situation et que je gagnerai beaucoup d'argent à Bangkok, je pourrai les ramener ici, s'ils veulent revenir. Alors, nous nous retrouvons devant l'étal, demain à six heures du matin ? Nous prendrons un *tuk-tuk* jusqu'à la gare.

— D'accord, six heures demain matin.

— Oh ! et je dois vous dire qu'à Koh Chang, ce n'est pas comme ici, dit Lidia en faisant un geste de la main pour montrer la pièce. Pas d'électricité, pas d'eau courante, mais une belle mer.

— Ce n'est pas un problème pour moi, Lidia.

Après Changi, Harry pouvait supporter pratiquement n'importe quelle condition.

— Je dois partir, dit Lidia. Je vous vois demain à six heures.

Harry alla prévenir Giselle qu'il ne jouerait pas au bar les trois soirs suivants.

— Puis-je vous demander où vous allez ?

— Oui, je me suis dit que j'aimerais bien visiter un peu le pays avant de partir.

— Bien sûr, et j'ai entendu que Koh Chang est une île magnifique, mais je n'y suis moi-même encore jamais allée.

L'expression d'Harry apprit à Giselle tout ce qu'elle voulait savoir.

— Je serai de retour lundi.

— Capitaine Crawford ? Harry ? dit-elle pour l'arrêter.

— Oui ?

— Lidia est une fille adorable. Et elle traverse une période très difficile. Je l'aime beaucoup et j'espère qu'elle restera longtemps auprès de moi. Ne lui faites pas de mal, s'il vous plaît.

— Bien sûr que non.

Harry était indigné.

— *D'accord*. Faites-vous bien asperger, dit-elle en souriant avant de retourner dans son bureau.

37

Lidia l'attendait au lieu de rendez-vous qu'ils avaient convenu. Elle héla un *tuk-tuk*, et ils partirent. Le soleil se levait tout juste, et tout était calme encore à Bangkok. Harry put ainsi profiter de la ville avec son mélange hétéroclite d'architecture coloniale, de cabanes en bois et de maisons typiquement thaïlandaises. Il regrettait de ne pas avoir été suffisamment en forme pour mieux l'explorer.

Ils arrivèrent à la gare qui ressemblait à une véritable ruche tant l'activité y était intense. De vieux trains stationnaient sur des voies de garage, couverts de rouille à cause de la pluie incessante pendant la saison de la mousson.

Lidia acheta leurs billets, refusant de prendre l'argent que lui tendait Harry, et parcourut les quais à la recherche du bon train. Ils montèrent à bord d'un wagon déjà plein à craquer, et les gens du pays cessèrent leurs bavardages pour regarder Harry, fascinés, tandis que Lidia et lui se frayaient un chemin pour rejoindre un banc libre.

Harry avait regardé la carte dans le bureau de Giselle et savait qu'ils allaient longer la côte à l'est jusqu'à une région appelée Trat. Ils rejoindraient ensuite Koh Chang, un minuscule point sur la mer, par bateau.

— Combien de temps dure le trajet ? demanda Harry.

— Il faut quatre heures pour aller jusqu'à Chanthaburi. Ensuite, nous changeons de train. Puis il faut encore trois heures jusqu'à Trat, répondit Lidia en coupant d'une main experte une mangue et en lui tendant la moitié. Ensuite, mon oncle viendra nous chercher sur son bateau de pêche et nous emmènera jusqu'à Koh Chang.

— Votre famille est-elle au courant de ma présence ?

— Je n'ai pas pu les prévenir, car il n'y a pas de téléphone sur l'île. Ça ne les dérange pas, je vous assure, Harry. Mais à Chanthaburi, nous vous achèterons de nouveaux vêtements, dit-elle en pointant le couteau dans sa direction et en souriant.

— J'ai des vêtements, Lidia.

Harry montra sa petite valise sur le porte-bagages au-dessus de lui.

Lidia se mit à rire.

— Non, non, Harry, vous ne pouvez pas porter ces vêtements pour la fête de *Songkran*. Vous comprendrez plus tard ce que je veux dire, dit-elle en lui adressant un sourire mystérieux.

La locomotive, avec son immense panache de fumée, quitta la périphérie de la ville, qui semblait

448

s'étendre sur des kilomètres, et traversa d'immenses plantations de bananes. Des enfants faisaient signe aux voyageurs en affichant de grands sourires. Lidia s'endormit à côté de lui. Harry se demanda comment elle pouvait dormir sur le banc en bois dur.

Mais, avec la tête de Lidia qui tombait sur ses épaules et la douce odeur de l'huile dans ses cheveux qui chatouillait ses narines, il se sentait parfaitement bien. Il était avec elle, tout près d'elle, il allait passer trois jours entiers avec elle et n'aurait échangé sa place pour rien au monde.

Il dut finir par s'endormir aussi, car, lorsqu'il ouvrit les yeux, le train s'était arrêté, et Lidia le secouait doucement. Il se leva, prit sa valise et suivit Lidia sur le quai. Ils furent immédiatement assaillis par des colporteurs qui cherchaient à leur vendre de la nourriture, des boissons, des guirlandes de jasmin et des animaux grossièrement sculptés dans du bois. Lidia entraîna Harry derrière elle et le fit asseoir sur un banc sous un auvent en bambou.

— Vous restez ici. Je vais chercher à manger.

Une petite fille thaïlandaise s'approcha de lui en souriant timidement. Elle semblait fascinée. Harry s'essuya le front et but une gorgée d'eau. Lidia revint avec leur repas et posa une pile de linge en coton fin devant lui.

— Essayez ça.

— Vous voulez que je porte ça ? demanda-t-il en soulevant une nappe rouge et en découvrant que c'était un pantalon avec une sorte de tablier sur le devant.

Il y avait aussi une ample chemise en coton blanc.
Elle montra une cabine en bambou à proximité.

449

— Essayez là-bas.

Il se déshabilla le plus vite possible, soulagé de ne plus avoir à porter son pantalon épais en sergé et sa chemise en coton de grande qualité, puis enfila les vêtements que Lidia lui avait donnés. Il eut quelque difficulté à comprendre le principe de ce drôle de pantalon à jambes trois quarts, mais parvint finalement à attacher le tablier devant comme le faisaient les Thaïlandais, ce qui donnait l'impression qu'il portait une jupe.

La petite Thaïlandaise attendait dehors avec Lidia et éclata de rire lorsqu'elle le vit.

— Je suis sûr que j'ai l'air parfaitement ridicule, dit-il, embarrassé.

— Non, Harry, dit doucement Lidia. Vous ressemblez à un Thaïlandais. C'est mieux pour l'île et pour *Songkran*. Maintenant, je vais me changer.

Lidia partit, et Harry s'amusa à apprendre quelques mots d'anglais à la petite fille. Il fut récompensé par un magnifique sourire et une prononciation approximative des mots qu'il lui disait.

Harry ne put s'empêcher de rester bouche bée lorsque Lidia réapparut. Elle ne portait plus son uniforme occidental, mais un pantalon similaire au sien et un chemisier en coton rose de style chinois. Le changement le plus frappant était au niveau de ses cheveux : elle les avait détachés et ne les portait plus tirés en arrière. Ils tombaient désormais sur ses épaules et jusqu'à sa taille, une magnifique crinière brillante et noire comme l'ébène.

Harry tendit involontairement les doigts tant il aurait aimé les passer à travers ces cheveux épais qui symbolisaient si bien la féminité de Lidia. Il baissa les yeux et vit que ses pieds minuscules et délicats étaient nus. Ses orteils parfaits le subjuguèrent. Il n'était pas habitué à voir les pieds des femmes en Angleterre. Cette vision était si intime qu'Harry sentit le désir monter en lui. Il constata avec satisfaction que l'étrange tablier qu'il portait avait au moins quelques avantages.

— Nous devons prendre l'autre train, dit Lidia.

Harry dit au revoir à la petite fille et se leva pour suivre Lidia.

Une voix derrière eux cria :

— Vous deux amoureux ! Vous allez marier !

Ils voyagèrent encore pendant trois heures épuisantes. Harry fut incroyablement soulagé lorsque le train s'arrêta enfin. Un court trajet en bus leur permit de rejoindre un embarcadère et, quand Harry descendit du véhicule, il vit une immense étendue idyllique d'eau turquoise devant lui et une masse montagneuse en partie cachée par les nuages au loin.

— C'est Koh Chang, dit Lidia en pointant le doigt en direction de l'île. Regardez, il y a mon oncle qui attend !

Harry suivit Lidia vers un des nombreux bateaux de pêche en bois qui tanguaient près de l'embarcadère. Il resta en arrière tandis que Lidia saluait affectueusement son oncle. Ils se mirent à parler très vite en thaïlandais, Lidia montra une ou deux fois Harry, puis elle lui fit signe d'approcher.

— Harry, c'est Tong, mon oncle, mais il ne parle pas anglais.

L'oncle s'inclina pour le saluer à la manière des Thaïlandais et se leva en lui adressant un grand sourire édenté, puis il lui serra la main avec enthousiasme.

Il parla à Harry, et Lidia traduisit pour lui qu'il était ravi de l'accueillir dans sa famille pour la fête traditionnelle de *Songkran*.

— S'il vous plaît, dites à votre oncle que je suis très honoré d'être là, répondit Harry tandis que Tong l'aidait à monter dans le bateau. Ils partirent ensuite en direction de Koh Chang.

Tandis qu'ils traversaient l'océan parfaitement calme, le soleil couchant sembla soudain plonger dans la mer, et la lumière commença à décliner. Un quart d'heure plus tard, ils arrivèrent sur le rivage de l'île, et la nuit était tombée. Tong fouilla au-dessous de lui et sortit deux lampes à huile qu'il alluma. Lidia regarda Harry avec une joie mêlée d'impatience, tandis que son oncle l'aidait à rejoindre la terre ferme. Il sentit alors le contact du sable doux sous ses pieds.

— Bienvenue sur l'île natale de mon père, Harry, dit Lidia en souriant.

Il était difficile à Harry de réagir à son environnement, car il faisait nuit noire à présent. Ils marchaient le long d'une plage, et des cabanes en bois, éclairées par la lueur douce des lampes à huile, apparurent blotties au milieu de grands palmiers. Lorsqu'ils arrivèrent à proximité des habitations, un groupe d'enfants et une vieille femme vinrent à leur rencontre. Ils saluèrent Lidia à grands cris, et elle courut vers eux. Harry vit la vieille femme la prendre dans ses bras et supposa que c'était sa grand-mère. Lorsque Lidia se retourna vers lui, il vit à la lueur de la lampe qu'elle avait les larmes aux yeux.

— Venez, Harry, je vais vous présenter ma famille. Tout le monde est heureux que vous soyez là pour célébrer *Songkran* avec nous.

Harry fit la connaissance de la famille élargie : la grand-mère et le grand-père de Lidia, son oncle et sa tante avec leurs quatre enfants, une autre tante et son mari avec leurs trois enfants.

Tong tendit une bouteille de bière à Harry. Il s'assit sur une des nattes à même le sol et fut immédiatement entouré par les nièces et les neveux. Ils parlaient tous un peu anglais et assaillirent Harry de questions lui demandant s'il s'était battu pendant la guerre et s'il avait tué des Japonais. Il leur répondit du mieux qu'il put. Comme il n'était pas certain de bien se faire comprendre, il se mit à mimer. Lorsqu'il braqua son pistolet imaginaire sur un Japonais tout aussi imaginaire, les enfants se mirent à courir dans tous les sens sur la plage en criant « Bang ! bang ! » et en pointant leurs faux pistolets.

Lidia sortit de l'obscurité et s'assit gracieusement à côté de lui.

— Ce soir, vous dormez ici, dans une hutte sur la plage. Ma tante la prépare pour vous.

— Merci, répondit Harry. Et vous, vous allez dormir où ?

— Dans la maison de mes grands-parents, au village derrière la plage.

— Alors, qui vit ici ? demanda-t-il.

— Mon oncle Tong, ma tante Kitima et leurs enfants. Comme il est pêcheur, il aime être près de son travail. Ils construisent une grande maison dans le village en ce moment et, un jour, ils iront vivre là-bas.

— Je resterais ici, murmura-t-il en regardant la lune.

Il avait étudié son cycle pendant les longues nuits d'insomnie à Changi. D'après sa taille et sa forme, Harry en déduisit que la lune serait pleine le lendemain à cette heure. Il entendait les vagues se briser doucement sur le sable, à seulement cinquante mètres de lui.

— C'est tellement apaisant, ajouta-t-il.

— Je suis heureuse que vous aimiez. Vous êtes prêt à manger maintenant ?

Lidia montra le feu et la broche avec un gros poisson frais au-dessus.

Harry hocha la tête et se mit debout.

Ils s'installèrent tous autour d'une longue table en bois. Les enfants étaient assis sur des nattes autour des adultes et ils mangèrent le meilleur poisson qu'Harry ait goûté dans sa vie. Les enfants avaient de grosses noix de coco et buvaient le lait qu'elles contenaient avec délice. Il ne comprenait pas vraiment ce qu'on disait autour de lui ; pourtant, le langage d'une réunion de famille chaleureuse, gaie, agréable était universel. Lidia était assise entre ses grands-parents et l'interrogeait souvent du regard pour savoir s'il se sentait bien.

Il lui souriait toujours en retour : oui, il se sentait bien.

Une heure plus tard, Harry sentit la fatigue de la journée le rattraper. Il bâilla discrètement.

Lidia le remarqua immédiatement et murmura

quelque chose à sa tante en face d'elle. La tante tapa aussitôt dans ses mains. Les enfants autour se turent. Elle leur parla, et ils hochèrent tristement la tête, sachant qu'ils ne pourraient plus batifoler sur la plage, car le moment était venu d'aller se coucher.

Lidia s'approcha d'Harry.

— Ma tante va vous montrer où vous couchez, dit-elle. Je viendrai vous chercher demain, d'accord ?

— Surtout, prenez votre temps, Lidia. Profitez de votre famille. Je suis très heureux d'être ici. Et votre famille a été très accueillante. S'il vous plaît, remerciez-les de ma part.

— Harry, je pense que vous pouvez le faire vous-même, dit-elle d'un ton encourageant.

— Oui, bien sûr. *Kop khun krup*, dit-il en s'inclinant avec raideur.

Les sourires qu'on lui adressa étaient affectueux, reconnaissants, mais nullement moqueurs. Il suivit la tante de Lidia sur la plage, et elle lui montra la dernière hutte.

— Monsieur Harry, nous contents... d'avoir vous.

Elle avait répondu à ses efforts dans un anglais hésitant.

— Merci, dit-il en tournant la poignée en bois de la hutte. Bonne nuit.

Il entra, ferma la porte et se retourna. Il n'y avait rien dans la hutte, si ce n'est un matelas, un drap fraîchement lavé et une moustiquaire. Trop épuisé pour enlever ses vêtements, il s'allongea sur sa couche et s'endormit aussitôt.

38

Quand Harry se réveilla avec une légère douleur dans l'os iliaque à cause du matelas trop fin, il eut un moment de panique. Puis, il réalisa où il était et ouvrit les yeux. La pièce était encore dans l'ombre, la seule lumière venait d'une petite fenêtre grillagée donnant sur les palmiers au fond de la hutte. Harry s'étira, se leva et alla ouvrir la porte.

Il resta bouche bée devant la vue qui s'offrait à lui.

Il se trouvait sur une magnifique plage de sable blanc et poudreux qui dessinait une courbe et se terminait en péninsule vallonnée et boisée. Le sable descendait en pente douce vers une mer calme d'un vert profond. Il regarda à gauche, puis à droite, mais la plage semblait déserte.

Harry se déshabilla, ne gardant que son caleçon long, et courut sur le sable brûlant pour aller plonger dans la mer. Il nagea de toutes ses forces pendant un long moment, puis se laissa flotter sur le dos. Il regarda d'abord le ciel parfaitement bleu, puis la terre où des cocotiers bordaient la plage et oscillaient dans la brise légère, formant un cadre idyllique. Derrière la plage, au loin, des montagnes couvertes par la jungle et dont le sommet disparaissait derrière les nuages, formaient une sorte d'arrière-pays infranchissable.

Il flotta un long moment, n'arrivant pas à croire qu'il était en train de profiter de ce paradis pour lui tout seul. Finalement, il sortit de l'eau et se laissa tomber sur le sable blanc et chaud, euphorique devant la beauté de cet endroit magique.

Il vit une petite silhouette portant une ombrelle se diriger vers lui et il s'assit. C'était Lidia, qui s'approchait, les sourcils froncés, l'air inquiet.

— Ça va, Harry ? cria-t-elle. Nous avons cru que vous étiez parti, mais après nous avons vu vos vêtements, dit-elle en lui souriant timidement.

Gêné de s'être fait surprendre avec son caleçon trempé, Harry se leva et avança rapidement vers la hutte.

— J'ai décidé d'aller nager, dit-il. Lidia, cette plage est l'endroit le plus beau que j'aie vu dans ma vie.

Le visage de Lidia s'illumina.

— Je suis heureuse que ça vous plaise, Harry. C'est bien pour trouver la tranquillité, n'est-ce pas ?

— Ah oui ! dit-il en agitant le doigt. Je vous préviens, je risque de ne plus vouloir partir.

— Alors, vous devez devenir pêcheur, dit-elle en lui tendant ses vêtements.

— Je peux apprendre si ça me permet de rester ici pour toujours.

— Vous voulez vous laver ? demanda-t-elle. Il y a un tuyau d'eau derrière la hutte de mon oncle et de ma tante, et une serviette pour vous essuyer. J'attends ici.

Lidia s'assit sur le seuil de sa hutte.

Harry revint cinq minutes plus tard, se sentant revigoré après être passé sous un jet d'eau claire et fraîche.

— Maintenant, nous partons pour le village à

pied et je vous emmène chez ma grand-mère, d'accord ?

Elle prit sa main et la serra dans la sienne.

— Et joyeux *Songkran, Khun* Harry.

Il aima le contact de ses doigts sur les siens.

— Pareil pour vous, répondit-il mourant d'envie de la prendre dans ses bras et de l'embrasser.

Ils marchèrent sur un sentier étroit et sableux pendant dix minutes pour rejoindre le village. Lorsqu'ils arrivèrent dans la grande rue poussiéreuse, ils furent copieusement aspergés d'eau et virent deux enfants avec un seau vide, jubilant de les voir ainsi trempés.

— Zut alors ! s'exclama Harry, surpris par l'eau froide.

Lidia fit de son mieux pour se sécher en se secouant. Elle rit.

— *Songkran*, c'est une fête de la purification. Il s'agit de chasser toutes les impuretés attachées au passé et de se sentir frais et propre pour l'avenir. Regardez...

Harry regarda dans la direction qu'elle indiquait. Partout dans la rue poussiéreuse, il y avait des gens de tous âges munis de seaux et de toutes sortes de récipients pour jeter de l'eau sur les malheureux passants.

— Aujourd'hui, vous ne risquez pas d'avoir trop chaud ni d'être au sec, dit Lidia en riant.

Elle gravit les marches d'une maison en bois construite sur pilotis. Sous la véranda, il y avait des seaux remplis d'eau.

— C'est la maison de mes grands-parents,

458

expliqua Lidia, et maintenant vous devez jeter de l'eau comme ça, vous voyez ?

Lidia prit un des seaux et le renversa dans la rue ; Harry l'imita et atteignit un petit garçon qui se mit à rire et à crier tout en secouant la tête pour faire partir l'eau qui coulait dans ses yeux.

— Désolé ! cria Harry d'un ton coupable.

— Non, dit Lidia en secouant la tête. Vous ne devez pas vous excuser. Plus vous mouillerez de personnes, plus la nouvelle année sera bonne.

— Je vois, dit Harry.

Lidia le conduisit à l'intérieur de la maison, puis dans la cuisine au fond, où trois ou quatre femmes préparaient des légumes, du poisson, des nouilles et de la soupe pour plus tard.

— Harry est là, dit-elle à sa grand-mère, qui se retourna et lui adressa un grand sourire édenté. Vous voyez, on prépare un festin spécial pour le déjeuner. C'est la tradition.

— Merci. Je peux faire quelque chose pour vous aider ? demanda Harry.

— Non. Vous êtes notre invité. Et nous, les Thaïlandais, nous ne demandons jamais aux hommes de faire le travail des femmes. Vous restez ici, vous vous reposez, d'accord ?

Elle retourna dans la cuisine, et Harry revint sur la véranda, où il regarda le rituel de l'eau dans la rue au-dessous de lui. Le bruit des rires et la joie qui régnait dans le village lui réchauffaient le cœur. Même si cette petite communauté, perdue au milieu de la mer, n'avait presque aucune possession matérielle, il sentit l'ambiance chaleureuse qu'il y avait entre tous les habitants. Après n'avoir vu pendant quatre ans que le côté brutal et obscur de l'humanité, il ne put s'empêcher d'avoir les larmes aux yeux devant un tel spectacle. Lidia revint de la cuisine, chargée d'un gros panier de fruits et de légumes.

— Nous allons rendre visite aux vieux et aux malades du village et nous leur donnons des présents pour *Songkran*. Vous venez avec moi, Harry ?

Harry se leva.

— Bien sûr. Laissez-moi porter ça.

Il passa le bras dans l'anse du panier particulièrement lourd et suivit Lidia qui descendait les marches.

Ils passèrent l'heure suivante à entrer dans des maisons du village et à en sortir après avoir laissé leurs présents. Lidia encouragea Harry à joindre ses deux paumes devant sa poitrine pour faire le salut thaïlandais, ou *wai,* et à prononcer les mots de salutation traditionnels : « *Sawadee krup.* » Elle expliqua qu'ils donnaient des présents aux habitants les plus âgés qui, en retour, proposaient de purifier leur âme et de pardonner leurs erreurs de l'année qui venait de se terminer.

Harry trouva que cette tradition était beaucoup plus joyeuse et universelle que la communion ou que le confessionnal catholique où on se repentait seul devant le prêtre. Il vit Lidia s'agenouiller à côté d'un vieil homme frêle et lui parler avec animation. Elle prit sa main dans les siennes et la caressa doucement.

Tandis qu'ils retournaient en direction de la maison de ses grands-parents, de grandes tables furent dressées au milieu de la rue pour le repas de fête. Les visages familiers de la famille élargie qu'il avait rencontrée la veille au soir se réunirent autour de la table. Deux moines du temple local se joignirent à eux, resplendissants dans leur robe safran. Harry regarda les tables où s'installaient les familles, formant une longue file qui serpentait dans la rue. Tous les villageois semblaient présents.

Il goûta tous les plats qu'on lui présenta, puis joua sous la contrainte au foot avec une foison de gamins dans la rue et fut trempé à de multiples reprises après avoir été visé par des seaux remplis d'eau. À la nuit tombante, le grand-père de Lidia se leva et fit un discours. L'ambiance changea rapidement pendant que le vieil homme parlait et que les larmes coulaient sur ses joues sans qu'il cherche à les retenir. Harry regarda les autres membres de la famille de Lidia et vit qu'ils avaient eux aussi les larmes aux yeux. Ensuite, l'un des moines se leva et psalmodia d'une voix mélodieuse et aiguë.

La tristesse qui régnait autour de la table se dissipa rapidement et, un quart d'heure après le discours du grand-père, tandis que les villageois retournaient chez eux sans se presser pour se remettre des festivités de la journée, Lidia quitta la table et s'approcha d'Harry.

— *Khun* Harry, vous êtes fatigué maintenant, oui ? Je vous raccompagne jusqu'à votre hutte.

Après avoir remercié et salué les membres de la famille en inclinant légèrement le buste et en joignant les mains sous leur nez, Lidia et Harry quittèrent le village et prirent la direction de la plage où se trouvait la hutte d'Harry.

461

— Pourquoi votre grand-père pleurait-il ? demanda-t-il doucement.

— Il a parlé de mon père, répondit tristement Lidia. Nous avons pensé à lui en ce jour particulier et nous avons souhaité que son âme soit en paix. Le moine a dit que son âme sera en paix, car il a appris la leçon de la souffrance durant sa vie. Quand il reviendra dans sa prochaine vie, la leçon sera moins dure. C'est ce que nous croyons, nous, les bouddhistes.

— Ça doit être réconfortant de penser que la souffrance a un sens, sert un objectif qui dépasse le cadre de notre vie sur terre, médita Harry. Si c'est vrai, les pauvres gars qui ont affreusement souffert et qui sont morts à Changi seront très heureux la prochaine fois.

Elle leva les yeux vers lui.

— Vous croyez en votre Dieu ?

— Eh bien, on ne m'a jamais vraiment expliqué ma religion quand j'étais petit, reconnut-il. Je me contentais juste de croire en Dieu parce qu'on m'avait dit de le faire. Tous les dimanches à la maison et tous les jours à l'école, j'allais à la chapelle. Je trouvais ça assommant d'avoir à rester assis pendant longtemps, d'entonner des cantiques monotones et d'écouter un vieux type qui me barbait. Tout ça pour quelqu'un que je ne pouvais ni voir ni sentir, qui semblait ne rien faire de particulier, mais qui devait malgré tout être vénéré.

— Qu'est-ce que ça veut dire « barber » ? demanda Lidia.

Harry ne put s'empêcher de sourire.

— C'est une expression qui veut dire « ennuyer »,

expliqua-t-il. Quand j'étais à Changi, de nombreux détenus se sont mis à croire en Dieu. Peut-être ressentaient-ils le besoin de croire en quelque chose. Mais moi...

Harry secoua la tête et soupira.

— ... je pense que j'ai eu du mal à croire qu'un Dieu *bon* puisse faire souffrir des innocents comme il l'a fait.

Lidia hocha la tête.

— Moi non plus, quand mon père est mort, je n'ai pas trouvé de réconfort dans la foi. J'ai pensé : il est peut-être allé dans un meilleur endroit, mais moi ? J'ai perdu mon père beaucoup trop tôt. Mais maintenant, ajouta-t-elle calmement, j'accepte.

— Votre famille sait-elle que votre mère part pour le Japon ? demanda Harry lorsqu'ils arrivèrent sur la plage.

— Non. C'est mieux ainsi. Ça les ferait trop souffrir et ils ont déjà eu suffisamment de chagrin. Ils ont perdu leur fils. Ils vivent dans un monde complètement différent, ici à Koh Chang. Ils ne comprendraient pas.

Lidia soupira et eut un pâle sourire.

— Parfois, la vie semble si difficile.

— Je sais, admit-il en regardant la pleine lune qui brillait au-dessus de la mer, donnant un éclat argenté aux ondulations à la surface de l'eau. Mais j'ai appris à Changi que, quand je ne crois plus en l'être humain, j'ai toujours foi en la nature.

Il montra le paysage devant lui en ouvrant les bras.

— Quelqu'un doit bien avoir conçu et créé cette

nature, dans toute sa beauté et son incroyable complexité.

— Alors, vous êtes déjà un bouddhiste. La nature nourrit l'esprit, dit Lidia en regardant la lune avec lui.

Ils marchèrent sur le sable, passèrent devant la hutte déserte qui appartenait à l'oncle et à la tante de Lidia, et arrivèrent devant celle d'Harry. Lidia lui sourit.

— J'espère que vous allez bien dormir ce soir, Harry, dit-elle. À demain.

Alors qu'elle se retournait pour partir, il ne put se retenir plus longtemps. Il lui prit le bras et l'attira contre lui.

— Oh ! Lidia…, Lidia…

Elle ne résista pas lorsqu'il la prit dans ses bras, mais posa au contraire sa tête sur son épaule, pendant qu'il caressait ses magnifiques cheveux.

— Ma chère Lidia, je dois vous dire quelque chose parce que, si je ne le fais pas, je vais exploser, dit-il en riant. Alors, s'il vous plaît, pardonnez-moi. Je crois que je suis tombé amoureux de vous le jour où je vous ai vue, à l'hôtel Oriental, avec votre balai à la main ! Je vous aime, Lidia, je vous aime vraiment, vraiment beaucoup.

Il continua à caresser ses cheveux, tandis que les mots qu'il avait rêvé de prononcer sortaient naturellement de sa bouche.

— Je ne sais pas pourquoi, ni comment c'est arrivé, et je sais que nous venons de mondes différents, mais pardonnez-moi si je vous le dis, parce que j'ai l'impression que je vais devenir fou sinon.

Lidia resta silencieuse, la tête toujours posée sur son épaule.

Soudain, à la fois soulagé d'avoir parlé mais inquiet du silence de Lidia – qui pouvait très bien indiquer que son amour n'était pas réciproque –, Harry ne put en supporter davantage, il s'effondra. Il se mit à sangloter comme un enfant et lâcha Lidia.

— Je suis désolé, Lidia... Je...

— Harry, Harry, ça va... Venez.

Elle prit sa main, le conduisit vers la petite marche devant la hutte et le fit asseoir dessus. Elle s'assit un peu derrière lui, passa son bras autour de ses épaules, posa sa tête contre sa poitrine et caressa son visage pendant qu'il continuait à pleurer.

Il pleura pour sa souffrance, pour la souffrance de tous ceux qui avaient connu une mort atroce et inutile. Il pleura pour sa mère, Olivia et Wharton Park, et pour le gâchis qu'il avait fait jusqu'à présent. Mais il pleura surtout parce qu'il avait trouvé une femme merveilleuse qu'il ne pourrait pourtant jamais avoir.

— Harry, Harry, murmura Lidia. Je suis là, je suis là. Et je...

Elle murmura quelque chose en Thaïlandais. Il leva les yeux vers elle, mais son visage lui parut trouble à travers ses larmes.

— Je n'ai pas compris ce que vous avez dit, ma chérie.

Il s'essuya les yeux pour mieux distinguer l'expression de son visage. Elle aussi avait les larmes aux yeux. Elle baissa la tête timidement.

— J'ai dit : je vous aime moi aussi.

Il la regarda, surpris, avant de murmurer :

— Vous m'aimez ?

Lidia hocha la tête. Puis elle le regarda dans les yeux et sourit tristement.

— C'est la même chose pour moi. Quand je vous ai vu pour la première fois…, je…

Elle secoua la tête dans un mouvement de frustration.

— Je n'ai pas les mots pour expliquer.

— Oh ! ma chérie, ma chérie, dit Harry d'une voix étranglée tout en la serrant dans ses bras et en l'embrassant, emporté par sa passion.

Il dut se contenir, ne voulant pas blesser ses lèvres délicates ou serrer son corps fragile trop fort contre lui. Le désir physique qu'elle faisait naître en lui l'effraya par son intensité. Son sexe était dur et tellement tendu qu'il sut qu'il devait la lâcher avant de ne plus contrôler la situation. Avec toute la volonté dont il était capable, il cessa de l'embrasser et s'assit avec elle, l'enveloppant dans ses bras, haletant de désir.

— Harry, je dois partir, finit-elle par dire.

— Je sais.

Il l'embrassa une dernière fois sur la bouche, se forçant à contenir son désir.

Lorsqu'elle se leva, elle le regarda d'un air pensif.

— Je n'aurais jamais cru que ça m'arriverait.

— Quoi ?

— De tomber amoureuse. D'avoir ce sentiment…, ici, dit-elle en montrant son cœur. Ma grand-mère dit que, quand on aime vraiment une autre personne, on trouve le paradis sur terre.

— Ou l'enfer, marmonna Harry dans sa barbe en

se levant pour la prendre dans ses bras une dernière fois. Je n'ai pas envie de vous laisser partir.

Elle se dégagea de son étreinte et tendit sa petite main vers la sienne. Il la prit et embrassa la peau délicate de sa paume.

— Je reviendrai demain, dit-elle en laissant glisser sa main hors de la sienne. Bonne nuit, Harry.

— Bonne nuit, mon amour, murmura-t-il tout en la regardant partir au clair de lune.

Harry se réveilla au lever du soleil, impatient de revoir Lidia. Pour faire passer le temps jusqu'à son arrivée, il partit se promener sur la plage, puis plongea dans la mer turquoise et nagea longuement. Enfin, alors que les minutes lui paraissaient aussi longues que des heures, Lidia arriva. Ses yeux le prévinrent qu'il ne devait pas la prendre dans ses bras : ses nièces et ses neveux jouaient sur la plage devant la hutte de leurs parents. Il se contenta de hocher poliment la tête pour la saluer.

— Bonjour, Lidia, vous avez bien dormi ?

— Oui, Harry.

Ses yeux se mirent à pétiller du plaisir qu'elle prenait à leur petit jeu.

— Je me suis dit que, ce matin, vous aimeriez peut-être voir la cascade dans les montagnes au centre de l'île ? C'est très beau et on peut nager dans l'eau fraîche. D'accord ?

— Oui.

Il s'empressa d'accepter. Il saisirait volontiers la moindre occasion d'être seul avec elle.

Lidia mit dans un panier de l'eau, de la bière et quelques fruits qu'elle trouva dans la hutte de sa

467

tante, puis ils partirent. Ils traversèrent le village avant de s'engager sur un sentier en pente raide.

Lorsqu'ils furent complètement seuls, entourés par la jungle, et que Lidia fut certaine qu'il n'y aurait pas de regards indiscrets, elle leva la tête vers lui et déposa un baiser sur sa joue pour lui faire savoir qu'ils étaient libres à présent. Les bras d'Harry l'attirèrent immédiatement contre lui et il l'embrassa.

— Venez, dit-elle en se dégageant. Ce n'est plus très loin maintenant, et nous serons à l'aise là-bas.

Vingt minutes plus tard, les pieds écorchés, les jambes piquées par toutes sortes d'insectes qui se cachaient dans le sous-bois, Harry arriva dans une clairière autour d'une cascade, au son de l'eau qui dévalait les roches du haut de la montagne. Il baissa les yeux et vit un bassin d'eau fraîche et pure, entouré par une végétation luxuriante. Lidia sortit une natte en bambou de son panier. Harry se laissa tomber dessus, puis but un peu d'eau. Il soufflait et haletait comme un vieux.

— Je suis désolé, ma chérie, je n'ai pas encore retrouvé ma condition physique.

Lidia s'agenouilla comme un petit bouddha délicat à côté de lui et lui tendit un fruit.

— Mangez ça, je comprends. Votre pauvre corps, il a besoin de repos et de tranquillité pour se rétablir. Mais ça vaut la peine, n'est-ce pas ? dit-elle en montrant le cadre magnifique.

Une cabane dans un bidonville aurait suffi à Harry, tant qu'il avait Lidia à ses côtés, mais il hocha la tête.

— C'est vraiment magnifique. Maintenant, viens ici, ma chérie.

Elle posa la tête sur ses genoux et ils parlèrent comme deux amants, désireux de savoir comment et quand leurs sentiments l'un pour l'autre étaient nés. Au bout d'un moment, il s'allongea, et elle s'allongea à côté de lui, puis se blottit tout contre son corps. Il embrassa ses lèvres, ses yeux, ses joues, ses cheveux et, incapable de résister plus longtemps, sa main commença à s'aventurer plus bas, pour explorer des parties de son corps qu'il n'avait vues qu'en rêve jusque-là.

Lorsqu'il déboutonna son corsage, elle ne l'arrêta pas et sembla même apprécier le contact de ses mains sur ses seins minuscules mais parfaits, puis celui de sa bouche lorsqu'il les embrassa. Son corps était plus calme aujourd'hui, et il prit son temps pour explorer chaque centimètre de sa peau douce couleur miel. Il défit les trois boutons qui séparaient son torse de celui de Lidia et enleva sa chemise. Leurs peaux nues se touchèrent pour la première fois.

Harry fut parcouru d'un frisson puissant. Il s'aventura un peu plus loin avec sa main et posa sa paume doucement à l'endroit dont il avait rêvé pendant des semaines, sentant sa chaleur et son humidité. Une main timide chercha à défaire la ceinture de son pantalon.

Enfin, ils étaient tous les deux complètement nus, le bas-ventre d'Harry dur et chaud, plaqué contre la peau de Lidia. Leurs bouches semblaient collées l'une contre l'autre, leurs mains se promenaient sur le corps de l'autre pour essayer, toucher, apprendre.

Finalement, incapable de se contenir plus

longtemps, Harry se dressa au-dessus d'elle et la regarda dans les yeux.

— Lidia, s'il te plaît, dis-moi si tu ne veux pas.

Elle posa son doigt sur la bouche d'Harry pour le faire taire.

— Harry, je veux. Je t'aime. Et je te fais confiance.

Il comprit qu'elle lui disait que c'était nouveau pour elle, qu'il serait le premier.

Doucement, il entra en elle, se délectant de la chaleur des parois humides et tendues de son vagin. Il se pencha vers son visage, l'embrassa doucement et lui demanda de lui dire s'il lui faisait mal, lui promettant qu'il s'arrêterait si c'était le cas. Lorsqu'il la pénétra un peu plus profondément, elle le regarda dans les yeux, et la douceur fit place à la passion, à l'urgence. Elle répondit à son ardeur par le même désir passionné, jusqu'au moment où Harry cria son nom vers le ciel et s'abandonna à la douleur et au plaisir de l'extase.

Ensuite, le petit corps nu de Lidia blotti contre le sien, Harry crut vraiment qu'il avait aperçu le visage de Dieu.

39

Le lendemain matin, ils repartirent pour Bangkok. Harry, assis dans le bateau de Tong, regarda une dernière fois l'île qui lui avait redonné foi en la beauté de la vie. Il espérait qu'un jour, il pourrait y revenir.

Dans le train, il garda les bras autour de la taille de Lidia. Elle paraissait si petite, si légère contre lui. Il dormit par intermittence, mais se réveilla en sursaut pour ne pas passer à côté de ces moments précieux où il l'avait pour lui tout seul.

Ils se séparèrent près de l'hôtel, se comportant comme des étrangers, car Lidia craignait que quelqu'un ne la voie avec lui.

— À demain, mon amour, murmura-t-il dans ses cheveux.

— À demain, répondit-elle en montant dans le *tuk-tuk* pour rentrer chez elle.

Ce soir-là, Harry fut heureux de pouvoir se distraire en jouant du piano et en profitant de l'ambiance animée du bar. Ensuite, il n'eut pas envie d'aller dormir, malgré sa fatigue. Il était déjà minuit passé. Il descendit vers le fleuve, fuma une cigarette et revit défiler dans son esprit les images des trois derniers jours.

Il se mit à faire les cent pas, désireux de rester dans sa bulle, de revivre ces moments précieux, mais conscient que l'avenir n'allait pas tarder à se changer en présent. Il ne restait que dix jours avant le départ de son bateau. Et alors, tout serait terminé.

Cette pensée était insupportable.

Harry retourna doucement dans sa chambre, s'allongea sur son lit et tenta de dormir. Pourtant, quand l'aube se leva derrière les volets de ses fenêtres, il n'avait toujours pas trouvé le sommeil.

Il se dit qu'il devait se secouer, qu'il était un

homme marié avec des responsabilités : non seulement envers sa famille, mais aussi envers les travailleurs du domaine et leur famille, des gens qui un jour travailleraient directement sous ses ordres.

Pourtant, il ne pouvait pas ignorer les changements qui s'étaient opérés en lui depuis qu'il avait été envoyé à la guerre quatre ans auparavant. Il avait survécu aux pires privations, à une brutalité sans nom qu'aucun civil ne pouvait imaginer. Et puis, il était tombé amoureux pour la première fois, non seulement de Lidia, mais d'un pays et de ses habitants.

Comment pouvait-il les quitter ? Comment pouvait-il la quitter ?

Rongé par la culpabilité, Harry se retourna et fut bien forcé de reconnaître qu'il avait menti à Lidia. S'il lui avait dit qu'il était marié, elle ne se serait certainement pas donnée à lui de cette façon.

« Je te fais confiance, Harry… »

Il grogna et se sentit très mal dans sa nouvelle peau de… goujat.

Les trois jours suivants, Lidia et Harry se virent quand ils le pouvaient. Elle refusa de venir dans sa chambre, à la grande consternation d'Harry, dont la frustration ne faisait qu'augmenter.

Il dut se contenter de baisers volés par-dessus la table en bois devant l'étal de nourriture, où ils passaient la pause déjeuner, et de petites promenades main dans la main au bord du fleuve quand elle avait fini sa journée.

Elle était distraite par le départ imminent de sa famille au Japon, et Harry ne savait vraiment pas

comment lui avouer ce qu'il lui avait caché jusque-
là.

Au lieu de prendre ses responsabilités, il la serrait
dans ses bras aussi souvent que possible, lui laissait
de petits mots d'amour à la réception et se tenait à
sa disposition chaque fois qu'elle avait le temps de
le voir.

Un après-midi, moins d'une semaine avant le
départ d'Harry, Giselle l'arrêta dans le hall et lui
tendit un télégramme.

— Merci, murmura-t-il avant de continuer son
chemin.

— Capitaine Crawford, j'aimerais vous dire un
mot dans mon bureau, *oui* ?

— Bien sûr.

Tout en la suivant, Harry eut l'impression d'être
un petit garçon polisson sur le point d'être répri-
mandé par sa maîtresse.

Giselle ferma la porte et lui sourit.

— On dirait que vous êtes tombé sous le charme
de la Thaïlande, *n'est-ce pas* ? Et d'une *jeune femme*
en particulier.

Elle prit l'un des mots qu'il avait envoyés à Lidia
et le posa à plat devant lui.

Harry rougit et hocha la tête.

— Oui. Et je suis amoureux d'elle, dit-il sur la
défensive.

— C'est ce que j'ai cru comprendre.

Giselle lui tendit le mot.

— Prenez-le. Il est à vous, après tout. Capitaine
Crawford...

— Harry, s'il vous plaît.

473

Il prit le mot et le fourra dans la poche de son pantalon.

— Harry, rectifia Giselle, ce n'est pas mon habitude de me mêler des affaires de cœur de mes clients. Mais êtes-vous conscient que vous risquez de faire perdre sa place à Lidia ? Il est strictement interdit aux membres du personnel d'avoir des relations intimes avec les clients.

— Je suis vraiment désolé, Giselle. Je l'ignorais. S'il vous plaît, ne la renvoyez pas. Elle a besoin de ce travail. Sa mère va…

Giselle leva la main pour le faire taire.

— Je sais parfaitement ce qui se passe dans la famille de Lidia. C'est pourquoi je dois trouver une solution. Je sais qu'il est inutile et cruel d'empêcher deux jeunes adultes de s'aimer. Lidia est amoureuse de vous, Harry. Je le vois dans ses yeux à chaque instant de la journée. Pardonnez-moi, mais je suis inquiète pour elle. Vous partez bientôt pour l'Angleterre, n'est-ce pas ?

Harry se laissa tomber dans un fauteuil. Il secoua la tête, l'air désespéré.

— Je ne sais vraiment pas.

— Je suppose que Lidia n'est pas au courant pour votre femme ?

Il rougit.

— Sebastian vous a dit ?

— Eh oui, confirma Giselle d'un air contrit.

— Non, elle n'est pas au courant, mais, croyez-moi, ce mariage n'en est pas un, dit Harry en haussant les épaules. À cause de… mes origines, j'ai dû me marier avant de partir à la guerre pour essayer d'assurer l'avenir de la propriété familiale en lui donnant un héritier. Malheureusement, ma femme a fait une fausse couche.

— Je comprends, dit Giselle en hochant la tête. C'est la même chose en France. Les familles d'aristocrates pensent elles aussi à l'avenir de leurs propriétés. Et Lidia ne sait rien de votre... héritage ?

— Non.

Elle soupira.

— Permettez-moi de vous poser une question, tout simplement parce que j'ai de l'affection pour Lidia : pour vous, n'est-elle qu'un amusement, une distraction avant votre retour en Angleterre ?

Harry regarda Giselle droit dans les yeux :

— Non, si je le pouvais, je resterais ici jusqu'à la fin de mes jours. Mais que puis-je faire ?

— Harry, ce n'est pas à moi de le dire.

Elle soupira.

— Peut-être devriez-vous avouer la vérité à Lidia.

— Comment le pourrais-je ? marmonna-t-il. Elle m'a fait confiance et je lui ai menti.

Giselle l'observa en silence.

— Eh bien, peut-être que si vous lui expliquez les responsabilités que vous avez, elle vous aimera suffisamment pour comprendre. Ces choses arrivent partout dans le monde et, bien sûr, en Thaïlande aussi.

— Je ne vois pas comment je pourrais rentrer. Je ne peux pas vivre sans elle, répondit Harry, l'air désespéré.

Giselle tendit le bras et lui tapa doucement l'épaule.

— *C'est un coup de foudre.* Eh bien, je ne peux pas

vous dire ce que vous avez à faire, car vous êtes le seul à pouvoir décider. Mais, dans l'intérêt de mon hôtel et de Lidia, j'ai une proposition à vous faire, à tous les deux : pendant le temps qu'il vous reste à passer en Thaïlande, je souhaite vous employer officiellement comme un membre du personnel de mon hôtel. Vous deviendrez pianiste résident en échange de votre logement. Les boissons et les repas ne sont pas compris évidemment. Ainsi, comme vous serez tous les deux des employés, vous serez libres de passer du temps ensemble. Lidia viendra aussi habiter ici, quand sa famille sera partie pour le Japon, et jusqu'à ce qu'elle trouve un autre logement. La situation sera ainsi plus simple pour tout le monde, *n'est-ce pas* ?

Harry n'était tellement plus habitué à être traité avec gentillesse qu'il en eut les larmes aux yeux.

— Merci, Giselle. Si ça rend les choses plus simples pour Lidia et pour vous, je vous en serais extrêmement reconnaissant.

— *Bon !* C'est réglé, dit Giselle en se levant. Vous partez dans une semaine pour l'Angleterre, alors ?

— Oui, dit Harry en hochant tristement la tête. À moins que…

— Vous êtes le seul à pouvoir décider, Harry, dit-elle.

— Je sais

Il la suivit jusqu'à la porte.

— Merci, Giselle. Je peux vous demander quelque chose ?

— Bien sûr.

— Si je décidais de rester, seriez-vous d'accord pour continuer à m'employer ?

— Harry, je serais même ravie de vous garder, répondit-elle en souriant. Vous êtes un pianiste très talentueux et vous me faites gagner de l'argent.

— Merci, dit-il avec gratitude, puis il la suivit dans le hall.

Les deux jours suivants, Harry réfléchit à la terrible décision qu'il devait prendre. Il était convaincu, corps et âme, que Lidia était la femme avec qui il voulait vivre jusqu'à la fin de ses jours. Elle était sa moitié, elle le rendait meilleur et plus fort, elle était son salut, son amour.

Il savait que tout le monde tenterait de le convaincre du contraire en invoquant son séjour traumatisant à Changi, l'attrait que pouvait avoir une femme d'un autre monde. On lui dirait aussi que ce n'était qu'une passade et qu'il aurait tôt fait de l'oublier, qu'il la connaissait à peine, qu'ils n'avaient rien en commun et que leur histoire ne durerait pas parce que leurs mondes étaient trop différents.

Tous ces arguments étaient fondés, et son esprit rationnel les acceptait. Mais son cœur ne pouvait pas les entendre.

Finalement, Harry arrêta une décision : il devait rentrer à la maison. C'était après tout la moindre des choses. Il dirait la vérité à sa famille sur la femme qu'il avait rencontrée et sur l'amour qu'il ressentait pour elle.

Il proposerait à son père de léguer, à sa mort, le domaine à son cousin Hugo, le frère de Penelope. Et il demanderait le divorce à Olivia.

Ensuite, il reviendrait ici, dans le pays qui l'avait ensorcelé, auprès de la femme qu'il aimait. Il travaillerait comme pianiste, libre d'être lui-même pour la première fois de sa vie. Lidia et lui trouveraient une petite maison pour vivre et, même s'ils n'avaient pas beaucoup de possessions matérielles, ils vivraient honnêtement et s'aimeraient vraiment.

Harry sourit en entrant dans le hall et partit à la recherche de Giselle. Si quelqu'un lui avait dit, lorsqu'il était arrivé, six semaines plus tôt, qu'il serait prêt à renoncer à son héritage, à l'amour de ses parents et de sa femme pour une jeune Thaïlandaise, il ne l'aurait pas cru.

Mais à présent sa décision était prise, et il n'avait jamais été aussi déterminé de sa vie.

Giselle était assise à son bureau et esquissa un sourire quand il entra.

— Vous avez décidé ce que vous allez faire ?

— Oui, dit Harry, je vais prendre le bateau la semaine prochaine.

Giselle haussa les sourcils, puis soupira.

— Harry, je comprends, mais je serai triste de vous voir partir.

Harry posa ses deux mains sur le bureau et se pencha vers elle.

— Giselle, je rentre à la maison parce que je ne peux pas faire autrement : je dois expliquer en personne ce qui m'est arrivé. Mais ensuite, dès que je le pourrai, je reviendrai. C'est pourquoi je vous serais très reconnaissant si vous pouviez garder ma place au bar. Je ne resterai pas plus de trois mois en Angleterre.

Giselle enleva ses lunettes de lecture et le dévisagea, hébétée.

— Harry, vous êtes sûr ? Vous êtes vraiment prêt à renoncer à tout cela ?

— Je l'aime, Giselle, et je vous assure que ça sera un grand soulagement pour moi de renoncer à mon héritage. Je n'ai jamais été fait pour ça.

— Et votre femme ? demanda-t-elle doucement.

— Je ne peux pas vivre dans le mensonge. Ce serait injuste pour elle. Comment pourrais-je lui donner ce qu'elle mérite alors que je suis amoureux d'une autre femme ?

— Vous allez lui dire la vérité ?

— Oui.

Harry serra mentalement les dents.

— Il le faut. Ce n'est que justice.

— Vous vous rendez compte à quel point cela va être difficile ?

— Oui. Mais je vais le faire.

Les yeux de Giselle s'adoucirent lorsqu'elle lut la détermination sur son visage.

— Alors, je serai ravie de vous accueillir quand vous reviendrez.

— Merci. Et maintenant, ajouta-t-il, je dois en parler à Lidia.

Ce soir-là, lorsque Lidia eut terminé sa journée de travail, Harry la rejoignit alors qu'elle s'apprêtait à quitter l'hôtel.

— Chérie, il faut que nous parlions. En privé.

Lidia secoua la tête.

— Non, Harry, je dois rentrer chez moi tout de suite. Ma mère part demain pour le Japon. Ce soir, je dois lui dire au revoir, ainsi qu'à mes frères et sœurs.

— Oh ! ma chérie !

Il savait que ces adieux seraient très difficiles pour elle.

— Alors, demain ?

— Oui, à partir de demain, je logerai à l'hôtel, dit Lidia en soupirant. Oh ! Harry, mes frères et sœurs pensent toujours que je vais venir avec eux au Japon. Ma mère refuse de leur dire que je reste.

— Je serai là pour toi, dit Harry pour la réconforter, se retenant de la prendre dans ses bras. Mais nous devons parler.

Une ombre passa dans le regard de Lidia.

— Tu as une mauvaise nouvelle à m'annoncer ?

— Une mauvaise…, mais aussi une très bonne, je te promets. Lidia, viens dans ma chambre. J'ai parlé à Giselle, elle fermera les yeux puisque je suis désormais son employé, ajouta-t-il, voulant à tout prix être seul avec elle pour pouvoir la prendre dans ses bras quand il lui ferait sa révélation.

— Tu es employé de l'hôtel ? dit Lidia en ouvrant de grands yeux. Nous parlerons demain. Au revoir, Harry.

Elle lui fit signe tout en s'éloignant à grandes enjambées.

— Joue bien ce soir.

— Oui, marmonna-t-il en retournant à l'intérieur tout en priant pour qu'elle veuille encore de lui une fois qu'elle connaîtrait la vérité.

40

Le lendemain soir, une fois de retour dans sa chambre après avoir joué au bar, il entendit un léger coup tapé à la porte. Lidia entra précipitamment dans la chambre après avoir vérifié que personne ne l'avait vue dans le couloir. Elle ferma rapidement la porte, la verrouilla et alla se jeter dans les bras d'Harry.

— Ma chérie, comme *ça* m'a manqué, dit-il en la serrant contre lui.

Il l'entendit pousser un long soupir. Il desserra son étreinte et la regarda dans les yeux.

— Ta famille est partie ?

— Oui, murmura-t-elle dans son épaule.

— C'était terrible ?

— Oh oui ! Mes frères et sœurs ne comprennent pas pourquoi je ne viens pas avec eux. Ils se sont cramponnés à moi et ils ont pleuré, pleuré.

Les yeux de Lidia se remplirent de larmes.

— C'est une décision si difficile à prendre.

— Je sais, ma chérie, je sais. Viens, allons nous allonger et serrons-nous l'un contre l'autre.

Il la conduisit jusqu'à son lit et, tandis qu'il la caressait doucement, suivant le contour de ses traits parfaits, elle lui parla de sa douleur.

— Harry, dois-je continuer à mentir à mes grands-parents ? Je me demande si c'est bien…

— Parfois, Lidia, on peut dire la vérité avec l'intention de blesser, et dire un mensonge au contraire pour protéger quelqu'un. Je pense que c'est ce que tu as fait. Mais c'est toi qui vas porter ce secret, désormais, comme un fardeau peut-être, lui dit Harry avec la plus grande sincérité tout en pensant qu'il ne pouvait pas lui parler de son mariage maintenant, alors qu'elle était si vulnérable. Et peut-être n'avait-elle pas *besoin* de savoir, après tout…

Un mensonge pour protéger…

Il pouvait très bien retourner chez lui, faire ce qu'il avait à faire et revenir auprès d'elle, libre pour toujours.

Harry tenta de trouver les mots pour lui dire ce qu'il devait lui annoncer.

— Ma chérie, tu sais que je t'aime, n'est-ce pas ?

Elle leva la tête vers lui, ses yeux innocents remplis de confiance.

— Oui, Harry.

— Et tu sais que je suis prêt à tout abandonner pour être avec toi ? Pour toujours ?

Une ombre vint soudain ternir l'éclat de ses yeux.

— Non, je ne sais pas. Mais je n'ai pas pris la peine de parler de l'avenir avant, parce que je ne voulais peut-être pas entendre la réponse. J'essaie de profiter de la beauté de chaque jour. C'est ainsi que nous vivons, nous, les bouddhistes. Si tu as quelque chose de triste à m'annoncer, pas ce soir, s'il te plaît, Harry, le supplia-t-elle.

— Mon ange.

Il la serra un peu plus fort contre lui. Sa proximité et sa vulnérabilité provoquèrent immédiatement une réaction dans son bas-ventre. Il l'ignora.

— Je suis désolé de te parler de ça ce soir, mais le temps presse. C'est un peu triste, mais ça finit bien. Je te le promets.

— Je comprends, dit-elle, résignée à entendre ce qu'il avait à lui dire. Parle.

— Eh bien, je vais te parler un peu de moi, dit Harry en prenant ses minuscules mains dans les siennes et en les serrant comme un talisman.

Les yeux de Lidia étaient remplis d'effroi, mais elle hocha la tête.

— D'accord.

— Tu vois, en Angleterre, je suis le fils d'un lord, ce qui est un peu comme un prince en Thaïlande, je suppose.

Lidia écarquilla les yeux.

— Tu es un membre de la famille royale ?

Harry réfléchit à la meilleure façon de lui expliquer son rang.

— Non, mais ma famille a reçu une propriété et un titre de noblesse il y a plusieurs centaines d'années. C'est un roi qui les lui a donnés pour la remercier de sa bravoure et de son soutien. Là où je vis en Angleterre, nous avons une grande maison et beaucoup de personnel qui travaille pour nous, sur notre domaine, et cultive la terre.

— Ah ! dit-elle en hochant la tête. Tu es un aristocrate.

— Exactement. Et, à la mort de mon père, je devrai prendre la tête du domaine, car je suis son fils unique.

— Je comprends.

— Lidia, poursuivit-il. Je n'ai jamais voulu de cette vie. Mais j'étais né pour ça et, jusqu'à présent, j'ai accepté mon sort et mon devoir.

— La famille, c'est ce qu'il y a de plus important, répondit-elle simplement.

— Eh bien, oui et non, dit Harry en caressant les cheveux de Lidia. Quand j'étais à Changi, beaucoup de choses ont changé pour moi. Je comprends à présent que la vie est très courte et ne tient qu'à un fil. Nous devons à tout prix profiter des trésors que nous avons eu la chance de trouver. Et je t'ai trouvée.

Il la regarda, invitant ainsi Lidia à lever les yeux vers lui.

— Hier soir, quand tu as dû dire adieu à ta famille que tu aimes, était-ce en partie à cause de moi ?

Dans son innocence, Lidia n'hésita pas une seconde.

— Oui, dit-elle. Bien sûr.

— Eh bien, dans une semaine, je vais devoir faire la même chose. Je dois retourner en Angleterre pour dire à ma famille que je ne veux plus porter la responsabilité de mon héritage. Que je suis tombé amoureux d'une femme ici et que je veux aller vivre en Thaïlande pour être avec toi jusqu'à la fin de mes jours.

Les yeux de Lidia se remplirent de panique, et Harry s'empressa de la rassurer.

— Je ne resterai pas plus de trois mois. Ensuite, je reviendrai et je serai libre d'être avec toi, ici.

Harry était habitué à ce que Lidia reste soudain silencieuse et exprime ses pensées avec ses yeux. Il les regarda avec attention tandis qu'ils passaient par toutes les émotions : la peur, la tristesse, une joie soudaine et finalement l'incertitude.

Au bout de quelques secondes, elle parla doucement, l'air pensif.

— Harry, tu dois bien y réfléchir. C'est une lourde décision, d'abandonner son pays, sa famille et sa maison. Je le sais puisque c'est ce que j'ai fait, mais au moins j'ai quand même plus d'attaches ici que toi, dit-elle en soupirant. Peut-être qu'une fois que tu seras en Angleterre, tu ne voudras plus revenir.

Harry secoua la tête avec véhémence.

— C'est impossible. Je ne peux pas vivre sans toi, dit-il simplement.

— Je pourrais peut-être venir en Angleterre, proposa-t-elle.

Harry ne put s'empêcher de rire.

— Ma chérie, tu ne pourrais pas vivre là-bas, tu ne survivrais pas. Tu es…

Il chercha les mots exacts.

— … une fleur exotique. Tu ne peux t'épanouir que dans ton environnement naturel, dans la chaleur de ton pays. Je ne te demanderai jamais de sacrifier ton pays pour moi.

Lidia resta silencieuse quelques instants, puis dit :

— Mais c'est ce que tu veux faire pour moi.

Harry soupira et tenta de trouver les mots justes, des mots à sa portée.

— Pour moi, c'est différent. Je suis en Extrême-Orient depuis quatre ans maintenant. Je suis habitué au climat et aux gens.

Il prit sa main et la serra dans la sienne.

— S'il te plaît, j'aimerais que tu comprennes que ce n'est pas un sacrifice pour moi. C'est ce que je veux. Être ici avec toi, t'épouser un jour si tu veux bien de moi. Et voir nos enfants grandir dans le pays qui est le leur. C'est certainement ce que tu veux aussi.

— Oui, mais…

Lidia secoua la tête.

— C'est un gros sacrifice que tu dois faire. Pour moi.

— Ma chérie, nous sommes faits l'un pour l'autre. Et je pourrai mieux m'adapter à ton monde que toi au mien, crois-moi.

— Bon.

Lidia se ressaisit et elle sembla retrouver son optimisme.

— Alors, tu dois rentrer à la maison. Et j'attendrai ton retour.

Harry la serra contre lui, puis l'embrassa.

— Je *reviendrai*, promit-il en prenant son visage entre ses mains. Crois-moi, ma chérie.

— Je te crois parce que je n'ai pas le choix, dit-elle dans un soupir.

Puis elle sourit.

— Maintenant, j'aimerais que tu me parles de ta vie en Angleterre. Je veux savoir qui tu es.

Alors, tout en la serrant dans ses bras, Harry lui parla de sa vie, de sa mère, de son père et de l'Angleterre. Il décrivit les vents glacials qui transperçaient les os en hiver et les douces soirées d'été, certes rares, qui faisaient le charme de sa région et rendaient les hivers plus supportables après coup. Il lui parla de son école, de l'armée et à quel point il détestait la vie de militaire.

Puis, il s'arrêta, car il ne pouvait pas raconter la suite sans évoquer Olivia. Il était désormais convaincu que Lidia n'avait pas besoin de savoir qu'il était marié.

Lidia avait ouvert de grands yeux pendant qu'il parlait.

— Tu pourras peut-être m'emmener là-bas un jour, me montrer les serres de ta mère et toutes les belles fleurs qui y poussent. Elle a des orchidées ? demanda-t-elle.

— Non, je ne crois pas, admit Harry.

— Alors, quand tu rentreras, je te donnerai des orchidées pour elle. Tu pourras lui dire que c'est moi qui les lui offre. Moi, ta fleur exotique, dit-elle en souriant.

— Oh ! Lidia.

Harry ne put se retenir plus longtemps et l'embrassa.

— Je t'aime, je t'aime tellement.

Elle se laissa aller dans ses bras pendant qu'il la déshabillait et répondit à ses caresses avec la même urgence, consciente désormais qu'il ne leur restait pas beaucoup de temps avant le départ d'Harry.

Ensuite, ils s'endormirent, épuisés par le tourbillon d'émotions dans lequel étaient prises leurs deux existences et par les difficultés à surmonter pour les réunir.

Juste avant l'aube, Lidia se leva et l'embrassa doucement.

— Harry, je dois retourner dans ma chambre avant que quelqu'un remarque mon absence.

— Bien sûr.

Il attira son visage vers le sien et l'embrassa avec passion.

— Crois-moi, mon ange, ma belle fleur, je ne te laisserai pas tomber.

— Je sais, dit-elle, puis elle s'habilla en silence.

— Je t'aime, murmura-t-il lorsqu'elle se tourna pour partir.

— Moi aussi, répondit-elle en fermant la porte derrière elle.

Les jours suivants, alors que le départ d'Harry approchait, ils saisirent chaque occasion d'être ensemble. Il la retrouvait pendant sa pause déjeuner, où ils ne pouvaient que parler, mais le simple contact de leurs mains qui s'effleuraient suffisait à les réconforter tous les deux.

Le soir, quand Harry revenait du bar, Lidia l'attendait dans sa chambre. Ils faisaient l'amour avec moins de hâte et, au fur et à mesure qu'elle prenait de l'assurance, Lidia trouvait de nouveaux moyens de lui donner du plaisir.

Harry se dit qu'il n'y avait pas un centimètre de son corps qu'il n'avait pas embrassé et caressé. Il connaissait parfaitement chaque repli de sa peau, chaque anfractuosité qui faisait sa perfection. Même si elle mesurait à peine un peu plus d'un mètre cinquante, son corps était parfaitement proportionné. Elle avait le haut du torse court, des hanches fines légèrement arrondies, puis de longues jambes dorées et des pieds parfaits et minuscules qui tenaient dans la main d'Harry.

Après avoir fait l'amour, ils restaient allongés l'un contre l'autre, continuant à se toucher et à se caresser. Ils parlaient avec langueur de leurs espoirs et de leurs rêves pour l'avenir.

Quand elle le laissait le matin, Harry se rendormait, heureux. Il comprenait pourquoi ses compagnons à Changi parlaient avec nostalgie de leur plaisir physique quand ils faisaient l'amour avec leur femme. Il rougit en pensant à l'accouplement rapide, mécanique qu'il avait connu avec Olivia. C'était comme s'il avait comparé un jour de janvier maussade avec la chaleur, la couleur et la luxuriance d'un jour au soleil ici. Harry savait sans l'ombre d'un doute qu'il avait trouvé ce qu'il avait cherché toute sa vie. Jusqu'à présent, son existence lui avait paru vaine, et la souffrance qu'il avait endurée ces dernières années n'avait fait qu'amplifier cette sensation de futilité de la vie. Pourtant, en l'espace de quelques semaines, il avait changé irrévocablement, et sa vision du monde avec lui. Il envisageait l'avenir avec bonheur et espoir, et maintenant qu'il avait pris la décision de revenir ici pour toujours, il se sentait en paix avec lui-même et acceptait la souffrance que ce choix allait infliger aux autres. Il savait qu'il allait lui aussi souffrir.

La veille de quitter Bangkok, Harry surmonta sa claustrophobie et prit un *tuk-tuk* pour se rendre dans un marché à deux kilomètres de l'hôtel. Il acheta de la soie pour sa mère et Olivia, et une magnifique pipe chinoise en ivoire pour son père. Puis, avec ses derniers bahts, il choisit une minuscule bague en argent pour Lidia. Il y avait des éclats d'ambre qui seraient assortis à ses yeux.

Harry avait renoncé à jouer au bar pour passer sa dernière soirée avec Lidia. Ils prirent un bateau pour remonter le fleuve jusqu'à un petit restaurant sur la rive opposée. Sa terrasse en bois était montée sur pilotis, et l'eau clapotait doucement sous leurs pieds. À la douce lueur des lanternes chinoises, Harry prit la main de Lidia dans la sienne.

— J'ai quelque chose pour toi, ma chérie. C'est une façon pour moi de te promettre que je serai très bientôt auprès de toi et pour toujours.

Il ouvrit la boîte et passa la bague à son annulaire.

— Je veux t'épouser dès que je le pourrai. Tu veux bien ?

Les yeux de Lidia se remplirent de larmes.

— Harry, *ka*, tu sais que je vais dire oui.

Elle regarda la bague, sourit et tendit la main pour l'admirer à son doigt.

— C'est le plus beau cadeau qu'on m'ait jamais fait.

Cette nuit-là, ils ne dormirent pas. Ils firent l'amour, puis parlèrent de l'avenir, de l'endroit où ils vivraient quand il reviendrait, savourant chaque instant, car ils savaient que c'était leur dernière nuit ensemble avant quelque temps.

— Tu sais que je t'écrirai tous les jours.

— Et je t'écrirai moi aussi, dit Lidia. Tu me donnes ton adresse.

Harry avait déjà réfléchi à ce point. Il ouvrit le tiroir de sa table de nuit et en sortit un morceau de papier.

— C'est là que tu dois m'écrire.

Elle lut l'adresse, puis rangea le papier dans son cabas.

Harry lui avait donné l'adresse de Bill. Il avait

totalement confiance en son jeune sergent. Le lien qui les unissait désormais était incassable.

Il se souvint des jours affreux qui avaient précédé leur capture, alors que Singapour tombait entre les mains des Japonais et que leur bataillon était entouré de soldats ennemis, bien mieux préparés à se battre dans la jungle que quelques gars du Norfolk. Harry s'était fié à l'instinct militaire supérieur de Bill, qui lui avait suggéré avec déférence le meilleur plan d'action pour sauver leur peau.

Un matin, Bill avait aperçu un tireur qui se cachait dans l'épaisse végétation. Cinq minutes plus tard, une pluie de balles s'était abattue sur les soldats britanniques épuisés, tuant sur le coup quatre membres de leur groupe. Lorsque les tirs avaient cessé, Harry s'était levé, hébété, les oreilles encore bourdonnantes à cause des coups de feu. Bill s'était jeté sur lui et l'avait jeté au sol pendant que des balles, qui lui étaient destinées, fusaient autour d'eux. Elles allèrent se loger dans un bananier.

— Il s'en est fallu de peu, capitaine, avait murmuré Bill, le protégeant toujours de son corps.

Harry n'avait pas oublié et lui avait renvoyé l'ascenseur. Lorsqu'ils avaient été faits prisonniers à Changi, il avait recommandé Bill et ses talents de jardinier aux Japonais et leur avait dit que c'était l'homme qu'il leur fallait pour entretenir et organiser le cimetière qui ne cessait de s'étendre. Cette place avait sans nul doute sauvé la vie de Bill. Pendant que des hommes étaient envoyés par milliers vers le nord pour construire la « voie ferrée de la mort », Bill avait courbé le dos et avait enterré ses camarades, une tâche horrible, mais au moins les Japonais l'avaient laissé tranquille.

À présent, Harry avait de nouveau besoin de Bill. C'était le seul homme en qui il pouvait avoir confiance : il pourrait récupérer les lettres de Lidia et poster les réponses d'Harry. Pendant qu'il serait à Wharton Park, il était inutile de blesser Olivia en affichant ouvertement son amour pour une autre femme, et il ne pouvait pas se permettre de courir le risque qu'elle tombe par hasard sur une de ses lettres. Harry laissa échapper un profond soupir, et Lidia le regarda avec inquiétude.

— Qu'est-ce qu'il y a, Harry ?

— Rien, ma chérie, c'est juste que je n'ai pas envie de te laisser.

Il la reprit dans ses bras.

— Mais je sais que tu seras en sécurité, ici à l'hôtel, pendant mon absence, et ça me réconforte un peu.

— Oui, et je rêverai chaque jour de ton retour.

Le matin arriva beaucoup trop vite. Une fois qu'Harry se fut habillé, il étreignit Lidia.

— Ma chérie, s'il te plaît, crois-moi quand je te dis que je t'aime de tout mon cœur... et que je reviendrai pour toi.

Elle leva les yeux vers lui, le visage serein.

— Et je t'attendrai ici.

41

Angleterre
1946

Alors que le brouillard du matin se dissipait et que le soleil pâle commençait à percer à travers les nuages, Harry ferma sa valise et sortit sur le pont pour regarder Felixstowe apparaître au loin. Le commissaire de bord avait dit qu'il ne restait plus qu'une heure avant leur arrivée ; une heure avant qu'il ne retrouve les ombres grises de son ancienne vie dont il ne se rappelait presque rien.

Même si c'était la fin du mois de mai et qu'il faisait plutôt doux pour l'Angleterre, Harry frissonna dans la brise du matin. Il avait passé un mois atroce à bord du bateau, se demandant comment il pourrait annoncer la nouvelle à ses parents et à sa femme. Tandis que les contours de la ville se dessinaient à l'horizon, Harry sentit son courage l'abandonner. Il savait qu'il devait rester calme, déterminé, insensible aux prières et aux supplications de ses proches.

Il lui suffirait d'imaginer le beau visage de Lidia et son corps parfait et nu sous lui quand ils faisaient l'amour. Peu importe ce qu'il lui en coûterait, il ne pouvait pas renoncer à ça.

Olivia était assise dans un café sombre des docks avec d'autres épouses et parents nerveux qui attendaient le retour de leurs bien-aimés. Tout en buvant son thé trop léger et en pensant à quel point elle détestait le lait en poudre, elle se demanda si elle parviendrait à reconnaître son mari.

Lorsque Bill était rentré quelques semaines auparavant, Elsie était arrivée le lendemain matin à la maison et s'était effondrée dans la chambre d'Olivia.

— Oh ! Madame ! Ses cheveux sont tout gris, et sa peau pend comme celle d'un vieux. Ses jambes ressemblent à des brindilles, mais il a le ventre si gros qu'on dirait qu'il attend des jumeaux. Il dit que c'est à cause du riz et que tous les hommes à Changi avaient la même bedaine.

Elsie s'était mouché le nez.

— Je pourrais m'accommoder de ces transformations… C'est vrai, je suis juste heureuse qu'il soit rentré et encore en vie. Mais il a cette façon de regarder au loin, comme s'il était ailleurs. Comme s'il ne me connaissait même pas.

— Elsie, vous devez lui laisser un peu de temps, avait dit Olivia pour la réconforter. C'est un choc, pour lui, de rentrer chez lui et de revoir sa famille après avoir passé trois ans et demi dans cet horrible endroit. Il va se remettre petit à petit et se réadapter, j'en suis certaine.

— Je sais, mais je me réjouissais tellement de le revoir. J'étais tellement impatiente que je n'en ai pas dormi de toute la semaine.

Elle avait alors secoué tristement la tête.

— Il n'avait pas l'air aussi content de me voir.

— Nous ne pouvons même pas imaginer ce qu'ils ont enduré. Et on nous a prévenues. On nous a dit qu'ils risquaient d'être perturbés, marqués par leur expérience. Je suis sûre que ça sera la même chose quand Harry rentrera à la maison.

Olivia avait senti son estomac se nouer.

— C'est juste que sa mère, son père et moi avions économisé nos coupons de rationnement pour lui acheter un beau gigot d'agneau pour le dîner. Il a toujours adoré ça. C'est à peine s'il en a mangé une bouchée, Madame, et, quand nous sommes allés nous coucher, il m'a tourné le dos et s'est endormi immédiatement. Pas de câlins, rien ! avait dit Elsie en rougissant.

Même si Olivia s'était préparée le mieux possible à accueillir un homme changé, diminué aussi bien physiquement que mentalement par son expérience, elle redoutait vraiment l'instant où elle le verrait apparaître.

Trois quarts d'heure plus tard, le bateau arriva au port en faisant retentir sa sirène.

Harry était de retour.

Olivia attendit derrière les barrières qui empêchaient les familles d'accéder à la passerelle de débarquement. Une attente insoutenable. Enfin, une longue file d'hommes apparut. Olivia scruta les visages hagards, mais ne distingua pas celui d'Harry. Elle vit des hommes accueillis par les membres de leur famille qui versaient des larmes de joie.

Certains étaient dans des fauteuils roulants, d'autres marchaient avec des béquilles, d'autres avaient un membre en moins, un œil en moins… C'était un spectacle saisissant, traumatisant. D'après ce qu'avait dit Sebastian Ainsley, Harry était encore entier, même s'il avait eu la dengue. La maladie avait failli l'emporter et elle avait retardé son retour… Elle avait donc certainement laissé des traces.

Juste au moment où Olivia commençait à craindre qu'Harry ne fût pas sur le bateau, un visage familier apparut en haut de la passerelle. À sa grande surprise, il ne semblait pas très différent, de loin. À vrai dire, le teint mat qu'il avait désormais ne faisait que souligner son charme ravageur. Il était rasé de près, et ses cheveux noirs étaient parfaitement coiffés. Dans son blazer bleu marine et son pantalon crème, il était encore plus beau que dans les souvenirs d'Olivia.

Elle s'éloigna de la barrière et se dirigea vers lui. Elle pinça furtivement ses lèvres pour les faire rosir et passa la main dans ses cheveux blonds pour s'assurer qu'aucune mèche ne dépassait.

Lorsqu'il descendit de la passerelle, elle cria son nom.

— Harry, je suis là !

Il se tourna vers elle, le regard vide, cherchant à localiser la voix. Puis il la vit, et leurs regards se croisèrent.

Les yeux d'Olivia trahissaient sa joie.

Les yeux d'Harry ne trahissaient aucune émotion.

Lorsqu'ils se rejoignirent, ce fut elle qui se jeta à son cou et qui le serra dans ses bras. Ceux d'Harry pendaient le long de son corps.

— Harry, Dieu merci, tu es de retour !

Il se dégagea de son étreinte.

— Oui, je suis de retour, dit-il sans conviction. Où est la voiture ?

Olivia sentit sa gorge se serrer, puis, se rappelant ce qu'Elsie lui avait raconté, elle dit :

— Pas loin. À cinq minutes de marche.

— On y va.

— Bien sûr, tu dois être fatigué.

Ils partirent, Olivia en tête.

— Non, je ne suis pas du tout fatigué. J'ai même passé un mois à ne rien faire sur le bateau.

Une fois que la valise d'Harry fut rangée dans le coffre, et qu'il se fut installé sur le siège passager, Olivia mit le moteur en route. Ils partirent pour Wharton Park en silence.

Harry regardait par la vitre, tournant la tête à Olivia.

— Tout paraît si fade par rapport à l'Extrême-Orient.

— Eh bien, dit Olivia en sentant la boule dans sa gorge se reformer, tu arrives à la fin du mois de mai et tu as toujours dit que c'était la plus belle période pour profiter de l'Angleterre.

— Oui, reconnut-il. Mais maintenant que j'ai vu les tropiques, c'est vraiment morne à côté.

Olivia ne put s'empêcher d'être blessée et choquée par la réaction d'Harry. Elle savait et comprenait qu'il serait difficile pour lui de se réadapter, mais elle n'aurait jamais cru qu'il puisse être nostalgique d'un endroit où il avait vécu l'enfer.

— Eh bien, Wharton Park est magnifique, répliqua-t-elle avec fermeté.

— J'en suis sûr, répondit Harry avec froideur.

Ils poursuivirent le trajet en silence, et Olivia en conclut que l'état mental d'Harry n'était certainement pas aussi normal que son apparence. Peut-être Wharton Park, la maison qu'il aimait tant, parviendrait-il à provoquer une réaction émotionnelle. Elle s'arma de courage pour accepter son comportement étrange, comprenant à présent ce qu'avait voulu dire Elsie quand elle avait affirmé que Bill était « ailleurs » ; il était évident qu'Harry l'était aussi.

Deux heures plus tard, ils franchissaient le portail de Wharton Park. Olivia jeta un regard furtif à Harry pour guetter sa réaction, mais elle ne vit pas son visage.

— Eh bien, nous sommes arrivés à la maison, dit-elle d'un ton jovial.

Harry se redressa et demanda, comme si cette pensée venait de lui traverser l'esprit :

— Au fait, comment vont papa et maman ?

Olivia fut surprise qu'il ait mis si longtemps à le demander.

— Ta mère est en parfaite santé. Ton père... n'a pas eu autant de chance malheureusement. Il a fait un infarctus l'année dernière. Il va un peu mieux maintenant, répondit-elle prudemment. Mais il ne peut plus travailler. Les docteurs disent que son cœur a été mis à trop rude épreuve. Ta mère affirme que c'est sa santé à elle qui est mise à rude épreuve maintenant qu'il est toujours à la maison ! tenta de plaisanter Olivia.

— Quel malheur pour lui !

Harry se tourna vers Olivia, le regard anxieux. C'était la première émotion qu'elle voyait dans ses yeux depuis son arrivée.

— Il n'est pas en danger imminent au moins ?

— Eh bien, on ne peut jamais savoir avec un cœur qui flanche. Bon, dit-elle en changeant rapidement de sujet alors qu'ils approchaient de la maison.

Je te préviens : tout le monde s'est réuni pour te souhaiter la bienvenue chez toi.

Elle arrêta la voiture et klaxonna trois fois. Au son du klaxon, la porte d'entrée s'ouvrit, et Adrienne descendit les marches en courant pour venir le saluer.

— Harry, mon chéri ! Tu es de retour !

Harry descendit de la voiture et avança vers elle, vers ses bras grands ouverts qui l'attirèrent contre elle et l'étreignirent.

— Oh ! mon Harry, tu es sain et sauf, sain et sauf à la maison, murmura-t-elle dans son épaule. Laisse-moi te regarder.

Elle recula et l'examina de la tête aux pieds.

— Mon Dieu ! On dirait que tu es encore plus beau et plus fort que quand tu es parti ! Vous ne trouvez pas, Olivia ?

Olivia, qui se tenait à côté d'Harry, hocha mollement la tête.

— C'est ce que j'ai pensé quand je l'ai vu, reconnut-elle.

— Je vais bien, maman, vraiment. J'ai été très malade, s'empressa d'ajouter Harry, mais ça va mieux.

Adrienne passa le bras autour de la taille de son fils et monta les marches avec lui. Olivia les suivit d'un pas traînant. Adrienne ouvrit la porte, et tout le personnel de la maison apparut, en deux longues files, pour former une haie d'honneur.

Lorsqu'il entra, Harry entendit Bill crier :

— Trois fois pour M. Harry ! Hip hip hip !

— Hourra !

— Hip hip hip !

— Hourra !

— Hip hip hip !

— Hourra !

Harry avança sous un tonnerre d'applaudissements. Il échangea des poignées de main chaleureuses, reçut de grandes tapes dans le dos de la part des hommes, tandis que les filles faisaient une petite révérence.

— Nous sommes contents que vous soyez de retour, monsieur Harry.

— Félicitations ! Bill nous a dit à quel point vous avez été courageux.

— Heureux de vous voir revenir sain et sauf, Monsieur.

— La maison n'était plus la même sans vous, monsieur Harry, dit Mme Jenks avec tendresse, au bout de la file. Je vais vous préparer le plus gros plat d'œufs et de bacon que vous ayez jamais mangé pour votre petit déjeuner demain matin.

Malgré sa détermination à rester de marbre, Harry se surprit à avoir les larmes aux yeux devant l'accueil si chaleureux et sincère de tous ces visages familiers.

— Un discours ! cria quelqu'un.

— Oui, un discours ! dirent les autres en chœur.

— Dites-nous quelques mots, monsieur Harry, vous voulez bien ?

Harry se tourna vers eux et s'éclaircit la voix.

— Eh bien, que puis-je dire ? Si ce n'est que je vous remercie pour la chaleur de votre accueil. J'apprécie beaucoup et je suis vraiment heureux de tous vous revoir. Et merci de vous être occupés de

Wharton Park en ces temps très difficiles pour vous aussi, j'imagine.

Des applaudissements retentirent de nouveau. Puis, Harry aperçut une silhouette frêle avancer d'un pas traînant vers lui. Il réalisa avec effroi que ce vieil homme tout ratatiné était son père. Plutôt que de le laisser venir à lui, Harry s'approcha à grands pas et lui tendit la main.

— Bonjour, papa, je suis heureux de te revoir.

Son père lui sourit.

— Moi aussi, mon petit gars.

Christopher fit appel à toutes ses forces pour attirer son fils vers lui et pour lui donner une petite tape sur le dos.

— Bien joué, mon garçon ! J'ai vu ton nom dans des dépêches. Je suis fier de toi.

Jamais son père ne lui avait fait un tel compliment ! Ces mots le touchèrent jusqu'aux larmes.

— Je parie que tu es content d'être de retour ! J'ai entendu que ces foutus Japs vous ont fait vivre l'enfer à Changi. Mais nous avons fini par leur damer le pion.

— Oui, papa.

Adrienne vint rejoindre Harry.

— Je pense, Christopher, qu'Harry aimerait aller dans sa chambre et se reposer un peu après son long voyage.

Elle se tourna vers son personnel.

— Vous pouvez partir maintenant, et je suis sûre qu'Harry viendra parler à chacun de vous plus tard.

Tandis que les membres du personnel se dispersaient, Harry entendit une voix dans son oreille.

— Je suis heureux que vous ayez fini par revenir, Monsieur. Je commençais à me poser des questions.

C'était Bill. Ils se serrèrent la main et se tapèrent chaleureusement dans le dos.

— J'ai l'impression que ça fait une éternité que nous ne nous sommes pas vus…, murmura Harry.

— En effet, Monsieur. Et il faut un moment pour se réhabituer, mais je suis sûr que vous vous réadapterez.

— Je passerai vous voir tout à l'heure dans la serre, Bill. J'aimerais parler de quelque chose avec vous.

Comme Harry savait qu'il était à portée de voix de ses parents et d'Olivia, il préféra ne pas s'étendre sur la question.

— Je passerai vers cinq heures, je pense.

— Très bien, Monsieur. Je serai là. Nous pourrons boire une bonne tasse de thé… avec du lait ! dit Bill en levant les yeux au ciel tandis qu'ils repensaient tous les deux au thé pur qu'ils avaient bu pendant trois ans et demi.

Harry suivit Olivia dans l'escalier, puis dans le couloir qui conduisait à leurs appartements. Tout était exactement comme il l'avait laissé, comme si le temps s'était arrêté à Wharton Park.

Dès qu'Olivia eut fermé la porte derrière eux, Harry se tourna vers elle.

— Mon père est-il très gravement malade ? On dirait qu'il a vieilli de vingt ans.

Olivia soupira et s'assit sur une chaise au pied du lit.

— Comme je te l'ai dit, il a fait un infarctus très grave. Il a failli mourir. N'oublie pas, Harry : il a soixante ans, dix ans de plus que ta mère. Et son travail au ministère de la Guerre l'a énormément stressé.

— Il… a une mine épouvantable, dit Harry en secouant la tête.

— Il a été très malade. Mais les docteurs assurent que, tant qu'il se ménage et qu'il ne subit pas un choc important, il n'y a pas de raison pour que son état ne reste pas stable.

— Je vois.

Harry parut terriblement triste. Olivia s'approcha de lui et passa ses bras autour de ses épaules.

— Je suis vraiment désolée, Harry. C'est un choc terrible pour toi ! Je pense que nous ne l'avons pas vu vieillir. Mais je suis sûre que ta présence à la maison va le requinquer. Il est impatient que tu lui racontes par le menu la campagne en Malaisie et le rôle que tu y as joué. Il en parle depuis des semaines.

Sans dire un mot et parce qu'il était tout simplement épuisé et désespéré, Harry posa la tête sur l'épaule d'Olivia. Ils restèrent ainsi quelques instants, puis Olivia dit :

— Pourquoi ne te reposerais-tu pas un peu ? Mme Jenks va rompre avec la tradition et ne servira pas le repas avant une heure et demie pour que tu aies le temps de dormir un peu.

— Oui, c'est une bonne idée.

Il avait absolument besoin d'être seul, non pas pour dormir, mais pour réfléchir.

— Je sais que cela doit être étrange pour toi de te retrouver ici et j'imagine que tu es bouleversé. Elsie m'a dit que Bill a encore du mal avec certaines choses, même s'il est rentré depuis trois mois.

Elle déposa un baiser sur son front.

— Je ne veux pas te bousculer, mon chéri, mais sache que je suis là si tu as besoin de moi.

— Merci.

Olivia hocha la tête.

— Repose-toi bien.

Elle quitta la pièce et retourna au rez-de-chaussée, où Adrienne l'attendait.

— J'ai du café pour nous dans la bibliothèque. Venez, *ma chérie*, et dites-moi comment vous le trouvez.

Olivia la suivit dans la bibliothèque et s'assit.

— Eh bien ? demanda Adrienne. Il a plutôt bonne mine, non ?

— Oui, approuva Olivia. Mais, comme Elsie me l'a dit à propos de Bill, on dirait que son corps est arrivé à la maison, mais que son esprit est encore ailleurs. Je pense que nous devons être patientes, ne pas trop attendre de lui.

— Oui, ni *vous* ni moi, dit Adrienne d'un ton plein de sous-entendus.

— Bien sûr, soupira Olivia. Je le sais. Mais je suis une femme comme les autres, Adrienne, et je voulais simplement qu'Harry me voie l'attendre, se précipite vers moi et me prenne dans ses bras. J'ai vu d'autres hommes le faire.

— Vous savez très bien que ce n'est pas le genre d'Harry, dit Adrienne pour la réconforter. Mais il a vraiment dû être choqué quand il a vu son père, *n'est-ce pas* ?

— En effet, admit Olivia.

Adrienne secoua la tête.

— Bien sûr, il ignore presque tout ce qui s'est

passé ici au cours des quatre dernières années. Il ne sait pas non plus ce qui l'attend. Olivia, nous avons fait, vous et moi, de notre mieux pour gérer ce domaine, mais il faut qu'Harry prenne le relais le plus vite possible.

Adrienne passa la main dans ses cheveux grisonnants.

— *Alors*, il y a des décisions à prendre, et seuls Christopher ou Harry son héritier peuvent le faire. Et je ne veux pas inquiéter Christopher, il est tellement fragile maintenant.

— Je sais, Adrienne. Au moins, Harry est à la maison maintenant et il est sain et sauf.

— *Eh oui*, dit Adrienne en portant la tasse à ses lèvres. Je réalise que nous devons vraiment nous estimer heureuses qu'il en soit ainsi.

42

Adrienne décida qu'il faisait suffisamment chaud pour déjeuner sur la terrasse. Christopher insista pour que Sable aille chercher une bouteille de champagne millésimé dans la cave pour l'occasion. Mme Jenks s'était surpassée. Elle était parvenue à se procurer un saumon et l'avait servi avec la sauce préférée d'Harry, une béarnaise, des pommes de terre nouvelles et des petits-pois frais du potager.

— On m'a dit que vous, les garçons, vous n'aimiez

pas les plats trop bourratifs après toutes ces années de privation, expliqua Mme Jenks, les joues rouges de plaisir, quand Harry vint la trouver à la cuisine après le déjeuner et la remercia pour le festin.

Olivia vint le rejoindre et proposa qu'ils aillent se promener dans le jardin.

Ils marchèrent doucement. Harry se réhabituait progressivement à son environnement. Il fut bien obligé d'admettre que, baignant dans la lumière douce d'un après-midi de mai, le parc était magnifique.

— Tu as dit que la maison avait servi de clinique pendant deux ans ? dit Harry, s'efforçant de faire la conversation.

— Oui. Il y avait plus de quarante officiers à un moment donné, expliqua Olivia tandis qu'ils marchaient autour de la fontaine qui ne coulait plus depuis le passage d'une loi pendant la guerre imposant des restrictions sur l'utilisation de l'eau. La maison était pleine à craquer puisqu'il y avait aussi les filles qui travaillaient la terre. Mme Jenks a été une vraie sainte. Heureusement qu'elle avait l'habitude de préparer des repas pour de grosses tablées.

— Où viviez-vous, papa, maman et toi ? demanda Harry.

— Oh ! nous nous sommes repliés dans l'aile orientale. Ce n'était pas le grand luxe, comme tu le sais, mais c'était juste pour dormir, répondit Olivia. Ton père a prétendu que c'était affreux. Il passait un sacré savon aux officiers quand il les voyait marcher dans la maison avec leurs bottes sales. Mais, en fait, je pense qu'il a secrètement bien apprécié. Après tout, il était en convalescence, lui aussi, et il avait toujours quelqu'un à qui parler.

— J'imagine. Je vois que tu as été très occupée pendant mon absence.

— Tout le monde l'a été, dit Olivia avec modestie. Mais je dois te dire, mon chéri, que la maison a grand besoin d'être réparée et restaurée. Elle a abrité beaucoup de monde pendant cette période et ce « surpeuplement » a révélé ses failles. Je pense que tu as bien choisi ton moment pour rentrer. C'était plutôt sinistre ici, avec tous ces lits d'hôpital et ce matériel médical.

— Oui, mais, pour les gars qui étaient là, c'était quand même l'endroit idéal pour passer leur convalescence.

— Oui, ils s'asseyaient souvent sur la terrasse quand le temps le permettait. Certains n'ont pas survécu, bien sûr, dit Olivia en soupirant. Il y en avait un en particulier : le pauvre gars, il avait pris une balle dans la tête qui l'avait rendu aveugle. Je lui faisais la lecture dès que j'avais un moment. Puis, un soir, alors que j'étais justement en train de lire à son chevet, il est mort subitement devant moi.

L'émotion était palpable dans la voix d'Olivia.

— Les docteurs ont dit que la balle avait dû être délogée et que c'est ce qui l'a tué.

— Comme cela a dû être horrible pour toi ! dit Harry d'un ton coupable.

Il n'avait pas songé une seconde que son père, sa mère ou Olivia aient pu souffrir pendant la guerre. Il les imaginait bien au chaud et en sécurité dans les murs de Wharton Park. Pourtant, d'après ce qu'ils avaient raconté pendant le déjeuner, il était évident qu'ils avaient eux aussi connu leur lot de souffrances.

— Y a-t-il des bombes qui sont tombées près d'ici ?

— Quelques-unes ont été lâchées sur Norwich, mais, Dieu merci, nous avons été épargnés ici.

— Et y a-t-il eu des victimes parmi les membres du personnel ?

— Oui, répondit Olivia d'un air sombre. Nous avons perdu neuf hommes en tout. Je te donnerai une liste avec leurs noms, et tu pourras peut-être rendre visite à leurs familles. Et M. Combe a marché sur une mine sur la plage de Weybourne, il y a tout juste quelques semaines. Inutile de te dire que Mme Combe était effondrée.

— Oh oui ! Pauvre Mme Combe. C'est un désastre. Alors, nous n'avons pas de gestionnaire d'exploitation en ce moment ?

— Non, nous avons attendu ton retour pour lui choisir un remplaçant. Et tu te souviens de Venetia ? dit Olivia en se mordant les lèvres.

Harry sourit.

— Comment aurais-je pu l'oublier ? C'est vraiment un personnage !

— Oui, elle était toujours à l'affût d'une nouvelle aventure et c'est sans doute pour ça qu'elle a atterri en France et qu'elle a recueilli des informations pour une organisation clandestine. En tout cas, elle a disparu il y a trois ans et nous venons d'apprendre ce qui lui est arrivé.

Olivia hésita quelques secondes avant de poursuivre.

— Elle a été arrêtée à Paris, torturée, puis abattue par les nazis.

— Je suis vraiment désolé, Olivia. Je sais à quel point tu l'aimais, dit calmement Harry.

Olivia refoula ses larmes.

— Merci. Je suis vraiment contente que tout soit maintenant fini. La vie pourra peut-être retrouver un semblant de normalité, bientôt. À présent, je vais te montrer le potager, dit-elle en s'éclaircissant la voix et en glissant son bras sous celui d'Harry. C'est peut-être le seul endroit qui ait vraiment prospéré en ton absence.

Elle ouvrit le portillon aménagé dans le mur, et Harry vit les rangées de légumes parfaitement alignés. Il était trois fois plus grand que lorsqu'il était parti.

— C'est impressionnant, Olivia.

Il ne pouvait pas se résoudre à lui dire « chérie ».

— Comment y es-tu arrivée sans Bill ?

— Je ne sais pas, dit-elle en souriant. Dans de telles circonstances, il faut tout simplement y arriver. Jack a fait tout ce qu'il a pu, et comme ça nous avons pu donner de la nourriture saine aux patients.

Harry aperçut la serre, dont les vitres brillaient au soleil dans le coin du jardin. Il se dirigea vers elle.

— Malheureusement, la serre a plutôt souffert. Elle a été dépouillée de ses fleurs et a trouvé une nouvelle vocation : la culture de tomates. Bill travaille dur depuis son retour pour qu'elle retrouve sa gloire passée. Je crois qu'il y trouve un certain réconfort.

— On entre ? dit Harry en montrant la porte.

— Bien sûr, si tu en as envie.

Harry poussa la porte, et ses sens furent immédiatement assaillis par un parfum puissant qui lui rappela Lidia.

Pendant une seconde, sa tête se mit à tourner, et il tituba légèrement.

— Harry, ça va ? dit Olivia en lui prenant le bras.

Il la repoussa.

— Ne me touche pas ! dit-il d'un ton brusque.

Il regretta immédiatement ses paroles.

— Désolé, je…

Sa voix se perdit dans un murmure, et il marcha le long des rangées de fleurs. Il s'arrêta, surpris, devant des orchidées.

— Je ne me souviens pas d'en avoir vu ici.

Ébranlée par la brusquerie d'Harry, Olivia répondit avec prudence :

— Non, c'est Bill qui les a rapportées à la maison avec lui. Je suis surprise qu'elles aient survécu au voyage, mais apparemment Bill s'en occupait tous les jours, et elles se sont vraiment épanouies depuis qu'elles sont dans la serre.

— Bill a toujours eu une affinité naturelle avec les plantes, et je dois dire que les orchidées sont incroyablement belles.

Harry se pencha pour sentir leur parfum et se laissa aller à penser à Lidia, à ses souvenirs pendant quelques secondes. Puis il se redressa.

— Elles poussent partout, en Extrême-Orient, en particulier en Thaïlande.

— C'est ce que m'a expliqué Bill, dit Olivia

lorsqu'ils quittèrent tous les deux la serre et qu'ils retournèrent vers la maison.

— Malgré les temps difficiles que vous avez connus là-bas, il a dit que c'était une merveilleuse région du monde.

— Oh oui ! murmura Harry. Vraiment !

Ce soir-là, après le dîner, Harry se mit au lit aux côtés d'Olivia. Et, malgré lui, il la prit dans ses bras et lui fit l'amour. Le corps de sa femme ne lui convenait plus du tout : beaucoup trop arrondi, trop épais par rapport à celui de Lidia. Sa peau était d'une pâleur saisissante, inhabituelle pour lui, mais, pire que tout, son odeur était totalement différente. Néanmoins, en fermant les yeux et en laissant sa frustration alimenter son ardeur, tandis qu'il pénétrait sa femme, il parvint à s'imaginer en Thaïlande, auprès de Lidia.

Ensuite, rongé par un sentiment de culpabilité, il resta allongé à côté d'Olivia. Il se confondit en excuses.

— Je suis vraiment désolé. J'espère que je ne t'ai pas fait mal. Je... n'ai plus vraiment l'habitude, mentit-il.

— Non, Harry, tu ne m'as pas fait mal.

Olivia avait pris son ardeur violente pour de la passion et était à la fois surprise et flattée.

— Bon.

Il l'embrassa sur la joue, puis, dégoûté de lui-même, il sortit du lit.

— Je vais dormir dans mon petit lit ce soir. Je suis très agité en ce moment et je fais souvent des cauchemars. Je ne veux pas te déranger. Bonne nuit, Olivia.

— Bonne nuit.

Olivia lui envoya un baiser tandis qu'il traversait la pièce.

— Je t'aime, murmura-t-elle lorsque la porte se referma derrière lui.

Harry fit comme s'il n'avait pas entendu et continua à avancer. Il s'assit sur son lit étroit, prit sa tête entre ses mains et pleura en silence.

*
**

Le lendemain matin, Harry traversa le parc en direction de la serre puisqu'il n'avait pas pu s'esquiver la veille pour aller retrouver Bill comme il l'avait prévu. Bill était en train de s'occuper de ses orchidées tout au fond de la serre, au son d'un morceau de musique classique qui passait sur sa radio en Bakélite.

Il sourit lorsqu'il vit Harry.

— Bonjour, Monsieur. Comment s'est passée votre première nuit à la maison ?

— Bien.

Harry ferma la porte de la serre derrière lui.

— Désolé, je n'ai pas pu venir prendre la tasse de thé que vous m'aviez proposée, dit-il pour s'excuser.

— Vu les circonstances, je ne m'attendais pas vraiment à ce que vous veniez. Je sais que, quand on revient à la maison après tout ce temps, tout le monde veut un peu de nous.

— Oui.

Harry voulait entrer directement dans le vif du sujet.

— Bill, vous n'avez pas reçu de lettres pour moi à votre adresse, n'est-ce pas ?

Bill secoua la tête, surpris.

— Non ? Pourquoi ?

Harry s'approcha et s'assit sur la petite chaise au fond de la serre.

— Il se trouve, Bill…

Harry passa la main dans ses cheveux, ne sachant par où commencer.

— Je peux vous faire confiance ?

— Je pense que vous savez, Monsieur, que vous pourriez me confier votre vie.

— En effet. Et si je vous raconte ce qui m'est arrivé depuis que j'ai quitté Changi, je peux vous assurer que vous aurez ma vie entre vos mains, dit Harry d'un ton catégorique. J'ai besoin de votre aide, Bill, et je sais que je vous demande beaucoup.

— Vous savez que vous pouvez compter sur moi, Monsieur.

— Je crains que ce que j'ai à vous dire ne vous choque.

Bill continua calmement à arroser ses plantes.

— Après ce que nous avons enduré au cours des quatre dernières années, il n'y a plus grand-chose qui me choque. Alors, allez-y, j'écoute.

— Très bien.

Harry s'arma de courage et commença à raconter son histoire. Il parla de la Thaïlande, du Bamboo Bar, et enfin de la fille dont il était tombé irrévocablement amoureux.

— Je ne peux tout simplement pas vivre sans

513

elle, Bill, dit-il pour finir, soulagé de formuler ces mots à voix haute. Et j'ai l'intention de renoncer à ma vie ici, à Wharton Park, et de retourner à Bangkok dès que possible. Je n'ai jamais été fait pour être un lord et le maître d'un domaine de toute façon. En attendant, j'ai donné votre adresse à Lidia pour qu'elle puisse m'écrire sans qu'Olivia s'en aperçoive.

Il était tellement ému qu'il en avait presque le souffle coupé. Il leva les yeux vers Bill qui s'occupait toujours de ses fleurs.

— Je suppose que vous pensez que je suis vraiment un sale type pour trahir ainsi ma femme et ma famille.

— Pas du tout, Monsieur. Je pense juste que vous êtes tombé amoureux. Ce n'est pas votre faute si elle habite à l'autre bout du monde. Comme vous le savez, dit Bill en regardant Harry droit dans les yeux, c'est Elsie qui m'a permis de survivre, de subir toutes ces épreuves à Changi. Et si elle vivait à l'autre bout du monde, j'irais la rejoindre.

— Vraiment ?

— Vraiment. Cela dit, je ne suis pas déjà marié à une autre femme et je n'ai pas autant de responsabilités sur les épaules que vous, dit Bill en se grattant la tête. Reconnaissez que cette nouvelle va provoquer un sacré choc dans votre famille. Surtout que votre père est très malade. Ils attendaient tous votre retour avec impatience pour que vous puissiez reprendre en main le domaine. Je ne sais pas ce qu'ils vont faire si vous partez, Monsieur, je ne sais vraiment pas.

— Arrêtez de m'appeler « Monsieur », voulez-vous ? dit Harry d'un ton irrité. Quand nous ne sommes que tous les deux, « Harry » fera parfaitement l'affaire.

Il baissa immédiatement la tête.

— Désolé d'être aussi agressif, Bill. C'est juste que je suis inquiet, comme vous pouvez l'imaginer.

— En effet, dit Bill en soupirant. Je n'aimerais pas être à votre place, c'est certain. En tout cas, pour ma part, je suis prêt à réceptionner ces lettres. Mais il faudra que je mette Elsie au courant puisqu'elles vont arriver à notre adresse.

Harry fut horrifié à cette idée. Il savait à quel point Olivia et Elsie étaient proches.

— Pouvons-nous vraiment être assurés qu'elle ne dira rien à ma femme ?

Bill hocha la tête.

— Oui, si je lui dis de se taire, elle ne dira rien. Je n'ai jamais vu quelqu'un garder aussi bien les secrets.

— Mais cela va certainement la mettre dans une position délicate ?

— Certainement, mais que pouvons-nous faire ? Et, si vous me permettez, je n'aimerais pas qu'elle voie ces lettres en provenance de la région du monde où je viens de passer quatre ans et qu'elle pense que c'est moi qui me suis trouvé une petite amie et que nous avons inventé quelque chose, tous les deux.

— Non, admit Harry. Je comprends. Eh bien, si Elsie doit savoir, elle saura. Et j'espère que je pourrai bientôt annoncer la nouvelle et faire part de mes projets à mes parents et Olivia. Au cours des vingt-quatre dernières heures, j'ai cru que j'allais exploser, déjà !

Bill laissa échapper un sifflement.

— Comme je vous l'ai dit, je ne vous envie pas, pas du tout. Elle doit vraiment en valoir la peine, votre fille.

Harry se leva et esquissa un sourire.

— Oui, Bill, vraiment. Bon, je pense qu'il vaut mieux que je parte. Je repasserai avec une lettre pour Lidia et quelques pièces pour que vous la postiez pour moi. Et il est peut-être préférable que vous apportiez les lettres ici et que vous les laissiez sous les orchidées, dit Harry en montrant le plateau.

— Comme vous voudrez, dit Bill en hochant la tête.

— Très bien, merci, Bill. Une fois de plus, vous êtes venu à mon secours.

Harry se retourna pour se diriger vers la porte.

— Si je peux me permettre…, hasarda Bill, et Harry fit volte-face.

— Bien sûr, Bill. Vous savez à quel point votre opinion m'importe. Même si rien au monde ne pourrait me faire changer d'avis.

— Ce n'est pas mon intention. Je vois que ce serait inutile. Il suffit de vous regarder pour voir que vous êtes vraiment épris d'elle, dit Bill à voix basse.

— Très bien, je vous écoute alors.

— Je voulais juste dire qu'il m'a fallu un peu de temps pour me réadapter ici, pour me sentir bien. C'est parce que j'espérais revenir un jour chez moi que j'ai supporté tout ce que nous avons enduré là-bas. Pourtant, depuis que je suis rentré…

Bill tenta de trouver les bons mots.

— C'est stupide, je sais, mais certaines choses

m'ont manqué de la drôle de vie que nous menions là-bas. Mais, plus que tout, c'est l'endroit qui me manque : la chaleur, le parfum des fleurs qui poussent partout, la luxuriance de la végétation... et le ciel bleu au-dessus de nous pour compléter le tableau.

Ils restèrent tous deux silencieux quelques secondes, chacun plongé dans les souvenirs du passé.

Puis, Harry regarda Bill et lui adressa un sourire triste.

— Ces choses me manquent aussi, bien sûr. Mais ce n'est pas ça qui me pousse à y retourner. Si seulement c'était aussi simple, ajouta-t-il dans un soupir avant de quitter la serre.

Après le départ d'Harry, Bill continua à s'occuper de ses fleurs tout en réfléchissant à ce qu'Harry lui avait dit et à la façon dont il allait présenter les choses à Elsie. Il savait qu'elle adorait Olivia et qu'elle n'allait pas du tout se réjouir de devoir la trahir. Et, bien sûr, si Harry partait bel et bien, Bill n'avait aucune idée de ce qu'il adviendrait de tous ceux qui vivaient sur le domaine.

Ce soir-là, il dit à Elsie qu'il devait lui confier un secret et qu'il fallait qu'elle ne le répète à personne.

— Bien sûr, je promets de ne rien dire si tu me le demandes, dit-elle en scrutant son visage inquiet. Qu'est-ce qu'il y a, Bill ? Vas-y, dis-le-moi, qu'est-ce que tu attends ?

Une fois que Bill lui eut expliqué la situation, Elsie resta immobile, pâle, l'air choqué. Finalement, elle dit :

— Tu ne penses pas qu'il va vraiment le faire, n'est-ce pas ?

— Si, dit Bill en hochant la tête. Je suis sûr qu'il va le faire.

— Mais que va devenir le domaine s'il part ? Et nous ? ajouta-t-elle d'un air sombre. Qui va gérer le domaine ? Il n'y a personne d'autre. Et Mme Olivia m'a dit qu'il y avait fort à faire, que la maison et les terres sont en piètre état. Il faut réapprovisionner la ferme, remplacer le matériel agricole, et il y a de nombreuses réparations à envisager dans la maison.

— Eh bien, M. Harry a dit qu'il proposera à Lord Crawford de léguer le domaine à un de ses cousins qui a à peu près le même âge que lui.

— C'est impossible. Il veut sans doute parler de son cousin Hugo. Mais il a été tué en Afrique du Nord il y a dix-huit mois, dit Elsie en secouant la tête. Il n'y a personne d'autre.

— Je vois, dit Bill en sirotant son thé. Je suppose que personne n'en a encore parlé à M. Harry.

— Non. Ce n'est pas vraiment le genre de sujets qu'on aborde lorsqu'on accueille quelqu'un qui revient tout juste de la guerre. Même si, d'après ce que m'a dit Mme Olivia, Harry n'a jamais été proche de son cousin. Il n'a sans doute même pas songé à demander. On ne sait jamais, dit Elsie dont le visage s'égaya un peu. La nouvelle va peut-être le faire changer d'avis. Il ne pourra pas laisser son père mourant et sa mère gérer le domaine tout seuls, car Olivia ne restera pas quand elle aura appris la nouvelle, c'est sûr et certain.

Elsie joignit les mains devant elle dans un geste de désespoir.

— Elle l'a attendu pendant toutes ces années et il la trahit comme ça !

Bill soupira.

— Chérie, ça ne nous regarde vraiment pas et...

— Si, ça nous regarde, Bill.

Elsie était en colère.

— Parce que ce jeune maître stupide nous a entraînés dans son histoire en te la confiant !

— Oui, tu as raison. C'est une triste affaire, mais qu'est-ce que je pouvais faire ? lui demanda Bill.

— Tu aurais pu dire non, dit Elsie d'un ton brusque.

— Elsie, tu sais très bien que nous ne pouvons rien refuser aux Crawford. C'est eux qui nous font vivre.

— Je dis que cette histoire va bien au-delà du sens du devoir. Ça me rend malade, vraiment. Comment je vais faire pour regarder Mme Olivia en face ?

— Je suis désolé, ma chérie.

Bill s'approcha d'elle pour la prendre dans ses bras, mais elle le repoussa.

— Tu fais ce qu'il t'a dit, Bill, et tu lui fais passer les lettres. Mais je ne veux pas y être mêlée et je ne veux plus jamais en parler.

Elle se leva de table, jeta sa tasse dans l'évier et sortit dans le jardin en claquant la porte derrière elle.

43

Harry apprit la mort de son cousin Hugo pendant le déjeuner ce jour-là. Son père lui fit part de la nouvelle sans manifester la moindre émotion, comme à son habitude. Même si Harry fit de son mieux pour que rien, dans son attitude, ne trahisse son choc, Adrienne remarqua immédiatement que la nouvelle l'avait ébranlé. Elle posa sa main sur celle de son fils.

— Je suis désolée, Harry. Tu l'aimais bien. Mais il y a aussi une belle surprise, dit-elle pour le réconforter. La femme d'Hugo, Christiana, était enceinte quand il est parti pour l'Afrique. Elle a eu un petit garçon qu'ils ont appelé Charles, en hommage à son grand-père. Tu vois ? La vie continue.

— Quel âge a l'enfant ? demanda Harry.

— Bientôt deux ans.

Le cœur d'Harry se serra, et il perdit tout espoir. Un bambin ne pouvait pas vraiment s'occuper du domaine de Wharton Park !

Christopher bâilla à grand bruit, et Adrienne se leva immédiatement pour aller auprès de lui.

— Il est temps de faire ta sieste, mon chéri.

— Ah ! quel tralala ! se plaignit-il pendant qu'Adrienne l'aidait à se lever et le conduisait vers la porte.

— Une fois que j'aurai aidé ton père à se mettre au lit, nous prendrons tous les trois le café sur la terrasse, *oui* ? Il fait si beau encore aujourd'hui.

— En fait, dit Olivia, il faut que j'aille à Cromer.

J'ai encore quelques papiers à remplir, les derniers, pour les filles qui ont travaillé sur le domaine. On ne peut pas terminer une guerre sans paperasserie, n'est-ce pas ? Tu as besoin de quelque chose, Harry ?

Harry secoua la tête.

— Non, merci, Olivia.

— Au fait, ajouta-t-elle. Un certain major Chalmers a téléphoné ici, ce matin. Il voulait savoir si tu étais bien rentré et comment tu te portais. J'ai dit que tu le rappellerais. J'ai noté le numéro.

— Très bien, murmura Harry. Je n'ignorais pas que je devrais bientôt me présenter et reprendre mon poste.

— Bon, je pense que ta mère veut t'entretenir de toutes sortes de sujets, dit Olivia en déposant un baiser sur sa tête. Comme tu t'en doutes, il s'est passé beaucoup de choses en ton absence, et elle doit te mettre au courant.

Adrienne le rejoignit sur la terrasse, quelques minutes plus tard, pour le café. Harry se dit qu'il valait mieux entrer dans le vif du sujet, le plus vite possible.

— Maman, papa est gravement malade, n'est-ce pas ?

— *Chéri*, je pense que tu peux voir toi-même à quel point il est faible, dit calmement Adrienne en lui faisant passer sa tasse.

— Combien de temps lui reste-t-il à vivre exactement ? Olivia a dit que, s'il se ménageait, il pourrait vivre encore quelques années, mais...

Adrienne but une gorgée de café.

— Harry, je suis vraiment désolée d'être aussi

directe alors que tu viens tout juste d'arriver chez toi, mais tu dois connaître la vérité.

Elle soupira et prit sa main.

— Ton père est en train de mourir. Il a eu une grave attaque, il y a moins de deux mois, et tout son côté gauche est paralysé. C'est pour cette raison qu'il a du mal à marcher.

Ses yeux se remplirent de larmes.

— Oh ! Harry, je suis désolée d'avoir à te dire ça maintenant, mais nous avons très peu de temps. Il pourrait nous quitter à tout moment et, avant qu'il ne parte, tu dois parler avec lui et apprendre à gérer et exploiter un domaine, car tu es son héritier.

— Je vois.

Harry porta la tasse à ses lèvres en tentant de maîtriser sa main qui tremblait.

— Olivia et moi avons fait de notre mieux, mais c'est toujours ton père qui s'est occupé des papiers et des finances. Il y a beaucoup de problèmes en suspens, *mais*, il reste très peu d'argent sur les comptes du domaine, dit Adrienne en soupirant. C'est Olivia et moi qui nous sommes occupées du salaire du personnel au cours des derniers mois. Je sais donc à quel point la situation est grave. *Mon Dieu*, Harry, les choses ne pourraient pas être pires.

Harry approuva silencieusement le constat de sa mère. Il s'éclaircit la voix et demanda :

— Mais comment pourrais-je gérer le domaine ? Je suis censé reprendre ma place au sein de l'armée !

— Non, Harry, dit Adrienne avec fermeté. Il n'y aura plus d'armée pour toi. C'est ici que nous avons besoin de toi, désormais. Il faut que tu remettes le domaine sur pied. Nous avons une centaine de travailleurs qui dépendent de toi. Donc, tu seras réformé pour cause d'invalidité. Ton père s'est occupé de tout. Et je suis certaine que tu t'en réjouis, *n'est-ce pas* ?

Tandis qu'il sombrait un peu plus dans le désespoir, Harry ne pouvait se réjouir de rien. Et il ne se réjouissait pas vraiment qu'on ait pris des décisions à sa place sans même l'en aviser auparavant. Après avoir été privé de liberté pendant de si longues années à Changi, il commençait tout juste à décider par lui-même. Il avait oublié qu'ici, sa vie ne lui appartenait pas. Il ouvrit la bouche pour parler, mais, réalisant que tout ce qu'il pourrait dire trahirait sa colère ou son amertume, il préféra s'abstenir.

Adrienne scruta le visage tendu de son fils, assis silencieusement en face d'elle et regardant au loin. Ses yeux exprimaient toute sa détresse.

— *Chéri*, je comprends à quel point il est difficile pour toi de rentrer à la maison et d'apprendre que ton père est au plus mal. Au moins auras-tu le luxe de passer encore un peu de temps avec lui avant sa mort. Et, Harry, Olivia et moi t'aiderons dans la tâche que tu dois accomplir, dit-elle pour le réconforter. La meilleure décision que tu aies prise dans ta vie, c'est de l'épouser. Je ne peux pas tarir d'éloges sur elle. Elle a vraiment été *magnifique* et je ne sais pas ce que j'aurais fait sans elle ni ce que serait devenu Wharton Park.

La meilleure décision que tu aies prise, maman, pensa Harry avec amertume.

Il se leva d'un bond, incapable de rester plus longtemps assis à ses côtés.

— Si tu veux bien m'excuser, maman. C'est un

gros choc pour moi, et j'ai besoin d'être un peu seul. Je vais aller marcher un peu.

— Bien sûr. *Je suis désolée*, chéri, dit-elle tandis qu'il descendait rapidement les marches de la terrasse pour s'éloigner au plus vite d'elle.

Harry marcha à vive allure, le souffle court, respirant par saccades irrégulières. Il s'enfuit de la perfection écœurante du jardin de sa mère et continua à avancer jusqu'à ce qu'il atteigne les champs dont les épis de blé encore verts oscillaient dans le vent.

Il se jeta sur le sol raboteux et poussa un cri de douleur et de frustration, tapant du poing sur la terre nue comme un enfant qui fait un caprice et hurlant le nom de Lidia. Puis il pleura sans pouvoir s'arrêter pour la fille qu'il ne cesserait jamais d'aimer et l'avenir qu'il avait souhaité avec autant d'ardeur.

Enfin, Harry se tourna sur le dos et regarda le ciel sans nuages.

Il pouvait encore partir *maintenant*..., s'en aller tout simplement..., s'enfuir...

Il secoua la tête, désespéré. Comment pourrait-il partir ? Son père était en train de mourir. Après ce que sa mère et Olivia lui avaient dit, Harry savait que le choc de sa disparition pourrait hâter la mort de son père.

— Oh ! mon Dieu ! Mon Dieu ! s'écria Harry, la voix étranglée par l'émotion.

Il était bel et bien pris au piège. Du moins, jusqu'à la mort de son père.

Et ensuite ?

Pourrait-il supporter de laisser sa mère, veuve,

s'occuper du domaine toute seule, car Olivia ne resterait certainement pas pour l'aider une fois que son mari l'aurait abandonnée. Adrienne ne s'en sortirait pas. S'il partait, il détruirait non seulement Wharton Park, mais aussi la vie de tous les travailleurs loyaux dont l'avenir dépendait du domaine.

Harry interrogea le ciel à la recherche d'une solution. Peut-être pourrait-on vendre le domaine ? Mais qui, dans cette période d'après-guerre, aurait les fonds nécessaires pour l'acheter ? De plus, sa mère en aurait le cœur brisé et elle se battrait bec et ongles contre cette idée. Harry en était persuadé : elle avait consacré sa vie à cette propriété.

La seule alternative était de faire venir Lidia, ici, auprès de lui.

Mais comment pourrait-il faire une chose pareille ? Comment pourrait-il demander le divorce à Olivia après tout ce qu'elle avait fait pour ses parents et pour Wharton Park ? Pourrait-il vraiment lui annoncer qu'il allait ramener une jeune fille de Thaïlande, de l'autre bout du monde, pour prendre sa place ?

Harry soupira, sachant que cette idée était complètement absurde. Lidia avait beaucoup de qualités, mais même lui ne parvenait pas à l'imaginer à la tête d'un domaine comme celui-ci. De plus, le froid la tuerait. Sa fleur exotique finirait par faner et mourir.

Harry resta ainsi allongé de longues heures. Il vit le soleil disparaître à l'horizon et, avec lui, ses derniers espoirs. Le sort s'était acharné contre lui et avait anéanti ses projets. Il ne pouvait pas laisser Wharton Park, pas même pour Lidia.

Mais comment allait-il le lui annoncer ? Comment pourrait-il lui écrire une lettre et l'informer que tout ce qu'il lui avait promis ne se réaliserait jamais ?

Harry se leva, inconsolable, et traversa les champs pour regagner le parc. Il décida que, pour l'heure, il se contenterait de dire à Lidia que son père était malade et qu'il devait repousser son retour à Bangkok. Il ne pouvait se résoudre à faire ce que sa morale aurait dû lui dicter : la libérer immédiatement de sorte qu'elle puisse faire sa vie sans lui. L'irrévocabilité de cette démarche était au-dessus de ses forces.

Il se dirigea vers la serre et ouvrit la porte. Il n'y avait personne. Bill était rentré chez lui. Harry sentit son cœur se serrer lorsqu'il respira le parfum de Lidia. Il descendit le long des rangées de fleurs jusqu'aux orchidées. Il souleva les pots et trouva une enveloppe, un peu mouillée à cause de l'humidité des pots qui la cachaient. Son cœur se mit à battre la chamade tandis qu'il ouvrait la lettre.

Il faillit s'étrangler de désespoir lorsqu'il vit la petite écriture bien nette de Lidia.

Mon cher Harry,

J'ai bien reçu ta lettre du bateau, ka, et j'ai été très contente. Toi aussi, tu me manques et j'attends ton retour avec impatience. Quand je suis triste, je pense à notre avenir. Et ensuite, je suis heureuse. Je porte ta bague chaque jour et je sais que c'est le symbole de notre amour, qu'un jour nous nous marierons devant nos deux dieux.

Tout va bien à l'hôtel, ici. Nous avons reçu de nouveaux draps et de nouveaux oreillers pour toutes les chambres, et il y a moins de pannes électriques.

Tous tes amis ici te passent le bonjour, et tout le monde dit qu'il regrette les soirs où tu jouais du piano au Bamboo Bar. Nous avons beaucoup de nouveaux clients, alors, Madame est très contente.

Excuse-moi, s'il te plaît, si je n'écris pas très bien dans ta langue. J'apprends et j'espère m'améliorer. Je suis à toi pour l'éternité, Harry, ka.

Ta fleur exotique
XXX

— Oh ! mon amour, mon amour…, grogna Harry en serrant la lettre contre son cœur. Comment puis-je vivre ainsi ? Comment puis-je vivre sans toi ?

Il se laissa tomber sur la chaise et relut la lettre en se disant que la mort serait certainement préférable à l'état dans lequel il était en cet instant. C'est alors qu'il entendit des bruits de pas, puis la porte qui s'ouvrait à l'autre bout de la serre. Lorsqu'il vit que c'était Olivia, il cacha rapidement la lettre dans la poche de son pantalon en se levant.

Elle avança vers lui, et il vit immédiatement qu'elle était très inquiète.

— Je t'ai cherché partout, mon chéri. Ta mère a dit que tu étais parti après le déjeuner et qu'elle ne t'avait pas revu depuis.

— Non, j'avais besoin… d'un peu de temps, tout seul, dit-il mollement.

— Je suis vraiment désolée, Harry. Je suppose que ta mère t'a dit la vérité à propos de ton père ?

— Oui.

Harry fut soulagé de pouvoir utiliser cette excuse pour expliquer ses yeux rouges et l'immense chagrin qu'elle devait lire sur son visage.

Elle ouvrit les bras, un peu hésitante.

— Viens, tu veux bien ?

Harry ne résista pas à son étreinte. Il avait besoin de sentir le réconfort physique d'un autre être humain. Il pleura comme un bébé contre son épaule. Elle tenta de l'apaiser doucement, lui dit qu'elle serait là pour lui, qu'elle l'aimait profondément et qu'elle l'aiderait.

Harry était perdu dans son chagrin, sa douleur atteignant les moindres recoins de son âme.

— Je dois dire adieu, murmura-t-il. Comment vais-je faire pour le supporter ? Comment ?

— Je sais, dit Olivia, qui voulait pleurer pour lui. Oh ! mon chéri, je sais.

À Changi, Harry avait eu largement le temps d'apprendre à survivre, à exister tout simplement, et, durant les semaines qui suivirent, cette expérience lui fut d'une grande aide.

Il s'enfermait tous les matins avec son père dans le bureau qui serait bientôt le sien et passait en revue avec lui chaque aspect de l'immense tâche qui l'attendait quand il prendrait les rênes de Wharton Park. Le père et le fils n'avaient jamais passé autant de temps ensemble, et ces instants partagés étaient particulièrement poignants, car ils savaient tous deux pourquoi il en était ainsi.

Harry réalisait qu'il ne s'était jamais rendu compte de la complexité du rôle de son père. Quand il comprit tout ce que cette tâche englobait et sous-entendait, il ne put que l'en admirer davantage.

— La règle d'or – même si tu as du personnel pour s'occuper de la comptabilité et de la ferme –, c'est de toujours garder le contrôle de la situation. Tu dois vérifier les livres de comptes et monter à cheval chaque semaine pour parcourir les terres de ton domaine. Tu comprends ce que je suis en train de te dire, mon garçon ?

— Oui, papa, répondit Harry, qui restait sidéré devant une liste de chiffres dans le registre ouvert devant lui.

L'arithmétique n'avait jamais été son fort.

— Tu dois avoir l'esprit pratique et veiller à ce que chaque travailleur à Wharton Park s'en rende compte. Ton arrière-grand-père a failli perdre cette maison parce qu'il s'intéressait beaucoup plus aux dames qu'au domaine. Le personnel s'est rebellé. Souviens-toi : un bon chef est toujours sur le front, et les années que tu as passées dans l'armée te seront d'une grande utilité, tu verras. Je suis fier de toi, mon garçon, dit-il en hochant énergiquement la tête comme s'il voulait rattraper toutes ces années où il ne le lui avait pas dit.

Ainsi, tous les après-midi, Harry prenait un cheval et parcourait le domaine. Il apprit les cultures dont ils auraient besoin l'année suivante, le matériel qu'il fallait remplacer. Il compta le bétail et les cochons, et rendit visite aux métayers. C'est ainsi qu'il réalisa que certains avaient étendu en douce les limites des terres qui leur étaient attribuées pour leur exploitation personnelle.

Harry engagea Jim, le fils de M. Combe, pour succéder à celui-ci en tant que gestionnaire d'exploitation. Le jeune homme avait grandi sur le domaine et avait vu son père travailler. Jim n'avait pas d'expérience, mais il était jeune, intelligent et ravi de saisir cette opportunité. Suivant le conseil de son père, Harry se dit que le plus important était de trouver quelqu'un en qui il avait confiance.

Harry étudiait les comptes jusque tard dans la nuit. Cela lui permettait de se concentrer sur quelque chose et lui donnait en même temps une raison pour ne pas rejoindre Olivia dans la chambre avant qu'elle ne s'endorme. Il comprit très vite que l'état des finances du domaine était encore pire que ce que sa mère avait pensé.

À la fin de l'été, Harry connaissait chaque hectare de la propriété, il savait quel revenu Wharton Park pourrait tirer de la vente des produits agricoles et du bétail qui restait, et ce qu'il devrait dépenser pour remplacer le matériel défectueux et réapprovisionner la ferme.

Olivia avait aussi fait remarquer que les cottages de certains travailleurs avaient grand besoin d'être restaurés, mais cela devrait attendre. Il faudrait déjà investir une somme d'argent considérable pour réparer tout ce qui défaillait dans la grande maison.

Harry avait calculé qu'il lui faudrait emprunter dix mille livres pour remettre le domaine sur pied. Et qu'il lui faudrait attendre deux ans avant de pouvoir engranger les premiers bénéfices et commencer à rembourser le prêt. La route s'annonçait longue…

Il soupira et regarda l'horloge de parquet qui faisait doucement tic-tac dans un coin du bureau. Il était deux heures et demie du matin. Il pensa alors, comme il le faisait chaque nuit, à Lidia et à l'endroit où elle pouvait être en cet instant. C'était déjà le matin à Bangkok. Lidia était sans doute derrière le comptoir de la réception, souriant et faisant du charme aux nouveaux clients.

Et rêvant sans doute au retour prochain d'Harry.

Il prit du papier à lettres dans le tiroir de son père, comme il le faisait chaque soir, et lui écrivit quelques lignes pour lui exprimer son amour. Il glissa ensuite la feuille dans une enveloppe qu'il cacheta et qu'il remettrait à Bill le lendemain. Il ne parlait plus de l'avenir, ne lui faisait plus de promesses qu'il ne pourrait jamais tenir. Il se contentait de lui dire à quel point il l'aimait et à quel point elle lui manquait.

Les lettres de Lidia arrivaient sporadiquement, mais il les cherchait tous les matins sous les orchidées dans la serre.

Harry soupira en éteignant la lampe sur le bureau. Puis il se dirigea vers la porte. Lui qui avait le sentiment d'avoir déjà purgé une peine à Changi, il se voyait désormais condamné à perpétuité à Wharton Park.

44

Lorsque l'automne succéda à l'été et que la fraîcheur de l'hiver approcha, Christopher devint trop faible pour quitter son lit. Adrienne restait auprès de lui une grande partie de la journée. Elle lui faisait la conversation ou la lecture pendant qu'il somnolait et elle ne le quittait que quand Olivia ou Harry venaient la remplacer.

Puis, en décembre, juste avant Noël, Christopher fit un nouvel infarctus particulièrement grave. Il mourut quelques heures plus tard sans avoir repris connaissance.

Les funérailles eurent lieu le 23 décembre dans la petite église du domaine, où Harry et Olivia s'étaient mariés. Il y eut beaucoup de monde à l'enterrement : plus de trois cents personnes vinrent rendre un dernier hommage à Lord Crawford. Sa dépouille fut ensevelie dans le caveau de la famille Crawford auprès de ses ancêtres.

Olivia regarda Harry du coin de l'œil tandis qu'il accueillait la famille et les proches endeuillés après l'office. Ses traits tirés et tristes trahissaient son chagrin : elle se dit qu'elle ne l'avait jamais autant aimé qu'en cet instant. Même s'il se montrait toujours distant, indifférent même, et que ses tentatives pour le faire parler de son expérience à Changi avaient lamentablement échoué, il venait souvent la retrouver tard dans la nuit pour lui faire l'amour.

Quand elle se réveillait, elle trouvait souvent des bleus sur son corps et sentait une légère douleur en elle suite à ces ébats un peu trop violents. Un jour, elle lui dirait qu'il devait se montrer plus délicat, mais, étant donné les circonstances, elle le laissait tranquille pour l'instant. Ce contact et le réconfort qu'il lui procurait étaient trop importants pour elle ; elle ne voulait pas y renoncer.

Noël passa dans une atmosphère de tristesse. Adrienne, pourtant d'une nature si délicate, resta étonnamment stoïque et ne s'effondra pas après la mort de son mari. Elle avait certes eu le temps de se préparer à ce deuil et avait pu dire tout ce qu'elle souhaitait à son mari bien-aimé avant qu'il ne quitte ce monde.

Lorsque les cloches des églises locales sonnèrent à toute volée pour célébrer le Nouvel An, Olivia se réjouit. Elle espérait que l'année qui commençait apporterait à Harry la sérénité et le bonheur dont il avait tant besoin.

Au début du mois de janvier, lorsque la première neige de l'hiver tomba sur Wharton Park, Harry sut qu'il devait contacter Lidia et lui annoncer qu'il ne reviendrait plus.

Alors que cette réalité n'existait que dans sa tête et que Lidia l'ignorait encore, continuant à lui envoyer des lettres d'amour, Harry s'était laissé aller à imaginer qu'il pourrait peut-être un jour la retrouver, être avec elle, parce que, dans ses moments les plus sombres, il ne pouvait pas faire autrement pour se calmer.

Pourtant, en lisant ses toutes dernières lettres, il avait senti une certaine anxiété ; elle lui disait qu'ils devraient discuter de beaucoup de choses à son retour et lui demandait, de manière un peu hésitante, quand il pensait venir la retrouver. Il remarqua également qu'elle n'utilisait plus le papier à en-tête de l'hôtel Oriental, et l'inquiétude commença à s'insinuer dans son esprit.

Incapable de lui dire la vérité, il lui expliqua dans une lettre que son père était mort et qu'il avait beaucoup d'affaires à régler avant de pouvoir partir la rejoindre.

Puis les lettres de Lidia cessèrent tout à coup.

Et Harry sut que quelque chose ne tournait pas rond.

Sur un coup de tête, il se rendit au bureau de poste de Cromer et envoya un télégramme à Mme Giselle à l'Oriental pour s'enquérir de sa santé, mais aussi de celle de Lidia.

Deux jours plus tard, il reçut une réponse.

HARRY STOP TOUT VA BIEN ICI STOP QUAND SEREZ-VOUS DE RETOUR STOP LIDIA EST PARTIE SUBITEMENT IL Y A DEUX MOIS STOP SANS LAISSER D'ADRESSE STOP AMITIÉS GISELLE

Harry se cramponna au comptoir pour ne pas tomber. Il avait le vertige, des nausées.

De retour à Wharton Park, il alla dans son bureau, ferma la porte et s'assit à sa table de travail. Il prit sa tête entre ses mains et respira bien fort plusieurs fois, tentant de se ressaisir.

Lidia avait peut-être obtenu une meilleure place ailleurs ?

Harry secoua la tête. Il savait que c'était impossible :

Lidia aimait son travail, elle était fière de son poste à l'hôtel et reconnaissante à Giselle de lui avoir offert une telle chance. De plus, elle lui aurait dit où elle était.

Était-elle malade ?

Le cœur d'Harry se mit à battre la chamade.

Était-elle *morte* ?

Il tapa du poing sur son bureau. Il devait partir à sa recherche, tenter de la retrouver où qu'elle fût. Et lui apporter son aide si elle en avait besoin.

Il se mit à faire les cent pas dans la pièce, tentant d'inventer une raison qui paraîtrait crédible à Olivia et qui lui laisserait au moins trois mois pour trouver Lidia, lui expliquer sa situation et lui dire adieu. Peut-être pouvait-il dire à Olivia que Sebastian et lui avaient parlé de projets commerciaux pendant qu'il était à Bangkok et qu'il souhaitait approfondir la question en vue de soutenir les finances du domaine.

Soulagé d'avoir trouvé un plan, Harry était sur le point de décrocher le téléphone pour appeler Sebastian à Bangkok lorsqu'il entendit qu'on frappait doucement à sa porte.

— Bon sang, marmonna-t-il dans sa barbe. Entrez, dit-il.

Olivia entra dans la pièce, un sourire nerveux aux lèvres.

— Harry, je peux te déranger cinq minutes ?

— Qu'est-ce qui se passe ?

Olivia ignora sa brusquerie, certaine que la nouvelle qu'elle avait à lui annoncer illuminerait au moins son visage d'un sourire. Elle s'assit en face de lui et réalisa que ses mains tremblaient.

— J'ai quelque chose à te dire… Ne t'inquiète pas, c'est une excellente nouvelle.

Harry la dévisagea.

— Bien. Je t'écoute.

— Je… Nous attendons un bébé ! Voilà, mon chéri. C'est exactement ce dont nous avions besoin après les années difficiles que nous venons de passer.

— Tu es sûre ? demanda Harry en fronçant les sourcils.

— Absolument, dit-elle en hochant la tête avec enthousiasme. Le docteur l'a confirmé hier. Je suis enceinte de trois mois. Le bébé devrait naître à la fin de juin.

Harry sut qu'il devait sortir de sa torpeur et mimer une réaction appropriée.

— Eh bien, c'est une excellente nouvelle.

Il fit le tour de son bureau, se pencha et embrassa Olivia sur la joue.

Elle leva la tête vers lui, les yeux remplis d'inquiétude.

— Tu es content, n'est-ce pas, chéri ?

— Bien sûr, Olivia.

— Et cette fois, je vais être beaucoup plus prudente, poursuivit-elle. Le docteur m'a conseillé de beaucoup me reposer à cause de ce qui s'est passé la dernière fois. Alors, je ne pourrai plus me permettre de courir partout. Bien sûr, l'inactivité va beaucoup me peser, mais c'est pour une bonne cause à long terme, tu ne crois pas ?

— Naturellement, approuva-t-il.

— J'ai bien peur que cela ne signifie encore plus de travail pour toi, mon chéri. Mais je suis certaine qu'une fois que nous aurons annoncé la nouvelle à ta mère, elle sera très contente de t'aider pour les tâches quotidiennes. Lorsqu'elle sera naturellement remise de cette horrible grippe qui l'a tellement fatiguée. Mais le printemps va bientôt arriver. Oh ! Harry, murmura Olivia, les yeux remplis de larmes. Notre bébé…

Embarrassée par cette émotion subite qu'elle n'arrivait pas à contenir, Olivia prit un mouchoir dans son gilet et se moucha le nez.

— Désolée. Je me suis laissé un peu submerger par mes sentiments. Mais je te promets que je ne vais pas me mettre à pleurer pour un oui ou pour un non à partir de maintenant et que je ne vais pas t'énerver davantage.

Harry réalisa soudain à quel point Olivia était forte. Au cours des derniers mois, il ne lui avait rien donné, il s'était contenté de lui faire l'amour de temps à autre, et encore de façon beaucoup trop violente.

Il l'avait traitée au mieux avec indifférence, au pire avec dédain. Et voilà qu'elle se confondait presque en excuses pour s'être réjouie d'attendre un enfant parce qu'elle s'inquiétait de sa réaction.

Ce fut une prise de conscience difficile. Effrayé par son égoïsme, qu'il identifiait à présent et pour lequel il se détestait, il se mit à genoux devant elle et prit ses mains dans les siennes.

— Chérie, je suis absolument ravi. Tu dois te reposer autant qu'il le faudra. Et tu le mérites vraiment !

Il la prit dans ses bras et la serra contre lui quelques secondes.

— Quand allons-nous l'annoncer à ma mère ?

— Je me suis dit que nous pourrions le faire au moment du déjeuner.

— Demande à Mme Jenks de cuisiner quelque chose de spécial. Nous allons nous faire plaisir pour fêter la nouvelle et le fait que tu es une fille si intelligente.

Olivia hocha la tête, rayonnante tant elle était heureuse de sa prévenance et remplie d'espoir pour l'avenir. C'était peut-être là un tournant de leur relation et l'événement qui pourrait enfin les rapprocher.

Olivia et Harry annoncèrent la nouvelle à Adrienne, encore un peu affaiblie par sa grippe. Elle réagit avec autant de joie qu'Olivia l'avait escompté. Après le déjeuner, Harry alla jusqu'aux écuries et parcourut à cheval son domaine, où les dernières traces de neige étaient en train de disparaître.

Il passa devant un petit bois, et Wharton Park apparut devant lui dans toute sa splendeur. Harry arrêta son cheval et regarda sa propriété. Et, pour la première fois, il ressentit une certaine fierté à l'idée que le domaine lui appartenait. C'était lui désormais le lord et le maître du domaine, et même sa mère devait se soumettre à sa volonté. Jusqu'à présent, il n'avait pas été si mauvais dans sa nouvelle fonction.

Il y avait désormais un héritier possible. Si c'était un fils, il pourrait reprendre le flambeau à sa mort.

Il y aurait peut-être même d'autres enfants. C'était une perspective réconfortante.

Lidia...

Harry posa sa joue contre le cou velouté de son cheval. Il était soudain désespéré. Si la vie avait été différente, si *seulement* elle avait été différente, il aurait passé le reste de ses jours avec elle.

Pourtant, la dure réalité se rappelait à lui partout où il posait son regard.

Il était né pour hériter de Wharton Park et le transmettre à son tour à son héritier. Et il n'avait aucun moyen d'échapper à ce destin.

La bouche sèche, la gorge serrée, il sentit de nouveau la douleur remonter à la surface, la douleur de devoir vivre sans elle.

— Mon Dieu, gémit-il.

Il fallait qu'il l'accepte, qu'il cesse de se punir et de punir les autres autour de lui, en particulier Olivia. Elle n'était pas responsable de ce qui lui était arrivé en Thaïlande, de sa passion pour une autre femme, et elle méritait qu'il la traite au moins avec courtoisie et compréhension.

Pourtant, il devait d'abord retrouver Lidia et redonner sa liberté à sa fleur exotique adorée, lui permettre de construire une nouvelle vie sans lui. Mais comment ? À présent qu'Olivia était enceinte et qu'elle avait de surcroît besoin de repos, Harry savait qu'il lui était impossible de la laisser, de quitter le domaine, au moins jusqu'à ce que le bébé soit né.

Il devait y avoir un autre moyen.

Quand Harry donna un petit coup de talon dans le flanc de son cheval pour le faire avancer, il avait une idée très précise de ce qu'il allait faire. Il retourna aux écuries, mit pied à terre et confia le cheval au palefrenier. Lorsqu'il arriva devant la porte de la serre, son plan était tout à fait clair dans sa tête. Bill était là, assis sur sa chaise, absorbé dans l'examen des racines d'une orchidée.

Il leva les yeux.

— Bonjour, Lord Crawford. Comment allez-vous ?

— Je vais bien, merci, Bill.

Harry n'était toujours pas habitué à ce qu'on l'appelle ainsi. Il avait toujours associé ce titre à son père.

— Pas de nouvelles aujourd'hui, je suis désolé.

— Non...

Harry s'approcha de Bill et le regarda pendant qu'il travaillait.

— Et je pense qu'il n'y en aura plus. On dirait qu'elle a disparu.

Bill posa sa pipette et regarda Harry.

— Qu'est-ce que vous entendez par là ?

— Elle a quitté l'hôtel, et personne ne sait où elle est partie. Je suis mort d'inquiétude.

— J'imagine, murmura Bill. Je suis désolé. Je peux faire quelque chose ?

Harry prit une profonde inspiration.

— En fait, Bill, il se trouve que oui...

À quatre heures et demie, Elsie monta un plateau avec une tasse de thé à l'étage et frappa à la porte de la chambre d'Olivia. Elle entra et trouva sa maîtresse encore endormie.

— Il est l'heure de se réveiller, Madame !

Olivia remua et ouvrit les yeux.

— Mon Dieu, il est déjà quatre heures passées ? dit-elle d'une voix endormie, puis son visage s'illumina d'un sourire. Ça doit être le soulagement de l'avoir dit à Harry.

Elsie posa le plateau à côté d'Olivia.

— De lui avoir dit quoi ?

Olivia se tourna vers Elsie, ses beaux yeux turquoise remplis de joie. Elle prit la main d'Elsie.

— Ma chère Elsie, maintenant que je l'ai dit à Harry et à sa mère, je peux vous le dire aussi. J'attends un enfant pour le mois de juin.

— Oh ! Madame ! C'est la meilleure nouvelle que j'aie entendue depuis des mois ! Ah ! c'est vraiment une bonne nouvelle !

— N'est-ce pas ? Et Harry semblait ravi lui aussi.

— J'imagine, dit Elsie en tentant de cacher les sentiments que lui inspirait le nouveau Lord Crawford.

Alors qu'elle servait le thé, une ombre de tristesse passa dans son regard.

— Vous avez de la chance, Madame, plus de chance que moi.

— Oh ! Elsie, il n'y a donc rien de nouveau ?

— Non. Et il n'y aura jamais rien. Nous étions mariés depuis un moment quand Bill est parti il y a quatre ans. Et ça fait quelque temps qu'il est rentré maintenant. Alors…, eh bien, il est allé voir les docteurs la semaine dernière. Et ils ne pensent pas qu'il puisse… Vous voyez ce que je veux dire, Madame, dit Elsie en rougissant. Les docteurs pensent que c'est dû aux oreillons. Bill les a eus à l'âge de douze ans. Alors, nous n'aurons jamais de bébé.

— Elsie, je suis vraiment désolée.

Olivia savait que sa femme de chambre avait toujours rêvé de fonder une grande famille.

— Vous pourriez peut-être adopter un enfant, suggéra-t-elle.

— Bill n'est pas très chaud à l'idée, et je ne sais pas si j'en ai envie, moi non plus, mais il est trop tôt pour en parler. Nous allons laisser les choses se tasser et nous verrons dans quelques mois.

— Bien sûr, approuva Olivia, c'est une sage décision.

— Mais je ne veux pas que vous pensiez à moi, Madame. Je ne veux surtout pas gâcher votre joie, dit Elsie en refoulant sa tristesse. Vous n'avez pas été épargnée, vraiment pas, et vous méritez ce bonheur.

— Merci, Elsie.

Olivia se redressa pendant qu'Elsie lui donnait une tasse de thé.

— Et n'oubliez pas. Il ne faut jamais abandonner l'espoir. La vie a parfois une drôle de façon de régler elle-même les problèmes qu'elle met en travers de notre chemin. Vous verrez, Elsie.

Olivia venait de se coucher ce soir-là quand Harry apparut, s'assit sur le lit à côté d'elle et prit ses mains dans les siennes.

C'est la deuxième fois aujourd'hui, pensa Olivia avec joie.

— Chérie, si tu n'es pas trop fatiguée, j'aimerais te parler de mon idée, commença Harry.

— Je suis tout à fait réveillée, chéri. Vas-y, je t'écoute, l'encouragea Olivia, ravie qu'il la consulte.

— Eh bien, tu sais que la propriété est dans une situation financière préoccupante en ce moment.

— Oui, je sais.

Olivia le regarda.

— Tu as trouvé un moyen de trouver des fonds supplémentaires ?

— Je pense, oui, dit Harry. Bien sûr, c'est un pari risqué, mais, pendant les quelques semaines que nous avons passées ensemble, mon père m'a appris à essayer de maximiser le potentiel à la fois du domaine et des personnes qui y travaillent. Et nous avons un employé, en particulier, qui semble avoir un talent rare.

— Et qui est-ce ?

— Bill Stafford, répondit-il avec un grand geste. Je ne sais pas si tu es allée dans la serre récemment, mais il a fait des choses extraordinaires. Il a croisé les orchidées pour créer ses propres hybrides, dont certains sont vraiment magnifiques. Je suis persuadé que, si nous aidions et encouragions Bill dans cette voie, nous pourrions bientôt commencer à vendre ces plantes !

— Je dois dire que c'est plutôt une bonne idée. D'autant plus que ça ne demanderait pas beaucoup d'investissement. Nous aurions besoin de deux ou trois serres en plus, c'est tout, approuva Olivia.

— Et, bien sûr, de spécimens inhabituels. La passion de Bill semble se porter sur les fleurs tropicales telles que les orchidées, et je lui ai suggéré de se concentrer là-dessus. Il affirme néanmoins qu'il a besoin d'en apprendre davantage…

Harry aborda le point crucial de son plan, espérant

qu'il aurait assez d'arguments pour convaincre Olivia :

— C'est pourquoi je lui ai proposé un voyage en Extrême-Orient le plus rapidement possible. Là-bas, il pourra apprendre comment se comportent les plantes dans leur milieu naturel et comment il pourra les faire pousser ici à Wharton Park. Et puis, il pourra naturellement rapporter tous les spécimens qu'il aura choisis pour se lancer.

Olivia fronça les sourcils.

— Cela m'étonnerait qu'il veuille entreprendre ce voyage, retourner en Orient avec tous les mauvais souvenirs qu'il a là-bas. Ne pourrions-nous pas l'inscrire à un cours d'horticulture ? Ils proposent peut-être des formations aux Jardins botaniques de Kew ?

— En fait, c'est Bill qui a suggéré cette idée. Il veut se spécialiser, devenir un expert, être le meilleur dans son domaine. Et je pense que nous devrions lui donner cette chance, insista Harry, conscient qu'il avait absolument besoin du soutien et de l'accord d'Olivia. Après tout, il m'a sauvé la vie.

— Eh bien, si tu penses que c'est ce qu'il y a de mieux à faire, envoie-le là-bas. Bill semble passer des heures dans la serre ces derniers temps. C'est son père qui s'occupe du potager surtout. Bien sûr, je ne pourrai plus aider Jack, ajouta-t-elle. Alors, peut-être devrions-nous remplacer Bill en engageant un homme à plein temps pour s'occuper du jardinage.

— Très bonne idée, approuva Harry. La seule pierre d'achoppement risque d'être Elsie. Bill pense qu'elle sera réticente à le laisser partir alors qu'il vient tout juste de rentrer à la maison.

— En effet, dit Olivia.

— C'est là que tu interviens, ma chérie. Je me suis dit que tu pourrais peut-être la persuader que c'est une vraie chance pour Bill et qu'elle devrait soutenir ses efforts.

— Je vais faire de mon mieux, Harry, mais elle ne va certainement pas être contente.

— Chérie, tu sais à quel point Elsie te vénère. Si tu lui parles, elle finira par entendre raison, j'en suis sûr, dit-il en lui souriant.

Olivia lui sourit à son tour, rougissant au son d'un tel compliment.

— Je vais voir ce que je peux faire. Qu'en est-il du voyage de Bill ?

— J'ai déjà contacté Sebastian, et il est ravi de s'en occuper pour nous.

— Eh bien, mon chéri, dit Olivia en souriant, on dirait que tu as déjà tout organisé.

Quand Elsie écouta Bill lui exposer son projet, elle ne put s'empêcher d'être furieuse.

— Quoi ? Tu veux encore me laisser toute seule ?

Bill avait juré à Harry qu'il ne parlerait pas de la véritable raison de son voyage à Bangkok.

— Je sais, chérie, mais je pense que je suis vraiment doué pour m'occuper de ces orchidées et j'aimerais en apprendre plus. M. Harry m'a dit que, si je parvenais à faire pousser des spécimens rares et à les vendre à l'avenir, il saurait se montrer reconnaissant. Et nous aurions bien besoin de quelques shillings en plus dans cette maison.

— Non, si c'est pour que tu repartes, se plaignit-elle en regardant la pendule sur le mur. Bon, il faut que j'aille travailler. Nous en reparlerons plus tard.

Bill attendit nerveusement le retour de sa femme. Elsie arriva à la maison en affichant un sourire résigné.

— C'est bon, gros bêta. Je vais te laisser partir. Madame a eu une discussion avec moi aujourd'hui et m'a expliqué à quel point c'est une opportunité intéressante pour toi.

— Oh ! Elsie, merci, ma chérie.

Bill l'attira contre lui et l'embrassa sur le front.

Elle lut dans les yeux de Bill à quel point il était enthousiaste à l'idée de partir et de réaliser son projet. Comme elle l'aimait de tout son cœur, elle le comprit.

— Tu ne pars pas plus de deux ou trois mois, sinon je risque de me chercher un gentil petit gars pour me tenir compagnie.

Bill la serra contre lui en songeant à quel point il avait de la chance d'avoir trouvé l'amour de sa vie pratiquement sur le pas de sa porte.

— Je te promets, ma chérie, que je serai de retour très vite.

45

Bangkok
1947

Bill était assis à l'arrière du *tuk-tuk*, une main posée sur l'accoudoir en bois, l'autre sur sa petite valise pour tenter de la maintenir en équilibre tandis que le tricycle filait à vive allure dans les rues encombrées de Bangkok. Lorsqu'ils tournèrent à l'angle de la rue pour s'engager dans un passage plus étroit, le *tuk-tuk* fit une embardée et manqua de justesse une femme qui portait deux paniers de riz en équilibre sur un long bâton en travers de ses épaules, comme si elle transportait une balance géante.

Bill ferma les yeux et pria pour que cet horrible voyage prenne bientôt fin et que l'hôtel Oriental apparaisse comme par magie. Il avait trop vite oublié la chaleur intense de l'Extrême-Orient. Il avait la gorge sèche et dégoulinait de sueur.

— Elsie, gémit-il, pourquoi ne t'ai-je pas écoutée ?

Dire qu'en cet instant, il aurait pu être en train de bricoler dans sa serre à Wharton Park, attendant avec impatience de prendre le thé avec une assiette de foie et de bacon, puis de sentir plus tard le corps chaud et souple d'Elsie blotti à côté de lui... Au lieu de cela, il se trouvait dans une serre à l'échelle d'un pays, avec une assiette de riz qu'il avait fini par détester à force d'en manger, et Dieu sait où il allait atterrir pour passer la nuit. Il se consola en pensant que sa place était déjà réservée pour le retour, prévu quinze jours plus tard. Deux semaines, ce n'était rien à côté des quatre ans qu'il avait passés à Changi.

— Je vous assure, monsieur Harry, que vous allez finir par me tuer, vraiment, marmonna Bill tandis que le *tuk-tuk* s'arrêtait le long d'un bâtiment miteux.

— *Long-lam Orienten, krup*, dit le chauffeur en pointant l'index, et Bill poussa un soupir de soulagement quand il vit le petit écriteau, au-dessus de l'entrée, confirmant qu'il était bien arrivé à destination.

Le sac de Bill lui fut arraché des mains par un porteur minuscule, qui le conduisit dans le hall clair et spacieux de l'hôtel, puis jusqu'à la réception. Une jeune Thaïlandaise plutôt jolie était assise derrière le comptoir. Bill savait que c'était là que Lidia travaillait et il pria pour que ce fût elle.

— Bonjour, mademoiselle. Euh..., j'aimerais louer une chambre ici pour les deux prochaines semaines.

— Certainement, monsieur. Il vous en coûtera cent vingt bahts par nuit, petit déjeuner non compris, répondit la jeune fille dans un anglais parfait.

— Très bien, dit Bill, qui ne savait pas vraiment ce que représentait cette somme en livres sterling, mais il n'avait aucune raison de s'inquiéter, car Harry avait veillé à ce qu'il n'ait aucun souci financier pendant son voyage.

— Pouvez-vous signer ici, monsieur ? Je vais demander à un porteur de vous conduire jusqu'à votre chambre. Elle a une très belle vue sur le fleuve, ajouta-t-elle en souriant.

— Merci.

Bill griffonna son nom à l'endroit qu'elle lui avait montré pendant que la jeune fille sortait une grosse clé d'un casier en bois derrière elle.

— Vous ne seriez pas Lidia, par hasard ?

— Non, désolée, monsieur. Elle est partie il y a quelques mois. Je la remplace. Je m'appelle Ankhana.

Elle lui tendit la clé.

— Savez-vous, mademoiselle, où travaille Lidia à présent ?

— Désolée, monsieur, elle est partie avant mon arrivée. Je ne l'ai jamais vue. Vous pouvez demander à Mme Giselle, la directrice de l'hôtel, mais elle n'est pas là pour le moment.

Ankhana agita une petite cloche, et le porteur minuscule apparut derrière Bill.

— Bon séjour, monsieur.

— Merci.

Bill suivit le porteur jusque dans sa chambre et, comme Harry avant lui, il fut enchanté par la vue sur le fleuve depuis la fenêtre.

Après une sieste et une toilette de chat au lavabo, Bill partit à la recherche du restaurant. Sous la véranda ombragée, il commanda une bière et un délicieux hamburger, un mets délicat qu'il avait découvert – grâce aux G.I. – à Singapour alors qu'il attendait d'embarquer sur le bateau vers l'Angleterre après avoir été libéré de Changi. Bill se dit qu'il pourrait s'habituer à être traité comme un gentleman en voyant le personnel de l'hôtel le servir avec empressement. Pourtant, il voulait par-dessus tout retrouver Lidia le plus vite possible et accomplir sa terrible mission en lui expliquant la situation. Ensuite, il pourrait consacrer son temps à chercher des orchidées et à choisir les espèces qu'il rapporterait en Angleterre.

— Deux semaines, monsieur Harry, c'est tout ce que je vous accorde, marmonna-t-il dans sa bière. Ensuite, je reprends le bateau pour retrouver mon Elsie.

Après le déjeuner, Bill retourna à la réception pour voir si la directrice de l'hôtel était dans son bureau.

— Commencez par Giselle, lui avait dit Harry. Elle sait tout et il se pourrait bien qu'elle ait reçu des nouvelles de Lidia entre-temps.

Giselle était bien dans son bureau et elle sortit pour saluer Bill.

— Je peux vous aider, monsieur ?

— Euh oui, m'dame. Je viens de la part de M. Harry Crawford.

— *Mon Dieu !* dit Giselle en haussant les sourcils. Notre pianiste britannique infidèle. Bon, vous feriez mieux de me suivre.

Elle souleva le plateau en bois du comptoir pour laisser passer Bill et le conduisit dans son bureau.

— Asseyez-vous, monsieur… ?

— Stafford, madame, Bill Stafford.

— Bon, dit Giselle tout en le regardant tandis qu'elle s'asseyait à son bureau. Je suppose que M. Crawford ne va pas renoncer à son héritage pour épouser notre réceptionniste et travailler comme musicien dans notre petit bar ?

— Non, madame.

— *Quelle surprise !* marmonna Giselle. Bien sûr, je m'en doutais. Pourtant, il paraissait vraiment déterminé quand il est parti. Je me suis dit que l'amour triompherait peut-être pour une fois, dit Giselle en souriant tristement. Mais, bien sûr, ce n'est pas possible.

— Il était, il *est*, amoureux, madame. Mais à présent, il sait qu'il lui est impossible de « décamper », pour ainsi dire, et de venir vivre ici. Son père est mort il y a peu, vous voyez, et il doit s'occuper du domaine et assumer toutes les responsabilités qui vont avec.

— Vous n'avez pas à m'expliquer, monsieur Stafford. Je comprends parfaitement. Et je présume que ce n'est pas à moi que vous êtes venu parler de ce revirement, mais plutôt à la femme à qui il avait fait la promesse de revenir, *non* ?

— Si, madame.

Bill se sentit rougir sous son regard pénétrant, comme si, bizarrement, il était responsable des actions d'Harry.

— Vous savez qu'elle ne travaille plus ici ?

— Oui, monsieur me l'a dit. Savez-vous où elle est ?

— Comme j'en ai informé M. Crawford dans mon télégramme, Lidia a tout simplement disparu un matin, il y a environ trois mois. Je ne l'ai pas revue depuis et je n'ai eu aucune nouvelle.

— Était-elle malade, madame ? Monsieur est dans tous ses états. Il est très inquiet.

— Je ne pense pas. Elle ne m'a pas paru malade la dernière fois que je l'ai vue. Même si je dois dire qu'elle dégageait une certaine tristesse...

Giselle secoua la tête.

— Je pense que nous en connaissons tous deux la raison. C'était une très belle fille ; intelligente, désireuse d'apprendre, et un vrai atout pour cet hôtel. J'ai vraiment été désolée de la perdre.

— Pourquoi est-elle partie à votre avis, madame ?

— Qui sait ? On peut toujours avoir une petite idée, mais...

Giselle soupira.

— Je suppose que c'était pour des raisons person-nelles. Ça ne lui ressemble pas de partir comme ça. Lidia a toujours été digne de confiance. Et je pense qu'elle était heureuse ici.

— Elle est peut-être allée dans sa famille ? suggéra Bill. Monsieur m'a dit qu'il leur avait rendu visite une fois avec Lidia. Ils habitent sur une île à une journée de train de Bangkok.

— Non, je sais avec certitude qu'elle n'est pas là-bas. Quand elle a disparu, j'étais inquiète, moi aussi. J'ai écrit à son oncle à Koh Chang pour lui demander si Lidia était avec eux. Il a répondu et m'a dit qu'ils ne l'avaient pas vue, mais qu'il écrirait à la mère de Lidia pour lui demander si tout allait bien. Malheureusement, dit Giselle en inclinant la tête, cet oncle ne semblait pas savoir que la mère de Lidia était partie vivre au Japon quelques mois auparavant. Lidia est restée pour continuer à travailler ici, mais, bien sûr, elle est peut-être partie rejoindre sa mère.

— Au Japon ?

Bill sentit le courage l'abandonner.

— En tant qu'ancien prisonnier de guerre, je ne pense pas que je pourrais supporter d'aller la chercher là-bas. Excusez-moi de parler ainsi, madame, mais…

— Bien sûr. De plus, c'est très, très loin d'ici, monsieur Stafford.

Giselle se pencha au-dessus de son bureau.

— Je ne sais pas exactement ce qui est arrivé à Lidia, mais, si mon intuition ne me trompe pas, elle ne s'est pas enfuie pour retrouver sa famille. Non, c'est même le dernier endroit où elle serait allée. À mon avis, elle est quelque part là-bas.

Giselle montra la fenêtre de la main.

— Quelque part au milieu de cette masse humaine qui fourmille dans la ville.

— Mon Dieu, dit Bill en baissant la tête, découragé par l'ampleur de la tâche qui lui semblait insurmontable. Par où dois-je commencer ? Avait-elle des amis ici, à l'hôtel, à qui elle aurait pu se confier ?

— Je ne pense pas. Lidia était une jeune fille très secrète, répondit Giselle. Si elle avait un… problème personnel, je doute qu'elle en ait fait part à qui que ce soit. Elle irait se cacher, comme un animal blessé.

Bill fixa ses mains calleuses, se sentant dépassé.

— Madame, je ne peux pas rentrer chez moi sans l'avoir retrouvée. J'ai promis à Monsieur que je le ferais. De plus…

— Oui, monsieur Stafford ?

Bill prit une profonde inspiration.

— Si je ne la retrouve pas et si je ne rassure pas Monsieur sur l'état de Mlle Lidia, il se pourrait qu'il décide de venir la chercher lui-même. Il l'aime tellement… Vous n'imaginez pas le supplice que vit cet homme parce qu'il sait qu'il doit faire son devoir. Je vous jure qu'il serait là s'il le pouvait. Et ensuite, entre vous et moi, madame, que deviendrions-nous à Wharton Park ? Ma femme Elsie et moi, ainsi que nos parents et cent cinquante autres personnes travaillons sur le domaine. C'est notre gagne-pain. Si Monsieur disparaissait, ce serait le chaos, c'est sûr et certain. Alors, vous voyez, madame, dit Bill en tentant de parler avec éloquence, je ne suis pas là uniquement pour lui, mais aussi pour moi et les miens, et tous ceux qui ont besoin de la présence de Monsieur à la maison.

— Oui, je comprends à quel point M. Crawford doit être déchiré entre son devoir et ses sentiments. N'oubliez pas, j'ai été le témoin de leur amour, et c'est une tragédie pour tous les deux qu'ils ne puissent pas vivre leur histoire. C'est la vie, monsieur Stafford, dit Giselle en soupirant. Je ferai tout mon possible pour vous aider.

Elle tapota son bureau du bout de son stylo tout en réfléchissant.

— Vous devriez peut-être vous rendre dans les hôpitaux, au cas où. J'ai une liste quelque part.

Elle ouvrit un tiroir dans son bureau et fouilla dedans.

— Je ne connais même pas son nom de famille.

— Je peux vous le donner. Tenez, dit Giselle en sortant une feuille de papier. Une liste de tous les hôpitaux de Bangkok. Nous l'avions fait taper pour les parents de prisonniers de guerre en Birmanie. Cette guerre a engendré tellement de souffrances. Et, comme vous le constatez vous-même, ça continue.

— Je sais, madame, approuva Bill. Elle m'a

changé, elle a changé ma vie pour de bon, c'est sûr. Elle a tout chamboulé.

— Oui, parce que, normalement, Harry et Lidia n'auraient jamais dû se rencontrer, mais voilà !

Giselle haussa les épaules et fit une moue.

— Regardez la pagaille que ce conflit a semée partout.

Elle écrivit quelque chose sur une autre feuille de papier qu'elle tendit à Bill.

— Le nom de famille de Lidia et un mot écrit en thaïlandais expliquant que vous la cherchez. Vous pourrez le faire voir à l'accueil des hôpitaux.

Bill blêmit à l'idée de faire le tour des hôpitaux. Il avait vu tellement de maladies et de souffrances à Changi qu'il ne pouvait plus en supporter la vue.

— Je dois avouer, madame, que je n'aimerais pas la retrouver dans l'un de ces établissements.

— Vous devez commencer quelque part, monsieur Stafford, et c'est sûrement préférable de les écarter en premier.

Giselle se leva, et Bill l'imita. Elle s'arrêta devant la porte et se tourna vers lui.

— M. Crawford a de la chance d'avoir un ami aussi loyal et fidèle qui a fait tout ce chemin pour l'aider.

— Je suis au service de M. Crawford, madame. Je dois faire ce qu'on me demande.

— Non, monsieur Stafford, M. Crawford vous a confié une mission qu'il ne pouvait donner qu'à un ami, quel que soit le rang que vous occupez sur sa propriété.

— Eh bien, il ne me reste qu'à espérer que je pourrai la remplir, dit Bill en soupirant.

— Vos recherches vont aboutir, dit Giselle en ouvrant la porte de son bureau. Si Lidia est encore en vie et si elle veut qu'on la retrouve, vous remplirez votre mission, monsieur Stafford.

46

Bill passa la soirée à aborder les membres du personnel qu'il croisait et à leur montrer le morceau de papier que Giselle lui avait donné, mais tous se contentèrent de secouer la tête, le regard vide. Le lendemain matin, il n'eut pas d'autre choix que de partir faire la tournée des hôpitaux de Bangkok.

Tandis que son *tuk-tuk* avançait à vive allure dans la chaleur étouffante et fétide de la ville surpeuplée, Bill se demanda comment il allait pouvoir retrouver la personne qui pourrait enfin apporter la tranquillité à Harry et à lui-même.

Les hôpitaux étaient étonnamment propres et calmes – ils n'avaient rien à voir avec la « morgue » de Changi, comme on avait surnommé l'hôpital du camp.

Pas de patients mourants qui gémissaient de douleur, avec des plaies incurables qui suppuraient, pas d'odeur nauséabonde d'excréments humains.

À la fin de la journée, Bill retourna à l'hôtel, épuisé et en sueur, mais pas plus avancé dans ses recherches.

— Alors, vous l'avez retrouvée ? demanda Giselle qui l'avait vu entrer dans le hall.

— Non, dit Bill en secouant la tête. J'en ai fait huit ; il en reste douze. Pour être honnête, madame, je ne sais pas si je suis soulagé ou déçu de ne pas l'avoir trouvée.

— Tenez, dit Giselle en lui tendant une enveloppe. C'est une photo de Lidia prise juste avant son départ. Vous pourrez la montrer dans les hôpitaux, ça vous aidera peut-être. On ne sait jamais.

Giselle donna une petite tape sur l'épaule de Bill.

— Espérons que vous aurez plus de chance demain.

Bill prit sa clé et monta dans sa chambre. Épuisé, il se laissa tomber sur le lit et ouvrit l'enveloppe pour regarder la photo.

Le visage en noir et blanc qui le regardait avait les mêmes traits délicats que les Thaïlandaises qu'il avait croisées à Bangkok. Pourtant, il y avait une lueur dans les yeux immenses de Lidia qui illuminait son visage tout entier et qui faisait qu'elle n'était pas seulement jolie, mais carrément belle. Bill toucha doucement la joue parfaite, se demandant si cette jeune fille était consciente de la pagaille qu'elle avait semée dans sa vie et dans celle d'autres personnes, à des milliers de kilomètres de là.

— Où êtes-vous, Lidia ? murmura-t-il en posant avec précaution la photo sur la table de nuit à côté du lit.

Après avoir pris une douche et s'être changé, Bill fut attiré par la musique qui venait d'une pièce près du hall, et il s'aventura jusqu'au Bamboo Bar. Il commanda une bière et écouta le trio interpréter des morceaux de jazz.

Ce n'était pas vraiment son genre de musique – il préférait Vera Lynn et encore plus la musique classique –, mais l'ambiance très animée lui remonta un peu le moral. Il tenta d'imaginer Harry en train de jouer au piano – souriant, insouciant et amoureux –, mais c'était difficile. Il ne pouvait s'empêcher de voir les traits tirés et sérieux d'un jeune homme qui portait le poids du monde sur ses épaules.

Une jeune Thaïlandaise lui demanda si elle pouvait s'asseoir à sa table, et il hocha la tête, sans prêter vraiment attention à elle tandis qu'elle commandait un Coca-Cola. Elle essaya d'engager la conversation avec lui dans un anglais hésitant et, pensant qu'elle attendait l'arrivée de son fiancé, Bill répondit à ses questions. Vingt minutes plus tard, quand la jeune fille s'approcha encore un peu plus de lui et qu'il sentit sa cuisse effleurer la sienne intentionnellement, il comprit tout à coup. Pris de panique, il fit de grands signes au garçon pour payer au plus vite et partir. Visiblement déçue, la fille lui lança un regard noir quand il sortit précipitamment du bar.

Une fois dans sa chambre et après avoir claqué la porte derrière lui, Bill se rendit compte qu'il respirait bruyamment. Même s'il n'avait rien fait, il frémit en pensant à Elsie. Comment aurait-elle réagi si elle l'avait vu avec cette femme ? Il n'y avait personne d'autre pour lui, il n'y avait eu qu'elle dans sa vie et il se sentait mal rien qu'à l'idée qu'il puisse la faire souffrir un jour. Il n'avait jamais été sensible au charme de ces Orientales. Il avait vu certains de ses compagnons, soldats comme lui, se précipiter dans les bordels de Singapour après leur libération, mais lui ne pensait qu'à sa femme qui l'attendait patiemment à la maison, avec ses grands yeux marron, son joli nez couvert de taches de rousseur et son corps bien blanc et potelé.

Bill se déshabilla et se glissa sous ses draps. Il se dit qu'Elsie et lui n'avaient peut-être pas l'argent ou l'aisance des membres de l'aristocratie pour qui ils travaillaient, mais ils possédaient quelque chose de plus précieux et de plus rare encore qu'une orchidée noire : l'amour qui les unissait et qui ne s'éteindrait jamais.

Il reprit ses recherches le lendemain matin. La journée s'annonçait aussi chaude et étouffante que la veille. L'humidité était si oppressante qu'elle semblait étreindre son cœur. C'était comme si l'air était complètement exempt d'oxygène. Chaque fois qu'il entrait dans un hôpital, il aspirait de grandes bouffées d'air frais sous les ventilateurs de plafond tandis que les femmes à l'accueil consultaient le registre des admissions pour voir si le nom de Lidia y figurait, puis regardaient la photo et finissaient par secouer la tête.

La quête de Bill le conduisit un peu plus loin dans la ville, et il laissa derrière lui l'architecture coloniale élégante autour de l'hôtel Oriental et le long du fleuve. Tout en allant d'hôpital en hôpital dans son *tuk-tuk*, Bill vit des temples aux couleurs vives, abritant des moines qui se levaient à l'aube et parcouraient des rues crasseuses à pied en tendant leurs bols vides pour que les habitants les remplissent de riz. Et puis il y avait les sans domicile : les infirmes avec leurs membres estropiés, les femmes avec leurs bébés assises dans les caniveaux et qui n'avaient pas d'autre choix que de mendier. Le désespoir se lisait sur leurs visages émaciés. Bill n'avait encore jamais vu une telle pauvreté et il se dit que, même si ces gens étaient théoriquement libres d'aller là où ils le souhaitaient, leurs vies ne valaient guère mieux que ce qu'il avait connu à Changi.

Plus Bill s'enfonçait dans la ville, plus le confort et la sécurité relative de sa vie à Wharton Park lui manquaient. Il réalisa soudain à quel point il avait de la chance.

À la fin de la journée, Bill s'était rendu dans tous les hôpitaux de la ville en vain. Il n'avait pas obtenu la moindre information. Il retourna à l'hôtel, las et démoralisé, se demandant où il pourrait désormais chercher Lidia. Alors qu'il récupérait sa clé à la réception, Giselle le vit à travers la fenêtre de son bureau et vint lui parler.

— Je vois à l'expression de votre visage que vous ne l'avez pas trouvée.

— Non, dit Bill en soupirant. Et je ne sais pas où chercher maintenant. Vous avez une idée ?

— Eh bien, je me disais que vous pourriez essayer le quartier où vivait Lidia avant que sa famille ne parte pour le Japon et qu'elle ne s'installe à l'hôtel. Elle y est peut-être retournée.

— Je pense que ça vaut la peine d'essayer en effet, répondit-il mollement.

— Je pourrais vous donner son ancienne adresse

et vous pourriez montrer sa photo aux voisins, aux vendeurs de rue. Peut-être quelqu'un l'a-t-il vue là-bas...

Giselle s'interrompit. Il savait tous deux à quel point cet espoir était mince.

Bill gratta sa tête douloureuse.

— Ce que je ne comprends pas, c'est pourquoi elle n'a pas laissé un mot ici à Monsieur pour lui dire où elle était. Elle attendait son retour, après tout. Elle voulait donc qu'il la retrouve, non ?

— Nous ne pouvons pas savoir pourquoi elle a agi ainsi, monsieur Stafford, répondit Giselle, désolée pour ce jeune homme, loyal et bon, qui, malgré son manque de culture et d'éducation, lui plaisait chaque jour un peu plus.

— Eh bien, merci pour votre aide, madame. J'essaierai cette adresse demain. Mon bateau part dans dix jours et, même pour M. Harry, je ne resterai pas plus longtemps. Sinon, je n'aurai peut-être plus de femme en rentrant, ajouta-t-il.

— Vous faites déjà de votre mieux, monsieur Stafford. On ne peut pas vous en demander plus.

Elle esquissa un sourire, puis retourna dans son bureau.

Bill se fit déposer par le *tuk-tuk* à l'adresse que Giselle lui avait donnée. Après un trajet de vingt minutes, il se retrouva donc en plein cœur de la ville, dans une rue sombre et étroite bordée de grandes baraques en bois, appuyées bizarrement les unes contre les autres, et qui semblaient prêtes à s'effondrer à la moindre rafale. L'odeur de nourriture qui pourrissait dans les caniveaux était saisissante, et Bill sentit son estomac se nouer lorsqu'il arriva devant le bâtiment où Lidia avait apparemment vécu autrefois.

Il frappa à la porte, et une vieille femme au sourire édenté vint lui ouvrir. Sachant qu'il était inutile d'essayer de communiquer avec ces gens, Bill lui montra la photo.

Elle hocha la tête et montra l'étage.

— Elle est ici ?

Le cœur de Bill se mit à battre un peu plus vite. La femme commença à parler en thaïlandais. Elle parlait très vite tout en secouant la tête et en gesticulant. Bill posa le pied sur le pas de la porte.

— Lidia ? En haut ?

— *Mai, mai, mai !*

Bill savait au moins que ça voulait dire non.

— Où est-elle ? Lidia ? demanda-t-il à grand renfort de gestes lui aussi.

Soudain, la porte claqua devant lui, manquant d'amputer ses orteils.

Bill cogna plusieurs fois contre la porte, en vain. Il se mit à arpenter la rue, frappant aux portes des deux côtés, sans plus de résultats.

C'était sans espoir. Il serait contraint de retourner chez lui et de dire à son maître qu'il ne l'avait pas retrouvée. Pour être tout à fait honnête, il savait dès le départ que sa mission était vouée à l'échec. Une fille disparue, juste après la guerre, dans une ville surpeuplée comme Bangkok... Un Occidental, considéré avec méfiance par les habitants de la ville, et incapable de communiquer avec eux... Il ne devait pas se sentir coupable. Il avait fait de son mieux pour Harry, mais il n'avait pas d'autre endroit où chercher, tout simplement. Il passerait le temps qui lui restait à acheter les espèces d'orchidées qu'il voulait rapporter à la maison et partirait pour l'Angleterre à la date convenue.

Bill avança doucement dans la ruelle, à la recherche du conducteur de *tuk-tuk* qui semblait avoir disparu. Lorsqu'il tourna au coin de la rue, il tomba sur un grand marché animé. Il s'acheta un bol de nouilles, puis erra sans but au milieu des étals. C'est alors que son regard fut attiré par un stand rempli de magnifiques orchidées aux couleurs vives et à l'odeur délicate. Il s'arrêta devant pour regarder les plantes qu'il n'avait jamais vues pour la plupart.

— Je peux aider ? dit une voix derrière le feuillage.

Bill lorgna à travers la rangée de *Dendrobium* et vit un homme minuscule accroupi par terre.

— Vous parlez anglais ? demanda Bill, surpris.

— Un pou anglais, oui.

L'homme se leva et apparut derrière ses fleurs. Il arrivait tout juste à la poitrine de Bill.

— Je peux aider, monsieur ? J'ai beaucoup orchidées rares, ici. Ma famille et moi, apporter les fleurs de notre pépinière à Chiangmai. Nous célèbres, dit-il avec fierté. Nous fournisseurs du palais royal.

— Je vois que ces plantes sont inhabituelles.

Bill en montra une en particulier, une superbe orchidée orange dont les pétales étroits et délicats étaient couverts de veines plus sombres et entouraient une longue crête blanche longitudinale. Il posa son bol de nouilles et la photo sur la table à tréteaux, et prit la plante pour l'observer de plus près.

— Qu'est-ce que c'est ?

— Ça, monsieur, c'est *Dendrobium unicum.* C'est rare et cher, dit l'homme en souriant. Elle aime lumière et temps sec.

— Et ça ?

Bill prit une plante avec des pétales lilas particulièrement fins. Il regrettait de ne pas avoir pris un papier et un stylo pour noter les noms et les caractéristiques de ces plantes. Cet homme semblait savoir de quoi il parlait.

— Ça, monsieur, *Aeridis odoratum.* Pousse sur sol en forêt. Aime ombre.

— Et ça ?

Pendant les vingt minutes qui suivirent, Bill oublia complètement Lidia, et pénétra dans un monde qu'il comprenait et aimait. Il avait très envie d'acheter tout le stand et de faire expédier les plantes en Angleterre pour les cultiver dans sa serre. Il pourrait ensuite passer les prochains mois à étudier chaque spécimen, à tester la température, la lumière et l'hygrométrie qui leur convenaient, et voir s'il pouvait faire des boutures. Peut-être pourrait-il même croiser les différentes orchidées et créer un hybride ?

— Vous êtes là demain ?

Bill se demanda comment il pourrait transporter toutes ces plantes et où il pourrait les entreposer en attendant son départ.

— Tous les jours, monsieur.

— Je voudrais expédier ces orchidées en Angleterre, vous voyez.

— Oui, monsieur. J'organise tout. Nous pouvons envoyer des caisses sur le quai du bateau.

— Et je veux être présent quand vous conditionnerez et chargerez, dit Bill avec fermeté.

Il n'avait aucune envie d'embarquer sur le bateau et de découvrir après coup qu'on lui avait vendu cinq caisses de marguerites.

— Je reviendrai demain pour choisir les plantes et vous donner les informations nécessaires.

— D'accord, monsieur, à demain.

— Oui, merci.

Encore tout à ses orchidées, Bill se tourna pour partir.

— Monsieur, monsieur, vous oubliez photo.

L'homme agitait la photo vers lui.

— Oh ! oui, merci.

Il tendit la main pour la récupérer, mais vit que l'homme était en train d'étudier le visage sur la photo.

Le vendeur leva les yeux vers Bill et sourit.

— Elle très belle. Je connais elle.

Bill sentit sa gorge se serrer.

— Vous la connaissez ?

— Oui, c'est Lidia. Bonne cliente de moi. Elle vit par ici.

L'homme montra la rue d'où Bill était arrivé.

— Mais je pas vu maintenant. Peut-être elle partie.

Bill tenta de garder son calme et de parler doucement pour bien se faire comprendre.

— Avez-vous le moyen de savoir où elle est partie ?

— Oui, facile. Ma cousine est son amie depuis longtemps. Je demande elle.

— Oui, s'il vous plaît. Le plus vite possible. Il est très important que je la trouve.

— Pourquoi ? demanda l'homme en fronçant les sourcils. Elle a des problèmes ? Je veux pas problèmes.

— Non, rien de tel.

Bill savait qu'il était inutile de tout lui expliquer.

— Demandez à votre cousine de lui dire qu'Harry est ici et cherche Lidia. Elle comprendra.

L'homme réfléchit quelques instants.

— D'accord. Mais je dois voir ma cousine et prendre temps pour trouver elle.

Bill sortit un billet de sa poche et le lui tendit.

— Je reviendrai demain et je vous donnerai un autre billet si vous avez des nouvelles pour moi.

L'homme sourit.

— D'accord, monsieur. Je fais mon mieux.

— Merci.

Bill partit, osant à peine espérer que cette rencontre fortuite lui permettrait d'accéder à la personne qu'il devait retrouver à tout prix.

47

— J'ai trouvé elle, monsieur, dit le fleuriste d'un ton grave le lendemain matin.

— Où est-elle ?

Il y eut un long silence durant lequel l'homme fixa ses orteils crasseux. Aussitôt, Bill sortit deux autres billets de sa poche et les lui tendit.

— Je vous emmène maintenant.

L'homme siffla et fit signe au garçon de l'étal d'à côté de surveiller le sien, puis il fit comprendre à Bill qu'il devait le suivre.

— Mme Lidia déménagé maintenant, expliqua l'homme tout en conduisant Bill à travers un dédale de rues crasseuses. Sa vie... pas bonne. Ma cousine dit elle très, très malade. Elle peut pas travailler pour payer logement.

— Qu'est-ce qui lui est arrivé ? demanda Bill, son cœur battant la chamade.

Il redoutait ce qu'il allait trouver.

— Je pensais que vous savoir, monsieur, dit l'homme d'un air sombre. Mais quand je suis allé voir elle et j'ai dit Harry est là, elle très, très contente. Elle a dit venez. Vous aidez elle, monsieur ? Je crois qu'elle va mourir.

Le fleuriste s'arrêta devant une baraque dont la porte en bois était à moitié pourrie et qui avait été réparée avec des planches. Quand il s'avança pour entrer, il faillit s'entraver dans un mendiant unijambiste assis devant la porte. Il serra les mâchoires en reconnaissant l'odeur familière de la crasse et de la maladie qui emplissait la pièce où régnait une chaleur suffocante. L'homme le conduisit dans un escalier étroit et grinçant, et frappa à une porte. Bill entendit un murmure. L'homme parla en thaïlandais à travers la porte, et un nouveau murmure parvint jusqu'à eux.

567

— Bon, monsieur Harry. Je pars. Elle très malade. Moi pas vouloir entrer. Revenez quand vous voulez expédier fleurs.

Bill n'eut pas le temps de répondre que l'homme descendait déjà les marches en courant. Il prit une profonde inspiration, tourna la poignée et entra. La pièce était quasiment plongée dans l'obscurité. Seuls de petits rais de lumière s'infiltraient par les fentes entre les lattes irrégulières des volets. La chaleur qui y régnait était insoutenable.

— Harry ?

Une voix faible provenant de l'un des coins de la pièce attira l'attention de Bill, dont les yeux s'habituaient doucement à l'obscurité. Il y avait un matelas sur le sol et une petite forme allongée dessus.

— Harry, c'est toi ou je rêve ?

Bill sentit une boule se former dans sa gorge. Il fit un pas en direction du matelas, ne voulant pas effrayer la malade avec une voix inconnue tant qu'il ne lui aurait pas fait comprendre qu'elle ne craignait rien.

— Harry ?

Bill fit encore un pas, puis un autre, jusqu'à ce qu'il pût la distinguer plus clairement sur le matelas à ses pieds. La jeune fille avait les yeux fermés, la tête tournée vers Bill sur le drap blanc. Bill se pencha et observa les traits parfaits et désormais familiers de son visage. Il sut alors avec certitude qu'il avait retrouvé la Lidia d'Harry.

— Harry, mon amour, murmura-t-elle. Je savais que tu reviendrais…, que tu reviendrais pour moi…

Bill savait qu'il ne devait pas parler, qu'il ne devait

pas rompre le charme. Le cœur gros, il s'assit à côté d'elle et toucha son front. Il était bouillant.

— Harry, dit-elle en soupirant. J'en ai rêvé... Dieu merci... Dieu merci, tu es là... Je t'aime, Harry, je t'aime...

Bill caressa doucement son front, sachant qu'elle n'était qu'à demi consciente, et son cœur se serra un peu plus.

— Tiens-moi... Je suis tellement malade, j'ai peur. S'il te plaît, tiens-moi.

Les larmes aux yeux, Bill prit son corps minuscule et sans force dans ses bras, et la serra contre lui, sentant la chaleur anormale de l'infection sur la peau moite de Lidia.

Elle laissa échapper un petit soupir.

— Tu es là, Harry. Tu es vraiment là... Maintenant, ça va aller.

Bill ignorait combien de temps il avait tenu Lidia contre lui. Il crut qu'elle dormait, mais de temps à autre elle sursautait sans doute à cause d'un rêve ou de la fièvre qui la consumait petit à petit et qui risquait de l'emporter. Il avait vu de tels cas à Changi et savait comment ça se terminait en général.

Peut-être dormit-il lui aussi, drogué par la chaleur qui régnait dans la pièce, sentant instinctivement que, tant qu'il tiendrait cette pauvre fille brisée dans ses bras, elle resterait en vie. Enfin, incapable de rester accroupi plus longtemps, Bill la reposa délicatement sur le matelas. Il se leva, les membres engourdis, et se tourna pour voir s'il y avait de l'eau quelque part pour passer un linge humide sur le front de Lidia et essayer de la rafraîchir.

C'est alors qu'il entendit le bruit. Il venait de

l'autre bout du matelas, derrière Lidia qui était désormais parfaitement immobile.

Puis, le drap bougea dans la pénombre, et Bill sursauta.

Il contourna le matelas et vit le drap bouger de nouveau. Un autre bruit lui parvint. Il s'accroupit, le cœur battant à tout rompre, et repoussa doucement le drap.

Deux yeux brillants et dorés le regardaient. Ils se plissèrent, et la petite bouche parfaite se tordit en une moue de mécontentement. Le silence fut immédiatement rompu par les cris indignés d'un nouveauné qui réclamait son lait.

— J'avais naturellement deviné la raison pour laquelle Lidia était partie se cacher, dit Giselle en soupirant.

Bill était assis dans son bureau et tenait le bébé, désormais rassasié, dans ses bras.

— Elle a toujours été très mince, mais j'ai remarqué qu'elle s'était un peu étoffée les derniers temps. En Thaïlande, il n'y a pire déshonneur que d'attendre un bébé sans être mariée. Mais je savais aussi que je ne pouvais pas lui poser de questions tant qu'elle ne m'en parlerait pas.

— Heureusement que je l'ai trouvée, madame. Elle était au plus mal, à peine consciente.

Bill prit une longue gorgée du cognac que Giselle lui avait servi lorsqu'il était revenu à l'hôtel. Il réalisa que le verre tremblait dans ses mains. Il avait vu beaucoup d'horreurs pendant la guerre, mais il savait que les heures qu'il venait de vivre le hanteraient pendant très longtemps encore.

Tout juste remis du choc d'avoir trouvé le bébé, Bill avait été tiré de sa demi-torpeur par ses hurlements constants. Il avait pris la minuscule créature dans ses bras et était sorti de la maison en toute hâte, courant jusqu'au marché. Le fleuriste avait été réticent d'abord, mais, à la vue des billets que Bill lui tendait, il était allé chercher le vieux camion qu'il utilisait pour transporter ses orchidées de l'entrepôt au marché. Et c'est dans ce véhicule que Lidia avait été emmenée à l'hôpital où l'équipe soignante s'était occupée d'elle en urgence.

— C'est un miracle que vous l'ayez trouvée à cet instant, dit Giselle en le regardant avec inquiétude. Comment allait-elle quand vous avez quitté l'hôpital ?

— Elle était inconsciente…, très malade. Je ne sais pas ce qu'elle a. Je n'ai pas compris ce que les docteurs disaient. Elle était sous perfusion et sous assistance respiratoire quand je suis parti, expliqua Bill. Et, madame, quand je l'ai soulevée du matelas pour la porter jusqu'au camion, il y avait du sang partout…

Bill marqua une pause.

— Elle baignait dedans… Je veux dire… de là où le bébé était sorti. Je ne sais pas si elle va survivre, vraiment pas.

Bill reprit son souffle. Il avait la gorge serrée.

— Au moins, les médecins et les infirmières s'occupent d'elle à présent. Elle n'est plus seule dans cette pièce étouffante.

— Savent-ils quel âge le bébé peut avoir ? Il m'a l'air plutôt petit.

571

Giselle observa le bout de chou qui dormait dans les bras de Bill.

— Son cordon ombilical n'est pas encore tombé. Je dirais donc qu'elle n'a que quelques jours. Les docteurs l'ont examinée avant de me la donner. Je pense qu'ils croyaient que j'étais son… papa.

Bill rougit et regarda le nourrisson.

— Je ne connais pas grand-chose aux bébés. Je suis plus habitué aux veaux de la ferme, mais ce petit bout m'a l'air en bonne santé. Elle a certainement faim et ne va pas tarder à réclamer son repas.

— Et elle est magnifique, dit Giselle en la regardant avec attendrissement. Vraiment magnifique.

— Oui.

Bill observa le bébé, les yeux embués de larmes.

— Mais dites-moi, madame, qu'est-ce que je fais maintenant ? Qu'est-ce que je fais avec elle ?

— Monsieur Stafford, je ne sais vraiment pas quoi vous dire. Pour le moment, et tant que Lidia est malade, vous devez peut-être vous occuper du bébé. Une fois qu'elle sera rétablie, on pourra prendre une décision.

— Excusez-moi, mais je ne connais rien aux bébés. Qu'est-ce que je fais… quand elle se salit ? Ils l'ont changée à l'hôpital, mais je sens qu'elle… n'est pas propre, dit Bill en plissant le nez.

— Je suis sûre que nous pourrons trouver des couches en tissu et du lait. Elle peut dormir avec vous dans votre chambre. Nous avons un berceau en osier quelque part dans la réserve…

— Et si Lidia ne se remettait pas, madame ? Qu'est-ce que je vais faire ?

Bill sentait que le choc était en train de lui faire

perdre son sang-froid. Il était apeuré, paniqué et ne se sentait pas du tout prêt à s'occuper d'un nouveau-né.

Giselle soupira.

— Vraiment, monsieur Stafford, ce n'est pas à moi de prendre de telles décisions. Il faudrait peut-être avertir Lord Crawford ?

— Non, madame, c'est impossible. Nous nous sommes mis d'accord pour ne pas entrer en contact, au cas où mes lettres ou mes télégrammes seraient interceptés. Si Madame apprenait ça…

Bill baissa les yeux et regarda le bébé.

— Ils en attendent un pour bientôt.

— Je vois que M. Crawford n'a pas chômé ! dit Giselle en haussant les sourcils. *Alors*, il ne vous reste plus qu'à réparer le gâchis qu'il a causé.

— Je ne serais pas aussi sévère que vous, répondit Bill sur la défensive. Il n'a pas pu s'empêcher de tomber amoureux. Et il est clair que Lidia l'aime encore.

Bill hésita, un peu bouleversé.

— Elle a pensé que j'étais Harry, que j'étais revenu pour elle, comme Monsieur l'avait promis. Je me suis senti vraiment coupable de ne pas lui dire la vérité tout de suite, mais je ne voulais pas lui faire encore plus de mal. Elle était tellement malade ! Oh mon Dieu ! dit-il, la gorge serrée. Quel gâchis, quel horrible gâchis !

Bill vida son verre de cognac, et tous deux restèrent silencieux quelques instants, perdus dans leurs pensées.

— C'est tellement triste, dit enfin Giselle en soupirant. Cette petite est encore une victime du chaos et de la douleur que cette guerre a laissés derrière elle. Mais, monsieur Stafford, vous devez vous montrer pragmatique. Si Lidia ne se remet pas, il y a des orphelinats qui prennent en charge ces enfants.

Bill frémit.

— Espérons qu'elle va se remettre. Remarquez qu'ensuite je devrai lui expliquer qu'elle ne reverra plus jamais Monsieur, qu'il est déjà marié et qu'il va bientôt être le père d'un enfant en Angleterre.

— Je ne vous envie pas, monsieur Stafford. Mais je suis certaine que vous saurez trouver les bons mots. S'il vous plaît, transmettez mes amitiés à Lidia quand vous la verrez. Et à présent, je vais m'occuper de vous trouver du lait pour le biberon, des couches et un berceau.

— Merci.

Bill se leva, le bébé dans les bras, épuisé par la journée traumatisante qu'il venait de passer.

— Je vous suis très reconnaissant pour votre aide, madame.

Giselle le suivit jusqu'à la porte.

— Mon cher monsieur Stafford, nous devons tous faire le peu que nous pouvons.

Les jours suivants, Bill n'eut pas d'autre choix que d'apprendre rapidement à s'occuper du bébé de Lidia. Laor, la femme de chambre thaïlandaise joviale et compétente, qui nettoyait sa chambre tous les jours, lui fut d'une aide précieuse. Elle lui montra comment nourrir le bébé, comment lui faire faire son rot et aussi comment le changer. Elle ne pouvait s'empêcher de rire chaque fois qu'elle voyait Bill se débattre avec l'épingle des couches.

Il ne tarda pas à comprendre le langage corporel du bébé, à saisir son rythme. Il savait à présent que la petite fille pleurait quand elle était mouillée ou affamée ou quand elle avait quelque chose que Giselle appelait des coliques – souvent à cinq heures du matin. Il faisait de son mieux pour soulager ses douleurs, en tapotant son dos jusqu'à ce qu'elle fasse son rot. Et quand, enfin, il sentait son petit corps se relâcher et sa tête tomber sur son épaule, il était heureux d'avoir réussi à l'apaiser. Puis, il retournait dans son lit, épuisé, et ne se réveillait que lorsque le bébé pleurait pour le prochain biberon vers huit heures environ.

Tous les matins, il se rendait à l'hôpital pour voir Lidia et prenait le bébé avec lui. Elle était toujours inconsciente, toujours en proie à une fièvre intense. Les infirmières le regardaient avec compassion quand il changeait le bébé sur une natte à côté du lit. Giselle avait demandé à son directeur adjoint thaïlandais de téléphoner à l'hôpital et de parler à un médecin : Bill apprit que Lidia avait eu une grave hémorragie après avoir mis au monde son bébé. Le docteur dit qu'il ne savait pas si elle allait survivre. Lidia saignait encore, et l'infection avait gagné l'utérus. On lui donnait des médicaments très puissants pour tenter d'enrayer cette infection, mais, jusqu'à présent, son corps ne réagissait pas.

Bill s'asseyait à côté d'elle, prenant de temps à autre le linge dans le bol rempli d'eau sur son chevet pour rafraîchir son front brûlant, mais ce geste lui paraissait tellement vain ! Parfois, elle remuait, ouvrait les yeux pendant quelques secondes, puis les refermait. Il savait qu'elle n'avait pas conscience de sa présence, ni de celle du bébé.

Bill commençait à désespérer. Son bateau pour l'Angleterre partait dans trois jours, et il ne savait pas ce qu'il ferait si elle ne revenait pas à elle avant son départ. Il savait, en revanche, qu'elle ne serait certainement pas suffisamment remise pour s'occuper de l'enfant dans l'immédiat.

Laor avait montré à Bill comment installer le bébé dans une écharpe à la thaïlandaise. Ainsi, Bill pouvait passer tous les après-midi avec Priyathep, le fleuriste, sans avoir à laisser le bébé. Ensemble, ils allaient au plus grand marché aux fleurs de Bangkok, et Bill choisissait les plantes qu'il voulait rapporter en Angleterre.

Tandis qu'ils parcouraient les rues chaudes et peuplées de Bangkok, Priyathep apprenait à Bill comment s'occuper des orchidées et comment les cultiver. Bill savait que les connaissances de son nouvel ami lui seraient d'une aide précieuse.

La famille de Priyathep cultivait des orchidées dans sa pépinière de Chiangmai depuis trois générations. C'est dans les jungles recouvrant les montagnes qui entouraient le village qu'ils trouvaient les différentes espèces. Priyathep avait promis à Bill d'envoyer à Wharton Park tous les nouveaux spécimens qu'ils découvriraient à l'avenir.

Pendant ces expéditions, le bébé dormait paisiblement contre la poitrine de Bill, ne pleurant que quand il avait faim ou quand sa couche était mouillée. Bill se sentait ridicule et emprunté au départ, mais il fut surpris par la sensation de calme que lui procurait la chaleur de ce petit corps contre le sien.

— C'est beau bébé, dit Priyathep, un jour. Pas de problème. Vous bon père.

Bill avait ressenti une grande fierté.

— Tu es adorable et vraiment magnifique, ma chérie, murmura Bill tandis qu'il la changeait une nuit avec des mouvements assurés et experts.

Elle le fixa de ses yeux ambre, et il y avait une telle confiance dans ce regard que Bill en eut le cœur brisé. Il la prit dans ses bras et embrassa le haut de sa tête recouvert d'un duvet sombre. Il la berça doucement et elle se blottit contre son épaule.

— Qu'est-ce que je vais faire de toi, mon petit bout de chou ? dit-il en laissant échapper un soupir de désespoir.

Il la recoucha dans son berceau. Elle le regarda et, peut-être était-ce là le fruit de son imagination, mais il crut la voir sourire avant qu'elle ne porte son petit poing à sa bouche et qu'elle ne se mette à le sucer pour se rassurer avant de s'endormir.

Deux jours avant le départ de Bill, Lidia n'avait toujours pas repris connaissance, et il se dit qu'il devait absolument trouver une solution.

— Vous ne connaîtriez pas une gentille famille qui pourrait s'occuper d'elle, ici, à Bangkok ? demanda-t-il à Priyathep tout en l'aidant à mettre les orchidées dans les caisses pour le transport, une tâche hautement délicate.

— Non. Les gens ici, trop de bébés. Pas assez d'argent ou de nourriture. Quand maman meurt, le bébé va dans maison pour orphelins, dit Priyathep.

Bill soupira.

— Vous savez où il y a un orphelinat ici ?

— Oui, mais c'est pas un bel endroit, monsieur Bill. Trop de bébés, peut-être quatre dans un seul lit. Ça sent mauvais, aussi, dit Priyathep en plissant le nez. Bébés tombent malades et meurent. Pas bon.

Il regarda le bébé qui dormait dans une caisse peu profonde sur une couverture pendant que Bill travaillait.

— Pas d'avenir pour elle ici, si maman meurt.

Après une nuit sans sommeil, Bill se rendit à l'hôpital comme d'habitude et trouva une infirmière souriante auprès de Lidia. Elle le montra et dit quelque chose en thaïlandais. Bill vit que Lidia avait les yeux grands ouverts. Ils paraissaient immenses dans son visage émacié et gris. Son sang ne fit qu'un tour. Il ne s'attendait pas à ce qu'elle ait repris connaissance et n'était pas préparé. Lidia le fixa, et il lut immédiatement la peur dans son regard.

— Qui êtes-vous ? demanda-t-elle d'une voix rauque et faible. Où est Harry ? Ai-je rêvé de sa présence ? Pourquoi avez-vous mon bébé ? Donnez-le-moi !

Elle tendit les bras vers le nourrisson blotti contre la poitrine de Bill dans son écharpe.

L'infirmière se retourna et réconforta Lidia en

thaïlandais, puis aida Bill à enlever le bébé de l'écharpe et le posa dans le creux du bras de Lidia.

Lidia assaillit l'infirmière de questions, et la femme répondit pendant que Bill écoutait sans comprendre, impuissant. Il sut que le moment était venu de remplir sa mission. Il aurait préféré passer un an de plus à Changi plutôt que d'avoir à affronter la réaction de Lidia.

Une fois que l'infirmière fut partie, Lidia se tourna vers Bill, les yeux brillants de colère.

— Pourquoi avez-vous dit à l'infirmière que vous êtes le père du bébé ? Vous ne l'êtes pas. Qui êtes-vous ? Dites-moi !

— Je vous jure que je n'ai pas dit ça, mademoiselle Lidia. Je ne parle pas thaïlandais. Je pense qu'ils ont juste cru que j'étais le père parce que c'est moi qui vous ai emmenée ici. Je suis Bill Stafford, l'ami de M. Harry. Il m'a envoyé à Bangkok pour vous retrouver.

— Harry ? Il n'est... pas là ?

La colère et la peur disparurent tout à coup des yeux de Lidia. Ils se remplirent de larmes.

— Mais je l'ai vu, il est venu vers moi... Il m'a tenue... Je...

— Lidia, c'est moi qui suis venu dans votre chambre. Harry n'est pas là. Il est en Angleterre. Je suis désolé, vraiment, mais c'est la vérité.

— Non, non, je l'ai vu... Je me suis battue pour rester en vie... C'était pour lui... Il est revenu pour nous, gémit-elle en fermant les yeux pendant que des larmes s'échappaient de ses paupières et coulaient sur ses joues.

— Lidia, je… Il vous aime. Il vous aime tellement. Vous êtes tout pour lui, vraiment.

— Alors, pourquoi il n'est pas là maintenant ? Il
a promis, il m'a promis qu'il reviendrait pour moi,
gémit-elle doucement.

— Son père est mort. Il doit s'occuper de la
propriété familiale en Angleterre. Il serait là s'il le
pouvait, je vous l'assure.

Bill savait que tout ce qu'il disait était vain et
qu'il ne parviendrait jamais à consoler une femme
inconsolable.

— Il viendra bientôt ? demanda Lidia, dont la
voix n'était plus qu'un murmure après son petit
sursaut d'énergie.

— Il ne peut pas venir, mademoiselle Lidia. C'est
pourquoi il m'a envoyé.

— Alors, vous allez nous emmener en Angleterre…

Bill vit que les forces de Lidia l'abandonnaient.

— Reposez-vous, mademoiselle Lidia, dit-il en
prenant sa main. Je reste auprès de vous. Nous
parlerons plus tard et je vous raconterai tout.

— Il viendra. Il m'aime… Il m'aime…

La voix de Lidia se perdit dans un murmure, et
elle s'endormit.

Pendant deux heures, Bill resta assis aux côtés de
Lidia, le cœur serré en la voyant avec sa fille, rêvant
d'un avenir qu'elles n'auraient jamais. Lorsque le
bébé se réveilla, affamé, Lidia continua à dormir.
Bill prit la petite fille dans les bras de Lidia, la
nourrit, la changea et la reposa doucement.

Lorsque le soleil couchant baigna la pièce d'une

lumière ocre, étrange et inquiétante, Lidia remua. Une infirmière apparut, accompagnée d'un médecin, et fit signe à Bill de quitter la salle.

Une fois dehors, Bill s'acheta une bière et un bol de nouilles, et s'assit sur les marches de l'hôpital pour manger. Malgré toute la souffrance qu'il avait connue à Changi, il ne s'était jamais senti aussi désespéré. Aussi seul.

Une heure plus tard, Bill eut l'autorisation de retourner dans la pièce. Lidia était calée contre des oreillers. Elle paraissait terriblement fragile, mais ses yeux étaient plus vifs, et elle semblait calme.

— S'il vous plaît, monsieur Bill, asseyez-vous.

Elle lui montra un fauteuil.

— Le docteur m'a dit que vous avez été très gentil, que vous m'avez emmenée ici, que vous vous êtes occupé de mon bébé et que vous m'avez rendu visite tous les jours. Il dit que vous êtes un homme bon.

— J'ai fait de mon mieux, mademoiselle Lidia.

Bill montra le bébé blotti dans les bras de sa mère.

— Et elle est adorable.

Lidia sourit à sa petite fille.

— Vous trouvez qu'elle ressemble à son père ?

Bill se dit qu'elle était plutôt le portrait de sa mère, mais il hocha la tête.

— Oui. Et pendant tous ces jours où je me suis occupé d'elle, je me suis demandé comment elle s'appelait.

— Jasmine. Elle s'appelle Jasmine. Harry m'a dit que sa mère avait planté du jasmin dans son jardin en Angleterre. Ces plantes poussent ici aussi. Elles sont très belles et elles sentent bon.

— Je les aime aussi, mademoiselle, dit Bill. Et c'est un beau prénom.

— J'espère qu'il plaira aussi à Harry. Et vous êtes Bill... ?

— Stafford, mademoiselle Lidia. J'étais à Changi avec M. Harry. Nous nous sommes serré les coudes, là-bas...

Bill fit la grimace en y repensant.

— Mais à la maison, en Angleterre, je suis son jardinier.

— Son jardinier ?

Lidia haussa les sourcils.

— Il a envoyé son jardinier pour me retrouver ?

— Il savait qu'il pouvait me faire confiance, mademoiselle Lidia. Je ferais n'importe quoi pour lui, vraiment.

Le regard de Lidia s'adoucit.

— Oui, c'est un homme très spécial. Je suis impatiente de le voir et de lui montrer notre bébé. Je comprends maintenant, d'après ses lettres, qu'il ne peut pas venir. Son père est mort. Alors, vous êtes venu me chercher pour me ramener auprès d'Harry en Angleterre, c'est ça ?

— Lidia, je...

— Mais je ne peux pas aller en Angleterre maintenant, monsieur Bill, dit Lidia en secouant la tête. Les docteurs m'ont dit que mon corps était très abîmé à l'intérieur à cause du bébé et qu'il faut m'opérer immédiatement. Avant, ils ne pouvaient pas, j'étais trop malade, et ils ont pensé que j'allais mourir de toute façon. Ils ont dit que je ne serais pas guérie avant des semaines. *Si* je guéris. Alors, nous devons attendre. Je ne peux pas faire ce long voyage tout de suite.

Bill eut du mal à déglutir. Il avait une grosse boule dans la gorge. Il savait à quel point elle était courageuse, à quel point elle était malade.

— Mademoiselle, je veux dire Lidia, je...

Il hésita, et elle comprit en regardant ses yeux qu'il était terrifié.

— Qu'est-ce qu'il y a ?

— Oh ! mademoiselle, je ne sais pas comment vous le dire. Je...

— Il ne veut plus de moi, c'est ça ?

La douleur crispa le visage de Lidia.

— Non, mademoiselle, il vous aime plus que tout. Ce n'est pas ça... Je...

— S'il m'aime, alors, tout va bien. Vous devez me dire, monsieur Bill, qu'est-il arrivé à mon pauvre Harry ?

Elle le regarda, sa foi inébranlable en un amour éternel la rendait stoïque, et Bill se sentit encore plus embarrassé.

— Je devrais peut-être revenir après votre opération quand vous aurez repris des forces, proposa-t-il. Je ne pense pas que ce soit le bon moment pour vous parler.

— Monsieur Bill, j'ai failli mourir. Et je risque de mourir pendant l'opération ou après. Les docteurs m'ont déjà prévenue. C'est demain, ajouta-t-elle. Nous n'avons pas le temps. Vous devez tout me dire maintenant. S'il vous plaît, monsieur Bill, je dois savoir, l'implora-t-elle.

— Je... Oh ! mademoiselle...

Lidia tendit sa petite main tremblante vers lui, pour le réconforter.

— Je sais que c'est une mauvaise nouvelle. Je suis préparée. Ne vous inquiétez pas. Je sais qu'il m'aime et c'est tout ce qui compte. Dites-moi, s'il vous plaît.

Ainsi, Bill, qui semblait bien faible à côté de cette femme à qui il allait briser le cœur, parla. Il dit les mots qu'il avait tant redouté de prononcer et la regarda. Le visage de Lidia ne trahit aucune émotion, seules ses mains se crispaient de temps à autre dans un mouvement de désespoir. Puis, il posa ses yeux sur le fruit de l'amour inébranlable de Lidia, qui dormait dans ses bras. Et il sut qu'il ne pourrait pas lui raconter toute l'histoire et lui annoncer la naissance imminente d'un autre enfant, dont Harry était le père, très loin en Angleterre.

— Voilà. Harry est marié et, maintenant que son père est mort, il a toutes les responsabilités sur les épaules. Je ne peux pas vous dire à quel point je suis désolé pour vous deux, mademoiselle Lidia. Il avait vraiment l'intention de revenir auprès de vous, de tout dire à sa femme et de demander le divorce. Mais il sait à présent que c'est impossible. Il m'a dit de vous dire qu'il vous aimera toujours, conclut Bill. Croyez-moi, mademoiselle Lidia, il est très malheureux, comme vous. Je suis très triste pour vous deux.

Lidia regardait droit devant elle. Catatonique.

— Est-il au courant pour le bébé ? demanda-t-elle dans un murmure.

— Non.

Lidia hocha la tête. Bill vit qu'elle réfléchissait.

— Il ne peut pas m'avoir. Même si je survis.

— Non, mademoiselle Lidia. Même avec la meilleure volonté du monde, il ne peut pas.

— Peut-être qu'il prendra l'enfant s'il sait ?

Bill connaissait déjà la réponse, mais le visage de Lidia blêmissait un peu plus à chaque seconde qui passait.

— Oh ! mademoiselle, j'en doute, répondit-il mollement.

— Je veux que vous lui demandiez s'il prend notre enfant, dit-elle en tirant soudain sur sa manche. Vous devez envoyer un télégramme ce soir pour lui demander. S'il vous plaît, monsieur Bill, vous devez le faire. Je n'ai pas beaucoup de temps. Je dois décider ce qu'il y a de mieux pour Jasmine pendant que je peux encore.

Le sentiment d'urgence qui l'habitait consumait toutes ses forces. Sa main lâcha le bras de Bill, et elle ferma les yeux.

— Je ne suis pas importante. J'ai déjà vu la mort, et c'est peut-être mon destin de quitter cette terre bientôt. Mais notre enfant…, notre bébé…, ne doit pas souffrir. Harry ne le permettra pas. Je sais qu'il ne le permettra pas. Vous devez l'emmener auprès de lui…, l'emmener auprès de son père…

Bill déglutit avec peine. Il n'avait pas le courage de lui dire que ce qu'elle suggérait était impossible.

Lidia ouvrit les yeux et regarda sa fille.

— Elle mérite une vie décente, monsieur Bill. Même si je survis à l'opération, je ne pourrai pas bien m'occuper d'elle. Je ne pourrai pas lui donner ce dont elle a besoin. Je n'ai pas de maison, pas de travail, pas d'argent. Je dois la laisser partir en

Angleterre avec vous. Ensuite, elle aura une chance de bien vivre.

— Mademoiselle Lidia, dit Bill d'une voix rauque. Le bébé a besoin de sa maman. Je pense…

— Je pense que je vais peut-être mourir et que mon bébé n'aura personne pour s'occuper de lui.

Elle embrassa Jasmine sur le sommet du crâne et prit sa main, qui était la copie de la sienne en miniature, dans sa paume. Ses yeux embués de larmes plongèrent dans ceux de Bill.

— Vous la prenez maintenant, s'il vous plaît. C'est mieux comme ça. Si je la garde avec moi plus longtemps, peut-être que je ne pourrai plus la laisser…

Sa voix se brisa.

Elle se pencha et murmura quelques mots à Jasmine. Bill ne comprit pas ce qu'elle disait. Il ne voulait pas comprendre d'ailleurs. Il savait déjà qu'elle lui disait adieu.

Le corps tremblant à cause de l'effort, Lidia tenta de soulever le bébé et de le lui tendre. Bill se pencha et prit Jasmine dans ses bras. Lidia pleurait franchement à présent.

— Prenez bien soin d'elle, monsieur Bill, s'il vous plaît, prenez soin d'elle. Je crois que vous êtes un homme bon. Je dois vous faire confiance, je dois faire confiance à son père aussi, car je ne sais pas si mon avenir est sur cette terre. Mais ce n'est pas important. C'est Jasmine l'avenir, pas moi. S'il vous plaît, monsieur Bill, supplia-t-elle. Trouvez un moyen de me dire que ma fille va bien. Si je survis, je dois savoir.

— Oui, j'écrirai à Priyathep, le fleuriste, dit Bill

d'une voix tremblante d'émotion, car il venait de faire une promesse qu'il n'était même pas certain de pouvoir tenir. Je prendrai bien soin de Jasmine, mademoiselle Lidia, ne vous inquiétez pas.

— *Kop khun ka.* Et dites-leur à tous les deux que je les aime, plus que toutes les étoiles dans le ciel, et qu'ils sont des présents que Dieu m'a envoyés.

Lidia tendit une dernière fois la main pour toucher son bébé, mais son bras était si faible qu'il n'arriva même pas à atteindre Jasmine et retomba sur le lit.

— Dites-leur que je les reverrai tous les deux.

Elle leva les yeux vers lui et lui adressa un sourire qui illumina son visage, révélant toute sa beauté à Bill.

— Parce que l'amour ne meurt jamais, monsieur Bill. Il ne meurt jamais.

48

Un jour, au début du mois de mai, Bill apparut sur le seuil du cottage sans avoir prévenu Elsie de son arrivée.

— Bill ! Oh ! Bill ! Pourquoi ne m'as-tu pas dit que tu arrivais aujourd'hui ? Je serais venue jusqu'à Felixstowe pour t'accueillir !

Elsie s'approcha pour l'embrasser, mais elle vit qu'il tenait quelque chose dans ses bras, quelque chose d'enveloppé dans une couverture. Elle regarda le petit paquet avec méfiance.

— Qu'est-ce que tu as là ?

— Si on allait à l'intérieur, d'abord, ma chérie ? dit Bill d'un air las. Comme ça, je pourrai la poser et te prendre dans mes bras.

Elsie ferma la porte derrière lui. Lorsqu'il posa la couverture, quelque chose bougea à l'intérieur.

— Oh ! ma chérie, tu m'as tellement manqué ! Et moi, je t'ai manqué ? demanda Bill.

Les yeux d'Elsie étaient toujours posés sur la couverture.

— Bien sûr que tu m'as manqué, mais peu importe. Qu'est-ce que c'est ?

Bill la regarda nerveusement.

— J'ai décidé de te rapporter un présent. J'ai pris ce risque en espérant que c'était la bonne décision. Mais, à vrai dire, je n'ai pas eu vraiment le choix, dit Bill en soupirant. Va, va la regarder. C'est un petit ange, vraiment.

Elsie s'approcha de la couverture d'un pas hésitant, tremblante sous l'effet du choc. Elle repoussa la couverture et vit deux yeux ambre la regarder.

— Oh ! Bill !

Elsie reprit son souffle et posa les mains sur ses joues rouges.

— Elle est magnifique. Qui est-ce ?

— Elle est à *nous*, Elsie. Je t'ai ramené une petite fille.

— Mais…

Elsie était tellement sidérée qu'elle ne savait pas quoi dire.

— Elle doit bien être à quelqu'un ? Bill Stafford ! Je sais que tu ne me racontes pas toute l'histoire.

Le bébé se mit à pleurer.

— Oh ! ma pauvre petite ! Viens là.

Elsie la prit dans ses bras et la berça tout en examinant sa peau dorée, son petit nez parfait et sa touffe de cheveux noirs.

— Chut, petit bout de chou !

Elle mit son doigt dans la bouche du bébé pour le calmer.

— Quel âge a-t-elle ?

— Un peu plus de deux semaines quand je suis parti. Donc, environ sept semaines maintenant, expliqua Bill.

— Mais comment une grosse brute comme toi a pu s'occuper d'elle sur le bateau ? Il n'y connaît rien, il ne sait pas comment s'y prendre avec un bébé ! dit Elsie à la petite.

Elle sentait qu'elle était en train de tomber amoureuse de cette merveille, mais voulait être certaine qu'elle en avait le droit.

— Nous nous sommes très bien entendus, elle et moi. Elle est si gentille, c'est à peine si elle murmure, dit Bill avec fierté, et Elsie vit dans ses yeux qu'il était complètement épris de la petite.

— Bill Stafford, je sais que tu me caches quelque chose. Tu ferais mieux de me raconter vite.

Il s'approcha d'Elsie qui lui tournait le dos et passa ses bras autour de ses épaules.

— J'ai fait ce qu'il fallait, n'est-ce pas, ma chérie ? Regarde-la. Elle est parfaite.

— Je… Bill ! Je ne sais pas quoi dire ! Vraiment pas, dit Elsie en secouant la tête. Tu te pointes un beau matin sans prévenir avec un bébé dans les bras !

Puis son visage s'assombrit, et la tête lui tourna soudain tandis que les soupçons s'insinuaient dans son esprit.

— Tu ne me cacherais pas quelque chose, Bill ? Qu'est-ce que tu as donc fait quand tu es sorti de Changi ?

— Oh ! Elsie, mon Elsie !

Bill attira son visage vers le sien pour l'embrasser.

— Ne sois pas ridicule. J'étais de retour auprès de toi bien avant que ce bout de chou ne soit une étincelle dans les yeux de son papa !

Les yeux d'Elsie se perdirent dans le vague, et elle se mit à compter les mois sur ses doigts avant qu'un sourire n'illumine son visage.

— Tu as raison, Bill, je divague. En plus, nous savons tous les deux que tu ne peux pas avoir d'enfant. Mais tu es sûr que c'est légal ? Personne ne va venir frapper à notre porte au milieu de la nuit et t'envoyer en prison pour enlèvement d'enfant ? Et nous prendre la petite ?

— Je te jure que c'est légal. Elle est à nous, Elsie, c'est notre enfant. Et personne ne pourra nous la prendre, je te le promets.

— Comment tu t'appelles ? demanda Elsie au bébé.

— Sa mère l'a appelée « Jasmine ». Mais nous pouvons trouver un autre nom si tu veux.

— Jasmine… Eh bien, je trouve que c'est parfait vu que son papa…

Elsie savoura le mot sur sa langue.

— … fait pousser de belles fleurs.

— Et j'en ai ramené plusieurs caisses, ma chérie.

Elle leva les yeux vers Bill.

— C'est un bébé de Thaïlande, n'est-ce pas ? Mais elle n'a pas une drôle de couleur, dit Elsie en caressant la peau douce de l'avant-bras de Jasmine.

— Eh bien, si tu arrêtais d'embêter ce bébé pendant quelques secondes, je pourrais te raconter son histoire. Va préparer un bon thé à ton mari, et je te dirai exactement ce qui s'est passé.

Une tasse de thé à la main, Bill raconta la triste histoire de Lidia à sa femme.

— Tu comprends que je n'avais pas le choix, n'est-ce pas ?

— Oui, Bill, et tu sais que j'aurais fait pareil.

— Dieu merci !

Il n'avait jamais autant aimé sa femme, il ne l'avait jamais autant admirée qu'en cet instant.

— Mais tu sais aussi que, dans notre intérêt à tous, Madame ne devra jamais savoir ?

— Bien sûr, idiot ! murmura Elsie.

Elle laissa enfin parler son instinct maternel, qu'elle avait dû refouler jusque-là, et était tout à son bonheur de bercer son enfant dans ses bras.

— Je ne dirai pas un mot, si c'est la condition pour que je garde ce petit trésor pour toujours.

Elle leva les yeux vers lui.

— Mais est-ce que tu vas faire comme Lidia te l'a demandé et dire la vérité à M. Harry ?

— Lidia lui a écrit une lettre, dit Bill en soupirant. Je l'ai récupérée à l'hôpital la dernière fois que j'ai rendu visite à Lidia. Je n'ai pas pu la voir parce qu'elle était sur la table d'opération. Elle m'a laissé une orchidée aussi. Elle a dit dans sa lettre qu'elle était très spéciale et qu'elle était pour Jasmine, pour qu'elle ait un souvenir d'elle. Elle n'a pas encore de fleurs, mais…

— Oh ! Bill ! Arrête de t'inquiéter de tes fleurs et dis-moi plutôt ce que tu vas faire avec la lettre pour M. Harry ! l'interrompit Elsie.

— Pour être honnête, Elsie, je n'en sais rien.

— Je suis sûre que tu vas nous attirer des ennuis si tu la lui donnes. Et s'il voulait le bébé pour lui ? N'éveillez pas le chat qui dort, comme on dit, le prévint-elle.

Bill embrassa la jeune mère et le bébé.

— Tu sais quoi, Elsie ? Je vais aller dans la serre pour réfléchir.

Bill s'assit sur une caisse d'orchidées, sortit la lettre de Lidia de sa poche et la regarda. Il ne savait pas ce qu'elle disait. Ça ne le regardait pas. Les larmes lui montaient encore aux yeux quand il repensait au moment où Lidia lui avait tendu le bébé, sans un mot d'apitoiement sur son sort alors que la douleur était visible sur son beau visage.

La lettre toujours dans ses mains, Bill pensa à la passion des deux amants et à leur histoire tragique. Lidia était sans doute morte à l'heure qu'il était. Il pouvait laisser la lettre à Harry sans courir le risque qu'il lui vienne à l'idée de repartir. Il n'y avait plus rien à faire maintenant.

Et Monsieur savait quel était son devoir. C'était d'ailleurs pour cela qu'il avait envoyé Bill chercher Lidia. Il voudrait savoir ce qui lui était arrivé et peut-être était-il préférable que ces réponses viennent de Lidia, de la femme qu'Harry aimait. Peut-être trouverait-il un peu de réconfort dans la présence de celle qui symbolisait leur amour à Wharton Park. S'il voulait venir au cottage de temps à autre pour voir sa petite fille grandir, Bill n'y voyait aucun inconvénient.

À condition que Madame ne soit jamais au courant...

Harry ne le lui dirait jamais, c'était certain.

Ignorant le conseil pourtant plein de bon sens de sa femme et se considérant comme un simple messager dans cette histoire tragique, Bill dissimula en toute hâte la lettre à l'endroit habituel sous les orchidées pour que Monsieur puisse la trouver.

Puis, il porta son attention sur les caisses et commença à les déballer et à installer ses précieuses plantes dans la serre.

Olivia, qui avait atteint le huitième mois de sa grossesse, apprit la grande nouvelle de la bouche d'Elsie l'après-midi même. Elle fut invitée à venir au cottage pour voir le bébé et vit dans les yeux d'Elsie à quel point elle était heureuse.

— Elle est absolument magnifique, murmura Olivia tandis que le bébé prenait son doigt et gazouillait. Comment l'avez-vous appelée ?

— Jasmine, Madame.

— Parfait ! s'exclama Olivia en souriant à Elsie. Je vous avais dit que la vie nous réservait parfois de bonnes surprises, n'est-ce pas ?

— C'est vrai, Madame, et c'est ce qui est arrivé. Vos souhaits comme les miens ont été exaucés.

Sur le chemin du retour, Olivia s'arrêta devant la serre. Elle n'avait pas revu Bill depuis son retour et voulait le féliciter pour l'arrivée du bébé et lui exprimer son admiration pour sa gentillesse : Elsie lui avait expliqué qu'en Thaïlande il y avait beaucoup de mères célibataires qui étaient trop malades ou trop pauvres pour s'occuper de leur bébé et que Bill avait rencontré l'une de ces malheureuses filles.

La pauvre était ensuite morte en couches, et le bébé risquait d'être placé dans un horrible orphelinat. Bill avait alors écouté son cœur et avait ramené le bébé à Elsie, sachant que la petite fille recevrait tout l'amour et les soins dont elle avait besoin.

Olivia sentit son bébé bouger et sourit en pensant que son enfant n'aurait jamais les problèmes de la pauvre petite fille que Bill avait sauvée.

Elle ouvrit la porte de la serre et trouva le sol encombré de caisses remplies d'orchidées. Bill n'était pas là, mais Olivia décida d'attendre quelques minutes au cas où il reviendrait. Elle avança le long des rangées de fleurs, humant leur parfum délicat, et s'arrêta devant les pots d'orchidées. Elle en souleva un et se dit qu'il serait merveilleux de regarder une plante aussi belle au moment où elle accoucherait.

Son attention fut attirée par une enveloppe sous le pot. Elle la prit dans ses mains et vit qu'elle était adressée à Harry, mais il n'y avait ni adresse ni timbre. Elle ne reconnaissait pas cette écriture. Et il y avait une petite bosse dans un coin de l'enveloppe. Olivia ne put résister à sa curiosité, certaine par ailleurs que la lettre ne contenait rien de secret, et elle ouvrit l'enveloppe.

Quelques instants plus tard, après avoir lu les

quelques mots que contenait la lettre, Olivia s'effondra sur le sol, le souffle coupé par le choc.

Elle déroula un petit morceau de papier qui avait formé la bosse dans l'enveloppe et fixa une minuscule bague en ambre montée sur un anneau en argent, qui semblait avoir été faite pour les doigts d'un enfant.

Elle tenta de déglutir pour chasser la boule qui s'était formée dans sa gorge… Elle ne pleurerait pas, elle ne pouvait pas pleurer… Les larmes de toute façon ne lui apporteraient aucun soulagement. Sa douleur était trop intense.

Olivia tenta de saisir ce qu'elle venait de lire…

Cette femme avait été très amoureuse de son mari. Et Harry aussi visiblement puisqu'il lui avait demandé de l'épouser. Il lui avait également promis qu'il reviendrait à Bangkok dès qu'il le pourrait. Quand Harry avait réalisé que c'était impossible, il avait envoyé Bill en Thaïlande sous de faux prétextes pour la retrouver. Et Bill était revenu avec l'enfant de son mari, c'était du moins ce que prétendait cette femme.

Bill entra dans la serre.

Olivia tenta de se lever, mais ses jambes ne semblaient pas vouloir la porter.

— Madame, que faites-vous par terre ? Laissez-moi vous aider.

— Non, dit-elle en se levant pour de bon cette fois.

Elle avança à grands pas vers lui, brandissant la lettre avec fureur.

— Voulez-vous bien m'expliquer de quoi il s'agit ?

Le visage de Bill se remplit d'effroi lorsqu'il réalisa ce qu'elle avait dans les mains.

— Madame…, vous n'étiez pas censée la trouver… S'il vous plaît…

— Eh bien, je l'ai trouvée quand même et, si vous ne me dites pas immédiatement ce que vous et mon mari avez manigancé, je vous fais jeter dehors instantanément, vous, votre femme et ce… *bâtard* ! Dites-moi !

— Madame, s'il vous plaît, pensez à votre état ! Il ne faut pas vous énerver ainsi.

Bill tenta de réfléchir rapidement. Il savait que son avenir et celui de sa famille étaient en jeu.

— Ce n'était qu'un pauvre soldat esseulé, désorienté, qui s'est laissé emporter.

— Quoi ? Tellement désorienté qu'il a demandé une autre femme en mariage ! dit Olivia en agitant la bague devant lui. Alors qu'il avait déjà une épouse à la maison qui l'a attendu patiemment pendant *quatre longues années* !

— Calmez-vous, Madame, vous devez absolument vous calmer, l'implora Bill.

— Je me calmerai quand je connaîtrai la vérité, dit Olivia en tremblant. Soit vous me racontez tout, soit je vous fais jeter dehors !

— Je ne sais pas ce qu'elle dit dans la lettre, je n'ai pas regardé… Je…

— Elle dit qu'elle l'aime, qu'elle n'oubliera jamais ce qu'ils ont vécu ensemble à Bangkok et qu'elle « comprend » qu'il ne puisse pas tenir la promesse qu'il lui avait faite. Et qu'il doit prendre soin du « présent » qu'elle lui donne parce qu'elle est malade et qu'elle ne peut pas s'en occuper. Oh mon Dieu !

dit Olivia en secouant la tête, l'air désespéré. Et moi qui croyais qu'il était distant parce qu'il ne s'était pas encore remis de son expérience à Changi, alors qu'en fait, il se languissait de sa « putain » à Bangkok.

Elle leva les yeux vers Bill.

— Cette fille est-elle encore en vie ? Elsie m'a dit qu'elle était morte en accouchant du... bébé de mon mari, dit-elle avec mépris.

— Je ne sais pas, dit Bill, se sentant incapable de mentir. Elle a peut-être survécu, Madame, mais elle était très malade quand je suis parti.

— Eh bien, dit Olivia en déchirant la lettre et en jetant les morceaux en l'air. Qu'elle ait survécu ou non, maintenant elle est morte en tout cas ! Et dites-le bien à mon mari quand vous le verrez. Sinon, vous serez tous les trois immédiatement sans domicile !

— Je vous promets que je le lui dirai, répondit Bill, désespéré. Tout ce que vous voulez, Madame.

Olivia se mit à faire les cent pas. Elle haletait, et la sueur perlait sur son front.

— L'enfant doit être immédiatement emmené hors de cette propriété, vous m'entendez ? Elle ne peut pas rester ici... Je ne pourrais pas supporter que le *bâtard* de mon mari grandisse à Wharton Park ! Je viendrai la chercher demain matin et je l'emmènerai à...

— NON !

Bill fut lui-même surpris par sa véhémence.

— Je suis désolé, Madame, mais l'enfant reste là où il est, avec Elsie et moi.

Bill tremblait d'émotion lui aussi.

597

— Jetez-nous dehors tous les trois si vous voulez, mais j'ai promis à cette pauvre fille que je m'occuperais de son bébé, et c'est ce que je vais faire.

— Alors, vous devrez tous être partis demain matin. Oui, vous pouvez tous partir ! Je ne vais certainement pas tolérer que mon mari conspire secrètement contre moi avec mon personnel !

— Comme vous voudrez, Madame, répondit Bill, s'efforçant de retrouver son calme et de trouver les bons mots. Mais, sauf votre respect, j'ai été envoyé en Thaïlande sur ordre de votre mari. Et je suis sûr qu'il voudra savoir si j'ai pu… remplir ma mission ou non. Je n'ai pas besoin de lui dire à qui est le bébé, si c'est ainsi que vous l'entendez, mais si vous nous chassez, Monsieur ne tardera pas à comprendre pourquoi.

Olivia s'arrêta de faire les cent pas et regarda Bill en silence.

— Vous êtes en train de me faire du chantage, Bill ?

— Non, Madame.

Bill choisit ses mots avec le plus grand soin.

— Je m'en tiens aux faits. Peut-être est-il préférable que Monsieur connaisse la vérité. Peut-être voulez-vous que Monsieur soit au courant et réponde de ses actes devant vous ?

Olivia se laissa tomber sur une caisse, la colère l'abandonnant tout à coup. Elle prit sa tête entre ses mains.

— Oh mon Dieu ! Quel horrible gâchis !

— S'il vous plaît, dit Bill d'une voix rauque. N'oubliez pas la raison pour laquelle, Monsieur m'a envoyé à Bangkok. Une fois de retour ici, il s'est souvenu à quel point il vous aimait. Et il a su qu'il devait rester.

Olivia leva la tête vers lui, le visage crispé par le désespoir.

— Ne me traitez pas avec condescendance, Bill. Harry ne m'a *jamais* aimée. Et il ne m'aimera jamais. C'est un homme faible, pitoyable et complètement déphasé que je méprise de tout mon cœur.

Elle prit plusieurs inspirations, tentant de retrouver un semblant de calme.

— Heureusement, il n'est pas là aujourd'hui. Il est à Londres jusqu'à demain. Il avait des rendez-vous à la banque. Je suppose que vous ne lui avez pas encore parlé ?

— Non, Madame, dit calmement Bill.

— Eh bien, c'est déjà quelque chose. Et il ne sait encore rien de cet enfant ?

— Non, nous n'avons eu aucun contact pendant que j'étais à Bangkok.

— Vous me jurez que vous dites la vérité, Bill ? dit Olivia en le fixant.

— Oui, Madame. Il aurait su s'il avait lu la lettre, mais il ne pourra plus maintenant, n'est-ce pas ?

Bill baissa la tête, honteux.

— C'est ma faute. Elsie m'avait bien dit qu'il ne fallait pas lui donner cette lettre. Elle a toujours raison, ajouta-t-il presque dans un murmure.

— C'est une fille très raisonnable et pleine de bon sens. Vous avez de la chance de l'avoir, reconnut Olivia. Elle ne dira jamais un mot de cette histoire, vous en êtes certain ?

— Jamais, répondit Bill d'un ton catégorique.

Vous savez à quel point elle voulait un bébé. Elle ne fera rien qui puisse mettre la petite en péril.

— Non, et bien sûr vous avez raison.

Les yeux d'Olivia s'adoucirent quelques secondes.

— Ce n'est pas la faute de l'enfant. Alors, qu'il en soit ainsi. Mais, Bill, monsieur ne doit jamais savoir. Je ne pourrais pas supporter de le voir soupirer pour une métisse à deux pas de chez lui alors qu'il aura son propre enfant à aimer… Même s'il ne peut pas aimer sa femme, ajouta-t-elle pitoyablement.

Elle regarda Bill lorsqu'elle se fut ressaisie.

— Vous devez me promettre que, quand vous parlerez à monsieur, vous ne direz pas un mot de l'enfant, seulement que sa mère est *morte*. Et nous en aurons terminé avec cette histoire. L'avenir de Wharton Park et de tous ceux qui y vivent est en jeu. Vous comprenez, Bill ?

— Oui, Madame.

— Je vais parler à Elsie et lui dire que je suis au courant, ajouta Olivia. Je ne vais pas laisser ma femme de chambre se payer ma tête. Et nous garderons tous les trois ce secret jusqu'au jour de notre mort.

— Oui, Madame, approuva Bill d'un air grave.

— Alors, l'affaire est réglée.

Olivia leva la tête et passa devant Bill pour se diriger vers la porte. Elle s'arrêta, puis se tourna vers lui.

— Sachez que je ne vous en veux pas, Bill. Vous n'avez fait que ce qu'on vous a demandé. Mon mari, bête comme il est, ne se rend pas compte de ce qu'il a exigé de vous. Vous avez été un serviteur loyal et fidèle. Je ne vous garde pas rancune.

Le lendemain, quand Harry rentra de Londres et apprit que Bill était à la maison, il s'excusa juste après le déjeuner en disant qu'il était impatient de voir les spécimens que Bill avait rapportés. Olivia accepta cette excuse, consciente de ses véritables motifs, mais elle retira une petite satisfaction du fait qu'elle connaissait maintenant tous les détails de l'histoire.

Bill fit comme on le lui avait demandé. Il mentit dans l'intérêt de Wharton Park et de tous ceux qui dépendaient du domaine. Il dit à Harry que Lidia était morte quelques semaines avant son arrivée à Bangkok, qu'il était allé sur sa tombe et qu'il avait déposé des orchidées dessus. Puis, il serra Harry dans ses bras, tandis que son maître pleurait son amour perdu.

Quand Harry fut un peu plus calme, Bill mentionna la petite fille qu'il avait sauvée d'un orphelinat et l'invita à venir la voir au cottage une fois qu'il se sentirait mieux.

— Bien sûr, Bill, je passerai un de ces jours, avait dit Harry sans vraiment écouter. Puis il était sorti en titubant de la serre, son corps suintant le désespoir.

Olivia ne s'attendait pas à ce que son mari vînt auprès d'elle cette nuit-là et il ne vint pas. Le lendemain matin, elle avait retrouvé son sang-froid. Elle pensait à Wharton Park et à son bébé. Mais son cœur était fermé à Harry à tout jamais. Elle le regarda à l'autre bout de la table, vit ses traits tirés trahissant sa souffrance intérieure et sut que Bill avait fait comme il l'avait promis. Olivia lut le chagrin de son mari sur son visage et... constata qu'elle ne ressentait... rien. Elle ne serait plus jamais blessée par son manque d'intérêt ou d'affection envers elle. Elle se délectait même silencieusement de sa douleur.

Deux jours plus tard, cependant, c'est elle qui connut la souffrance.

On appela le médecin et, même s'il fit tout son possible pour empêcher le début du travail, quelques heures plus tard, un magnifique petit garçon vint au monde prématurément.

Christopher Harry James Crawford, héritier du domaine de Wharton Park, mourut trois jours plus tard après s'être battu vaillamment pour rester en vie.

Et, même si Harry essaya, une fois que sa femme fut remise, de revenir dans son lit, Olivia n'eut plus aucun contact physique avec son mari jusqu'au jour de sa mort.

49

Wharton Park

Je suis assise dans la bibliothèque et j'essaie de comprendre toutes les implications de l'histoire que je viens d'entendre. Une tragique histoire d'amour, de déception et de souffrance – une histoire dont je semble être le résultat direct.

Harry Crawford est mon grand-père... J'ai du sang Crawford dans les veines... Ma mère était à moitié thaïlandaise, ramenée par bateau du bout du monde... Elsie et Bill ne sont pas mes vrais grands-parents... et j'ai quelque part... un lien de parenté avec Kit sauf que je n'ai pas encore saisi lequel...

Pourtant, même si l'histoire que je viens d'entendre est choquante et révélatrice, je suis calme. Cette maison, Wharton Park, a toujours été une partie de moi, même si jusqu'à aujourd'hui je ne savais pas pourquoi. J'avais simplement le sentiment que j'étais à ma place dans cet endroit. Je sais à présent que mes ancêtres ont vécu dans ses murs pendant trois cents ans. Les pierres, les tapisseries de cette maison doivent être imprégnées de leur essence même.

Wharton Park et la famille Crawford – ma famille – sont inextricablement liés. La maison nous rappelle à elle, exige notre retour.

C'est comme si nous appartenions à cette demeure et que nous n'avions aucun moyen de nous échapper. Même un bébé de quelques semaines, né à des milliers de kilomètres, qui n'aurait jamais dû voir le jour, a été revendiqué par Wharton Park et ramené jusqu'à lui.

Ma mère, Jasmine, la seule descendante directe de sa génération, née illégitimement au lendemain de la guerre, dans le chaos qui a suivi le conflit, n'a jamais rien su de son héritage et des droits qu'elle aurait pu avoir sur la maison, mais elle a malgré tout grandi dans le plus grand secret sur le sol même de la propriété. Et, une fois qu'elle a pu s'épanouir en toute sécurité, elle a donné naissance à d'autres Crawford, dont l'une *d'elles, après un coup du sort et l'intervention du hasard, est de retour dans les murs de cette maison.*

J'ai presque une révélation tout à coup. Me réconforte-t-elle ou m'effraie-t-elle ?

Wharton Park n'appartient pas aux Crawford.

Nous appartenons à Wharton Park.

Julia sentit la tension dans son corps, baissa les yeux et constata qu'elle serrait très fort la main de Kit. Elle regarda Elsie et vit à quel point elle était pâle et avait les traits tirés.

Finalement, ce fut Kit qui rompit le silence.

— Si j'ai bien compris, Julia et moi sommes théoriquement cousins au troisième degré ?

Elsie hocha mollement la tête.

— Oui, Kit, c'est bien ça.

— Et Harry a-t-il découvert un jour que la petite fille qui vivait à quelques centaines de mètres de lui était la fille de Lidia ?

— Non. Bill et moi avons tenu la promesse que nous avions faite à Madame et nous n'avons jamais rien dit à qui que ce soit. Harry n'a plus jamais remis les pieds dans le potager ou dans les serres. Bill en a été terriblement attristé. Il était désolé que le lien qui s'était formé entre eux à Changi soit rompu. Il a compris, cependant, que Monsieur ne voulait plus risquer d'éveiller de douloureux souvenirs liés à Lidia. Je crois qu'il n'a pas posé une fois le regard sur Jasmine pendant plus de vingt ans. Jusqu'à ce qu'un jour, alors qu'il sentait sa fin approcher, il apparaisse sur le seuil de notre porte.

Elsie se tourna vers Julia.

— C'est ta mère qui lui a ouvert. Il a dû s'en

douter alors, car Bill disait toujours que Jasmine était le portrait craché de Lidia. En tout cas, dit Elsie en haussant les épaules, quand Monsieur est entré, on aurait dit qu'il venait de voir un fantôme. Je pense qu'il a dû comprendre à cet instant.

— Ça a dû être un sacré choc pour lui, murmura Kit.

— Oui, reconnut Elsie. Le pauvre homme tremblait. Je l'ai fait asseoir et je lui ai préparé un thé avec plein de sucre. Et, même s'il s'adressait à moi, me disant qu'il voulait confier à Bill le journal intime qu'il avait écrit à Changi, ses yeux n'ont jamais quitté Jasmine. Elle revenait tout juste des serres où elle avait peint quelques-unes des orchidées de son père. Monsieur a vu les aquarelles sur la table de la cuisine et lui a posé des questions.

Elsie eut soudain les larmes aux yeux, et Kit lâcha la main de Julia pour qu'elle puisse aller réconforter la vieille femme. Elle passa le bras autour de ses épaules.

— Elsie, si c'est trop pour toi…

— Non, dit Elsie avec fermeté. J'ai commencé et je veux finir. En tout cas, Monsieur a demandé à Jasmine s'il pouvait avoir ses aquarelles parce qu'il les trouvait très belles. Elle a dit oui. Alors, il l'a embrassée et nous a dit au revoir. Et c'est la dernière fois que j'ai vu le pauvre Harry en vie, dit-elle en baissant la tête.

— C'est sans doute préférable qu'il n'ait rien su jusqu'à la fin. Pour Jasmine aussi, dit Kit pour la réconforter.

— Peut-être bien. Mais je n'oublierai jamais l'expression de son visage quand il est parti. Il n'avait que quarante-huit ans à l'époque, mais il paraissait beaucoup plus vieux. Ce n'était pas une vie, pour lui. Son mariage avec Olivia n'en était pas un. Olivia n'a plus jamais été la même après les deux chocs qu'elle a connus coup sur coup : d'abord, elle a découvert l'existence de Lidia et Jasmine, puis elle a perdu son bébé. Même si je l'aimais beaucoup, il faut bien reconnaître que la fille adorable que j'avais toujours connue s'est transformée en vieille femme aigrie. Harry n'a trouvé aucun réconfort, aucune consolation auprès d'elle, c'est certain. Comme je l'ai souvent dit, je pense vraiment qu'il est mort de chagrin.

— Alors, c'est ainsi que ces quatre aquarelles ont atterri à la vente aux enchères, il y a quelques mois ? dit Kit avec un grand geste en regardant Julia.

Julia ne répondit pas, l'esprit bouillonnant encore de tout ce qu'elle venait d'apprendre.

— Et Jasmine n'a jamais su qui étaient sa vraie mère et son vrai père ? demanda Kit.

Elsie secoua la tête.

— Non. À quoi cela nous aurait-il avancés ? répondit-elle sur la défensive. Oh ! dit-elle en bâillant. Excusez-moi, mais ce récit a mis mes nerfs à rude épreuve.

Elle regarda Julia.

— Ça va, ma chérie ? Ce doit être un choc terrible pour toi. Mais dis-toi que ta mère et ton père étaient bien tes vrais parents, même si moi je ne suis pas ta grand-mère, en réalité. Je t'ai toujours aimée comme si tu étais ma petite-fille, remarque bien.

— Je sais, mamie, dit Julia.

— Eh bien, c'était un terrible secret. Nous avons dû le garder pendant toutes ces années, mais Bill et moi avions fait une promesse et nous l'avons tenue.

Les pensées de Kit n'étaient pas brouillées par l'émotion, ce qui lui permettait de saisir toutes les implications de l'histoire qu'il venait d'entendre.

— Mais ça veut certainement dire qu'Alicia, en tant que fille aînée de Jasmine, est en fait la véritable héritière du domaine de Wharton Park, puisqu'elle a un lien plus direct avec cette branche de la famille Crawford. Certes, en tant que femme, elle ne pourrait jamais porter le titre, mais elle pourrait revendiquer la propriété.

— Non, Alicia ne pourrait pas, dit Elsie en secouant la tête avec lassitude. Mais ça sera pour une prochaine fois. Je crois que j'ai vraiment besoin d'aller me coucher.

Elle se leva, et Kit l'aida.

— Merci, Kit. Vous êtes un vrai gentleman, un vrai Crawford, dit-elle en souriant et en passant son bras sous celui de Kit.

Ils traversèrent tous deux la pièce. Elsie s'arrêta devant Julia qui était toujours assise, immobile, sur le canapé.

— Je suis désolée, ma chérie, dit-elle doucement. Je me suis vraiment demandé s'il fallait que je te le dise ou non. Mais, quand j'ai vu que le destin t'avait ramenée à Wharton Park auprès de Kit, je me suis dit que c'était ce qu'il fallait faire. J'espère que je ne me suis pas trompée.

Julia se redressa, se leva elle aussi et passa le bras autour des épaules de sa grand-mère.

— Non, tu as eu raison. Et je te remercie de l'avoir fait.

Kit et Julia regardèrent Elsie quitter la pièce.

— Tu crois que je devrais monter avec elle ? demanda Julia.

Kit secoua la tête.

— J'ai l'impression qu'elle a besoin d'être un peu seule.

Il poussa un soupir qui se transforma en sifflement.

— Ça te dit, un cognac ? Je pense qu'un petit verre ne me ferait pas de mal après tout ce que je viens d'entendre.

Julia secoua la tête.

— Non, merci.

Elle se laissa tomber sur le canapé pendant que Kit sortait une carafe d'un placard sous les étagères et se servait à boire.

— Ce que j'aimerais demander à Elsie, c'est si ta vraie grand-mère est encore en vie. Si Lidia n'avait que dix-sept ans quand Harry l'a rencontrée en 1945, elle devrait avoir dans les quatre-vingts ans à présent ? Il y a une chance pour qu'elle soit encore vivante.

Kit s'assit sur le canapé à côté de Julia et la prit dans ses bras.

— Lidia devait vraiment signifier beaucoup pour Harry s'il était prêt à tout abandonner pour elle. Et, ma chérie, nous savons à présent de qui tu tiens ton talent pour le piano : de ton grand-père Harry.

Julia n'avait pas encore fait le rapprochement et elle posa sa tête sur l'épaule de Kit, heureuse de savoir qu'ils n'étaient que cousins au troisième degré.

— Oui, peut-être, murmura-t-elle.

Kit leva les yeux vers le plafond et regarda les fissures qui le traversaient.

— Bien sûr, la morale de cette histoire, c'est que le devoir l'a emporté sur l'amour. Je suis vraiment heureux de ne pas être à la place d'Harry. Je comprends pourquoi il a eu le sentiment de ne pas avoir le choix.

— C'est Olivia qui me fait de la peine. Elle a su dès le départ ce qui s'était passé, mais elle a fait passer l'avenir de Wharton Park avant ses sentiments. Pas étonnant qu'elle ait été aigrie sur la fin, dit Julia en soupirant. Elle n'a pas été aimée… Elle a été trahie… Quelle vie !

— Oui, dit Kit en buvant une gorgée de cognac. Je suis désolé maintenant de ne pas avoir fait plus attention à elle quand je venais passer des vacances ici. Je la prenais juste pour une vieille femme rata- tinée et acariâtre.

— Comme cela a dû être douloureux pour elle de voir ma mère, la fille d'Harry, grandir sur la propriété alors qu'elle avait perdu son enfant.

— La vie est incroyablement triste, n'est-ce pas ? dit Kit en soupirant et en attirant Julia contre lui. C'est pourquoi je pense qu'il faut vraiment vivre dans l'instant. À présent, nous devrions peut-être monter nous coucher après toutes ces émotions, non ?

Julia acquiesça, et ils se dirigèrent tous deux vers le hall d'entrée. Julia s'assit sur les marches pendant que Kit se chargeait, comme tous les soirs, d'éteindre toutes les lumières et de verrouiller les portes. Il vint s'asseoir à côté d'elle.

— Ça va, ma chérie ? demanda-t-il en prenant sa main.

— Oui, répondit-elle en hochant la tête.

— Petite-fille d'un jardinier un jour, petite-fille d'un lord le lendemain, dit Kit pour la taquiner. Dis-toi bien que tu n'es ni la première ni la dernière. Je pourrais te nommer une douzaine de familles aristocratiques locales avec des squelettes dans leurs placards. Allez, viens, ma fille, il est temps d'aller se coucher. Nous avons une grosse journée demain.

Kit l'aida à se mettre debout, et ils montèrent l'escalier, main dans la main.

Ils s'allongèrent tous les deux sous les couvertures, et Kit passa un bras protecteur autour de la taille de Julia.

— Ce que je ne comprends pas, dit Julia dans l'obscurité, c'est pourquoi Elsie n'a pas insisté pour qu'Alicia entende cette histoire, elle aussi. Après tout, elle est aussi concernée que moi.

— Eh bien, dit Kit en caressant ses doux cheveux, d'après ce qu'Elsie a insinué ce soir, je pense qu'il nous reste encore quelques secrets à apprendre. Bonne nuit, chérie.

Julia se leva de bonne heure le lendemain matin, car elle voulait préparer le repas de midi pour recevoir sa famille. Elsie arriva dans la cuisine, tout juste après neuf heures, stupéfaite d'avoir dormi aussi longtemps.

— C'est sans doute à cause de toutes ces émotions,

dit-elle en s'asseyant à la table de la cuisine. D'habitude, je suis toujours debout à six heures.

Julia posa une tasse de thé devant Elsie.

— Eh bien, je suis sûre que ça t'a fait du bien pour une fois. Je suis contente de pouvoir m'occuper de toi, pour une fois.

Elsie regarda Julia nerveusement.

— Et... comment te sens-tu après ce que je t'ai raconté hier ?

— Maintenant que le choc est passé, je me sens plutôt bien, je dois dire, répondit honnêtement Julia. Ce n'est pas comme si tu m'avais dit que mes parents n'étaient pas mes vrais parents.

Julia posa sa main sur les épaules d'Elsie, se pencha et l'embrassa.

— Et nous n'avons peut-être aucun lien de sang, mais ça ne change rien à ce que je ressens pour toi.

Elsie prit les mains de Julia.

— Merci, ma chérie, merci de le prendre aussi bien. Après tout ce que tu as subi l'année dernière, j'ai eu peur que ce choc soit celui de trop. Mais je me suis dit que tu devais savoir. Si Kit et toi vous mariez un jour, vous devez savoir que vous êtes parents. Il aurait été...

Elsie plissa le nez tout en réfléchissant à la formulation de sa phrase.

— ... indécent de ne pas te le dire.

— Merci. Mais je ne m'inquiète pas. Nos gènes se sont dilués à travers plusieurs générations. Bon, j'ai préparé du bacon et des œufs exprès pour toi. Tu en veux ?

Elsie regarda Julia avec affection.

— Tu sais que je ne dirai jamais non à un bon

petit déjeuner, ma chérie. Ton père vient manger à midi ?

— Je lui ai laissé un message pour l'inviter, mais il ne m'a pas encore rappelée. Il doit sûrement être en train de dormir pour se remettre du décalage horaire. Il est rentré hier soir des États-Unis.

— Julia, je veux que tu me promettes que ni Kit ni toi ne rapporterez l'histoire que je t'ai racontée à Alicia avant que je n'aie parlé à ton père, dit Elsie dont le visage était soudain devenu sérieux.

— Bien sûr, comme tu voudras. Papa est-il au courant ?

— Non et, si ça ne te fait rien, j'aimerais le lui dire moi-même. Lui expliquer avec mes mots pourquoi je ne l'ai jamais dit à Jasmine.

— Bien sûr. En tout cas, je ne veux surtout pas que ça te gâche ta journée, dit Julia. Alicia, Max et les enfants vont arriver à midi et demi. Et ils sont tellement heureux et impatients de te revoir !

— Moi aussi, dit Elsie en hochant la tête.

Elle but une gorgée de thé.

— J'ai été bête d'appréhender ce retour à Wharton Park, n'est-ce pas ? Je craignais que ça ne me rappelle de mauvais souvenirs, mais en fait je ne revois que les bons moments depuis que je suis ici.

Elsie balaya la cuisine du regard.

— C'était presque une morgue ici, après la mort d'Harry. Olivia semblait perdue, seule dans cette grande maison. À la fin, je redoutais presque de venir travailler. Mais aujourd'hui, il y a de nouveau de la vie ici. La propriété n'a plus du tout l'air triste. Elle avait juste besoin d'être habitée par deux jeunes gens amoureux.

Julia rougit et changea de sujet.

— Tu pourrais me dire combien de temps je dois faire cuire ce bœuf ? demanda-t-elle en montrant le rôti sur le buffet.

Puis elle cassa des œufs dans la poêle pour préparer le petit déjeuner d'Elsie.

— Je ne suis pas une cuisinière très expérimentée, mais j'apprends.

— Il te faut juste de l'enthousiasme, ma chérie.

Elsie se leva et s'approcha du rôti.

— D'abord, je vais te montrer comment l'arroser.

50

À midi et demi passé, Julia vit la voiture de Max et d'Alicia remonter l'allée. Elle ouvrit la lourde porte d'entrée et descendit les marches pour aller les accueillir.

Les enfants s'attroupèrent autour d'elle dans le hall et poussèrent des « oh ! » et des « ah ! » en découvrant la nouvelle demeure de leur tante. Julia conduisit tout le monde sur la terrasse, où Elsie les attendait. Elle vit le visage de sa grand-mère s'illuminer lorsque ses arrière-petits-enfants se réunirent autour d'elle pour la saluer. Quand Kit sortit avec une bouteille de champagne à la main, il fut présenté aux enfants, et Julia fut rassurée et heureuse de le voir aussi à l'aise avec eux.

Quelques instants plus tard, Julia les laissa discuter sur la terrasse et alla s'occuper de son rôti. Alicia la suivit dans la cuisine.

— Je peux t'aider ? demanda-t-elle.

— Oui, surveille les carottes, s'il te plaît, et dis-moi quand elles sont cuites, répondit Julia en versant un peu d'huile sur ses pommes de terre sautées. Je suis vraiment nulle avec les légumes.

Alicia planta une fourchette dans une carotte et la goûta.

— Elles sont parfaites. Je les enlève du feu. C'est bizarre de te voir cuisiner, commenta-t-elle en enlevant la casserole de la plaque chauffante.

— Je n'avais jamais le temps avant, mais ça me plaît vraiment maintenant. C'est Kit qui m'apprend.

Alicia croisa les bras tout en regardant Julia.

— Je ne sais toujours pas comment tu en es venue à t'installer ici avec Kit. Je croyais que tu étais repartie en France et, deux semaines plus tard, je te vois marcher dans la grande rue d'Holt avec Kit Crawford, qui te tient par le cou.

Il y avait une pointe de ressentiment dans la voix d'Alicia.

— Tu aurais pu me le dire !

— Oui, répondit Julia d'un ton coupable. J'aurais dû. Je suis désolée. C'est juste que…, eh bien, je ne savais pas vraiment quoi dire. C'est difficile d'expliquer ce qui s'est passé. Tu aurais pu penser que c'était une décision irréfléchie.

— Tu pensais que j'allais la désapprouver, c'est ça ?

— Pour être tout à fait honnête, oui.

— Julia, après l'enfer que tu viens de vivre,

pourquoi devrais-je désapprouver cette relation, si Kit te rend heureuse ? dit Alicia d'un ton brusque. Franchement, tu penses vraiment que je porte des jugements aussi catégoriques ?

— Non…, dit Julia en secouant la tête. C'était sans doute un peu d'égoïsme de ma part. Je voulais garder cette histoire pour moi, voir comment les choses se passaient entre nous avant de l'annoncer à tout le monde.

— Je suppose que le bébé et… sa petite amie ont été renvoyés ?

— Tu vois, Alicia, c'est exactement pour ça que je n'ai rien dit, rétorqua Julia. Annie n'était pas sa « petite amie », et le bébé n'était pas le sien. Kit aidait simplement une vieille copine dans la détresse, n'en déplaise aux commères du coin. Les gens devraient vraiment s'occuper de leurs affaires, ajouta-t-elle avec humeur.

— Julia, bon sang, Kit Crawford est le nouveau propriétaire de Wharton Park, l'un des plus grands domaines du comté. Il fait partie de l'aristocratie locale, et les gens cancaneront toujours à son propos. Dis-toi bien que tu n'échapperas pas aux commérages si tu restes avec lui, alors, tu ferais mieux de t'y habituer. Et peut-être que, si tu m'avais confié la bonne version des faits, j'aurais pu essayer de mettre fin à ces rumeurs. Mais tu ne m'as rien dit. Vraiment, je me demande parfois pour qui tu me prends.

Les joues d'Alicia, d'ordinaire légèrement roses, avaient viré au rouge tant elle était en colère.

— Si tu me l'avais dit, j'aurais été très heureuse pour toi. Je trouve que Kit est un homme adorable et je sais qu'il est fou de toi. Il n'y a pas beaucoup d'hommes qui se seraient occupés de toi comme il l'a fait quand tu étais si malade. J'ai alors compris qu'il était amoureux de toi.

— Vraiment ?

Julia était sincèrement surprise.

— Absolument. Et je savais que tu l'aimais bien aussi, mais que tu avais trop peur et que tu étais trop perturbée pour le reconnaître, ce que je comprends tout à fait.

— Oh ! dit Julia en vidant son verre. Désolée de t'avoir sous-estimée, Alicia. En tout cas, maintenant que tu sais, nous pourrions peut-être nous voir un peu plus souvent, dit-elle pour faire la paix.

— Oui, ça serait bien. Bon, si on retournait sur la terrasse ? Et papa, il vient aujourd'hui ? demanda Alicia. Je sais qu'il est rentré hier soir.

— Je pense qu'il va venir, mais il ne savait pas vraiment à quelle heure il allait arriver. Il a dit de ne pas l'attendre pour commencer à manger, en tout cas. Je crois qu'il a vraiment envie de voir Elsie.

— Tu l'as dit à papa, pour Kit et toi ?

— Non. Tu sais comment il est, surtout après une expédition. Il a encore la tête remplie de toute la flore et la faune qu'il a pu voir. Il n'aurait même pas vraiment réalisé.

— Et comment va Elsie ? demanda Alicia en regardant Julia remuer la sauce. Est-ce qu'elle t'a raconté la suite de l'histoire ?

— Pas vraiment, non, répondit Julia avec prudence, respectant la promesse qu'elle avait faite à Elsie. Je suis sûre qu'elle va le faire, mais elle était très fatiguée hier soir.

Elle sortit le rôti du four.

— Bon, je pense que ce rôti est prêt, tu ne crois pas ? Tu pourrais demander à Kit de venir le couper ?

George arriva alors qu'ils venaient d'attaquer le rôti. Il avait pris des couleurs et semblait en pleine forme. Julia fit réchauffer une assiette pour lui, et, tout en savourant le rôti, George parla des nouvelles découvertes qu'il avait faites sur l'archipel des Galápagos. Une fois qu'ils eurent tous terminé de manger, il aida Julia à rapporter les assiettes dans la cuisine.

— Chérie, dit-il en les posant à côté de l'évier, tu n'es plus la même. Ou, plus précisément, tu ressembles à la Julia d'avant. Je suppose que c'est ce beau jeune homme qui a provoqué une telle transformation ?

— Kit y est certainement pour quelque chose, en effet, répondit Julia d'un ton évasif Je vais... beaucoup mieux.

— Eh bien, dit George. Je n'ai pas vraiment eu l'occasion de lui parler, mais il a l'air d'un type bien. Y a-t-il un lave-vaisselle quelque part dans cette cuisine ?

— Non, c'est un équipement beaucoup trop moderne pour cette maison, dit Julia en souriant. Ici, la vaisselle, c'est à l'huile de coude. Je vis comme dans les années cinquante, papa. Mais ça ne me fait rien, c'est une vieille maison magnifique.

— C'est vrai, reconnut George. Et je dois dire que c'est étrange d'être accueilli à Wharton Park par sa fille et de retrouver ma famille sur ce domaine de nouveau.

Il mit la bonde dans l'évier et fit couler l'eau.

— Laisse, papa. Je m'en occuperai plus tard. Tu pourrais peut-être apporter la tarte meringuée et les framboises sur la terrasse ? dit-elle en les montrant sur la table. Ce n'est pas du fait maison. Je ne me suis pas encore lancée dans la pâtisserie.

George prit les desserts sur la table et se dirigea vers la porte, puis il s'arrêta et se retourna.

— Est-ce que tu vas rester vivre ici, à Wharton Park, avec Kit ?

— Qui sait ? Comme tu m'as dit une fois, papa, je prends chaque jour comme il vient.

— C'est bien, ma fille, répondit-il. Je suis content pour toi, chérie, vraiment.

Après le repas, Kit organisa un match de foot avec les garçons, et Julia fit visiter la maison aux filles, un plan qu'elle avait soigneusement orchestré pour laisser George et Elsie seuls.

— Mon Dieu, dit Alicia en sifflant tandis qu'elles marchaient dans le long couloir à l'étage et que Julia ouvrait les portes de toutes les pièces. Il y a vraiment de quoi faire. Il faut rénover toute la maison.

— Eh bien, moi, elle me plaît comme elle est, dit Julia sur la défensive.

De retour au rez-de-chaussée, Julia fit du café, et Alicia emporta le plateau sur la terrasse. Elsie était assise toute seule, les yeux fermés, profitant du soleil de l'après-midi.

— Où est papa ? demanda Alicia en s'asseyant.

Elsie ouvrit doucement les yeux.

— Il s'excuse, mais il n'a dormi que quelques heures cette nuit et il voulait rentrer chez lui avant d'être trop fatigué pour conduire. Il a dit qu'il t'appellerait plus tard.

— Le pauvre, il doit être épuisé, dit Alicia sans se douter qu'il pouvait y avoir une autre raison à ce départ précipité. Tu veux que je te serve un café ?

Quand Alicia et Max rentrèrent chez eux pour baigner les enfants et les coucher, Kit fit un saut à la ferme, et Julia s'assit avec Elsie sur la terrasse. Elles regardèrent le coucher de soleil.

— J'ai parlé à ton père, dit finalement Elsie.

— Oui ?

— Tu vois, Julia, quand on dévoile un secret du passé, c'est un peu comme si on donnait un coup de pied dans une fourmilière. Tu as dû souvent l'entendre, mais c'est vrai, ma chérie. Les fourmis s'échappent de tous les côtés et elles se réfugient dans des endroits auxquels on n'aurait jamais pensé.

— C'est sûrement difficile pour toi, mais je suis tellement contente que tu m'aies raconté cette histoire, répondit Julia avec chaleur. Il y a par exemple des sentiments, des émotions qui me paraissaient inexplicables, et tout s'éclaire à présent. Au fait, Kit se demandait si tu savais ce qui était arrivé à Lidia. A-t-elle survécu à l'opération et se peut-il qu'elle soit encore en vie ?

— Eh bien, dit doucement Elsie, je vais te confier un autre petit secret. Quelque chose que même Bill ignorait. Tu vois, quand Bill m'a raconté que cette pauvre fille avait dû lui confier Jasmine, j'en ai eu le cœur brisé pour elle. Bill a écrit à son ami, le fleuriste, comme il l'avait promis, pour dire à Lidia que Jasmine était bien arrivée à Wharton Park. Il n'a pas raconté, bien sûr, qu'elle vivait avec nous dans notre cottage et pas dans la grande maison avec son père. Lidia a répondu quelques semaines plus tard pour dire qu'elle avait survécu à l'opération et qu'elle se rétablissait doucement. En fait, poursuivit Elsie, j'ai pensé qu'elle aimerait certainement voir des photos de Jasmine, alors, je lui en ai envoyé quelques-unes. Nous nous sommes ainsi écrit pendant plusieurs années, et je faisais comme si j'étais la femme de chambre qui s'occupait de Jasmine pour qu'elle ne soit pas vexée.

— Comme c'est adorable de ta part, dit Julia en souriant.

— Je ne sais pas comment Lidia pouvait s'imaginer que la femme d'Harry accepterait son enfant illégitime, mais si ça pouvait lui faire plaisir de penser que sa fille soit élevée par une « lady », je ne vois pas pourquoi je lui aurais enlevé ses illusions…

Elsie se gratta le nez.

— Peut-être qu'ils voient et font les choses différemment dans les pays chauds.

— Tu sais que je me suis demandé si Olivia n'avait pas pensé à adopter ma mère après la mort de son bébé.

— Jamais de la vie ! dit Elsie en faisant la grimace. D'abord, elle n'aurait jamais pu faire passer Jasmine pour sa fille : Olivia avait la peau très pâle et les cheveux blonds, et Jasmine avait le teint mat et les cheveux noirs. Mais, surtout, elle ne l'aurait jamais reconnue comme la fille d'Harry. Olivia savait qu'il était amoureux de Lidia. Elle ne voulait certainement pas avoir le fruit de cet amour tous les jours sous les yeux. Même si son nid est resté désespérément vide.

— Non…, tu as raison. Elle n'aurait jamais pu, en effet. Et tu es toujours en contact avec Lidia, mamie ?

— Non, après la mort de ta mère, je n'ai plus écrit. Je n'ai pas pu me résoudre à le lui dire. On est toutes les deux bien placées pour savoir qu'une mère ne se remet jamais vraiment de la mort de son enfant…

La voix d'Elsie se perdit dans un murmure.

— Alors, pour répondre à ta question, je ne sais pas si Lidia est encore en vie.

— Je vois, répondit doucement Julia.

— Oh mon Dieu ! dit Elsie en soupirant. Il ne faut jamais dire que le passé est le passé. Il finit toujours par nous rattraper. En vous racontant cette histoire, à Kit et à toi, j'ai un peu contraint ton père à prendre une décision. J'espère que j'ai fait ce qu'il fallait.

— Eh bien, je ne sais pas de quoi il s'agit, mais je suis sûre que notre famille est assez forte pour survivre à tout ça.

Elsie donna une petite tape sur la main de Julia.

— Oui, mon amour, tu as raison.

51

Trois jours plus tard, Kit conduisit Julia à l'aéro-port de Stansted. Julia aurait très bien pu prendre un taxi, mais Kit avait insisté pour l'accompagner. En fait, ils s'étaient à peine vus depuis le week-end.

— Tu as parlé à ton père ces derniers jours ? demanda Kit, les yeux fixés sur l'autoroute où la circulation était particulièrement dense.

— Je lui ai laissé deux messages et il m'a rappelée hier. Il était à Kew pour présenter les espèces qu'il avait découvertes aux botanistes de renom.

— Il n'a pas mentionné sa conversation avec Elsie, alors ?

— Non. Et je n'ai pas essayé d'en savoir plus d'ailleurs. Il m'a paru un peu distant, dit Julia en haussant les épaules. Mais il donne souvent cette impression. Je suis sûre qu'il m'en parlera quand il sera prêt.

— Tu as raison. Et tu as déjà fort à faire, ma chérie.

Kit prit la main de Julia et la serra dans la sienne.

— J'aimerais venir avec toi, tu sais. Tu es sûre que ça va aller ?

Julia hocha la tête stoïquement.

— Il faut juste que j'en finisse avec ça.

— Oui. Et...

Kit chercha ses mots.

— Je veux juste que tu saches que je respecte l'amour que tu avais pour eux. Je ne me sens pas menacé par leur souvenir, Julia. J'accepte vraiment le fait que, si Xavier était encore là, tu serais avec lui. Et je ne veux pas que tu en aies honte ou que tu te sentes coupable. Je ne peux pas te reprocher d'avoir aimé d'autres hommes avant moi. N'oublie pas, j'ai connu ça, moi aussi.

Ils attendirent tous deux, un peu mal à l'aise, devant le contrôle des passeports. Julia aurait aimé dire à Kit qu'il avait été merveilleux avec elle, qu'*elle* avait été heureuse avec lui et qu'elle pensait être amoureuse de lui – oui, *amoureuse*. Mais elle ne parvenait pas à trouver les mots pour exprimer ses sentiments. Alors, plutôt que de dire ce qu'il ne fallait pas, elle préféra rester silencieuse.

Puis, Kit la prit dans ses bras et la serra contre lui.

— Tu vas me manquer, ma chérie, murmura-t-il dans son oreille.

— Toi aussi, dit-elle mollement.

Il recula et repoussa une mèche de cheveux qui tombait sur le visage de Julia.

— S'il te plaît, essaie de prendre soin de toi. Je sais que tu n'es pas très douée pour ça. Et n'oublie pas : si tu as besoin de moi, je suis là. Et je t'attendrai le temps qu'il faudra.

Julia hocha la tête ; elle était au bord des larmes.

— Merci.

— Je t'aime, ma chérie, murmura-t-il.

— Oui, répondit Julia, trop émue pour en dire davantage.

Puis, elle s'éloigna de lui, lui fit un petit signe et passa le contrôle.

Dans l'avion qui s'apprêtait à atterrir à l'aéroport

623

de Toulon, Julia constata avec étonnement qu'elle pensait moins à ce qui l'attendait en arrivant qu'à ce qu'elle venait de laisser derrière elle..., sa nouvelle vie avec Kit. Elle venait de passer trois heures sans lui, elle ne savait pas quand elle le reverrait et elle se sentait presque... abandonnée. Elle était vraiment surprise de voir à quel point il lui manquait.

Lorsqu'elle sentit l'air doux familier chargé de l'odeur des pins, elle eut envie de tourner les talons, de remonter dans l'avion et de retourner auprès de Kit à Wharton Park. Une fois qu'elle eut récupéré sa voiture de location, Julia s'engagea sur la route côtière touristique qui menait au village où elle habitait. Elle comprit alors pourquoi elle voulait se réfugier dans les bras de Kit : ce qui l'attendait dans moins d'une heure la terrifiait.

Mais plus tôt elle se confronterait à ses souvenirs et réglerait ce qu'elle avait à régler, plus tôt elle pourrait retourner auprès de lui.

Il fallait qu'elle leur dise adieu. Et il fallait qu'elle le fasse seule.

La circulation était dense sur la route côtière empruntée par de nombreux vacanciers. Julia s'arma de patience et traversa les jolies stations balnéaires de Bormes-les-Mimosas, Lavandou et Rayol-Canadel. Elle vit les familles rentrer de la plage et s'engouffrer en masse dans les bars et les cafés. Beaucoup de Français allaient passer leurs vacances dans le Sud au mois d'août, et il était inutile de se presser durant cette période.

La route sinueuse commença à monter, offrant une vue magnifique sur la mer bleue. Après les grandes étendues plates et un peu sauvages du Norfolk, dont Julia appréciait aussi la beauté brute, les paysages de la Côte d'Azur semblaient spectaculaires et très colorés. C'était comme comparer un diamant brut à un saphir taillé et poli avec la plus grande délicatesse. Pourtant, les deux régions avaient leur charme.

À la Croix-Valmer, Julia s'engagea sur la route étroite et raide qui menait à la ville de Ramatuelle perchée sur un contrefort de la colline de Paillas. En s'approchant du village, elle sentit l'adrénaline irriguer ses veines. Elle ressentait rarement le besoin de boire un verre d'alcool fort pour se donner du courage, mais, en cet instant, elle en avait vraiment envie.

Comme d'habitude, les rues du village étaient envahies par les touristes, et Julia dut se garer à quelque distance de sa maison. Elle prit son sac dans la malle de la voiture et emprunta la ruelle étroite menant à sa villa qui se trouvait tout près de la place principale.

Ramatuelle était constitué d'un dédale de rues étroites et de ruelles cachées, bordées de maisons en pierres anciennes et pittoresques, dont les murs étaient couverts de bougainvilliers aux fleurs d'un rose intense.

Le village ne se trouvait qu'à dix minutes des plages chics de Pampelonne et de la station balnéaire de Saint-Tropez ; ainsi, il abritait une série de restaurants chers qui attiraient une clientèle élégante et aisée. C'est en hiver que Julia préférait le village, une fois qu'il était rendu à ses habitants.

Elle s'arrêta devant le portail en fer forgé s'ouvrant

sur le petit chemin qui menait à la porte d'entrée. Elle tenta de rassembler toutes ses forces pour ouvrir le portail, remonter le sentier, mettre la clé dans la serrure.

La porte va s'ouvrir d'une seconde à l'autre. Gabriel sait que je vais arriver et il attend à côté de la fenêtre avec Agnès. Il est prêt à dévaler l'escalier pour se jeter dans mes bras.

Je le tiendrai tout contre moi, je sentirai son parfum merveilleux, où se mêlent mon odeur et celle de Xavier, mais qui a aussi sa propre identité. Je caresserai ses cheveux noirs tout propres qu'il porte beaucoup trop longs, mais je ne peux pas me résoudre à voir disparaître ses belles anglaises.

— Tu es rentrée. Je t'aime, maman, dit-il en français tout en se cramponnant à moi comme un petit singe pendant que nous montons ensemble les marches.

Agnès est là, souriant de nous voir à nouveau réunis, et j'installe Gabriel sur mes genoux à la table de la cuisine. Ils me racontent ensuite ce qu'ils ont fait pendant mon absence.

Gabriel descend de mes genoux et m'apporte timidement un dessin qu'il a fait pour moi. Le papier est un peu rigide à cause de la peinture appliquée maladroitement, mais Gabriel est fier de son œuvre et sait que je suis ravie qu'il me l'offre.

Nous sortons sur la terrasse, et Gabriel saute sur son petit tricycle. Il se met à pédaler frénétiquement sur les dalles pour me montrer comme il sait bien faire. Quand la fatigue le gagne, il remonte sur mes genoux et se met à sucer son pouce. Il s'appuie ensuite contre ma poitrine, et je sens son cœur battre contre le mien. Comme il s'endort, je le prends dans mes bras et le porte jusqu'à son petit lit pour le coucher. J'embrasse son front et j'apprécie le contact de sa peau douce sur mes lèvres. Je caresse sa tête en lui disant que je l'aime et je lui parle de toutes les choses chouettes que nous allons faire maintenant que je suis de retour. Avant de s'endormir complètement, il ouvre un œil pour vérifier si je suis toujours là.

Oui, je suis toujours là… et je le serai toujours.

Julia ouvrit la porte de la maison silencieuse et se prépara à replonger dans le passé. Et la douleur.

Elle resta un moment immobile dans l'entrée plongée dans l'obscurité. Elle fut frappée par l'odeur particulière qui envahit toutes les vieilles maisons inhabitées pendant de longues périodes. Cette odeur, qui ne lui était pas familière, l'aida à surmonter son appréhension, et elle avança jusqu'au fond de la maison, puis entra dans la cuisine. Les volets étant fermés pour protéger la pièce de l'éclat aveuglant des après-midi d'été, la cuisine était dans une semi-pénombre. Julia s'approcha de la longue table en chêne, où un mot était posé contre un saladier rempli de fruits frais.

Chère Madame Julia,

Bienvenue à la maison. J'ai rempli le frigidaire et il y a un ragoût sur la cuisinière. Je viendrai demain à dix heures comme d'habitude. Si vous avez besoin de quoi que ce soit avant, n'hésitez pas à m'appeler.
À demain,

Agnès

627

Julia prit une pêche bien mûre dans le saladier, mordit dans sa peau veloutée et se dirigea vers la porte qui menait à la terrasse. La vieille maison donnait sur une rue étroite et fréquentée. Pourtant, Julia se trouvait à présent en haut d'une colline. La vue magnifique n'était pas obstruée par d'autres maisons. Les flancs de la colline étaient recouverts de pins, d'oliviers et de sapins, et descendaient en pente douce jusqu'à la mer bleue et scintillante au-dessous.

C'est là que Julia passait la majeure partie de son temps, assise sous la pergola recouverte de grappes de fleurs d'un rose intense. Elle y écoutait les cigales tandis que Xavier jouait et que Gabriel criait de plaisir dans la piscine.

Désormais, elle n'entendait plus que le son des cigales et elle était seule. Elle ne pouvait pas échapper plus longtemps à ses souvenirs. Les jambes de Julia se mirent à flageoler, et elle se laissa tomber sur un fauteuil en fer forgé.

Il y avait un an tout juste…, et ça paraissait si loin.

Et cette journée – cette journée affreuse, pétrifiante, bouleversante – avait commencé si simplement, comme tous les autres jours. Rien ne laissait présager ce qui allait arriver.

Un dimanche chaud du mois de juillet.

Julia avait pris un vol pour Paris en milieu de matinée. Elle donnait un concert salle Pleyel avec l'Orchestre de Paris. Elle allait interpréter le *Concerto n° 2* de Rachmaninov, son morceau préféré. Elle se souvenait d'avoir descendu ses sacs au rez-de-chaussée pour attendre le taxi et s'était réjouie de ne rester qu'une nuit à Paris : elle serait de retour le lendemain pour prendre le goûter avec Gabriel. Elle redoutait toujours le moment de la séparation, mais elle se consola en pensant que c'était une bonne occasion pour ses « hommes » de passer un peu de temps ensemble. Quand il était à la maison, Xavier s'enfermait souvent dans le salon pour jouer et s'énervait quand Gabriel le dérangeait. Ainsi, Gabriel avait appris à ne pas le gêner. Julia savait qu'il était toujours un peu sur ses gardes avec son père, dont le tempérament artistique et versatile le rendait si imprévisible.

Comme c'était dimanche, Agnès n'était pas là pour s'occuper de Gabriel. C'était donc à Xavier de veiller sur lui. Un de ses amis chef d'orchestre les avait invités tous les deux à un barbecue en fin d'après-midi au bord de la côte. Gabriel pourrait jouer avec les autres enfants et aurait aussi l'occasion de passer la journée avec son père.

— *Maman*, dit Gabriel en passant ses bras autour de son cou. *Je t'aime.* Reviens vite. Tu vas me manquer.

— Toi aussi, *petit ange*, répondit-elle en s'imprégnant de son odeur pour la garder avec elle pendant son absence. Amuse-toi bien à la fête et sois gentil avec papa.

— On va aller là-bas dans la nouvelle voiture de sport de papa. Elle va très vite, *maman*.

Gabriel se dégagea de l'étreinte de sa mère et se mit à courir dans l'entrée en faisant des bruits de voiture.

— À *bientôt, chérie,* dit Xavier. Joue bien, comme

tu le fais d'habitude. J'attendrai ton retour avec impatience.

Il serra Julia contre lui et l'embrassa.

— *Je t'aime, chéri.* Occupe-toi bien de Gabriel, ajouta Julia en descendant les marches.

— J'espère que c'est lui qui va s'occuper de moi, dit Xavier en riant.

Gabriel était venu se mettre à côté de son père et lui avait pris la main. Ils lui firent signe quand elle monta dans le taxi.

Dans sa loge à Paris, Julia avait appelé Xavier sur son téléphone portable juste avant le concert. Elle était tombée sur sa boîte vocale, mais il n'y avait là rien d'inhabituel. Ils n'étaient encore certainement pas rentrés du barbecue. Elle réessaierait pendant l'entracte. Elle avait éteint son téléphone portable et s'était dirigée vers les coulisses.

Elle avait eu légèrement le trac en montant sur scène au son des applaudissements du public. Puis, lorsqu'elle s'était assise sur le tabouret et qu'elle avait regardé les touches qui la transporteraient, elle et son public, dans une autre dimension, elle avait retrouvé son calme. Ses doigts s'étaient posés sur les touches, et les premières notes obsédantes du concerto avaient empli la salle.

Dès qu'elle eut fini de jouer, elle sut que l'interprétation qu'elle venait de réaliser était la meilleure de toute sa carrière. Le public sembla aussi de cet avis et se leva pour l'applaudir. Un bouquet de roses rouges dans les bras, Julia avait quitté la scène en exultant. Les gens s'étaient attroupés autour d'elle, comme ils le faisaient toujours, la félicitant, la complimentant. Ils voulaient tous savourer son unique talent.

— Madame Forrester.

Elle avait entendu la voix du directeur de la salle Pleyel derrière le groupe d'admirateurs et avait levé la tête. Son visage grave offrait un contraste saisissant avec les sourires enthousiastes autour d'elle. Il se fraya un chemin pour la rejoindre.

— Madame Forrester, vous pouvez venir avec moi, s'il vous plaît ?

Il l'avait conduite dans son bureau et avait fermé la porte derrière lui.

— Qu'est-ce qui se passe ? Il est arrivé quelque chose ?

Julia se souvint des battements de son cœur quand il lui avait expliqué que la *gendarmerie* de Saint-Tropez avait appelé. Il avait noté le numéro, et l'inspecteur avec qui il avait parlé voulait qu'elle le rappelle immédiatement.

— Vous savez pourquoi ? avait demandé Julia pendant que le directeur avait composé le numéro pour elle. Elle avait pris le combiné d'une main tremblante.

— Madame, je ne connais pas… les détails. Je vais vous laisser seule pour parler avec lui.

Il avait quitté son bureau. Elle avait demandé à parler à l'inspecteur dont le nom figurait sur le morceau de papier devant elle. Il avait répondu immédiatement. Et lui avait dit ce qui s'était passé. C'était comme si le monde s'était effondré autour d'elle.

La voiture avait quitté la route dans un virage en

*épingle à cheveux, puis avait dégringolé le flanc de la
colline avant d'exploser et de provoquer un incendie.*

*Et quelque part, dans le paysage noirci et carbonisé,
gisaient les restes de son mari et de son fils.*

Une semaine plus tard, alors que Julia était de
retour en Angleterre, les autorités françaises
l'avaient informée qu'elles avaient retrouvé des
restes près du site : les os d'un enfant d'environ
deux ans sur le flanc de la colline, au-dessus de ce
qui restait de la voiture. Ce qui signifiait, avait
expliqué l'inspecteur, que Gabriel avait probablement été éjecté du véhicule dévalant la colline.

Il y avait d'autres os d'adulte plus près de la
voiture. L'inspecteur lui avait dit que le feu effaçait
toute trace d'ADN. Il était donc impossible d'identifier formellement les restes.

Julia se souvenait à peine de ce qui s'était passé
après ce premier appel à la salle Pleyel de Paris.
Alicia était arrivée – elle ne savait pas quand – et
l'avait ramenée en Angleterre.

Après avoir passé deux jours dans la chambre
d'amis chez Alicia, Julia avait su qu'elle ne pourrait
pas supporter plus longtemps les cris et les rires des
enfants de sa sœur. Elle s'était donc installée dans
son petit cottage de Blakeney, préférant le silence
au son insoutenable de ce qu'elle venait de perdre.

Julia se redressa, revenant à la réalité présente,
puis elle sécha ses larmes. Elle savait qu'elle était
sur un terrain glissant. Elle ne devait surtout pas se
laisser entraîner vers le fond par la spirale des
souvenirs. Elle avait des démarches à entreprendre

en France, des problèmes très pratiques à régler. Plus tôt elle s'en occuperait, plus tôt elle pourrait partir.

Elle retourna dans la cuisine et, repensant aux conseils de Kit, elle fit réchauffer le ragoût sur la cuisinière, puis s'assit à table avec un verre de vin et se força à avaler quelques bouchées.

Après le dîner, Julia s'arma de courage pour entrer dans le salon. Elle s'assit au piano et posa les doigts sur les touches.

Julia joua pour eux : pour son mari et son fils adoré. Et elle essaya de croire quelque part dans son cœur qu'à l'endroit où ils étaient maintenant, ils pouvaient l'entendre.

Quelques instants plus tard, Julia ouvrit la porte de la chambre qu'elle partageait avec Xavier. Elle prit une chemise de nuit dans son sac, n'osant pas s'approcher de l'armoire où tous les vêtements de son mari étaient encore pendus. Puis elle se coucha dans le lit.

Elle resta allongée, les membres contractés, regardant autour d'elle. Elle avait toujours aimé cette chambre, peut-être tout simplement parce que c'était la sienne. Un endroit où se réfugier et non une chambre d'hôtel anonyme louée pour la nuit. Elle regarda le tableau qu'elle avait choisi avec Xavier dans une galerie de Gassin, puis elle vit la brosse de Xavier encore posée sur la commode au-dessous du miroir.

C'était le moment qu'elle avait le plus redouté : la première nuit seule dans leur lit, assaillie par les souvenirs de ce qui avait été et ne serait plus jamais.

Bizarrement, elle était calme. Peut-être était-ce parce qu'elle avait à présent accepté que Xavier et son *petit ange* adoré ne seraient plus jamais là avec elle.

Ils étaient partis. Et rien de ce qu'elle pouvait ressentir, faire ou dire ne les ferait revenir. La maison silencieuse, dans laquelle ils avaient vécu comme une famille et s'étaient aimés, en était la preuve irréfutable et définitive.

52

Quand Julia se réveilla le lendemain matin, elle fut soulagée de constater qu'il était presque neuf heures et qu'elle avait dormi d'une traite. Agnès, sa gouvernante et sa nourrice, arriva une heure plus tard, les yeux pleins d'appréhension lorsqu'elle sortit sur la terrasse pour chercher Julia. Julia comprit. Elle se leva, s'approcha d'Agnès et la serra dans ses bras.

— *Ça va, Agnès ?*

Julia vit à son regard qu'elle était soulagée.

— *Ça va bien, madame Julia, et vous ?*

— Ça va mieux, merci. Venez prendre une tasse de café avec moi, poursuivit Julia en français, la langue qu'elle avait toujours utilisée ici, mais qui semblait à présent si étrange et si peu naturelle dans sa bouche.

Agnès s'assit, un peu hésitante, tandis que Julia versait du café dans une tasse.

— Merci beaucoup de vous être occupée de la maison. Tout est parfait.

— Ce n'est rien, madame Julia. Je suis vraiment heureuse de voir que vous allez mieux.

— J'ai commencé à accepter ce qui s'est passé. J'ai réalisé que je n'avais pas le choix. La douleur ne partira jamais, mais...

Julia s'interrompit. Il lui était difficile de regarder Agnès, une femme qui avait aimé son fils et qui s'était occupée de lui presque autant qu'elle. Elle sentit qu'elle risquait de se laisser submerger par l'émotion. La gorge serrée, elle s'arma de courage pour aborder des questions pratiques avec sa gouvernante.

— Il y a certaines choses que je ne peux pas me résoudre à faire et je me demandais si vous pourriez m'aider.

— Bien sûr, Madame, tout ce que vous voudrez.

— J'ai l'intention de rester quelques jours, pas plus. Ensuite, je retournerai en Angleterre. Je vais vendre cette maison.

— Oh ! Madame !

Agnès parut horrifiée.

— Mais c'est votre maison !

— Je sais, reconnut Julia. Mais, Agnès, il le faut. Tout ici représente ma vie d'autrefois. Et puisque cette vie ne sera plus jamais comme avant, il faut que je m'installe ailleurs.

— Je comprends, dit Agnès en hochant la tête d'un air sombre.

— Je voulais vous demander si vous pourriez

vider l'armoire de Xavier après mon départ. Et la chambre de Gabriel, dit Julia, la gorge serrée. Vous connaissez peut-être une organisation caritative ou une famille qui serait heureuse d'avoir ses jouets et ses vêtements.

Les yeux d'Agnès se remplirent de larmes.

— Bien sûr, Madame. Je connais une famille qui serait très reconnaissante si on les lui donnait.

— Une fois que la maison sera vendue, je viendrai récupérer mes affaires personnelles. Mais je vais la mettre en vente avec l'ensemble des meubles. Je pense que c'est préférable ainsi.

Agnès hocha la tête.

— Il y a un vieux proverbe français qui dit que, pour envisager l'avenir, il faut accepter le passé. Je ferai tout ce que vous me demandez pour vous aider. Je trouve que vous êtes… très courageuse, dit Agnès dont le visage était baigné de larmes.

— Non, dit Julia en secouant la tête. Je n'ai pas été courageuse du tout. Et si j'étais courageuse, je resterais ici et je leur appartiendrais encore complètement.

Elle soupira.

— Je suis venue ici pour essayer de dire au revoir.

Agnès prit la main de Julia.

— Gabriel… Gabriel et Xavier voudraient que vous avanciez et que vous retrouviez le bonheur.

— Oui, dit Julia en lui adressant un pâle sourire. Je l'espère et je dois y croire.

— Oui, Madame.

Agnès lâcha la main de Julia, vida son café et se leva.

— Et maintenant, si vous voulez bien m'excuser,

je dois me mettre au travail. J'ai laissé toutes les factures sur votre bureau. Tout le monde comprend que vous paierez quand vous serez prête.

— Bien sûr, dit Julia. Je vais m'en occuper aujourd'hui et je vous laisserai les chèques. Remerciez tout le monde de ma part.

— *Pas de problème*, Madame. Nous vous aimions tous ici. Tous les trois, ajouta-t-elle, puis elle se tourna brusquement et rentra dans la maison.

Julia passa beaucoup de temps dans son bureau à éplucher le courrier qui s'était accumulé au cours de l'année écoulée. Des cartes de condoléances étaient arrivées en flux continu depuis l'accident. Julia trouva un peu de réconfort dans ces témoignages d'affection et de compassion, car elle se rendit compte que beaucoup de personnes avaient aimé les êtres qu'elle avait perdus. Elle rangea les cartes dans une chemise qu'elle emporterait en Angleterre et remplit les chèques pour les personnes qui s'étaient chargées de l'entretien de la maison pendant son absence.

Elle ouvrit une grande enveloppe officielle et retint son souffle. Elle contenait les certificats de décès de son mari et de son fils, l'affirmation définitive, irréfutable de leur non-existence. L'enquête était terminée, l'affaire, officiellement classée.

Munie d'une bêche, d'une pelle et de deux jeunes cyprès, Julia roula pendant dix minutes pour atteindre le virage dangereux où son mari et son fils avaient trouvé la mort. Elle se gara un peu plus loin et retourna jusqu'au virage avec la bêche et la pelle, puis elle alla chercher les deux petits cyprès.

Perchée en haut de la colline, elle vit les troncs d'arbres carbonisés autour de la zone nue ravagée par l'incendie. Pourtant, tandis qu'elle descendait doucement la pente glissante, elle remarqua les premiers signes d'une renaissance. Les orchidées sauvages qui poussaient abondamment à flanc de colline commençaient à percer la pellicule de terre encore carbonisée, et un petit nombre de nouvelles pousses vertes étaient visibles. Le feu, aussi destructeur fût-il, refertilisait les sols, et Julia espérait que cette renaissance autour d'elle symbolisait celle qu'elle était en train de vivre.

Comme aucune trace ne permettait d'identifier l'endroit exact où tous deux avaient trouvé la mort, Julia choisit ce qui lui parut être le centre de la zone et commença à creuser. C'était un travail pénible et éprouvant, surtout par cette chaleur, mais elle ne s'arrêta qu'une fois qu'elle eut planté les deux cyprès côte à côte. Elle s'agenouilla à côté d'eux, revoyant les êtres chers qu'ils représentaient et célébrant leur vie.

— Au revoir, mon *petit ange* et mon Xavier. Dormez bien. Vous serez toujours avec moi, partout où j'irai. Et un jour…, un jour, nous serons de nouveau ensemble. Je vous aime tous les deux, je vous aime tellement…

Elle se leva enfin, tenta de se calmer, puis envoya à chacun d'eux un dernier baiser. Elle remonta la côte pour rejoindre la route et les laissa derrière elle.

Le lendemain matin, Julia ressentit un soulagement inexplicable, une certaine légèreté après s'être confrontée au lieu même de leur mort. Elle avait trouvé un certain réconfort dans sa démarche. D'autres avaient suggéré une messe du souvenir pour dire un dernier adieu à Xavier et Gabriel, et elle pouvait l'envisager maintenant qu'elle avait accompli son propre pèlerinage pour honorer leur souvenir. Peut-être avait-elle enfin fait son deuil, franchi cette étape si importante dans l'acceptation de la mort d'êtres chers. Toujours est-il que c'était un pas dans la bonne direction sur son chemin vers la paix intérieure. Elle pouvait désormais affronter l'avenir.

Julia s'apprêtait à franchir une autre étape importante : elle allait vendre sa maison. Elle se rendit dans l'agence immobilière locale et expliqua qu'elle voulait mettre sa villa en vente. L'agent immobilier prit un air attristé, mais Julia savait qu'en réalité il se frottait les mains à l'idée d'avoir la maison la plus recherchée de Ramatuelle dans ses fichiers.

— Madame, il me suffit de prendre mon téléphone, de passer un coup de fil, et votre maison sera vendue. Les maisons comme les vôtres se font rares sur le marché. Dites votre prix et je vous assure qu'elle partira. Mais vous devez bien réfléchir. Êtes-vous certaine de vouloir la vendre ? Vous ne retrouverez jamais une telle demeure dans ce village. L'occasion ne se présente qu'une fois.

— J'en suis absolument certaine, répondit Julia. Ma seule condition serait qu'elle soit achetée par une famille.

— Je pense que j'ai les gens qu'il vous faut.

— Parfait, dit Julia en se levant. Le plus tôt sera le mieux. Je pars dans un ou deux jours. Si quelqu'un souhaite la visiter, il faudra contacter Agnès Savoir : c'est elle qui aura les clés.

L'agent fit le tour de son bureau pour venir serrer la main à Julia.

— Merci, madame, de me confier votre merveilleuse maison. Et je vous présente mes sincères condoléances.

— Merci, monsieur.

Julia sortit de l'agence et remonta jusqu'à la place baignée de soleil. Les jolis cafés étaient envahis de vacanciers qui prenaient un petit déjeuner tardif. Julia se trouva une table au soleil et commanda un *café au lait*. Elle le but doucement, profitant de l'ambiance détendue. L'art de vivre français allait lui manquer. Il lui avait toujours convenu.

Elle réalisa soudain que, si elle se sentait si bien ici, c'était peut-être en raison de ses origines : Adrienne, son arrière-grand-mère, était française. Julia sourit et trouva un certain réconfort dans les liens qui l'unissaient à cette famille. Les êtres humains étaient le fruit d'une recette complexe, et elle était fascinée de découvrir certains des ingrédients qui faisaient d'elle une créature unique.

Elle commanda un autre *café au lait*, pour prolonger cet instant de paix après les émotions qui l'avaient assaillie ces derniers jours. Et elle pensa à ses autres origines dont elle savait si peu de choses : quelque part, en Extrême-Orient, baignant dans la chaleur du soleil tropical, le fruit d'un amour impossible qui n'avait connu que de rares instants de bonheur. Un jour, peut-être, elle se rendrait là-bas pour découvrir ces lieux dont la beauté avait ensorcelé Harry. Mais ce n'était pas pour tout de suite.

Puis Julia se mit à penser à Kit et elle sourit. Il l'avait laissée tranquille depuis son arrivée. Compréhensif, peu exigeant, comme à son habitude, il s'était contenté de lui envoyer des SMS pour lui dire qu'il l'aimait et qu'il pensait à elle.

Julia prit son téléphone dans son sac et regarda ses messages. Ce qui la surprenait le plus, c'était la façon dont Kit lui avouait ouvertement son amour sans se soucier du fait qu'elle ne lui avait pas encore dit une seule fois qu'elle l'aimait.

Peut-être n'était-elle pas encore prête ?

Pourtant, maintenant qu'elle avait franchi le pas, accompli la démarche qui, dans la pratique au moins, fermait le livre du passé, elle n'avait pas de raison de ne pas le dire.

— Je t'aime…

Julia s'entraîna à prononcer ces mots tout en se prélassant au soleil et elle sut qu'elle le pensait vraiment, qu'il n'y avait plus aucun doute dans son esprit.

De retour chez elle, elle alla dans son bureau pour réserver son vol sur Internet. Elle partirait le lendemain, impatiente de retourner à Wharton Park et auprès de Kit. Elle voulait lui dire qu'elle lui appartenait complètement. Plus rien ne la retenait dorénavant : elle était libre d'être avec lui, s'il le souhaitait, jusqu'à la fin de leur vie. Son téléphone sonna, et elle vit que c'était Kit. Elle répondit.

— Bonjour, ma chérie, ça va ?

— Je vais… bien, merci, Kit.

— Tant mieux. Je suis heureux d'entendre ta voix. Tu me manques, Julia. Tu fais bien attention à toi, au moins ?

— Oui, dit Julia en souriant. Je te le promets.

— Est-ce que tu sais quand tu vas rentrer ?

Comme elle venait de réserver son vol, Julia savait exactement quand elle allait partir, mais elle décida de lui faire la surprise.

— Je ne sais pas encore, mais j'ai déjà beaucoup avancé dans mes démarches. Je serai certainement de retour plus tôt que tu ne le penses, dit-elle en souriant.

— Quelle bonne nouvelle !

Kit paraissait sincèrement soulagé.

— C'est vraiment calme ici depuis que tu es partie.

— C'est calme ici aussi, murmura Julia.

— J'imagine, répondit Kit d'un ton grave. Je pense à toi, ma chérie.

— Moi aussi. Tu vas bien ?

— Oui, je vais bien sauf que tu me manques. Bon, je vais te laisser. Préviens-moi juste quand tu rentres pour que je puisse tuer un veau et préparer les feux d'artifice. Je t'aime, ma chérie. Donne de tes nouvelles.

— Oui, Kit. À bientôt.

Cet après-midi-là, méditant la seconde chance que le destin lui avait donnée, Julia s'assit devant le piano à queue et joua avec joie plutôt qu'avec tristesse.

Comme d'habitude, elle perdit la notion du temps. Elle était tellement plongée dans sa musique qu'elle ne remarqua pas le soleil qui se couchait derrière elle. Elle n'entendit pas non plus la porte du salon s'ouvrir. Elle termina le morceau avec un grand geste, puis regarda sa montre et constata qu'il était plus de sept heures. Il était temps de prendre un verre de rosé, pensa-t-elle tout en pliant la partition et en la rangeant dans la mallette pour l'emporter le lendemain.

Un mouvement soudain attira son regard. Elle se retourna.

Elle fixa la silhouette dans l'encadrement de la porte. Puis elle ferma les yeux.

Elle avait vu un fantôme ; elle avait fait apparaître son image dans son esprit. Il n'était pas réel, elle le savait.

Quand j'ouvrirai les yeux, il aura disparu.

Elle ouvrit les yeux, il était toujours là.

Puis la silhouette se mit à parler.

— Salut, ma Julia. Je suis revenu.

53

Julia n'avait aucune idée du temps qu'elle avait passé à le regarder. Pourtant, son cerveau refusait d'intégrer le message que ses yeux et ses oreilles lui envoyaient. Parce que c'était... impossible. Tout en le contemplant, elle réalisa que c'était Xavier... sans être Xavier. Du moins pas le Xavier qu'elle se représentait dans son esprit depuis le jour de sa mort. Ce Xavier avait vieilli de dix ans, de vingt ans peut-être. Un Xavier qui n'était plus simplement mince, mais hâve au point d'être émacié, squelettique. Et un Xavier dont la partie gauche du visage était traversée par une cicatrice aux contours irréguliers.

— Je comprends que tu sois étonnée de me voir, dit-il.

Julia eut une envie de rire tout à fait déplacée en entendant un tel euphémisme.

Elle finit par retrouver la parole.

— J'essaie de comprendre si tu es ou non un fantôme, une hallucination, dit-elle doucement, en articulant exagérément.

Il secoua la tête.

— Non.

— Alors...

Julia chercha ses mots, mais elle parvint tout juste à dire « Comment... ? » d'une voix étranglée.

— Ma Julia, il y a beaucoup de choses dont nous devons parler, mais, s'il te plaît, viens vers moi. Viens étreindre ton mari qui est revenu d'entre les morts. Viens sentir par toi-même qu'il est bien réel.

Xavier tendit les bras vers elle.

Doucement, suivant ses instructions, Julia se leva et avança vers lui.

— Oh ! ma chérie, ma Julia, murmura-t-il tout en la serrant dans ses bras. Tu ne peux pas savoir combien j'ai attendu cet instant.

Son contact et son odeur familière vinrent confirmer qu'il ne s'agissait pas d'une hallucination.

C'en était trop, Julia fondit en larmes.

— Je ne comprends pas. Je ne comprends vraiment pas !

Lorsqu'elle s'effondra contre lui, Xavier la porta à moitié jusqu'au canapé et l'aida à s'asseoir tout en l'enfermant dans ses bras.

— Je sais, je sais, *ma petite*. J'ai toujours su que ce serait un choc terrible pour toi de me revoir. J'ai essayé de réfléchir au meilleur moyen de revenir, dit-il en caressant ses cheveux, mais il n'y avait tout simplement pas de bonne solution.

— Mais comment ? Comment peux-tu être là ? demanda-t-elle en pleurant. Tu es mort, *mort* ! Tu es mort il y a un an... Et, si tu n'es pas mort, alors, où étais-tu passé pendant tout ce temps ?

— Je vais tout te raconter au moment voulu, dit-il pour l'apaiser. Mais nous devrions d'abord fêter nos retrouvailles.

— Non.

Julia s'écarta brusquement de lui.

— Je veux que tu me le dises *maintenant*. Xavier, dis-le-moi maintenant, l'implora-t-elle.

— D'accord. Tu as raison. Je dois te raconter. Mais nous pourrions peut-être boire un verre de vin pour calmer nos nerfs.

Tandis que Xavier quittait le salon pour aller chercher à boire, Julia resta parfaitement immobile, incapable de saisir ce qui venait d'arriver.

— Bois ça, *chérie*. Ça va t'aider, dit-il en lui tendant un verre.

Julia doutait fort que quelque chose, et encore moins un verre de vin, puisse « l'aider ». Pourtant, elle en but une gorgée comme lui avait conseillé

Xavier, afin de pouvoir au moins se concentrer sur quelque chose.

— S'il te plaît, l'implora-t-elle de nouveau, il faut que tu m'expliques, Xavier. Si tu ne le fais pas, je crois que je vais devenir folle. S'il te plaît.

Xavier prit le verre des mains de Julia et le mit sur la table basse. Puis il posa ses longs doigts fins sur ceux de Julia sans la quitter du regard.

— *Ma chérie*, j'ai attendu ce moment pendant très longtemps, mais je l'ai aussi redouté. Je ne savais pas ce qu'il était préférable de faire. Devais-je rester loin de toi pour toujours, pour t'éviter le choc de cet instant et pour te protéger ? D'une certaine façon, il aurait été plus facile pour moi de ne pas revenir. De me cacher, de ne pas me confronter au mal que je t'ai fait. Mais ensuite…, non ! Je me suis dit que je ne pouvais pas m'enfuir, que je devais être courageux, assumer ma responsabilité de mari et de père.

Une question soudaine, urgente, traversa l'esprit de Julia.

— Oh mon Dieu ! dit-elle en posant la main sur sa bouche. Dis-moi, Xavier, dis-moi…, dis-moi, si tu es en vie, est-ce que Gabriel… ?

Xavier secoua la tête.

— Non, *mon amour*, il est parti, il est parti. Je l'ai vu… de mes yeux.

Julia retira sa main de la sienne. Elle prit une profonde inspiration, rassemblant ses forces.

— Dis-moi.

Xavier vida d'un trait le reste de son vin, puis tenta de prendre les mains de Julia dans les siennes. Elle le repoussa.

— Non ! Ne me touche pas !

Elle sentit à sa voix qu'elle était au bord de l'hystérie.

— S'il te plaît, dis-moi !

— *D'accord, chérie*, je vais commencer. Ce jour-là, ce jour terrible, nous avons quitté la fête à dix-neuf heures. Gabriel m'a demandé s'il pouvait s'asseoir devant avec moi et j'ai accepté. Nous sommes partis en direction de la maison, les cheveux au vent, et Gabriel était tellement heureux d'être assis à l'avant dans la nouvelle voiture de sport de papa. Il criait et riait, me demandant sans cesse de rouler plus vite. « Plus vite, papa ! Plus vite ! » Et parce que je voulais tout simplement lui faire plaisir, j'ai fait ce qu'il m'a demandé, dit Xavier d'une voix étranglée. J'ai pris le virage trop vite, puis j'ai fait une embardée pour éviter un véhicule qui arrivait en face. J'ai perdu le contrôle de la voiture, elle a quitté la route et a dévalé le flanc de la colline.

Xavier éclata en sanglots.

— Excuse-moi, Julia, excuse-moi…

Il ravala ses larmes, puis poursuivit.

— La voiture s'est enfin arrêtée quand elle a heurté un arbre. J'étais en état de choc, et mon visage saignait.

Il montra la cicatrice sur sa joue.

— Mais j'étais encore conscient. J'ai regardé immédiatement à côté de moi pour voir si Gabriel allait bien, mais le siège passager était vide. J'ai réalisé qu'il avait dû être éjecté de la voiture quand elle avait commencé à dévaler la pente. J'ai réussi à m'extirper de là et j'ai remonté la côte en courant pour retrouver Gabriel.

Xavier prit sa tête entre ses mains.

— Oh ! Julia, Julia…

Elle le regarda, hébétée, tandis qu'il tentait de retrouver son calme. Mais elle ne dit rien. Que pouvait-elle dire ?

— Je l'ai trouvé, murmura-t-il. Plus haut, sur le flanc de la colline. Au début, j'ai cru qu'il était simplement inconscient. Mais ensuite… Ô Seigneur ! Viens-moi en aide ! dit-il en pleurant. Je l'ai soulevé et sa tête pendait comme celle d'une… poupée cassée. J'ai su alors qu'il était gravement blessé, que la chute avait causé de graves dégâts.

— Tu es en train de me dire qu'il s'est brisé la nuque ?

Julia devait savoir, elle devait savoir exactement *comment* son bébé était mort.

— Oui. Puis j'ai réalisé qu'il avait les yeux ouverts…, grands ouverts, mais ils ne clignaient pas, Julia, ils ne clignaient pas. J'ai vérifié son pouls et je n'ai rien senti, je l'ai secoué, j'ai essayé de le réveiller, mais je savais qu'il ne me voyait plus, qu'il était… *Non !*

Il s'étrangla, puis secoua la tête.

— Je ne peux pas prononcer le mot.

Julia prononça le mot à sa place :

— Tu me dis que tu as su alors que Gabriel était mort ?

— Oui, chérie. Il était… mort. Je suis resté auprès de lui pendant quelques instants, je ne sais pas combien de temps. Je le serrais dans mes bras, l'implorant de revenir à la vie, mais il n'y avait aucune réaction.

Xavier frémit en y repensant.

648

— Et puis j'ai entendu une détonation et j'ai vu que la voiture au-dessous de nous avait pris feu. Tout était si sec dans la forêt que l'incendie n'a mis que quelques secondes pour nous rejoindre. Et... comment puis-je te dire ça, comment ? dit Xavier en sanglotant et en poussant des halètements angoissés. J'ai couru. J'ai couru sans m'arrêter. Je me suis enfoncé dans la forêt pour échapper au feu.

Il laissa échapper un autre sanglot étranglé.

— Je n'ai pas pris notre petit garçon avec moi ! Je n'ai pas... pris... notre garçon... avec moi !

Xavier fut incapable de poursuivre. Il prit sa tête entre ses mains et sanglota.

Julia resta assise à côté de lui, le regard perdu dans le vague, s'obligeant à rester là où elle était.

— S'il te plaît, Xavier. Continue à parler. Je dois tout savoir.

Elle ne comprenait pas pourquoi elle était si calme tout à coup, un calme sinistre, inquiétant.

Quelques minutes plus tard, Xavier recommença à parler.

— Tous les jours, je me demande pourquoi, *pourquoi*, en cet instant, je n'ai pas pris notre ange dans mes bras pour l'emporter. Je ne peux pas l'expliquer, je ne peux pas l'expliquer.

Il secoua la tête frénétiquement.

— Je l'ai laissé là-bas, tout seul ! C'était peut-être le choc, l'horrible chagrin..., un accès de folie qui s'est emparé de moi. Peut-être était-ce simplement un instinct de survie égoïste. Mais je l'ai fait, Julia, je l'ai laissé là-bas, je l'ai laissé là-bas.

Il pleurait de nouveau, mais Julia restait indifférente à son désespoir.

— Alors, où es-tu allé ?

Xavier essuya ses larmes et son nez qui coulait sur le dos de sa main.

— Julia, je ne peux pas te dire où je suis allé, mais quand je me suis arrêté de courir, quand j'ai su que les flammes ne pouvaient plus m'atteindre, je me suis simplement étendu sur le sol dans la forêt et je me suis endormi ou peut-être ai-je perdu connaissance. Quand je me suis réveillé, la nuit était tombée. J'ai fermé les yeux et je me suis rendormi. Quand je les ai rouverts, c'était le matin. Et puis…, j'ai subitement réalisé… que je devais rentrer à la maison et t'expliquer ce qui s'était passé. Mais chaque fois que je m'imaginais en train de me lever pour aller te retrouver, je réalisais que j'en étais incapable. Finalement, je me suis mis à marcher et j'ai compris que j'étais tout près de Saint-Tropez. J'ai continué à avancer jusqu'à la ville.

Il marqua une pause et prit une profonde inspiration.

— Julia, tu dois comprendre qu'à cet instant, j'étais presque fou de chagrin. Devant un tabac, il y avait un journal. Tu sais quels étaient les gros titres ce jour-là ?

— Non, je ne les ai pas lus.

— Alors, bien sûr, c'était toi sur la première page. Ils n'avaient pas encore de photo de moi, mais personne ne m'aurait reconnu ce matin-là, dit Xavier en grimaçant. Quand je me suis vu, avec du sang séché sur ma joue et mes habits déchirés, je me suis dit que je ressemblais à un vagabond et non au mari de la célèbre Julia Forrester.

Xavier se leva brusquement ⟨...⟩ cent pas dans la pièce.

— Je me suis lavé un peu ⟨...⟩ publics, puis j'ai acheté de l'eau ⟨...⟩ j'ai lu l'article sur l'accident, sur ⟨...⟩ Et j'ai réalisé que, pour toi, et l⟨...⟩ j'étais mort.

Xavier s'arrêta de marcher et ⟨...⟩ regarder Julia.

— En cet instant, j'ai su que j⟨...⟩ retourner auprès de toi et te dire ⟨...⟩ Je savais que tu ne pourrais jama⟨...⟩ J'avais tué notre *petit ange* et je l⟨...⟩ merci des flammes.

Xavier se leva et, n'ayant plus de ⟨...⟩ il regarda dans le vague.

— Alors, je me suis enfui.

— Où ?

— J'ai pris un bateau pour les tou⟨...⟩ longeait la côte. Il m'a emmené jusqu'à Ni⟨...⟩ suis monté à bord d'un ferry pour la Cors⟨...⟩ trouvé une petite pension dans les collines et je ⟨...⟩ resté là-bas jusqu'à ce que je n'aie plus assez d'a⟨...⟩ gent liquide sur moi pour payer. Ensuite, j'ai passé plusieurs semaines à ramasser des fruits, mais je ne restais jamais longtemps au même endroit de peur que quelqu'un finisse par me reconnaître.

Xavier haussa les épaules.

— Peut-être qu'on ne m'aurait pas reconnu après tout, mais je ne voulais pas courir le risque. Je ne voulais pas qu'on me retrouve. Je pense…, je dois croire que j'étais en pleine dépression. Je ne pouvais pas penser rationnellement. Mon esprit refusait

ui s'était passé. Je me contentais
ux comprendre, Julia ?
d'adm plorèrent Julia de lui donner une
elle en était incapable. Il soupira.
d'ex , j'ai commencé à me remettre progres-
me suis mis à réfléchir, non pas seule-
que j'avais fait à Gabriel, mais aussi à ce
ais fait, à toi. Je t'avais laissée croire que
ment ton fils adoré était mort, mais aussi

r passa nerveusement la main dans ses
x.
Et je me suis dit que c'était vraiment horrible
voir infligé ça. J'ai mis des mois à trouver la
e et le courage de revenir vers toi. Mais, finale-
t, j'y suis parvenu. Et me voilà.
Il y eut un long silence.
— Comment savais-tu que j'étais là ? demanda
ulia.

Xavier la regarda, une expression de surprise sur
le visage.

— Où aurais-tu été, sinon ? Si tu étais partie dans
une autre ville ou à l'étranger pour un concert, je
t'aurais attendue ici. En tout cas, tu étais là, *ma chérie.*

— Non, je n'étais pas là, répondit Julia d'un ton
impassible. J'étais en Angleterre. Et certainement
pas en train de jouer du piano.

Elle se leva brusquement, ressentant soudain le
besoin de s'éloigner de lui, de sa présence choquante.
Et de digérer l'horrible vérité sur la mort de son fils.
Et la part que Xavier avait jouée dans cette fin
tragique.

Elle traversa le couloir, puis la cuisine et sortit
sur la terrasse.

Tout en regardant le ciel d'un noir d'encre, parsemé d'étoiles, elle enroula les bras autour de son torse dans un geste protecteur mais vain. Et elle se souvint, non sans amertume, qu'elle croyait que la vie lui avait déjà tout appris de la souffrance.

Elle s'était trompée.

— Pardonnez-moi, pardonnez-moi…, demanda Julia au ciel lorsqu'elle s'avoua qu'elle aurait préféré que Gabriel fût épargné… plutôt que son mari.

Il a tué notre enfant.

NON ! Julia secoua la tête. Elle ne pouvait pas, elle ne devait pas raisonner ainsi. C'était un accident, un moment d'irresponsabilité, un choix tragique que n'importe quel parent pouvait faire durant les nombreuses années où il s'occupait de son enfant… De plus, il était impossible de savoir si Gabriel aurait survécu, même s'il avait été attaché dans son siège-auto à l'arrière de la voiture.

Il l'a laissé là-bas brûler dans la forêt.

— Oh mon Dieu ! murmura Julia.

Comment pourrait-elle le lui pardonner ?

Et si Gabriel était encore en vie au moment de l'incendie ?

Cette idée était trop horrible. Elle ne pouvait même pas l'envisager. Il lui fallait croire qu'il était déjà mort. Elle deviendrait folle si elle se mettait à l'imaginer en train de souffrir seul. Il fallait qu'elle fasse confiance à Xavier et qu'elle croie en sa version des faits.

Et que penser de ses actes après ? De sa disparition pendant un an, la laissant croire qu'il était mort ?

Si Xavier était rentré à la maison et avait reconnu

son horrible erreur, aurait-elle pu lui pardonner ? Elle était incapable de répondre à cette question.

Julia arrêta de faire les cent pas et se laissa tomber dans un fauteuil. Les circonstances extrêmes étaient-elles une excuse valable ? Et qu'allait-elle faire avec Kit, maintenant que Xavier était de retour ?

Elle porta la main à son front. C'était trop, beaucoup trop.

Elle sursauta quand elle sentit une main posée sur son épaule.

— Julia, dit-il en s'accroupissant devant elle et en prenant ses mains dans les siennes, je suis vraiment, vraiment désolé pour ce que je viens de te raconter ce soir. Je comprends à quel point c'est douloureux pour toi d'entendre ce qui s'est réellement passé. Je ne pourrai jamais me le pardonner. Mais peux-tu comprendre que, si je suis revenu, c'est uniquement pour me racheter ? Parce que je sais que j'ai mal agi et parce que je t'aime, ma chérie, je t'aime tellement, dit-il en se penchant pour lui baiser les mains. Trouveras-tu dans ton cœur assez de compassion pour me pardonner ?

Julia l'observa et vit à son regard qu'il était désespéré.

Elle se leva.

— Je ne peux plus parler ce soir. Je suis tellement fatiguée. J'ai besoin de dormir. Installe-toi dans la chambre d'amis pour le moment, s'il te plaît.

Elle passa devant lui sans mot dire et entra dans la maison.

Les deux jours suivants, Julia resta dans sa chambre, ignorant les supplications de Xavier qui voulait parler avec elle. Il fallait qu'elle digère l'énormité de ce qu'elle avait entendu et elle avait besoin de passer du temps seule pour panser ses plaies. Elle dormait pendant des heures dans la journée, puis se réveillait aux heures les plus sombres, les plus cruelles de la nuit pour affronter son cauchemar.

Le troisième matin, Julia laissa Xavier entrer dans la chambre. Il portait un plateau avec des croissants frais, de la confiture et du café.

— Je t'ai apporté le petit déjeuner, ma chérie. Je m'inquiète de ne pas te voir manger.

Il posa le plateau sur le lit et regarda le visage épuisé de Julia.

— Julia, il m'est insupportable de penser que je t'aie fait souffrir.

Julia le regarda remplir une tasse de café et se redressa lorsqu'il la lui tendit.

Elle le but en silence, tentant de se secouer.

— Je suis censée retourner en Angleterre, dit-elle d'un ton impassible.

— *Non !*

Xavier parut horrifié.

— Tu ne vas quand même pas partir maintenant ? Julia, tu n'es pas en état de voyager, et nous devons au moins parler.

Comme Julia aurait aimé, soudain, retrouver la paix, le calme et la tranquillité qu'elle avait connus avec Kit à Wharton Park ! Elle en eut les larmes aux yeux.

— Xavier, je…

Elle soupira, incapable d'exprimer avec des mots les émotions qui l'assaillaient.

— Julia, l'implora-t-il. S'il te plaît. Je ne te

demande qu'une chose : je te supplie de rester ici avec moi au moins pendant quelques jours. Laisse-moi t'aimer, laisse-moi t'aider à surmonter le choc terrible que je t'ai infligé. Si, au bout de ces quelques jours, tu veux encore partir, je ne m'y opposerai pas. Mais nous devons au moins ça à notre *petit ange*, nous devons au moins essayer pour lui.

C'était exactement ce qu'il fallait dire pour l'empêcher de prendre son avion immédiatement.

— J'ai pleuré sa disparition toute seule pendant des mois, dit-elle calmement.

— Alors, donne-moi une chance de pleurer avec toi. J'ai besoin de faire mon deuil, moi aussi. Ne me laisse pas, s'il te plaît, *chérie*. Je ne pourrais pas…, je ne pourrais pas continuer.

Julia le regarda et retrouva dans ses yeux le même désespoir que quelques jours auparavant.

— D'accord. Je vais faire comme tu le demandes et je vais rester ici. Pour le moment.

Xavier se jeta dans ses bras, renversant au passage le café sur les draps.

— *Merci, mon amour.* Je te promets que tu ne le regretteras pas. Alors, ma Julia, qu'est-ce que tu aimerais faire aujourd'hui ?

— Qu'est-ce que j'aimerais *faire* ? demanda-t-elle, trouvant l'idée complètement saugrenue.

— Oui, je pense que ce serait bien pour toi de sortir de la maison, d'aller quelque part loin des… souvenirs. Nous pourrions nous promener sur notre plage préférée, puis manger ensemble ?

— Je…

— Julia, s'il te plaît, *mon amour*.

Xavier fixa ses mains tout en parlant doucement.

— Je comprends le mal que je t'ai fait en te racontant ce qui s'était passé, mais n'es-tu pas au fond de toi un peu contente d'avoir retrouvé ton mari ? As-tu… pleuré pour moi aussi ?

— Bien sûr ! J'ai été… inconsolable pendant des mois, dit Julia, la gorge serrée. Tu n'as aucune idée de l'enfer que j'ai vécu ! Et puis j'ai finalement commencé à accepter, à me dire que j'avais peut-être encore un avenir… et voilà que tu réapparais tout à coup et… Oh ! Xavier, je ne sais pas…, je ne sais même plus ce que je ressens, dit-elle en prenant sa tête entre ses mains.

Malgré sa détermination, elle ne put retenir ses larmes plus longtemps. Xavier la prit dans ses bras et la serra contre lui tout en caressant ses cheveux.

— Je sais, *mon amour*, je sais. Mais je te jure que je vais me racheter, que je vais prendre soin de toi. Je vais t'aider à surmonter tout ça. Je ferai n'importe quoi pour te soutenir. Tu n'es plus seule, maintenant. Je suis là. Nous avons sûrement besoin l'un de l'autre, n'est-ce pas ?

— Oui, mais…

Le « mais » était si complexe que Julia ne savait comment l'exprimer.

— Je pense que c'est vraiment une bonne idée de sortir un peu de la maison. Si tu ne te sens pas bien, je te ramènerai immédiatement. *D'accord* ?

Elle soupira, trop hébétée pour se soucier de l'endroit où elle était. Elle aurait juste aimé que quelqu'un lui dise comment faire disparaître l'horrible sensation au creux de son estomac depuis que Xavier lui avait raconté ce qui était arrivé à leur fils.

657

Elle avait l'impression de faire son deuil une deuxième fois.

— D'accord.

— *Bon.* D'abord, il faut que j'aille à la *gendarmerie* pour leur montrer que j'ai ressuscité, dit-il en poussant un long soupir.

— Ton certificat de décès est sur le bureau. Tu devrais peut-être l'emporter, dit Julia non sans une pointe d'ironie dans la voix.

Il la regarda tout en se levant.

— Tu sais que je risque d'être poursuivi ?

Cette idée n'avait pas traversé l'esprit de Julia.

— Pourquoi ?

— Pour conduite dangereuse ou même homicide involontaire par imprudence. Mais il faut que je le fasse. Je vais y aller maintenant, pour en finir. J'ai peur, reconnut-il.

Julia vit son regard, un regard qu'elle connaissait bien. Il signifiait qu'il voulait qu'elle aille avec lui. Elle l'ignora et se leva.

— À plus tard, dit-elle en disparaissant dans la salle de bains.

Julia était au piano, espérant qu'il lui apporterait le réconfort dont elle avait tant besoin, quand Xavier revint. Il entra dans le salon, le sourire aux lèvres.

— Voilà, c'est fait. Ah ! Julia, j'aurais aimé que tu sois là pour voir la tête de M. l'inspecteur quand il a vu un homme qui lui tendait son propre certificat de décès, dit Xavier en gloussant.

— Je suis sûre qu'il était ahuri…

Julia était déconcertée par l'entrain de Xavier.

— Il doute qu'il y ait des charges contre moi, car

il n'y a eu aucun témoin de l'accident. Apparemment, je ne suis pas le premier conducteur à avoir quitté la route dans ce virage. Il a dit que je pourrais être poursuivi pour avoir mis en scène ma propre mort, mais seulement si nos assurances avaient versé de l'argent. C'est le cas ? demanda-t-il en la regardant avec inquiétude.

Pour une fois, Julia fut heureuse de ne pas avoir rempli tous les papiers relatifs à la « mort » de son mari.

— Non, répondit-elle calmement.

Xavier parut soulagé.

— Alors ! *C'est parfait !* Tu ne seras pas poursuivie, toi non plus.

Julia leva les yeux vers lui.

— Quoi ?

— Ne t'inquiète pas, dit-il en déposant un baiser sur sa tête. C'est un détail mineur, mais ça prouve que nous n'avions pas ourdi de complot pour soutirer de l'argent aux assurances.

Julia cacha son visage dans ses mains.

— S'il te plaît, Xavier ! Nous parlons de la mort de mon – de notre – fils, pas d'un stratagème élaboré pour gagner de l'argent !

— Pardon, ma chérie, d'avoir parlé ainsi. C'est à cause de cette stupide bureaucratie française. Et maintenant, dit-il en tirant sur les mains de Julia pour qu'elle lui laisse voir son visage, je vais t'emmener déjeuner dehors. Il faut peut-être aussi regarder les points positifs, non ? Et, la bonne nouvelle, c'est que je suis un homme libre, revenu d'entre les morts, et que j'ai retrouvé ma magnifique femme, dit-il en soulevant le menton de Julia pour l'embrasser sur la bouche.

54

Le joli village côtier de Gigaro était blotti sur la rive opposée du golfe de Saint-Tropez. Situé dans une réserve naturelle, à l'écart des grandes routes qui reliaient les stations balnéaires de la Côte d'Azur, il avait réussi à conserver son charme d'autrefois. Ses restaurants pittoresques avec leurs terrasses donnant sur la mer longeaient la plage encore préservée et n'étaient souvent connus que des habitants de la région.

Xavier entra dans le restaurant La Salamandre, suivi de Julia qui traînait les pieds derrière lui, l'air abattu. Elle vit Chantal, la propriétaire, le dévisager comme si elle était en train de rêver.

Xavier lui fit un signe de tête encourageant.

— *Oui, Chantal, c'est bien moi !*

Chantal posa la main sur sa bouche.

— Mais, *mon Dieu*, je n'arrive pas à croire ce que je vois ! Comment est-ce… ?

Xavier la prit par le cou.

— C'est une longue histoire. Je te la raconterai un jour. Mais, pour le moment, pourrions-nous avoir notre table habituelle avec un pichet de rosé ?

Lorsque Chantal partit chercher le vin, Julia regarda Xavier en face d'elle.

— Qu'est-ce que tu vas dire quand les gens vont te demander où tu étais passé ? demanda-t-elle d'une voix vide d'émotions.

— Je dois tout simplement leur dire la vérité, dit

Xavier en haussant les épaules. Que j'étais tellement fou de chagrin que j'ai disparu.

Julia le dévisagea. Une question la taraudait depuis ce matin. Il fallait qu'elle lui dise quelque chose.

— Tu réalises, n'est-ce pas, que c'est une manne providentielle pour les médias ?

— Tu as raison, ma Julia. *Voilà !*

Xavier tapa des mains sur la table.

— Je vais convoquer la presse, inviter les vautours à venir nous becqueter, mais une fois seulement. Oui, c'est la solution. Nous allons contacter Olav et il pourra tout organiser.

En voyant Xavier, Julia pensa à un train lancé à pleine vitesse. Elle comprenait sa joie et son soulagement après ce long exil, mais elle ne pouvait pas le suivre. La conférence de presse et le champagne offert par Chantal la dépassaient complètement. Elle ne voyait que le corps de son pauvre enfant, abandonné aux flammes dans la forêt. Xavier semblait vraiment ravi à l'idée d'être au centre de l'attention des médias. Elle avait oublié à quel point il pouvait être vaniteux.

— S'il te plaît, Xavier, je ne peux pas affronter les médias maintenant, l'implora-t-elle.

— Oui, bien sûr, ma chérie. Tu as raison. Je m'excuse. Pour paraphraser une expression anglaise, je cours avant même de savoir marcher. Mais comment ne pourrais-je pas être un peu heureux quand je suis là en train de regarder les yeux magnifiques de ma femme ? Tchin !

Il fit tinter son verre contre le sien.

— Je ne peux pas… être heureuse alors que je viens d'apprendre la vérité sur la mort de Gabriel.

Xavier tendit la main pour prendre celle de Julia, et elle se laissa faire non sans réticence.

— Julia, crois-moi, s'il te plaît. C'était un accident terrible. Et je ne me le pardonnerai jamais. Mais je me suis suffisamment puni, je t'ai suffisamment punie. Qu'est-ce que je peux faire de plus ? Dis-moi, Julia, et je le ferai, je te le promets.

— Rien, dit-elle en soupirant. Tu ne peux rien faire.

Julia fut réveillée le lendemain matin par des coups frappés à la porte. Elle arriva dans l'entrée encore tout endormie pour constater que Xavier avait déjà ouvert. Et elle vit des visages, des caméras et des dictaphones se presser sur le seuil de la maison.

Les yeux aveuglés par les flashs, Julia, interloquée, alla se réfugier à toute vitesse dans le salon, suppliant Xavier de fermer la porte. Elle se laissa tomber sur le canapé, encore toute tremblante et hors d'haleine. Enfin, elle entendit la porte se fermer, et Xavier vint la retrouver.

— Tu as pu te débarrasser d'eux ? demanda-t-elle, désespérée.

— Chérie, je suis désolé qu'ils soient venus si tôt, mais on ne peut rien faire, tu le sais. Tu es célèbre, et je suis ton mari. Ils ne partiront pas tant qu'ils n'auront pas leur histoire. Donc, plus tôt on en finira, mieux ça sera. Je leur ai dit que nous sortirons dans une heure pour leur accorder une interview. Ça devrait les calmer.

— C'est sûrement à toi qu'ils veulent parler ? grogna Julia. Est-ce qu'il faut vraiment que je sorte ?

Xavier passa son bras autour de ses épaules.

— Tu sais bien que c'est toi qu'ils veulent en réalité. C'est avec toi qu'ils pourront faire une belle photo pour la première page. C'est le prix à payer pour le fait d'être riche et célèbre. Bon, je dois aller me doucher.

Il la regarda, assise sur le canapé dans son vieux t-shirt délavé qu'elle aimait mettre pour dormir.

— Tu devrais peut-être te doucher toi aussi.

Julia fit ce qu'on lui demandait et se laissa photographier avec Xavier qui la tenait dans ses bras, puis avec Xavier qui l'embrassait sur la bouche. Lorsqu'on lui demanda ce qu'elle pensait du retour miraculeux de son mari, elle dit qu'elle était très heureuse. Qu'aurait-elle pu dire d'autre ?

Ils avaient tout juste fermé la porte et congédié les journalistes que le téléphone portable de Julia sonna.

— Julia, c'est Alicia. Dois-je vraiment croire ce que je viens d'entendre à la radio ? Le présentateur a dit que le mari de Julia Forrester avait été retrouvé sain et sauf.

— Oui, c'est vrai, dit Julia en soupirant. J'aurais dû t'appeler, mais je n'étais pas encore remise du choc moi-même et je ne pensais pas que l'histoire allait sortir aussi vite.

— Eh bien, si c'est vrai, c'est une sacrée histoire pour les médias. Ça ne devrait pas te surprendre, ajouta Alicia. Je suppose que, maintenant que Xavier est revenu, tu restes en France ?

— Je...

Julia marqua une pause.

— Je ne sais pas.

— Très bien.

Ce fut au tour d'Alicia de rester quelques secondes silencieuse avant de demander :

— Tu as parlé avec Kit ?

— Non, non, pas encore.

— Eh bien, ce n'est pas à moi de te dire ce que tu dois faire, mais, quels que soient tes projets, il serait peut-être préférable que tu le lui dises toi-même avant qu'il ne l'apprenne par les médias.

— Oui, je suis sûre que tu as raison.

Julia ne pouvait pas encore s'y résoudre.

— Au fait, papa a appelé. Il avait entendu la nouvelle, lui aussi. Il m'a dit de te transmettre ses félicitations. Alors, Julia, tu es heureuse que Xavier soit revenu ?

Julia aperçut Xavier qui traversait la cuisine pour venir la rejoindre.

— Désolée, Alicia. Pourquoi ne parlerions-nous pas un peu plus tard ? Je suis un peu débordée pour le moment.

— Bien sûr. Passe le bonjour à Xavier. Je t'appellerai plus tard. À bientôt, Julia.

Julia sentit des bras autour de ses épaules.

— Comment vas-tu, ma Julia ?

— Je suis un peu abasourdie, reconnut-elle.

— Ils aiment les dénouements heureux... Je t'aime...

Xavier embrassa sa nuque, et ses mains commencèrent à se balader sur le corps de Julia.

Elle le repoussa.

— Non ! Pour l'amour du ciel, Xavier ! Tu ne comprends donc pas ? Ce n'est pas un dénouement heureux !

— Non, *je comprends.* Je suis désolé. Je voulais juste te montrer à quel point je t'aime, mais je dois attendre que tu sois prête à l'accepter.

Julia se rendit compte qu'elle était en sueur. Elle avait besoin d'être seule, loin de lui. Elle se dirigeait vers la porte quand Xavier lui dit :

— Nous avons été invités à manger chez Roland et Madeleine pour fêter mon retour. Tu veux y aller ?

C'était Roland et Madeleine qui avaient invité Xavier et Gabriel au barbecue, l'horrible jour où la vie de Julia avait basculé.

— Non, je suis fatiguée, Xavier.

Elle vit à ses yeux qu'il était contrarié, mais il hocha la tête.

— Bien sûr. Mais je pense que je devrais y aller. Je partirai dans une demi-heure. À tout à l'heure, *mon amour.*

— Oui.

Julia sortit sur la terrasse et se laissa tomber dans un fauteuil. C'était une journée particulièrement chaude. Seule une ligne blanche scintillante permettait de différencier la mer du ciel.

Alicia avait raison. Il fallait qu'elle appelle Kit. Il fallait qu'il l'apprenne de sa bouche. C'était la moindre des choses.

Elle regarda son téléphone portable et fit défiler machinalement la liste de ses contacts pour trouver le numéro de Kit.

Qu'allait-elle dire ?

Elle secoua la tête. Peu importait ce qu'elle dirait.

Son mari était rentré et, même si elle avait le cœur brisé à l'idée de ne plus voir Kit, ça n'avait plus d'importance à présent. Elle n'était plus libre d'être avec lui.

Lorsqu'elle trouva le numéro de Kit, Julia se dit que toute cette histoire était étrange. C'était son mari qui était revenu d'entre les morts, mais c'était elle qui se sentait morte à l'intérieur.

Quand elle entendit Xavier partir, elle prit une profonde inspiration et appuya sur la touche pour lancer l'appel.

Kit regarda son téléphone qui sonnait sur le bureau. Il vit que c'était Julia. Il laissa sonner.

Il n'avait pas le cœur à lui parler.

Il savait ce qu'elle avait à dire. Il avait appris la nouvelle en écoutant son autoradio.

Kit regarda le parc par la fenêtre. Il avait toujours accepté le fait que Julia était avec lui uniquement parce qu'elle croyait son mari mort. Il n'y avait pas de compétition possible. Xavier était revenu. C'était le mari de Julia… Elle était sa femme…

— Oh mon Dieu ! grogna-t-il en secouant la tête.

Il aurait dû savoir que c'était trop beau…

Pour la première fois depuis bien longtemps, il s'était laissé aller à ouvrir son cœur à une femme. Il avait osé franchir le pas, osé se jeter dans l'inconnu pendant que Julia avait eu le courage de surmonter sa peur et de venir le rejoindre. Et il avait appris pour la première fois ce qu'était aimer, aimer vraiment.

— Où est-ce que je retrouverai ça ? dit Kit en soupirant.

Il savait qu'il ne retrouverait jamais un tel amour. Et il savait aussi qu'il n'y avait aucun espoir que leur histoire puisse renaître un jour. Julia était certainement aux anges comme il l'aurait été si Milla avait ressuscité.

Son téléphone portable sonna à nouveau. C'était encore Julia.

Il regarda le parc et décida qu'il préférait ne pas entendre ses paroles.

Il comprenait.

— Sois heureuse, ma chérie, murmura-t-il. Je t'aimerai toujours.

Puis, Kit Crawford prit sa tête entre ses mains et se mit à pleurer comme un enfant.

55

Julia parvint d'une manière ou d'une autre à passer les jours suivants sans trop souffrir. Comme elle l'avait fait si souvent autrefois, elle se consola en jouant du piano. Elle pouvait ainsi passer quelques heures bienvenues, loin de la réalité, mais aussi de l'attention constante de Xavier. Elle savait qu'il faisait tout son possible pour lui montrer à quel point il l'aimait et qu'il attendait désespérément qu'elle lui rende cet amour, mais elle en était incapable pour le moment.

Elle était dans une sorte d'état second. Elle

mangeait, elle dormait, elle parlait, elle existait en somme, mais, à l'intérieur d'elle, il y avait un grand vide. Un espace sombre où son cœur battait autrefois et lui permettait de sentir. Kit l'avait aidée à retrouver cette sensation, mais à présent tout ce qu'il lui avait donné s'était évanoui.

Un soir, après avoir passé l'après-midi à jouer au piano, Julia se versa un verre de rosé et alla s'asseoir sur la terrasse. Son téléphone se mit à sonner immédiatement. Elle vit que c'était le numéro d'Alicia.

— Allo ? dit-elle.

Elle n'entendit que des sanglots à l'autre bout du fil.

— Alicia, qu'est-ce qu'il y a ? demanda-t-elle.

— Oh ! Julia… Je…

Les mots d'Alicia furent couverts par d'autres sanglots.

— Tu peux essayer de m'expliquer ?

Julia était frappée de stupeur par la détresse d'Alicia. Ça ne lui ressemblait pas du tout.

— Non, non, c'est trop horrible. Est-ce que je peux venir te voir en France ? Il faut que je parte d'ici. Max a dit qu'il pourrait prendre quelques jours de congé pour s'occuper des enfants. Est-ce que je peux rester un peu chez toi ? Je sais que c'est un moment difficile pour toi, mais… j'ai besoin de toi.

— Bien sûr que tu peux. C'est à cause de Max ?

— Non, Max n'a rien à voir là-dedans ! Si seulement ce n'était qu'une dispute ! C'est *moi* !

— Tu es malade ? demanda Julia.

— Non, je ne suis pas MALADE ! Je suis en

parfaite santé. Mais, oh ! s'il te plaît, Julia, je peux prendre un avion demain et arriver en milieu d'après-midi chez toi. Tu pourrais venir me chercher à Toulon ?

— Bien sûr !

C'était même parfait pour Julia, qui cherchait à échapper à Xavier et à sa présence trop oppressante.

— Je peux faire quelque chose ?

— Non, rien. Je te demande juste de m'accueillir dans ta maison pour que je puisse mettre un peu d'ordre dans mes idées. Je ne veux pas m'effondrer devant les enfants.

— Appelle-moi dès que tu auras réservé ton vol. Et je viendrai te chercher. Je ne sais pas de quoi il s'agit, mais je suis sûre qu'il doit y avoir une solution.

— Non, malheureusement, il n'y a pas de solution, déclara Alicia. Ça m'a complètement anéantie et on ne peut rien y faire. En tout cas, merci beaucoup, Julia, je t'appellerai plus tard.

Julia était saisie et peinée d'entendre sa sœur parler ainsi. Alicia semblait vraiment bouleversée. Julia fut pourtant soulagée d'avoir de la peine pour elle : cela signifiait qu'elle pourrait peut-être un jour sentir à nouveau quelque chose pour son mari, que ce soit de l'amour ou de la haine. Toutefois, elle se demandait ce qui avait bien pu se passer pour pousser Alicia – une mère toujours si dévouée – à prendre un avion et laisser ses quatre enfants chez elle.

Xavier arriva à la maison deux heures plus tard, disant qu'il avait rencontré quelques amis à Saint-Tropez et qu'ils étaient partis boire encore quelques verres ensemble pour fêter son retour. Il parlait en mangeant ses mots, et Julia le regarda avec dégoût. Son goût immodéré pour l'alcool avait toujours été une source de disputes dans leur mariage. C'était l'un des points noirs de leur relation. Julia l'avait accusé en de nombreuses occasions de trop boire. Xavier devenait alors toujours agressif et niait la vérité.

Ce soir-là, quand Agnès apporta leur dîner sur la terrasse et que Xavier versa encore du vin dans son verre, Julia décida de ne rien dire. Elle n'avait pas assez d'énergie pour se disputer avec lui.

— Ma sœur arrive demain et va rester quelques jours ici, dit Julia en mangeant du bout des dents les filets de rouget aux airelles.

Xavier haussa les sourcils.

— La parfaite Alicia nous fait l'honneur de sa présence ?

— Ne parle pas de ma sœur comme ça. Il lui est arrivé quelque chose. Elle ne m'a pas dit de quoi il s'agissait, mais elle semblait vraiment bouleversée.

— Elle n'a peut-être pas trouvé l'une des chemises préférées de son mari dans la pile de repassage ?

Julia préféra ne pas réagir à ses allusions d'homme ivre et changea de sujet.

— Est-ce que ton interview d'aujourd'hui était la dernière ? demanda-t-elle en parlant de l'entretien qu'il avait accordé à un journaliste du *Figaro*.

— Ça dépend de moi, dit-il en haussant les épaules. J'ai encore beaucoup de demandes. On m'a même proposé d'écrire mes mémoires. Ça me rapporterait beaucoup d'argent, disent-ils. Qu'est-ce que tu en penses ?

— Je pense que nous n'avons pas besoin de cet argent, répondit brusquement Julia.

— Et *Paris-Match* souhaite venir ici pour nous interviewer tous les deux.

— Non, dit Julia avec fermeté. Je t'ai dit que je ferais une conférence de presse, et c'est tout. S'il te plaît, ne m'implique plus dans tes projets.

— D'accord, dit Xavier avec désinvolture, et ils continuèrent à manger en silence.

Au bout d'un moment, il tendit le bras pour toucher la main de Julia.

— Tu n'es pas heureuse, n'est-ce pas, Julia ? Dis-moi pourquoi, s'il te plaît.

— J'ai peut-être juste besoin d'un peu de temps pour m'adapter, dit-elle simplement, car elle ne voulait pas poursuivre cette conversation.

Xavier serra sa main, puis se resservit du vin.

— Oui, c'est peut-être pour ça. Tu sembles très différente.

— Je suis différente. J'ai l'impression d'avoir vécu une vie entière depuis que je vous ai laissés tous les deux, ce jour horrible. Cette... expérience m'a changée pour toujours, Xavier, c'est normal.

— Mais nous pourrions recommencer à nous aimer comme avant, tu ne crois pas, *chérie* ? l'implora-t-il. Tu te souviens comme nous nous aimions... C'était tellement beau. Nous pourrons retrouver ce sentiment, j'en suis sûr.

Julia soupira.

— J'espère, Xavier, j'espère vraiment.

Plus tard, il la suivit jusqu'à leur chambre et s'attarda près de la porte.

— S'il te plaît, Julia, laisse-moi dormir avec toi ce

soir. Laisse-moi te montrer à quel point je peux t'aimer. Ça nous aidera à nous souvenir de ce que nous vivions autrefois.

Il s'approcha d'elle et la prit dans ses bras.

Même si elle n'avait absolument aucune envie de lui, Julia s'arma de courage et laissa Xavier la caresser et l'embrasser, pensant qu'il avait peut-être raison et que ça l'aiderait à se souvenir.

Une fois qu'ils eurent fait l'amour, Julia resta allongée à côté de lui, les yeux grands ouverts. L'acte en lui-même n'avait duré que quelques secondes, et Xavier avait immédiatement sombré dans un profond sommeil.

Julia dut bien s'avouer qu'elle avait trouvé repoussants son contact et son haleine chargée d'alcool. Comment était-ce possible ? Avant, elle avait toujours recherché la proximité avec lui, le contact de son corps nu contre le sien. L'amour physique avait joué un rôle important dans leur relation.

Mais ce soir... Julia se tourna et se retourna dans son lit, perturbée par le fait que, pendant que Xavier lui faisait l'amour, elle n'avait pas pu s'empêcher de penser à Kit. Ses mains délicates et douces, toujours là pour lui procurer du plaisir, sa façon d'attendre qu'elle soit prête pour s'abandonner lui aussi... Les rires qui venaient souvent avec l'intimité... Et puis, elle savait qu'avec Kit elle pouvait être elle-même, qu'il l'aimait pour ce qu'elle était...

Julia se ressaisit. Il était inutile de se torturer avec ce qui aurait pu être. Le sort avait décidé que leur histoire ne pourrait pas continuer, et elle n'avait pas d'autre choix que d'essayer de l'accepter.

Julia attendait dans le hall des arrivées à l'aéroport de Toulon et vit Alicia sortir de la livraison des bagages. Sa sœur avait les traits tirés, le visage particulièrement pâle. Ce n'était pas l'Alicia que Julia avait toujours connue. Julia avança vers elle et la prit dans ses bras.

— Bonjour, Alicia. Bienvenue en France.

— Oh ! Julia. Ça me fait vraiment plaisir de te voir…, dit Alicia avant de fondre en larmes sur l'épaule de sa sœur.

— Viens, je t'emmène à la maison. Ensuite, tu pourras tout me raconter, proposa gentiment Julia en guidant Alicia vers sa voiture.

Lorsqu'elles prirent la route de Ramatuelle, Julia jeta un coup d'œil à sa sœur, qui regardait droit devant elle, les mains jointes sur les genoux, les doigts crispés.

— Tu veux qu'on en parle tout de suite ou tu préfères attendre qu'on soit arrivées à la maison ?

— Xavier est à la maison ? demanda Alicia.

— Oui, répondit calmement Julia.

— Tu as parlé à papa depuis l'autre jour ?

— Non, répondit Julia. Je n'ai eu aucune nouvelle de lui. En fait, j'ai été vraiment surprise qu'il ne m'ait pas rappelée après la réapparition de Xavier.

— Il avait peut-être d'autres choses en tête, marmonna Alicia.

Julia perçut une pointe d'amertume dans la voix de sa sœur, mais elle décida de ne pas chercher à en savoir plus pour le moment. Elles roulèrent en silence. La route commença à monter, et la vue se dégagea devant elles pour laisser apparaître la mer Méditerranée dans toute sa splendeur.

Alicia posa soudain la main sur le bras de Julia.

— Arrête la voiture ici, tu veux bien ? dit-elle. Il faut que je sorte.

Julia se gara sur une petite aire de stationnement en haut de la falaise, permettant aux visiteurs de s'arrêter pour profiter de ce site pittoresque. Alicia sortit immédiatement de la voiture et s'approcha du garde-fou qui la séparait de la pente abrupte plongeant dans la mer.

Julia la suivit d'un pas hésitant. Elle se mit à côté d'elle et s'appuya sur le garde-fou.

— C'est beau ici, n'est-ce pas ? dit-elle d'un ton neutre.

— Papa m'a dit il y a trois jours que j'avais été adoptée.

Alicia prononça ces mots avec une brusquerie qui tentait de masquer leur intensité émotionnelle.

Julia resta bouche bée.

— Quoi ?

— Oui, c'est vrai, répondit Alicia d'un ton sec. J'ai été adoptée. Maman a eu le cancer quand elle avait une vingtaine d'années, bien avant la rechute qui l'a emportée à quarante ans. Ils pensaient que la radiothérapie qu'elle avait subie l'empêcherait d'avoir des enfants. Alors, ils m'ont adoptée. Donc, maman n'est pas ma mère, papa n'est pas mon père, et toi, Julia, tu n'es pas ma sœur, annonça-t-elle en se tournant vers elle, les yeux vides d'expression.

— Non, je..., dit Julia en secouant la tête, l'air désespéré.

Elle se demanda quand les chocs allaient enfin s'arrêter.

— C'est impossible...

— Si, c'est possible ! Papa m'a montré mon acte de naissance. Apparemment, ma mère, qui s'appelait Joy Reynolds, était une adolescente d'Aylsham qui s'était mise dans de sales draps. Elle ne pouvait pas m'élever. Elle a donc souhaité qu'une famille m'adopte. Quand papa et maman, ou devrais-je dire George et Jasmine, m'ont emmenée, j'avais deux semaines.

— Mais… ?

— Tu veux savoir si toi aussi tu as été adoptée ? dit Alicia qui devina les pensées de sa sœur. Ne crains rien, Julia, tu es bien leur fille. Je suis la seule intruse de la famille.

— Mais je ne comprends pas, Alicia. Si maman ne pouvait pas avoir d'enfants, comment ai-je pu naître trois ans plus tard ?

— Apparemment, il n'est pas rare que les femmes sans enfant qui adoptent un bébé tombent soudain enceintes. Leur instinct maternel favorise la production d'hormones qui, à leur tour, favorisent la conception, paraît-il. C'est Max qui a regardé pour moi sur Internet hier soir, et il y a des centaines d'histoires similaires. Alors, ne t'inquiète pas, Julia, tu as le même sang qu'eux. Excuse-moi si j'ai l'air un peu amère, dit Alicia en posant la main sur le bras de Julia. Je ne fais pas exprès. C'est juste que ce que je pensais être n'est plus. Je ne sais pas qui… je suis.

— Non, dit Julia en connaissance de cause. Ça doit être affreux pour toi. Je suis vraiment, vraiment désolée, Alicia. Et, pour être honnête, je ne comprends pas pourquoi papa a décidé de t'en parler après tout ce temps. Ils auraient pu le faire il y a longtemps, tu ne trouves pas ?

— Je sais, dit Alicia en hochant la tête. En fait, je pense qu'il n'avait pas l'intention de me le dire un jour. Mais il a dit qu'il a dû me l'annoncer à cause de quelque chose qu'Elsie lui avait raconté.

Julia comprit soudain. C'était la raison pour laquelle Elsie avait insisté pour que Julia ne parle pas avec Alicia de ses origines et du lien qu'elle avait avec les Crawford. Parce que, bien sûr, Alicia n'était pas concernée. Elle n'avait pas les mêmes origines.

— En tout cas, poursuivit Alicia, peu importe ce qui l'a poussé à me dire la vérité. Cette nouvelle m'a complètement anéantie.

Alicia posa la tête sur ses mains et se mit à pleurer.

— Je me sens perdue.

C'était tellement inhabituel de voir Alicia aussi vulnérable et accablée de chagrin que Julia avait du mal à trouver des mots pour la réconforter.

— Je comprends le choc que ça doit être pour toi…

Alicia leva la tête et regarda Julia.

— Tu crois vraiment ?

Elle secoua la tête.

— Non, Julia, je ne pense pas. Ma famille signifie tout pour moi. Elle passe toujours en premier, toujours. Tu te souviens quand maman est morte ? J'ai essayé de m'occuper de papa et de toi. J'ai fait tout ce que j'ai pu. Même si j'avais le cœur brisé, moi aussi, il fallait bien que quelqu'un prenne la place de maman et continue de faire tourner la maison. J'ai appris à faire face, à me débrouiller. Et tu sais quoi ? C'est ce que je fais depuis.

— Je suis désolée, Alicia, vraiment. Je n'avais pas réalisé.

— Non, bien sûr, reconnut Alicia. Papa et toi étiez perdus dans vos mondes. Le problème, c'était que, vous deux, vous, ma famille, vous étiez mon monde à moi. Je voulais être là pour vous deux, vous étiez tout ce que j'avais. Papa partait toujours à la recherche de nouvelles espèces aux quatre coins du monde, et toi, tu es partie parfaire ta formation musicale à Londres, bien contente d'être loin de moi.

— Ce n'est pas vrai, Alicia.

— Allons, Julia, sois honnête.

La voix d'Alicia avait un timbre dur, sévère.

— Tu m'en voulais alors que je faisais de mon mieux pour m'occuper de toi. Et je pense que tu m'en veux toujours aujourd'hui. Moi, avec ma vie « parfaite », toujours bien organisée… Tu avais l'impression que je te traitais avec condescendance. Je comprends, tu sais.

Elle secoua la tête.

— C'est moi qui avais choisi de jouer ce rôle. Il m'a aidée à survivre, à enfouir ma douleur. Et il ne m'a pas quittée depuis. J'ai toujours été là pour quelqu'un : toi, papa, Max, les enfants… Maintenant…, je découvre que tout ça n'était qu'un fichu mensonge, dit Alicia d'une voix étranglée par l'émotion. Papa, maman et toi n'êtes même pas ma vraie famille !

Julia resta quelques instants silencieuse, presque effrayée par la colère d'Alicia et sa souffrance. Pire encore, elle savait que, dans tout ce qu'avait dit Alicia, il y avait beaucoup de choses vraies.

— Ce n'était pas un mensonge, Alicia, dit-elle enfin. Nous nous aimions – nous nous aimons –, quelles que soient nos véritables origines.

Alicia posa sa tête sur le garde-fou et soupira.

— Pardonne-moi, Julia. J'ai perdu le fil, je crois. Mes stratégies d'adaptation, comme on dit en psychanalyse, ne fonctionnent plus. J'ai l'impression que le monde s'est écroulé autour de moi. Plus rien n'a de sens. Tout semble vain...

Julia toucha l'épaule de sa sœur.

— C'est le choc qui fait ça, tu peux me croire. Ça va aller mieux après.

— Je n'arrive pas à croire que ce n'est pas maman qui m'a mise au monde, murmura-t-elle, mais une étrangère.

— Oui, mais, pour maman, c'était pareil...

Ces paroles lui avaient échappé sans même que Julia s'en rende compte.

Alicia leva la tête, le visage strié de larmes.

— Quoi ? Tu es en train de me dire que maman a été adoptée aussi ?

Julia hocha la tête.

— Oui. C'est ce qu'Elsie avait à me dire. Et c'est très certainement ce qu'elle a raconté à papa aussi.

— Mon Dieu, murmura Alicia. Maman savait-elle qu'elle avait été adoptée ?

— Non, elle ne savait pas. Elsie a dit que, pour elle, Jasmine était sa fille, un point, c'est tout. Et je suppose, ajouta doucement Julia, que c'est ce qui compte, après tout.

Alicia ne répondit pas. Julia repoussa les cheveux qui cachaient le visage d'Alicia.

— Je comprends vraiment que tu aies été bouleversée d'apprendre la vérité sur tes origines alors que, pendant des années, tu as cru autre chose. Mais, au bout du compte, ça ne change rien au fait que papa et maman t'ont aimée comme leur fille. La seule différence entre maman et toi, c'est qu'elle n'a jamais su, et que toi, tu sais maintenant.

Alicia, qui était maintenant plus calme, regarda la mer et soupira.

— Ça m'aide quelque part, de savoir pour maman. Je crois qu'il faut juste que je m'habitue à cette idée.

— Oui, approuva Julia. Et je ne veux pas avoir l'air de te donner des leçons, mais j'ai eu ma part de chocs l'année dernière et je sais qu'il faut tout simplement laisser du temps au temps.

— Oui.

Alicia regardait la baie.

— Je t'ai dit une fois que je me demandais comment je réagirais si j'étais confrontée un jour à une épreuve comme celle que tu as traversée. Et regarde-moi, dit-elle en souriant tristement. Je suis une vraie épave !

— Tu es tout simplement humaine, Alicia, dit Julia qui se sentait un peu coupable d'avoir mal jugé sa sœur. Ne sois pas trop dure avec toi-même.

— Non, c'est ce que Max a dit.

Elle se tourna vers Julia et sourit.

— Il a été merveilleux. Il s'est montré très compréhensif et m'a vraiment apporté tout son soutien.

— C'est un homme bien, Alicia. Et il t'adore.

— Le problème, c'est que j'ai tellement l'habitude d'être forte... Mais là, je ne le suis plus. Ça doit être un choc pour lui de me voir si faible après toutes ces années.

— Il est peut-être heureux d'avoir l'occasion de s'occuper de toi, pour une fois, avança Julia.

— Peut-être...

Alicia tendit les bras vers sa sœur.

— J'ai besoin d'un câlin.

Julia la serra dans ses bras.

— Désolée pour toutes les choses que je viens de dire. Je ne les pensais pas vraiment.

La voix d'Alicia était assourdie par l'épaule de Julia.

— Et je suis désolée de ne m'être jamais rendu compte à quel point tu avais souffert de la mort de maman, toi aussi. Vraiment, tu as été merveilleuse avec moi, surtout ces derniers temps. Je ne sais pas comment je m'en serais sortie sans toi.

Julia le pensait sincèrement.

— Eh bien, petite sœur, dit Alicia en se dégageant, c'est moi qui ai besoin de toi, maintenant, d'accord ?

— D'accord.

Ce soir-là, Alicia rejoignit Julia et Xavier pour le dîner sur la terrasse. Elle avait fait une sieste après leur arrivée et semblait plus calme, même si elle était toujours très pâle. Xavier se conduisit très bien, et la présence d'Alicia neutralisant les tensions entre Julia et lui, ils passèrent une soirée agréable. À minuit, Alicia se mit à bâiller et s'excusa.

— Désolée, je n'ai pas très bien dormi ces

derniers temps et j'ai bu trop de vin sur un estomac vide depuis plusieurs jours. Bonne nuit et merci de m'avoir accueillie.

Elle serra la main de Julia.

— Je suis contente d'être venue.

Xavier partit se coucher peu de temps après, et ce fut donc à Julia de verrouiller les portes et d'éteindre les lumières. C'était tellement différent de ce qu'elle avait connu avec Kit. À Wharton Park, ils faisaient toujours ce genre de tâches ensemble.

Tandis qu'elle faisait le tour de la maison, elle pensa à sa sœur, au fait qu'elle n'avait jamais pris le temps de voir sa vulnérabilité sous la surface et qu'à la mort de leur mère, Alicia avait construit sa vie pour se protéger de la douleur. Et maintenant, tout ce qu'elle avait construit venait de s'écrouler.

Kit en avait parlé une fois ; il avait vu qui était vraiment Alicia et il avait compris. Tout en montant l'escalier, Julia regretta de ne pas avoir sa perspicacité. Au moins avait-elle à présent l'occasion de remercier Alicia pour tout ce qu'elle avait fait pour elle. Elle eut un véritable élan d'affection et d'amour pour sa sœur.

En entrant dans sa chambre, elle constata que Xavier avait apparemment conclu qu'après leur nuit d'amour, il pouvait reprendre sa place de mari. Il était étendu de tout son long sur le lit.

— Ta sœur semblait…

Xavier chercha ses mots.

— … plus humaine, ce soir. Même si j'étais vraiment impatient que le dîner se termine pour t'avoir de nouveau à moi tout seul, mon amour.

Il montra la protubérance dans son boxer-short.

Quand Julia s'assit sur le lit pour enlever ses vêtements, il l'attira contre lui et l'incita à baisser la
tête.

— Non, Xavier !

Elle se dégagea, puis secoua la tête.

— Pas ce soir, je suis fatiguée.

— Mais, Julia, tu sais comme j'aime ça, comme
ta bouche est douce. Ça m'excite tellement, dit-il
pour la convaincre.

Elle l'ignora et alla dans la salle de bains.

Le lendemain, Xavier partit à une heure étonnamment matinale pour accorder une énième interview. Alicia et Julia purent ainsi prendre un petit
déjeuner tardif ensemble. Puis Julia proposa qu'elles
aillent dans le coin le plus tranquille de la plage de
Pampelonne, à Saint-Tropez.

— Quelle décadence ! dit Alicia lorsqu'elles
s'installèrent sur des chaises longues fournies par le
bar de la plage. Je pense que, quand on vient de
découvrir qu'on a été adopté, c'est une sacrée
compensation de pouvoir trouver refuge chez sa
sœur qui vit dans le sud de la France. Ça m'a vraiment aidée d'être ici avec toi. Et tu as raison : ça ne
fait pas vraiment de différence que je sois adoptée
ou non, au bout du compte.

— Non, Alicia, je pense vraiment que ça ne
change rien à l'amour que papa et maman t'ont
donné, répondit Julia en savourant la chaleur du
soleil sur son visage. Et je suis désolée si je t'ai
donné le sentiment que je t'en voulais alors que tu
essayais de m'aider. J'avais toujours l'impression

que tu faisais tout comme il faut quand moi, je faisais tout de travers.

— Si seulement c'était vrai ! grogna Alicia. J'ai passé les vingt dernières années à m'affairer dans tous les sens pour éviter de m'interroger sur mes émotions, si bien que maintenant je ne sais plus qui je suis.

— Eh bien, justement, ça sera certainement très amusant pour toi de chercher à le découvrir, suggéra Julia. Et peut-être que, pendant quelque temps, tu devrais te concentrer sur toi, faire passer tes besoins et tes envies avant ceux des autres.

— Le problème, c'est que j'ai besoin de sentir qu'on a besoin de moi, reconnut Alicia. Si je laisse ça, qu'est-ce qu'il me restera ?

— Ceux qui t'aiment, ils t'aiment pour ce que tu es et non pas pour ce que tu fais pour eux.

— Vraiment ? Tu crois que, si j'arrête de repasser les chemises de Max et de préparer à manger pour les enfants, ils m'aimeront encore ?

Julia vit une lueur malicieuse dans les yeux d'Alicia.

— Tu sais très bien que oui. Et, pour être tout à fait franche, je pense qu'ils te respecteraient plus si tu ne te prêtais pas à toutes leurs exigences. Et ça vaut pour moi aussi, ajouta Julia. On ne sait jamais, c'est nous qui allons peut-être commencer à nous plier à tes exigences.

— Waouh ! s'exclama Alicia en riant. Quelle perspective ! En tout cas, je ne peux m'en prendre qu'à moi. J'ai toujours projeté cette image de moi, l'image d'une femme qui contrôle la situation et, bien sûr, la plupart du temps, c'est vrai, Julia. C'est ma force. Sauf en ce moment, ajouta-t-elle.

— Oui, mais tu as aussi le droit d'être vulnérable de temps en temps, d'avoir besoin de l'attention des autres, comme tous les êtres humains. Et tu ne devrais pas avoir peur de le montrer.

— Non, dit Alicia en hochant la tête. Tu as raison. Et puis Max a vraiment été super ces derniers jours… Tu sais, je pensais que je l'avais épousé juste parce qu'il se trouvait « là ». Je croyais que, peut-être, j'avais juste besoin de quelqu'un après ton départ et les absences répétées de papa, dit-elle en se mordant les lèvres. Mais cette histoire m'a vraiment montré à quel point c'est un homme bon. Et la chance que j'ai de l'avoir.

— Il y a toujours un bon côté, dit Julia. Et au moins, ça t'a montré que Max s'en sort beaucoup mieux que ce que tu pensais autrefois. Je doute que les enfants soient en train de dépérir en ce moment.

— Non, en effet, reconnut Alicia. Et je dois dire que c'est merveilleux d'être allongée au soleil sans que personne ne me demande quoi que ce soit…

— Alors, tu devrais le faire plus souvent.

— Tu sais quoi ? dit Alicia en se calant sur sa chaise longue et en fermant les yeux. C'est exactement ce que j'ai l'intention de faire.

Plus tard, autour d'un pichet de rosé local et d'une salade de tomates avec de la mozzarella fraîche, Julia raconta à Alicia ce qu'elle avait appris à propos de ses origines. Pendant qu'elles buvaient un café crème, Alicia, intriguée, réfléchit aux détails de l'histoire.

— Alors, notre mère était une Crawford ?

— Oui. La fille illégitime de Lord Harry, dit Julia

en soupirant. N'est-ce pas incroyable ? Elle a grandi sous le nez de son père, et, pourtant, elle ne l'a jamais su.

— Pas étonnant que papa ait décidé de me le dire. Sinon, j'aurais pensé que j'avais du sang Crawford dans les veines, moi aussi. J'aurais commencé à minauder, à porter un diadème au petit déjeuner, et ainsi de suite, dit Alicia en souriant. Ce qui est intéressant, c'est que tu as certainement plus de droits sur Wharton Park que Kit. C'est vrai, tu es la descendante directe d'Harry, alors que Kit n'est qu'une sorte de cousin. Si maman avait été en vie, le domaine lui serait certainement revenu, non ?

— Alicia, n'oublie pas que maman était une enfant illégitime.

— Ça n'a plus d'importance maintenant. Avec les tests ADN, on peut le prouver. J'ai lu une histoire dans ce genre dans le *Times*.

— Tu as sans doute raison, mais, comme tu le sais, c'est l'héritier mâle le plus proche qui hérite du titre. Pourtant, oui, je suis sûre que maman aurait hérité de quelque chose si ses véritables origines avaient été dévoilées plus tôt.

Alicia regarda Julia.

— Alors, maintenant que je ne suis plus dans la course, est-ce que toi tu aurais des droits sur la propriété ?

— Peut-être, dit Julia en buvant une gorgée de café. Mais je n'ai ni eu le temps ni l'envie de me pencher sur la question. Et je n'ai pas besoin de cet argent.

— Non. Kit et toi, vous êtes…

Alicia se gratta la tête en réfléchissant.

— Cousins au troisième degré, c'est ça ?

Le visage de Julia s'assombrit.

— Quelque chose comme ça, oui. Mais ça n'a plus d'importance à présent.

— Non ? insista Alicia.

— Bien sûr que non, répondit Julia d'un ton brusque.

— Il y a tout juste quelques semaines, Kit et toi étiez ensemble, si je puis dire, avança prudemment Alicia. Vous aviez l'air très heureux et...

— Alicia, si ça ne te fait rien, je préfère ne pas en parler, dit Julia pour stopper net la conversation. Xavier est revenu, je suis donc encore une femme mariée. Peu importe ce que j'ai vécu avec Kit, ce n'est plus d'actualité.

— Tu as discuté avec lui ?

— Comme je viens de te le dire, je ne veux pas parler de ça.

Alicia comprit qu'il était inutile d'insister, et le chapitre fut clos.

56

L'après-midi suivant, Julia conduisit Alicia à l'aéroport.

— C'était super, dit Alicia devant la porte d'embarquement. C'est exactement ce dont j'avais besoin.

Elle plissa son nez couvert de taches de rousseur que le soleil avait fait ressortir.

— Je ne veux pas rentrer à la maison.

— Eh bien, tu sais que tu peux revenir quand tu veux. Avec ou sans ta famille, ajouta Julia. Et n'oublie pas que, de temps en temps, tu as le droit de ne penser qu'à toi.

— Je n'y manquerai pas, dit Alicia en hochant la tête. Merci, Julia, j'ai beaucoup appris.

— Vraiment ?

— Oui.

Alicia était au bord des larmes. Elle attira Julia contre elle et la serra dans ses bras.

— C'est un nouveau départ pour moi, n'est-ce pas ? Pour nous deux.

— Oui, dit Julia en souriant. Prends soin de toi, Alicia.

— Toi aussi.

Julia prit la route du retour. Elle conduisait doucement tout en pensant à Alicia et en espérant que leur relation continuerait à évoluer dans le bon sens. Elle avait le sentiment qu'elles se comprenaient mieux à présent et surtout que leur relation était plus équilibrée. Elles étaient sur le même pied. Julia fut bien obligée de s'avouer aussi qu'elle aurait aimé monter avec elle à bord de l'avion pour l'Angleterre. Elle n'avait, elle non plus, aucune envie de rentrer à la maison. Même si elle voyait que Xavier faisait de son mieux et qu'il fallait qu'elle donne un peu de temps à leur relation, il y avait une tension, un malaise, une irritation qu'elle ne pouvait pas contrôler.

Pire encore, tout l'amour qu'elle avait autrefois pour lui semblait s'être éteint à jamais.

Julia gara sa voiture et se dirigea vers la maison. Elle prit une profonde inspiration et se dit que, ce soir, peu importe ce qu'il lui en coûterait, elle ferait de son mieux pour arranger les choses. Elle n'avait pas vraiment le choix, d'ailleurs.

Elle ouvrit la porte et fut accueillie par une délicieuse odeur de viande fraîche, de beurre poêlé et d'herbes aromatiques. Xavier était dans la cuisine, devant la cuisinière, en train de retourner deux steaks dans la poêle.

— Voilà ! Tu es à la maison. J'ai décidé que ce soir c'était moi qui te faisais à manger. J'ai renvoyé Agnès plus tôt. Va t'asseoir sur la terrasse, chérie, je te rejoins avec les boissons.

Surprise et un peu perplexe, Julia fit ce qu'il lui dit. Elle n'avait jamais vu Xavier cuisiner depuis qu'ils étaient mariés. Il sortit avec une bouteille de champagne à la main et remplit deux verres.

— À nous, dit-il.

— Oui, à nous.

Ils trinquèrent.

Il vint s'asseoir à côté d'elle, prit sa main et l'embrassa.

— J'étais impatient que ta sœur parte pour que nous puissions être seuls. Je voulais te dire que je comprends à quel point c'est dur pour toi d'accepter mon retour et de me pardonner la part que j'ai dans la mort de Gabriel. Mais je te promets que, si tu me fais confiance, je me rachèterai. Tu me crois ?

— Je crois que c'est ce que tu veux, Xavier, dit Julia d'un ton coupable, car elle savait que, malgré tous ses efforts, Xavier ne parviendrait pas à la tirer de sa torpeur. Pourtant, elle devait continuer à essayer. Il n'y avait tout simplement pas d'alternative.

— J'aimerais t'emmener quelque part.

— Partout où tu voudras, *ma chérie*, tu le sais, répondit-il avec empressement.

— Je veux que tu viennes avec moi à l'endroit où Gabriel est mort. La veille que tu réapparaisses, j'ai planté deux cyprès. Un pour lui et un pour toi. J'aimerais que tu viennes avec moi pour les voir.

Il y eut un silence, puis il dit :

— Bien sûr, tout ce que tu voudras.

— J'aimerais y aller demain matin.

— *Bien sûr, chérie*, nous irons.

— Merci, Xavier.

Pour la première fois depuis son retour, Julia s'endormit cette nuit-là, la tête posée sur l'épaule de son mari.

Comme toujours lorsqu'ils étaient ensemble à la maison et qu'aucun des deux n'avait d'engagements, Julia fut la première à se lever le lendemain matin. Xavier émergeait rarement avant dix heures et demie, et elle profitait de ces quelques heures pour jouer du piano.

À onze heures, Xavier entra enfin dans la cuisine en titubant légèrement. Julia était en train de faire du café.

— *Bonjour*, ma Julia, dit Xavier en enroulant ses bras autour de sa taille. Mmm, ce café sent vraiment bon.

Julia lui tendit une tasse.

— Pourquoi n'irais-tu pas prendre une douche ? J'aimerais partir le plus tôt possible.

Xavier fronça les sourcils.

— Où ça déjà ?

— À l'endroit où Gabriel est mort, là où j'ai planté les arbres, tu te souviens ?

— Oui, oui, bien sûr. Je n'en ai pas pour long-temps.

Julia cacha son irritation quand Xavier quitta la pièce. Elle comprenait sa réticence à retourner sur les lieux de l'accident. Ce serait aussi dur pour lui que ça l'avait été pour elle. Mais… elle voulait le voir pleurer la mort de son fils.

Vingt minutes plus tard, Xavier réapparut dans la cuisine, habillé de pied en cap.

— On y va.

Julia prit le volant, comme autrefois. Xavier était assis passivement à côté d'elle.

— Je vais aller à Paris demain matin pour terminer ma série d'interviews. Après, ça sera fini.

Julia ne dit rien. Elle ne s'autorisa pas à réagir.

— Et Olav a dit hier que l'éditeur allait m'appeler pour essayer de me persuader d'écrire un livre. Je n'ai jamais été aussi occupé.

Cette fois encore, Julia ne répondit pas.

Elle gara la voiture sur l'aire de stationnement au bord de la route, et ils descendirent en silence le flanc de la colline jusqu'aux deux cyprès côte à côte. Julia avait emporté de l'eau, dont elle se servit pour arroser les deux jeunes arbres.

Tout en pensant à Gabriel, elle observa Xavier qui se tenait à côté d'elle, un peu mal à l'aise. Enfin, il prit sa main.

— C'est magnifique ce que tu as fait. Le site de la tragédie s'est transformé en lieu de paix. Tu crois que nous devrions arracher l'autre cyprès, puisque je suppose qu'il me représentait ?

— Peut-être, je…

Le téléphone portable de Xavier sonna. Julia le vit le sortir de sa poche et lire le numéro qui s'inscrivait sur l'écran.

— Pardon, chérie, c'est l'éditeur de Londres. Je dois lui parler.

Julia regarda Xavier s'éloigner pour répondre à l'appel.

Elle regarda les deux jeunes cyprès, puis arracha le plus grand d'entre eux et le jeta le plus loin possible. Loin de l'endroit qui marquait la mort de son fils adoré. Et la mort de son amour pour Xavier.

L'été avançait. Julia ne pouvait s'empêcher de penser à l'ironie de la situation : elle qui avait toujours rêvé de passer plus de temps avec Xavier en avait enfin l'occasion. Sauf qu'à présent, c'étaient les moments où il s'absentait qu'elle attendait avec impatience.

Ils tombèrent dans une sorte de routine : Julia jouait du piano le matin avant que Xavier ne se réveille, puis il prenait le relais l'après-midi pendant que Julia allait à la plage pour sortir de la maison et tenter de se détendre. Elle avait beau s'en défendre, elle se surprenait souvent à penser involontairement à Kit, se demandant où il était, ce qu'il faisait. Comme elle aurait aimé pouvoir se confier à lui, lui faire part de ses tourments et écouter ses conseils toujours si avisés !

691

Un soir, à la fin du mois d'août, quand Julia rentra à la maison, elle trouva Xavier dans la cuisine en train de faire une liste.

— Je crois que nous devrions faire une fête, *chérie.* Qu'est-ce que tu en penses ?

Julia haussa les sourcils.

— Quel genre de fête ?

— Une fête pour célébrer mon retour, pour montrer à tout le monde à quel point nous sommes heureux. Je fais une liste de tous les gens que je veux inviter.

— Comme tu voudras.

Julia trouvait cette idée complètement saugrenue, voire grossière, mais elle était trop lasse pour se disputer avec lui.

— Tu as déjà fixé une date ?

— Je voudrais qu'elle ait lieu le plus tôt possible. La plupart des gens vont bientôt quitter la Côte d'Azur. Je me suis dit que samedi prochain serait parfait.

— Comme tu veux, répondit Julia.

Elle prit un verre, le remplit d'eau et alla dans son bureau pour répondre à ses mails.

Le samedi soir ne tarda pas à arriver, et Agnès les aida à tout préparer pendant ce court laps de temps. Xavier se comportait comme un petit garçon tout excité à l'idée de fêter son anniversaire. Il essaya trois chemises différentes et demanda l'avis de Julia.

Lorsqu'elle s'habilla et appliqua un peu de mascara sur ses cils, Julia ne se sentit pas du tout impatiente, elle. Xavier avait invité plus de cent personnes, dont certaines lui étaient pratiquement

Royal Bank Of Canada
200 BAY ST-MAIN FLR
TORONTO, ON
M5J 2J5

Transaction Record

Transit: 00002
Date: 08 Aug 2012
Time: 10:09:47

Reference #: 1122213658794600002
Client Card #: 451902*********4

Deposits
 06012 537-113-3   500.00 CAD

Items Received
 Cheque   500.00 CAD

Account Balances
 06012 537-113-3   7615.81 CAD

Thank you for choosing RBC Royal Bank.

inconnues. Julia avait confié ses doutes sur cette fête à Alicia.

— Mais Xavier fait un effort, Julia, avait répliqué Alicia. Vous avez tellement souffert, tous les deux, pourquoi n'aurait-il pas le droit de faire la fête ? C'est vrai que ce n'est pas tout à fait un dénouement heureux, mais souviens-toi dans quel état tu étais l'année dernière à cette époque !

Puis, il y eut un silence avant qu'Alicia n'ajoute :

— Désolée, ma chérie, mais quand est-ce que tu vas enfin pardonner à Xavier d'avoir survécu alors que Gabriel est mort ?

C'était deux jours auparavant, et, même si Julia avait trouvé ces paroles difficiles à entendre, elle savait qu'Alicia avait raison.

Elle se promit ce soir-là de faire un effort pour être aimable avec les convives et célébrer le retour de son mari avec eux malgré le fait qu'elle ne pourrait plus aimer Xavier : elle lui avait fermé son cœur à tout jamais.

Elle se regarda une dernière fois dans le miroir, puis descendit au rez-de-chaussée pour boire un verre de champagne avec lui avant l'arrivée des invités.

— *Chérie*, tu es superbe ce soir.

Julia le laissa l'enlacer.

Il prit deux verres de champagne sur le plateau d'un serveur qui montait la garde dans l'entrée en attendant l'arrivée des invités.

— À nous, dit Xavier en trinquant avec elle, et à notre nouveau départ.

Tandis qu'il l'embrassait, les premiers invités sonnèrent à la porte, et Xavier partit les accueillir.

Bientôt, la maison et le jardin furent remplis de gens, dont la plupart se pressaient autour du trio de jazz qui jouait dans un coin de la terrasse.

Julia fit de son mieux pour jouer le rôle de l'épouse heureuse d'avoir retrouvé son mari. Xavier fit un discours émouvant à minuit, louant les qualités de sa merveilleuse femme et leur amour. Il dit à quel point ils avaient été anéantis par la mort de leur fils adoré, mais assura qu'ils auraient beaucoup d'autres enfants à l'avenir.

À une heure du matin, la fête battait son plein, et le champagne coulait toujours à flots. Julia vit Madeleine, celle qui avait organisé le barbecue en ce jour fatal, s'approcher d'elle en titubant. Elle n'était plus très fraîche.

— Chérie !

Madeleine tendit les bras et attira Julia contre sa grosse poitrine.

— C'est merveilleux de vous voir tous les deux réunis, dit-elle avec son accent texan en mangeant la moitié de ses mots. Je ne pensais pas vivre ça un jour.

— Moi non plus, répondit Julia d'un ton ironique.

— Et nous nous sommes sentis tellement coupables. C'est en sortant de chez nous, après notre barbecue, qu'ils ont eu cet... accident.

— Ça n'a rien à voir, dit Julia, mal à l'aise. Comme tu viens de le dire, c'était un accident.

Madeleine recula un peu et la contempla avec ses yeux vitreux.

— Chérie, je t'admire vraiment ! Tu es tellement bonne de lui avoir pardonné.

— Lui pardonner d'avoir eu un accident ? demanda Julia, un peu perplexe.

— Eh bien, oui ! Nous avons tous dit à Xavier qu'il devrait passer la nuit à la maison, mais bien sûr, il n'a pas écouté.

— Pourquoi ?

— Parce que, ma chérie, nous savions tous qu'il n'était pas en état de conduire. Aucun de nous d'ailleurs, dit-elle en penchant dangereusement d'un côté.

Le cerveau de Julia mit quelque temps à assimiler l'information.

— Tu es en train de me dire que Xavier était ivre ?

— Je pensais que tu étais au courant ! Il nous a dit, quand il est venu manger chez nous il y a quelques semaines, qu'il te l'avait avoué. Et que tu avais compris, que tu lui avais pardonné.

Madeleine finit par comprendre qu'elle en avait trop dit en voyant l'expression du visage de Julia. Elle plaqua sa main contre sa bouche.

— Mon Dieu, j'espère que je n'ai pas commis d'impair. C'est vrai, nous buvons tous de temps à autre, n'est-ce pas ? Regarde tes invités ce soir.

Elle fit un grand geste pour désigner la foule bruyante et éméchée.

— Je parie que la plupart d'entre eux n'ont pas de chauffeur. En tout cas, ça pourrait arriver à tout le monde. Et je suis mal placée pour jeter la pierre à qui que ce soit. Tu as retrouvé l'homme que tu aimes, dit-elle d'un ton affectueux. Passe nous voir quand tu veux, chérie.

La fête n'était toujours pas finie quand Julia rangea quelques affaires dans le sac de voyage qu'elle avait apporté d'Angleterre. Xavier s'était installé au piano pour distraire les invités qui restaient.

Il ne remarquerait son départ que beaucoup plus tard.

Elle laissa son sac devant la porte de la chambre, puis traversa le palier sur la pointe des pieds et entra dans la pièce où elle n'avait pas eu le courage d'aller jusqu'à présent. Elle sentit immédiatement son odeur, et les larmes lui montèrent aux yeux. Ignorant les nombreux objets qui rappelaient la vie de son fils, Julia avança jusqu'à son petit lit.

Sur l'oreiller, elle retrouva Pomme, l'ours en peluche préféré de Gabriel. Elle prit le doudou et le serra contre elle. Puis elle ouvrit sa petite armoire et en sortit un de ses t-shirts.

Tout en se dirigeant vers la porte, elle envoya un baiser au souvenir de ce qu'avait été cette chambre. Puis, elle rangea ses deux trésors dans son sac, descendit l'escalier et quitta la maison.

57

Je m'appuie sur l'accoudoir de mon siège confortable et je regarde par le hublot le monde au-dessous de moi. Même si j'ai l'habitude de prendre l'avion, je ne peux m'empêcher de m'émerveiller chaque fois devant ce spectacle et je trouve que cela m'aide à mettre de l'ordre dans mes pensées.

Il fait presque nuit et, d'après la trajectoire de vol sur mon écran, nous sommes en train de survoler Delhi. C'est une immense étendue de lumières qui scintillent, représentant les innombrables vies entassées dans les quartiers de la ville au-dessous de moi.

Chaque habitant est en train d'écrire sa propre histoire dans un livre plus ou moins avancé. La force de chacun de ces points minuscules qui vaquent à leurs occupations au-dessous de moi me stupéfie, et c'est en même temps une formidable leçon d'humilité.

Les dernières lumières de Delhi disparaissent tandis que l'avion survole les grands espaces déserts de l'Himalaya, et le monde devient tout noir au-dessous de moi.

Je pense un peu tristement qu'en cet instant, je suis comme l'avion, libre de traverser le monde et d'atterrir où bon me semble. Si seulement quelqu'un pouvait définir ma trajectoire de vol pour moi… Il y a quelques semaines encore, j'étais sûre que ma vie suivait enfin le bon chemin, mais elle a de nouveau été déportée violemment de la route qu'elle s'était tracée. En ce moment, j'ai l'impression qu'il ne reste que des décombres.

Pourtant, cette fois, je sais que j'aurai la force de m'en sortir. Je ne m'apitoierai pas sur ce qui aurait pu être et ne sera jamais. J'ai fait mes adieux aux souvenirs physiques de mon fils, et je sais que je porterai Gabriel et la douleur de l'avoir perdu toute ma vie dans mon cœur.

Quant à Xavier…, le piédestal sur lequel je l'avais mis s'est brutalement écroulé. Avec le recul, je

comprends qu'il avait commencé à se fissurer fatale-
ment quand Xavier est revenu et qu'il m'a raconté son
histoire. Le dénouement des derniers jours n'a fait que
confirmer ce que je savais déjà : Xavier est un homme
faible et égoïste, qui ne se préoccupe que de lui-même
au détriment des autres, même de son fils chéri.

Il me dégoûte.

C'est sans aucun regret que je tourne le dos à notre
vie et que je le quitte. Je sais qu'il m'était impossible de
rester.

Et désormais, une fois encore, je me tourne vers le
passé pour essayer de découvrir mon avenir.

Après le dîner, je ferme les yeux et je m'endors tandis
que l'avion m'emmène vers l'Orient.

Quand Julia sortit du hall des arrivées, elle vit
son nom inscrit sur un écriteau que tenait un représentant de l'hôtel habillé avec élégance. Elle poussa
son chariot à travers la foule pour le rejoindre.

— Bienvenue à Bangkok, madame Forrester. Je
vous emmène jusqu'à la voiture.

L'homme prit son chariot, et elle le suivit dans
l'air humide et chaud de la ville.

Quelques instants plus tard, Julia était confortablement installée dans une limousine. Son chauffeur en livrée tenta de lui faire la conversation dans
un anglais guindé, mais Julia n'avait pas vraiment
envie de discuter et elle regarda par la vitre tandis
que la voiture fonçait sur la voie rapide moderne.

Elle était intriguée par le paysage urbain qui défi-
lait sous ses yeux : d'immenses gratte-ciel au milieu
desquels se dressaient parfois des temples thaïlandais

aux toits dorés, auxquels succédaient plus loin des cabanes en bois délabrées couvertes de cordes à linge où séchaient des vêtements. Elle se dit qu'il était étrange que Bangkok n'ait jamais figuré sur la liste de ses concerts, alors qu'elle avait joué dans le monde entier et qu'elle s'était produite plusieurs fois en Chine et au Japon.

La voiture s'arrêta doucement devant l'entrée bordée d'arbres de l'hôtel Oriental. Quand un porteur vint ouvrir la portière de la limousine, Julia huma l'odeur distinctive de la ville : le doux parfum des fleurs exotiques, mêlé à celui de légumes pourris. Bizarrement, cette odeur lui parut familière.

Lorsqu'elle entra dans le hall, une belle Thaïlandaise lui offrit une guirlande de jasmins.

— Bienvenue à l'hôtel Oriental, madame Forrester. Je vais vous conduire dans votre chambre.

— Merci, dit Julia en admirant le hall élégant avec ses pots remplis de magnifiques orchidées et les grandes lanternes chinoises qui pendaient des hauts plafonds.

Une fois dans sa chambre, elle ouvrit la porte donnant sur le balcon et regarda, émerveillée, le fleuve majestueux qui s'étendait à perte de vue. Des bateaux de toutes les formes et de toutes les tailles voguaient dessus dans une véritable cacophonie.

Julia commanda du café au service de chambre et s'isola sur le balcon, s'imprégnant de l'atmosphère de la ville. Elle avait toujours aimé la chaleur, pouvait supporter les conditions les plus humides, et la température ici lui semblait idéale.

Elle se pencha sur la gauche et vit que l'Oriental formait une oasis de tranquillité, petite mais parfaite, au milieu des hôtels voisins au style plus pompeux. La partie la plus ancienne du bâtiment, celle que son grand-père avait connue, était désormais appelée « l'aile des Écrivains », d'après le prospectus qu'elle était en train de feuilleter.

Cette aile se trouvait au bord du fleuve, à une centaine de mètres de sa chambre, derrière les magnifiques jardins tropicaux et la piscine. Sa belle façade de style colonial semblait minuscule à côté des immenses immeubles qui l'entouraient, mais Julia l'imagina se dressant au milieu de cabanes en bois sur pilotis, comme du temps d'Harry.

Une fois qu'elle eut terminé son café, Julia se surprit à bâiller. Elle fouilla dans son sac à main pour trouver l'adresse qu'Elsie lui avait donnée et elle fixa le morceau de papier. Il fallait d'abord qu'elle dorme afin d'avoir les idées claires pour aborder la dernière étape de son voyage à travers le passé.

Elle dormit beaucoup plus longtemps qu'elle n'en avait eu l'intention et se réveilla, l'esprit embrumé, à cinq heures moins le quart. Elle s'assit sur le balcon avec un verre de vin blanc frais et regarda la nuit tomber progressivement sur Bangkok. Au-dessous d'elle, des lumières blanches scintillantes décoraient les arbres sur la terrasse qui donnait sur le fleuve. La terrasse se remplissait peu à peu de clients pour le dîner, et Julia réalisa qu'elle aussi devait manger. Elle prit l'ascenseur jusqu'au hall et ne put s'empêcher de sourire lorsqu'elle se rendit compte que le liftier connaissait déjà son nom. Elle se rendit ensuite à la conciergerie.

— Je peux vous aider, madame ? lui demanda une autre Thaïlandaise ravissante en lui souriant.

— Oui, dit Julia en lui tendant le morceau de papier. Je me demandais si vous pouviez demander à un de vos chauffeurs de me conduire à cette adresse.

— Bien sûr, ce n'est pas loin. Vous désirez la voiture maintenant ?

— Non, demain matin, s'il vous plaît. À onze heures.

— Je vais m'en occuper, madame. Puis-je faire autre chose ?

— Non, merci, dit Julia.

Elle traversa le hall et s'arrêta quelques instants pour écouter le quatuor à cordes qui jouait du Schubert dans un coin.

On la conduisit à une table éclairée par une bougie au bord du fleuve à l'extrémité de la terrasse. Elle commanda un autre verre de vin et un curry vert. Elle regarda autour d'elle les clients élégants, écouta le ronronnement des bateaux sur le fleuve et fut soudain envahie par un sentiment de calme.

Même si elle ne parvenait pas à retrouver sa grand-mère ou si elle découvrait qu'elle était morte, comme Elsie le pensait, Julia était vraiment heureuse d'être venue. C'était un endroit très particulier. Le cadre idéal pour faire une pause et réfléchir à son avenir. Elle se sentait à l'abri ici, grâce à l'amabilité du personnel et à l'atmosphère tranquille de l'établissement où son histoire avait commencé.

Bizarrement, Julia dormit toute la nuit et, pour une fois, elle n'eut pas besoin de prendre les médicaments qu'elle emportait partout pour combattre la fatigue due au décalage horaire. Elle prit un petit déjeuner à base de mangue, de papaye et de jambose avec un café bien fort. À onze heures moins cinq, on l'accompagna jusqu'à sa voiture.

Son chauffeur se retourna et lui sourit.

— C'est une adresse privée, non ? demanda-t-il en montrant le morceau de papier.

— Je pense.

— D'accord, madame, nous y allons.

Elle s'assit à l'arrière de la voiture, regrettant de ne pas avoir pu contacter Lidia par téléphone pour prévenir la vieille dame que sa petite-fille allait se présenter à la porte de sa maison. Mais puisqu'elle n'avait pas de nom de famille, c'était impossible. Elsie avait toujours adressé ses photos à « Lidia ».

— Tu es sûre que c'est une bonne idée ? avait demandé Elsie quand Julia l'avait appelée de Paris et lui avait dit qu'elle se rendait en Thaïlande pour retrouver sa « vraie » grand-mère. Faut-il vraiment que tu ailles encore remuer le passé alors que tu devrais penser à ton avenir ?

Julia se dit qu'Elsie avait sans doute raison, mais peut-être devait-elle d'abord retourner vers ses racines avant de pouvoir envisager l'avenir.

La voiture se fraya un chemin dans les rues de Bangkok, et Julia remarqua que le chauffeur haussa les sourcils, l'air surpris, lorsqu'elle ouvrit la vitre pour respirer l'air et s'imprégner de l'atmosphère. Les trottoirs surpeuplés où se déversaient les habitants qui sortaient de leurs maisons, les ruelles remplies d'étals de nourriture devant lesquels se pressaient des clients, et les rues elles-mêmes, encombrées de voitures, de vieux bus et de *tuk-tuk* à

702

moteur bourdonnaient d'activité. Un mélange improbable d'Orient et d'Occident, pourtant si réel, si animé, si vivant.

— Nous presque arrivés, madame. Maison au bord du fleuve, non ? demanda le chauffeur.

— Je ne sais pas. Je n'y suis encore jamais allée.

— Ne vous inquiétez pas, madame. On va trouver, d'accord ?

Julia hocha la tête.

— D'accord.

Quelques minutes plus tard, il quitta la grande rue et s'engagea dans une belle impasse résidentielle. Lorsqu'ils arrivèrent au bout de la voie sans issue, le chauffeur montra un portail.

— C'est la *soi* droite et c'est la maison que vous voulez, dit-il.

— Merci.

Julia se tourna pour ouvrir la portière, mais le chauffeur l'avait devancée et il inclina sa casquette blanche avec un galon doré quand elle sortit.

— Vous voulez moi attendre ? demanda-t-il en souriant.

— Oui, s'il vous plaît. Je ne sais pas combien de temps ça va durer.

— Ne vous inquiétez pas, madame. Vous restez comme vous voulez. Je suis là.

— Merci.

Julia prit une profonde inspiration et remonta la petite allée qui conduisait à la maison. La villa était très jolie, construite en style thaïlandais avec des murs extérieurs recouverts de bois, une véranda qui occupait toute la longueur du rez-de-chaussée et un toit en V renversé qui se recourbait aux extrémités.

Elle monta les marches qui menaient à la véranda. Ne trouvant pas de sonnerie, elle frappa à la porte d'entrée, attendit plusieurs minutes, puis frappa de nouveau et recommença un peu plus tard. Alors qu'elle était sur le point de rebrousser chemin, déçue, la porte s'entrouvrit.

Deux yeux perçants apparurent à travers le petit entrebâillement.

— Puis-je vous aider ? demanda la voix de l'homme à l'accent thaïlandais prononcé.

— Oui, je cherche Lidia.

Les yeux perçants la toisèrent, puis se remplirent d'effroi.

— Qui êtes-vous ? Pourquoi vous voulez voir elle ? demanda-t-il d'un ton accusateur.

Julia fut prise au dépourvu par ses questions, mais ne voulait pas révéler sa véritable identité tant qu'elle ne savait pas qui était cet homme.

— Je viens d'Angleterre. Un ami de Lidia m'a demandé de lui transmettre un message. Elle est là ? demanda Julia.

L'homme secoua la tête.

— Non, elle sortie. Au revoir.

Il tenta de fermer la porte, mais Julia la retint.

— Elle revenir ? demanda-t-elle en reproduisant inconsciemment le charabia de l'homme.

L'homme haussa les épaules à travers le minuscule entrebâillement.

— Peut-être.

— Elle va… bien ?

Julia voulait demander si elle était encore en vie, mais cela lui parut inconvenant.

— Elle va bien, répondit l'homme en hochant la tête. Maintenant, vous partir, d'accord ?

— Pourrez-vous lui dire quand elle reviendra qu'une amie d'Harry veut la voir. Je loge à l'hôtel Oriental et je l'attendrai là-bas.

Julia prononça ces mots lentement et veilla à bien articuler.

— Harry.

L'homme fit tourner le nom sur sa langue.

— D'accord, je dirai.

Il claqua la porte au nez de Julia qui retourna dans la voiture.

Elle passa l'après-midi au bord de la piscine, inquiète à l'idée que l'homme ait mal compris son message et ne le transmette pas. Au moins savait-elle à présent que Lidia était toujours en vie. Et, pour l'heure, elle ne pouvait pas faire grand-chose à part attendre et utiliser ce laps de temps pour penser à sa vie.

Et admettre les sentiments qu'elle avait pour Kit.

Julia savait qu'il était peu probable que son mariage ait pu survivre après ce qu'elle avait appris sur l'accident, mais, tandis qu'elle était allongée au bord de la piscine et savourait la chaleur tropicale, elle se força à reconnaître que ses sentiments pour Kit avaient aussi joué un rôle dans l'échec de ses retrouvailles avec Xavier. Et l'amour que lui avait donné Kit, sa force tranquille, sans la moindre trace de jalousie, d'insécurité, sans ce besoin constant d'être au centre de l'attention, lui avaient fait ouvrir les yeux sur Xavier et sur la relation qu'elle entretenait avec lui.

Il ne faisait aucun doute que Kit était entré dans sa vie au mauvais moment. Pourtant, le fait même qu'elle ait connu un tel bonheur avec lui – alors qu'elle était terrassée par le chagrin d'avoir perdu son fils et honteuse d'entamer une relation amoureuse si peu de temps après la mort de son mari – montrait la force du lien qui les unissait.

Elle savait que c'était de l'amour. Dans sa forme la plus simple et la plus pure.

Au cours des derniers mois, elle avait aussi appris une des leçons les plus importantes de sa vie : tout dépendait de l'instant. Si elle avait rencontré Kit dans d'autres circonstances, à un autre moment, ils seraient peut-être encore ensemble à l'heure qu'il était.

Pourtant, il n'y avait aucun moyen de revenir en arrière. La confiance avait été rompue. Kit avait dû se sentir comme un jouet que l'on jette pour le remplacer par une version plus moderne et attrayante. Elle savait que, si les rôles avaient été inversés, c'est exactement ce qu'elle aurait ressenti. Elle n'avait même pas eu la grâce ou le courage de le lui annoncer elle-même.

Non. Le mal était fait et il fallait qu'elle tourne la page. Les hommes n'étaient pas tout, et elle devait arrêter de compter sur eux pour trouver le bonheur.

Plus tard, ce soir-là, assise sur son balcon avec un verre de vin, Julia décida qu'elle appellerait Olav et qu'elle lui demanderait de lui préparer un emploi du temps aussi chargé que possible.

Elle regarda la vue divine sur le fleuve avec les lumières qui scintillaient dans l'obscurité et ne put s'empêcher de penser qu'elle aurait aimé partager ce moment avec Kit, lui dire à quel point elle se sentait bien dans ce pays lointain, en sécurité dans ce cadre à la fois calme et enivrant..., à quel point elle avait la sensation d'être ici à sa place. Comme son grand-père avant elle.

Mon Dieu que Kit lui manquait : c'est comme si elle n'était qu'à moitié là. Qu'elle fût ou non libre de l'aimer désormais, c'était terriblement poignant puisque c'était encore une des choses merveilleuses qu'elle avait réussi à perdre au cours de l'année écoulée.

Elle but un peu trop de vin ce soir-là et se laissa aller à pleurer la perte de cet amour pour la première fois depuis qu'elle avait été contrainte de laisser Kit.

Les jours suivants, Julia marcha sur les traces d'Harry à travers Bangkok en attendant la réponse de Lidia. Elle remonta le fleuve pour voir le palais royal et le bouddha d'émeraude, dont elle admira la beauté.

L'après-midi, elle prenait son thé dans le salon des Écrivains et contemplait les photos sépia sur les murs représentant l'hôtel tel qu'il était quand Harry et Lidia avaient vécu leur histoire d'amour condamnée.

Elle se rendait régulièrement à la conciergerie pour savoir si on lui avait laissé un message, mais personne ne s'était manifesté jusqu'à présent. Elle appela Olav pour lui faire savoir qu'elle était prête à accepter tous les concerts qu'il avait à lui proposer. Et elle passa des heures au bord de la piscine à réfléchir à l'endroit où elle voudrait vivre.

Elle était sans domicile à présent, à part si elle

707

retournait dans son cottage du Norfolk, mais elle n'en avait pas l'intention. Non seulement il n'était pas du tout adapté à ses besoins, mais, en plus, il était trop étroitement lié à son histoire avec Kit, et ce souvenir était trop douloureux.

Peut-être lui fallait-il tout simplement prendre un nouveau départ dans une capitale anonyme ? Choisir un appartement stérile qui ne signifierait rien pour elle, mais dans lequel elle pourrait habiter entre deux concerts.

Londres… Paris… New York ?

Elle était malheureusement contrainte de recommencer à zéro, une fois encore.

Tandis qu'elle prenait son dîner toute seule sur la terrasse, Julia décida qu'elle retournerait le lendemain à l'adresse de Lidia et qu'elle essaierait une dernière fois de prendre contact avec elle. Ensuite, elle quitterait Bangkok et entamerait une nouvelle vie.

— Madame Forrester.

La voix du maître d'hôtel la fit sursauter.

— Oui ?

— Je vous amène quelqu'un qui aimerait parler avec vous.

Une minuscule silhouette sortit de l'obscurité : elle était vêtue d'un ensemble élégant en soie thaïlandaise. Ses cheveux de jais étaient remontés en chignon, avec deux orchidées fixées de part et d'autre.

Lorsqu'elle s'approcha, Julia eut le sentiment de la reconnaître, mais il lui fallut un moment pour en comprendre la raison : elle était en train de regarder une femme dont les traits ressemblaient beaucoup aux siens. Elle savait que cette Thaïlandaise devait avoir dans les quatre-vingts ans, mais c'est à peine si le temps avait creusé une ride sur sa peau dorée. Elle avait d'immenses yeux ambre en forme d'amande, et Julia n'eut aucun mal à imaginer sa beauté dévastatrice à dix-sept ans.

La femme joignit les mains, une marque traditionnelle de respect en Thaïlande, tout en inclinant la tête pour la saluer. Puis elle leva les yeux et sourit.

— Je suis Lidia.

— Merci d'être venue me voir, dit Julia faute d'avoir trouvé mieux pour la saluer.

Elle était fascinée par cette femme qui lui ressemblait tellement.

— Asseyez-vous, je vous en prie, ajouta-t-elle en indiquant le fauteuil vide en face d'elle.

Lidia s'assit, puis dévisagea Julia, pleine d'espoir.

— Maintenant, vous devez me dire pourquoi vous êtes venue chez moi. Vous avez fait une peur bleue à mon domestique.

Julia ne put s'empêcher de sourire intérieurement en entendant le terme « domestique » désigner l'homme qui l'avait accueillie à la porte de Lidia.

— Je m'excuse. Je n'avais vraiment pas l'intention de l'effrayer.

Les yeux de Lidia se mirent à pétiller.

— Il m'a dit qu'il avait cru voir un fantôme.

Julia haussa les sourcils.

— Vraiment ? Pourquoi ?

— Il a pensé que j'étais morte dans la rue en allant faire mes courses et il a cru que j'étais revenue le hanter sous l'apparence d'une jeune fille. Maintenant, je comprends pourquoi. Vous me ressemblez beaucoup. Je pense que ça l'a perturbé : comment pouvez-vous être une *amie* d'Harry tout en ressemblant à mon apparence quand j'étais une jeune fille. J'ignorais si j'allais trouver une vieille dame ou une jeune fille en venant ici.

— Je ne savais pas vraiment quoi lui dire. Lidia, savez-vous qui je suis ?

Julia se sentit subitement submergée par l'émotion en posant cette question.

Lidia l'observa.

— Vous êtes trop jeune pour être ma fille, Jasmine. Alors, je pense... que vous êtes peut-être ma petite-fille ?

— Oui, confirma Julia, les larmes aux yeux. Jasmine était ma mère.

Lidia resta silencieuse pendant quelques secondes. Julia vit qu'elle tentait de retrouver son calme.

— Je suis désolée d'avoir mis tout ce temps à venir vous voir, à venir *te* voir. Mais j'ai été tellement bouleversée quand j'ai entendu le nom d'Harry. Pendant toutes ces années, pas un jour ne s'est écoulé sans que je pense à lui. Est-il encore en vie ? demanda-t-elle, les yeux remplis d'espoir et de crainte.

— Non, Lidia, il est mort il y a longtemps. Je suis désolée.

Lidia hocha la tête et posa la main sur son cœur.

— Je le savais au fond de moi, dit-elle. Mais je ne pouvais pas m'empêcher d'espérer. Comment est-il mort ?

Julia secoua la tête.

— Je ne sais pas. Je n'étais pas encore née quand il est mort. Mais Elsie, ma grand-mère, ou plutôt la femme que je pensais être ma grand-mère jusqu'à il y a quelques semaines, a dit qu'il était mort... de chagrin.

Lidia sortit un mouchoir de son cabas et se moucha.

— Pardonne-moi, ce n'est pas très digne pour une vieille femme de pleurer en public. Pendant toutes ces années, je n'ai eu aucune nouvelle...

— Mais Elsie a envoyé des photographies de ma mère, n'est-ce pas ? Pour vous..., pour te montrer qu'elle était heureuse et qu'on s'occupait bien d'elle en Angleterre ?

Lidia hocha la tête.

— Oui, c'était très gentil de sa part. Mais, Julia, les photos ont été envoyées par la nourrice de Jasmine, Elsie, n'est-ce pas ? demanda Lidia qui semblait perplexe. Pourquoi la considères-tu comme ta grand-mère ?

Julia réalisa, horrifiée, que Lidia n'avait jamais su que sa fille n'avait pas été élevée par Lord Harry Crawford à Wharton Park, mais par le jardinier et sa femme dans leur petit cottage.

— Lidia, c'est une très longue histoire que je viens d'apprendre moi-même, murmura Julia.

— Je comprends qu'il te faudra du temps pour me la raconter, dit Lidia pour l'apaiser. Mais maintenant, parle-moi de ta mère. Est-elle aussi jolie que toi ? Est-elle ici avec toi ? demanda-t-elle, les yeux pleins d'espoir.

Julia ne put retenir ses larmes plus longtemps.

— Non..., dit-elle en secouant la tête.

Elle réalisa alors que son retour aux sources, son

voyage à travers le passé serait beaucoup plus complexe et douloureux qu'elle ne l'avait imaginé.

— Oh mon Dieu ! Je suis vraiment désolée. Ma mère est morte il y a vingt ans quand j'avais onze ans.

Elle prit instinctivement la minuscule main de Lidia dans la sienne.

Lidia se cramponna à sa main, tremblant de tout son corps. Elle murmura quelque chose en thaïlandais, puis poussa un long soupir.

— Je pense, dit-elle à voix basse, que ce n'est pas le moment d'écouter tout ce que tu as à me raconter. Nous devons en parler dans un endroit privé, car je ne veux pas montrer ma douleur en public.

— Oui, approuva Julia. Je suis vraiment désolée de t'apporter de mauvaises nouvelles. Je n'aurais peut-être pas dû venir te voir.

— Oh non, Julia ! Ne dis pas ça et ne te sens pas coupable de m'apprendre ce que le destin nous a fait, à toutes les deux. J'ai perdu une fille, tu as perdu une mère. C'est la vie et la mort, dit Lidia en lui souriant. Et n'oublie pas, Julia : celui qui apporte de mauvaises nouvelles en apporte aussi de bonnes. Car *tu* es là. Et tu fais partie de moi, tout comme moi de toi. Nous sommes assises l'une en face de l'autre, enfin réunies, à l'endroit même où j'ai rencontré ton grand-père et où je suis tombée amoureuse de lui. Il y a une vraie beauté, là-dedans, n'est-ce pas ?

— Oui, dit doucement Julia.

Le maître d'hôtel arriva avec une boisson pour Lidia.

— *Kop khun ka,* Thanadol. Puis-je te présenter

ma petite-fille Julia ? Elle est venue de très loin pour me retrouver.

C'est à peine si Thanadol haussa les sourcils.

— Je ne suis pas vraiment surpris, vous vous ressemblez tellement. Appelez-moi si vous avez besoin d'autre chose.

Lorsqu'il fut parti, Julia demanda.

— Comment se fait-il que tu le connaisses ?

— Oh ! j'ai travaillé ici il y a très longtemps avec le père de Thanadol, expliqua Lidia. La plupart des membres du personnel ont un parent qui a travaillé ici avant eux. Cet hôtel, c'est un peu comme une grande famille, et les gens ici ont été là pour moi quand j'ai eu besoin d'eux.

— Combien de temps as-tu travaillé ici ? demanda Julia.

Dix ans, jusqu'à ce que je rencontre mon mari, répondit Lidia.

— Tu t'es mariée ?

Pour une raison quelconque, Julia était surprise.

— Oui, et, une fois encore, c'est à l'hôtel que je l'ai rencontré. Nous avons vécu ensemble pendant quarante ans. J'étais auprès de lui quand il a poussé son dernier soupir, il y a douze ans.

— Je suis heureuse que tu aies pu retrouver le bonheur, Lidia, répondit gentiment Julia.

— Julia, ce n'était pas de l'amour. Il n'y a qu'Harry que j'aie aimé passionnément. Mais j'ai eu une belle vie avec lui. Mon mari était un homme très riche possédant une grande entreprise que je l'ai aidé à développer. Et je l'ai aimé pour tout l'amour qu'il m'a donné.

— Tu as eu des enfants avec lui ?

713

— Non, dit Lidia en secouant tristement la tête. J'ai failli mourir après avoir mis ta mère au monde. Après, je ne pouvais plus avoir d'enfants.

— Je suis vraiment désolée, dit Julia.

— Peut-être que, si je n'avais pas été aussi malade quand *Khun* Bill est venu me chercher, j'aurais gardé Jasmine ici avec moi, dit Lidia, l'air pensif. Mais, une fois que tu as pris une décision irrévocable, il faut l'accepter, c'est le seul moyen de continuer à vivre. J'ai appris il y a longtemps que je n'ai aucun pouvoir sur le destin... ni sur les gens.

— Non, approuva Julia. Je comprends tout à fait.

Lidia regarda de l'autre côté du fleuve, perdue dans ses pensées.

— À présent, ma chère Julia, dit-elle enfin, ce soir, je suis fatiguée et je pense que je dois rentrer à la maison. Combien de temps restes-tu à Bangkok ?

— J'avais l'intention de partir bientôt. Mais je pourrais rester plus longtemps, maintenant que tu es là.

— Alors, s'il te plaît, viens manger chez moi demain à midi, proposa Lidia. Nous pourrons parler plus longuement. Mais j'ai une dernière question pour ce soir : est-ce que j'ai d'autres petits-enfants ?

Julia faillit lui dire qu'elle avait une autre petite-fille. Mais, comme beaucoup d'éléments dans sa vie, ce n'était plus vrai.

— Juste moi, se contenta-t-elle de répondre.

— Et tu me suffis, répondit chaleureusement Julia. Un vrai cadeau de Dieu. Et, dis-moi, ma petite-fille : est-ce que tu as des enfants, est-ce que tu travailles ?

Julia ignora la première partie de la question et répondit à la seconde :

— Je suis pianiste.

Les yeux de Lidia se remplirent immédiatement de larmes aussitôt chassées par un sourire.

— Oh ! Julia ! Tu sais que la première fois que j'ai vu ton grand-père, il jouait du piano, juste de l'autre côté, dans l'ancien Bamboo Bar ? dit Lidia en montrant le salon des Écrivains. Et je pense que c'est là que je suis tombée amoureuse de lui. Il s'épanouissait vraiment quand il jouait. Tu as hérité d'un don très spécial. Maintenant, dit-elle en se levant, je dois rentrer à la maison.

Julia se leva, ne sachant pas comment lui dire au revoir. Lidia lui facilita la tâche : elle prit sa main et l'embrassa sur les deux joues.

— Merci d'être venue me voir, murmura-t-elle. Au revoir, ma petite-fille, nous parlerons demain.

Une fois Lidia partie, Julia resta assise quelques instants sur la terrasse, les yeux rivés sur le fleuve. Puis elle se leva et regarda le ciel. Elle espérait vraiment qu'Harry était là-haut quelque part et qu'il regardait avec joie ce qui venait de se passer.

58

Le lendemain, munie de photos qu'elle avait apportées, Julia prit la limousine de l'hôtel pour se rendre à la maison de Lidia. Cette fois-ci, le

« domestique » de Lidia lui ouvrit avec un grand sourire et la salua à la thaïlandaise.

— Bienvenue, *Khun* Julia. *Khun* Lidia attend vous sur la véranda. J'emmène vous.

Julia le suivit à travers plusieurs pièces plongées dans l'obscurité pour les protéger de la chaleur du soleil et sortit sur une grande terrasse en bois sur pilotis au-dessus du fleuve. Elle était couverte de grands pots de fleurs, et le doux parfum du jasmin emplissait l'air rappelant immédiatement à Julia les jardins de Wharton Park. Une brise venant du fleuve maintenait une fraîcheur agréable sur la véranda, et de petites cloches en laiton tintaient doucement quand le vent les faisait bouger.

La maison se trouvait dans une petite anse à un endroit où le fleuve était particulièrement large. Des bateaux passaient et se frayaient un chemin parmi les autres embarcations, mais certains étaient très loin, et leur ronronnement doux offrait un fond sonore rassurant à cette oasis de tranquillité.

Lidia apparut dans un coin de la véranda. Elle était coiffée d'un vieux chapeau chinois et portait un minuscule arrosoir. Son visage s'illumina quand elle vit Julia.

— Julia, dit-elle en ouvrant les bras. Bienvenue dans ma maison. Je suis tellement contente de t'accueillir ici. Viens, dit-elle en posant l'arrosoir sous un robinet et en lui montrant un fauteuil à une table déjà dressée pour le déjeuner.

— Assieds-toi, s'il te plaît, et mets-toi à l'aise. Je peux t'offrir quelque chose à boire ?

— Avec plaisir, merci, Lidia.

Lidia cligna des yeux vers la porte où se tenait

son domestique. Quelques secondes plus tard, il posa un verre d'eau et une noix de coco avec une paille devant elle.

— J'ai de la bière ou du vin, si tu préfères, dit Lidia en lui jetant un regard anxieux.

Julia secoua la tête.

— C'est parfait.

Elle but une gorgée du liquide sucré et légèrement visqueux et sourit.

— C'est un goût nouveau pour moi, mais j'aime bien.

Julia sentit le regard de Lidia posé sur elle et elle rougit.

— Excuse-moi de te fixer ainsi, Julia. C'est étrange et merveilleux à la fois de voir le fruit magnifique de mon union avec Harry et de l'union de ta mère et de ton père, ici dans ma maison, dit-elle avec un grand sourire. Je suis contente du résultat : tu es très, très jolie. Tu as hérité des plus beaux traits de ta famille thaïlandaise et du maintien, mais aussi de la grande taille de ta famille anglaise. Et, bien sûr, tu as un teint magnifique. Les Thaïlandaises paieraient cher pour avoir le teint pâle des Européennes.

— Mais moi, je veux avoir le teint mat au contraire.

Lidia éclata de rire. Un son très agréable qui n'était pas loin de rappeler les cloches tintant au-dessus d'elle dans la brise.

— Oui, tous les Blancs profitent de la moindre occasion pour se faire bronzer. Ce doit être une petite blague du bon Dieu. Nous voulons tous ce que nous ne pouvons pas avoir.

Le visage de Lidia redevint sérieux, et elle se pencha vers Julia.

— Et, Julia, n'aie pas peur de me raconter ce qui est arrivé à Jasmine quand elle est arrivée en Angleterre. J'ai compris toute seule. Alors que la lune était haute dans le ciel hier soir, j'ai réalisé que *Khun* Bill et sa femme, Elsie, avaient adopté mon bébé, n'est-ce pas ?

— Oui, Lidia, confirma nerveusement Julia. Ils n'ont pas vraiment eu le choix à l'époque.

— Harry savait-il ? Était-il au courant que sa fille grandissait juste à côté de lui ?

— Ma grand-mère, ou plutôt Elsie, rectifia Julia, m'a dit qu'il n'a rien su jusqu'à quelques semaines avant sa mort. Il est venu apporter à Bill un journal intime, et c'est là qu'il a vu Jasmine pour la première fois. Alors, il a compris... parce qu'elle était ton portrait craché.

— Jasmine n'a donc pas grandi à Wharton Park et n'a pas été élevée comme la fille d'un lord britannique, dit Lidia d'un air pensif. Elle a été élevée par un jardinier et sa gentille femme.

— Oui, mais, Lidia, la femme d'Harry, Olivia, attendait un bébé à cette époque et elle allait bientôt accoucher, dit Julia, se sentant incapable de lui cacher la vérité.

— Je vois.

Les yeux de Lidia s'assombrirent.

— Crois-moi, Julia, Harry n'a jamais mentionné qu'il était marié quand il était ici en Thaïlande avec moi..., dit-elle en secouant vigoureusement la tête. On dirait qu'il nous a trahies toutes les deux.

— Je comprends ce que tu dois ressentir. Et je ne

718

sais pas pourquoi Harry ne t'a rien dit. Il avait sans doute peur de te perdre si tu l'apprenais.

— Et il avait raison : il m'aurait perdue.

Les yeux de Lidia brillaient de colère.

— Quand Bill est venu me voir à Bangkok peu après la naissance de Jasmine et qu'il m'a dit ça, j'ai failli mourir une deuxième fois à cause du choc. Mais, les années passant, j'ai fini par comprendre.

Ses yeux s'adoucirent.

— J'ai compris qu'il était possible d'aimer deux personnes à la fois.

— Non, Lidia, rectifia Julia. Ce n'est pas ça. Elsie m'a raconté que c'était un mariage arrangé dès le départ. Harry n'a pas eu d'autre choix que d'épouser Olivia et d'essayer de donner un héritier mâle à la famille au cas où il ne reviendrait pas de la guerre. L'amour n'était pas considéré comme important. Olivia a été jugée convenable, et il a tout simplement fait son devoir. C'est toi qu'Harry aimait et c'est avec toi qu'il voulait être.

— Et sa femme ? Elle l'aimait ? Ou a-t-elle juste accepté cet arrangement ? demanda Lidia.

— Elsie a été sa femme de chambre pendant plus de quarante ans et elle dit qu'Olivia adorait Harry, dit Julia en soupirant. Elle s'était mariée par amour, ce qui a été d'autant plus terrible pour elle... quand elle a découvert ton existence et ta relation avec Harry.

— Elle l'a appris ? Comment ?

— Elle a trouvé la dernière lettre que tu avais adressée à Harry avec ta bague de fiançailles à l'intérieur. Quelques jours plus tard, elle a perdu son bébé. D'après Elsie, elle n'a plus jamais été la même, ensuite. Elle était aigrie et ne s'est jamais remise de ce qu'Harry lui avait fait.

— Oh mon Dieu ! Est-il possible que notre amour ait provoqué une telle souffrance ? dit Lidia en secouant la tête, l'air désespéré. J'ai de la compassion pour cette pauvre femme. A-t-elle dit à Harry qu'elle était au courant ?

— Jamais. Elle lui a tout simplement fermé son cœur et elle a fait passer le domaine de Wharton Park avant ses propres sentiments. Elsie a dit qu'ils ont tous deux été malheureux jusqu'à la fin de leurs jours, ajouta Julia. À vrai dire, il aurait été préférable qu'Harry vienne te retrouver et libère Olivia. Mais, bien sûr, il y avait Wharton Park qui était en triste état après la guerre. Harry avait des douzaines de travailleurs à son service qui n'avaient que le domaine pour gagner leur vie. Elsie a dit que, même si ça lui a brisé le cœur, il a dû rester en Angleterre. Il n'avait vraiment pas le choix.

Lidia hocha la tête.

— Bill me l'a expliqué quand il est venu me voir à Bangkok. Il était très gentil. Je crois que c'était un homme vraiment bien. Il m'a sauvé la vie.

— Je l'adorais, dit Julia. Chaque fois que j'allais à Wharton Park, je passais la majeure partie de mon temps dans les serres et je le regardais s'occuper de ses fleurs. Ma mère et moi avons toutes deux grandi entourées par les odeurs d'un pays d'où nous tirions nos origines sans le savoir.

— C'est une consolation, dit Lidia en souriant. Et quand Bill est parti avec Jasmine, je lui ai donné une orchidée pour que Bill puisse la faire pousser pour elle. C'est une plante très rare, il n'y en a que quelques-unes dans le monde. Je l'avais vue une fois au marché aux fleurs à Bangkok peu avant la naissance de Jasmine. Je savais ce que c'était et je l'ai achetée pour elle. Je me demande si elle a pu fleurir en Angleterre.

— Vraiment ?

Julia repensa à l'orchidée très rare que Jasmine avait représentée sur l'une des aquarelles qu'elle avait offertes à George, son père, sans savoir que c'était sa mère qui les avait réalisées.

— Oui, je pense qu'elle a fleuri, murmura-t-elle.

— Et ton père, il est mort aussi ? demanda Lidia.

— Non, dit Julia en souriant. Il est en pleine forme. Il adorait ma mère et ils étaient très heureux ensemble. Tellement heureux, qu'il n'a jamais essayé de la remplacer.

— Et est-il au courant des origines de sa femme ?

— Il ne l'a appris que très récemment, comme moi.

— J'aimerais bien rencontrer un jour le mari de ma fille, dit Lidia. Alors, toi aussi, tu étais fille unique.

— Euh, non… J'ai une sœur, mais je viens de découvrir qu'elle a été adoptée, expliqua Julia. Il se trouve que ma mère ne pensait pas pouvoir avoir d'enfants ; c'est pourquoi ils ont adopté ma sœur, Alicia, quand elle était tout bébé. Elle a trois ans de plus que moi, et ma mère a été très surprise de tomber enceinte de moi. Je ne pense pas que mon père avait l'intention de dire la vérité un jour à Alicia, mais quand Elsie lui a raconté l'histoire de Jasmine, il a eu le sentiment qu'il devait le faire. Sinon elle aurait pensé qu'elle aussi était ta petite-fille et celle d'Harry. Mais c'est toujours ma sœur à mes yeux, dit Julia énergiquement.

— Bien sûr. Bon, je pense que nous devrions manger maintenant.

Elle fit un signe à son domestique qui traînait vers la porte, et il disparut immédiatement à l'intérieur.

— Alors, Julia, tu es pianiste ? Je peux t'entendre jouer quelque part ?

— Oui. J'ai joué partout dans le monde. J'ai eu beaucoup de chance, dit modestement Julia. J'ai été découverte à Londres par un agent quand j'avais dix-neuf ans. Il m'a aidée à construire ma carrière.

— Julia, la chance ne vient pas sans talent. Tu dois être exceptionnelle. Et tu es encore si jeune. Où iras-tu une fois que tu auras quitté Bangkok ? Tu vas donner un concert quelque part ?

— Non, dit Julia quand Nong arriva sur la terrasse en portant un plateau avec deux bols de soupe fumante. L'année dernière a apporté des changements… douloureux dans ma vie, expliqua-t-elle. Je ne rejouerai pas avant quelques mois. Et, pour être honnête, je n'ai aucune idée de l'endroit où j'irai quand je partirai d'ici. C'est pourquoi je suis venue à Bangkok, pour prendre le temps de réfléchir.

— Eh bien, tu dois tout me raconter, car je vois dans tes yeux que tu es perturbée. Mais d'abord, goûte le *Tom Kha Gai* de Nong. Je pense que c'est le meilleur de Bangkok.

Après la délicieuse soupe au lait de coco et à la citronnelle, agrémentée de filets de poulet émincés,

Nong apporta une assiette de mangues et de papayes pour le dessert.

— Alors, Julia, parle-moi de ton année difficile maintenant.

— Eh bien…

Julia s'arma de courage pour raconter ce qui lui était arrivé.

— J'ai perdu mon fils de deux ans, Gabriel, dans un accident de voiture, il y a un an. Je pensais aussi avoir perdu son père, Xavier, mais, en fait, il est réapparu dans notre maison, en France, il y a tout juste quelques semaines. Il conduisait la voiture qui a tué notre fils et il a disparu après l'accident. Il a dit qu'il n'avait pas eu le courage de m'expliquer ce qui s'était passé.

Julia fronça les sourcils.

— Et puis, il y a une semaine, j'ai découvert qu'il était ivre quand c'est arrivé et qu'il n'aurait même pas dû prendre le volant. Alors, je l'ai quitté et je suis venue ici, ajouta-t-elle dans un murmure.

Lidia ouvrit de grands yeux et prit la main de Julia dans la sienne pour montrer sa compassion.

— C'est une terrible tragédie pour toi. Je suis bien placée pour savoir que la perte d'un enfant est la pire punition que Dieu puisse nous infliger.

— Oui, approuva Julia. Je ne vois rien de pire.

— Non, je sais. Ton cœur est vide après, dit Lidia en posant la main sous sa poitrine.

— Oui, murmura Julia. Rien ne peut soulager la douleur.

— Non, moi aussi je pleure la disparition de ma fille de cette terre. J'ai l'impression de l'avoir perdue deux fois, dit Lidia en soupirant. Mais c'est encore plus difficile pour toi : c'est ton mari qui est responsable de la mort de ton fils.

— Je le méprise pour ce qu'il a fait, non seulement à Gabriel, mais aussi à moi, répondit Julia, incapable de maîtriser la colère qui perçait dans sa voix.

— C'est tout à fait naturel. Mais, un jour, tu devras lui pardonner ce qu'il a fait, c'est dans ton intérêt, Julia. J'ai appris que ce n'était pas bon de porter une telle colère en soi. Elle te consume, elle te détruit.

— Je sais, Lidia, mais c'est vraiment difficile dans la pratique.

— Oui, nous avons toutes deux été trahies par des hommes que nous aimions et en qui nous avions confiance. Ton mari est sans doute un homme faible, mais beaucoup d'hommes le sont, commenta Lidia. D'abord, j'ai cru qu'Harry l'était aussi, mais maintenant je vois qu'il ne l'était peut-être pas après tout. Il a dû être fort pour rester en Angleterre et faire son devoir.

— Si ça peut te consoler, je crois vraiment, d'après ce qu'Elsie a dit, que la décision lui a brisé le cœur. Tu étais vraiment l'amour de sa vie.

— Et lui aussi était l'amour de ma vie, répondit Lidia. Tu aimais ton mari ?

— Beaucoup, et je croyais qu'il était l'amour de *ma* vie, jusqu'à ce que…

Lidia se pencha en avant, impatiente d'entendre la suite, et Julia se sentit rougir alors qu'elle essayait d'expliquer ce qui lui était arrivé.

— Lorsque j'étais en Angleterre et que je croyais être veuve, un autre homme s'est montré très gentil avec moi. Il s'est occupé de moi quand il n'y avait personne d'autre. Grâce à son aide, j'ai commencé à me rétablir et à entrevoir un avenir possible pour moi. Pour nous.

— Je vois, dit Lidia qui l'écoutait avec toute son attention. Et où est-il maintenant ?

— Dans le Norfolk. Ironiquement, c'est le nouveau Lord Crawford, reconnut Julia. Il vit à Wharton Park.

Lidia la fixa pendant quelques minutes, tentant de saisir ce que Julia était en train de lui dire.

— Mais ça veut dire...

Julia comprit son raisonnement et rectifia immédiatement.

— Non. Nous ne sommes pas de proches parents. Harry n'a pas eu d'autres enfants après qu'Olivia a perdu son bébé. Kit et moi sommes cousins au troisième degré.

Lidia parut immédiatement soulagée.

— Je suis heureuse de l'apprendre, Julia. Je vois dans tes yeux que cet homme compte beaucoup pour toi. Tu l'aimes ?

— Je pensais que je ressentais peut-être quelque chose pour lui parce qu'il était là quand j'ai eu besoin de lui. Pourtant, lorsque Xavier est réapparu et que je suis redevenue sa femme, je ne faisais que penser à Kit. Et je pense encore constamment à lui, avoua-t-elle.

— Mais alors, ma chère Julia, pourquoi ne retournes-tu pas auprès de lui ?

— Parce que... Oh mon Dieu !

Julia repoussa ses cheveux de ses épaules. Elle avait soudain très chaud.

— C'est vraiment compliqué. Je n'ai même pas parlé à Kit pour lui expliquer que Xavier était de retour. C'est par les médias qu'il a appris que mon mari était encore en vie. Non, dit-elle en secouant la tête, laissant la brise sur sa nuque la rafraîchir. Je suis sûre qu'il ne voudra plus jamais me revoir. Je lui ai fait trop de mal.

— L'ironie de la situation ne doit pas t'échapper, dit doucement Lidia. Tu es amoureuse de Lord Crawford de Wharton Park et tu es avec moi ici à Bangkok. Je pense que nous avons toutes deux versé beaucoup de larmes pour ceux qui sont très loin en Angleterre. Peut-être est-ce Wharton Park qui est maudit, dit-elle en secouant la tête. C'est comme un bébé sans défense qui a sans cesse besoin qu'on le nourrisse, qu'on s'occupe de lui. Il ne pense pas à ceux dont les vies ont été sacrifiées pour lui.

Julia sourit de la métaphore.

— En fait, le domaine va être vendu. Kit n'a pas assez d'argent pour rembourser les emprunts, et la restauration coûterait des centaines de milliers de livres sterling. Le bébé aura bientôt de nouveaux parents, qui, espérons-le, seront beaucoup plus riches.

— C'est dur de se dire que j'ai perdu l'amour de ma vie pour une maison, dit Lidia en faisant la grimace. Mais je comprends que c'est plus que ça. C'est un héritage qui se transmet de génération en génération, et c'est triste qu'il ne puisse pas rester dans la famille.

— Oui, parce qu'en dépit de toute la souffrance qu'il a engendrée, Wharton Park est magnifique. Oh ! Lidia, j'aimerais tant que tu voies la maison et le domaine un jour, murmura Julia. J'ai toujours

726

aimé cette propriété, déjà quand j'y allais petite fille, et les quelques semaines que j'ai passées là-bas avec Kit étaient sans doute les plus heureuses de ma vie.

— C'est dans ton sang, dit Lidia en hochant sombrement la tête. Si tu avais été un garçon, tu en aurais certainement hérité puisque Harry était ton grand-père.

— Peut-être. Ma sœur me dit qu'aujourd'hui, grâce aux tests ADN, je pourrais faire valoir mes droits sur le domaine. Mais je ne ferais jamais une chose pareille à Kit, dit Julia avec fermeté, sentant qu'il était temps de changer de sujet. Est-ce que j'ai d'autres parents en Thaïlande ? demanda-t-elle.

— Oh ! s'exclama Lidia en joignant les mains. Tu en as plein ! Des tantes, des oncles et tellement de cousins que je n'arrive même plus à les compter. Certains de mes petits-neveux et petites-nièces ont vraiment réussi dans la vie, ajouta-t-elle fièrement. Ils ont étudié à l'université et vivent au Japon et en Amérique. Même si je viens d'une famille de pêcheurs, nous avons toujours été intelligents, dit-elle en souriant. En particulier mon père. Il avait obtenu une bourse pour étudier à l'Université Chulalongkorn et est devenu un grand journaliste. Il s'est beaucoup battu pour ses idées politiques. Et maintenant, est-ce que je pourrais voir des photos de Jasmine ?

— Bien sûr.

Julia les sortit de son sac et s'approcha de Lidia pour lui expliquer chaque photo.

— C'est ma mère à cinq ans, et là, c'est quand elle a passé son brevet pour entrer au lycée…

— Elle était intelligente, elle aussi ! dit Lidia en souriant.

— Oui, et là, c'est à la cérémonie de remise des diplômes à l'université ; là, elle est avec mon père, et ici avec Alicia et moi.

Lidia étudia de près chaque photographie, contemplant le visage de sa fille à chaque étape de sa courte vie. Elle leva les yeux et demanda :

— De quoi est-elle morte, Julia ?

— D'un cancer de l'ovaire. Apparemment, c'est très difficile à détecter. Lorsqu'ils ont diagnostiqué la maladie, elle avait déjà des métastases et ils n'ont rien pu faire.

— Je vois. Et Jasmine a toujours cru qu'Elsie et Bill étaient ses parents ?

— Oui.

Lidia avait les yeux embués de larmes.

— Je suis sûre qu'elle a été aimée.

— Oh oui ! Je te le jure.

— Même si elle n'a pas eu la vie que je pensais quand je l'ai envoyée en Angleterre.

— Non, mais, Lidia, autrefois, les origines sociales étaient très importantes. Aujourd'hui, c'est différent, je pense. Les règles ne sont plus les mêmes. En fait, comme ma mère et moi n'avons pas été encombrées par notre héritage, nous avons pu faire ce que nous voulions de nos vies.

Lidia hocha la tête.

— Je comprends ce que tu veux dire et je suis d'accord. Ici aussi, en Thaïlande, les femmes sont plus fortes et apprennent à être indépendantes. Et même si je suis née à une époque différente, j'ai épousé un homme qui me respectait et me considérait comme son égale. Nous étions associés en affaires, et son entreprise a fait de moi une femme très riche. Ce n'est pas ce à quoi je m'attendais quand j'étais jeune. Je pensais que je me marierais et que je fonderais une famille.

— Crois-moi, au cours de l'année qui vient de s'écouler, j'ai appris à prendre chaque jour comme il vient et à attendre l'inattendu, dit Julia.

— Alors, tu sais sans doute, comme moi, que tout est possible. Et on doit toujours avoir le regard tourné vers l'avenir et avoir confiance en Dieu, quel qu'il soit, pour nous aider. Je crois que nous avons beaucoup de points communs, n'est-ce pas ? Je crois que nous avons toutes deux été à rude école, mais ainsi nous sommes plus sages et plus fortes. Maintenant, ma chère Julia, je dois aller me reposer, dit Lidia en réprimant un bâillement. Tu peux rester ici si tu veux ou revenir demain pour discuter.

Julia vit que Lidia était épuisée.

— Je reviendrai demain.

— Et autant de fois que tu voudras avant ton départ. Nous avons beaucoup de choses à rattraper.

Lidia se leva, embrassa Julia sur les deux joues et prit sa main.

— Je suis si heureuse que tu sois venue me voir.

— Moi aussi, dit Julia en l'embrassant à son tour. Tu crois que Nong pourrait m'appeler un taxi ?

— Je suis sûre que c'est déjà fait, répondit Lidia en souriant.

— À la même heure demain ? demanda Julia.

— Oui.

— Au revoir, Lidia, dit Julia en lui faisant un signe, puis, accompagnée de Nong, elle entra dans la maison et en ressortit de l'autre côté pour monter dans le taxi qui l'attendait déjà.

59

Durant la semaine qui suivit, Julia rendit tous les jours visite à Lidia. Elles parlaient pendant de longues heures. Julia apprit comment Lidia avait aidé son mari à bâtir une petite entreprise de tissage de soieries et à en faire une grande société réalisant d'énormes profits et exportant dans le monde entier. Les modèles conçus par Lidia et les coloris inhabituels qu'elle choisissait étaient en avance sur leur temps et furent très populaires en Occident. Ses tissus d'ameublement ornaient désormais certaines des plus belles demeures dans le monde.

— Bien sûr, cette entreprise m'a donné ce que je souhaitais le plus ardemment : la chance de voyager, ajouta Lidia. Je l'ai vendue à la mort de mon mari et, maintenant, je suis une femme très riche…, mais l'activité me manque.

— As-tu eu l'occasion d'aller en Angleterre ?

— Oh oui ! Et je descendais toujours à l'Oriental à Knightsbridge. Ils me faisaient un rabais intéressant ! Mais, dit-elle en frissonnant involontairement, je n'aime pas le temps anglais. Harry m'appelait sa fleur exotique et il avait raison. Je n'aurais jamais pu vivre là-bas. C'est pourquoi je suis toujours revenue dans ma patrie. C'est dans ce pays, dans cette petite maison où j'ai toujours vécu avec mon mari que je me sens à ma place.

— Si seulement je savais, moi, où est ma place, dit Julia avec mélancolie.

Lidia lui tapota la main.

— Julia, *ka*, tu es à un stade de ta vie que beaucoup de personnes connaissent un jour : tous les panneaux t'indiquant la direction à suivre semblent avoir disparu.

— Exactement, approuva Julia en pensant à quel point ces quelques journées avec Lidia lui avaient fait du bien.

Elle avait appris au fil des jours à lui faire confiance et lui avait ouvert son cœur. Les paroles douces et sages de la vieille femme l'avaient apaisée et réconfortée.

— Kit me manquera toute ma vie, mais je ne vois pas comment je pourrais le retrouver. Il ne pourra plus jamais me faire confiance. Je dois trouver un autre panneau indicateur et le suivre.

— Ne t'inquiète pas, Julia. Je sais que la solution est déjà en toi. Tu as peut-être juste besoin d'un peu d'aide pour le voir, dit Lidia en souriant.

— J'espère que tu as raison, répondit-elle tristement.

Julia savait que son séjour à Bangkok touchait à sa fin et qu'elle devait prendre une décision, choisir un endroit où se fixer pour les prochains mois. Ainsi, elle réserva un vol à destination de Paris pour la nuit suivante.

Olav se trouvait là-bas pour quelques jours, et elle voulait le voir pour discuter de son avenir avec lui. De plus, comme elle n'avait pas eu de piano à sa disposition durant son séjour à Bangkok, elle craignait que ses doigts ne se raidissent, compromettant les progrès qu'elle avait faits au cours des derniers mois. Elle pourrait louer un studio de répétition à Paris et rattraper ainsi le temps qu'elle avait perdu.

Incapable d'affronter encore un dîner en solitaire sur la terrasse, Julia appela le service de chambre et mangea sur son balcon. Elle regarda le chassé-croisé des bateaux sur le fleuve au-dessous, profitant de la vue une dernière fois. Elle savait que le calme et la sérénité qu'elle avait trouvés en Thaïlande lui manqueraient.

Cette tranquillité si particulière qui émanait aussi bien des habitants que de l'endroit. Pourtant, même Lidia, avec toute l'expérience qu'elle avait acquise au cours de ses quatre-vingts ans d'existence, ne pouvait pas lui montrer comment elle devait continuer à écrire les chapitres de sa vie. Julia savait qu'elle devait le découvrir elle-même.

Elle passa son dernier après-midi au bord de la piscine, où beaucoup de membres du personnel connaissaient désormais son nom. Elle avait appelé Lidia pour lui annoncer qu'elle partait, et Lidia avait insisté pour venir à l'hôtel et dîner une dernière fois avec elle. Elle arriverait à dix-neuf heures, et Julia devait partir pour l'aéroport à vingt et une heures trente.

À dix-huit heures, Julia se doucha, finit de préparer ses bagages et libéra la chambre. Alors qu'elle passait devant l'ancien Bamboo Bar pour rejoindre la terrasse, Thanadol la salua avec son sourire habituel.

— Bonsoir, *Khun* Julia. Comment allez-vous ?

— Je suis triste, reconnut-elle en le suivant sur la terrasse. C'est mon dernier soir ici. Ma grand-mère est-elle arrivée ?

— Non, pas encore. Elle a demandé que vous l'attendiez ici.

Thanadol montra une place qui était déjà prise.

Quand ils s'approchèrent, Julia reconnut la silhouette assise à la table.

Et son cœur se mit à battre la chamade.

Il se retourna, sentant sa présence derrière elle.

— Bonsoir, Julia.

— Bonsoir, Kit.

Sa voix ne semblait pas lui appartenir.

Il sourit et montra le fauteuil en face de lui.

— Tu ne veux pas t'asseoir ?

— Mais… qu'est-ce que tu fais… ?

— S'il te plaît, assieds-toi d'abord, et je t'expliquerai.

Julia se laissa tomber sur le fauteuil.

— Tiens.

Kit posa un verre de vin rouge devant elle.

— Bois, je ne voudrais pas que le choc te fasse dépérir.

Julia but une longue gorgée de vin.

— Qu'est-ce que tu fais là ? parvint-elle à dire.

— Oh ! tu sais ce que c'est : je me suis dit que j'allais partir à l'autre bout du monde et visiter Bangkok. Ça m'a pris d'un coup, comme ça, dit-il, les yeux rieurs. À ton avis, qu'est-ce que je peux bien faire ici, Julia ? Je suis venu te voir, bien sûr.

— Comment savais-tu que j'étais ici ?

— Je n'ai pas vraiment besoin de mettre Interpol sur le coup si je veux te trouver, Julia. N'oublie pas que ta sœur vit juste au coin de la rue, dit Kit en souriant. Mais, en fait, c'est Lidia qui m'a dit où tu étais. Elle m'a appelé et m'a suggéré de venir faire un tour ici avant que tu ne t'envoles vers d'autres aventures… Et on dirait que je suis arrivé juste à temps. J'espère que ça ne te dérange pas.

La légèreté avec laquelle Kit abordait la situation symbolisait à elle toute seule tout ce qu'il était. Julia sourit.

— Bien sûr que non.

— Oserais-je aller un peu plus loin en te demandant si tu es contente de me voir ?

— Oui, je suis contente.

— Ouf.

Kit passa la main sur son front comme s'il était vraiment soulagé.

— Lidia m'a assuré que tu serais contente, mais, quelque part au-dessus de l'Himalaya, j'ai commencé à avoir des sueurs froides et je me suis demandé si je n'étais pas tombé dans le piège tendu par une vieille femme qui fantasmait sur sa propre histoire d'amour. Ce qui pourrait bien être le cas. Il y a quand même une certaine ressemblance entre sa situation passée et la nôtre aujourd'hui.

Julia tripota son verre qu'elle fixa intensément. Son cœur battait si fort qu'elle en avait presque le souffle coupé.

— Je sais.

— Ce n'est pas vraiment mon genre de poursuivre une femme à l'autre bout du monde, une femme qui m'a quitté de surcroît. Mais, étant donné les circonstances exceptionnelles, je me suis dit que le jeu en valait peut-être la chandelle.

Julia leva les yeux.

— Kit, je ne voulais pas te quitter, je…

Kit posa son doigt sur les lèvres de Julia.

— Je te taquine, Julia, tu n'as pas besoin d'en dire plus. Lidia, la bonne fée, m'a tout expliqué. Elle a agité sa baguette magique, et un billet pour Bangkok, en première classe s'il te plaît, est apparu sur mon paillasson à Wharton Park. Un aller simple, je précise, il faudra donc que tu m'avances quelques centaines de livres si tu veux que je m'en aille.

— Oh ! Kit...

Julia eut les larmes aux yeux quand elle réalisa ce que Lidia avait fait pour elle. Elle avait remué ciel et terre pour lui montrer la direction à suivre.

— Désolée, dit-elle en essuyant une larme qui coulait sur sa joue.

— C'est rien, vraiment. Le voyage n'était pas désagréable, surtout en première classe..., mais c'est principalement parce qu'il se trouve que je t'aime.

— Moi aussi, je t'aime, murmura Julia.

Kit s'approcha d'elle et scruta son visage.

— Ne me dis pas que je viens d'entendre l'aveu furtif de tes sentiments pour moi ?

— Si, dit Julia en souriant.

— Bon.

Ce fut au tour de Kit de baisser les yeux. Il ne savait soudain plus quoi dire.

— Tu en es sûre, Julia ? demanda-t-il calmement.

— Oui, Kit, j'en suis sûre. Je t'aime... terriblement et je suis affreusement malheureuse depuis le jour où je t'ai quitté à l'aéroport.

— Alors, notre vieille grand-mère thaïlandaise n'est pas folle à lier, comme je l'ai craint, répondit-il, étonné.

— Non. Elle a encore toute sa tête, tu peux me croire.

— Contrairement à moi, reconnut Kit. Je viens de faire une folle équipée à l'autre bout du monde sans savoir à quelle réaction m'attendre. Jusqu'à maintenant, ajouta-t-il doucement.

Il prit sa main, et Julia la lui donna volontiers.

— Je n'aime pas tomber dans les clichés, mais qu'est-ce que tu es belle ce soir, ma chérie, murmura-t-il. Et je ne pense pas avoir été aussi heureux de revoir quelqu'un de toute ma vie.

Il l'embrassa sur les lèvres, et Julia répondit à son baiser avec autant de passion.

— Pendant que j'y suis, et au cas où tu disparaîtrais de nouveau, j'ai pensé que je ferais tout aussi bien de te demander tout de suite si tu voulais bien m'épouser.

— Oh ! Kit, j'aimerais te dire oui, dit Julia en riant de ce qu'elle allait dire, mais il faut d'abord que je divorce.

— Ah... Ça n'était pas prévu dans le scénario, n'est-ce pas ? Mais personne n'est parfait.

Il lui sourit et frotta son nez contre le sien.

Leurs doigts s'entrelacèrent.

— Au fait, je t'ai apporté un présent.

— Vraiment ? dit Julia.

— Oui.

Kit se pencha et chercha quelque chose sous son fauteuil. Il souleva une plante noire à l'allure étrange qu'il posa devant elle.

— Tiens, c'est pour toi.

Julia contempla ses pétales d'un noir d'encre avec surprise.

— Je croyais que les orchidées noires n'existaient pas ?

— En effet. Dieu n'a pas trouvé le temps de les

créer, alors, Kit lui est venu en aide. Ne t'inquiète pas, ma chérie, il te suffira de verser un peu d'eau dessus. Et elle retrouvera le rose merveilleux qu'elle avait avant que je ne la peigne.

Il montra le petit rouleau de papier coincé dans le pot.

— En lisant cette fable, tu comprendras mon geste. J'ai trouvé que c'était plutôt approprié.

Julia voulut prendre le rouleau, mais Kit l'arrêta.

— Lis-la plus tard, ma fleur exotique, et, s'il te plaît, une fois que tu l'auras lue, ne te mets surtout pas à avoir des idées au-dessus de ta condition. N'oublie pas : nous vivons au vingt et unième siècle, et les règles qui régissaient le comportement des hommes et des femmes ont changé. À part une, ajouta-t-il après coup.

— Et c'est laquelle ?

Kit la regarda dans les yeux et répondit simplement :

— L'amour.

60

Wharton Park
Janvier

Après des heures de discussion autour de la table de la cuisine et des semaines passées à transpirer

737

au-dessus de colonnes de chiffres, Kit décida finalement qu'il fallait vendre la propriété de Wharton Park.

— Même avec la meilleure volonté du monde, nous n'y arriverons pas, ma chérie, dit Kit tandis qu'ils noyaient leur chagrin avec une bouteille de vin dans la bibliothèque. Je sais que ça va te briser le cœur, mais je ne vois aucune autre solution. Même avec une subvention de la Commission des édifices et monuments historiques, nous ne pourrions pas payer toutes les réparations dont la maison a besoin. C'est une goutte d'eau dans la mer.

— Je sais, répondit Julia, l'air malheureux. Si seulement Xavier n'était pas ressuscité et ne revendiquait pas la moitié de ce que j'ai gagné pendant toutes ces années, nous aurions certainement pu le faire.

Elle frissonna et alla se blottir plus près du feu. Il faisait un froid glacial dans la maison, car la chaudière était encore en panne. Kit caressa les cheveux de Julia.

— Julia, quand bien même tu aurais eu cet argent, je suis resté un brin primitif et j'aurais du mal à accepter que ma future femme fournisse tous les fonds pour redonner à Wharton Park sa gloire d'antan. Et nous devons penser à la maison et la laisser à quelqu'un qui aura les moyens suffisants pour la restaurer.

— Je sais, mais ce n'est pas pour ça que c'est plus facile de s'en séparer. Wharton Park n'est pas juste une maison. C'est aussi là que nous nous sommes rencontrés. Et c'est dans mon sang. Si seulement je pouvais faire quelque chose pour sauver la propriété ! dit Julia en tapant du poing sur le manteau de la cheminée. Maudit Xavier ! Pour une fois que j'ai besoin de tout l'argent que je n'ai jamais dépensé ! Je n'arrive pas à croire qu'il soit aussi…

— Tu n'as pas besoin de le dire, répondit Kit avec compassion. En tout cas, je vais parler à l'agent immobilier demain et remettre la propriété en vente. Je suis désolé, Julia, mais nous n'avons vraiment pas le choix.

Dix jours plus tard, l'agent appela pour dire qu'un acheteur étranger avait fait une offre pour acheter la totalité de la propriété au prix demandé. S'ils acceptaient son offre, l'acheteur prendrait immédiatement l'avion pour l'Angleterre et paierait rubis sur l'ongle.

Ils savaient tous les deux qu'ils ne pouvaient pas se permettre de refuser cette offre.

Julia alimenta le feu dans la bibliothèque et disposa quelques perce-neige sur la table. C'était un effort dérisoire et réticent pour accueillir l'acheteur qui devait arriver dans la prochaine demi-heure.

— C'est certainement un oligarque russe atroce et sa fausse blonde de maîtresse, commenta Julia tout en posant un peu trop brusquement des tasses à café sur un plateau.

Kit regarda sa mauvaise humeur sans mot dire, il savait que c'était un moyen de cacher sa tristesse. La perte de Wharton Park serait un coup beaucoup plus dur pour elle que pour lui.

À onze heures et demie, on sonna à la porte, et

Kit alla ouvrir. Un chauffeur en livrée se tenait sur le seuil.

— Madame est arrivée, annonça-t-il en montrant une limousine garée devant la maison. Elle aimerait que vous l'accompagniez jusqu'à l'intérieur.

— Bien sûr.

Kit regarda Julia en haussant les sourcils, et le chauffeur redescendit les marches pour rejoindre son véhicule.

— Mon Dieu ! s'exclama Julia. Pour qui se prend madame ? Pour la reine ?

— Allez, ma chérie, serrons les dents et finissons-en, d'accord ?

Kit serra la main de Julia dans la sienne et l'entraîna jusqu'à la voiture.

Ils attendirent tous les deux un peu mal à l'aise devant la voiture. Le visage de la passagère était caché par les vitres teintées.

Lorsque le chauffeur ouvrit la portière, Julia s'assura d'abord qu'elle avait bien vu, puis se mit à crier de plaisir.

— Lidia ! Mais qu'est-ce que tu fais là ?

— Surprise !

Lidia sortit de la voiture et serra sa petite-fille dans ses bras.

— Ah ! que c'est merveilleux d'être si vieille et si riche et d'utiliser les deux pour jouer des tours aux gens qu'on aime !

Son rire carillonna dans le silence de Wharton Park.

Puis, en s'appuyant sur Julia, elle se tourna et regarda la maison pour la première fois.

— Alors, c'est donc Wharton Park. Combien de

fois ne l'ai-je pas imaginée, cette demeure, mais elle est encore plus belle que dans mes rêves.

Elle se tourna vers Julia, les yeux pétillants.

— Pas étonnant qu'elle l'ait emporté sur moi ! Bon, dit-elle en passant son bras libre sous celui de Kit, emmenez-moi à l'intérieur et faites-moi visiter la maison. Ensuite, je vous expliquerai tout.

Une fois que Lidia eut fait une visite commentée des pièces principales de la maison, elle se dit trop fatiguée pour continuer, et ils retournèrent à la bibliothèque où la vieille dame demanda à son chauffeur d'aller chercher une bouteille de champagne dans la limousine.

— J'aimerais porter un toast à la maison qui a affecté nos vies à tous : à Wharton Park !

Kit et Julia trinquèrent avec elle.

— À Wharton Park, dirent-ils en chœur.

— À présent, dit Lidia en s'asseyant, j'aimerais vous expliquer mon plan. Comme je te l'ai dit à Bangkok, Julia, mon mari a fait de moi une femme très riche. Et quand je dis riche…, je pense « extrêmement riche », insista-t-elle. Bien sûr, avant de te rencontrer, Julia, je pensais partager cet argent entre les membres de ma famille et les associations caritatives que je soutiens. Et voilà que, soudain, j'ai une héritière directe. J'ai donc changé mon testament quand tu as quitté Bangkok pour te léguer la plus grande partie de ma fortune.

— Mamie, c'est vraiment gentil de ta part, mais…

— Chut, Julia, laisse-moi finir, la réprimanda Lidia. Ensuite, quand nous nous sommes téléphoné la semaine dernière, tu m'as dit que Wharton Park

741

était en vente, car vous ne pouviez ni rembourser les dettes ni restaurer la maison. Alors..., j'ai décidé que j'allais l'acheter. La maison sera à moi, dit Lidia en joignant les mains, ravie de son effet.

— Vous voulez vivre ici ? demanda Kit, décontenancé.

— Non, Kit. Julia sait que je déteste le froid. Je serai votre propriétaire. Vous vivrez ici et, avec l'argent que je vous aurai donné pour acheter Wharton Park, vous rembourserez les dettes et vous vous occuperez de la restauration pour moi. Et, bien sûr, vous le ferez aussi pour vous et pour les prochaines générations de notre famille, ajouta-t-elle doucement. À ma mort, Julia, tu hériteras de Wharton Park.

Il y eut un silence pendant lequel Kit et Julia tentèrent de comprendre ce que Lidia venait de leur dire.

— Mon Dieu, c'est très généreux de votre part, Lidia, répondit Kit, réalisant que Julia était trop bouleversée pour parler.

— Eh bien, je trouve que c'est un joli tour que je viens de jouer au destin ! dit Lidia, les yeux pétillants. La pauvre petite Thaïlandaise, abandonnée il y a si longtemps par le propriétaire de cette maison, la rachète pour sa petite-fille presque soixante-cinq ans plus tard. Vous ne trouvez pas que c'est drôle ?

Julia hocha la tête, encore trop abasourdie pour parler.

— Tout cela est absolument parfait, dit Lidia en souriant. Quand Julia vous épousera, Kit, ma petite-fille deviendra Lady Crawford de Wharton Park. Et le voyage qu'Harry et moi avons commencé il y a longtemps sera enfin terminé. Dites-moi, s'il vous plaît, que vous approuvez mon idée ?

Elle regarda anxieusement Julia.

Julia prit enfin la parole.

— Lidia, tu es sûre que c'est ce que tu veux ?

— Julia, *ka*, je n'ai jamais été aussi sûre de quelque chose dans ma vie. Kit, que pensez-vous de mon plan ? Il vous convient ?

— Lidia, nous savons tous que cette maison revient de droit à Julia.

Kit se tourna vers Julia et lui prit la main.

— Et je serai très heureux de rester et d'apporter ma petite contribution pour que Wharton Park retrouve sa gloire d'autrefois. J'aime cet endroit, moi aussi. Et je sais à quel point tu y es attachée, ma chérie, ajouta-t-il en rassurant doucement Julia d'un regard. C'est vraiment une proposition merveilleuse, Lidia.

— Tout ce que je demande, c'est que vous m'accueilliez de temps en temps ici, et j'aimerais rencontrer ta famille anglaise, Julia. Ton père et, évidemment, Elsie qui a donné tant d'amour à ma fille.

— Bien sûr, dit Julia. Tu pourras venir quand bon te semblera. J'ai beaucoup parlé de toi à Elsie, et elle aimerait vraiment te rencontrer.

— Alors, il n'y a plus grand-chose à ajouter. Dites-moi que vous êtes d'accord, Kit, et je pourrai signer tous les papiers avant de retourner en Thaïlande, la semaine prochaine.

— Bien sûr que je suis d'accord, dit Kit. C'est une offre merveilleuse.

— Et toi, Julia ? demanda doucement Lidia.

— J'aime tellement cette maison, Lidia, il m'est impossible de refuser, répondit Julia d'une voix encore étranglée par l'émotion. Je n'arrive pas à croire que nous allons pouvoir rester ici. Merci, merci beaucoup.

Julia se leva et étreignit Lidia.

— Je te demande juste une dernière faveur, Julia, ajouta Lidia en prenant la main de Julia dans la sienne. J'aimerais retourner dans le salon et t'entendre jouer pour moi sur le magnifique piano à queue de mon bien-aimé Harry.

Ils entrèrent tous les trois dans le salon, et Julia s'assit au piano.

Kit vit les yeux de Lidia se remplir de larmes lorsque les premières notes des *Études* de Chopin s'échappèrent sous les doigts talentueux de sa petite-fille.

Il réalisa que la boucle avait été bouclée : tous les trois, avec leur place bien spécifique dans une histoire s'étalant sur plusieurs générations, réunis ici à Wharton Park qui avait joué un rôle si important dans la tapisserie qu'eux et d'autres avaient tissée.

Il ne leur restait plus qu'à écrire un nouveau chapitre de cette histoire.

Il regarda Julia et il sut qu'ensemble, ils le feraient.

Épilogue

C'est la veille de Noël. Je suis devant la fenêtre de la chambre que je partage avec Kit. Le parc dehors n'est certes pas aussi somptueux qu'au début de l'été, mais, quand le soleil se lève et que ses rayons font scintiller le givre recouvrant le paysage hivernal, il a aussi un charme particulier.

Je me détourne de la fenêtre et je retourne dans la chambre où il fait bien chaud. Mes pieds s'enfoncent dans la moquette qui vient d'être posée. J'admire le papier peint, une copie de l'original réalisée à la main, et je respire la légère odeur de peinture fraîche.

Cette année, Kit a supervisé entièrement seul la restauration de la maison. Je n'y ai pris aucune part, car j'étais occupée à d'autres projets. Wharton Park reste fidèle à lui-même, pourtant : tout, à l'intérieur aussi bien qu'à l'extérieur, est en train d'être restauré pour protéger pendant soixante-dix ans encore les Crawford qui vivront dans ces murs. Bientôt, ce sera au tour de Kit de poursuivre son rêve, au sein même de

745

Wharton Park, mais en utilisant son talent et son expérience pour aider les enfants à l'extérieur.

Je suis la nouvelle lady de la maison. Lors de mon mariage avec Kit, j'ai porté le collier et les boucles d'oreilles qu'Olivia et des générations de femmes ont portés avant moi, le jour de leur entrée dans la famille Crawford. Ces bijoux sont à moi maintenant, et je les donnerai à l'épouse de mon fils quand ils se marieront.

Comme ce fut le cas pour Olivia, Wharton Park jouera toujours un rôle important dans ma vie. Mais j'ai appris, grâce aux histoires du passé et à mon expérience personnelle, qu'il faut savoir préserver l'équilibre. J'utiliserai et j'apprécierai le présent que j'ai reçu pour nourrir et protéger ma famille et mon talent, mais je ne le laisserai jamais les détruire.

Alertée par le bruit le plus léger, je laisse Kit dormir et je traverse à pas de loup la salle de bains pour rejoindre la petite pièce derrière. C'était autrefois le dressing d'Harry Crawford, mais nous l'avons transformé en chambre d'enfant. Je jette un coup d'œil au-dessus du lit à barreaux et je vois que l'auteur des sons dort encore, le pouce enfoncé dans sa bouche en cerise.

Tout le monde dit qu'il me ressemble, mais je sais que ce n'est pas vrai. Il est unique et ne ressemble à personne d'autre qu'à lui-même.

— C'est une journée très particulière pour toi, Harry, lui dis-je tout bas.

Il continue à dormir innocemment dans son petit lit, ne se doutant pas que sa famille – dont un des membres vient de l'autre bout du monde – va se réunir pour le voir accomplir son premier rite de passage, car il va être baptisé dans la petite église du domaine. Un jour, son dernier rite de passage se déroulera aussi ici. Il sera inhumé dans le caveau de la famille Crawford et rejoindra ses aïeux pour l'éternité. Mais son histoire vient de commencer, et j'espère quelle contiendra beaucoup plus de chapitres que celle de son demi-frère avant lui.

Il ne réalise pas le lien qu'il établit entre le passé et l'avenir ni la responsabilité que son départ privilégié dans la vie fera peser sur ses épaules. Mais je lui ai promis que ses racines ne l'empêcheront jamais de vivre la vie qu'il aura choisie, ou de passer cette vie avec la femme qu'il aime.

Je prends ces six semaines de vie dans mes bras, savourant cet instant de solitude avec lui. Après, je n'aurai pas beaucoup le temps de profiter de lui, car j'ai beaucoup à faire aujourd'hui. La maison est pleine de convives qui viennent fêter Noël à Wharton Park avec nous. Le sapin a été coupé dans les bois de la propriété et placé dans le hall d'entrée, puis décoré de lumières clignotantes, de guirlandes et de boules utilisées par plusieurs générations de Crawford.

J'embrasse son front au doux parfum, je lève les yeux et j'implore Dieu de le protéger, car je sais d'expérience que mes pouvoirs de mère sont limités et que je dois l'accepter.

À travers la souffrance et la joie que j'ai connues durant le voyage que j'ai commencé, bien malgré moi, il y a deux ans, j'ai appris la leçon la plus importante que la vie puisse nous donner et j'en suis très heureuse.

Il faut vivre l'instant présent, c'est tout ce que nous avons.

REMERCIEMENTS

Je tiens à remercier Mari Evans, et toute l'équipe de Penguin, pour avoir acheté le livre, mais aussi Jonathan Lloyd, mon agent, qui a cru en moi, contre vents et marées. « L'Assemblée des sorcières » – Adriana Hunter, Susan Moss, Rosalind Hudson, Helene Rampton, Tracy Blackwell et Jenny Dufton, dont le généreux soutien pendant les périodes difficiles m'a aidée à tenir le coup.

J'aimerais remercier, en Thaïlande, le personnel merveilleux de l'hôtel Oriental, en particulier *Khun* Ankhana, qui m'a généreusement fait partager ses souvenirs de la vie à Bangkok en 1945, Kitima, Thanadol, Lidia, Jack Laor et Jeab. En France, Tony et Fiona Bourne pour le gin et le feu de forêt, et Agnès Sorocki pour m'avoir accompagnée et récupérée à l'aéroport et pour son aide en français (le mien est très mauvais). Mais aussi, la surprenante Kathleen Mackenzie, ma bonne fée, qui est toujours là quand je l'appelle à l'aide et qui est la personne la plus extraordinaire que je connaisse.

En Angleterre, Jacquelyn Heslop et Sue Grix, qui sont fantastiques toutes les deux, ainsi que Pat Pitt, ma dactylo. Jonathan Walpole, dont la maison a inspiré Wharton Park. Le regretté Jack Farrow, sergent dans le

5e régiment royal de Norfolk, dont le journal intime émouvant et très instructif retraçant sa vie de prisonnier de guerre à Changi m'a aidée à décrire précisément les souffrances que nos braves soldats ont endurées là-bas.

Ma mère Janet, ma sœur Georgia, et Olivia, ma belle-fille, qui, pendant toutes ces années, m'ont encouragée à continuer. Stephen, mon mari, qui m'a tant appris de la vie. Sans son amour et son soutien, je n'aurais jamais pu écrire ce livre. Et mes enfants : Harry, qui m'a aidée à saisir les corrections avec une telle…, euh…, grâce, Isabella dont l'appétit de vivre m'égaie toujours, Leonora, mon minimoi sensible et artistique, et Kit, mon bébé obsédé par le chocolat et Stoke City. Ils sont habitués à mon air absent quand ils m'interrompent pour me poser une question, et je suis très fière d'eux.

Et enfin mon défunt père qui m'a transmis son goût pour les voyages et son intérêt pour le monde et les gens qui le peuplent. Je lui en serai toujours reconnaissante.